검은 미래의 달까지 얼마나 걸릴까?

HOW LONG 'TIL BLACK FUTURE MONTH?

by N. K. Jemisin

검은 미래의 달까지
얼마나 걸릴까?

N. K. 제미신
단편집

이나경 옮김

How Long 'til
Black Future Month?

황금가지

차례

일러두기 본문의 각주는 옮긴이 주입니다.

옛날에는 단편을 쓸 수 있을 거라고 생각하지 못했다.

그때는 2002년이었다. 서른 살이 된 직후였고, 나는 첫 번째 '중년'의 위기를 겪었다.(그렇다, 중년은 과한 표현이다.) 보스턴에 살고 있었는데, 춥고 친구 사귀기 어렵고 아무도 음식에 양념을 하지 않는 그런 곳이었다. 얼마 전 미적지근한 연애를 끝낸 뒤였고, 우리 세대가 거의 다 그렇듯이 산더미 같은 학자금 대출을 갚느라 허덕이고 있었다. 이렇게 답답하게 사는 것을 해결해 보고자, 나는 마침내 평생 취미로 삼았던 글쓰기가 몇백 달러 정도 벌어들일 부업이 될 수 있는지 알아보기로 했다. 그만큼만(혹은 1년에 단 100달러만이라도!) 벌 수 있다면, 공과금 내는 데 조금이나마 보탬이 될 수 있을 것 같았다. 그러면 15년이 아니라, 12년이나 13년 만에 빚을 갚을 수도 있었다.

단순히 내 성격이 부정적이라서가 아니라, 여러 가지 이유에서 그 이상은 기대하지 않았다. 당시 사변 장르는 위험할 정도로 침체

7

되어 있었다. SF야말로 미래의 소설이라고 주장했지만, 여전히 과거의 얼굴, 목소리, 이야기를 주로 찬양하는 분위기였다. 몇 년 뒤, 빅 쓰리(Big Three) 잡지 가운데 성차별이 가장 심한 요새를 개선시키기 위해 여성 작가들이 투고 폭탄을 날렸고*, 문화 전유에 대한 끝장 대(大)토론이 이루어졌으며**, 이 장르 안에서 벌어지는 기관 및 개인의 인종차별에 대항해 수많은 블로그에서 일어난 대규모 시위인 레이스페일도 있었다. 이런 일들이 축적되면서 이성애자 백인 남성이 아닌 이들에게도 이 장르에 설 자리가 조금 더 열렸는데, 그때가 바로 내가 처음 출간한 소설 『십만 왕국』이 나온 시기였다. 하지만 2002년에는 그런 것이 전혀 없었다. 2002년에 SF와 판타지를 쓰고 싶은 흑인 여성으로서, 내게는 작품을 출간할 기회도, 비평가들의 눈에 띌 기회도, 중세 유럽과 아메리카 식민지화를 끝없이 변주하는 내용 말고는 원하는 것이 없어 보이는 독자층의 인정을 받을 기회도 없었다. 중세 유럽과 아메리카 식민지화에 대한 나만의 변주를 시작할 수도 있었지만—그리고 대출금을 더 빨리 갚으려면 그래야 했겠지만—거기에는 도저히 흥미가 느껴지지 않았다. 뭔가

* 대표적인 3대 SF 잡지 《아시모프의 SF(Asimov's Science Fiction)》, 《판타지와 SF(F&SF)》, 《아날로그(Analog)》 중에서 《판타지와 SF》에 실리는 여성 작가의 작품 비율이 현저하게 저조했던 데 대하여 2006년 온라인상에서 논쟁이 벌어졌고, SF 작가 찰스 콜먼 핀레이가 개인 블로그에서 한 제안에 힘입어 100여 명의 여성 작가가 이 잡지에 원고를 투고했다.

** 한 문화의 요소를 다른 문화에 속하는 사람이 가져다가 맥락에 맞지 않게 이용하는 것을 '문화 전유'라 하며, 대체로 지배 문화권에 속하는 사람이 소수 문화의 요소를 무단으로 혹은 부적절하게 사용하여 논란이 된다. 2009년, SF 작가 엘리자베스 베어가 또 다른 작가 제이 레이크가 남긴 포스트에 대한 응답으로서 타자(他者)에 대해 글을 쓰는 것에 관한 에세이를 본인의 블로그에 올린 후, 베어 본인의 작품에 그려지는 흑인 캐릭터 묘사가 부적절했다는 지적이 일면서 SF 판타지 장르 내 문화 전유에 관한 논쟁이 촉발되었다. 점차 확장된 이 논쟁은 레이스페일(Racefail)이라고도 불리며 몇 달간 이어졌다.

새로운 것을 해 보고 싶었다.

  기성 작가들은 내게 클래리언(Clarion) 작가 워크숍이나 오디세이 (Odyssey) 작가 워크숍에 참여해 보라고 권유했지만, 그럴 수 없었다. 직장에서 휴가를 2주밖에 주지 않았다. 대신 나는 아버지에게 600달러를 빌려 마사스 비니어드 섬에서 열리는 일주일짜리 워크숍, 바이어블 파라다이스(Viable Paradise)에 참석했다. 일주일은 수강자의 글쓰기 능력을 크게 향상시키기에 충분한 시간은 아니기 때문에, 바이어블 파라다이스는 다른 것에 초점을 맞추었다. 가령, 출판업계에서 일하는 방법 등이 그것이었다. 나는 에이전트 구하기, 출간 과정, 작가로서 살아남는 방법에 대해 많이 배웠다. 커리어의 그 단계에서 꼭 필요한 내용이었다. 그리고 거기서 또 한 가지 정말 좋은 조언도 얻었다. 단편 쓰는 법을 배우라는 것이었다.

  바이어블 파라다이스에서 얻은 조언 중에서 실천에 옮기기 전에 망설인 것은 그것뿐이었다. 전혀 얼토당토않은 소리처럼 들렸기 때문이다. 그동안 단편을 읽기도 했고 몇 편은 재미있다고 여기기도 했지만, 내가 쓰고 싶지는 않았다. 단편 작법은 장편과 전혀 다르다는 걸 알거니와, 주어진 자유 시간이 많지도 않으니 솔직히 좀 지루하게 느껴지는 다른 일을 배울 바에야 하고 싶은 일을 하는 데 써야 하지 않을까? 또한, 단편 원고료가 최악인 것도 알고 있었다. 미국 SF 판타지 작가 협회에서 인정하는 프로급 원고료가 단어당 3센트에 불과한 시절이었다. 알다시피 내 목표는 공과금이었다. 단편을 쓴다면, 판다고 해도 조리용 가스비도 못 낼 것 같았다.

  하지만 바이어블 파라다이스의 강사들(당시에 패트릭 헤이든과 테레

사 닐슨 헤이든, 데브라 도일, 제임스 맥도널드, 제임스 패트릭 켈리, 스티븐 굴드가 있었다.)의 주장에는 설득력이 있었다. 마침내 내게 확신을 준 주장은 바로 이것이었다. 단편 쓰기를 배우면 더 긴 소설 쓰기도 향상되리라는 것. 이 말을 믿어야 할지 알 수 없었지만 1년 동안 시험 삼아 해 보기로 했다. 그 한 해 동안 나는 《판타지와 SF》와 지금은 사이트도 없어진 《렐름스 오브 판타지(Realms of Fantasy)》를 구독하고, 《스트레인지 호라이즌스(Strange Horizons)》 같은 웹진을 읽고, 창작 모임에 가입했다. 처음부터 잘된 건 아니다. 첫 '단편' 소설은 장장 1만 7000단어나 되었고 결말이 없었다. 하지만 실력은 나아졌다. 그 단편들을 잡지사에 보내기 시작하면서 거절도 많이 받았다. 창작 모임 덕분에 거절도 글쓰기의 일부임을 배웠다. 사실 우리는 거절 편지도 모아서 수락을 축하하듯이 그것도 축하하려고 노력했다. 그러다가 수락 편지를 받기 시작했다. 처음에는 준(準)프로 시장에서, 그리고 마침내 프로 작가로서.

그러는 사이 단편이 장편 쓰기에 정말로 도움이 되었음을 알게 되었다. 단편을 쓰면서 빠르게 독자를 사로잡는 법과 깊이 있는 인물을 만드는 법을 배웠다. 단편 덕분에 미래 시제, 서간문 형식, 흑인 캐릭터 등, 색다른 플롯과 이야기 형식을 실험해 볼 수 있었다. 단편이 아니었더라면 긴 장편으로 쓰기에는 위험부담이 너무 크다고 여겼을 것이다. 단편 쓰기를 장편 연습이 아닌, 그 자체로 즐기기 시작했다. 그리고 물론, 그렇게 숱하게 거절을 당하고 나니 감정도 아주 무뎌졌다.

하지만 잠깐만. 뒤로 돌아가 보자. 그렇다, 흑인 캐릭터라고 했다.

10대 시절에 쓴 소설에서도 흑인 캐릭터들을 등장시키긴 했지만 그건 세상의 빛을 볼 일이 없을 것이고, 그런 캐릭터가 등장하는 글은 한 번도 출판사에 보내 본 적이 없었다. 내가 앞서 설명한 2002년 무렵의 이 업계를 기억해 보시라. 당시 편집자와 출판사와 에이전트 들은 막연하게 "모든 시각에 열려 있어야 한다."는 말을 자주 했지만, 실제로 그렇게 했다는 증거는 없었다. 진실을 보려면 잡지의 목차나 출판사 웹사이트를 열어, 저자 목록에 여성의 이름이나 '이국적'인 이름이 얼마나 드문지만 확인하면 되었다. 백인이 아닌 것으로 묘사되는 인물이 얼마나 되는지—혹은 안 되는지—나는 유심히 살펴보았다. 내가 쓰는 소설에서 나 자신을 제외시킬 수는 없어서, 나는 여전히 작품에 흑인 캐릭터를 넣었다. 하지만 목표가 돈을 버는 거라면…… 음, 앞에서 말한 대로다. 큰 기대는 없었다.

그러니 프로 작가로서 처음 판 소설—2005년 《스트레인지 호라이즌스》에 게재된 「용 구름이 뜬 하늘」—에서 인류를 어리석은 짓으로부터 구하려는 헝클어진 머리의 흑인 여성이 주인공이라는 사실이 얼마나 중요했는지는 이루 말로 다 설명할 수 없다.

'검은 미래의 달까지 얼마나 걸릴까?'는 내가 2013년에 쓴 에세이에서 따온 제목이다.(에세이는 포함하지 않았으므로, 그 글은 이 책에 실리지 않았다. 내 웹사이트 nkjemisin.com에서 찾을 수 있다.) 그 글은 아프리카 미래주의자의 한 아이콘인 아티스트 저넬 모네이에 대한 뻔뻔한 찬양이기도 하지만, 내가 흑인 여성으로서 SF와 판타지를 사랑하기가 얼마나 어려웠는지에 대한 사색이기도 하다. SF와 판타지 그리고 그 업계에서 뿜어 내는 인종차별과 내가 스스로 내면화한 인종차별에 맞서 얼마나 치열하게 싸워야 했는지. 내 민족에게 미래가 있다고 생각하는 사람이 아무도 없음을 깨닫고 얼마나 무서웠는지. 그리고 마침내 나 자신을 받아들이고 내가 보고 싶은 미래를 자아내기 시작하자 얼마나 흐뭇한지.

이 책에 실린 단편들은 단순히 각각의 이야기가 아니다. 이들은 내가 작가로서, 그리고 운동가로서 성장한 과정을 기록한 연대기다. 실을 작품을 선별하기 위해 내 소설을 다시 읽어 보다가, 과거에는 캐릭터의 인종을 언급하기를 얼마나 꺼렸는지 알게 되었다. 차이와 변화를 받아들이는 내용을 담은 단편이 많다는 것…… 그리고 외부의 위협에 맞서 싸우는 내용은 매우 드물다는 것도 알게 되었다. 이 장르의 고전에 대해 반응하는 단편을 자주 썼다는 사실이 놀랍기도 하다. 예를 들어, 「깨어서 걷기」는 하인라인의 「꼭두각시의 비밀(The Puppet Masters)」에 대한 반응이다. 「남아서 싸우는 사람들」은 르 귄의 「오멜라스를 떠나는 사람들」에 대한 모방이자 반응이다.

장편을 통해 나를 아는 독자들이라면, 훗날 장편에서 더 정련된 플롯 요소나 캐릭터의 이른 형태를 보게 될 것이다. 간혹 그건 의도적인 것이기도 하다. 장편의 세계를 시험 주행해 보기 위해 '개념 증명' 단편을 쓰기 때문이다.(「수면 마법사」와 「스톤 헝거」가 이런 예이다. 「트로이 소녀」도 마찬가지지만 그 세계의 장편은 쓰지 않기로 하고 「졸업생 대표」로 마무리 지었다.) 가끔은 '새롭게 쓰기'가 완전히 무의식적이라서 한참 후가 되어서야 익숙한 세계를 다루었음을 깨닫기도 한다. 가령 「부서진 대지」 삼부작에서 지니아이 로코룸(genii locorum), 즉 어떤 장소의 수호령이라는 개념을 처음으로 다룬 건 아니었다. 이 개념은 가끔 애니미즘과 함께 몇몇 단편에 등장한다.

어쨌든 요즘은 상황이 나아졌다. 학자금 대출은 첫 장편 소설 계약금으로 모두 갚았다. 이 글을 쓰는 현재 나는 뉴욕에서 전업 작가로 살고 있으며, 친구도 많고 소설 덕분에 공과금보다는 상당히 많은 돈을 벌고 있다.(심지어 콘 에드 사의 요금인데도.) 2018년 현재, 이 장르는 적어도 자신의 문제에 관해 대화를 나눌 의지는 지닌 것처럼 보인다. 그 문제를 정말로 해결하기까지는 아직 멀었지만 말이다. 최소한 요즘은 책등과 목차에서 '이국적'이고 여성으로 여겨지는 이름이 더 많이 보인다. 모국어로 말하는 다른 목소리를 담은 소설을 요구하는 독자들이 보이고, 거기 응답하고자 하는 출판사들도 보인다. 반대의 목소리—역사를 다시 쓰고 미래를 자기만의 전유물로 삼으려는 편협한 자들—도 함께 커지긴 했지만, 그런 이들은 극소수이다. 나머지 세상은 이 사실을 기억하기 위해 진정 아름다운 손뼉 장단을 받아들였다.

이제 나는 작가 지망생들을 만날 때마다 멘토가 되어 주고 있는데……, 작가가 되고자 하는 사람들이 참 많다. 이제 나는 더 과감하게 행동하고, 더 열렬히 분노하고, 더 즐겁게 글을 쓴다. 이런 것은 서로 상충하지 않는다. 이제 나는 단편들이 만들어 준 작가가 되었다.

그러니 보시라. 저기 미래가 있다. 모두 함께 출발하자.

남아서 싸우는 사람들

The Ones Who Stay and Fight

움-헬라트 시*에서 오늘은 선한 새들의 날이네! 선한 새들의 날을 지키는 것은 이곳에 전해져 내려오는 관습인데, 지역 관습이 대개 그렇듯이 유치하고 터무니없지만, 그렇기에 아름답기도 하지. 사실 이날은 새와는 별 관련이 없네. 그렇다는 사실에 이곳 사람들은 신이 나서 웃어 대지. 지역 관습이란 그런 것이니까. 그래도 이날은 밝게 물들인 실크 페넌트가 창문마다 나부끼고 오직 이날만을 위해 만들어 다른 날에는 날리지 않는, 구리선과 유리섬유로 만든 섬세한 벌들이 바람에 날며 윙윙거리니, 날갯짓을 하며 날아다니는 것들이 가득한 날이기는 하네. 모노레일 차들마저도 지붕에 플라밍고 깃털을 장식하고 다니네. 이것 역시 유리섬유로 만들었지. 진짜 플라밍고는 음속으로 날아다니지 않으니까.

움-헬라트는 세 개의 강과 바다가 만나는 곳에 자리 잡고 있네.

---

* 어슐러 르 귄의 「오멜라스를 떠나는 사람들」을 모티브로 한 이 단편의 도시 이름 Um-Helat는 발음상 오멜라스를 연상시키기도 하고, 아프리카의 도시 이름을 연상시키기도 한다.

그 덕분에 이곳은 서너 종의 나비와 벌새가 남북으로 이동하는 경로에 위치하고 있지. 선한 새들의 날이 밝을 때, 이 도시 아이들은 부모와 나이 지긋한 상냥한 아주머니들이 지어 준 날개를 대부분 달고서 밖으로 나오네.(아주머니라고 해서 사실 다 친척 아주머니인 건 아니지만, 움-헬라트에서는 누구든지 그런 자격을 얻을 수 있네. 이곳은 많은 소망을 이룰 수 있는 도시라니까.) 날개 중에는 책가방 배낭에 오간자 천을 덧댄 것도 있고, 누빈 면에 말린 꽃을 가득 붙여 재킷 어깨에 꽂은 것도 있네. 드물긴 하지만 나비가 버린 날개 수십 장을 모아 정성 들여 풀로 붙인 것도 있지. 물론 자연사한 나비의 날개야. 이렇게 꾸미고서, 거리를 달릴 수 있는 아이들은 달리면서 도로 경계석에서 펄쩍 뛰고 쉬익거리며 하늘을 나는 척하네. 달릴 수 없는 아이들은 특수 드론을 타는데, 그것을 허리에 두르고 채운 다음, 안전한지 확인하고 나면 허공에 둥실 떠오르네. 몇십 센티미터 정도이긴 하지만, 하늘 높이 날아오른 느낌이지.

하지만 이곳은 모두가 순응해야 하는 어색한 디스토피아가 아니네. 어린 시절의 즐거움을 포기하지 않으려는 어른들도 날개를 다는데, 그들의 날개는 좀 더 추상적인 모양이지.(보이지 않는 것들도 있네.) 그리고 동물 흉내를 금하는 종교를 가진 이들이나 날개를 원하지 않는 이들은 날개를 달 필요가 없네. 뛰어오르고 퍼덕거리는 사람들과 마찬가지로, 그들도 그 선택을 존중받아. 대조할 만한 상대가 없다면, 즐거움이 취하는 서로 다른 형태를 어떻게 알아볼 수 있단 말인가?

그렇네, 여긴 즐거움이 너무나 가득하다네, 친구여. 길거리 상인들은 커스터드를 채운 비단벌레 모양의 작은 케이크를 팔고, 한 해 내내 기다린 사람들은 그걸 먹어 치우며 혀를 식히느라 후후 불고 있지. 장인들은 교묘한 장치를 붙인 종이 벌새를 행인들에게 팔고 있네. 가장 잘 만든 것들은 던지면 잘 보이지 않을 정도로 빠르게 움직이며 활강하네. 이날의 오후가 되면 움-헬라트의 농부들이 도착하네. 도시의 상인들과 기술자들과 함께 항상 그들도 불러 예우하는 것이지. 이 세 집단 모두의 노력에 도시가 번영하니까. 하지만 대수층*과 강 수면이 너무 낮아지면 농부들은 다른 땅으로 옮겨 가거기서 농사를 짓거나 옥수수 농사에서 쌀농사와 물고기 양식으로 바꾸기도 하네. 땅과 물, 화학물의 관리는 알다시피 복잡한 기술이지만, 이곳에서는 그 기술이 완벽한 단계에 도달했네. 여기 움-헬라트에는 굶주림이 없어. 사람들 중에도, 향기로운 꽃의 꿀을 맛보러 내려오는 철새와 나비에게도. 그래서 선한 새들의 날에 농부들이 특히 찬양받는 것이네.

퍼레이드는 도시 사이를 지나가고, 같은 시민들이 인사를 건네면 농부들은 눈을 내리깔거나 웃어 보이네. 여기, 통통한 여인 하나가 누군가 선물한 닭털 모자를 흔들고 있네. 작업복을 입은 삐삐한 남자는 무당벌레처럼 깎아 래커를 칠한 브로치를 초조한 손길로 만지작거리고 있네. 그는 그걸 손수 만들었는데 남들이 멋지다고 생각해 주길 바라고 있네. 사람들은 그렇게 생각하지!

그리고 여기! 키가 크고 강인하고 맨팔을 드러낸 여자가 매끈한 갈색 두피에 은 스터드를 박아 장식하고, 먹구름 같은 다마스크로

---

* 지하수를 품고 있는 지층.

지은 근사한 유니폼을 입고 있네. 그녀가 사람들 사이를 누비며 씩 웃음 짓고, 넘어진 아이를 일으켜 주는 모습을 보게. 그녀는 그들에게 더 신나게 기뻐하라고 부추기며 이 사람에겐 이 언어로, 저 사람에겐 저 언어로 말하네.(움-헬라트는 다언어 도시거든.) 무리 앞에 다다른 여자는 곧바로 마른 남자의 무당벌레를 보고는 기쁜 눈빛과 미소로 칭찬하네. 그녀가 손으로 가리키니 다른 사람들도 그것을 쳐다보고, 그러자 마른 남자는 얼굴이 시뻘게지는군. 하지만 사람들의 미소 속에는 상냥함과 진심 어린 즐거움뿐이고, 마른 남자는 차츰 가슴을 조금 더 펴고 조금 더 큰 걸음으로 걸어가네. 그는 주위 시민들을 더 행복하게 해 주었고, 이 양순하고 비옥한 땅의 관습에 따르면 그보다 더 훌륭한 미덕은 없지.

기울어 가는 오후 햇볕이 도시를 금빛으로 물들이고 운모가 점점이 박혀 있는 벽과 레이저로 깎은 양각 장식에 반사된 빛이 반짝이네. 바다에서 소금과 미네랄 맛이 나는 바람이 불어오는데, 너무나 시원해서 사람들이 가득한 퍼레이드 진로를 따라 저절로 환호가 터져 나오네. 부두에서 양념을 한 홍합과 쌀, 완두콩, 새우를 넣은 팬을 바삐 젓는 젊은이들이 요리하는 손이 더 빨라지네. 움-헬라트에서는 바다 냄새에 식욕이 돋는다고 하니까. 길거리 모퉁이의 젊은 여자들은 사람들이 젊은 남자들을 따라 춤추도록 흥을 돋우기 위해 시타와 신시사이저, 커다란 목제 드럼을 가지고 나오는군. 너무 덥고 목이 말라 사람들이 쉴 때면 시원한 타마린드-라임 주스가 있지. 나이 든 사람들이 이 주스를 파는 가게를 맡고 있지만, 꼭 필요한 사람에겐 그저 나누어 주기도 하네. 움-헬라트에는 드럼 소리와 타마린드를 필요로 하는 사람이 언제나 있으니까.

기쁘군! 이 도시를 채우는 것은 끊이지 않는 기쁨인데, 거기 대해 말하기는 쉽지만…… 아, 내 비록 시도해 봤지만, 정확히 설명하기는 굉장히 어렵네. 믿을 수 없는 표정을 짓는군! 그게 어려운 건 내게 표현할 어휘가 부족한 탓도 있고, 자네에게 이해력이 부족한 탓도 있어. 자네는 움-헬라트 같은 곳을 본 적 없을 테니까. 그리고 나 역시 관찰자일 뿐, 아직 찾아가 볼 기회는 없었으니까. 그러니 자네도 그곳을 받아들이도록 더 열심히 설명해야겠네.

움-헬라트의 사람들을 어떻게 규정할 수 있을까? 그들이 자녀를 어떻게 사랑하는지, 정직하고 영리한 노동을 어떻게 존경하는지는 자네도 보아 알 터이네. 어쩌면 거기 노인들이 많은 것도 알아차렸을 테고. 내가 지나가는 말로 언급했으니까. 움-헬라트 사람들은 운명과 선택, 의학이 허락하는 한, 건강하고 부유하게 장수하네. 모든 아이들은 기회를 알고, 모든 부모에겐 자신의 삶이 있지. 주택이 없는 사람들도 있지만 원하면 아파트를 가질 수 있어. 여기, 교각 아래 공간은 날마다 빗자루질을 하고 벤치에는 앉기 편하도록 폭신한 충전재가 차 있어서, 이곳에서 지내는 사람들도 그다지 나쁘게 살고 있지 않네. 이 떠돌이들이 허상 속에 산다고 한들, 적어도 해로운 무기나 장소로부터 안전하네. 질병이나 부상의 위험이 있는 곳은 피하도록 안내를 받고, 혹은 통제할 수 없는 상황이 되면 돌봄을 받지.(보호자들에 대해서는 앞으로 좀 더 이야기하겠네.)

그러니 이곳이 바로 움-헬라트일세. 여기 사는 사람들은, 한마디로 서로를 보살피지. 그것이 도시의 목적이라고 그들은 믿네. 그저 수익이나 에너지나 생산물을 발생시키는 것이 아니라 그런 일을 하는 사람들을 지키고 키우는 곳이라고.

　내가 잊고 빠뜨린 이야기는 없나? 참, 친구여, 아주 환상적인 이야기라고 여길 것이 하나 있다네. 다양성! 움-헬라트의 시민들은 너무나 많고 외양과 출신, 성장 과정이 너무나 판이해. 이 땅의 사람들은 여러 다른 지역에서 왔는데, 그건 피부 빛깔과 머리 모양, 입술과 엉덩이 크기만 봐도 알 수 있지. 일꾼들과 장인들이 일을 하고 있는 거리를 걷다 보면, 검은 피부를 가진 이들이 조금 더 많네. 기업 빌딩의 복도를 지나가면 흰 피부가 조금 더 많고. 이 상황은 악의보다는 역사로 인한 것이고, 지금까지도 적극적으로, 의도적으로 수정되고 있네. 움-헬라트의 사람들은 모든 문제의 해결책으로 선의만을 믿는 순진한 사람들이 아니니까. 그렇네. 여기에는 별것도 아닌 관용을 숭배하는 자들도, 내키지 않는 표정으로 알량하게 내미는 존중을 얻겠다고 죽어라 굽실거리는 자들도 없네. 그게 바로 다양성이지. 움-헬라트의 사람들은 세상을 더 좋은 곳으로 만들기 위해 무엇을 해야 하는지 알 만큼 유식하고 그 일을 실제로 실행에 옮길 만큼 실용적이네.

　그것이 잘못된 것처럼 보이는가? 그래선 안 되네. 문제는, 나쁜 의도를 숨긴 이들이 부추긴 탓에, 우리에겐 이미 고통당하는 이들이 더 크고, 불필요한 고통을 당해야 한다고 주장하는 나쁜 습관이 있다는 것이네. 이것이 바로 관용의 역설이요, 표현의 자유가 반역을 일으키는 상황이지. 우리는 어떤 사람들은 사악하기 그지없으며 이런 자들을 막아야 한다고 인정하기를 망설이네.

따지고 보면 여긴 움-헬라트이지, 야만스러운 미국이 아니니까. 여긴 고통당하는 아이 뒤에 숨어서 배부르고 행복하게 살아가는 버러지 같은 도시, 오멜라스가 아니니까. 내가 움-헬라트에 보내는 건 찬양이니, 친구여, 자네가 두려워할 것은 없다네.

그렇다면 움-헬라트가 어떻게 존재하느냐고? 어떻게 그런 도시가 살아남으며 하물며 번창하기까지 하느냐고? 가난한 자 없이 부유하고, 전쟁 없이 발전했으며, 모든 사람이 스스로 아름다움을 아는 아름다운 곳……. 그럴 리가 없다고 하겠지. 유토피아? 따분하기도 하지. 그건 동화이자, 사고(思考)의 연습이라고. 나무통에서 빠져나오려고 서로를 밟아 대는 게들, 서로 못 잡아먹어 안달인, 억압의 올림픽이 곧 세상인데, 움-헬라트 같은 곳은 오래 버티지 못할 거라고 하겠지. 애초에 그런 곳은 존재할 수 없다고. 인종차별은 자연스러운 현상이라고. 너무나 자연스러워서, 모두가 그렇다는 걸 암시하기 위해 '부족중심주의'라고 부르려 든다고. 여성차별도 자연스럽고 동성애 혐오도 자연스럽고 종교 간의 반목도 자연스럽고 탐욕도 자연스럽고 잔혹 행위도 자연스럽고 야만성도 공포도 또……또. "그럴 순 없어!" 자네는 이렇게 외치고 천천히 주먹을 쥐어 허리께 올려놓겠지. "감히 어떻게 그런 소릴. 이 사람들이 무슨 짓을 했기에 그런 거짓말을 믿는가? 그런 게 가능하다니, 내게 무슨 짓을 하는 건가? 감히 어떻게 그런 소릴. 감히 어떻게."

오, 친구여! 나 때문에 기분이 상한 것 같군. 미안하네.

하지만…… 움-헬라트를 달리 어떻게 설명할 수 있을까, 행복하고 정당한 사회를 생각만 해도 그렇게 분노하는데? 솔직히 말하면, 왜 그렇게 화를 내는지 당황스럽지만 말이네. 마치 평등이라는 개념 자체에 위협을 느끼는 것 같네. 마치 꼭 그렇게 화를 내야만 한다는 듯이 말이야. 불행과 불공정을 필요로 하는 것처럼. 하지만…… 정말 그런가?

정말로 그래?

친구여, 믿는가? 선한 새들의 날과 그 도시, 그 환희를 받아들이나? 아니야? 그럼 한 가지 더 이야기하지.

그 여자 기억하나? 키가 아주 크고 갈색 피부에, 근사한 얼굴에 머리를 밀고, 솔직한 즐거움 속에서 애정이 가득한 모습으로, 먹구름 회색 옷을 잘 차려입은 그 여자 말이야. 그녀와 같은 옷차림을 한 사람들이 많은데, 그들은 같은 목적에 헌신하고 있지. 이제 그녀 뒤를 따라가 보세. 그녀는 무리 뒤를 벗어나 섬유질을 깐 골목을 따라 어두운 그림자 속으로 들어가네. 지면에서 몇 미터 위에 떠 있는 고층 건물 아래—아, 이건 완벽하게 안전하네. 움-헬라트는 이제 몇 세대째 중력을 통제해 왔으니까—에서 그녀는 걸음을 멈추네. 거기서 또 두 사람이 기다리고 있지. 하나는 게센인*, 하나는 남성이고 둘 다 마찬가지로 회색 다마스크 옷을 입고 있네. 그들 역시 머리를 깎고 스터드 장식을 빛내고 있어. 그들은 서로 따뜻하게 인사하고, 원할 때에는 포옹도 하네.

그들은 특별한 사람이 아니야. 그저 시민들의 행복과 번영을 위해 일하는 많은 사람 중 몇몇일 뿐이지. 원한다면 사회복지사라고 생각하게. 그들의 역할은 다른 곳의 사회복지사와 다르지 않네. 문

---

* 르 귄의 『어둠의 왼손』에 나오는 게센 행성 사람들은 주기적으로 성별이 변하는 양성인이다.

제가 생겼다는 소식이 들려 이들이 모인 것이네. 그 문제를 의논하고 어려운 결정을 내리기 위해서.

움-헬라트에는 공중에 떠 있는 고층 빌딩보다 훨씬 더 경이로운 것들이 있는데, 그중 하나는 다양한 가능성, 우리가 평행 우주라고 부르는 것들의 거리를 연결하는 능력이라네. 누구나 할 수 있지만, 거의 아무도 시도하지 않는 일이지. 시공간의 특이점 때문에, 움-헬라트 사람들이 닿을 수 있는 세상은 우리 세상뿐이기 때문이네. 이 영예로운 곳에 사는 사람이, 우리가 사는 미개하고 끔찍한 곳에 오고 싶어 할 이유가 있겠는가?

또 기분 나쁜 표정을 짓는군. 아, 친구여! 그럴 거 없네.

어쨌든, 왕래할 위험은 거의 없네. 움-헬라트조차도 대규모 평면 횡단에 드는 엄청난 에너지를 줄이는 방법은 찾지 못했으니까. 우리 세상에서 그들 세상으로 오갈 수 있는 건 파동 입자뿐이네. 정보뿐이라는 것이지. 정보를 누가 원하겠냐고? 아, 잊었군. 이곳은 아무도 굶주리지 않고, 아무도 병든 채 버려지지 않고, 아무도 두려움 속에서 살지 않고, 전쟁조차 거의 망각된 곳이네. 그런 곳에서 안전과 편안이라는 호사를 누리면 사람들은 오로지 지식을 위한 지식을 추구할 수도 있는 법이거든.

하지만 지식 중에는 위험한 것도 있지.

따지고 보면 과거에 움-헬라트는 이만큼 좋은 곳이 아니었네. 출신과 관습, 언어가 너무 다양한 그곳 사람들 전부가 스스로 원해서 결집한 건 아니었어. 과거 이 도시에는 다른 문명이 있었네. 그때의 문명 이야기를 들었더라면, 자네도 그렇게 속상해하지 않았을 거야!(가엾은 친구, 진정하라고, 진정해.) 그 시절의 잔재는 도시 전체 여기 저기에 폐허로, 거대한 모습으로, 반쯤 부서진 채 남아 있네. 여기 에는 교각이. 저기에는 고대 사람들이 미사일이라는 이국적인 말로 부르던 구부러진 물건과 커다란 트럭이 녹슨 채 있네. 저 멀리 다른 도시가 남긴 잔해가 해골처럼 남아 있고. 한때는 움-헬라트처럼 넓 은 곳이었지만, 그만큼 아름답지는 않았네. 이런 건축물들이 땅 전 체에 남아 거치적거리는데, 움-헬라트 사람들은 그것을 다른 풍경 보다 더 우러러보지도, 무시하지도 않아. 사실 어린 시민들이 모두 성년이 되면 이런 것이 있음을 상기시켜 주고, 그 본질과 목적에 대 해 세심하게 선정한 이야기를 들려주어야 하네. 젊은 시민들은 이 걸 알게 되면 그들이 그런 것을 이해할 말이 문자 그대로 없다는 점 에서, 거의 불가해한 충격을 받지. 움-헬라트에서 쓰는 언어들이 과거 우리 언어였던 것은 맞네. 이 세상은 과거 우리의 세상이었으 니까. 그 시절에는 두 세계가 평행하다기보다는 **똑같았네**. 지금도 사람들은 그 언어를 알아볼 수 있을 테지만, 당혹스러운 것은 말하 는 방식…… 그리고 말하지 않는 방식일 것이네. 아, 이 중 몇 가지 는, 최소한 개념은 자네에게도 익숙할 것이네. 가령 남성도 여성도 의미하지 않는 성별에 대한 용어라든가, 얼버무리거나 폄하하는 단 어를 비난하는 것 말이네. 그래도 움-헬라트 사람들이 **스스로를** 묘 사할 때 쓰는 흑인-머리라든가 뚱뚱하다거나, 귀먹은이라는 표현을 유지한 것은 의아할 테지. 하지만 그건 말일 뿐이네, 친구여. 그렇지 않은가? 거기에 경멸을 담지 않는다면, 말들이 스스로를 팔로미노*

---

* 갈기와 꼬리는 흰색이고 털은 황금색인 말.

라거나 미니어처라거나 발에 털이 났다고 자랑스레 소개하는 것과 마찬가지로 아무 의미도 없을 것이네. 그래도 움-헬라트 사람들은 의견이나 다른 일에서 서로 차이를 유지하고 있네. 물론 그렇지! 그들도 사람이니까. 하지만 움-헬라트의 어린 시민들에게 충격을 주는 것은, 한때 그런 견해차에 존중의 격차가 포함되었다는 사실을 깨닫는 일이네. 한때 어떤 사람들에게는 가치가 주어지고, 다른 사람들에게는 그렇지 않았다는 사실. 한때 어떤 사람들에게는 인간성이 부여되고, 다른 사람들에게는 그렇지 않았다는 사실 말이네.

움-헬라트에서 오늘은 선한 새들의 날이네. 모든 사람이 중요하고, 그렇지 않은 사람이 있을 수 있다는 생각조차 혐오스러운 이곳에서.

그러므로 바로 그 이유에서 사회복지사들이 모인 것이네. 누군가 세계 사이의 장벽을 부쉈기 때문에. 움-헬라트의 한 시민이 자네는 알아볼 수 없지만 신호의 파장이 일으키는 미세한 양자 변화를 기록하는 장치를 이용해서 우리의 라디오를 들었네. 그는 우리 텔레비전을 보았어. 우리의 소셜 미디어를 팔로우하며 우리 영상을 보고 우리 셀카 사진에 '좋아요'를 눌렀네. 우리는 움-헬라트에 비하면 굉장히 원시적이지. 두 세계에서 모두 시간은 흐르지만, 그곳 사람들은 서로를 굴복시키려고 시간을 낭비하지 않고, 그로 인해 상당한 차이가 생기네. 그러니 누구나 그렇게 세계를 횡단하는 것을 만들 수 있지. 우리가 아마추어 무선 라디오를 만들듯이. 손쉽게. 그래서 움-헬라트에 우리가 사는 낯선 외계에서 빼낸 정보를 가지고 구축한 거대한 지하 산업이 존재하는 것이네. 아! 범죄가 있다니,

이제야 좀 더 믿을 수 있나. 팸플릿을 써서 배포하고. 예술과 귓속말을 주고받네. 금지된 것은 너무나 유혹적이지 않은가? 여기, 타인에게 해를 줄 수 있는 것만 악하다고 불리는 이곳에서조차 말이네. 정보 수집자들은 자신들이 하는 짓이 그르다는 것을 알고 있네. 옛 도시들을 파괴한 것이 바로 이것임을 알고 있고. 그리고 사실, 그들은 스피커로 듣는 내용과 화면에서 보는 내용에 공포를 느끼네. 우리 세상은 어떤 사람들이 다른 사람들보다 중요하지 않다는 개념이 뿌리를 내리고 우리 인류의 기초를 흔들고 균열을 일으킬 때까지 자랄 수 있는 곳임을 인지하기 시작하네. "어떻게 그럴 수가?" 정보 수집자들은 우리에 대해 이렇게 외치네. "어째서 그런 짓을 하는 거지? 어떻게 저 사람들이 굶어 죽게 내버려 둘 수 있지? 어째서 다른 사람들이 무시당했다고 하면 귀 기울이지 않는 거지? 이들이 공격당하는데 아무도, 단 한 명도 신경 쓰지 않는다는 것은 무슨 의미이지? 누가 타인을 저렇게 대하지?" 하지만 충격 속에서도, 그들은 그 생각을 공유하네. 악은…… 퍼져 나가겠지.

그래서 움-헬라트의 사회복지사들이 한 사람의 시체 앞에 서서 지금 이야기를 나누고 있네. 그는 죽었어. 아름답게 만든 창에 척추를 지나 심장을 찔린 채, 일찍 원치 않은 죽음을 맞았네.(척추를 찌르면 고통이 없네. 심장을 찌르면 빠르게 죽지.) 이것은 사회복지사들이 가지고 다니는 무기 중 하나인데, 창은 소리가 나지 않아서 선호하네. 쏘는 소리도, 튀는 소리도, 지직거리거나 쉬식거리는 소리도, 비명도 없으니 아무도 살펴보러 오지 않으니까. 이 병(病)에 불쌍한 희생자 한 명이 목숨을 잃었지만, 더 이상의 피해는 없을 것이네. 이런 식으로 전염을 막는 거지…… 당분간은. 당분간은 말이야.

그 남자의 시체 옆에 어린 여자아이가 쪼그리고 앉아 있군. 곱슬머리에 통통하고 앞을 보지 못하며 갈색 피부에 키가 나이에 비해 큰 아이네. 보통 때는 잠시도 가만히 있지 않는 아이가 지금은 아버지의 죽음 앞에 울고 있네. 그 모든 상황의 부당함에 뜨거운 눈물을 흘리고 있네. 아이는 아버지가 "미안하다."라고 말하는 것을 들었네. 사회복지사들이 가능한 유일한 선처를 베푸는 것도 들었네. 하지만 아이는 어려서 법을 어기는 결과에 대해 경고를 받지도, 아버지는 그 결과를 알고 받아들였다는 것을 이해하지도 못하네. 그러니 아이에게, 지금 일어난 일에는 목적도 이유도 없네. 무분별하고 무시무시하며 불가능한, '살인'이라는 행위일 뿐이지.

"내가 복수할 거야." 아이가 흐느끼며 말하네. "당신들이 아빠를 죽인 것처럼, 내가 당신들을 죽일 거야." 이건 생각도 할 수 없는 말이네. 뭔가 단단히 잘못되었어. 아이가 외치네. "감히 어떻게 이럴 수가 있어. 감히 어떻게."

사회복지사들은 염려스러운 눈빛을 주고받네. 물론 그들 자신도 오염되어 있네. 그들에겐 용인된 것이고, 솔직히 맡은 업무를 처리하다 보면 불가피한 일이네. 젖지 않고 홍수를 막을 수는 없으니까.(조치도 취하고 있네. 그들 두피에 박은 스터드 말이지. 우리 세계에서, 나병 환자촌에서 일하겠다고 자원한 사람들은 한때 존경을 받았다가 나중에는 환자들과 함께 감금되었지.) 그러므로 사회복지사들은, 이유는 알 수 없지만 이 아이의 아버지가 우리 세계에 대한 해로운 지식을 아이와 나누었음을 알고 있네. 움-헬라트의 청정 시민이라면 처음 충격과 공포를 느낀 뒤 "왜죠?"라고 물었을 것이네. 그들은 이유가 있으리라 예상할 테니까. 이유가 분명 존재할 거라고. 하지만 이 아이는 사회복지사들이 아버지보다 중요하지 않고, 그러므로 이유는 중요하지 않다고 이미 판단했네. 도시 전체가 한 사람의 이기심보다 중요하지 않다고 믿고 있지. 가엾은 것. 그 아이는 우리 세계에 감염되어 거의 패혈증 상태네.

거의. 하지만 우리의 사회복지사, 100명의 낯선 이들로 하여금 수제 무당벌레를 보고 미소를 짓게 한, 키 큰 갈색 피부의 여자가 쪼그리고 앉더니 아이 손을 잡지.

왜? 무엇 때문에 놀라는가? 이 이야기가 아이를 냉혹하게 살해하며 끝날 줄 알았는가? 다른 방법도 있다네. 게다가 여긴 움-헬라트가 아닌가, 친구여. 병든 불쌍한 아이조차 중요한 곳 말이네. 그들은 아이를 격리하고 오랫동안 관심을 보일 것이네. 아이가 그 관심을 받아들이고 귀를 기울이면 아버지가 죽어야 했던 이유를 설명해 보겠지. 아이는 그걸 배우기엔 어리지만, 뭐라도 해야 하지 않겠는가? 그리고 그들은 함께 그를 매장할 것이네. 해야만 한다면, 담당 업무 사이에 짬을 내서 그들이 가꾸는 아름다운 정원에 직접 묻을 테지. 이 정원에는 법을 어긴 움-헬라트 사람들이 모두 묻혀 있네. 통제 과정에서 죽어야 한다고 해서 희생을 기릴 수 없다는 의미는 아니니까.

하지만 이 독약이 혈관에 들어간 다음에는 한 가지 치료법밖에 없네. 싸우는 것이지. 물어뜯고, 찌르고 할퀴고, 잔인하게 맞붙어 싸워야 하네. 어떤 구역도 내줄 수 없고, 가석방도, 토론도 불가하네.

이 아이는 자라서 배우고, 한 가지 사상과 맞서 끝없는 전투를 벌이는 사회복지사가 되어야 하네……. 하지만 아이는 살아서 남을 도울 것이고 거기서 의미를 찾을 것이네. 그 여자의 손을 잡는다면.

이제 드디어 이해가 되는가, 친구여? 가혹한 형 집행 가능성을 듣고 나니 현실적으로 느껴지는가? 그 잔인한 이빨을 보고 나니 이 식민시대 이후의 유토피아를 좀 더 받아들일 수 있는가? 아, 하지만 이 전투를 선택한 건, 오늘날의 움-헬라트 사람들이 아니야. 그들의 조상이 선택한 것이지. 타인의 고통에서 이득을 얻으려고 거짓말을 짜내고 양심을 무시하던 시절에. 그들의 탐욕은 철학이, 종교가, 일련의 국가가 되었네. 모두 피를 흘리고 세운 것이었지. 움-헬라트는 그보다 나아지기를 선택했네. 하지만 그것 역시 진정한 악을 멀리하기 위해서는 피의 희생을 치러야 하네.

그리고 이제 우리가 그대에게 왔네, 친구여. 내 어린 병사여. 내가 무슨 일을 한 것인지 알겠는가? 이 작은 생각이 양자 통로를 따라 너무나 은밀하게 양쪽을 오가고 있네. 자, 어쩌면 자네는 움-헬라트를 생각하며 소망하겠지. 이제 드디어 사람들이 사랑하는 법을 배운 세계를 그릴 수 있을 것이네. 우리 세계에서 사람들이 증오하는 법을 배웠듯이. 어쩌면 남들에게 움-헬라트에 대해 이야기하고, 무역풍을 타고 이동하는 즐거운 철새처럼 그 개념을 더 멀리 전파할지도 모르겠군. 가능하네. 모두가—가난한 자, 게으른 자, 달갑지 않은 자들조차도—중요해질 수 있어. 이런 생각만으로도 어떤 이들에게서는 지극한 분노를 자극하는 것을 아는가? 그것이 바로 이 염증이 스스로를 보호하는 방식이지. 우리 가운데 충분한 수가 어떤 것이 가능하다고 믿으면, 정말로 가능해지니까.

그렇다면? 누가 알겠나. 아마도 전쟁이겠지. 타오르는 열과 병을 다스리는 채찍질. 아무도 그걸 원하지 않지만, 그것 말고는 열꽃이 피고 물집이 잡혀 헉헉거리며 쓰러져서 죽을 때를 기다리는 것 말고 다른 방법이 없지 않은가?

그러니 떠나지 말게. 그 아이도 그대를 필요로 하는 걸 모르겠는가? 자네도 그 아이를 위해 싸워야 하네. 그 아이가 존재한다는 걸 알고 있으니까. 아니, 떠나는 건 무의미하다는 걸 알고 있으니까. 자, 여기, 내 손이 있네. 내 손을 잡아. 부탁이니.

그렇지, 잘했네.

자. 그럼 시작하지.

위대한 도시의 탄생

The City Born Great

나는 도시를 노래한다.

빌어먹을 도시. 내가 살지 않는 건물 옥상에 서서 두 팔을 벌리고 배에 힘을 주고서 내 시야를 막고 있는 건설 부지에 무의미한 포효를 지른다. 사실은 저 너머 도시 전체를 향해 노래를 부르고 있다. 도시는 알아들을 것이다.

지금은 새벽이다. 새벽 습기에 청바지가 끈적이는 느낌이다. 아니면 몇 주나 빨지 않아서 그런지도 모른다. 세탁과 건조에 쓸 동전은 있지만 빨 동안 입을 다른 바지가 없다. 어쩌면 세탁소에 가는 대신 저 아래 굿월 상점에서 바지를 사는 데 써야 하겠지만…… 아직은 아니다. **아아아아**아아아아**아아아아**아아아아 (숨 쉬고) 아아아**아아아아**아아아아아아를 마치고 이 음절이 근처 건물에 부딪혀 다시 내게로 메아리치는 것부터 듣고 나서. 머릿속에 버스타 라임스*의 백비트에 맞추어 「환희의 송가」를 연주하는 오케스트라 소리

---

* 미국의 래퍼이자 가수.

가 들린다. 내 목소리가 그 모든 것을 하나로 묶어 줄 뿐이다.

씨발 입 좀 다물어! 누군가 이렇게 외쳐서 나는 고개 숙여 인사를 하고 무대에서 퇴장한다.

하지만 옥상 문에 손을 댄 채, 걸음을 멈추고 돌아서서 이맛살을 찌푸리며 귀를 기울인다. 한순간, 멀면서도 가까운 무엇인가가 베이스처럼 낮은 저음으로 나를 향해 노래하는 소리가 들리기 때문이다. 내숭 떠는 느낌이랄까.

그리고 그보다 더 먼 곳에서, 또 다른 소리가 들린다. 귀에 거슬리게 으르렁거리는 소리가 점점 커진다. 아니면 혹시 경찰 사이렌이 돌아가는 소리인가? 어느 쪽이든, 마음에 들지 않는 소리다. 그곳을 떠난다.

"이런 일은 돌아가는 방법이 따로 있어." 파울루가 말한다. 역겨운 자식, 그는 또 담배를 피우고 있다. 뭘 먹는 걸 본 적이 없다. 그는 입으로는 담배를 피우고, 커피를 마시고, 말만 한다. 아깝다. 다른 면에서는 괜찮은 입인데.

우리는 카페에 앉아 있다. 파울루와 함께 앉아 있는 건 그가 아침을 사 줬기 때문이다. 카페 사람들이 그를 자꾸 쳐다본다. 그들의 기준에 파울루에겐 백인답지 않은 면이 있는데, 그게 뭔지 알 수 없어서이다. 나를 쳐다보는 건 내가 확실히 흑인이기 때문이다. 그리고 내 옷의 구멍이 유행 따라 낸 것이 아니기 때문이다. 나한테서 냄새가 나는 건 아니지만, 이 사람들은 1킬로미터 밖에서도 신탁 자금 없는 놈의 냄새를 맡을 수 있다.

"좋아요." 나는 달걀 샌드위치를 한입 베어 물다가 바지를 적실 뻔한다. 진짜 달걀이라니! 스위스 치즈까지! 맥도널드에서 파는 쓰레기보다 너무 맛있다.

남자는 말할 때 자기 목소리 듣는 걸 좋아한다. 나는 그의 억양이 좋다. 스페인어를 쓰는 사람과 달리, 비음과 치찰음이 섞인 소리다. 커다란 눈을 보면, 나한테 저렇게 영구 장착 강아지 눈이 있다면 짜증 나는 일을 엄청 피할 수 있었을 텐데 싶다. 하지만 그는 보기보다 나이가 많아 보인다. 훨씬, 훨씬 많아 보인다. 관자놀이에만 머리가 희끗희끗해서 근사하고 기품 있어 보이지만, 한 100살은 된 것처럼 느껴진다.

그도 나를 빤히 쳐다보는데, 내가 익숙한 눈빛이 아니다.

"듣고 있어? 중요한 일이야."

"네." 나는 대답하고 샌드위치를 한 입 더 먹는다.

그가 상체를 앞으로 내민다. "나도 처음에는 안 믿었어. 홍이 나를 끌고 어둡고 악취 나는 하수구로 내려가서, 자라는 뿌리랑 돋아나는 이빨을 보여 주기까지 했다니까. 난 평생 숨소리를 들으며 살았어. 모두 다 듣는 소리인 줄 알았지." 그는 말을 멈춘다. "너는 아직 못 들어 봤나?"

"뭘 들어요?" 이렇게 질문한 건 잘못이다. 내가 듣지 않은 건 아니다. 그저 관심이 없다뿐이지.

그는 한숨을 쉰다. "들어 봐."

"듣고 있다니까요!"

"아니, 내 말은, 내 말을 들으라는 게 아니야." 그는 일어나더니 테이블 위에 20달러를 던진다. 그럴 필요는 없다. 샌드위치와 커피값은 카운터에서 냈고 이 카페는 테이블 서빙을 하는 곳이 아니니까. "목요일에 여기서 다시 만나자."

나는 20달러를 집어 만지작거리다가 주머니에 넣는다. 샌드위치를 사 준 대가로 그와 할 수도 있었을 텐데. 아니면 눈이 마음에 들어서. 뭐, 어쨌든. "집 있어요?"

그는 눈을 깜빡이더니 정말로 짜증 난 표정을 짓는다. "들어 봐." 그렇게 다시 명령하고는 자리를 뜬다.

나는 거기서 가능한 한 오래 앉아 샌드위치를 천천히 아껴 먹고 그가 남긴 커피를 홀짝이며, 정상이라는 환상을 음미한다. 사람들을 구경하며 다른 손님들의 외모를 평가한다. 자기 커피숍에서 가난한 흑인 소년에게 눈길이 가 실존적 위기를 겪는 부자 백인 소녀가 되는 내용의 시를 지어 전단지에 쓴다. 파울루가 내 세련된 모습에 감동해서, 남의 말 들을 줄도 모르는 멍청한 길거리 꼬마라고 생각하는 대신, 나를 우러러보는 상상을 한다. 폭신한 침대와 먹을 것이 가득한 냉장고가 있는 근사한 아파트로 돌아가는 내 모습을 그려 본다.

그러다가 경찰이 들어온다. 뚱뚱하고 불그레한 그가 자신과 차에서 기다리는 파트너가 마실 힙스터 조 맥주를 사면서 생기 없는 눈으로 가게 안을 훑어본다. 나는 거울들이 머리 주위를 원통처럼 에워싸고 빙빙 돌아 그의 시선을 반사시키는 것을 상상한다. 그래 봐야 진짜 효과는 없다. 그저 괴물들이 다가오면 두려움을 덜 느끼려고 해 보는 것뿐이다. 하지만 처음으로 효과가 있다. 경찰은 주위를 둘러보지만 유일한 검은 얼굴에 시선을 꽂지 않는다. 재수 좋다. 나는 달아난다.

나는 도시를 칠한다. 학교 다니던 시절, 금요일마다 찾아와서 원근법이니 명암이니 백인들이 미술학교에서 배우는 것들을 공짜로 가르쳐 주던 화가가 있었다. 하지만 이 남자도 미술학교에 다녔고, 흑인이었다. 흑인 화가는 그때 처음 봤다. 잠시 나도 그렇게 될 수 있을까 생각했다.

가끔은 나도 될 수 있다. 깊은 밤, 차이나타운의 옥상에서 스프레이 두 개와 누가 거실을 연보라색으로 칠하고 밖에 둔 석고판 페인트 통을 들고 꽃게처럼 살금살금 움직인다. 석고판 페인트는 너무 많이 쓸 수 없다. 비가 두어 번 오고 나면 벗겨지기 시작할 테니까. 스프레이 페인트가 모든 면에서 낫지만 두 페인트의 질감이 대비를 이루는 것이 좋다. 거친 연보라색에 매끈한 검정을 칠하고, 그 검정 가장자리에 빨강을 칠하고. 나는 구멍을 그리고 있다. 입에서 시작하지도, 폐에서 끝나지도 않는 목구멍 같은 모양이다. 숨을 쉬고 끊임없이 삼키지만 결코 가득 차지 않는 것. 남서부에서 라과디아 공항으로 가는 비행기에 탄 사람들이나 헬기 투어를 하는 관광객 몇 명이나 뉴욕 경찰 항공 경비 이외에는 아무도 이걸 보지 못할 것이다. 그들이 무엇을 보든지 상관없다. 그들 보라고 그리는 건 아니니까.

정말 늦었다. 밤에 잘 곳이 없어서 깨어 있으려고 이 일을 한다. 월말이 아니라면 지하철을 탈 텐데, 지금 지하철을 타면 검거 할당량을 채우지 못한 경찰이 나를 괴롭힐 것이다. 여기선 조심해야 한다. 크리스티 스트리트 서쪽에는 갱단인 척 자기 영역을 지키는 멍청한 중국 애들이 많아서 눈에 띄지 않으려고 한다. 나는 빼빼 마르고 피부가 검다. 그것도 도움이 된다. 뭐, 내가 하고 싶은 건 그림뿐이다. 그림이 내 안에 있고, 그걸 밖으로 끄집어내야 하니까. 이 목구멍을 열어 놓아야 한다. 반드시, 반드시…… 그렇다. 그거다.

마지막으로 검정색을 뿌리는데, 나직하고 낯선 소리가 들린다. 나는 손을 멈추고, 한순간 어리둥절해서 뒤로 돌아본다. 그러자 뒤에서 목구멍이 한숨을 쉰다. 크고 묵직하고 젖은 바람이 내 살갗의 털을 간질인다. 무섭지 않다. 시작했을 때는 몰랐지만, 이것 때문에 그린 거니까. 어떻게 알게 되었는지는 지금도 잘 모르겠다. 하지만 돌아보니 그건 여전히 옥상에 칠한 그림일 뿐이다.

파울루가 헛소리한 게 아니었다. 흠. 아니면 엄마 말이 옳았던 건가. 내 머리가 정상이 아니라는 말이.

나는 펄쩍 뛰어올라 신나서 환호성을 지르는데, 왜 그러는지도 모른다.

그다음 이틀 동안 도시 구석구석을 돌아다니면서 페인트가 떨어질 때까지 어디에나 숨 쉬는 구멍을 그린다.

파울루를 다시 만난 날은 너무 피곤해서 발을 헛디뎌 카페의 판유리 창문에 부딪힐 뻔한다. 파울루가 내 팔꿈치를 잡아 손님용 벤치로 끌고 간다. "그게 들리는구나." 반가워하는 목소리다.

"커피 소리가 들리는데요." 나는 하품을 참으려고 하지도 않고 속마음을 내비친다. 경찰차가 지나간다. 내가 아무렇지도 않다고, 남의 눈에 띄지 않는다고, 재미로 때릴 가치도 없다고 상상할 만큼 지치진 않았다. 이번에도 효과가 있다. 경찰차는 그냥 지나간다.

파울루는 내 말을 무시한다. 옆에 앉더니 잠시 눈빛이 이상하게 흐릿해진다. "그렇군. 도시가 더 쉽게 숨 쉬고 있어. 좋은 일을 하고 있구나. 훈련도 안 받고."

"노력하고 있어요."

그는 즐거워하는 표정을 짓는다. "내 말을 믿지 않는 건지, 그저 신경을 쓰지 않는 건지 모르겠다만."

나는 어깨를 으쓱인다. "당신 말은 믿어요." 그다지 신경 쓰지도 않는다. 배고프니까. 배 속에서 꼬르륵 소리가 난다. 아직 그가 준 20달러가 있지만, 프로스펙트 파크에서 주위들은 교회 바자회에 가서, 자유 무역 특제 로스팅 원두로 만든 라테 한 잔 값도 안 되는 돈으로 치킨이랑 밥, 야채와 콘브레드를 사 먹을 생각이다.

내 배가 꼬르륵거리니 그가 내려본다. 흠. 나는 기지개를 하는 척 배 위를 긁적이면서 셔츠를 끌어 올리는 걸 잊지 않는다. 예전에 화가가 우리더러 그리라고 모델을 데리고 와서, 골반 위에 조금 튀어나온 '아폴로의 벨트'라는 근육을 가리켰다. 파울루의 시선이 거기로 향한다. 어서, 어서, 걸려라 걸려. 잘 곳이 필요하다고.

그러더니 그가 눈을 가늘게 뜨고는 다시 내 눈에 집중한다.

"잊었구나." 그는 살짝 궁금하다는 어조로 말한다. "난 거의······. 너무 오래된 일이라. 하지만, 한때는 나도 파벨라*의 아이였단다."

"뉴욕에 멕시코 음식이 많지 않죠." 내가 대답한다.

---

* favela, 브라질 도시의 빈민 지역.

그는 눈을 깜빡이더니 다시 재미있다는 표정을 짓는다. 그러더니 진지한 표정이 된다. "이 도시는 죽을 거다." 그는 음성을 높이지 않지만, 그럴 필요가 없다. 나는 이제 귀담아듣고 있다. 음식, 생계. 이런 건 내게 의미가 있다. "내가 네게 가르쳐야 하는 것을 배우지 않는다면. 네가 돕지 않는다면. 때가 되면 너는 실패할 것이고 이 도시는 폼페이와 아틀란티스, 그리고 수십만의 사람이 함께 죽었지만 아무도 기억하지 못하는 10여 개 도시들과 운명을 함께할 거다. 아니면 사산(死産)이 일어날 수도 있어. 도시 껍데기만 살아남아 아마도 미래에 다시 자라겠지만, 생명의 불꽃은 한동안 꺼져 있겠지, 뉴올리언스처럼. 그렇다 해도 어쨌든 너는 죽을 거다. 힘을 얻든, 파멸을 일으키든, 네가 그 촉매야."

그는 처음 등장한 날부터 이런 식으로 이야기하고 있다. 존재하지도 않았던 곳들, 있을 수 없는 것들, 징후니 전조니 늘어놓으며. 나는 그게 헛소리라고 생각하는데, 왜냐하면 내게 이야기하기 때문이다. 자기 엄마가 쫓아내고 날마다 죽으라고 기도하고 아마도 미워하는 애한테 말이다. 하느님도 나를 미워한다. 나도 하느님을 죽어라 미워하는데, 어째서 나를 골라 뭘 시키려 한단 말인가? 하지만 사실 그래서 관심을 두기 시작한 것이다. 하느님 때문에. 굳이 뭘 믿지 않아도 어차피 내 인생은 망했으니까.

"뭘 해야 하는데요?"

파울루는 우쭐한 표정으로 고개를 끄덕인다. 내 마음을 읽었다고 생각하곤. "아. 죽기는 싫은 게구나."

나는 일어나 기지개를 켜고 한낮 기온이 높아지면서 주위 거리가 더 길고 유연해지는 것을 느낀다.(정말로 그런 걸까, 아니면 내가 상상하는 걸까, 아니면 정말로 그런 것이고 나는 그게 나와 어쩐지 연관이 있다고 상상하는 걸까?) "됐거든요. 그런 거 아니에요."

"그럼 그것조차 신경 쓰지 않는구나." 그의 말투를 보면 이 말은 질문이다.

"살아 있는 게 문제가 아니라고요." 나는 언젠가 굶어 죽거나, 어느 겨울밤에 얼어 죽거나, 몸이 썩어 가는 병에 걸려서 돈도 주소도 없어도 병원에 실려 가게 될 것이다. 하지만 끝장나기 전에 이 도시를 노래하고 칠하고 춤추고 섹스하고 울 것이다. 나의 도시니까. 빌어먹을 내 것이니까. 그 때문이다.

"사는 게 문제지." 나는 말을 마친다. 그리고 돌아서서 그를 노려본다. 내 말을 못 알아듣는다면 비위라도 맞춰 보시든가. "뭘 할지 말해 봐요."

파울루의 표정이 어딘가 바뀐다. 지금 그는 듣고 있다. 내 말을. 그래서 그는 일어나더니 처음으로 진짜 수업을 해 주러 나를 데리고 간다.

수업 내용은 이것이다. 대도시들은 다른 여느 생물체처럼 태어나 성숙하고 노쇠하다가 때가 되면 죽는다.

헛소리 같지? 실제 도시에 가 본 사람은 모두 이런저런 방식으로 그걸 느낀다. 도시가 싫어하는 시골 사람들은 당연한 걸 두려워하는 것이다. 도시는 실제로 다르다는 걸. 도시는 세상 위에 올려놓은 누름돌이 되고, 현실이라는 옷감의 찢어진 구멍이 된다. 마치……

마치 블랙홀 같다고나 할까. 그렇다.(나는 가끔 박물관에 간다. 안이 시원하고 닐 디그래스 타이슨*은 섹시하니까.) 점점 더 많은 사람이 들어와 저마다 지닌 이상함을 쌓아 두고 떠나고 다른 이들로 바뀌면서 그 구멍은 더 넓어진다. 결국 구멍이 깊어지다 보면 호주머니가 되고, 그 주머니는…… 무엇인가의 아주 가느다란 실오라기 한 줄로…… 무엇인가에 이어지게 된다. 도시가 무엇으로 만들어졌는지는 모르겠지만, 그것에 말이다.

하지만 분리가 진행되기 시작하면, 그 주머니 속에서 도시의 여러 부분이 증식하고 나누어진다. 하수도는 물이 필요 없는 장소들까지 뻗어 간다. 빈민가에서는 이빨이 자란다. 아트센터에서는 발톱이 자란다. 그 안의 평범한 것들, 교통이니 건설이니 하는 것들은 심장 박동 같은 리듬을 갖기 시작한다. 그 소리를 녹음해서 빠르게 거꾸로 틀어 보면 그 소리가 들린다. 도시가…… 빨라진다.

모든 도시가 그런 수준에 도달하는 건 아니다. 이 대륙에도 두어 곳 위대한 도시가 있었지만, 그건 콜럼버스가 인디언들을 망쳐 놓기 전이었고, 그래서 우린 다시 시작해야 했다. 파울루의 말대로 뉴올리언스는 실패했지만 살아남았고, 그것만으로도 대단한 일이다. 다시 시도할 수 있으니까. 멕시코시티는 한창 진행 중이다. 하지만 뉴욕은 이 지점에 도달한 최초의 미국 도시다.

잉태 기간은 20년이나 200년, 2000년이 걸릴 수 있지만, 결국 그때가 올 것이다. 탯줄을 자르면 그 도시는 독자적인 존재가 되어 후들거리는 다리로 서서…… 뭐, 엄청나게 큰 도시처럼 생기고, 살아

---

* 미국의 흑인 천체물리학자.

서 사고하는 개체가 원하는 건 뭐든 할 것이다.

그리고 자연의 일부라면 뭐든지 그렇듯이, 이 순간을 잠자코 기다리며 그 달콤한 새 생명을 뒤쫓아 그것이 비명을 지를 때 내장을 삼켜 버리고 싶어 하는 것들이 있다.

그래서 파울루가 내게 가르침을 주러 온 것이다. 그래서 내가 도시의 숨통을 터 주고 그 아스팔트 팔다리를 펴서 마사지해 줄 수 있는 것이다. 그러니까, 내가 바로 산파다.

나는 도시를 달린다. 빌어먹을 날마다 달린다.

파울루가 나를 집에 데려간다. 로어이스트사이드에 사는 누군가가 여름 휴가를 떠난 동안 셋집을 다시 세 준 곳에 불과하지만, 그래도 집 같은 느낌은 난다. 그가 어쩌는지 보려고, 묻지도 않고 그의 욕실을 쓰고 냉장고에서 먹을 것을 꺼내 먹는다. 그는 아무 짓도 하지 않지만 담배를 피운다. 아마 날 화나게 하려고 그러는 것 같다. 근처 거리에서 사이렌 소리가 자주, 가까이 들린다. 무슨 이유인지, 나를 찾는 소리인지 궁금하다. 소리 내서 말하지 않지만, 파울루는 내가 꼼지락거리는 것을 알아본다. "적의 전령이 도시 기생충 사이에 숨어 있을 것이다. 그들을 조심해라."

그는 늘 이런 식으로 수수께끼 같은 소릴 한다. 알아들을 수 있는 말도 있긴 하다. 이 모든 것에 어떤 목적이 있을지도 모른다고, 위대한 도시들과 그것이 만들어지는 과정에는 모종의 이유가 있을지 모른다고 추측할 때처럼 말이다. 적이 해 온 짓—취약한 순간 공격하는 기회 범죄—은 더 큰 공격의 준비 작업에 불과할 수도 있다. 하지만 파울루는 헛소리도 엄청 해 댄다. 도시의 요구에 나 자신을 더 잘 맞추기 위해 명상을 생각해 보라는 둥 말이다. 내가 백인 여자들의 요가를 하면서 이 일을 마칠 수 있다는 듯이.

"백인 여자 요가라." 파울루는 고개를 끄덕이며 말한다. "인도 남자 요가. 주식 브로커 라켓볼과 학생 핸드볼, 발레, 메링게 춤, 주민 회관, 소호 갤러리. 너는 수백만의 도시를 구현하게 될 거다. 그들이 될 필요는 없지만, 그들이 네 일부임을 알아야지."

나는 웃는다. "라켓볼요? 그딴 건 내 일부가 아니거든요, 치코*."

"이 도시는 모든 사람 중에서 널 선택했다. 그들의 생명이 네게 달렸어."

그럴지도. 하지만 나는 지금도 늘 배고프고 지쳐 있고, 늘 두렵고, 안전하지 않다. 아무도 소중히 여겨 주지 않는데, 소중한 존재가 되어 봐야 무슨 소용일까?

그는 내가 더 이상 이야기하고 싶어 하지 않는 것을 알고 일어나더니 잠자리에 든다. 나는 소파에 벌러덩 드러누워 세상에 신경을 끈다. 완전히.

꿈, 죽은 듯이 꿈을 꾼다. 묵직하고 차가운 파도 아래 어두운 곳이다. 무엇인가 스르륵거리는 소리를 내며 꿈틀거리고 똬리를 풀어 허드슨 강 어귀로 향한 뒤, 거기서 바다로 사라진다. 그것은 내게로 향한다. 그러면 나는 너무 약하고, 너무 무력하고, 두려움에 너무 꼼짝할 수 없어, 그 포식자의 시선에 깔려 꿈틀거릴 뿐 아무것도 할 수 없다.

---

* 스페인어로 소년, 청년.

무슨 일인지, 무엇인가 저 멀리 남쪽에서 찾아온다.(이 모든 것이 그다지 현실적이지 않다. 모든 것이 이 도시의 현실과 세상의 현실을 연결해 주는 가느다란 줄을 따라 움직인다. 결과는 세상에서 일어난다고, 파울루가 말했다. 원인은 내 주위에 집중되어 있고.) 내가 어디 있든지, 그리고 똬리를 푸는 그것이 어디 있든지, 그것은 나와 자신 사이에서 움직인다. 어떤 거대한 존재가 이번만큼은, 이곳에서만큼은, 나를 지켜 주지만 아주 멀리 있다. 다른 이들이 헛기침을 하고 투덜거리고 준비 태세를 갖추는 것이 느껴진다. 이 오랜 전투를 통제해 온 교전 규칙을 지켜야 한다고 적에게 경고하는 것을. 내게 너무 빨리 달려드는 건 허락되지 않는다.

이 비현실적인 꿈의 공간에서 내 수호자는 더러운 것이 더덕더덕 붙은 채 버티고 있는 보석 모양의 존재인데, 진한 커피와 축구장의 짓밟힌 잔디, 교통 소음과 익숙한 담배 냄새를 풍긴다. 그것이 위협하듯 군도처럼 생긴 대들보를 드러내는 건 아주 잠시지만, 그걸로 충분하다. 꿈틀거리는 것은 움츠리더니 분한 듯 차가운 동굴로 되돌아간다. 하지만 돌아올 것이다. 그것 역시 변함없는 전통이다.

깨어나니 햇볕에 얼굴이 조금 뜨겁다. 그냥 꿈인가? 비틀거리며 파울루가 자는 방으로 들어간다. "상파울루." 내가 이렇게 속삭이지만, 파울루는 일어나지 않는다. 나는 그의 이불 밑으로 파고든다. 그는 잠에서 깨어나더니 내게 손을 뻗지는 않지만, 밀어내지도 않는다. 나는 그에게 고맙다는 걸 알리고 나중에도 나를 집에 들일 이유를 선사한다. 나머지는 내가 콘돔을 구해 오면 하기로 하고, 그는 창백하고 고집스러운 입을 문지른다. 그다음, 나는 그의 욕실을 또 쓰고 그의 세면대에서 빤 옷을 입고 나서 그가 아직 코를 고는 사이 밖으로 나간다.

도서관은 안전한 곳이다. 겨울에는 따뜻하다. 어린이 서고에서 눈을 굴리고 있거나 컴퓨터에서 포르노를 보려고 하지만 않으면 온종일 있어도 아무도 신경 쓰지 않는다. 42번가에 있는 곳—사자상이 있는 곳—은 그런 도서관이 아니다. 거기서는 책을 빌려주지 않는다. 그래도 도서관이라서 안전하니 나는 구석에 앉아 손에 닿는 것을 죄다 읽는다. 『도시 과세법』, 『허드슨 밸리의 새들』, 『도시에서 아이를 가질 때 일어나는 일: 뉴욕 시 에디션』. 봤죠, 파울루? 듣고 있었다니까요.

늦은 오후가 되어서 밖으로 나선다. 사람들이 계단에 모여 웃고, 잡담하고, 셀카봉으로 얼간이 짓을 하고 있다. 저기 지하도 입구 옆에 방탄복을 입은 경찰들이 뉴욕에서 관광객들이 안전함을 느끼도록 권총을 드러내 보이고 있다. 나는 폴란드 소시지를 사서 사자상 발 옆에서 먹는다. 인내가 아니라 용기.* 내 강점은 내가 안다.

고기로 배가 부르고 긴장이 풀려 사실 중요하지 않은 것을 생각하느라—파울루가 얼마나 지내게 해 줄지, 그의 주소를 써서 이런저런 지원을 해도 될지—거리를 보지 않고 있다. 차갑고 따가운 것이 옆구리에 스칠 때까지. 반응하기 전에 그게 무엇인지 알지만, 또 부주의하게 군다. 확인하려고 몸을 돌리니까……. 멍청이, 멍청이. 그런 바보 같은 짓은 하지 말아야지. 볼티모어의 경찰들은 눈을 마

---

* 1930년대 라과디아 뉴욕 시장은 뉴욕 공립 도서관 앞 사자상에 인내와 용기라는 이름을 붙이고 대공황을 이겨 낼 시민의 덕목으로 삼았다.

주쳤다고 사람 척추를 부러뜨렸다. 하지만 도서관 계단 맞은편 모퉁이에서 그 둘—모두 검게 보이는 청색 옷을 입은 키 작고 창백한 남자와 키 크고 검은 여자—을 보자, 실제로 두려움을 깨뜨리는 어떤 것이 눈에 띄는데, 그것이 너무 이상하기 때문이다.

환하고 맑은 날이고, 하늘에 구름 한 점 없다. 경찰들을 지나쳐 걸어가는 사람들은 짧고 뚜렷한 그림자를 남기는데, 그것도 금방 사라진다. 하지만 이 두 사람의 주위에는 그림자들이 모여 웅크리고 있어서, 마치 자신들만의 동그란 먹구름 밑에 서 있는 것 같다. 그리고 내가 지켜보는 동안 키 작은 경찰이…… 기지개 같은 걸 시작하는데, 그의 형체가 아주 조금씩 비틀어지더니 한쪽 눈이 다른 쪽 눈 둘레의 두 배가 된다. 그의 오른쪽 어깨가 서서히 튀어나와 관절이 탈구를 일으킨 것 같다. 그의 동료는 알아차리지 못하는 모양이다.

요오오오오, 안 되겠다. 나는 일어나서 계단에 모인 사람들 사이에서 길을 찾기 시작한다. 할 일을 하면서 그들의 시선을 피하려고 한다. 하지만 이번에는 다른 느낌이다. 끈적거리는, 싸구려 껌 가닥 같은 것이 내 거울들을 방해한다. 그들이 내 뒤를 따르는 게 느껴진다. 뭔가 거대하고 잘못된 것이 내 쪽으로 움직인다.

그때까지도 확신이 들지는 않는다. 진짜 경찰 중에도 꼭 그렇게 가학성을 뚝뚝 흘리고 발산시키는 자들이 많으니까. 하지만 괜한 모험은 하지 않는다. 내 도시는 아직 태어나지도 못한 채 무력한 상태이고, 파울루는 여기서 날 지켜 주지 못한다. 언제나 그렇듯이 내 앞가림은 스스로 해야 한다.

나는 아무렇지도 않은 척 모퉁이에 다다른 뒤 달아나려고 해 본다. 망할 관광객들! 그들은 보도 반대 방향에서 어정거리며 지도를 보거나 아무도 관심 없는 걸 사진으로 찍으려고 걸음을 멈춘다. 나는 머릿속으로 그들을 욕하느라 정신이 팔려 그들 역시 위험할 수 있다는 걸 잊는다. 내가 하이즈먼*처럼 빠르게 지나가는데, 누가 소리를 지르며 내 팔을 붙잡는다. 내가 팔을 뿌리치려 하자 어떤 남자가 이렇게 외치는 소리가 들린다. "저 사람이 아주머니 가방을 빼앗으려 했어요!" 빌어먹을, 난 아무것도 안 **훔쳤어**. 이렇게 생각하지만 너무 늦었다. 다른 관광객이 911에 연락하려고 전화기를 꺼내는 것이 보인다. 이 지역의 모든 경찰이 모든 연령대의 모든 흑인 남자에게 총을 겨눌 것이다.

여기서 빠져나가야 한다.

달콤한 지하철을 약속하는 그랜드 센트럴 역이 바로 저기 있지만, 입구에 경찰 셋이 막고 있어서 우회전해서 41번가로 접어든다. 렉싱턴 애비뉴를 지나자 사람들이 줄어들지만 어디로 가야 할까? 차가 있어도 서드 애비뉴를 가로질러 달려간다. 지나갈 틈은 충분히 있으니까. 하지만 지친다. 난 제대로 먹지 못해 말라**빠진** 녀석이지, 육상 선수가 아니니까.

하지만 옆구리가 따끔거려도 계속 달린다. 그 경찰들, **적의 전령**이 등 뒤에 다가오는 것이 느껴진다. 그들의 둔한 발걸음에 땅이 흔들린다.

한 블록 떨어진 곳에서 사이렌 소리가 다가오는 것이 들린다. 젠장, 유엔 본부 건물이 다가온다. 첩보 기관이나 그런 것까진 필요 없

---

* 미식축구 선수 존 하이즈먼.

는데. 왼쪽 골목으로 들어서서 나무판을 밟고 넘어진다. 이번에도 재수가 좋다. 내가 넘어지는 순간, 경찰차 한 대가 골목 입구를 지나가는 바람에 나를 보지 못한다. 나는 엎드린 채 숨을 고르고 경찰차 엔진 소리는 멀리 사라진다. 그다음, 안전하다는 생각이 들자 일어난다. 뒤를 돌아본다. 도시가 내 주위에서 꿈틀거리고 있어서. 콘크리트는 안절부절 헉헉거리고 건물 기반부터 루프탑 바까지 모든 것이 안간힘을 써서 내게 가라고 한다. 가. 가라고.

등 뒤 골목에 몰려드는 건…… 대체…… 뭐지? 뭐라고 해야 할지 모르겠다. 너무 많은 팔, 너무 많은 다리, 너무 많은 눈, 그 모든 게 내게 고정되어 있다. 그 덩어리 어딘가에서 검은 머리와 창백한 금발의 두피가 보이고, 문득 이들이—이것이—내가 본 두 경찰임을 깨닫는다. 정말 끔찍한 괴물. 골목의 벽에 금이 가면서 그것이 좁은 공간으로 스며든다.

"아. 젠장. 안 돼." 나는 놀라서 외친다.

나는 바닥을 짚고 일어나서 피한다. 세컨드 애비뉴에서 순찰차 한 대가 돌아오지만 제때 몸을 숙여 피하지 못한다. 순찰차 확성기에서 잘 알아들을 수 없는 소리가, 아마도 널 사살하겠다라는 소리가 퍼져 나와서 나는 정말로 놀란다. 내 뒤에 있는 저게 보이지 않는단 말인가? 아니면 도시 세수 때문에 철저히 조사할 수 없어 그냥 두는 건가? 젠장 날 쏘라지. 저것에 당하느니 그 편이 나으니까.

나는 세컨드 애비뉴로 좌회전한다. 차가 많아 경찰차는 나를 뒤쫓지 못하지만, 그렇다고 경찰 둘이 합체한 괴물을 막지도 않을 것 같다. 45번가. 47번가로 접어드니 다리가 돌덩이처럼 무겁다. 50번

가로 접어드니 죽을 것 같다. 저렇게 어린데 심장마비라니. 불쌍한 것, 유기농 식품을 더 먹었어야지. 마음을 편하게 먹고 그렇게 화를 내지 말았어야지. 세상에서 잘못된 걸 무시하고 살아가기만 하면, 해를 입을 일도 없는데. 뭐, 어차피 세상이 널 죽일 때까지는 말이야.

길을 건너고 한번 돌아보니, 다리가 적어도 여덟 개 달린 것이 팔 서너 개를 써서 건물을 밀치고 보도로 굴러와 잠시 비틀거리고는…… 다시 내게 곧장 달려든다. 좀 전의 합체 경찰인데, 거리를 좁히고 있다. 오 젠장 오 젠장 오 젠장 제발 안 돼.

선택은 하나뿐이다.

급우회전. 53번가. 자동차 흐름과 반대 방향. 양로원, 공원, 산책로…… 그딴 건 됐고. 보행자 육교? 그것도 됐고. 완전히 미친 사람처럼 6차선 도로 여기저기가 움푹 파인 FDR 드라이브*로 직진한다. 그만둬, 브루클린에 가는 도로에다 네 몸뚱이를 박살 내서 처바르고 싶지 않으면 걸어서 건너지 마. 그 건너편에는? 이스트 강이다. 살아남는다면. 얼마나 겁을 먹었는지 그놈의 시궁창도 헤엄쳐서 건널 생각이다. 하지만 아마도 3차선에서 쓰러지고 나면 차들이 쉰 대는 깔고 지나가고 나서야 누가 브레이크를 밟겠지.

등 뒤에서 합체 경찰이 축축하고 부풀어 오른 소리로 후우 내뱉는다. 잡아먹기 전에 목구멍을 넓히려는 듯이. 나는

장벽을 넘어 풀밭을 지나 빌어먹을 지옥으로 들어가고 첫 차선에서는 은색 차 두 번째 차선은 빵 빵 빵 세 번째 차선은 **세미 트레일러 야 이 미친놈아 FDR에서 무슨 짓이야 정신이 나갔어 이 멍청한**

---

* 뉴욕 시 동쪽에 위치한 자동차 전용 도로.

촌놈아라고 외치고 네 번째 차선은 **그린 택시** 비명을 지르는 스마트 카 하하하 귀엽다 다섯 번째 차선은 이삿짐 트럭 여섯 번째 차선은 파란 렉서스가 비명을 비명을 비명을 지르면서 지나가며 내 옷을 정말로 스치고

비명을

비명을 지르는 금속과 타이어 속에서 현실 감각은 점점 흐려지고, 합체 경찰을 보고 멈추는 건 아무것도 없다. 그것은 이 세상 존재가 아니다. FDR은 영양분과 힘, 사고방식과 아드레날린의 움직임으로 생명을 유지하는 동맥이고, 자동차들은 백혈구인데 그것은 자극을 주는 것, 염증, 이 도시가 고려하지도 여지를 주지도 않는 침입자이며

비명 속에서, 합체 경찰은 그 세미 트레일러와 택시와 렉서스에 치여 산산조각이 나고, 앙증맞은 저 스마트 카도 사실 조금 방향을 틀지만 남아서 물컹거리는 조각을 치고 지나간다. 나는 숨을 헉헉대고 몸을 떨며 식식거리는 상태로 풀밭에 쓰러져, 열두 개의 팔다리가 으스러지고 스물네 개의 눈이 짓이겨지며 주로 잇몸뿐인 입이 턱부터 혀까지 찢어지는 광경을 지켜볼 수밖에 없다. 조각들은 AV 케이블이 빠진 모니터처럼 깜빡이며 반투명에서 단색으로 바뀌지만, FDR은 대통령 차량 퍼레이드나 닉스 경기가 아니면 별것도 아닌 일에 멈추지 않는다. 그리고 이건 확실히 카멜로 앤서니[**]가 아니다. 얼마 지나지 않아 아스팔트에 반쯤 현실적인 얼룩 말고는 아무것도 남지 않는다.

[**] 미국 프로 농구 선수.

나는 살아 있다. 와, 대단.

나는 잠깐 운다. 엄마의 남자 친구가 여기 없으니 남자답지 못하
다고 따귀를 때릴 사람도 없다. 아빠는 괜찮다고 할 거다. 눈물은 살
아 있다는 뜻이라면서. 하지만 아빠는 죽었다. 그리고 나는 살아 있다.

화끈거리고 힘 빠진 팔다리로, 겨우 몸을 일으키다가 다시 쓰러
진다. 온몸이 아프다. 이게 그 심장마비란 건가? 메슥거린다. 모든
것이 떨리고 흐릿하다. 어쩌면 뇌졸중일지도 모른다. 늙어야만 뇌
졸중에 걸리는 건 아니다. 그렇지 않은가? 나는 쓰레기통으로 비틀
거리며 걸어가 거기에다 토할까 생각한다. 벤치에 늙은 아저씨가
누워 있다. 20년 후 내 모습이다. 그때까지 산다면 말이다. 그는 한
쪽 눈을 뜨고 내가 거기 서서 웩웩거리는 걸 보더니, 자긴 자다가
도 그보다는 구역질을 잘할 자신이 있다는 듯 못마땅한 눈초리로
입을 꼭 다문다.

그가 말한다. "시간이 됐다." 그리고 돌아누워 내게 등을 돌린다.

시간. 불현듯 움직여야만 한다. 메슥거리든 아니든, 지쳤든 아니
든, 뭔가…… 나를 잡아당기고 있다. 서쪽, 도심을 향해. 나는 쓰레
기통에서 몸을 떼어 내고, 내 몸뚱이를 끌어안고 떨면서 육교 쪽으
로 비틀비틀 걸어간다. 좀 전에 내달렸던 도로 위를 걸어가며 이제
는 자동차 바퀴 백 개가 아스팔트에 갈아 버린 죽은 합체 경찰의 반
짝이는 조각을 내려다본다. 그 조각 몇 개는 아직도 꿈틀거리고 있
는데, 기분이 좋지 않다. 감염, 침입. 나는 그것이 사라지면 좋겠다.

우리는 그것이 사라지면 좋겠다. 그렇다. 시간이 됐다.

눈을 깜빡이니 갑자기 센트럴 파크에 와 있다. 대체 여기 어떻게

온 거지? 어리둥절한 상태로, 검은 구두를 보고서야 또 경찰 두 명의 옆을 지나치고 있다는 것을 깨닫지만, 그 둘은 내게 신경 쓰지 않는다. 신경 써야 하는데도. 6월에 춥다는 듯 떨고 있는 말라빠진 애라니. 그래 봐야 나를 어딘가로 끌고 가서 엉덩이에 뚫어뻥이나 쑤셔 넣을 뿐이라고 하더라도, 그들은 나를 보고 반응해야 한다. 대신, 나는 거기 없는 사람 취급이다. 기적이란 존재하고, 랠프 엘리슨*의 말이 옳았고, 어떤 뉴욕 경찰에게도 걸리지 않고 그냥 지나칠 수 있다. 할렐루야.

호수. 보 브리지.** 전환의 장소. 나는 여기서 걸음을 멈추고, 여기서, 모든 것을…… 안다.

파울루가 말해 준 모든 것. 그건 사실이다. 이 도시 너머 어딘가에서 적이 깨어나고 있다. 적이 보낸 전령들은 실패했지만 이제 그 얼룩이 도시에 남아, 지금은 극미량인 합체 경찰의 본질 위로 자동차가 지나갈 때마다 퍼져 나가서 기반을 형성할 것이다. 적은 이것을 바탕으로 어둠 속에서 세상을 향해, 따스함과 빛을 향해, 나라는 저항을 향해, 내 도시라는 점점 자라나는 완전한 존재를 향해 올라올 것이다. 물론 이 공격이 전부가 아니다. 나온 것은 적이 지닌 오랜, 아주 오랜 악 중에서 가장 작은 일부일 뿐이지만, 그것만으로도 자길 지켜 줄 진짜 도시조차 없는, 하찮고 지친 아이를 서서히 죽이기에는 충분하고도 남는다.

아직은 아니다. 시간이 됐다. 늦지 않았을까? 두고 보자.

---

* 소설 『보이지 않는 사람』을 쓴 미국 흑인 작가.

** 센트럴 파크의 호수 다리.

세컨드, 식스, 에잇스 애비뉴에서 양수가 터진다, 아니, 급수. 급수관. 도로가 엉망이 되어서 퇴근길이 개판이 될 거다. 눈을 감으니까 남들은 아무도 못 보는 것이 보인다. 현실의 움직임과 리듬이, 가능성의 수축이 느껴진다. 손을 뻗어 내 앞에 놓인 다리의 난간을 잡고 그것을 통과하는 꾸준하고 강한 맥박을 느낀다. 잘하고 있어, 아기야. **훌륭해.**

뭔가 변하기 시작한다. 나는 점점 커져 주위를 아우른다. 도시의 기반만큼이나 묵직한 창공 위에 올라간 느낌이 든다. 여기에는 나와 함께 다른 이들도 떠올라 바라보고 있다. 월 스트리트 아래 묻힌 내 조상들의 뼈, 크리스토퍼 파크 벤치 아래 갈려 나간 내 전임자들의 피를. 아니, 내 새로운 사람들 가운데 **새로운** 타인들, 시공간이라는 직물에 새긴 묵직한 각인들. 상파울루는 아주 가까이에 앉아 그 뿌리를 죽은 마추픽추의 뼈까지 뻗고 점잔빼며 지켜보면서, 상대적으로 최근 일이었던, 트라우마를 남긴 탄생의 기억에 조금 꿈지럭댄다. 파리는 멀찌감치 무관심하게 관찰하며 우리의 천박하고 건방진 땅에 생긴 도시가 이런 과도기에 도달했다는 사실에 살짝 기분이 상한다. 라고스는 북적임과 과장 광고, 승부를 아는 새 동료를 보고 기뻐 어쩔 줄 모른다. 그리고 더, 아주 많은 도시들이 전부 지켜보며 그 수가 늘어나는지 기다리고 있다. 혹은 늘어나지 않는지. 어쨌든 그들은 내가, 우리가 빛나는 한순간 위대했음을 목격할 것이다.

"우린 해낼 거야." 나는 그 난간을 꼭 잡고 도시의 수축을 느끼며 말한다. 도시 전체에서 사람들이 귀에서 펑 하는 소리를 듣고 당황해서 주위를 둘러본다. "조금만 더. 힘을 내." 두렵지만 이 일은 재촉할 수 없다. 로 케 파사, 파사.* 젠장, 이제 그 노래가 내 머릿속에, 뉴욕처럼 내 안에 있다. 그건 전부 여기 있다. 파울루의 말 그대로. 이제는 나와 도시 사이에 간극이 없다.

그리고 창공에 물결이 치고, 미끄러지고, 찢어지면서, 적이 현실을 잇는 포효와 함께 심연에서 꿈틀거리며 일어나는데……

하지만 너무 늦었다. 줄은 끊어지고 우린 여기 있다. 우리는 변한다! 우리는 완전하고 무결하게 독립적으로 일어서고 다리가 후들거리지도 않는다. 우린 해냈다. 잠들지 않는 도시에서는 자지 마라, 아이야. 그리고 비늘이 달리고 으스스한 게 있다는 헛소리도 여기선 하지 마라.

내가 팔을 들자 거리들이 도약한다.(진짜이지만 아니기도 하다. 땅이 움직이지만 사람들은 흠, 오늘 지하철이 많이 흔들리네라고 생각한다.) 나는 발에 힘을 주고, 그러면 발은 대들보가, 닻이, 기반암이 된다. 심연의 짐승은 비명을 지르고 나는 출산 후 분출하는 엔도르핀에 어지러움을 느끼며 웃어 댄다. 대령하라. 그것이 내게 오면 나는 브루클린 퀸스 고속도로로 바디체크를 하고 인우드 파크로 백핸드를 치고 사우스브롱크스를 떨어뜨려 퇴짜를 놓을 것이다.(그날 밤 저녁 뉴스에는 공사현장 열 곳에서 레킹 볼**이 내려앉았다고 보도할 것이다. 도시 안전 규정이 너무 느슨하다. 끔찍하고 무서운 일이다.) 적은 볼썽사납게 구불구불거릴 것이고—온통 촉수다—나는 으르렁거리며 그것을 깨물 것이다. 뉴요커

---

* 일어날 일은 일어난다는 뜻의 스페인어.
** 건물을 철거할 때 크레인에 매달고 휘두르는 쇳덩이.

들은 수은이니 뭐니 하면서도 거의 도쿄만큼 초밥을 먹어 치우니까.

아, 이제 우는군! 이제 달아나고 싶나? 아니, 꼬맹아. 너 잘못 찾아왔다. 내가 퀸스의 전력을 다해 그것을 밟자 그 짐승 속에서 뭔가 부서지며 사방에 형광물질을 흘린다. 이건 충격이다. 그건 몇백 년 동안 정말로 다쳐 본 적이 없기 때문이다. 그것은 분노해서 반격하는데, 너무 빨라 내가 막지 못하고, 도시 대부분이 볼 수 없는 곳으로부터 고층 빌딩 길이의 촉수가 갑자기 꿈틀거리며 나오더니 뉴욕 항구를 내리친다. 나는 비명을 지르고 쓰러지며 갈빗대가 부러지는 소리를 듣는다. 그리고—안 돼!—대지진이 브루클린을 몇십 년 만에 처음으로 뒤흔든다. 윌리엄스버그 브리지가 뒤틀리더니 불쏘시개처럼 부러진다. 맨해튼은 신음하며 쪼개지지만 다행히 버틴다. 모든 죽음이 내 경험처럼 느껴진다.

씨발 너 그거 때문에 죽는 줄 알아. 이 결심은 생각이 아니다. 분노와 비통함에, 나는 복수심으로 화했다. 고통은 아무것도 아니다. 이런 일이 처음도 아니다. 갈빗대의 신음을 뚫고, 몸을 일으켜 플랫폼에서 오줌 갈기는 자세로 버티고 선다. 그리고 적에게 롱아일랜드의 방사능과 고와너스 독성 폐기물의 원-투 펀치를 날리자, 그것들은 황산처럼 적을 태운다. 적은 다시 고통과 혐오에 비명을 지르지만, 시끄러워, 여기 네 자리는 없어. 이 도시는 내 것이야, 꺼지라고! 이 교훈을 제대로 가르치기 위해, 나는 그놈을 롱아일랜드 철도의 길고 무시무시하고 시끄러운 철로로 자른다. 더 오랫동안 고통을 주기 위해 라과디아에 오가는 버스 탑승의 기억으로 상처에 소금을 뿌린다.

그리고 부상에 모욕까지 더하기 위해서? 호보켄*으로 백핸드를
써서 놈의 엉덩이를 갈기고 신의 망치처럼, 상남자 만 명의 술 취한
분노를 내리친다. 항만 관리 위원회에서 호보켄도 명예 뉴욕으로
삼았다고, 이 개자식아. 넌 뉴저지에 당한 거야.

어느 도시에나 그러하듯이 적은 자연에 없어서는 안 될 본질이
다. 우리가 겪는 변화의 과정을 막을 수 없듯, 적도 완전히 종식시
킬 수 없다. 나는 적의 아주 작은 일부만 다치게 했을 뿐이다. 그러
나 그 부분을 망가진 채 돌려보냈다는 것도 아주 잘 알고 있다. 좋
다. 최후의 결전 때가 온다면 놈은 다시 내게 달려들기 전에 한 번
더 생각해 볼 것이다.

내게. 우리에게. 그렇다.

손에 힘을 빼고 눈을 뜨고 파울루가 또 망할 담배를 입에 물고 다
리를 따라 내 쪽으로 걸어오는 모습을 보니, 그의 실체가 다시 한번
언뜻 보인다. 내 꿈속에 나타났던, 반짝이는 첨탑들과 악취 나는 빈
민가와 훔쳐다가 점잖은 척 잔인하게 다시 만든 리듬이 퍼져 있던
것. 그도 내 실체를, 온갖 환한 빛과 엄포를 언뜻언뜻 보는 것을 알
고 있다. 어쩌면 늘 보았을지도 모르지만, 지금은 그의 눈빛에 감탄
이 서려 있고 나는 그 점이 마음에 든다. 그는 다가와서 나를 어깨
에 기대게 하더니 이렇게 말한다. "축하한다." 나는 씩 웃는다.

나는 이 도시를 산다. 번창하고 있는 도시는 나의 것이다. 도시의
훌륭한 화신(化身)인 내가 함께라면? 우리는 두 번 다시 두려워하지
않을 것이다.

---

* 허드슨 강을 사이에 두고 뉴욕 시와 마주 보는 도시.

50년 후.

나는 멀홀랜드 드라이브*에서 차에 앉아 석양을 바라보고 있다. 차는 내 것이다. 나는 이제 부자다. 이 도시는 내 것이 아니지만, 그래도 괜찮다. 오래된 방식에 따라 이 도시를 살게 하고 일어서서 번성하게 할 사람이 올 것이다. 오지 않을지도 모른다. 나는 내 할 일을 알고 전통을 존중한다. 모든 도시는 스스로 생겨나거나, 그러려고 하다가 죽는다. 우리 노인들은 그저 안내와 격려를 할 뿐이다. 지켜보고.

저기. 선셋 스트립 근처 창공에 푹 팬 곳. 내가 찾는 영혼 속에서 차오르는 고독을 느낄 수 있다. 가엾은, 텅 빈 아기. 하지만 이제 머지않았다. 곧―살아남는다면―그 아기는 두 번 다시 외롭지 않을 것이다.

나는 내 도시를 향해, 그토록 멀리 있지만 결코 내게서 뗄 수 없는 그곳을 향해 손을 뻗는다. 준비됐니? 뉴욕에게 묻는다.

씨발 당연하지. 뉴욕이 고약하고 맹렬하게 대답한다.

우리는 이 도시를 노래하는 자를 찾기 위해, 바라건대 그 위대한 탄생의 노래를 듣기 위해 나선다.

---

* 할리우드와 로스앤젤레스 시내가 내려다보이는 남부 캘리포니아의 도로.

붉은 흙의 마녀

Red Dirt Witch

예언이 되는 꿈인지, 그저 무의미한 꿈인지 알고 싶다면 그 꿈을 세 번 꾸는지 지켜보면 되었다. 에멀린은 앨라배마 주 역사상 가장 추운 것으로 기록된 밤에 '하얀 숙녀*'의 꿈을 세 번째로 꾸었다. 실제로 몹시 추운 날이었다. 달조차 그림자의 베일 뒤로 숨은, 1월의 길고 어두운 안식일, 영하 23도의 추위였다.

  에멀린은 태초로부터 어디서나 가난한 사람들이 써 온 방법으로 그 추위에서 살아남았다. 따뜻하고 활기찬 친구와 함께 말이다. 패치워크 퀼트 이불 세 채도 도움이 되었다. 친구인 프랭크 히스는 쉰다섯 살 남자치곤 굉장히 원기 왕성한 사람이었다. 자기 말로는 마흔다섯이라고 우겼는데 그 점이 도움이 되었는지도 모른다. 이불은 에멀린의 것이었고, 둘 중 한 사람에게 말린 꽃(잭-인-더-펄핏**)과 옷

---

* 본래 White Lady는 미국에서 19세기부터 각지에서 전해지는 괴담 속 여자 유령이다. 주로 남편이나 연인을 잃거나 아이를 잃은 여인으로 묘사된다.

** Jack-in-the-pulpit, 천남성과의 다년생 초본으로 긴 원통형의 꽃이 핀다.

감 자투리 조각 밑에 넣어 둔 숯 몇 덩이가 있는 것도 도움이 되었다. 따스함과 여름철 느낌을 위해 준비한 것이었는데, 그 두 가지는 물론 언제든지 찾아와 하룻밤 함께해도 반가운 것이었다. 적어도 아이들 침대는 그것들이 찾아왔는지 따뜻했고, 에멀린은 감사했다. 아이들은 포근하고 편안하게 곤히 잠들었다. 덕분에 에멀린과 프랭크는 양심에 거리낄 것 없이 온기를 나누는 행위를 마음껏 할 수 있었다.

행위를 마친 뒤, 눈을 감은 에멀린은 자신이 듀건의 구내 시장에 있는 것을 깨달았다. 먼지 자욱한 남부의, 겨울에도 눈부시게 강렬한 햇빛이 시장에 나 있는 거리로 자동차나 카트나 사람 들의 방해 없이 비스듬히 비쳤다. 프랫 시티는 도시라기보다는 버밍엄 인근 흑인 지역에 불과했지만, 나름대로 번창하며 활기찬, 살기에 부족함 없는 곳이었다. 하지만 에멀린은 이곳이 이렇게 텅 빈 것은 난생처음 보았다. 추위에 약이라도 올리려는 듯, 시장 쓰레기통이 수박이니 초록 토마토, 복숭아 등의 여름 농산물 그리고 일찍 수확한 콜라드 그린* 몇 장과 함께 굴러다녔다. 그렇다면 이 꿈이 에멀린에게 어떤 일을 경고하는지 몰라도, 그 일이 여름 더위와 함께 찾아오리라는 의미였다.

엠은 습관적으로 이 마지막 농산물 위에 붙은 표지판을 한번 보았다. 역시 너무 비싸다. 탐욕스러운 놈들.

"그렇지, 탐욕은 죄이지." 사방에서 부드러운, 속삭임 같은 목소리가 말했다. "그런 짓을 한 놈들을 벌주는 게 당연하겠지?"

---

* 케일과 비슷한 채소며 미국 남부 요리에 꼭 필요한 재료.

에멀린이 그동안 길들인 정령 중 하나였다. 하지만 정령들은 에멀린을 시험하기를 좋아했기에 그들을 대할 때는 늘 조심하는 게 현명했다. "그럴 수만 있다면. 그렇지만 가게 매니저만 벌을 줘야지. 회사는 너무 커서 잡을 수 없으니. 그리고 솔직히 매니저도 탓할 수 없을 거 같네. 그 사람도 나처럼 먹여 살릴 애들이 있으니까."

"죄는 죄다, 이 여자야."

"그럼 죄 없는 여자더러 먼저 돌을 던지라고 해." 엠이 쉽게 받아쳤다. "너도 잘 알잖아." 그리고 엠은 자제했다. 짜증 부리는 건 분별없는 짓이다. 악담을 하면 해로운 바람이 들어오는 창문이 열린다. 아마도 그런 이유로 그 음성은 엠이 짜증 내길 바라는 것 같았다.

음성은 분해서 작게 한숨을 쉬었다. 음색도, 성별도 없는, 거의 사람의 목소리도 아닌 소리였다. 그 한숨이 길 건너 소나무들 사이를 스치는 바람처럼 속삭였다. "누가 온다는 걸 알리는 것뿐이다, 이 성질 더러운 할망구야."

"누구, 예수 그리스도? 때가 되긴 했지, 느려 터진 자식."

속삭임 같은 웃음소리.

"좋아, 그럼. 하얀 숙녀가 오고 있다. 훌륭한 분인데, 너와 네 족속에게 특별한 선물을 준비하고 있다. 준비됐나?"

엠은 혼자 이맛살을 찌푸린다. 다른 두 번의 꿈은 이것보다 더 애매했다. 여러 가지 상징과 위협과 징조와 전조가 약간씩 섞여 있었다. 결국 운명이 참을성을 잃고 엠이 들어야 하는 것을 숨김없이 말하게 된 모양이었다.

"아니, 준비 안 됐어." 엠이 한숨을 쉬며 말했다. "하지만 그런 게 상관없는 사람들도 있으니까. 미리 알려 줘서 고마워."

다시 웃음소리가 커지더니 돌풍이 되어 에멀린을 들어 올려 빙빙 돌렸다. 시장은 회오리바람 속으로 사라졌지만, 그러는 와중에 어디선가 나타난 리본들이 토네이도 속으로 들어가면서 실크처럼 반짝이는 붉은색으로 펄럭이는 것이 보였다. 진실은 언제나 손에 쥘 수 있었다. 손을 뻗어 붙잡기만 한다면. 문제는, 엠이 그걸 쥐고 싶지 않다는 거였다. 지쳤다. 주여, 자비를 베푸소서. 세상은 변하지 않았다. 그저 긴장을 풀면, 꿈은 그녀가 원하는 대로 다시 잠들게 해 주었을 것이다.

하지만…… 흠. 준비를 하는 게 낫겠지. 그녀는 생각했다.

그래서 엠은 한 손을 뻗어 리본 하나를 잡았다. 그러자 불현듯 시장을 통과하는 길에 사람들이 가득해졌다. 성난 사람들, 대부분 백인들이 길 가장자리에 줄지어 있었다. 그리고 시위하는 사람들, 대부분 흑인들이 길 한가운데 있었다. 흑인들은 이를 앙다물고 턱을 치켜들고 있었는데, 백인들이 주위에 있는 상황에서 그런 표정을 짓는다면, 항상 말썽이 일어난다는 뜻이었다. 왜냐, 백인들은 자부심을 보기 싫어하니까. "큰일 났다, 큰일." 그 음성이 노래하듯 말했다. 시위자들 앞에, 경찰이 손에는 곤봉을 들고 옆에는 짖어 대는 개를 데리고 일렬로 늘어서 있었다. 에멀린은 유혈 사태가 벌어질 게 거의 확실하다는 생각에 뱃속이 죄는 느낌이었다. 자부심! 그것 때문에 그렇게 피를 흘릴 가치가 있나?

하지만 엠이 시위자들에게 어리석다고 외치려고 입을 열려 할 때 속삭임 같은 음성이 다시 웃었고, 그녀가 다시 뒤를 돌아본 순간 웃음소리는 꿈에서 현실로 그녀를 뒤쫓아왔다.

흠, 꿈에서 깨길 원하긴 했지만, 어둡고 숨을 쉬려고 이불 밖에 내민 입과 뺨이 너무 차가웠기 때문에 현실이 별로 마음에 들지 않았다. 이가 딱딱 부딪히고 있었다. 엠은 다시 손을 뻗었다.

"아직 일어날 때 안 됐어." 뒤척이는 그녀에게 프랭크 역시 잠결에 중얼거렸다.

"쉬는 건 일요일이 있잖아." 에멀린이 말했다. "그때까지 살고 싶으면 일을 해야지."

나지막하고 풍부한 프랭크의 웃음소리가 그의 몸보다 더 따뜻하게 엠을 데워 주었다. "알겠습니다, 마님." 그는 이렇게 말하고 시키는 대로 했다.

이윽고 두 사람은 행위에 몰두했다. 그래서 에멀린은 외동딸인 폴린도 무서운 꿈 때문에 잠에서 깨어나 복도를 한동안 서성인 것을 알지 못했다.

정령들이 한 계절 전에 경고를 해 주었으니, 엠은 그 시간을 하얀 숙녀의 도착에 대비하면서 보냈다. 즉, 꿈을 꾼 직후 며칠 동안 할 수 있는 일을 최대한 마쳤다는 것이다. 앨라배마에서 늘 그렇듯이, 추위는 빠르게 지나갔다. 그리고 살기 좋은 날씨가 되자, 에멀린은 폴린에게 11월부터 저장한 허브를 전부 빻으라고 하고 아들 샘플에게 우편함 옆에 간판을 세워 놓게 했는데, 거기에는 '모두를 위한 허브와 기도'라고 적혀 있었다. 그러고 나자 곧 간절한 손님들이 줄지어 찾아왔다.

우선 제이크 씨가 왔는데, 그는 크리스마스 저녁 식사 때 사촌과 싸우고 죽었으면 좋겠다고 악담까지 했지만 사촌이 가래 끓는 기침을 하며 쓰러지자 그 일을 후회하고 있었다. 에멀린은 제이크 씨에게 정어리기름과 마늘을 많이 넣은 돼지곱창을 가지고 사촌을 찾아가라고 했다. 그다음에는 자기 밭에서 딴 긴 마늘 줄기를 건넸는데, 마늘이 열 개나 달려 있었다.

"마늘을 이렇게나 많이?" 제이크는 진심으로 모욕을 당한 표정을 지었다. 프랫 시티 남자들이 대부분 그렇듯이 그는 자기 요리에 자부심이 있었던 것이다. "내가 이탈리아 사람으로 보이시오?"

"그래요, 그럼 죽게 내버려 두시죠." 이 말에, 요즘 엠의 상담 때 주로 함께 앉아 있는 폴린이 키득거렸다.

그래서 제이크는 구시렁거리며 에멀린에게서 마늘을 받아 화해하러 갔다. 사람들은 제이크가 죽는 날까지 그가 만든 냄새 지독하고 끔찍한 곱창 이야기를 했지만, 사촌은 화해의 뜻으로 내민 음식을 조금 먹더니 나아졌다.

그리고 엠의 사촌 러네이가 찾아왔는데, 러네이는 그저 수다를 떨기 위해 왔다가 고맙게도 에멀린에게 프랫 시티와 주변에서 벌어지는 온갖 일들을 전해 주었다. 큰일이, **정치적인 큰일**이 일어나고 있다고 했다. 교회 신도석에서 쑥덕이는 소리, 학교 체육관 모임, 보이콧 계획 한두 건, 아니 열 건. 저 위 버지니아에서는 사람들이 학교에서 인종 분리를 한다고 정부를 고발하고 있었다. 엠은 그런 일이 허사가 되어 버리지는 않으리라 생각했지만, 백인들은 소중한 자식들이 흑인 애들 옆에 앉고, 흑인 애들이랑 경쟁하고, 흑인 애들을 친구로 사귄다는 생각에 성난 벌처럼 흥분하고 있었다. 흉한 일이 벌어질 것 같았다. 불화 끝에는 온갖 나쁜 일들이 뒤따르니, 여기가 그들의 전쟁터가 될 거라고 에멀린은 추측했다.

그다음에 찾아온 네이딘 예이츠는, 추운 날과 그다지 춥지 않은 날들이 흘러가는 동안 에멀린처럼 자신과 아이들을 먹여 살리기 위해 할 수 있는 일을 하면서 살아가는 과부였다. 네이딘은 또 임신을 할까 봐 걱정하고 있었다.

"죄인 거 알아요." 네이딘이 조용하고 품위 있는 목소리로 말하는 동안 에멀린은 차를 끓였다. 이 고객을 만나는 동안 폴린은 아들들과 시장에 보냈다. 폴린은 아직 어린아이였고, 어른 여자들끼리 할 이야기가 있었으니까. "그래도 날 도와줄 수 있다면 고마울 거예요."

"죄란, 여자들이 애 둘을 먹여 살릴지, 애 셋을 굶길지 선택해야 하는 세상을 만드는 거죠. 그리고 당신은 절대 그런 짓을 하지 않았어요. 그 남자가 얼간이처럼 그걸 다 뿌리지 못하게 했잖아요, 그렇죠?"

"그 사람은 아내도 있고 좋은 일자리도 있고 멍청하지 않아요. 지난주만 해도 내 아들들한테 새 코트를 사 준걸요."

여자를 곁에 두는 법을 제대로 아는 사내로군. 하지만 그렇다고 그가 새로 태어날 아이를 키우는 게 간단하지는 않을 텐데? 마음속에 의심이 들면서 에멀린은 이맛살을 찌푸린다. "백인인가요?"

네이딘은 턱을 아래로 조금 숙이더니, 다시 치켜들며 허술한 방어를 시도했다. "그래요."

에멀린은 한숨을 쉬었지만 네이딘의 손에서 식고 있는 차를 향해 고갯짓했다. "자, 다 마셔요. 그리고 내 보기엔 뿔닭 한 마리 값은 낼 수 있는 사람인 것 같군요."

그래서 며칠 후, 차가 효과를 발휘하자 네이딘이 에멀린을 찾아와 아주 살찐 뿔닭 한 마리를 건넸다. 수컷이었지만 엠은 개의치 않았다. 밭에서 키운 셀러리 말린 것과 로즈마리 잔뜩, 그리고 폴린이 시장 트럭 뒤 길에서 주운 오렌지 껍질을 곁들여 냄비에서 그걸 구웠다. 에멀린은 오렌지 때문에 폴린을 한 대 때렸다. "주운 것"이 "훔친 것"은 아니라 할지라도, 어린 유색인 아이가 한 짓이라면 백인들은 그 두 가지를 굳이 구별하지 않기 때문이었다. 하지만 총명하기 짝이 없고 엠의 큰 자랑거리인 폴린은 맞은 뒤 엄마를 노려보았다.

"엄마, 신호등까지 트럭을 따라가서 돌려주려고 했어. 백인은 내가 만진 걸 받지 않을 줄 알았다고. 그리고 그 아저씨는 받지 않았어! 그러니까 가져왔지!"

폴린은 총명하기 그지없었지만 아직 어린아이였고 세상이 얼마나 추악한지 몰랐다. 에멀린은 그저 한숨을 쉬며 그 트럭 운전사가 폴린이 얼마나 예뻐지고 있는지 알아보지 못하는 부류였던 것에 감사할 뿐이었다. 때린 것에 대한 사과로, 엠은 폴린에게 오렌지 절반을 주고 아들들에게는 4분의 1쪽씩을 주었다. 그리고 딸을 앉혀 놓고 세상 돌아가는 이치를 한참 동안 이야기했다.

그렇게 지내는 동안 짧은 겨울이 따뜻해지면서 더 짧은 봄이 왔고, 남부의 여름을 향한 길고 느긋한 행진이 시작되었다. 토마토에 꽃이 필 무렵, 엠은 할 수 있는 준비를 모두 마쳤다.

"오, 에멀린 씨!" 밖에서 누가 불렀다. 잠시 후 에멀린의 아들, 짐과 샘플이 부엌으로 달려 들어왔다.

"밖에 빨간 여자가 왔어요." 샘플이 급하게 말했다.

"이상하기도 하지. 너는 요만큼도 붉지 않은 것처럼 말하는구나."

에멀린의 아버지는 블랙크릭 원주민이었고 평생 머리를 자르지 않았다.

"빨갛다는 게 그런 뜻이 아니고요." 샘플이 어이없다는 표정을 짓자 에멀린이 노려보았다. "엄마를 찾아요."

"이제야?" 에멀린은 식료품 선반에서 돌아서서 샘플에게 복숭아 잼 한 병을 건넸다. "그것 좀 열어 주고, 너도 좀 먹어."

어른 취급을 받은 것이 기쁜 샘플은 곧바로 앉아서 꼭 닫힌 뚜껑과 씨름을 시작했다.

"이번 손님은 마음에 들지 않아요." 짐이 이렇게 말했는데, 짐에게 꿈꾸는 능력은 없었지만 남들이 보지 못하는 것을 보는 능력이 있었으므로, 에멀린은 때가 왔음을 알 수 있었다. 행주에 손을 닦고 하얀 숙녀를 만나러 현관으로 나갔다.

에멀린은 숙녀를 보기도 전에 냄새부터 맡았다. 목련꽃 향수가 너무 짙어 그다지 자연스럽지 못했다. 밖으로 나오니 엠의 허브밭에서 나는 냄새와 오늘처럼 바람 없는 날이면 프랫 시티 어디에나 있는 옅은 유황 냄새에—한 세기 가까이 쇠와 강철을 제조하느라 생겨난 폐기물로 오염된 빌리지크리크 천(川)에서 풍겨 온 것이다—섞여 옅어져서 향수 냄새는 그렇게 심하지 않았다. 향수의 주인인 여자는 엠의 집 앞 풀밭, 대부분의 사람들이 현관문까지 밟고 오는 붉은 흙길을 조심스레 밟지 않고 서 있었다. 뭐, 이 숙녀는 풍성한 치마가 달리고 흰색과 초록색의 백합이 가득 프린트된 노란 드레스의 꽃처럼 예뻤다. 크리놀린*은 없지만, 태피터 천을 뭉쳐 치마의 겹겹을 분리하고 가장자리에 레이스를 붙인 구식 드레스였다. 하트 모양의 몸판 주위에 드러난 숙녀의 피부는 진주처럼 하얬다. 너무 하얘서, 머리 위에 커다란 양산을 받치고 있지 않았다면 순식간에 타 버릴 거라고 엠은 생각했다. 그리고 샘플이 빨갛다고 한 이유는 이랬다. 뒤로 우아하게 틀어 올리고 하얀 화관을 씌워 정교하게 장식한 머리카락이 고급 포도주처럼 자주색이었던 것이다.

엠은 오래 입어 낡은 실내용 드레스에 머리는 땋아 머리싸개 밑에 감추고 있었던지라, 꿀리는 느낌이 들었다. 하지만 어쨌든 용기를 내어 자신은 피부를 곱게 유지하기 위해 양산을 쓸 필요가 없음을 상기했다. 태양이 알아서 그렇게 해 주었고, 검은 피부는 그 축복 아래서 갈라지지 않았다. 아무튼 그런 것은 표면적일 뿐이었다. 하얀 숙녀는 거의 모든 것이 표면뿐이었다. 그것이 그녀와 같은 부류의 본질이었다. 그렇다면 이 만남은 그런 방향으로 갈 것이다. 우아하고 점잖은 모양새로 전투라는 본질을 감추는 쪽으로.

"저, 당신을 만나러 왔어요, 에멀린 씨." 하얀 숙녀가 대화를 시작하는 것이 아니라, 한창 이야기 중이었던 것처럼 인사도 건네지 않고 불쑥 말했다. 가볍고 달콤한, 그녀의 노란 눈동자 같은 꿀을 바른 듯한 목소리였다. "날 아나요?"

"네, 아가씨." 엠이 말했다. 아이들이 보고 있다는 걸 알고 있었고, 애들, 특히 아들들이 백인 여자에게 잘난 체를 해도 된다고 생각

---

* 치마를 풍성하게 보이기 위해 안에 받치던 틀.

하면 안 되기 때문이었다. 이 여자는 사실 백인 여자도 아니었지만.

"오신다는 얘길 여기저기서 들었죠."

"그랬군요!"

숙녀가 보조개를 드러내며 생글거리더니 치마를 탁 쳤다. 그때, 엠은 그 여자 뒤에서 사람 모습을 언뜻 보았다. 일곱 살이 안 되어 보이는 흑인 여자아이가 쪼그리고 앉아서 여자가 머리 위에 쓰고 있는 아주 커다란 양산의 대를 잡고 있었다. 여자아이가 입은 소박한 흰 원피스 아래 맨발이 나와 있었고 아이의 눈은 고요하고 텅 비어 있었다.

"얘길 들은 건 놀라운 일이 아닌 듯하네요." 하얀 숙녀가 이렇게 말하고는 작은 레이스 부채를 펼쳐 부치며 말했다. "당신에게도 나름대로 방법이 있을 줄 알았어요. 그런데 차나 레모네이드 좀 부탁해도 될까요, 에멀린 씨? 이 땅은 항상 굉장히 덥군요. 그렇다고 우리처럼 당신네도 괴롭진 않겠지만요."

"굉장히 덥긴 하죠." 에멀린은 차분히 맞장구쳤다. 그러고는 옆에서 조금 떨며 서 있는 폴린에게 고갯짓을 했다. 폴린은 깜짝 놀랐지만 안으로 들어갔다. "하지만 아가씨 같은 분들이나 저희 사람들이 오기 한참 전에 이 땅에 본래 살던 사람들이 갈색인 데는 이유가 있어요. 아가씨도 이 땅에 좀 더 적응할 수도 있었을 것 같은데요. 물론 원했다면 말이에요."

여자는 길고 가냘픈 팔을 뻗어 진주 같은 피부를 쓰다듬으면서 자신에게 그런 살집이 있다는 것이 흥미로운 듯한 표정을 지었다.

"그래야겠지만, 이 피부에는 치러야 하는 대가보다 얻는 보상이 더 많다는 걸 알겠죠."

엠은 잘 알고 있었다. "폴린이 차를 좀 내올 거예요, 아가씨. 레모네이드는 없군요. 남편은 없이 애만 셋 딸린 사람에게 레몬은 너무 비싸거든요."

"아, 그래요! 그 아이들 말인데요."

비록 마음의 준비를 단단히 했다고 생각했지만, 하얀 숙녀의 노란 눈이 짐과 샘플의 얼굴을 훑어보는 동안 에멀린은 긴장하지 않을 수 없었다. 세상에, 하지만 짐작했어야 하는 일이었다! 아메리카는 옛날 나라가 아니었다. 요즘 하얀 족속은 허튼 속임수를 쓰거나 여럿이 모여 살지도 않고, 숨어 지내지도 않았다. 그럴 필요가 없으니까. 하지만 사람이 흔한 이 땅에서 그 족속이 여전히 숱하게 하는 짓은 애들을 훔치는 거였다. 그리고 특정한 피부색의 애들만 훔친다면, 뭐, 경찰이 조사하지도 않을 것이다. 에멀린은 이를 앙다물었다.

여자의 눈이 염려스러울 만큼 오래 짐에게 머물렀다. 영리한 짐은 백인 여자의 시선은 마주 보면 안 된다는 것을 잘 알고서 가만히 입 다물고 발밑만 내려다보고 있었다. 샘플은 그 여자가 자기 동생을 구경하듯 쳐다보는 것이 탐탁지 않아 신경을 잔뜩 곤두세우고 있었다. 아, 제기랄. 에멀린은 샘플의 아버지로 싸우기 좋아하는 남자를 고른 것을 후회했다. 녀석은 언젠가 말썽을 겪을 것이다.

하지만 엠은 이것이 속임수라는 느낌을 받았다. 그리고 폴린이 물을 뚝뚝 흘리는 커다란 아이스티 잔을 가지고 현관으로 돌아왔고…… 그럼 그렇지, 하얀 숙녀는 시원한 음료를 마시고 싶은 욕심보다 훨씬 더 강한 탐욕을 담은 눈빛으로 폴린을 보았다.

폴린은 눈을 가늘게 뜨고 거기서 발걸음을 멈췄다. 에멀린처럼 폴린도 표면 아래 무엇이 있는지 알고 있었기 때문이다. 여자는 폴린의 표정을 보더니 예쁘장하게 웃었다.

"큰일이 일어난다고 하지." 하얀 숙녀가 계속 웃으며 노래했다. "큰일이 난다 해도 괜찮아! 고급 포도주처럼 달콤한 피만 흘리면 대가를 치를 필요는 없으니."

음성은 아름다웠고 리듬에 맞추어 찬송가처럼 메아리치며 새들이 날듯 높이 솟아올랐다. 사실 인간의 소리 같지 않았는데, 그것도 어울렸다.

어쨌든 엠은 칭찬의 뜻으로 손을 들었다. 아름다움이란 인정해 주어야 하는 것이고, 거부해 봐야 더 깊이 끌려들어 갈 뿐이니까.

"큰일은 항상 일어나고 있죠, 아가씨." 엠이 노래에 대답했다. "우리 중에는 온 세상에 큰일뿐인 사람들도 있어요. 그렇다고 아가씨 같은 분들이 도와주는 것도 아니고요."

"어휴, 에멀린 씨, 그러지 말아요. 차를 가지고 이리 오렴, 아가. 굉장히 덥구나."

엠은 폴린을 쳐다보았다. 폴린은 한 번, 긴장한 표정으로 고개를 끄덕였다. 그리고 계단 맨 아래로—딱 거기까지만—내려오더니 잔을 내밀었다.

하얀 숙녀는 한숨을 쉬더니 엠을 쳐다보았다.

"애들이 예의를 좀 갖추도록 키워야겠군요, 에멀린 씨."

"예의를 갖추는 데는 여러 가지 방법이 있답니다, 아가씨."

하얀 숙녀는 콧방귀를 꼈다. 그리고 고개를 돌리니 양산을 잡고 있던 어린 여자아이가 일어나서 앞으로 왔다. 양산은 그 자리에 그대로 서 있었다. 아이가 다가오는 것을 보고, 엠은 온몸에 소름이 돋았다. 활달해야 할 아이에게 저렇게 생기와 마력이 없다니, 뭔가 이상했다. 아이는 중풍에 걸리거나 꼭두각시 줄에 묶인 것처럼 걸을 때 조금씩 움찔거렸다. 아이는 폴린 앞에 서더니 손을 내밀었고, 폴린이 그 애 손에 잔을 밀어 넣으며 인상을 찌푸렸지만, 엠은 폴린을 탓하지 않았다.

"누구 애였죠?" 여자아이가 움찔거리며 주인에게로 차를 가져가는 동안, 에멀린이 물었다.

"중요한 사람은 아니에요, 엠 씨. 신경 쓰지 말아요." 하얀 숙녀는 찻잔을 받더니 거의 애정을 담은 듯한 미소를 지으며 아이의 부드러운 정수리 머리카락을 한 손으로 쓰다듬었다. "하지만 참 귀여운 아이 아닌가요? 모두들 당신네 족속이 아름다울 수 없다고 하지만, 그건 사실이 아니에요. 달리 어디서 이런 걸 구할 수 있겠어요?" 그녀는 잘난 체하며 흠 하나 없이 반짝이는 뺨을 한 손으로 쓰다듬었다.

"그 애에겐 능력이 있었어요." 그때 폴린이 말했다. 엠은 화들짝 놀랐다. 폴린은 착하고 지각 있는 아이답게 백인 주위에서는 늘 입을 다물었다. 하지만 지금은 여전히 공포에 질린 표정으로 그 어린 아이를 쳐다보고 있었다. 그러다가 폴린의 표정은 충격에서 혐오로 변하며 굳어졌다. "능력이 있었는데, 당신이 가져갔죠. 저주받을 도둑처럼."

한순간 하얀 숙녀의 눈썹이 붉은 머리까지 치솟는 것 같았다. 에멀린은 폴린의 배짱에 충격을 받아 꼼짝도 못 하고 그 자리에 서 있었다. "폴린 엘리자베스, 내가 꿰매 버리기 전에 입 다물어라."

폴린은 입을 다물었지만 에멀린 눈에는 딸의 턱이 증오심에 경련을 일으키는 것이 보였다. 하지만 하얀 숙녀가 나직하게 웃자 둘 다 오싹한 느낌이 들어 조용해졌다.

"음! 아이들을 잘 키웠다고 말할 순 없겠네요, 에멀린 씨. 흑인 애들은 가만히 앉아 입 다무는 법을 모르는 모양이에요. 물론 이 꼬마의 능력을 가졌단다, 얘야. 이 여자애가 그걸로 뭘 할 수 있는 것도 아니잖니. 자. 나는 사과를 받아야 할 것 같은데, 그렇지 않니?"

젠장. 에멀린이 뻣뻣하게 말했다. "아가씨, 제 딸이 어리석어 죄송합니다. 이야기가 끝나면 잘 가르치겠습니다."

"오, 그걸로는 충분하지 않아요, 엠 씨." 하얀 숙녀가 고개를 갸웃거리자 길고 붉은 속눈썹에 햇빛이 반사되었다. "솔직히, 당신이 대신해서 사과를 해 버리면 저 애가 예절을 어떻게 배우겠어요?"

폴린은 에멀린에게 말해도 좋다는 허락을 구하고 긴장한 투로 말했다. "저도 죄송합니다, 아가씨."

"자, 알겠지? 어렵지 않잖아." 하얀 숙녀는 환한 얼굴로 얼음이 찰그랑거리는 찻잔을 들고 말했다. "하지만 그렇게 잘난 체를 했으니, 조금 더 사과해야 할 것 같지 않니? 있잖아, 난 상처를 받았거든. 날 도둑이라고 불렀잖니! 그리고 내가 도둑이라고 할지라도, 그게 세상 이치인 걸 어쩌겠니." 그녀는 한 발자국 앞으로 나왔다. "나랑 한동안 함께 지내면서 예절을 배워야 하겠는데. 그렇지?"

"아뇨, 아가씨." 폴린이 더 말썽을 일으키기 전에 에멀린이 딱 잘라 말했다. "더 이상의 사과는 드릴 필요가 없다고 생각합니다."

"어머, 사리에 맞게 생각해 봐요."

하얀 숙녀는 다시 한 발자국 더, 거의 현관 계단까지 다가왔다. 그러나 거기서 걸음을 멈추었고 미소도 조금 가셨다. 옆쪽으로 시선을 돌리니, 여름 볕에 듬성듬성 자라는 로즈마리 덤불이 그제야 눈에 들어왔다. 로즈마리는 여전히 자라는 중이지만, 자라면서 집 주위에 약간의 보호막을 형성했다. 그녀는 인상을 찌푸리며 다른 쪽도 바라보았다. 거기에도 세이지가 많이 자라고 있었는데, 로즈마리와는 달리 더위 속에서 무성했다.

여자는 휘둥그레진 눈으로 마침내 주위를 둘러보다가 에멀린의 마당에서 가장 중요한 것을 보았다. 돌무화과 나무.* 그 나무는 마당 맞은편 둥근 쪽에서 자랐는데, 오래전 이웃 아이들이 올라가서 놀다가 줄기를 부러뜨릴 뻔한 적이 있었다. 하지만 나무는 살아남았다. 더위와 부러지는 사고, 고립—아메리카 대륙에 그 나무는 거의 유일했으니까—을 이겨 내고서. 에멀린 어머니가 들려준 이야기에 따르면, 돌무화과 씨앗은 어머니가 직접 아프리카에서, 어느 불쌍한 사람의 상처 속에 감춰 중간항로**를 거치는 동안 안전하게 살려내 몰래 가져온 것이었다.

"마가목, 가시나무, 물푸레나무인 줄 알았네." 하얀 숙녀의 목소리가 갑자기 부루퉁해졌다.

에멀린은 턱을 치켜들었다. "그것도 효과는 있었을 거예요. 가엾은 노예 할머니들이 겪은 고난 탓에, 내겐 스코틀랜드 아일랜드인

---

* 무화과와 비슷한 돌무화과가 열리는 뽕나뭇과 나무이며 원산지는 아프리카이다.

** Middle Passage, 아프리카 노예 무역의 전체 행로 중 중간 부분인 대서양 횡단 항로.

의 피도 흐르니까요. 하지만 여긴 에이레*** 땅이 아니에요. 그리고 당신도 옛 나라의 시절과 같지 않죠. 이렇게 오랫동안 흑인의 피를 마시고 지냈으니까요. 그러니 당신에겐 로즈마리, 세이지, 무화과면 될 거예요."

하얀 숙녀는 발끈하며 조그맣게 소리를 냈지만…… 사뿐한 걸음으로 물러났다. 그녀는 찻잔을 들다가 멈추고 날카로운 눈으로 그것을 노려보았다. 입술이 말려 올라갔다. 그리고 폴린을 노려보았다.

"도토리 가루를 조금 넣었어요, 부인." 폴린이 어찌나 과장되게 아무것도 모른다는 말투로 말하는지, 에멀린은 그 와중에도 웃음을 참아야 했다. "풍미를 더하려고요."

"로즈마리, 세이지, 무화과는 묶어 두기 위함이고." 이제 하얀 숙녀는 확실히 화를 내고 있었고, 찻잔을 몸에서 떼어 내더니 떨어뜨렸다. 차는 풀밭에 쏟아지고 잔은 세 조각으로 산산이 깨졌다. 그녀는 화를 다스리려고 심호흡을 했다. "참나무는 공격이지. 음, 에멀린 씨, 이번에는 당신이 이긴 걸 인정하겠지만, 이제 우린 좀 이러지도 저러지도 못하게 되었네요. 당신은 어디에서나 애들을 안전하게 지킬 수 없고, 나는 망할 밤낮으로 애들을 뒤쫓아 다닐 수 없으니까요." 그녀는 잠시 생각했다. "거래를 하는 게 어때요?"

"꿈도 꾸지 마세요." 에멀린이 딱 잘라 말했다.

"그래요?" 하얀 숙녀의 미소가, 제대로 쫓아내지 못한 개처럼 슬그머니 되돌아왔다. "딱 하나만 내놓으면, 나머지는 안전하게 잘 살

*** Eire, 아일랜드의 옛 이름.

텐데?"

"안 한다고 했잖아요." 에멀린은 공손한 태도를 잊어버리고 있었다. 뭐, 샘플이 그 성미를 아버지에게서만 물려받은 건 아니었다. "대체 몇 번이나……."

"어떻게 안전하게 해 줄 건데요?" 폴린이 물었다.

"주여, 자비를 베푸소서. 제가 이 계집애를 죽여 버릴 테니."

에멀린은 그렇게 중얼거리지 않을 수 없었다. 하지만 폴린은 고집스레 이를 앙다물고 있었는데, 그건 한 대 얻어맞아도 상관없을 때 짓는 폴린 특유의 표정이었다. 폴린은 물러서지 않았다.

"얼마나 잘 살게 해 줄 건데요?"

오, 그러자 하얀 숙녀는 입이 귀까지 찢어져라 웃지 않았을까.

"뭐, 많이 잘 살게 해 주지, 아가. 참 착하기도 하구나!"

"이것아, 입 다물어." 에멀린이 잘라 말했다. 하지만 하얀 숙녀가 한 손을 들었고 그러자 에멀린은 갑자기 말을 할 수가 없었다. 오, 세상에! 그때, 엠은 알게 되었다. 어리석은, 어리석은 아이 같으니.

"폴린, 그러지 마!" 짐이 외쳤지만, 하얀 숙녀가 쳐다보니 짐도 에멀린처럼 입을 다물었다. 샘플은 그저 짐과 폴린을, 그리고 하얀 부인을 번갈아 노려보며 누군가를 때리고 싶지만 어디서부터 시작해야 할지 모르는 사람처럼 양손을 쥐락펴락하고 있었다.

"애들은 눈요기나 해야지 말을 들어 주어선 안 되지." 하얀 숙녀가 부채로 우아하게 가리키며 말했다. "하지만 포도주처럼, 달콤하고 독하고 참 섬세한 저런 피를 가진 숙녀들은, 그 문제에 대해 선택권을 좀 갖기도 하거든. 주어진 시간 안에서 말이야. 어떻게 생각하니, 폴린 양?"

폴린은 다행히 에멀린을 다시 쳐다보았다. 호전적인 태도는 이제 사라졌고, 작은 얼굴에서는 불안과 두려움이 느껴졌다. 하지만 그때, 아이가 다시 이를 앙다물고 하얀 숙녀를 똑바로 마주 보았다.

"큰일이 일어난다고 했잖아요."

"오, 그랬지." 하얀 숙녀는 왼쪽과 오른쪽으로 시선을 돌려 아들들을 모두 바라보았다. "참 큰일이지! 여기서부터 사우스캐롤라이나와 노스캐롤라이나까지, 사람들이 건방지게 굴고. 인종분리 철폐! 차별 철폐! 그러면 덩치들이 재빨리 반격해서 몽둥이를 휘두르며 너희들을 제자리로 돌려보내리라는 걸 모르니?" 그녀는 성미 급한 샘플에게 시선을 꽂았다. 샘플은 이를 악물었다. "아주 세게 반격할 거야. 자기가 어른이라고 생각하는 남자애들에게."

폴린은 숨쉬기를 멈췄다. 하지만 다행히, 그 애는 아랫입술을 깨물었다. "어머니와 이야기하고 싶어요."

한순간, 길고 답답한 침묵이 흘렀다. 그리고 하얀 숙녀는 휘리릭 물결을 그리며 부채를 다시 접더니 우스꽝스럽게 절하는 척 인사를 했다. 하녀 아이는 비틀거리며 뒤로 돌아가 다시 양산을 잡았다.

"조언을 구하는 건 현명하거니와, 규칙을 어기는 일도 아니지." 하얀 숙녀가 맞장구쳤다. "하지만 조언을 너무 많이 들을 필요는 없어, 꼬마 아가씨. 오래가지 않는 거래도 있는 법이니까."

그 말을 남기고 그녀는 아이를 거느리고 걸어가 버렸다. 하지만 에멀린은 그녀가 돌무화과로부터 멀찌감치 떨어져 소나무 뒤를 지나 사라지는 것을 눈치챘다.

말을 하고 움직일 수 있게 된 순간, 에멀린은 다급하게 폴린에게 다가가 입도 열기 전에 따귀부터 갈겼다. "저런 사람들에 대해 내가 일러 두지 않았니?" 에멀린은 떨리는 손으로 하얀 숙녀를 가리키며 따져 물었다. "저들이 탐스러운 오렌지를 쥐여 주고는 다른 손으로 도로 빼앗아 간다고 말하지 않았니?"

최근 들어 폴린이 에멀린의 말을 무시하는 일이 점점 더 자주 일어나고 있었다. 하지만 이건 적절한 일이 아닌가? 성인이 되어 가고, 성인의 능력을 갖추어 가는 여자아이는 가끔 자기 속마음을 말해야 한다. "알아요, 엄마." 폴린은 사과하는 기색도 없이 말했다. 너무나 침착하고 강하고 고른 목소리라 에멀린은 눈을 깜빡였다. "하지만 꿈을 꿨어요."

"음, 그럼 말을 했어야지! 그리고 피 흘리는 일이 일어난다는 것도 말을 했어야지, 잠시나마 너를 안전하게 해 줄 방법을 내가 아는데……."

"엄마는 날 안전하게 해 줄 수 없어요." 폴린이 어찌나 딱 잘라, 강한 눈빛으로 그렇게 말하는지, 에멀린은 흠칫 놀라 물러설 수밖에 없었다. "그래서 뭘 두려워해야 하는지 말씀하신 거죠? 내가 안전하게 지내라고. 엄마가 가르쳐 주셨으니까, 자기 것을 지키기 위해 싸우는 게 여자의 일이라는 걸 나도 알아요."

"그건 남자의 일이야." 짐이 찡그리며 말했다. 하지만, 짐 역시 따귀에 겁을 먹고 입을 다물고 있어야 했다. 샘플이 고개를 힘차게 끄덕였다. 에멀린은 앓는 소리를 내면서, 한 손을 하늘로 뻗어 힘을 달라고 구했다. 아이들이 모두 한꺼번에, 조심성을 잊어버리다니.

"그럼 건실한 사람의 일이라고 하자." 폴린이 조금 화를 내며 받아쳤다. "하지만 엄마, 꿈에서 그걸 봤다니까요. 사람들이 시위하는 걸! 커다랗고 늙은 백인 황소들이, 남자들처럼 서서 개랑 곤봉을 잡고 있었어요. 사방이 피바다였고." 그때의 두려움이 떠오르자, 에멀린의 온몸에 소름이 끼쳤다. 하지만 폴린은 두려움 한 점 없이 말을 이었고 흥분으로 목소리가 높아졌다. "하지만 엄마, 결국에는, 끝에 가서는…… 백인 애들과 흑인 애들이 학교에서 나란히 앉아 있는 걸 봤어요. 거기 노란 애들, 갈색 애들, 붉은 애들도 있었어요! 흑인들이 버스 앞에 앉았어요! 엄마……." 폴린은 입술을 깨물더니, 가족 말고는 아무도 들을 사람이 없는데도 다가와서 속삭였다. "흑인 남자가 커다랗고 하얀 집에 사는 걸 봤어요."

버밍엄 시내에는 늘 커다랗고 하얀 집에 사는 흑인 남자들이 있었다. 그러지 않으면 누가 그 집들의 정원을 돌보고 세차를 하겠는가? 하지만…… 폴린의 눈빛에서 느껴지는 열의에, 에멀린은 딸이 꿈에서 그 이상을 본 것이라고 생각했다.

하지만 상관없었다. 세상은 변하지 않았다. 그리고 누군가는 어리석은 아이들을 무모한 제 자신에게서 보호해야 했다.

차오르는 분노와 공포에 씨근거리며, 에멀린은 아이들을 데리고 안으로 들어갔다. 잘난 체한 벌로 저녁을 굶기고, 아이들이 일찍 잠자리에 들게 했다. 특히 폴린. 딸아이의 영혼과 인생이 허락해 주는 얼마 안 되는 그 애의 순수를 팔아 잘 살고 싶은 마음 따위는 없었다. 아무리 어리다 해도, 흑인 남자애들에게는 굴욕이 보장해 주는 이상의 안전이란 없었다.

그리고 아이들이 자는 동안, 에멀린은 세이지를 태웠고 들어 줄지도 모르는 세 대륙의 모든 조상에게 기도를 올렸고, 문 앞에 의자를 놓고 앉아 할머니의 오래된 머스킷 총을 무릎에 올려 두었다. 아이들을 위해서라면, 그래야 한다면, 밤낮으로 지킬 생각이었다.

긴장 가득한 침묵 속에서 몇 시간이 느릿느릿 지나고, 양초가 다 타고, 졸음이 담요처럼 뒤통수를 누르자 에멀린은 잠들지 않기 위해 일어났다. 아들들의 방을 들여다보았다. 아들들은 웅크리고 누워 코를 골고 있었는데, 짐은 엄마가 화난 때를 대비해서 어딘가에 숨겨 놓았다가 몰래 꺼낸 복숭아를 반쯤 먹다가 쥔 채로 잠들어 있었다.

하지만 폴린의 방은, 열린 창문을 통해 아이의 빈 침대 위로 들이치는 바람에 싸늘하게 식어 있었다.

그 애가 갔을 곳은 단 하나였다. 붉은 산의 그림자가 드리우는 페어그라운즈.

에멀린은 러네이의 집으로 달려갔다. 그 거리에서 전화를 쓸 수 있는 곳은 러네이의 집뿐이었으니까. 거기서 에멀린이 전화를 걸자, 프랭크는 노새를 데리고 왔다. 노새가 무슨 일인지 아는 듯이 너무 빨리 힘차게 달리는 바람에, 도착하기도 전에 에멀린은 엉덩이가 쓰라렸다.

페어그라운즈는 1년에 한 번만 축제 장터였다. 나머지 기간 동안에 이따금 하니스 레이스*에 사용하는 빈 벌판일 뿐이었다. 하지만

---

* 말을 수레에 매고 하는 경주.

오래전에 그곳은 어느 플랜테이션 농장의 파쇄장으로, 모빌 항구에서 갓 끌고 온 새 노예들에게 낙인을 찍고 이름과 영혼을 없앤 뒤 들판으로 내보내는 곳이었다. 에멀린은 노새를 세우고 등에서 내리면서, 오랜 눈물과 붉은 흙과 뒤섞인 오랜 피를 발밑에서 느꼈다. 하얀 족속은 그런 마법을 먹고 살았다. 이곳은 그들에게는 힘의 원천이 되곤 했다.

엠이 언덕 꼭대기에 다다르자, 칡이 두텁게 칭칭 감고 있는 소나무 아래 서 있는 폴린이 보였다. 폴린 앞에 하얀 숙녀가 서 있었다. 그녀의 족속이 그렇듯이, 달빛을 반사하는 피부가 지금은 더욱 반짝였고, 귀는 뾰족했으며, 커다란 입 안은 날카로운 송곳니로 가득했다. 에멀린이 숨을 헐떡대며 노새의 옆구리를 꽉 조르느라 덜덜 떨리는 다리로 달려 올라가자, 둘 다 돌아보았다. 에멀린은 몸 상태에도 아랑곳 않고 둘 사이로 들어가 폴린 앞에 서서 하얀 숙녀를 마주 보았다.

"내가 가만있지 않아!"

"계약은 끝났어요, 에멀린 씨." 하얀 부인이 재미있다는 표정으로 말했다. "너무 늦었네."

에멀린은 떨면서, 겁에 질린 표정으로 폴린을 돌아보았다. 하지만 폴린은 당당한 표정으로 말했다. "내가 봤어요, 엄마. 세 사람을 위해 한 사람. 우리가 원하든지 그러지 않든지 큰일은 일어나지만, 내가 가면 동생들이 이겨 낼 거예요."

에멀린은 분노에 차마 말도 하지 못하고, 하얀 숙녀를 향해 자신을 던졌다. 에멀린은 육체를 쓰지 않고 그렇게 했고, 하얀 부인도 육체를 쓰지 않고 맞서 그녀를 들어 올리고 내던지고 휘둘러 꿈속으로 던졌다. 문제는, 꿈이란 인간이 깨어 있을 때 잘하는 것이 아니어서 에멀린은 어쩔 줄 모르고 공연히 팔을 휘두르며 나뒹굴 수밖에 없었던 것이다. 그리고 하얀 숙녀는 거짓말을 좋아하면서도 진실이 무기가 될 때 가장 좋아하는 그녀 족속의 비틀어진 방식으로, 에멀린에게 폴린이 산 미래를 보여 주었다. 에멀린이 본 것은 이것이었다.

멜론과 녹색 채소, 복숭아가 가득한 시장. 한겨울인데도 전부 인공적으로 신선하고, 화학물질 냄새를 풍기고 있었다. 길고 높다란 도로가 전국의 흑인 도시와 이웃을 가르고 있었다. 회색의 희미한 학교들이 명민한 흑인의 정신을 고립시키고 그들의 영혼을 부수어 교도소로 밀어 넣었다. 사방의 경찰이 죽이고 죽이고 또 죽였다. 이거? 에멀린은 적에게 힘을 주지 않으려고 구역질과 절망과 맞서 싸웠다. 하지만 뭔가 느끼지 않기란 거의 불가능했다. 오, 주여. 소중한 내 아가가 이것을 위해 자유를 포기했다고?

하지만. 갑자기, 에멀린은 혼자 구르는 것이 아니었다. 폴린이, 새롭고 경험 없지만 여인의 힘을 가진 폴린이 에멀린을 밀어 일으켜 세웠다. 그리고 폴린은 하얀 숙녀의 꿈에서 그녀조차 보여 주고 싶어 하지 않는 진실을 더 잡아챘다. 하얀 숙녀는 번철에 올린 얼음처럼 그들 마음속에 대고 쉭쉭거렸다. 폴린은 그걸 무시하고 말했다.

"봐요, 엄마!"

그리고 엠은 나머지를 보았다.

시위하는 흑인들이 개들에게 공격당하는 광경. 하지만 여전히 시위하는 광경. 아이들—샘플!—이 소방 호스의 물대포를 맞아 물살에 옷이 벗겨지고 살이 찢어지는 광경. 여전히 시위하는 광경. 수십 명, 수백 명, 수천 명, 수십만 명이 참가하는 광경.

여전히. 시위하는 광경.

이 시위 전의 기도회와 교회 만찬. 에멀린이 소방 호스의 차가운 물을 맞기 전, 시위자들을 덥혀 주기 위해 치킨과 만두에 불을 조금 뿌리는 광경. 젊은 여자들이 버스 자리에서 일어나 뒷자리로 옮겨 가기를 거부하는 광경. 에멀린이 당나귀의 고집을 그들 머리카락에 땋아 넣는 광경. 고함을 지르고 조롱하는 백인 청소년과 성인 사이로 아이들이 고개를 빳빳이 들고 걷는 광경. 에멀린이 무화과나무에서 무화과를 몇 개 따서 잼을 만들어, 아이들의 입에 전통과 생존의 달콤한 맛을 보여 주는 광경.

그 밖에도 너무나 많은 광경. 우주로 나간 갈색 얼굴들! 에멀린은 별들을 바라보며 불가능한 가능성을 감상하는 수밖에 도리가 없었다. 대법원에서 판결하는 갈색 사람들! 그리고 폴린이 말한 하얀 집이 보였다. 권력 그 자체를 상징하는 장소, 워싱턴 DC의 조각상과 오벨리스크와 거울 같은 웅덩이 사이에 자리 잡은 백악관. 에멀린은 무화과 잼 같은 갈색 피부의 남자가 그 계단에 서 있는 것을 보았다. 그리고 당밀처럼 검은 여자, 그녀의 단호하고 당당하고 자부심 넘치는 눈빛을 보았다. 그리고 또 다른 여자, 또 다른 갈색 남자, 그 밖에도 너무나 많은 이들, 태양의 회전과 함께 그 빈도가 점점 더 늘어났다.

여전히 시위하는 광경. 자유를 얻을 때까지 멈추지 않았다.

폴린 한 사람의 희생으로 이 모든 것을 촉발시킬 수 있었다. 하지만……

"안 돼!" 에멀린은 꿈에서 깨어나기 위해 버둥거렸다. "그럴 수 없어. 내가 남을 수는 없어!" 에멀린은 믿지 않았다! 그녀는 아이들에게 고개를 높이 들지 말고, 숙이라고 가르쳤다. "그들에게 필요한 건 내가 아니야!"

그들은 얻는 건 당신뿐일 거야, 자기야. 하얀 숙녀가 꿈속에 대고 웃음기를 섞어 속삭였다.

아니. 아니, 절대 그럴 리 없었다.

꿈은 여전히 에멀린 주위를 빙빙 돌았다. 에멀린은 이를 악물고 그 속으로 손을 쑥 넣어 이번에는 세게 움켜쥐고서…… 무화과 잼 한 병을 끌어냈다.

"죄는 죄이지." 에멀린이 잘라 말했다. 병뚜껑이 단단히 닫혀 있었지만, 그것을 비틀어 열고 뚝뚝 떨어지는 부드러운 돌무화과 잼을 꺼내 빙빙 돌아가는 어둠에 대고 휘둘렀다. "계약은 계약이고. 하지만 먹잇감의 종류만 같으면, 당신네에겐 똑같지 않아? 당신은 아이들의 아름다움을 좋아하지만, 여인의 아름다움도 나쁠 것 없지. 순수함을 좋아하지만, 어리석음도 받을 거야. 그러니 내 것을 받아. 나는 세상이 변할 거라고 믿을 수 없어. 나는 희망을 품을 수 없어. 내 마음속에는 희망이 없어. 아주 오랫동안 사람들에게 짓밟히며 편하게 살라고 했어. 살아남는 법은 알지만 변화를 위해 싸우는 법은 알지 못해. 내 딸과 달라. 그러니 날 데려가고 아이는 놔둬."

"안 돼요!" 폴린이 외쳤지만 에멀린은 노래를 부르며 시위하는 무리의 소리로 딸의 소리를 묻어 버릴 능력이 있었다.

하얀 숙녀의 형체는 꿈속에서 흐릿해졌지만, 송곳니처럼 날카로운 존재감은 혼란 속에도 여전했다. 너희들, 아이와 바보 둘 다 내가 차지하지.

에멀린은 씩 웃었다. "탐욕은 죄이지." 선한 기독교인의 진실 아래, 꿈은 조금 균열을 일으켰고 엠은 태운 세이지의 연기를 소환할 수 있었다. 하얀 숙녀는 크게 흠칫거리며 꿈의 소용돌이 속도를 늦췄다. 그 냄새에 엠의 빌리지크리크가 견디고 있는, 도둑맞은 땅과 도둑맞은 아이들, 도둑맞은 생명에 대한 탄식이 실려 있었기 때문이다. 에멀린은 무화과 잼 병 맞은편에 그것을 놓았다. "당신의 거래는 1대3이지, 2대2가 아니었어."

시위자들의 모습이 그들 주위에서 왜곡되고 비틀어졌고, 백악관이 녹아 사라지며 하얀 숙녀의 여우 같은 얼굴로 변했다.

"그렇지." 그녀는 다시 부채를 만들어 내며 말했다. "하지만, 괜찮다면 여전히 아이를 갖겠어. 아니, 괜찮지 않다 해도."

그 순간 에멀린은 흔들렸다. 로즈마리는 꿈에 나오지 않았다. 그녀는 미친 듯이 이런저런 심상을 뒤지며 아이들을 낳기 전에 꿈꾸었던 물고기를 내던지고, 시장에서 본 초록 토마토와 콜라드 그린을 옆으로 치웠다. 주여! 닭고기 굽는 꿈을 단 한 번도 꾼 적이 없단 말인가?

없었다. 하지만 하얀 숙녀와 친구들이 키득거리며 웃는 소리 사이로, 에멀린은 오렌지 껍질을 넣어 냄비에 구운 수컷 뿔닭 꿈의 냄새를 맡았고…… 거기에 로즈마리가 있었다. 에멀린이 처음으로 딸을 동등한 여인으로서 존중해 주었던 때였다. 오, 그리고 폴린은 그 느낌을 내내 소중히 간직하고 있었다! 거기에는 약간의 순수함도 함께 있었다. 에멀린이 백인 남자들의 오렌지에 대해, 그것이 배고픈 요정을 꾀어내기에 완벽한 단맛이라고 설명해 준 이후로 사라진 순수함. 그리고 과연, 하얀 숙녀는 그 맛있는 냄새에 반해 고개를 약간 들더니 눈을 반쯤 감았다. 하지만 로즈마리의 향을 알아차리고 굳어 버렸다.

"로즈마리, 세이지, 무화과." 폴린은 만족스러운 투로 말했다. "이제 우리 엄마가……."

"날 데려가."

에멀린의 말은 이제 **명령**이었다. 그럴 수 있었으니까. 에멀린은 옛 나라의 오랜 규칙과 인간의 새로운 규칙으로 하얀 숙녀를 구속했다. 세 명의 목숨을 보호하고 번영하게 해 주는 데 한 명의 순수한 목숨을 내놓는다는 계약은 이루어졌지만, 에멀린은 적어도 하얀 족속이 누구 목숨을 가지게 되는지는 결정할 수 있게 되었다.

"엄마!" 폴린, 아름답고 강한 폴린이 불쑥 꿈의 소용돌이에서 지워지더니 에멀린을 바라보았다. "엄마, 그러면 안 돼요."

"쉿." 에멀린은 딸에게 다가가 꼭 안고 여러 가닥으로 땋은 머리에 입을 맞추었다. "세상은 변하지 않는다고 백만 번은 말했지만 내가 틀렸다. 그건 미안하구나. 앞으로 큰 싸움이 있을 테지만 넌 이길 수 있어. 그리고 그 싸움은 나보다 네가 훨씬 더 잘 해낼 거다." 에멀린은 딸을 꼭 끌어안았다. "아가, 강해지렴. 동생들에게도 그렇게 전하고. 어쨌든 너희 모두 강하다는 걸 엄마는 알고 있단다."

폴린은 엄마를 부여잡았다. "하지만 엄마, 난, 그러지 말아요, 난 엄마가……."

하얀 숙녀는 주위에서 꿈을 차단하고 에멀린을 낚아채 갔다.

아침이 밝았을 때, 폴린은 페어그라운즈 땅바닥에서 이슬과 눈물에 젖은 채 깨어났다. 폴린을 찾으러 페어그라운즈에 온 동생들은 조용히 다가와 누나를 꼭 끌어안았다.

물론 사촌 러네이는 아이들을 맡아 주었다. 혈육은 혈육이었으니까. 러네이는 아이들이 교육을 받도록 하나씩 앨라배마 주립 대학교에 보내 주었고, 그래서 프리덤 라이즈*가 시작되었을 때 아이들은 그 현장에 있었다. 당연히 셋 다 참가했다. 그 후 이어진 어두운 시절 동안, 앞에서 말한 개들과 소방 호스가 등장하고 구타—그리고 미리 보지 못한 린치와 암살, 폭탄 테러까지—가 벌어지는 동안 악행을 저지르는 백인들은 많았지만…… 하얀 족속은 없었다. 요정은 한번 패배한 곳은 다시 찾지 않았고, 어쨌든 그들의 시절은 끝나고 있었다. 앨라배마의 흙이 붉은 이유는 여러 가지가 있었지만, 그 땅에 철광석이 많은 것도 중요한 이유였다. 그 정도 철을 이겨 내려면 큰 힘이 필요했고…… 시대가 바뀌어서 흑인 아이들도 더 이상 처벌 없이 훔쳐갈 수 없게 되었다.

하얀 족속은 적어도 약속을 지켰다. 짐은 시위 중에 개에게 팔을 물렸지만, 목덜미는 물어뜯기지 않았다. 고집 센 샘플은 백인 여자

---

* Freedom Riddes, 1961년에 시작된 민권 운동으로, 참가자들은 버스를 타고 인종 분리 정책을 철폐하지 않는 남부의 주로 이동해서 시위했다.

랑 데이트를 했지만 시내에서 달아나기만 하면 되었다. 샘플을 트럭 뒤에 매달고 죽을 때까지 끌고 다니려던 남자들은 그를 붙잡지 못했다. 폴린은 결혼하고 물고기 꿈을 꾸고 가족의 전통을 이어 나갈 딸들을 낳았다. 몇 년 뒤에는 시의원 선거에 출마해서 당선되었고, 아무도 그녀를 목매달지 않았다. 그리고 시장 선거에도 출마하여 또다시 당선되었다. 그사이 폴린은 부업으로 하는 바비큐 사업에서 꽤 큰돈을 벌었다. 녹색 채소에는 조금 더 따뜻한 느낌이 있어 누구나 상대에게 더 좋은 마음을 갖게 하므로, 폴린은 콜라드 그린을 농담 삼아 프리덤 그린이라고 불렀다.

그런데 어떤 해, 폴린이 꿈속 백악관에서 보았던 흑인 남자가 그곳을 지나가다가 플랫 시티까지 찾아와 폴린의 유명한 프리덤 그린을 먹어 보기로 했다. 사람들은 열광했다. 어떤 사람은 폴린에게 자서전을 쓰라고 돈을 주었다. 어떤 사람은 영화 판권을 사겠다고 했다. 여러 회사에서 전화를 해 체인점을 내라고 청했지만 폴린은 거절했고, 대신 플랫 시티 주민들로 소규모 스태프를 꾸려 상업용 주방을 대여하고 수천 건의 주문을 직접 처리했다.

참, 캔마다 로즈마리, 세이지, 돌무화과가 아주 조금씩 들어갔다. 그저 쓴맛을 줄이기 위해.

그리고 어느 추운 겨울 밤 늦게, 폴린은 다시 하얀 족속의 꿈을 꾸었다. 요즘 손쉬운 먹잇감이 없어지고 세상의 증오가 줄어들어 굶주리게 되자 몹시 마르고 볼품없어진 그들의 모습을 보았다. 하지만 그들의 불행에 미소 짓고 싶은 충동과 싸우는 사이—남의 불행을 바라는 마음은 그들을 강하게 할 뿐이니까—폴린은 그들의 여우 같은 하얀 얼굴 사이에서 가슴 아플 정도로 낯익은 검은 얼굴을, 그 나름대로 강하고 자신만만하며 빛나는 얼굴을 잠시 보았다. 미소를 지으며 만족하는, 어머니의 긍지로 가득한 얼굴을.

그러니 세상은 변했다. 그래서 폴린은 일어나 장손녀를 꼭 안고 서 비밀과 기분 좋은 것들, 앞으로 찾아올 꿈들에 대해서, 그리고 증조할머니 엠에 대해서 속삭여 주었다. 언젠가 자신들과 마찬가지로 자유로워질 엠이 결코 잊히지 않도록.

연금술사

L'Alchimista

조수들이 카포나타* 수프를 망쳤다. 프란카는 소리를 지르며 조수들을 향해 뜨거운 파파르델레** 국수를 던지고 여관 골목길에 멈춰 숨을 몰아쉬었고, 조수들의 등짝은 눈 내리는 밤의 어둠 속으로 사라졌다.

"골칫거리군요, 시뇨라." 왼쪽에서 음성이 들렸다. "이제 주방에서 누가 부인을 돕죠?"

프란카는 돌아서서 국자를 들고 유령을 마주했다. 아니, 두툼한 겨울 코트와 챙이 넓은 모자로 가리고 있었지만, 그 남자는 유령처럼 보였다. 나트륨램프 불빛 가운데, 프란카는 모자 그늘 속에 드러나는 얼굴을 볼 수 있었다. 선이 가늘고 우아한 콧대와 턱과 입술, 그 입술은 미소를 지으며 구부러져 있었다. 그 미소에도 프란카의 기분은 나아지지 않았다.

---

* 이탈리아 시칠리아 지방의 가지 요리.
** 폭이 넓은 파스타 면.

"값어치도 못 하면서 골칫거리만 만드는 놈들이에요." 프란카가 빈손을 풍만한 엉덩이 위에 짚으며 말했다. "그리고 당신도 구걸하러 온 거면 마찬가지예요. 혹시 노출증이면 저 아래 과부 아나벨라를 찾아가 봐요. 그 여자는 까다롭지 않다니까."

미소가 더 커졌다. "구걸하는 건 아닙니다, 시뇨라. 혹시 몸을 좀 덥히고 맛있는 식사를 할 수 있다면 모르겠지만요. 여기 오면 둘 다 가능하다고 들었습니다."

"듣다니, 어디서요?" 프란카는 의심이 들어 눈을 가늘게 떴다. 여행 웹사이트 중에 그녀가 일하는 여관이 올라가 있는 곳은 없었다.

"시장이랑 택시, 길거리 사람들한테서요. 부인의 주방은 인기보다는 실력을 중시하는 사람들이 강력히 추천하던걸요."

값싼 아부였지만, 프란카가 남자를 다시 한번 돌아보게 하기엔 충분했다. 그의 오래된 코트는 싸구려가 아니었고, 재단이 평범하긴 해도 우아했다. 모자는 산속 마을 노인들, 하루 종일 앉아서 세상사를 논하는 이들이 쓰는 물건이었다. 아마 거지는 아닐지 몰라도 돈이 많은 사람은 분명 아니었다. 하지만 그에겐 취향과 요령이 있었다. 그 정도면 프란카가 마음을 정하기에 충분했다.

"밀라노의 밤은 추우니까." 프란카가 국자로 문을 가리키며 말했다. "부엌에 불을 좀 더 때야겠네요."

"감사드립니다, 시뇨라." 남자는 프란카 앞을 지나 안으로 들어가면서, 우선 문 앞에 서서 부츠에 묻은 눈을 털어 냈다.

밤이 되어 여관의 휴게실은 문을 닫은 지 좀 되었지만, 담배와 프로슈토 냄새가 공기 속에 남아 있었다. 귀가 안 들리는 지오반니 할

아범이 바 뒤에서 바닥을 쓸며 콧노래를 흥얼거리고 있었다. 프란카의 짜증에 오래전부터 익숙한 할아범은 이미 벽과 바닥에서 파파르델레 국수를 치워 놓았다. 낯선 사람은 걸음을 멈추고 주위를 둘러보았고, 프란카는 구멍 뚫린 돌벽과 울퉁불퉁한 마룻바닥, 누렇게 변색되어 벽을 장식하고 있는 신문 스크랩과 사진 들이 늘 그렇듯이 부끄러워 잠시 한숨을 쉬었다. 아늑하고 자그마한 여관이라고, 이 지역 사람들은 말했다. 참 소박하고, 참 진귀한 곳이라고.

내가 이렇게 바닥까지 떨어지다니. 프란카가 생각했다.

"오늘 저녁 추천 요리는 토끼고기예요." 프란카는 무뚝뚝하게 말하고 옆에 있던 걸레를 들어 테이블을 대충 한 번 닦았다. "하지만 오늘 저녁 수프는 남은 게 없고, 내일 쓸 카포나타는 타서 전채 요리를 생략해야 해요. 파파르델레는 아직 좀 남아 있을 거예요."

남자는 모자와 코트를 벗지 않고 앉았다.

"토끼요?" 그는 고개를 살짝 들고—얼굴은 여전히 그림자에 가려져 있었다—냄새를 킁킁 맡았다. "허브 가루에 절여 구운 겁니까?"

"그리고 시칠리아의 카베르네 포도주와 돌체 에 포르테* 소스를 곁들였죠."

"그렇다면 토마토로 농도를 조절하겠군요."

"토끼 피를 쓸 거예요. 망할 아메리카 대륙이 발견되기 전에 신께서 의도하셨듯이. 드려요, 말아요?"

"주세요. 파파르델레도. 남은 걸로 주세요."

프란카는 콧방귀를 뀌더니 부엌으로 들어갔다. 그녀는 잠시, 냉

---

* '달콤하고 강한'이라는 의미의 이탈리아어.

장고에 남은 음식을 그냥 데울까 생각했다. 소스의 시큼하면서도 달콤한 맛은 조금만 줄었을 테고 손님은 아마 차이를 모를 것 같았다.

흥. 멍청한 조수들이나 할 생각이었다. 요리라는 섬세한 기술이 그저 일거리, 생계 수단, 친구들에게 으스댈 방법일 뿐인 그자들처럼. 손님이 고관대작이든, 걸인이든 무슨 상관인가? 그녀는 자신을 위해 요리했고 최고가 아니면 요리하지 않았다.

그래서 프란카는 토끼고기를 잘라 마늘과 양파를 묻히고 육즙을 가두기 위해 불에 그슬린 뒤 오븐으로 옮겨 구웠다. 그다음 갈색으로 변해 가는 팬에 적포도주를 넣고, 야채와 허브, 내장 고기와 피를 더했다. 이것이 졸아들도록 뚜껑을 덮지 않고 끓이면서 오븐에 넣은 고기에 꿀과 호스래디시 소스를 발랐다. 파파르델레는 소금물에 알 덴테*로 삶고 소스를 뿌렸다. 마지막으로 구운 토끼고기를 접시 가운데 세우고 가장자리에는 파르메지아노 치즈를 갈아 얹었다.

그렇게 일하는 동안 그날의 자잘하고 성가신 일들은 마음속에서 사라지고, 경이로운 창작에 온전히 집중할 수 있었다. 음식에는 참으로 놀라운 밸런스가 있었다. 달콤함과 시큼함, 피와 기름, 재료들이 가지는 섬세한 영향력과 불길의 강력한 힘……. 사람들도 그렇게 손쉽게 바꿀 수 있다면! "재료가 풍부한 부엌만 있으면 세상을 지배할 수 있을 텐데." 프란카는 이렇게 중얼거리면서 진심으로 그것이 사실이기를 바랐다.

요리가 끝났다. 프란카는 접시를 휴게실로 가지고 나가 그 남자 앞에 놓았다. "포도주 드실래요?"

---

* '씹는 맛이 느껴지도록'이란 의미의 이탈리아어.

"잠시만요." 남자는 손을 들어 요리에서 나오는 김을 자기 쪽으로 부채질했다. 프란카는 그가 살짝 숨을 들이쉬는 소리를 겨우 들을 수 있었다. "하. 그럼……."

그는 스푼을 들더니 소스를 맛보고 토끼고기 한 조각을 집어 들었다. 그는 천천히 생각에 잠긴 표정으로 씹더니 소스에 묻어 있는 두툼한 파파르델레 몇 가닥을 빙빙 돌리고는 후루룩 먹었다. 이것 역시 느긋하게 맛을 보았다.

프란카는 팔짱을 꼈다. 보통 사람들이 자기 음식 먹는 것을 지켜보지 않았지만—그러는 건 어쩐지 근친상간의 느낌이 들었다—이 남자에겐 흥미를 자극하는 점이 있었다. "어떤가요?"

남자가 올려다보자 프란카는 처음으로 그의 얼굴을 제대로 보았다. 예상보다 늙고, 수척하고, 엄숙한 얼굴이었지만 눈만은 명랑했다. 20년 전이라면 미남이었을지도 모른다. 밀라노 억양에는 흠잡을 데 없지만, 이탈리아인은 아니었다. 프란카는 그것 말고는 그의 조상에 대해서 짐작할 수 없었다. 어쩌면 프랑스인 혹은 영국인.

"훌륭하군요. 소금과 단맛, 케이퍼의 시큼한 맛, 부드러운 텍스처가 완벽한 조화를 이루고…… 전부 굉장히 섬세하게 배합되었어요. 시뇨라, 대단하시네요."

"알아요."

프란카는 몹시 기쁜 마음으로 바로 가서 포도주 한 병과 코르크따개, 잔을 들고 돌아와 전부 그 앞에 내려놓았다. 지오반니 할아범은 아마 잠자리에 든 모양이었다. 여관 주인 이사도라가 다음번 재고 정리를 하다가 포도주 한 병이 빈다는 걸 알아차릴지 모르지만,

프란카는 방금 해고한 조수들 짓으로 돌릴 생각이었다.

"다 드시면 부르세요."

프란카가 부엌 정리를 마쳤을 때―아마도 조수들이 조금은 그리울 것 같았다―남자가 휴게실에서 부르는 소리가 들렸다.

"미 스쿠차*, 시뇨라. 평생 최고의 식사를 마쳤습니다."

프란카는 밖으로 나가 그가 접시를 싹 비운 것을 보고 만족감을 느꼈다. "디저트로 뭔가 만들어 드릴 수 있는데요."

"다음에 먹겠습니다, 시뇨라. 오늘 밤에는 지체할 시간이 없지만, 꼭 또 오겠습니다." 남자는 냅킨으로 입가를 닦고 크게 트림을 하더니 의자를 뒤로 밀고 일어났다. "그런데, 부인의 재능과 노력에 대가를 치러야 하는데, 돈보다 더 흥미로운 걸 제안하고 싶습니다. 도전요."

프란카는 그가 돈을 내든지 말든지 별로 관심 없었다. 자기 여관도 아니었으니까. 하지만 그의 말에 한쪽 눈썹을 치켜떴다.

"무슨 도전인가요?"

"아주 특별한 겁니다." 남자는 옛날 청부살인업자처럼 코트에 손을 쓱 집어넣었고, 프란카가 미처 걱정하기도 전에 사슴가죽처럼 보이는 불룩한 주머니를 꺼냈다. 그는 그것을 테이블 위에 올려놓았다. 아주 조심스러운 손길임을 프란카는 눈치챘다.

"레시피를 따를 의향이 있습니까? 부인 정도 실력이 되는 셰프 중에는 남의 지시를 따르지 않는 사람들이 너무 많아서요."

프란카는 턱을 치켜들었다. "난 의회 주방장도 한 사람이에요. 망

---

* 이탈리아어로 '실례합니다'.

할 베를루스코니** 전에 말이죠. 거기서 일할 때, 피렌체 요리는 피렌체인처럼, 베네치아 요리는 베네치아인처럼 만들어야 했는데, 성모님께 맹세코 실수한 적 없어요. 레시피만 확실하면 그대로 요리할 수 있어요."

"이건 확실한 레시피입니다. 그저 어려울 뿐이죠. 이것과 몇 가지 특별한 재료를 드리겠습니다." 그는 과장된 손짓으로 주머니를 가리켰다. "진정한 요리 예술가를 찾은 지 꽤 되었습니다, 시뇨라. 저를 실망시키지 말아 주십시오."

프란카는 그가 허리를 펴고, 모자챙에 손끝을 대며 인사하고는 미소를 머금고 걸어 나가는 모습을 지켜보았다.

프란카는 흥미를 느끼며 그 주머니를 들어 테이블 위에 내용물을 쏟았다. 놀랍게도 여러 가지가 나왔다. 먼지 뭉치처럼 생긴 것, 이끼 덩어리, 끈으로 묶은 스물에서 서른 가지의 생 허브, 나무줄기로 양파를 꿰뚫어 놓은 것처럼 생긴 크고 쭈글쭈글한 것 세 개. 끝으로 자그마한 양피지 두루마리가 굴러 나왔는데, 구식 밀랍으로 봉인되어 있었다.

"정말로 거지는 아니었네. 미치광이였지." 프란카는 이렇게 중얼거리면서도 두루마리를 집어 펼쳤다.

시뇨라,

이 레시피의 재료는 정확히 배합해야 합니다. 조금이라도 벗어나면 위험할 수 있습니다. 프라바 뿌리는 낭비하지 마십시오. 구하기가 매우

** 이탈리아의 기업가이자 정치인이며 총 세 차례 총리를 역임했다.

어려우니까요.

그다음에는 아름답지만 읽을 수 없는 서명과 들어 있는 재료 목록이 적혀 있었다. 그 쭈글쭈글한 것이 프라바 뿌리인 모양이라고 프란카는 판단했다. 그게 뭔지는 모르겠지만. 허브에는 익숙한 것도, 그렇지 않은 것도 있었다. 사철쑥 다음에는 "타키프릭 3개"와 "보나비아 가루"가 나왔다. 그다음, 프란카는 깜짝 놀랐다. 레시피에 정말로 불가능한 것이 들어 있었기 때문이다. 그녀는 양피지를 내려놓고 먼지 뭉치 하나를 들어 올렸다.

타르투포 비앙코. 하얀 송로버섯.

방금 파낸 것이라 덮고 있는 흙이 채 마르지도 않았다. 그것이 열두 개, 아니 스물네 개나 테이블 위에 흩어져 있었다. 마지막으로 들은 바로는 하얀 송로버섯은 시내 셰프 시장에서 킬로그램당 1500유로에 팔린다고 했다. "거지"는 코트 속에 버섯으로 거액을 들고 다녔던 것이다.

프란카는 떨리는 마음으로 심호흡을 하고 양피지를 다시 집어 들었다. 그 페이지의 맨 밑에 레시피가 적혀 있었다. 프란카는 그것을 읽고 다시 읽었다. 그리고 믿을 수 없어, 세 번째로 읽었다.

"송로버섯을 굽는다……." 그것만으로도 충분히 나빴다. 송로버섯은 조리하지 않는 편이 나았다. 하지만 좀 더 내려가니 "면보 아래 아니스 액을 증발시킨다."가, 그다음에는 "프라바 이등분 위: 토치가 필요할 것이다."가 보였다.

정말 까다로웠다. 괴물 같은 레시피였다. 그리고 잔인하고. 남자에게서 받은 송로버섯을 절반도 넘게, 어쩌면 전부 다 써야 했다.

하지만…… 프란카는 뱃속을 죄는 익숙한 느낌, 척추를 달리는 익숙한 전율을 느꼈다. 도전이라고 그가 말했다. 과연 그랬다. 프란카의 실용적인 마음은 미친 레시피를 무시하고 송로버섯을 가지고 나가 팔라고 하는데도, 심장은 흥분해서 뛰고 있었으니까.

프란카는 일어나 재료를 모아 부엌으로 가지고 갔다. 그녀는 그것을 제자리에, 즉 허브는 허브 자리에, 낯선 뿌리는 감자와 함께 놓았다. 송로버섯은 리소토 바구니에 넣어 싱크대 아래 감추어 놓았다. 그녀는 남자가 비운 접시를 치우고 테이블을 닦은 뒤 부엌을 정리했다. 그다음 불을 끄고 집으로 향했다.

자고 나서 생각해 보자. 프란카는 이렇게 다짐했지만, 그건 거짓말이었다. 마음은 이미 정한 뒤였다.

닷새가 걸렸다.

프란카는 이사도라에게 그 주에 휴가를 낼 거라고 알렸다. 이사도라는 갑작스러운 연락에 화를 냈지만, 별수 없었다. 그녀는 이탈리아 거의 전체가 전통적인 4주의 방학을 즐기는 8월 내내 일해 달라고 청했기 때문이다. 프란카는 그 대가로 원할 때 언제든지 휴가를 보낼 수 있게 해 달라는 것이었다. 하지만 프란카가 이사도라에게 휴가 동안 부엌을 쓸 거라고 하자, 여관 주인은 호기심이 생겼다. "휴가에 누가 일을 하죠?" 이사도라가 물었다. 그리고 프란카는 일하는 것이 아니라, 창작을 할 거라고 대답했다.

문제가 있었다. 정체불명의 재료들. 프란카는 뭐가 뭔지 확인하기 위해 인터넷에서 검색하고 책을 뒤지고 화학 실험까지 했다. 하지만 아무리 찾아도 프라바 뿌리라는 것은 찾을 수 없었다. 겨우 하나를 열어 보니 뿌리에서는 씁쓸한 냄새가 났고, 뭔가 더 지독한, 뜨거운 아스팔트 같은 희미한 냄새도 났다. 프랑카는 그 맛을 보았고, 이틀 동안 혀가 얼얼했다. 그건 어떤 요리사에게나 굉장히 불리한 일이었을 테지만, 그 상황에서는 두 배로 짜증 나는 일이었다.

더욱이 레시피가 명확하지 않았다. 여기선 "한 꼬집", 저기서는 "한 스푼", 게다가 이런저런 것의 "중간 크기를 고른다."는 말이 있었다. 프랑카는 예전에는 그런 것을 고민하지 않았다. 예술이란 정확한 경우가 드물었으니까. 하지만 이 낯선 사람이 남긴 쪽지는 정확성을 강조했기에 프랑카는 정확한 밸런스를 정하기 위해 직관과 유사과학을 모두 동원할 수밖에 없었다. 그녀는 송로버섯 오일은 같은 비율의 허브 간 것으로 유화시켜야 한다고 계산했다. 혼합물의 색이 제대로 된 것 같지 않아서 사프란 3분의 1가닥을 더했다.

프랑카는 조수들을 해고한 것이 참 다행이라고 생각하기도 했다. 그들이 주위에 있기만 해도 모든 걸 망쳤을 것이다.

하지만 스트레스와 고된 노동에도 불구하고, 프랑카는 버텨 내고 승리했다. 아니, 그렇다고 생각했다. 마지막에 나온 혼합물은, 각각 정확히 무게 30그램짜리 한입거리 덩어리였는데 모양도 구미가 당기지 않았고 냄새는 더 심했다. 설마 식히고 난 다음에도 저런 녹색 비슷하게 번들거리는 빛이 나지는 않겠지? 프랑카는 그것을 소형 냉장고에 넣었다. 냉동고의 온도 조절 장치가 터져 케이크에 불이 붙을까 염려되었던 것이다.

작업을 마친 날 밤, 그 낯선 사람이 다시 찾아왔다.

이번에 손님이 테이블에 앉을 때, 프란카는 긴장한 표정으로 서성였다. 그녀는 무늬 없는 도자기 그릇에 차려 우아하고 소박하게 내놓으려고 했지만, 그런다고 별로 주의를 끌지 못했다. 프라바 케이크는 스팸이라고 부르는 미국의 흉물과 똑같은 색과 질감을 갖고 있었다. 거기선 휘발유 냄새가 났고, 프란카가 용기를 내어 본 맛은 뭐라 형언할 수 없었다. 생선 간과 테레빈유 중간쯤 되는 맛에, 상한 달걀 맛이 살짝 곁들여져 있었다. 프란카는 아름다운 송로버섯을 그렇게 많이 낭비한 것을 슬퍼하며 그가 역겹다고 하길 기다렸다.

"아." 남자는 케이크의 냄새를 자기 쪽으로 부채질하며 숨을 들이쉬었다. "이제 막 숙성되었군요. 그리고 맛은……." 남자는 케이크 하나를 들더니 입에 톡 넣었다. 그가 이맛살을 찡그리는 것을 보고 프란카도 움찔했지만, 그는 케이크를 삼키더니 미소를 지었다. "완벽해요."

"완벽해요?" 프란카는 그를 빤히 쳐다보았다. "저도 직접 맛을 보지 않았다면, 방금 독을 드신 거라고 했을 거예요, 시뇨레. 평생 그렇게 지독한 건 먹어 본 적 없어요."

남자는 미소를 짓더니 프란카가 케이크의 쓴맛을 단맛으로 상쇄시키기를 바라며 따라 준 백포도주 잔을 들었다.

"하지만 좋은 맛을 만들려던 건 아니었습니다, 시뇨라." 그는 포도주를 길게 들이켰다. 그가 포도주를 삼키기 전에 입에 머금고 있는 동안, 프란카는 거의 펄쩍 뛸 뻔했다. "중요한 건 재료를 올바른 비율로 배합하는 겁니다. 잘못하면 독성이 너무 강해 냄새만으로도 사람을 죽일 수 있는 것이 만들어지니까요. 하지만 제대로 하면……."

남자는 한 손을 내밀더니 손등을 살펴보았다. 프란카는 무슨 영문인가 싶어 그 손짓을 좇았다. "네? 네? 제대로 하면요?"

남자가 프란카를 올려다보았다. 모자가 여전히 그의 눈을 가리고 있었지만 프란카는 눈을 깜빡이고, 이맛살을 찌푸리고, 더 자세히 보았다. 그리고 한 걸음 뒤로 물러났다.

그의 외모가 더 나아졌다. 프란카가 짐작한 만큼 잘생긴 건 아니었지만, 분명 더 나아 보였다. 갑자기 10년은 홀쩍 젊어진 것처럼.

그는 미소를 짓더니 케이크 하나를 더 입에 넣었다. 이번에는 프란카가 지켜보는 동안 그 일이 벌어졌다. 그의 얼굴에서 가장 깊게 팬 주름살이 옅어지고 수척함이 사라졌다. 몇 초 뒤 프란카는 흠잡을 데 없이 건강한 중년 남자를 바라보고 있었다.

"가서 얼굴을 보세요, 시뇨라." 그가 눈을 반짝이며 말했다. "하나 드셨죠, 그렇죠?"

"오, 성모여." 프란카는 이렇게 속삭이고 부엌을 가로질러 직원 화장실로 들어갔다. 이사도라가 달아 놓은 싸구려 조명에도 변화는 뚜렷이 보였다. 얼굴 주름이 사라졌고 40대 중반 이후로 늘어져 있던 턱이 탱탱하고 매끈해졌다. 프란카는 온몸을 살펴보고 살이 4킬로그램 넘게 빠졌으며 유방이 아직 가슴 언저리에 있는 것을 보았다.

충격이 마침내 가시기 시작하자, 프란카는 휴게실로 다시 달려갔다. 손님은 테이블 옆에 앉아 낯선 디자인을 새겨 넣은 나무 상자에 남은 케이크를 포장하고 있었다. 그는 뚜껑을 덮더니 프란카를 보고 다시 미소 지었다.

"어떻게……?" 프란카는 겨우 그렇게만 말했다.

"물론, 부인이 닷새 동안 고생하신 덕분이죠. 그리고 부인의 순수한 요리 실력 덕분입니다. 지난번에 이 레시피를 시도했을 때는 죽을 뻔했습니다. 부인 덕분에, 이제 제 삶은 새로워졌어요."

프란카는 머릿속이 멍해져 아무 말도 못 하고 남자를 쳐다보았다. 그러자 남자는 또 한 번 과장된 손짓을 했고 프란카는 또 하나의 사슴가죽 주머니가 테이블에 놓인 것을 보았다.

"안 돼요." 프란카는 두려움을 말로 표현할 수 없어 고개를 저었다. 한 달 동안 푹 자고 싶었다. 더 이상의 낯선 재료를 견딜 수 없었다. 또 불가능한 것을 요리하는 레시피를 받는 것이 두려웠다. 그런 것을 가져오는 그가 두려웠다.

"선택은 부인 몫입니다, 시뇨라. 재료는 준비가 될 때까지 그대로일 겁니다. 이번에는 레시피가 없습니다. 부인이 스스로 할 수 있는 것을 보고 싶습니다. 완성되면, 완성한다면, 그때 다시 이야기합시다."

남자는 한 번 더 모자를 까닥이더니 젊고 강해진 다리로 걸어 나갔다.

프란카는 한 주 더 휴가를 냈다.

이사도라는 분노했지만 프란카의 짐작대로 결국 항복했다. 프란카가 이탈리아에서 가장 높은 남자(감히 그녀의 자발리오네*가 지루하다

---

* 달걀노른자, 설탕, 포도주 등으로 만드는 디저트.

고 말한 사람!)에게 침을 뱉지 않았더라면, 이사도라는 삼류 학교 출신의 이류 주방장에게서 벗어나지 못했을 것이다. 프란카에게도 이 일자리가 필요하긴 했지만, 이사도라는 프란카를 만족시켜야 했다. "적어도 휴가 덕을 보긴 하는 모양이군요." 이사도라가 중얼거렸다. "오늘은 별로 할망구 같지 않네."

사슴가죽 주머니는 부엌 카운터 위에 놓여 있었다. 프란카는 며칠 동안 그것을 건드리지도 않았다. 프라바 케이크를 만드느라 엉망이 된 부엌을 치우고 주말 내내 자려고 집으로 갔다. 월요일에는 일어나 미용사(염색을 완벽하게 했다고, 흰머리가 모두 사라졌다고 감탄했다.)에게 가고, 농산물 직판장과 생선 시장에서 가장 좋아하는 진열대를 찾아가고, 집으로 돌아왔다. 그러는 내내 프란카의 머릿속은 복잡했고 심장은 쿵쾅거렸다. 사슴가죽 주머니. 기다리고 있는 악몽. 온갖 가능성.

방갈로로 돌아온 프란카는 장 본 것을 내려놓고 거울 앞으로 갔다. 근심 가득한, 젊어진 얼굴이 자신을 마주 보고 있었다. 한때 프란카는 자기 분야 최고였다. 정식 자격을 갖춘 마스터 셰프로서, 남성 전유의 분야에서 존경받는 여성이었고 전도유망한 아티스트였다. 단 한 번의 판단 착오로, 그녀는 규모도 작고 궁지에 몰린 레스토랑을 끝없이 전전하는 연옥에 던져졌다. 찬사와 함께 평가도 사라지지 않았다면 그다지 개의치 않았을 테지만, 그게 문제였다. 지금 그녀는 커리어의 정점에 있었을 때보다 더 훌륭한 셰프가 되었건만, 아무도 관심을 가져 주지 않았다. 단 한 사람 이외에는.

부인이 스스로 할 수 있는 것을 보고 싶습니다. 낯선 사람은 그렇게 말했다.

서서히, 그녀의 입술이 양옆으로 늘어나며 커다란 미소를 지었다. 그녀가 만약 거울 속의 자신을 실제로 보고 있었다면, 이 미소가 만들어 내는 아름다움에 놀랐을 테지만, 그녀의 마음은 이미 사슴 가죽 주머니에 가 있었다.

"가만히 기다려요." 그녀는 혼잣말로, 그리고 독특한 식사 손님에게 속삭였다. "내가 무엇을 할 수 있는지 보라고요."

프란카는 여관으로, 부엌으로 갔고, 거기서 주머니를 열었다.

타키프릭 가지가 더 들어 있었다. 다양한 버섯도 더 들어 있었는데, 빨강색 바탕에 선명한 청색 줄무늬가 있는 버섯도 몇 개 있었다. 허브 가루 다섯 병은 다행히 라벨이 붙어 있었지만, 프란카가 처음 보는 이름이었다. 반짝이는 빨강-금색 깃털을 가진 중간 크기의 죽은 새가 네 마리 있었는데, 주머니를 며칠이나 놓아 두었는데도 어쩐 일인지 신선했다. 점으로 뒤덮인 커다란 멜론 하나. 체리처럼 빨간 열매가 달린 기다란 덩굴 한 줄. 밀랍으로 꼭 봉해 둔 아주 오래되어 먼지가 낀 병 하나.

프란카는 콧방귀를 뀌었다. 마스터 셰프 시험보다 어려울 것도 없었다.

그래서 그녀는 작업을 시작해 버섯을 분류하고 허브를 시험했다. 새 한 마리는 털을 뽑고 배를 갈랐다가, 내장에서 알 수 없는 단단한 물체를 발견하고 잠시 이게 뭘까 했는데, 만져 보니 뜨거웠다. 덩굴에 달린 열매는 천상의 향을 풍겼지만, 그 냄새를 맡으면 한 시간가량 백일몽을 꾸며 서성거리게 되리란 걸 곧바로 알았다. "쓸 만하겠는데." 프란카는 호기롭게 말하고는, 코를 막고 열매를 썰었다.

그리고 언제나 그렇듯이 일하는 동안에는 삶의 자잘하고 성가신 일들이 사라졌고 프란카는 경이로운 창작에 몰두했다.

프란카는 접시에 마지막 장식을 더한 뒤 테이블로 가지고 나갔다. 놀라울 것도 없이, 남자는 챙 넓은 모자 밑에서 미소를 지으며 그녀를 기다리고 있었다.

"참 풍부한 향이군요." 그는 프란카가 쟁반을 내려놓는 것을 보면서 말했다. 프란카는 그 위를 천으로 덮어 두었다. 천 가장자리 밑에서 김이 새어 나왔다. "하지만 제가 드린 것들의 의미는……."

"의미는 신경 쓰지 마세요. 그 자체로 존재하는 재료들이니까요." 프란카가 깐깐하게 말했다. "진정한 셰프는 식재료가 가진 힘을 방해하지 않아요. 그걸 드러낼 뿐이죠."

그리고 프란카는 과장된 몸짓으로 덮개를 치웠다. 남자의 눈이 휘둥그레졌다. 그녀는 그가 눈앞에 놓인 것을 이해하는 동안 아주 드라이한 소비뇽 블랑*을 따라 주었다. 그가 포크를 쥘 때 머뭇거리는 것을 보고 프란카는 미소를 지었다.

"불새로 디저트를 만든 건가요?"

"그렇게 부르는 새인가요? 네, 독을 빼내고 나니 간에 단맛이 있더군요. 비트즙과 청포도 와인을 넣어 부드럽게 갈아서 식혔어요. 컵은 꿀에 절인 부레풀로 코팅한 호박이에요."

그가 프란카를 쳐다보니 모자가 조금 위로 젖혀졌다가 다시 내려

---
* 프랑스 보르도 지역에서 기원하는 청포도 품종으로 만든 화이트 와인.

갔다. "그럼 이건요?" 그는 오징어 먹물 파스타를 동그랗게 말아 놓고 금색 소스와 놀라울 정도로 새하얀 가루를 뿌린 접시를 가리켰다.

"바질맛 리코타 치즈를 채운 원추 꽃차례와 브루넬로 와인에 적신 전기 버섯 가닥이에요. 신맛을 줄이려고 감자전분을 뿌렸죠. 소스는 피클멜론 추출물을 넣어 데워 녹인 버터예요."

모자가 다시 위로 젖혀졌다. "전기 버섯. 피클멜론."

"음, 뭐든 이름을 붙여야 했거든요."

"그렇군요."

그는 아무 말 없이, 통째로 구운 새를 담을 그릇으로 피클멜론의 껍질 절반이 담겨 있는 은접시를 가리켰다. 새의 부리에서 연기를 올리고 있는 작은 방울 덕분에 특히 드라마틱한 상차림이었다.

"암컷 불새 한 마리. 속은 다진 고기, 돼지고기 소시지, 로즈워터 허브, 세이지와 일곱 가지 버섯을 섞은 거예요. 드시긴 할 건가요?"

"너무나 다양하고 많군요. 무엇부터 시작하는 게 좋겠습니까?"

프란카는 바삭한 빵을 납작하게 썰어 차린 브루스케타 접시를 가리켰다.

"토미노 치즈, 생(生)정어리, 드림프루트 씨앗을 넣어 짠 올리브 오일, 압생트 술에 재운 잣이에요. 압생트 술이 드림프루트의 최면 효과를 줄여 주는 걸 알게 됐어요. 꿈은 몇 시간 지속되지만 훨씬…… 덜 압도적이라고 할까요? 대신 다른 감각을 자극해서 남은 식사를 제대로 즐기게 해 주죠."

"아, 그래서 애피타이저군요. 그럼 거기서부터 시작하겠습니다."

남자는 그렇게 했다.

프란카는 지켜보았고, 남자가 접시 하나하나의 맛을 발견하는 동안 꽤 즐거웠다. 그는 속을 채운 원추 꽃차례를 먹고 전기에 감전된 느낌에 깜짝 놀랐지만, 휴게실 반대편의 문손잡이 쪽으로 번개를 던지면서 껄껄 웃고 즐거워했다. 그다음에는 먼지 앉은 병에 든 낯선 묘약을 듬뿍 뿌린 자고새 가슴 크레페 롤을 먹었다. 프란카는 이 놀랍게 맵고 진한 물질이 이따금 도깨비를 불러들인다는 것을 알게 되었고, 그걸 막기 위해 근처 교회에 가서 성수를 좀 얻어다가 크레페 반죽에 넣었다. 입 안에서 묘약과 성수가 뒤섞여 끓어오르자, 남자의 눈이 쾌감에 휘둥그레졌다. 프란카는 씩 웃었다. 그녀의 계획대로 불새에 바른 소스—남은 프라바 오일 몇 방울을 넣었다—는 새의 입 안에 넣은 부싯돌주머니에서 반짝였고, 그가 한 조각을 자르려는 순간 불이 붙었다. 환상 속의 불꽃은 새가 잃어버린 깃털처럼 접시를 휘감으며 타올랐고 그가 자른 조각은 그의 입으로 우아하게 떠올랐다.

그렇게 식사는 진행되었다. 디저트를 마친 무렵, 남자는 순수한 기쁨에 소리 내어 웃고 있었고 휴게실은 엉망이 되어 있었다. 주로 드림프루트 덩굴로 만든 뇨키* 때문이었는데, 남자가 불새 구이로 인해 잠시 날개가 생긴 후에 그걸 너무 빨리 먹어 버렸던 것이다. 프란카는 이사도라에게 기물 파손범의 소행이라고 할 생각이었다. 아마도 앙심을 품은 예전 조수들 짓일 거라고.

"흠." 그는 마침내 냅킨으로 입가를 닦으며 말했다. "진심으로 평생 최고의 식사를 했습니다, 시뇨라. 그라치에, 그라치에. 제 모든

---

* 감자를 반죽해서 만든 경단을 소스에 섞어 먹는 이탈리아 요리.

기대를 능가하셨습니다."

"그래요?" 프란카는 양쪽 눈썹을 치켜떴다. "그렇다면 또 이상한 것들이 든 주머니를 두고 가실 건가요?"

"그럴 수도 있지만, 시뇨라, 대신 직접 주머니를 찾아보실 수 있는 곳을 알려 드리고 싶군요."

프란카는 흥미를 느끼며 긴장했다. "제가 직접?"

"그렇습니다. 그래서 제가 감히, 제안을 드리고 싶습니다. 이직 제안이라고나 할까요."

프란카는 흥미롭다는 표정을 지었다. "정말로 걸인은 아니군요, 그렇죠, 시뇨레? 가난한 분이 아니니까요."

남자는 웃었다. "이런 말씀이 위로가 되실지 모르겠지만, 시뇨라, 제 과거를 기준으로 보면 지금은 가난뱅이입니다. 젊은 시절, 정말로 젊은 시절에는 도롱뇽의 눈과 솥으로 기적을 행할 수도 있었죠. 하지만 오호라, 세상이 변했습니다."

"그러길 바라야겠네요. 도롱뇽 눈처럼 고약한 걸 가지고 뭐 하러 시간을 낭비하시겠어요?"

"만물에는 능력이 있기 때문이죠, 시뇨라. 그리고 어떤 것에는 대부분의 것들보다 큰 힘이 있고요. 과학은 최근에 와서야 그 진리를 발견했지만, 부인이나 제 경우처럼 세상의 어떤 직업은 몇백 년 동안 그걸 알고 있었죠. 누가 플루토늄이 가령, 쌀보다 강하다고 합니까? 전자는 백만 명의 목숨을 앗아 가고, 후자는 그보다 백 배 많은 목숨을 구하는데." 그는 미소를 짓더니 포도주를 길게, 음미하며 마셨다.

"그럼, 지금은 핵무기 기술자가 되셨군요."

또 웃음. "제 정체는, 부인의 도제입니다, 시뇨라. 절 받아 주신다면 말입니다. 제 기술은 이 시대에는 너무 원시적입니다. 과거의 기술은 이제 같은 효과를 발휘하지 못하고, 효과를 발휘해도 힘이 강력하지 못합니다. 더욱 중요한 건, 전 더 이상 과거의 기술을 쓰고 싶지 않습니다." 그는 얼굴을 찌푸렸다. "그것들이…… 조악하다는 생각이 듭니다. 하지만, 시뇨라, 부인은 섬세함과 밸런스를 이해하고, 형태와 기능의 제 위치와 세상과 감각의 상호작용을 통달하고 계십니다." 그는 허리에 손을 얹더니 자리에서 고개를 살짝 숙였다. "그걸 부인께서 배우고 싶습니다. 가르쳐 주신다면 말입니다."

프란카는 그를 빤히 쳐다보았지만, 머릿속에 온갖 가능성이 떠올랐다. 더 이상 돌처럼 굳은 미뢰를 가진 고객을 상대할 필요가 없다. 더 이상 손끝이 무디고 노동자의 마음가짐을 지닌 조수에게 시달릴 필요도 없었다. 손님은 이미 그들보다 수십만 배는 세련된 모습을 보여 주었다. 그를 가르치는 건 큰 기쁨일 것이다. 하지만…….

프란카는 허리에 손을 짚었다. "전 쉬운 선생이 아니에요. 고된 노동을 기대할 거예요. 예술을 기대할 거예요."

남자는 테이블을 밀고 일어나서 제대로 고개 숙여 인사하기 위해 모자를 벗었다.

"제 불쌍한 영혼이 할 수 있는 한, 최선을 다하겠습니다, 시뇨라."

"제 부엌은 최고 수준이 되어야 해요."

"제 성의 두 층을 원하시는 대로 리모델링하고 재료를 사들이세요."

성이라. 그건 기대가 되었다.

"수업료는 필요 없지만, 지낼 방과 하숙비, 급료는 주셔야 해요."

"숙소로 두 층을 더 드릴 테니, 원하는 대로 꾸미세요. 급료에 대해서는 자금이 좀 있는데, 물질적으로는 조금도 부족함을 느끼지 않을 겁니다."

"경비(經費)는요?"

"사실, 납을 충분히 구할 공급책이 있는데, 쥐꼬리만 한 돈으로 사들였습니다. 모종의 아로마 오일을 쓰면, 쉽게 금으로 변하죠."

프란카는 잠시 그 말에 대해 생각해 보았다.

"좋아요. 그 오일 샘플도 원할 거예요. 아로마 오일에는 항상 여러 가지 가능성이 있으니까요."

"물론이죠, 시뇨라."

프란카는 얼마나 밀어붙여도 좋을까 싶어 발을 톡톡 두드렸다.

"그리고 남들처럼 8월에는 휴가를 주세요."

남자는 미소를 지었다. "원하시면 언제든지 드리죠."

프란카는 팔짱을 끼고 말없이 그의 젊으면서도 늙은 얼굴을 살피면서 속으로 고민했다. 이 모든 것이 거짓말일지도 모른다는 생각이 들었다. 남자는 미친 살인마일지도 모른다. 정치가일지도.

음. 정치가는 아닐 것 같았다.

"최소한 그 성이라는 곳을 볼 수는 있겠죠." 프란카가 한참 만에 말했다. "부엌 공간이 말씀대로 넓다면 이미 갖고 계신 물품 목록 작성을 시작해야 하니까요. 아마추어들은 제대로 된 냄비와 팬을 갖고 있지 않거든요."

그는 프란카가 키스라도 한 것처럼 씩 웃었다.

"원하는 대로 하세요, 시뇨라. 그럼?"

그는 빈 접시에 덮개를 씌우고 산산조각이 난 의자들을 돌아 다가와서 프란카에게 팔짱을 끼라고 했다. 프란카는 살짝 얼굴을 붉히며 팔짱을 끼고 그를 따라 문 쪽으로 갔다.

"마지막으로 하나만 약속해 주세요, 시뇨레."

"무엇인가요?"

"송로버섯이요, 시뇨레. 다시는 그걸 요리하라고 하지 마세요."

남자는 양쪽 눈썹을 치켜떴다. "하지만 프라바 케이크는······."

"고약하고 다른 인간에게 절대 억지로 먹여서는 안 되는 음식이에요. 젊음을 유지할 요리를 백 가지는 할 수 있으니, 걱정 마세요. 다 기술의 문제일 뿐이니."

남자는 그녀를 한참 동안 쳐다보았고, 젊은 얼굴 위에 서서히 미소가 번졌다. "그럼 그래야죠, 시뇨라. 그래야 하고 말고요."

그들은 팔짱을 끼고 눈 내리는 밀라노의 밤 속으로 함께 걸어 나갔다.

폐수 엔진

The Effluent Engine

뉴올리언스는 하늘 꼭대기까지 악취를 풍겼다. 그건 점잖게 강에만 머무르지 않고 거리마다 웅덩이를 이루며 흘러든 강물 때문이거나, 배설물을 불에 구워 만든 벽돌을 깔아 놓은 것처럼 보이는 거리때문이었다. 혹은 좁다란 거리를 따라 이리저리 밀치면서 종종걸음을 치고 다니며 일을 하고 빈둥거리고 욕을 하고 고함을 치고 땀을흘리고, 씻어 내지 못한 증오심과 아마도 약간의 숙취의 냄새를 풀풀 풍겨 대는 사람들에게서 나온 것일지도 모른다. 로열 스트리트의 돌기둥이 받치는 발코니 아래를 걸어가면서, 제설린은 포기하고그 고약한 무더기로부터 등을 돌려 다음번 비행선을 잡아타 달아나고 싶은 충동과 싸웠다.

그때 누군가 그녀를 밀쳤다. "미안해요, 아가씨." 옆에서 누가 이렇게 말하기에 제설린은 멈출 수밖에 없었다. 거기 서 있는 성실해보이는 청년이 백인이기 때문이었다. 그는 미소를 지었는데 그건놀랍지 않았지만, 모자를 들어 올린 건 놀라웠다.

"무슈." 제설린은 이렇게 대답하면서 신중과 경의가 꼭 알맞게 섞여 드러나기를 바랐다.

"날씨가 참 좋지요?" 청년은 더 활짝 웃었고, 너무 진심 같아서 제설린도 마주 보고 살짝 웃지 않을 수 없었다. "하지만 이렇게 심한 더위에는 아직 적응하지 못했어요. 어떻게 견디고 계세요?"

"잘 견디고 있어요, 무슈." 제설린은 이렇게 생각하며 대답했다. 나한테 바라는 게 뭐죠? "익숙하니까요."

"아, 그렇죠, 물론. 당신처럼 훌륭한 흑인 여성은 당연히 그런 것에 잘 대처하겠죠. 조상님들이 추운 기후 출신이라 저희가 제대로 적응하지 못하는 것 같네요." 그는 얼굴에 괴로운 표정을 지으며 말을 뚝 끊었다. 그는 화려한 부류였고, 붉은 머리에 주근깨가 있는 얼굴은 너무 하얘서 생각하는 모든 것이 다 드러났다. 그때, 그의 얼굴은 더욱 창백해졌다. "아이고! 누나가 주의를 주었는데. 크리올*은 아니시죠, 그렇죠? 그분들은 어어…… 특정 용어로 부르면 기분 나빠한다고 알고 있어요."

제설린은 애써 '내가 크리올처럼 보이나요?'라고 쏘아붙이지 않을 수 있었다. 하지만 거리 사람들이 쳐다보기 시작했기에, 대신 이렇게 말했다. "아뇨, 무슈. 제가 보기에 이 지역 분은 분명 아니시네요. 그렇지 않으면 그런 걸 묻지 않았을 테니까요."

"아, 네." 남자는 멋쩍은 표정을 지었다. "들켰네요, 아가씨. 뉴욕에서 왔어요. 그렇게 빤히 보이나요?"

제설린은 조심스레 미소를 지었다. "정중한 점만 그렇답니다, 무

---

* 유럽인과 흑인의 혼혈.

슈." 손을 위로 올려 모자를 잠시 들자, 절실하게 필요했던 시원한 바람이 스쳐 지나갔다.

"혹시⋯⋯." 남자는 제설린의 머리를 빤히 쳐다보며 말을 멈췄다. "세상에! 머리가 조금밖에 없네요!"

"추운 날 외풍을 막아 주기엔 충분하답니다." 제설린은 이렇게 대답했고, 바라는 대로 남자는 웃었다.

"참 매력적인 흑⋯⋯ 여성이시군요. 만나게 되어서 영광입니다." 그는 뒤로 물러나 고개를 숙여 정식으로 인사를 했다. "제 이름은 레이먼드 포스톨입니다."

"제설린 두몬드라고 해요." 그녀는 레이스 장갑을 낀 손을 내밀었지만, 청년이 손을 잡으리라는 기대는 없었다. 그런데 놀랍게도 그는 손을 잡았고, 다시 고개를 숙였다.

"얼간이처럼 쳐다봐서 죄송합니다. 별로 유색인을 만나 본 적이 없어서, 그런데⋯⋯." 그는 머뭇거리며 주위를 둘러보더니 최소한 목소리를 낮추는 예의는 차렸다. "굉장히 예쁘시네요. 머리카락이 없는데도."

제설린은 본의 아니게 웃음을 터뜨렸다. "감사합니다, 무슈." 적절한 그리고 약간 어색한 침묵 뒤, 제설린은 고개를 숙였다. "음, 그럼. 좋은 하루 보내세요."

"정말 좋은 하루예요."

남자가 너무 즐거운 말투로 얘기해서 제설린은 아무도 그 말을 듣지 못했기를 바랐다. 그를 위해서. 이 도시 사람들은 계급차에 굳건히 의존하는 사회가 모두 그렇듯이, 예절 문제에 유난히 까다로웠다. 백인 신사가 유색인 여성에게 적절하게 존경을 표현할 여러 가지 방법이 있기는 하지만—젠 드 쿨레흐 리브흐*의 존재가 그 증거였다—그 방법은 모두 사람들 앞에서는 '금지'였다.

하지만 포스톨은 모자를 벗었고 제설린은 답례로 묵례를 하고서 헤어졌다. 또 한 차례 편리하게도 산들바람이 불었고 제설린은 한 번 더 모자를 고쳐 써 바람을 쐬면서 그사이에 단검을 실크 꽃무늬 사이 감추어 두는 곳에 도로 밀어 넣었다.

제설린의 나라에서 이야기꾼들이 말했듯이, 이것이 세상사의 조화, 딱 맞아떨어지는 장단이었다. 모두가 누군가에게서 무엇인가를 필요로 했다. 영광스러운 프랑스는 나폴레옹의 끝없는 전쟁에서 회복하기 위해 돈이 필요했다. 벼락부자 아이티는 사탕수수밭에서 난 달콤한 금빛 작물로 돈을 벌었지만 총이 필요했다. 온 세상이 신생 국가를 요람에서 목 조르길 바라는 것 같았으니까. 미국은 총이 있었지만 설탕을 간절히 원했다. 미국의 운명은 설탕 입수에 달려 있었으니까. 미국만이 아이티와 상대하고자 했지만, 아이티는 미국의 악몽이었다. 백인 주인을 죽여 버린 흑인 노예들의 나라. 하지만 아이티의 설탕은 피를 뒤집어썼다고 해서 당도가 떨어지지 않았고 그래서 모두가, 빙빙 돌며 우아한 왈츠를 추듯이 거래를 하면서 원하는 것을 얻었다. 다만 이따금 칼싸움이 벌어졌을 뿐.

제설린이 뉴올리언스로 몰래 들어오는 건 간단 그 자체였다. 카리브 해 비행선 여행은 저렴했고, 워낙 많은 여행객이 섬 국가들과

---

* gens de couleur libres, 프랑스어로 '자유 흑인'이라는 뜻.

미국의 큰 항구 도시 사이를 규칙적으로 왕래했기 때문에 속임수도 거의 필요 없었다. 제설린은 고용 계약이 되어 있다고 선장에게 말했고, 선장은 서류(어찌 되었든 가짜였다.)를 제대로 보지도 않고 배에 오르라고 손짓했다. 제설린은 자신이 백인 부자의 정부라고 다른 승객들에게 말했고, 고급 옷과 최고 선실과 비록 피부가 완전히 흑담비 색이지만 뛰어난 미모를 본 그들은 그 말을 믿고 감탄과 불쾌감을 번갈아 느꼈다. 제설린은 부두의 감독에게는 자신이 노예라고 말했다. 주인의 신뢰를 받고, 교양과 충성심을 갖춰, 계속해서 최선을 다해 봉사하면 자유를 약속받았다고 했다. 감독은 그렇게 누가 봐도 가치 있는 노예를 해방시킬 리가 만무하다는 듯이 씩 웃었다. 하지만 그 역시 제설린에게 하선 요금도 부과하지 않고 그냥 통과시켜 주었다.

그다음 제설린이 수소문을 통해 충분한 연줄을 만들어 존경받는 무슈 노베르 릴리유와 만남을 주선하는 데 꼬박 두 달이 걸렸다. 뉴올리언스의 크리올인들은 폐쇄적이고 까다로운 사람들이었는데, 아마도 그럴 필요가 있었을 것이다. 계급 제도와 특권을 엄격하게 유지해야만, 황갈색보다 짙은 피부를 가진 사람이면 누구나 족쇄를 채우려 드는 나라에서 자유를 바랄 수 있었으니까. 그래서 제설린을 보자마자 대화를 거부한 크리올인도 여럿 있었다. 하지만 신의 자비가 없다면 자신들의 운명도 마찬가지임을 기억하는 이들도 많았기에, 그들로부터 제설린은 핵심 정보를, 그리고 마침내 소개장을 얻어 낼 수 있었다. 적절한 이름을 대고 적절한 에티켓을 준수하자, 노베르 릴리유는 마침내 그녀를 오후의 차 시간에 초대했다.

그날이 왔고…….

그리고 제설린은 릴리유가 멍청이였음을 마침내 인정할 수밖에 없었다.

"무슈." 제설린은 진정하려고 숨을 한번 들이쉰 뒤에 다시 말했다. "서면으로 설명드렸듯이, 저는 사탕수수 처리 과정에는 아무 관심이 없습니다. 제가 대표하는 단체가 선생님께서 이 분야에 기여하신 바에 깊이 감사하는 건 사실입니다. 선생님께서 발전시킨 정제 기술 덕분에 많은 돈과 생명을 아꼈고, 그것을 다른 곳에 재투자할 수 있었습니다. 그런데 저희가 도움을 필요로 하는 것은 전혀 다른 문제입니다. 관련이 있긴 하지만요."

"아." 릴리유는 눈을 껌뻑이며 말했다. 그는 입술이 지독하게 얇고, 사람을 뚫어져라 바라보는 눈빛을 지닌 사람이었다. 그 눈빛은 제대로 쓸 줄 아는 사람에겐 강력한 무기가 되었을 테지만, 릴리유는 그런 사람이 아니었다. "미안하지만, 마드무아젤. 그런데, 저, 누구를 대표한다고 했지요?"

"말씀드리지 않았습니다, 무슈. 그리고 양해해 주신다면 당분간은 말씀드리지 않으려고 합니다." 제설린은 단호한 눈빛으로 릴리유를 뚫어져라 바라보았다. "과학적인 사안을 상업적인 사안으로 바꿀 때 모두를 신뢰할 수는 없음을 이해해 주시기를 바랍니다."

그 말에 릴리유는 마침내 약은 표정을 지었다. 그제야 다 이해한 것이다. 그 전해, 제설린의 상관들은 릴리유가 시 정부에 제안한 계획—모두의 건강과 안녕을 위해 끝없이 생겨나는 해로운 늪을 말려 버릴 기발한 방법—이 반려되었음을 알려 주었다. 6개월 뒤, 도시

토목기사 연맹에서 사실상 같은 계획을 제출했더니 찬양과 자금이 쏟아져 들어왔다. 연맹 사람들은 물론 백인이었다. 제설린은 릴리유가 그런 당연한 일에 속상해하는 것조차 놀라웠다.

"알겠습니다." 릴리유가 말했다. "그런데 죄송하지만, 원하시는 게 뭔지 모르겠군요."

제설린은 일어나 릴리유 저택의 우아하게 장식된 살롱 건너편 사이드테이블에 놓아둔 브로케이드* 백 쪽으로 갔다. 그 안에는 고무 마개로 막아 놓은, 화학자들이 사용하는 독특하게 생긴 작은 병이 있었는데, 표면에는 안에 든 액체의 양을 표시하는 눈금이 새겨져 있었다. 병 바닥에는 고약하게 생긴 진갈색 반죽과 액체가 소량 들어 있었다. 제설린은 그 병을 릴리유에게 가져가서 코앞에 내밀고 그가 고개를 끄덕일 때까지 기다렸다가 뚜껑을 열었다.

거기서 흘러나오는 냄새에 릴리유는 휘청거리며 뒷걸음질 치고, 눈물을 글썽이며 숨을 몰아쉬었다.

"이런 세상에! 아가씨, 그 부패 물질은 뭡니까?"

"이건, 무슈 릴리유, 폐수(廢水)입니다." 제설린은 이렇게 말하고 솜씨 있게 병을 닫았다. "다시 말해, 아주 특별한 종류의 쓰레기입니다. 럼주를 드시나요?"

그녀는 이미 답을 알고 있었다. 응접실 한쪽에 놓인 아름답게 제작된 사이드테이블에 술병들이 보기 좋게 진열되어 있었던 것이다.

"물론이죠." 릴리유는 아직도 눈을 비비며 분한 표정을 짓고 있었다. "더운 오후에는 한두 잔 마시는 걸 좋아합니다. 그러면 모공이

---

* 꽃무늬 등의 무늬를 금사나 은사로 수놓은 우아하고 두꺼운 견직물.

열린다고 하더군요. 하지만 그게 무슨……."

"럼 제조 과정은 단순하지만 그 결과는 지저분합니다. 그러니까 이 폐기물과 거기서 나오는 가스는, 최근까지는 선생님의 즐거운 오후를 위해 치러야 하는 피할 수 없는 대가라고만 여겼지요. 그 결과로 이제 농촌 전체가 이 냄새에 시달리고 있습니다. 악취가 인간과 동물에게 고역스러울 뿐 아니라, 어느 팅크 약제나 아편만큼 강력하다고 합니다. 시간이 지나면서 여기 노출된 건 모두 질식해서 죽게 됩니다. 하지만 유럽에서는 이 가스가 연료 자원이 될 가능성이 있다고 찬양하는 과학 논문들이 나오고 있습니다. 제대로 모아 정제하고 태우면 터빈을 돌리고, 음식을 조리하고, 그 밖에도 여러 가지 일을 할 수 있습니다." 제설린은 돌아서서 그 병을 릴리유의 음료 스탠드 위, 미리 눈여겨보아 둔 짙은 럼주가 든 네모난 병 옆에 일부러 세워 두었다. "선생님께서 이 이용 가능한 가스, 메탄을 방금 냄새 맡으셨던 기체로부터 추출하는 방법을 개발해 주시기를 바랍니다."

릴리유는 제설린을, 그리고 병을 잠시 쳐다보았다. 제설린은 그가 흥미를 느낀 것을 알 수 있었고, 그렇다면 임무를 이미 절반은 완수한 셈이었다. 그녀의 상관들은 그 병을 최근 발명한 독일의 화학자로부터 얻어 내느라 상당한 돈을 썼는데, 정확히 릴리유처럼, 유럽에 뿌리를 두지 않은 과학은 전부 무시하는 사람들에게 좋은 인상을 주기 위해서였다.

하지만 그 병을 바라보는 동안, 릴리유의 얼굴에 실망, 그리고 짜증이 떠오르는 것에 제설린은 당황했다.

"나는 공학자이지, 화학자가 아닙니다, 마드무아젤." 그가 마침내 말했다.

"저희는 그 작업을 할 수 있는 화학적인 방법은 이미 알아냈습니다." 제설린이 재빨리, 긴장감에 뱃속이 죄어 오는 것을 느끼면서 말했다. "선생님과 그걸 기꺼이 공유하고……."

"그다음엔 뭡니까?" 릴리유는 제설린을 노려보았다. "이 과정에 누가 특허를 냅니까, 네? 그리고 누가 이익을 봅니까?" 그는 돌아서서 서성이기 시작했고 제설린은 두렵게도 그가 화를 내고 있는 것을 알 수 있었다. "생김새가 참 반반하시군요, 마드무아젤 두몬드. 그런데 당신 같은 검은 여인들이 과거에 제 조상들을 꾀어 아주 저질스런 짓을 하게 했고, 그래서 제 조상들은 혼혈 자녀를 명예롭게 키워 그 일을 속죄했다는 사실을 잊을 수가 없군요. 제가 저처럼 정직한 크리올인, 남의 말에 잘 속아 넘어가는 것으로 이미 알려진 크리올인의 노력을 가지고 한 번 더 이익을 보려는 백인이라면, 당신 같은 여인을 보내 유혹했을 겁니다. 어차피 백인들에게 우리는 전부 비슷하니까요. 비록 나는 혈관 속에 가장 순수한 프랑스인의 피가 흐르고, 당신은 아프리카 정글에서 곧바로 넘어온 사람이나 다름없다 하더라도!"

그는 이렇게 벌컥 화를 내며 고함을 지르다시피 했다. 만일 제설린이 이 땅에서 애지중지 키워졌거나, 구박받으며 자란 여자였다면 불쾌함을 피하려 그만 물러섰을 것이다. 하지만 제설린은 한 발자국 옆으로 비켜서며 브로케이드 백에 다가갔는데, 그 안에는 그녀가 서 있는 곳에서도 손잡이가 보이는 작고 단정한 데린저 권총이 들어 있었다. 그녀의 임무는 릴리유를 이용하는 것이지, 죽이는 것이 아니었지만 남자에게 기사도의 가치를 상기시키기 위해 얕은 상처를 입히는 것 정도는 아무렇지도 않았다.

하지만 상황이 악화되기 전, 응접실 문이 열리는 바람에 제설린과 릴리유는 모두 깜짝 놀랐다. 들어온 젊은 여인은 릴리유의 친족이 틀림없었다. 그녀도 황토색 피부와 구불거리는 머리카락을 지녔는데, 우아하게 갈라 올린 머리 모양을 하고 있었다. 하지만 눈 색은 더 연했고, 어쩌면 그것은 코 위에 올려놓은 금속테 안경의 영향일 수도 있었다. 소박한 회색 드레스 차림이었는데, 그 옷은 안타깝게도 타고난 파리한 피부색을 강조했으며 전체적으로 그녀를 좀 평범해 보이도록 했다.

"실례해요, 오라버니." 그녀는 이렇게 말하며 제설린의 짐작이 옳았음을 확인해 주었다. "혹시 오라버니와 손님께 드실 것 좀 드릴까요?" 그녀는 설탕을 묻힌 바삭한 네모 도넛과 레물라드 소스* 같은 것을 곁들인 차요테** 슬라이스, 조그만 피칸 페누치*** 를 차린 은쟁반을 들고 있었다.

이 여자를 보고 노베르는 얼굴이 창백해지더니 완전히 당황한 것 같았다. "아, 어, 그래, 그렇지, 고맙다. 아……." 그는 제설린을 쳐다보았는데, 앞서 드러낸 짜증과 손님에게 좋은 주인 노릇을 하고 싶다는 뿌리 깊은 욕구가 갈등하는 것이 분명했다. "용서하세요. 좀

---

* 마요네즈에 허브를 섞어 만든 소스.

** 박과의 식물.

*** 검은 설탕과 우유 등으로 만든 캔디.

드시겠습니까, 떠나시기 전에?" 마지막 말은 앞부분보다 더 세게 들렸다. 제설린은 무슨 말인지 이해했다.

"고맙습니다, 그러죠."

그러고 나서 재빨리 젊은 여자를 도와주기 위해 다가갔다. 브로 케이드 백을 옮기면서, 제설린은 젊은 여자가 살짝 놀란 표정으로 백을 빤히 쳐다보는 것을 알아차렸다. 제설린은 그녀의 불편한 기색에 놀랐다. 총 손잡이를 본 것일까? 젊은 여자가 놀라서 소리를 지르거나 하지 않았으므로 확실히 알 수 없었지만, 그것만으로도 주의해야 할 수도 있었다. 눈 한번 마주친 것만으로도 제설린은 곧바로, 본능적으로 상대를 평가했다. 이 릴리유는 적어도, 오빠만큼 근시안적이거나 쉽게 법석을 떠는 사람이 아니었다.

과연, 젊은 여자가 쟁반을 내려놓은 뒤 시선을 들 때, 제설린은 그 조그만 안경알 뒤, 그 완벽하게 유쾌한 미소 위에서 도전하는 눈빛을 살짝 보았다고 생각했다.

"오라버니. 절 소개해 주지 않으세요? 오라버니께 숙녀 손님이 찾아오는 일은 참 드문데."

노베르 릴리유의 하얗게 질린 얼굴은 붉어졌고, 한순간 제설린은 그가 고함이라도 칠까 봐 두려웠다. 다행히 그는 그 충동을 억누르고 조금 뻣뻣하게 말했다. "마드무아젤 제설린 두몬드, 제 동생 유지니를 소개 올려도 될까요?"

제설린은 고개를 숙여 인사했고, 마드무아젤 릴리유도 화답했다. "만나서 반가워요." 제설린은 진심으로 이렇게 말했다. 안 그랬다면 당신 오라버니를 꼴사납게 쏘는 걸 즐겼을지 모르니까요.

마드무아젤 릴리유도 비슷한 생각을 한 모양이었다. 제설린을 향해 미소를 짓더니 이렇게 말했다. "오라버니께서 유명한 성미를 드러내진 않았기를 바라겠어요, 마드무아젤 두몬드. 오라버니는 사람보다는 장치나 진공관을 더 잘 다루거든요."

이 말에 릴리유는 정말로 고함을 질렀다. "유지니, 그건……."

"천만에요." 제설린은 매끄럽게 말을 잘랐다. "우리는 화학의 세밀한 부분에 대해서 논의 중이었는데, 굉장히 유식하신 아가씨 오라버니께서 좀 힘주어 말씀하신 것뿐이랍니다."

"화학이요? 어머, 저도 화학을 참 좋아해요!" 이 말에 마드무아젤 릴리유는 곧바로 화색이 돌면서 더 빠르고 숨 가쁘게 말했다. "무슨 문제인지, 여쭤 봐도 될까요? 부탁인데, 저도 앉아도 될까요?"

그 순간 제설린은 그녀의 눈이 갈색 비슷한 초록으로 색은 불분명하다 해도, 얼마나 예쁜지 깜짝 놀랐다. 제설린은 혁명 덕분에 검은 피부가 자부심거리인 땅에서 자라나, 백인 혼혈의 외모를 선망한 적이 없었다. 하지만 화학에 대해 이야기하자 마드무아젤 릴리유의 태도가 변하며 특이한 눈이 빛을 발했고, 제설린은 그녀의 외모에 내린 첫 평가를 바꿀 수밖에 없었다. 그녀는 아마도, 평범한 것이 아니라 근사한 것 같았다.

"유지니는 과학에 대한 관심을 저와 나누는 유일한 가족입니다." 릴리유는 자부심에 들뜬 음성으로 이렇게 말했다. "유지니는 저처럼 파리에서 공부할 수 없었어요. 거기 학교들은 여학생을 받지 않으니까요. 그래도 제가 다 본 책은 모두 동생에게 보내 주었고, 동생은 제가 만든 모든 시제품에 비평을 해 줍니다. 아마 학교에서 저 애를 받아 주지 않은 편이 나았을지 모릅니다. 저 애가 입학했다면 에콜 상트랄 대학원의 옛 스승들이 고생 좀 했을 테니까요!"

제설린은 그 말에 놀라 눈을 깜빡였다. 그때, 문득 이런 생각이 들었다. 노베르의 신뢰는 이미 잃었다. 하지만 혹시…….

제설린은 음료 스탠드 쪽으로 돌아서서 폐수 병을 들었다. "죄송하지만 그만 가 봐야겠네요, 마드무아젤 릴리유. 하지만 가기 전에, 여기에 대해 의견을 좀 주시겠어요?" 제설린은 병을 내밀었다.

그녀의 의도를 짐작한 노베르 릴리유는 인상을 찌푸렸다. 하지만 유지니는 그가 반대하기도 전에 병을 받아 솜씨 좋게 뚜껑을 열었고, 곧바로 코를 대고 맡는 대신 냄새를 자신 쪽으로 부채질했다.

"어휴." 유지니는 인상을 찡그리며 말했다. "분명 황화수소에, 어떤 형태로든 썩어서 생긴 거라면 다른 가스도 여럿 들었겠군요." 유지니는 병을 막은 뒤 예리한 눈으로 바닥에 깔린 폐기물을 살폈다. "흥미롭네요. 흙이라고 생각했는데, 좀 더 균일한 물질 같네요. 무엇이 만든 건가요? 어떤 과정을 거치면 이렇게 지독한 것이 생겨날 수 있죠?"

"럼 증류요." 제설린은 이렇게 말했고, 유지니가 아연실색한 표정을 짓자 웃고 싶은 것을 꾹 참았다.

"놀랄 일도 아니죠." 유지니가 어두운 표정으로 말했다. "최종 산물이 인간의 영혼에 하는 짓을 생각하면 말이에요." 유지니는 병을 제설린에게 돌려주었다. "이건 왜요?"

그래서 제설린은 다시 설명해야 했다. 그러는 사이 신기한 일이 일어났다. 유지니의 눈이 조금 멍해졌다. 고개를 끄덕이며 이따금

"음흠"이라고 했다. "그리고 아가씨 오라버니께도 말씀드렸듯이, 우린 이미 공식을 찾아냈고……." 제설린이 이렇게 말을 맺었다.

"공식은 애들 장난이죠." 유지니는 멍한 표정으로 손가락을 튕기면서 말했다. "그리고 메탄이 위험할 정도로 가연성이 강하지 않다면, 추출은 간단할 거예요. 하지만 메탄은 상황에 따라서 폭발을 일으키기도 해서…… 대부분의 추출 시도가 결국 폭발 사고를 내죠. 분명히, 어떤 기계적인 방법인가를 써서 먼저 최종 산물을 안정화시켜야 해요. 단순히 분리만 하는 것이 아니라. 아마도 얼리거나, 아니면……." 유지니의 얼굴이 밝아졌다. "오라버니, 오라버니께서 개발하신 진공 증류 과정의 정제를 시도할 수도……."

"그래, 그래." 노베르는 지난 10분 동안 점점 더 눈에 띄게 실망하는 표정으로 제설린과 유지니를 번갈아 보았다. "생각해 볼게. 그런데, 마드무아젤 두몬드는 정말 가셔야 한다. 우리 때문에 늦으실까 걱정이구나." 유지니가 당황한 표정을 짓는 사이, 노베르는 제설린을 노려보았다.

"그렇답니다." 제설린은 그를 향해 우아하게 미소 지으며 말했다. 그녀는 병을 치우고 가방을 옆구리에 끼고 의자 등받이에 걸어 놓은 모자를 들었다. 노베르 릴리유는 아주 다루기 힘든 사람이었지만, 제설린은 이제 우아함을 유지할 수 있었다. 실제로도 이제 그만 이 일을 완전히 다른 각도에서 진행하는 편이 나았다.

그리고 노베르가 조금 지나치게 단호한 손길로 팔꿈치를 잡고 응접실 문 쪽으로 안내하는 사이, 제설린은 유지니를 돌아보고 미소를 지었고, 유지니 역시 미소를 띤 얼굴에 귀엽게도 아쉬운 표정을 떠올리면서 수줍게 손을 흔들었다.

그저 멋진 게 아니라 예쁜 얼굴이라고, 제설린은 마침내 판단했다. 그렇다면 이 새로운 각도는 진행하기에 아주 즐거울 것 같았다.

하지만 복잡한 일이 있었다.

원래 계획과는 좀 다르지만, 릴리유 집안의 한 사람과 접촉하는 데 성공한 것이 만족스러웠던 제설린은 뷰 카레* 주위에서 저녁 시간을 즐겼다. 좁은 거리를 걷다 소리가 들려오는 뮤직홀에 들르는 것은 그녀가 흉내 내는 고귀한 집안 출신 아가씨가 할 일이 아니었지만, 흥미가 발동했다. 제설린은 플레이하우스의 신식 보더빌**에는 앉아 볼 수 있었고, 뒤쪽 발코니에서 무대가 잘 보이지는 않았지만 즐거웠다. 그다음, 마침내 밤이 되어 낮은 찌는 듯한 무더위가 가시며 시원해졌을 때, 그녀는 여관방으로 돌아갔다.

포르토프랭스***의 힘든 거리 시절로부터, 문을 열기 전에 잠시 서서 혹시 방 안에 누가 있다면 자신의 그림자가 갑자기 드리우는 것을 보고 달아나지 않도록 하는 것이 제설린의 오랜 습관이었다. 그건 현명한 습관임이 밝혀졌는데, 문을 열자 깜짝 놀란 남자가 그 방의 전망창 앞, 그녀의 짐 상자 앞에 얼어붙어 있었기 때문이다. 한순간 서로를 빤히 쳐다보는 사이, 정신을 차린 제설린은 한쪽 무릎을 꿇고서 한 손을 매끄럽게 흔들어 부츠를 신은 다리에서 단검을

---

* 현재 프렌치 쿼터라고 부르는 뉴올리언스의 중심지.
** 작은 공연장.
*** 아이티의 수도.

빼내어 들었다.

동시에 그 남자는 잽싸게 열린 발코니 창으로 몸을 던졌다. 제설린이 자기 말인 크리올어로 욕설을 내뱉으며 방 안으로 달려 들어가는 사이, 남자는 곡예사처럼 민첩하게 몸을 날려 창문을 통과한 뒤 일어나서 정교한 철제 난간을 잡았다. 그를 놓칠까 두려워진 제설린은 명중하기를 기도하며 달리면서 방 안에서 검을 던졌고 툭 하며 살을 맞히는 소리를 들었다. 발코니의 남자는 비틀거리며 소리를 질렀지만 급소를 맞힌 것은 아니었다. 그가 난간을 잡더니 몸을 위로 넘겨 땅까지 얼마 안 되는 높이를 뛰어내리고 사라졌기 때문이다.

제설린은 치마와 속치마가 걸리적거렸지만 있는 힘껏 창문을 통과했다. 그녀가 난간에 닿는 순간, 남자는 땅에서 일어나 달아나려고 돌아섰다. 남자가 제설린이 뒤쫓는지 확인하려고 돌아보는 사이, 제설린은 달빛에 그를 제대로 볼 수 있었다. 찡그린 표정을 한 청년의 얼굴은 검댕을 발랐지만 분명 새하얬고, 머리카락은 어둠 속에 숨기 쉬운 지푸라기색이었다. 이윽고 남자는 오른쪽 엉덩이에 손을 붙이고서 어색하게 달리며 밤의 어둠 속으로 달아나 사라졌다.

제설린은 화가 치밀어 난간을 주먹으로 쳤지만 고함을 지르는 어리석은 짓은 하지 않았다. 이 도시의 누구도 해방된 여자가 도둑을 맞았다고 신경 쓰지 않을 것이고, 경관이 소란죄로 그녀를 체포할 가능성이 더 높았다.

방으로 돌아간 제설린은 등불을 켜고 피해 상황을 살폈다. 곧 등줄기가 오싹했다. 짐 상자에는 지각 있는 도둑이라면 누구나 가져갔을 귀중품이 잔뜩 들어 있었다. 고급 드레스 여러 벌, 흑요석에 얼굴을 새긴 카메오 펜던트, 예전에 사귄 비행선 항법사가 준 황동 자이로스코프, 20달러가 든 진주로 장식한 지갑. 그러나 그것들은 모두 옆으로 아무렇게나 치워져 있었고, 상자의 가짜 바닥이 떼어진 채 그 아래 부분이 드러나 있어서 제설린은 공포에 질렸다. 여기에는 옷가지와 훨씬 더 많은 액수의 돈이 든 큰 주머니가 들어 있었지만, 그것 역시 그대로 있었다.

그러나 제설린은 릴리유를 만나러 갈 때 가지고 가지 않았더라면, 거기 무엇이 들어 있었을지 알고 있었다. 메탄 추출 과정을 설명하는 화학 공식이 든 두루마리와 그 작업을 하는 기계의 기본 설계, 즉 아이티 정부의 과학자들이 할 수 있는 한 꿰맞춘 내용이 들어 있었을 것이다. 이것은 지금도 그녀의 브로케이드 백 맨 밑에 있었다.

검댕을 바른 애는 도둑이 아니었다. 이 역겨운 도시의 누군가가 그녀가 누구이고 무슨 일을 하는지 알고서 그 임무를 저지하려는 것이었다.

제설린은 가짜 바닥과 돈까지 전부 다 트렁크에 조심스레 도로 넣었다. 그녀는 아래층으로 내려가 방값을 지불하고 짐꾼을 불러 두 블록 옆 여관으로 트렁크를 옮기고 나서 창문 없는 방을 빌렸다. 그녀는 그날 밤 깊이 잠들지 못해 끼익거리고 쿵쿵거리는 소리가 들릴 때마다 깨어났고, 오로지 손에 든 단검이 주는 확실한 안전에서 위로를 구했다.

노예와 부랑자, 거지와 불한당이 가득한 도시에서 좋은 점이 하나 있다면, 몰래 소식을 보내기가 참 쉽다는 점이었다.

혹시 몰라 노베르 릴리유의 화가 가라앉기를 며칠 기다린 뒤, 제설린은 여관 주인의 노예 남자아이에게 일을 시켰다. 그녀는 시장에서 신선한 과일을 사서 아이에게 사과 하나를 주고 메시지를 외게 했다. 한 마디도 빠짐없이 그 말을 반복한 아이는 제설린이 커다란 진남색 포도 한 송이를 보여 주자 눈이 휘둥그레졌다.

"마드무아젤 유지니께 오라버니 몰래 말을 전하면 이건 네 거야. 하지만 씨는 불 속에 뱉어야 해. 안 그러면 주인님이 네가 포도를 먹은 걸 알게 될 테니까."

아이가 씩 웃자 제설린은 그런 주의를 줄 필요가 없었음을 알 수 있었다.

"이거 잘 들고만 계세요, 미스 제설린." 아이는 턱으로 포도를 가리키며 말했다. "3분 안에 받으러 올게요." 그리고 실제로 한 시간 만에 빛바랜 네모 천 조각을 들고 돌아왔다. "미스 유지니께서 만나자고 하시면서 선의의 증표로 이걸 보내셨어요." 아이는 유지니의 어조를 완벽하게 흉내 내며 마지막 부분을 주의해서 발음했다.

제설린이 기쁘게 천 조각을 받아 펼쳐 보니 프랑스제 수입 리넨으로 만든 손수건이었는데, 한쪽 구석에 작고 완벽하게 R자가 수놓여 있었다. 제설린이 손수건을 코에 대어 보니 목련꽃 같은 향수 냄새가 났다. 며칠 전 유지니에게서 난 향기와 같았다. 그 기억에 제설린은 미소 짓지 않을 수 없었다. 아이도 씩 웃으며 그 자리에서 포도를 먹었고 씨는 윙크를 하며 주머니에 넣었다.

"쓰레기장 근처에 이걸 심을 거예요. 언젠가 포도주를 선물드릴 수도 있을걸요!" 그리고 아이는 달려갔다.

그래서 제설린은 또다시 화창하고 무더운 날, 어설린즈 수녀원에 가게 되었다. 거기라면 여인 둘이 호기심 많은 남의 눈에 띄거나 방해받지 않고 걸으면서 생각을 나눌 수 있었으니까.

"인정해야겠네요." 수녀원 정원 사이를 걸으며 유지니가 제설린을 향해 미소를 지었다. "당신을 만날지 갈등했다는 걸 말이에요."

"제가 나온 뒤에 오라버니께 잔소리를 들으셨을 것 같군요."

"그렇게 말씀하실 수도 있겠네요." 유지니가 건조한 어조로 이렇게 말하자 제설린은 웃음이 터졌다.(나이 든 수녀 한 사람이 허브 밭에서 그들을 노려보았다. 제설린은 손으로 입을 막고 미안하다고 손을 흔들었다.) "하지만 그것 때문에 망설인 게 아니에요. 오라버니는 오라버니의 방식이 있어요, 마드무아젤 제설린. 그리고 전 항상 오라버니에게 동의하는 건 아니에요. 오라버니는 모든 정보를 모으지 않고 의견을 정한 뒤, 그것이 증명된 사실인 양 진행하는 걸 좋아하죠." 유지니는 어깨를 으쓱였다. "반대로 저는 가능한 한 많은 정보를 찾는 편을 선호해요. 당신에 대해서도 조사를 해 봤거든요."

"그래요? 뭘 알아내셨나요?"

"이 도시 사람들이 아는 한, 당신은 존재하지 않는다는 거요." 유지니는 가볍게 말했지만, 제설린이 느끼기에는 말에 날이 서 있기도 했다. 불편함이랄까. "우리와 같지 않은 분이라는 건 누구나 알 수 있지만, 자유민도 아니죠. 전에 묵으신 여관 사람들과 시장 사람들은 그렇게 생각하는 모양이지만요."

이 말에 제설린은 놀라기도 하고 불편하기도 해서 눈을 깜빡였다. 이 여자아이가 그렇게 깊이 팔 줄은 생각지 못했다.

"어째서 그렇게 말하는 거죠?"

"우선, 가방에 넣어 다니는 권총 때문에요."

제설린은 얼어붙어 한 걸음을 쉬었다가 다시 걷기 시작했다.

"낯설고 거친 도시에서 여자가 혼자 다니려면 스스로 보호하는 것이 현명하지 않을까요?"

"옳은 말씀이에요. 하지만 법원에도 확인해 봤는데, 당신과 같은 여성이 지난 30년 동안 해방된 기록이 없었고, 당신 나이가 그보다 훨씬 많을 것 같진 않네요. 또, 당신이 잘 감추고 있긴 하지만, 프랑스어에 특이한 억양이 있어요. 이곳 사람들의 말씨가 전혀 아니에요. 그리고 셋째로, 여긴 큰 것 같아도 핵심부는 작은 도시랍니다, 마드무아젤 두몬드. 운 좋은 사람이, 그들 말마따나 자유를 살 때마다 시내에서 이야깃거리가 되죠. 한마디로 말해서 당신에 관한 뒷이야기가 있어야 하는데 없었어요."

그들은 오래되어 거대한 버드나무에 다다랐고 나무 일부가 정원 길 위로 늘어져 있었다. 주위로 돌아갈 길이 없었다. 나무가 늘어뜨린 가지가 커튼처럼 몸통 주위를 거의 보이지 않게 가려 놓았다.

돌아서서 온 길로 되돌아가는 것이 지각 있는 일이었을 것이다. 하지만 제설린은 돌아서서 유지니와 눈을 마주치는 순간, 또 한 번 신기한 통찰의 순간을 겪었다. 유지니는 상냥하게 웃고 있었지만, 그럼에도 불구하고 눈에 떠오른 단호한 표정에, 제설린은 잠시 노베르를 떠올렸다. 그녀는 제설린으로부터 진실을 알고 싶어 했고,

그렇게 하지 않으면 유지니를 이용하려는 제설린의 노력은 수포로 돌아갈 것이다.

그래서 제설린은 충동적으로 유지니의 손을 잡아 버드나무 폭포 속으로 끌어당겼다. 유지니는 깜짝 놀랐지만, 그 너머, 나뭇잎이 이루는 허리케인처럼 초록이 사방을 에워싸고 있는 공간으로 들어가면서 키득거리며 웃었다.

"대체 뭐죠? 마드무아젤 두몬드."

"두몬드가 아니에요." 제설린은 속삭임에 가까이 목소리를 낮추었다. "내 이름은 제설린 클레르예요. 어쨌든 날 키워 준 가족이 클레르 가인데, 내 생부였던 남자를 따라 다른 성(姓)을 가져야 했어요. 그 사람 성은 루베르튀르라고 해요. 아세요?"

그 말에 유지니는 깜짝 놀랐다. "반역자 투생요? 아이티에서 혁명을 지휘한 사람? 그분이 아버지예요?"

"어머니 말씀으론 그래요. 어머니는 그 사람의 정부일 뿐이었지만. 난 사생아예요. 하지만 어머니에겐 감정 없어요. 어머니의 지위 덕분에 내가 살아남았으니까요. 프랑스인들이 투생을 배신하고, 그는 물론 아내와 적자까지 바다 건너로 데려가 고문해서 죽였거든요."

유지니가 그 말을 듣고 놀라서 손으로 입을 막자, 제설린은 곱게 자란 여인이 견디기에는 조금 힘든 이야기였음을 인정해야 했다. 하지만 사실이 그러했고, 제설린은 정확히 알 수 없는 이유로 유지니에게 그걸 감추기가 불편했다.

"알겠어요." 유지니는 한참 만에 충격에서 회복하고 말했다. "그럼 당신이 대표한다는 단체 말인데요. 아이티 사람들과 함께하는 거죠?"

"네. 우리를 위해 메탄 추출 장치를 만들어 준다면, 마드무아젤, 자유민의 나라가 자유를 유지하도록 도와주는 셈이 될 거예요. 프랑스는 우리를 전부 다시 노예로 만들려고 갖은 수를 다 쓰고 있으니까요. 우리가 우리의 고통을 이용할 생각을 하지 못했다면, 벌써 그렇게 되었을 거예요."

유지니는 천천히 고개를 끄덕였다. "사탕수수 말인데요. 신문에서 보니 당신 나라 사람들은 정제소 증기와 가스를 이용해서 열기구와 소형 비행선을 만든다던데."

"그 덕분에 혁명 중에 프랑스 배에 아주 효과적으로 폭격을 가할 수 있었고, 아메리카 대륙에서 최고 비행선 제작 국가라는 자리도 지킬 수 있었죠." 제설린은 살짝 자부심을 드러내며 말했다. "그 비행선을 처음 탔던 사람은 죽을 뻔했지만, 그 미친 아이디어와 장치 덕분에 우린 살아남았어요. 그러니 이제는 좋은 기술의 가치를 알아요, 마드무아젤. 그래서 당신 오라버니를 찾으러 여기 온 거랍니다."

"그럼……." 유지니는 이맛살을 찌푸렸다. "메탄이. 그게 비행선의 동력인가요?"

"부분적으론 그래요. 아시다시피 프랑스인들도 비행선을 쓰기 시작했어요. 우리의 유일한 희망은 우리 비행선의 조종 기능과 속도를 향상시키는 것뿐이고, 그건 가스 동력 엔진으로 가능해요. 우린 이 엔진 설계를 이용하는 강력한 대포도 제작했는데, 사정거리와 정확도가 어디에도 뒤지지 않는답니다. 시제품이 굉장히 잘 작동하고 있어요. 하지만 현재 동력으로 써야 하는 석유와 석탄 가격이 너무 비싸요. 우릴 멸망시키려는 나라들에서 사 오다가는 파산하고 말 거예요. 럼 폐수가 우리의 유일한, 풍부하고 값싼 자원이고…… 우리의 유일한 희망이에요."

하지만 유지니는 당황한 표정으로 고개를 젓기 시작했다.

"대포라니, 무기 말인가요? 전 기독교인이에요, 마드무아젤."

"제설린이라고 불러요."

"좋아요, 제설린." 그녀의 얼굴에 떠오른 그 표정을 제설린은 알아보았다. 아주 엉뚱한 때, 그녀를 아름답게 만드는 굳건한 결의와 맹렬한 분위기. "내 기술을 생명을 앗아 가는 데 쓰는 건 원하지 않아요. 그건 도저히 용납할 수 없어요."

제설린은 그녀를 노려보았고, 한순간 분노에 생각이 멈춰 버렸다. 특권과 재산과 응석받이 삶을 누리는 주제에 감히 어떻게……. 제설린은 이를 앙다물었다.

"혁명 중에." 그녀는 낮고 긴장된 음성으로 말했다. "마지막 프랑스 사령관 로샹보는 우리가 더 높은 사람들에 맞서 반란을 일으킨 것에 대해 교훈을 가르치기로 결정했어요. 그자가 노예들에게 무슨 짓을 했는지 아나요? 싸우지도 않은 노예들까지 잡아가 형틀에 묶어 몸을 부수고는 기둥에 매달아서 새들이 산 채로 먹게 했어요. 전쟁 포로들도 산 채로 벌레가 든 구덩이에 파묻었어요. 당밀 통에 넣어 끓인 사람들도 있어요. 그자는 그런 짓거리가 우리 마음에 공포와 복종심을 심는 데 필요하다고 여겼어요. 우리가 1년 동안 자유에 물들었으니까요."

얼굴이 새하얗게 질린 유지니는 입을 벌린 채, 완전히 공포에 질려 제설린을 쳐다보았다. 제설린은 냉정하고 성난 미소를 지었다.

"우리를 도와주지 않는다면, 마드무아젤 릴리유, 그런 잔혹 행위는 다시 일어날 겁니다. 다만, 이번에 우리는 두 세대 동안 자유롭게 살았어요. 그러니 이 기독교인들이 이제 우리에게 공포와 복종심을 얼마나 주입하려 들지 상상해 보세요."

유지니는 천천히 고개를 저었다. "나…… 나는 처음 들은 이야기라…… 생각지도 못했……." 그녀는 입을 다물었다.

제설린은 더 가까이 다가가 레이스 장갑을 낀 손가락 하나를 유지니의 쇄골 사이에 얹었다.

"그런 것을 고려하는 게 좋을 거예요, 아가씨. 잊었나요? 이 땅에도 당신과 당신 친족들에게 같은 짓을 하려는 사람들이 있다는 걸."

유지니는 제설린을 빤히 쳐다보았다. 그리고 땅에 털썩 주저앉아 제설린을 놀라게 했는데, 얼마나 세게 주저앉았는지 버슬*이 삐걱 소리를 냈다.

"몰랐어요." 유지니가 한참 뒤에 말했다. "그런 일은 몰랐어요."

제설린은 유지니의 얼굴에 떠오른 솔직한 충격을 보고 그녀를 그렇게 힘들게 한 것에 약간 가책을 느꼈다. 그녀의 오빠가 냉혹한 세상으로부터 동생을 열심히 지킨 것이 분명했다. 유지니 옆 부드러운 마른 풀밭에 앉아 제설린은 기운 없이 한숨을 내쉬었다.

"내 나라에선, 모든 피부색의 남녀가 자유로워요. 그렇다고 우리가 완벽하다는 말은 아니에요. 나도 살면서 굶주린 적이 여러 번 있으니까요. 하지만 거기서는 아가씨 같은 여자는 저명한 과학자가 애

---
* 치마 뒷자락을 떠받치기 위해 허리 바로 아래에 받쳐입는 의복.

지중지하는 동생이라든가 백인의 정부 이상의 존재가 될 수 있어요."

유지니가 켕기는 눈빛으로 쳐다보았지만 제설린은 괜찮다고 미소를 지어 주었다. 유지니 계급의 여자들은 인생에서 선택권이 별로 없었다. 그렇다고 그들을 비난하는 건 무의미한 짓이었다.

"혁명 때 남자들이 워낙 많이 죽어서 여자들이 지금 비행선 조종사나 포병으로 그 자리를 채우고 있어요. 우리는 공장과 농장도 운영하고 정부에서 고위직도 맡아요. 부두교 성직자들도 이제 거의다 여자예요. 여기도 부두교가 있죠? 그러니 우리 여자들은 중요해요." 제설린은 가까이 다가가 유지니에게 짓궂게 어깨를 부딪치며씩 웃었다. "첩자가 된 여자들도 있을지 모르죠. 누가 알겠어요?"

분홍빛으로 뺨을 붉힌 유지니는 고개를 숙이고 미소 지었다. 그러나 제설린은 자기가 한 말이 어느 정도 효과를 발휘하는 것을 알수 있었다. 유지니는 또 기묘하게 멍한 표정을 지었다. 아마도, 우연히 얻게 되는 성별과 계급이 자신의 지력을 끝까지 다 발휘하는 일을 금하지 않는 나라에서 할 수 있는 모든 것을 상상했을까? 아까운 일이었다. 제설린은 유지니를 거기로 데려가고 싶었다. 하지만릴리유의 호화로운 저택을 이미 본 뒤였다. 그런 것을 포기할 여자가 있을까?

이렇게 어깨를 맞대고 버드나무가 드리운 가지 아래 고립된 상태로 유지니를 바라보고 있으니 제설린은 그녀의 향수와, 가까이 다가온 피부의 부드러움과 길고 가느다란 목 주위를 감싼 곱슬머리를전보다 더 강하게 의식하게 되었다. 적어도 그녀는 자연스러운 상태의 머리가 본질적으로 추하다고 믿는 여자들처럼 머리를 가리지 않았다. 주어진 환경을 어쩔 수는 없지만, 제설린이 보기에 유지니는 할 수 있는 한 자신이 물려받은 것에 자부심을 품고 있었다.

제설린은 이런 생각에, 그리고 그 순간의 침묵과 낯선 느낌에 휩쓸린 나머지 이렇게 말하고 있었다. "그리고 내가 사는 땅에서는 여자가 가장이 되어 다른 여자와 가족을 이루고, 원한다면 아이들을 키우는 것도 희귀한 일이 아니랍니다."

유지니는 깜짝 놀랐고, 얼굴을 더욱 붉혀 제설린을 기쁘게 했다. 그녀는 반쯤은 당황하고 반쯤은 매혹된 표정으로 제설린을 쳐다보더니 시선을 돌렸고, 제설린은 그것이 몹시 매력적이라고 느꼈다.

"다른 여자랑 산다고요? 그럼 혹시……?" 하지만 물론 유지니는 제설린이 무슨 말을 한 것인지 알고 있었다. "어떻게 그럴 수가?"

"안전과 공동 노동이 필요하다 보니. 성직자들이 눈감아 준답니다."

유지니가 그때 고개를 들었고, 제설린은 그녀가 여전히 홍조를 띤 채로 묘하게 대담한 표정을 짓는 것을 보고 놀랐다.

"그럼……." 유지니는 입술을 핥더니 침을 삼켰다. "그런 여자들이…… 음…… 모든 면에서…… 가족처럼 행동하나요?"

제설린의 얼굴에 서서히 미소가 떠올랐다. 이 여인은 적어도 생각이 그렇게 꽉 막힌 건 아니군!

"아, 그럼요. 모든 면에서, 그러니까 법적으로나, 재정적으로나, 가정적으로나……."

그리고 유지니의 표정에 살짝 불확실하다는 기미가 떠오르자, 제설린은 짓궂게 구는 것이 지겨워졌다. 부적절한 짓이었다. 임무에 포함되는 일도 아니었다. 하지만 이번 한 번만큼은, 어쩌면……

제설린은 어깨가 살짝 닿는 위치에서 아주 조금 몸을 움직여 좀 더 암시적으로 가까이 다가갔고, 몸을 숙이며 유지니의 입술에 시선을 고정했다. "그리고 부부로서도." 제설린이 덧붙였다.

유지니는 안경 너머 두 눈을 동그랗게 뜨고서 그녀를 바라보았다. "부……부부로서도?" 유지니는 가쁜 숨을 쉬며 물었다.

"아, 그럼요. 혹시 시범을……."

하지만 그러기 위해 몸을 숙이려는 찰나, 제설린은 프랑스어로 다른 수녀를 부르는 듯한 수녀의 음성에 화들짝 놀랐다. 버드나무에서 너무 가까운 곳에서, 세 번째 음성이 다른 둘에게 조용히 하라고 했다. 제설린에게 추파를 던졌던 엿보기 좋아하는 할망구였다.

유지니는 깜짝 놀라 얼굴을 자두처럼 붉히고는 재빨리 제설린에게서 몸을 돌렸다. 제설린은 속으로 욕을 하면서 똑같이 몸을 돌렸고, 어색한 침묵이 내려앉았다.

"저……저기. 이제 돌아가는 게 좋겠어요. 오라버니께 재봉사를 만나고 오겠다고 했는데, 오래 걸리지 않는 일이거든요."

"그래요." 제설린은 애초에 유지니를 만나자고 한 이유를 완전히 잊은 것을 깨닫고 조금 실망하며 말했다. "음. 아. 드리고 싶은 게 있어요. 하지만 남의 눈에 띄지 않는 게 좋다고 조언하고 싶네요. 하인들이 볼 수 있으니 댁에서도. 당신의 안전을 위해서." 제설린은 브로케이드 백에 손을 넣어 메탄 추출 장치의 공식과 설계가 든 작은 원통형 가죽통을 꺼내 유지니에게 건넸다. "지금까지 우리가 만든 것인데, 설계는 미완성이에요. 도와주실 수 있다면……."

"네, 물론이죠." 유지니가 이렇게 말하고 열렬한 표정으로 통을 받자, 제설린은 곧바로 용기를 얻었다. 유지니는 가죽통을 자기 가방에 넣었다. "며칠만 생각할 시간을 주세요. 하지만 해결책을 찾고 나면 어떻게 연락하죠?"

"일주일 뒤에 내가 연락할게요. 나를 찾지 말아요." 제설린은 일어나서 유지니에게 손을 내밀어 일으켜 주었다. 그다음 마침내 버드나무 바깥까지 들리도록 큰 소리로 말하면서 제설린은 키득거렸다. "아가씨 오라버니께서 우리가 자기 이야기를 한다는 걸 알기 전에!"

유지니는 잠시 멍한 표정을 지었다가 이해하고는 입을 "오" 하고 벌리더니 웃었다. "오, 오라버니는 자존심이 강해 칭찬이 필요한 것 같아요. 어쨌든, 잘 가세요, 마드무아젤 두몬드. 저도 가 봐야 한답니다." 그 말을 남기고 유지니는 모자를 붙잡고 버드나무 가지를 지나 잰걸음으로 걸어갔다.

제설린은 숨을 열 번 쉴 때까지 기다린 뒤 밖으로 나가 늙은 수녀를 빤히 쳐다보았다. 그녀는 과연 나무 쪽으로 상당히 가까이 다가와 있었다. "좋은 오후 시간 되세요, 수녀님."

"당신도요." 여자는 낮은 목소리로 말했다. "하지만 앞으로는 좀 더 주의하는 게 좋겠군요, 에스티피드*."

노파의 입에서 자기 나라 말이 나오는 데 놀란 제설린은 경직되었다. 그리고 조심스레, 같은 언어로 말했다. "뭘 알고 계시죠?"

"당신에게 위험한 적이 있다는 걸 알아요." 수녀는 이렇게 대답하고 일어나서 옷에 묻은 흙을 털었다. 수녀의 모습을 제대로 보니, 아프리카인의 피가 조금은 섞인 것이 분명했다. "당신 상관들이 당신

---

* 아이티 크리올어로 '멍청이'라는 뜻.

에게 알리라고 해서 왔어요. 하얀 동백단이 시내에서 활동 중이라
는 연락을 받았어요."

제설린은 깜짝 놀랐다. 검댕을 칠한 그 남자!

"이미 그들을 만난 것 같네요."

노파는 어두운 표정으로 고개를 끄덕였다.

"배턴루지**에서 우리가 도모한 추문 이후로 그들이 해체되었다
는 설이 있었죠. 하지만 사실은 더 교묘해졌을 뿐이에요. 그들의 목
표가 무엇인지 모르지만, 분명 당신을 죽일 생각은 없어요. 그렇지
않다면 당신은 지금쯤 죽었을 테니까."

"전 그렇게 쉽게 없애지 못해요, 수녀님." 제설린은 모욕감에 가
슴을 펴며 말했다.

노파는 어이없다는 표정을 지었다. "조심하기나 해요." 그녀가 잘
라 말했다. "그리고 말인데, 그 여자가 죽길 바란다면, 바보라도 의
심할 수 있는 곳에서 어리석은 농탕질을 계속해요." 그 말을 끝으로
노파는 삽과 전지가위를 챙기더니 빠른 걸음으로 가 버렸다.

제설린 역시 뺨을 붉힌 채 걸어 나왔다. 하지만 방에 돌아와 표면
적으로는 안전해지자, 그녀는 문에 등을 기대고 눈을 감았다. 유지
니가 떠난 지 한참 되었는데도 가슴이 뛰는 이유가, 갑자기 겁이 나
는 이유가 궁금해졌다.

하얀 동백단이 모든 것을 바꾸어 놓았다. 제설린은 물론 오랫동
안 그들의 이야기를 들었다. 백인의 우월성 같은 "미국의 이상"을

** 미국 남부 루이지애나 주의 도시, 현재의 주도.

유지하기 위해 헌신하는 부유한 전문가들과 지식인들의 비밀 결사단이었다. 그들은 오랫동안 제설린의 동료 첩자 여럿을 발각시키고, 몇몇 경우에는 죽이기도 했다. 미국은 노예 제도 위에 세워졌다. 당연히 하얀 동백단은 노예 제도의 타도 위에 세워진 나라에 반대할 것이다.

그래서 제설린은 새로운 전략을 세웠다. 부유한 자유민의 옷차림에서 가난한 여인의 수수한 옷차림으로 바꿔 입었다. 그 도시에 그런 여자들이 많았으므로, 그러면 관심을 덜 끌었다. 하지만 그녀는 자신의 겉모습과 어울리는 여관으로 한 번 더 옮겨야 했다. 그로 인해 도시에서 훨씬 점잖지 못한 지역으로 가야 했고, 거기선 적잖은 손님들이 방을 시간당 혹은 반나절만 빌렸다.

여기서 그녀는 며칠 동안 남의 눈에 띄지 않고 지내면서 수상쩍은 사람은—아니, 적어도 그 지역치고도 수상쩍은 사람은—발견하지 못했지만, 감시하는 사람이 있는지 확인해 보았다. 물론 그런 곳이기 때문에 고른 것이다. 백인 남자들이 그 여관에 자주 들락거렸지만, 오래 머무르거나 자주 나타나는 백인은 눈에 띄었고 쉽게 찾을 수 있었다.

일주일이 지나고 안전하다고 느끼자, 제설린은 트렁크의 가짜 바닥 밑에 감추어 놓은 꾸러미를 이용해 모습을 완전히 바꾸었다. 우선 짧은 머리를 커다란 캘리코 머리싸개로 감추고 삼베로 여기저기 덧댄, 낡고 더러우며 잘 맞지도 않는 깅엄 드레스를 입었다. 작은 쿠션 몇 개를 붙이니 그녀는 실제로 볼품이 없어졌다. 어느 모로나 매력적인 모습을 하면 위험하기 때문에, 이런 변장에 반드시 필요한 조치였다. 새벽 일찍 가방에 소지품을 넣어 메고, 훨씬 더 늙어 보이려고 다리를 끌며 밖에 나서자 아무도 그녀에게 눈길을 주지 않았다. 마구간에서 졸린 눈으로 망을 보는 노인도, 가스등 아래서 야한 옷을 입은 여자와 잡담을 나누는 도시 경관도, 모퉁이에서 아직도 노름을 하는 거친 젊은이들도. 그녀는 어느 모로 보나 투명인간인 셈이었다.

그래서 우선 제설린은 부두에 선 아침 시장에 모여든 사람들 사이를 한동안 헤집고 다니면서 감시자가 있는지 살폈다. 뒤를 밟는 사람이 없는 게 확실해지자, 비행선 선착장으로 갔다. 거기에는 거대한 소시지 모양의 수호천사처럼 커다란 비행선 네 대가 화물선들 위에 떠 있었다. 커다란 벽돌담이 선창이 보이지 않도록 가리고 있었지만, 거기에는 부차적인 목적도 있었다. 선창은 아이티 공화국의 독립 영토였고, 대사관도 있었다. 미국에서 태어난 노예는 이 아이티 땅에 발을 디딜 수 없었다. 그랬다가는 아이티의 법에 따라 그들은 자유민이 되기 때문이다.

하지만 현실적인 조치가 사람들이 꿈을 꾸는 것을 막지는 못했다. 그 시설의 거대한 철문 근처에는 평소처럼 노예 몇몇이 모여서 소리를 질러 대는 비행선 승무원들과 말쑥하게 차려입은 직원들을 부러운 눈으로 쳐다보고 있었다. 제설린은 그 사이에 끼어들어 앞으로 나아간 뒤 기다렸다.

곧 어린 심부름꾼 하나가 근처의 밧줄 담당 직원에게서 떨어져 나오더니 담장으로 달려왔다. 노예들은 담장 사이로 봉투를 밀어 넣으며 주인을 대신해 여행과 선적을 의뢰했고, 심부름꾼 여자는 그것들을 받았다. 모든 과정은 완전히 침묵 속에 진행되었다. 미국인 군인 한 명이 문에서 아주 가까이 서서 말을 하는 노예는 누구라도 신고하도록 되어 있었다.(말하는 것이 불법은 아니지만, 말을 거는 노예는 화를 당할 가능성이 높았다.)

하지만 제설린은 그 심부름꾼이 가능한 한 모두와 눈을 마주치고, 모두에게 진지하게 고개를 끄덕이고, 자기 일에 필요한 이상으로 손을 잡아 주는 것을 보았다. 간절히 원하는 이들에게 존중의 맛을 조금이라도 보게 해서 그것을 좋아하도록 하고, 결국에는 그들이 직접 찾으러 오게끔 만드는 것이었다.

제설린도 아무것도 적히지 않은 구겨진 봉투를 밀어 넣다가 심부름꾼과 눈이 마주쳤지만, 그녀의 시선에는 다른 사람들처럼 간절한 희망이 전혀 없었다. 심부름꾼의 눈이 조금 커졌지만, 제설린의 봉투를 받더니 곧바로 지나갔다. 심부름꾼이 의뢰서를 전달하러 걸어갈 때, 제설린은 그녀가 서류 더미를 뒤져 구겨진 봉투를 맨 위에 두는 것을 보았다.

그다음, 제설린은 릴리유의 집으로 향했다. 뒷문에서 어깨에 멘 보따리를 내려 네모난 모양이 되도록 다시 묶었다. 그리고 문을 두드리자 나온 하인—릴리유 가족은 노예를 소유하지 않으므로 자유민이었다—에게 거친 프랑스어로 "마드무아젤 릴리유께 온 소포예요. 직접 전하라는 지시를 받았어요."라고 말했다.

말쑥한 옷차림의 하인은 제설린의 외모에 불쾌감을 겨우 감추며 인상을 꽉 찌푸렸다. "이보시오, 영어를 쓰시오. 여기선 상류층만 프랑스어를 쓰는 거요." 하지만 제설린이 엉망인 영어를, 과장된 프랑스 억양으로 써서 거의 알아들을 수 없게 말하자 하인은 결국 어이없다는 표정을 지으며 옆으로 비켜섰다. "정원 집에 계시오. 저 뒤쪽. 저기!" 그리고 방향을 가리켰다.

이렇게 제설린은 그 집의 넓은 정원 가운데 있는 아주 큰 창고에 도착했다. 유리 천장이 달려 있는 걸 보니 언젠가는 온실로 쓰려 했던 곳 같았지만, 안에 들어서자 아주 부자연스러운 소리가 들려왔다. 땡땡거리고 끼익거리고 증기 보일러가 쉭쉭거리는 소리였다. 사방의 벽에 늘어 서 있고 천장에서 늘어져 있는 장비와 정체불명의 기계들, 사람을 깔아뭉갤 만큼 큰 파이프와 태엽 장치가 모두 신나게 돌아가며 내는 소리였다.

이 혼란 가운데 높다란 작업대가 서너 개 서 있었고, 거기에는 저마다 여러 상태로 제작 중이거나 해체 중인 도구가 놓여 있었는데, 마지막만 예외였다. 한 줄로 들어오는 햇빛을 받고 있는 그 작업대에서는 유지니 릴리유가 앉아서 자고 있었다.

그 모습에 제설린은 순간, 몹시 그녀답지 않은 불안에 사로잡혀 걸음을 멈췄다. 유지니는 작업대 위에 팔짱을 끼고 엎드려 자고 있었는데, 펜으로 끼적인 글과 표로 뒤덮인 아주 크고 멋대로 자른 두꺼운 종이 묶음을 깔고 있었다. 머리는 헝클어지고, 안경은 비뚤어지고, 잉크가 묻은 창백한 손에는 침도 조금 흘리고 있었다.

아름답네. 제설린은 이렇게 생각하는 자신에게 놀랐다. 유지니처럼 곱게 애지중지 자라 수줍음이 많은 여자에겐 끌려 본 적이 없었다. 그녀는 보통 자신처럼, 스스로가 원하는 것을 알고 그걸 얻기 위해 결정적인 행동을 할 줄 아는 여자들을 선호했다. 하지만 그 순간,

이 서투르면서도 눈부신 존재를 바라본 제설린은 가짜 소포 대신에 꽃을 들고 싶은 마음과, 자신의 이기적인 목적을 위해서가 아니라 구애를 하러 오고 싶은 마음이 무엇보다 간절했다.

어쩌면 유지니도 그녀의 간절한 마음의 무게를 느꼈는지, 잠시 후 콧등을 찡그리더니 일어나 앉았다. "어머." 그녀는 제설린을 보고 게슴츠레한 눈으로 말했다. "뭐죠, 소포인가요? 거기 탁자에 두세요. 수고비를 갖다 드릴게요." 그녀는 일어났고 제설린은 치마가 비뚤어진 것을 보고 재미있다고 느꼈다.

"유지니." 제설린이 그렇게 부르자 유지니는 그것이 제설린의 목소리임을 알아차리고 휙 돌아섰다. 그녀의 눈이 동그래졌다.

"대체 무슨……."

"시간이 별로 없어요." 제설린이 앞으로 다가서며 말했다. 그녀는 유지니의 손을 잡으며 재빨리 인사를 건네고, 키스도 하고 싶은 충동을 억눌렀다. "설계도를 손볼 수 있었나요?"

"아, 네, 네, 그런 것 같아요." 유지니는 안경을 제대로 쓰고 베개로 삼았던 서류들을 가리켰다. "이 설계는, 적어도 이론상으로는 작동할 거예요. 내 생각이 옳았어요. 진공 증류 장치가 열쇠였어요! 물론, 망할 유리 제조업자가 해적처럼 값을 매기는 바람에 시제품을 완성하지는 못했지만……."

제설린은 기뻐 양손을 꼭 잡았다. "훌륭해요! 염려 말아요. 사용 전에 철저하게 실험할 테니. 하지만 지금은 설계도를 가져가야 해요. 날 찾는 남자들이 있어요. 더 이상 시내에 머물 수 없어요."

유지니는 멍하니 고개를 끄덕이다가 머릿속이 맑아지자 다시 눈을 깜빡였다. 그녀는 갑자기 수상쩍다는 표정으로 제설린을 노려보았다. "잠깐만요. 여길 떠난다고요?"

"네, 물론이죠." 제설린은 놀라서 말했다. "결국, 이것 때문에 여기 온 거니까요. 다음에 떠나는 비행선에 이렇게 중요한 걸 그냥 실어 보낼 수는 없고……."

유지니의 얼굴에 떠오른 상처 받은 표정에, 제설린은 심장이 찌르는 듯 아팠다. 그녀는 뒤늦게, 죄책감과 당혹감을 느끼며, 유지니가 내내 무엇을 상상해 왔는지 깨달았다.

"하지만…… 나는……." 유지니는 불현듯 고개를 돌리며 아랫입술을 깨물었다. "여기 계실 줄 알았어요."

"유지니." 제설린은 불편한 마음으로 입을 열었다. "나는…… 여기 남을 수는 없었어요. 이곳은…… 당신이 여기서 사는 삶은……."

"네, 알아요." 유지니의 목소리가 곧바로 단호해졌다. 그녀는 제설린을 노려보았다. "당신의 완벽하고 멋진 나라에서는 모두가 원하는 대로 자유롭게 살 수 있죠. 그럼 나머지 우리는, 당신이 경멸하고 동정하는, 그걸 견디는 것밖에는 도리가 없는 불쌍하고 가련한 인간들이고! 어쩌면 우린 아예 사랑도 하지 말걸 그랬네요! 적어도 그러면 이용당하고 버림받을 때, 최소한 물질적인 이득이라도 얻을 수 있을 테니까요!"

그 말과 함께 유지니는 제설린의 뺨을 세게 때리고 걸어 나갔다. 제설린은 어안이 벙벙해 뺨에 손을 대고 그녀의 뒷모습을 바라보았다.

"천국에 말썽이라도 생겼나?" 등 뒤에서 누군가가 끈적끈적한 말투로 말했다.

제설린이 홱 돌아보니 6연발 권총이 그녀를 겨누고 있었다. 그리고 그 총을 쥐고 있는 것은, 이번에는 검댕을 지운, 근 2주 전 그녀의 숙소를 침입했던 청년이었다.

"너희 아이티 사람들이 부자연스럽다곤 들었어." 그가 밝은 데로 나서며 말했다. "하지만 이런 거? 전혀 예상도 못 했군."

내가 아니었어. 제설린은 너무 늦게 깨달았다. 내가 아니라 릴리유를 감시하고 있었던 거야!

"자연스러우냐는 보는 사람에게 달렸지. 아름다움처럼." 그녀가 받아쳤다.

"그렇지. 그런데 아름다움 말이 나왔으니, 지난번에는 훨씬 나아 보였는데. 이 꼴이 다 뭐야?" 그는 앞으로 나서 총으로 제설린의 불룩 튀어나온 허리를 누르면서 말했다. "그렇군! 하지만……." 그가 총을 들더니 가슴을 그다지 부드럽지 않게 찌르자 제설린은 화가 치밀었다. "아, 여긴 든 게 없군. 그렇지, 내가 제대로 기억하고 있었어." 그는 이맛살을 찡그렸다. "네 덕분에 아직도 앉을 수가 없어. 그 보답을 해야겠어."

제설린은 서서히 두 손을 들고 불룩한 머리싸개를 벗어 그가 자신을 더 또렷이 볼 수 있게 했다. "신사답지 못한 행동이군."

"신사에겐 숙녀가 필요하지. 너희 족속은 그런 교양 있는 존재가 아니야. 단 한 가지만 잘하니까. 뭐, 그거랑 폭력이겠지. 하지만 둘 다 나중을 위해 아껴 두지 않겠어? 내 상관을 만나 그 지독하고 작은 머릿속에 든 걸 다 털어놓고 난 뒤에. 그분은 너네 부류를 애호하니까. 하지만 나는, 천한 짓을 해야 한다면, 프랑스인의 좋은 혈통을 지닌 것과 하는 편이 낫겠어."

으스대는 그의 말을 제설린이 이해하는 데는 잠시 시간이 걸렸다. 하지만 이해하고 나자, 분노에 치를 떨었다.

"유지니에겐 손가락 하나 대지 못해. 내가 그 손가락을 전부 부러뜨리……."

하지만 그녀가 협박을 채 마치기도 전에 집 안에서 비명과 소란이 들려왔다. 고함을 치고 뛰어다니는 하인들의 혼란 속에서, 제설린은 그 비명을 단번에 알아들을 수 있었다. 유지니였다.

그 소리는 검댕 청년도 놀라게 했다. 다행히 그는 방아쇠를 당기지 않았지만, 굉장히 놀란 나머지 총구를 유지니의 비명이 들린 쪽으로 반쯤 돌렸다. 그 정도 빈틈이면 충분했던지라, 제설린은 머리싸개 안에서 데린저 총을 꺼내 남자에게 바로 대고 쏘았다. 검댕 청년은 소리를 지르며 가슴을 감싸 쥐고 쓰러졌다.

데린저는 더 이상 쓸 수 없었다. 총알은 단 하나뿐이었다. 대신 제설린은 검댕 청년의 6연발 권총을 낚아채고 릴리유 저택을 향해 달려갔다. 그리고 한순간 극심한 갈등을 느끼며 걸음을 멈췄다. 등 뒤, 유지니의 작업대 위에는 그녀가 지난 석 달 동안 기를 쓰고 도둑질을 하며 숨어 지내며 구한 설계도가 놓여 있었다. 메탄 추출기는 그녀 조국의 구원과 밝은 미래의 시작이 될 수 있었다.

그리고 집 안에는……

유지니. 제설린은 생각했다.

그리고 달리기 시작했다.

응접실에는 노베르 릴리유가 평소보다 더 창백한 얼굴로 얼어붙어 떨고 있었다. 그 앞에는 유지니의 목을 잡고 머리에 총을 겨눈 백인 남자가 있었는데, 그 얼굴이 어찌나 찬란하게 낯익었던지 제설린은 깜짝 놀라고 말았다. "레이먼드 포스톨?"

제설린이 문으로 들어오자 남자는 깜짝 놀랐고, 그녀 역시 유지니가 죽게 될까 봐 얼어붙고 말았다. 그녀는 아주 천천히 권총을 옆에 있던 테이블에 올려놓아 쉽게 잡지 못하도록 밀어놓은 뒤 위협하지 않겠다는 뜻으로 양손을 올렸다. 그러자 포스톨은 긴장을 풀었다.

"이렇게 또 만났군, 아름다운 흑인 아가씨." 말은 그랬지만 미소에는 분노가 서려 있었다. "좀 더 좋은 분위기에서 인사를 하고 싶었는데. 아쉽군."

"당신이 하얀 동백단에?" 로열 스트리트에서 만난 그날 그는 너무나 바보 같았다. 제설린이 보기에 살인자들이 모인 비밀 결사와는 상관없는 사람 같았다.

"그렇지. 그리고 내 조수가 당신을 잡아 오라는 임무에 실패하지 않았다면 당신은 나머지 단원들도 만났을 텐데. 어쨌든, 내게도 임무가 있으니, 다시 묻겠소, 선생. 설계도는 어디에 있소?"

제설린은 뒤늦게 그 질문이 노베르 릴리유를 향한 것임을 깨달았다. 그리고 그는 너무 겁에 질려 고개만 저었다.

"말했잖소. 그런 장치를 만든 적 없다고! 이 여인에게 물어보시오. 만들어 달라고 하기에 거절했소!"

메탄 추출기 얘기였다. 물론 그들도 아마 조직 내 스파이를 통해 제설린이 그걸 구한다는 걸 알고 있었을 것이다. 포스톨은 그녀와 마주친 날, 뒤를 밟아 릴리유의 집까지 왔을 것이다. 제설린은 그걸 몰랐던 어리석은 자신을 저주했다. 하지만 하얀 동백단의 구성원은 주로 철학자나 은행가, 변호사이지 그녀가 상대할 줄 알았던 숙련되고 능숙한 스파이는 아니었다. 적이 감시 중에 목표 상대와 부딪히고 대화를 나눌 만큼 서툴 거라고는 생각지도 못했던 것이다.

"사실이에요." 제설린은 뭔가 방법이 떠오르기를 바라며 필사적으로 시간을 끌었다. "이분은 장치를 만들어 달라는 내 부탁을 거절했어요."

"그럼 왜 여기 다시 온 거지?" 포스톨은 유지니가 숨을 몰아쉴 정도로 손아귀에 힘을 주며 물었다. "이 집 하인들에게도 감시를 붙였어. 금속 부품과 고무 튜브 주문을 가로챘고, 유리 제작자에게 돈을 줘서 맞춤 진공 파이프 주문을 지연시키게 했고……."

"당신이 한 짓이야?" 유지니는 포스톨의 손아귀 안에서 몸을 굳히고, 화를 내며 그를 노려보려고 몸을 돌려 제설린을 공포에 몰아넣었다. "그 늙은 멍청이랑 한 시간이나 입씨름을 했잖아!"

"유지니, 가만히 있어라!" 노베르가 이렇게 외치자, 제설린은 그를 더 높이 평가하게 되었다. 그녀도 같은 말을 외치고 싶었으니까.

"난……." 유지니는 화를 내며 버둥거리기 시작했다. 포스톨이 욕설을 내뱉으며 그녀를 잡으려고 하는 사이, 제설린은 유지니가 계속 하는 말을 들었다. "내 일을 방해하다니, 생각만 해도……."

제발, 성모님. 제설린은 이렇게 생각하며 테이블에 둔 총 쪽으로 한 발자국 조심스레 다가갔다. 저자가 유지니에게 총을 쏘아 입을 막지 않게 하소서.

포스톨이 결국 유지니를 옆으로 밀치고—그녀는 병을 가득 올려 둔 테이블 쪽으로 쓰러지며 그것을 엎을 뻔했다—정말로 그녀를 쏘 려는 순간, 제설린이 외쳤다. "잠깐!"

포스톨과 유지니는 이제 서로 떨어져 마주 본 채 굳었지만, 포스 톨의 총은 여전히 유지니의 가슴을 정통으로 겨누고 있었다.

"설계도는 완성됐어요." 제설린이 그에게 말했다. "저 밖의 작업 실에 있어요." 그녀는 자부심이 묻어나는 표정으로 유지니를 보며 이렇게 덧붙였다. "유지니가 완성했어요."

"뭐?" 릴리유가 충격받은 표정으로 말했다.

"뭐?" 처음에는 제설린을, 그다음에는 유지니를 본 포스톨의 얼 굴에 노기가 퍼졌다. "과연 똑똑하군! 그래서 내가 그 말이 사실인 지 알아보려고 나간 사이, 옷 속에 이미 감춘 설계도를 가지고 도망 을 치시겠다."

"이번에는 거짓말하지 않아요. 하지만 원한다면 모두 정원으로 나가서 확인하죠. 아니면 당신이 나를 가장 두려워하니……." 제설 린은 놀리듯 빈손을 흔들어 댔고, 그가 이 행동에 화가 나서 자신이 테이블 위 총까지 얼마나 다가갔는지 알지 못하기를 바랐다. 그의 얼굴은 분노에 더욱 달아올랐다. "유지니와 그녀의 오빠는 여기 두 고 나만 데리고 나갈 수도 있죠."

유지니는 깜짝 놀랐다. "제설린, 미쳤어요?"

"네."

제설린은 미소를 지어 잠시나마 표정에 마음을 드러냈다. 유지니는 입을 딱 벌리더니 조그맣게 미소 지었다. 그녀의 안경은 아직도 비뚤어져 있었고, 제설린은 그 모습을 귀엽다고 느꼈다.

포스톨은 어이없다는 표정을 지었지만 웃었다.

"아주 훌륭한 제안이군. 그럼 당신을 쏘고······."

그는 더 이상 말하지 못했다. 그다음 순간 유지니가 갑자기 럼주 병으로 그의 머리를 쳤기 때문이다.

병은 충격에 산산조각이 났다. 포스톨은 고함을 치고 충격과 눈에 들어간 럼주에 어쩔 줄 몰랐지만, 총은 떨어뜨리지 않고 어떻게든 유지니 쪽을 겨누었다. 제설린은 그의 팔뚝 근육이 움직이며 방아쇠를 당기는 걸 봤다고 생각하고······

······그다음에 6연발총은 그녀의 손에 들어왔고 목제 손잡이가 따뜻해서 거의 위로가 된다고 느끼는 순간, 레이먼드 포스톨의 럼주에 젖은 머리에 구멍이 났다. 포스톨은 끔찍하게 그르륵거리며 바닥에 쓰러졌다.

그의 시체가 꿈틀거리기를 멈추기 전, 제설린은 유지니의 손을 잡았다. "어서!" 그녀는 유지니를 이끌고 응접실에서 벗어났다. 노베르는 충격에 놀란 상태로 그들을 뒤따랐는데, 집 복도를 지나 정원으로 이동하는 사이 이번만큼은 아무 소리도 내지 않았다. 하인들은 달아나거나 총과 미치광이로부터 안전한 곳을 찾아 숨었는지라 집에는 거의 아무도 없었다.

"책상 위의 어느 서류를 가져가야 할지 알려 줘요." 제설린이 함께 걸어가며 말했다. "그리고 결정을 내려야 해요."

"무······무슨 결정요?" 유지니는 여전히 충격을 받은 목소리였다.

"여기 남을지, 나와 함께 아이티로 갈지."

"아이티라니?" 노베르가 외쳤다.

"아이티요?" 유지니는 놀라서 물었다.

"아이티요." 제설린은 이렇게 말했고 뒷문을 지나 정원으로 들어가다가 걸음을 멈추고 유지니를 보았다. "나랑 함께."

유지니가 어찌나 놀란 얼굴로 쳐다보는지, 제설린은 어쩔 수 없었다. 그녀는 유지니의 허리를 잡아 끌어당긴 뒤 오빠 바로 앞에서 너무나 깊이, 부적절하게 키스해 버렸다. 평생 가장 달콤하고 격렬한 키스였다.

몸을 떼자 노베르가 시야 끄트머리에서 입을 딱 벌리고 서 있었고, 유지니는 실신 직전으로 보였다. "저." 유지니는 이렇게 말하고 입을 다물었다. 모든 것이 감당하기 조금 벅찼던 것이다.

제설린은 씩 웃으며 유지니를 놓아주고 급히 작업실로 들어갔다. 그리고 좋아진 기분이 공포에 박살나며 자리에 얼어붙었다.

검댕 청년이 사라지고 없었다. 그의 시체가 놓여 있던 자리에 제설린의 데린저 총이 놓여 있었고 핏자국이 잔뜩…… 유지니의 작업대까지 남아 있었는데, 거기 있던 설계도가 없어졌다. 핏자국은 작업실의 뒷문으로 나 있었다.

"이럴 수가." 제설린은 주먹을 꼭 쥐고 중얼거렸다. "이럴 순 없어!" 그녀의 노력이 전부 허사가 되었다. 임무도 실패하고 사람들도 구할 수 없게 되었다.

"좋아요." 유지니가 잠시 후 말했다. "그럼 내가 함께 가야겠네요."

그 말이 서서히 제설린의 절망을 꿰뚫었다. "네?"

유지니는 제설린의 손에 손을 얹었다. "내가 함께 갈게요. 아이티로. 그리고 거기서 더 효율적인 메탄 추출기를 만들겠어요."

제설린은 돌아서서 그녀를 보려다가, 그럴 수 없음을 깨달았다. 눈에 눈물이 차올랐기 때문이다.

"잠깐." 상황을 이해한 노베르는 숨이 턱 막혔다. "아이티로 간다고? 미쳤니? 절대……."

"오라버니도 함께 가요." 유지니가 그를 향해 말하자, 제설린은 그녀의 눈에서 느껴지는 냉정한 결의에 또 한 번 더 숨도 쉴 수 없이 놀라고 말았다. "시간은 좀 걸리겠지만, 경찰이 결국 찾아올 텐데, 우리 집에 백인이 죽어 있어요. 오라버니가 쏘았는지는 사실 상관없어요. 그들이 어떻게 판단할지 오라버니도 잘 아시잖아요."

그러자 노베르는 얼어붙었다. 실제로—어쩌면 유지니보다 더 잘 알 것이라고 제설린은 짐작했다—자신의 운명이 어떻게 될지 잘 알고 있었으니까.

유지니가 제설린에게 말했다. "오라버니도 가도 되죠?" 그 말에 제설린은 그것이 선택 사항이 아니라 조건임을 알 수 있었다.

"물론 가능해요." 제설린이 즉시 답했다. "나라면 이 사람들의 소위 정의라는 것에는 개 한 마리 맡기지 않을 거예요. 하지만 두 분 모두에게 여태까지와는 다른 생활이 될 거예요. 확신이 있나요?"

유지니는 미소를 지었고, 제설린은 미처 상황을 파악하기도 전에 거칠게 끌어안겨 또 한 번 키스했다. 유지니가 또 페누치를 먹고 있었던 것을 제설린은 어렴풋이 느낄 수 있었고, 길고 완벽한 순간 동안 피칸의 맛과 달콤함만 생각할 수 있었다.

키스가 끝나자 유지니는 제설린의 얼굴을 살피더니 만족스레 웃었다. "이제 가야죠, 제설린." 그녀가 조그맣게 말했다.

"아. 네. 가야죠, 그렇죠." 제설린은 평정심을 유지하려고 애썼다. 그녀는 노베르를 쳐다보고 심호흡을 했다. "가능할 때 마차 한 대를 구해 주세요, 무슈 릴리유. 그러면 부두로 가서 남쪽으로 가는 다음 비행선을 타요."

노베르의 눈에서도 멍한 표정이 사라졌다. 그는 말없이 고개를 끄덕이고 걸어갔다.

그다음 내려앉은 침묵 속에서 유지니가 제설린을 보았다.

"결혼이랑 함께 사는 집. 그렇게 말했죠?"

"음." 제설린은 눈을 깜빡이며 말했다. "음, 네. 그런 것 같네요. 하지만 우선 우리가……."

"좋아요. 당신이 이렇게 위험한 일을 계속하는 게 마음에 들지 않으니까. 내 발명품이면 둘이 살기 충분한 돈을 벌 수 있겠죠?"

"음."

"그래요. 내가 평생 편히 살게 해 줄 텐데, 당신이 일할 이유가 없죠." 유지니는 제설린의 손을 잡으며 다시 부드러운 눈빛으로 다가섰다. "그리고 그런 날이 어서 오면 좋겠어요."

"네."

제설린은 자신이 저지른 온갖 죄 중에서 무엇 때문에 이런 행운을 얻게 되었는지 궁금했다. 하지만 유지니의 따뜻한 가슴이 제설린의 가슴에 맞닿고, 짙은 목련꽃 향이 주위를 에워싸고, 작업실의 어느 태엽 장치가 그녀의 심장 박동에 맞추어 똑딱거리자…… 제설린은 염려를 그만두었다. 그리고 어째서 설계도니 서류니 기계 따위를 걱정했는지 의아해졌다. 세상에서 가장 귀한 것을 방금 손에 넣은 것이 분명하니까.

용 구름이 뜬 하늘

Cloud Dragon Skies

오래전 우리 조상들은 하늘을 올려다보고 신들을 발견했다. 그들의 조상들은 별만 보았다. 결국 땅만이 진실을 알았다.

그들은 수확 철이 끝날 때 왔다. 바람결에 아버지 음성을 들었을 때, 나는 들판에서 더러운 손으로 오크라*의 단단하고 작은 꼬투리를 따고 있었다. 일어나서 보니, 흔들리는 나뭇잎 위로 우리 집 앞에 낯선 사람들이 서 있는 것이 보였다. 네 사람 모두 머리부터 발끝까지 감싸는 헐렁한 흰옷을 입고 있었다. 나는 놀라지 않았다. 하늘 사람들은 우리 질병에 약했기 때문에—지구는 그들의 땅보다 훨씬 더 거칠다—늘 이렇게 온몸을 감싸고 다녔다. 그렇다 해도 우리는 경계를 늦추지 않았다. 그들이 하늘 위, 모든 게 낯선 곳에서 어떤 새로운 질병을 개발했는지 누가 알겠는가? 감염된 담요. 창과 화살로

---

* 남아시아 혹은 서아프리카가 원산지인 아욱과 식물이며 열매를 먹는다.

쓰는 병균. 그들에게서 선물을 받지 마라. 그리오*는 이렇게 경고했지만, 물론 사람들은 욕심이 많다.

나는 들판을 가로질러 걸어가 아버지 옆에 서려고 했다. 아버지에겐 아들이 없었고, 딸도 더 없었다. 아버지의 들판은 작황이 좋았고 아버지의 조각과 그림은 모두 귀하게 여겨졌지만, 발아래 자신을 닮은 이들이 없을 때 남자들이 느끼듯이, 아버지는 종종 가난하다고 느꼈다. 낯선 사람들이 자기 얼굴을 드러내는 작은 창문을 통해 나를 보는 모습에, 나는 그렇게 진지하게 평가받는 것이 기뻤다. 나는 바구니를 들고 어깨를 펴고 서서 당당한 자세가 나 자신을 대변하게 했다. 아버지를 해치고, 아버지를 속이면, 옛이야기에서 이르듯이 너희들이 악하다고 여길 테다. 내가 아직 결혼하지 않은 데는 다 이유가 있었다.

"내 딸, 나하우투입니다." 아버지가 낯선 사람들에게 말했다. 중립적인 목소리를 유지하는 걸로 보아, 아버지가 그들을 못마땅히 여기는 것을 알 수 있었다. "저 애도 이 일에 동의해야 합니다."

무리 앞에 선 낯선 사람이 고개를 숙였다. "안녕하십니까, 나하우투." 그는 강한 억양으로 우리말을 했고, 내 이름을 어색하게 발음했다. "저와 제 동료들은 하늘나라에서 왔습니다. 그곳을 압니까?"

"화성 너머 휴머니코프 링 서식지 말이죠." 나도 아버지처럼 중립적인 목소리로 말했다.

"네, 그렇습니다." 낯선 사람이 놀란 표정으로 대답했다. "우리는 과학자들, 그러니까 지식을 추구하는 이들이고, 하늘의 변화를 연

---

* 서아프리카에서 설화나 민담을 전하는 사람.

구하러 왔습니다. 아버님께 도움을 청했습니다." 그는 뒤쪽 들판, 우리 낚시 오두막이 강가의 비틀어진 사이프러스 나무 뿌리 사이에 서 있는 곳을 향해 고갯짓했다. "마을 장로들께서 두 분이 가을과 겨울에만 저 건물을 쓰신다고 했습니다. 우리가 그곳을 그때까지 써도 될까요?"

나는 바구니를 내려놓고 팔짱을 꼈다. "가을까지는 석 달 남았어요. 우리는 손님 대접은 잘하지만, 그때까지 네 사람이나 먹이면서 우리도 먹고살 수는 없어요."

"식량은 직접 가져오셨다." 아버지도 하늘 사람과 똑같이 친절하면서도 생색내는 태도로 말했다. "우주선은 보이지 않게 치워 두실 거다. 저분들이 안에 계실 때는 오두막을 방울 속에 봉인할 거다. 하루에 몇 시간씩만. 유령처럼 잘 보이지도 않고 기척도 없이 지내실 것이다. 동의하느냐?"

그럼 사례로 나는 뭘 받죠? 이렇게 묻고 싶었지만, 거기에 대한 대답은 알고 있었다. 거래로라도 그들의 물건을 받는 것은 법에 위촉되었다. 그리고 우리는 그들의 지식 중 원하는 것은 다 알고 있었다. 그렇다 하더라도, 아버지는 이방인들을 손님으로 맞이해서 지위를 얻게 될 것이다. 젊은 전사들은 아버지가 위험을 무릅쓴다고 용감하다 여길 것이다. 장로들은 아버지가 하늘 사람들과의 관계를 도왔다고 현명하다고 할 것이다. 아버지는 존경받아야 할 필요가 있다. 내 탓이다. 나는 아버지께 손주를 선사하지 못하고 있었다. 손주가 있었다면, 과거 내가 그랬듯이 아버지를 우러러보았을 텐데.

아버지를 위해, 나는 이방인들에게 고개를 끄덕였다.

그들은 뻣뻣하게, 진정한 공손함은 없이 고개를 숙였지만 나도 그들에게 기대한 게 없으니 괜찮았다. 나는 하늘 사람들과 그들의 방식이 세상을 거의 파괴할 뻔했다는 이야기를 평생 듣고 살았다. 그들이 허리를 펼 때 하나하나 눈을 바라보며 내 소리 없는 메시지를 다시 보냈다. 너희는 얼간이야. 나는 어깨와 다리, 꽉 쥔 강한 주먹으로 이렇게 말했다. 하지만 얼간이들이 얼마나 큰 해를 끼칠 수 있는지 알고 있지. 단단히 지켜보겠어.

그중 둘은 여자였다. 하나는 내 눈길에 어쩔 줄 몰라 했다. 다른 여자는 미소를 지었는데, 친한 척하려는 게 분명했지만 대신 얼빠진 사람처럼 보였다. 그들의 대장은 내 태도에 황당하거나 짜증 났는지 나를 가만히 노려보았다. 네 번째는 젊은 남자였는데 역시 불편해하며 처음에는 시선을 돌리더니 다시 쳐다보았다. 그의 시선에는 익숙한 무게와 느낌이 있었다.

나는 바구니를 들고 들판으로 돌아갔고, 걸으면서 엉덩이 흔들기를 잊지 않았다.

하늘이 변했을 때 나는 어린애였다. 하늘이 끝없이 파랗고 구름이 가만히 부드럽게 떠다니던 시절이 아직도 기억난다. 변화는 아무런 예고 없이 일어났다. 어느 날 아침 눈을 떠 보니 하늘이 연한, 붉은 장밋빛이었다. 우리는 서서히, 끊임없이 움직이는 구름 속에서 뜻을 보기 시작했다. 구름은 떠다니는 대신 하늘에서 나선형을 그리며 유영했다. 무리를 지어 모이고, 발과 꼬리 같은 가닥을 끌고 다녔다. 우리는 그것들이 우리를 지켜보는 것을 느꼈다.

우리는 적응했다. 땅에서 필요한 것 이상 취하지 않았고 가축은 항상 물에서 멀리 떼어 놓았다. 이제 우리는 초면*에 물을 적셔 늘려서 연기 구멍 위에 덮어 필터로 썼다. 가끔 구름은 저 밖의 공터에 난 불 위에 모이곤 했다. 뱀 대가리처럼 꼬인 덩굴손이 아래로 내려와 섬세한 연무 같은 턱을 벌려 연기를 먹기도 했다. 제아무리 용감한 전사들도 그런 불은 재빨리 끄곤 했다.

"하늘을 좋아하세요?"

하늘 사람 중 젊은 남자가 물었다. 그는 매일 저녁, 내가 강에서 목욕을 할 때 낚시 오두막에서 나왔다. 보통은 딴 데를 보았지만 종종 그의 시선이 내 가슴, 둥근 엉덩이, 다리 사이에서 곱슬거리는 수풀에 꽂히는 것을 느꼈다. 그는 내가 "너무 자연스럽고 너무 자의식이 없는 것"에 매혹되었다. 사실 모든 여자들은 그런 것을 의식하지만.

나는 강둑에 앉아 머리카락을 줄줄이 나누어 꼬고 있었다. 밤새 마르면 풀어서 구름 용의 목덜미처럼 꼬불거리게 할 수 있었다.

"좋아하는 것도 싫어하는 것도 아니에요. 그냥 하늘이지."

그는 내 가까이, 쓰러진 나무 가지 위에 어색하게 앉았다. 나는 그가 나무에 부드럽고 흰옷이 걸려 찢어질까 걱정하는지 궁금했다. 그런 일이 생기면 그가 뱀이 허물 벗듯이 옷에서 벗어나려는지 궁금했다.

"우리는 권계면 층 행성 대기에 화학 변화가 일어났다고 판단했어요. 실제 변화량은 미세해서, 일조당 얼마 정도라고 생각해요."

---

* 사하라 이남 지역에서 나는 목화속 식물.

참 달콤하기도 하지. 연애를 하자고 건네는 말이. 그가 아무것도 추정하지 않는 것이 마음에 들었다. 우리는 이 아래, 그의 족속이 버린 땅에서 소박하게 살고 있지만 어리석지는 않다.

"그럼 용은요? 그들은 얼마나 다르죠?"

"용이요?"

나는 구름을 가리켰다. 구름 하나가 석양 속에서 눈부신 금빛으로 엉성한 술을 꼬아 놓았다.

"아. 구름 말이군요. 구름은 구름 아닌가요? 땅이 아니라 공중에 생긴 안개일 뿐이죠."

나는 팔꿈치를 땅에 대고 몸을 기대고서 그를 보았다. 그의 사람들은 하늘을 연구하지 않고 그저 바라보는 일은 없을까?

그는 내 검은 젖꼭지가 솟아올랐다가 내려가는 것을 보고 있더니 이렇게 말했다. "음, 링의 거리 센서가 열권에서 좀 이상한 아미노산을 감지하기 했어요. 우리는 곧 샘플 채취용 탐침을 올려 보낼 계획이에요. 뭔가 알게 되면 알려 줄게요."

나는 그들이 용의 한 조각을 떼어 내기 위해 작은 금속공을 올려 보내는 것을 상상했다. 바보, 바보. 그의 족속은 나무를 보느라 숲을 본 적 없고, 증기 입자를 보느라 용을 본 적 없었다.

하지만 더 현명한 사람은 나이니, 아무 말도 하지 않았다.

하늘이 붉게 변한 뒤, 태양은 여전히 빛나고 농작물은 여전히 자랐다. 하늘 사람들은 우리에게서 변화를 확인하러 내려왔지만, 아무런 변화도 없었다. 어쨌든, 그들이 관심을 가지는 종류의 변화는 없었다. 우리 직공들은 전통적인 구슬 장식 패턴에 새로운 색을 선택했다. 우리 음악가들은 새로운 노래를 지었지만, 몇몇은 잃어버린 파랑을 아쉬워하는 곡이었다. 붉은 하늘도 아름다웠다. 해 질 녘이 되면 용암의 강처럼 붉은 하늘을 가로질러 노란 줄무늬가 끓어올랐다. 그때가 되면 파란색과 보라색, 새순처럼 연한 초록색이 되돌아왔다. 구름들은 줄지어 이 색을 따라 춤을 추었고, 밤까지 하늘을 수놓았고, 밤이 되면 동그랗게 모이거나 기다랗게 늘어져 쉬었다. 이제 비는 밤에만 왔다.

하늘 청년과 나의 대화는 계속되었다. 매일 그는 조금씩 가까이 다가와 조금씩 더 이야기했다. 그들은 빛을 하늘로 쏘아 반사 형태를 시험해 이것이 새로운 하늘에 대해 무엇을 드러내는지 알아보았다. 그는 링의 자기 마을—도시—에 형제 하나, 누이 둘이 있었다. 그는 나에 대해서는 별로 묻지 않았지만, 캐묻는 것처럼 보이기 싫어서 그러는 느낌이었다. 하늘 사람치고, 그는 대부분의 그들보다 바보 같지 않았다. 나는 그가 마음에 들었다.

"왜 그걸 용이라고 불러요?"

그가 어느 날, 하늘 아래, 구름들이 저녁 댄스를 시작했을 때 함께 앉아 있다가 물었다. 한여름이었는데, 해 질 무렵에도 너무 덥고 습해서 목욕을 하고 몸을 말리는 데 몇 시간이나 걸렸다. 나는 강둑에 사슴가죽을 깔고, 벌레를 막으려고 긴 팔 튜닉을 입고 누워 있었다. 그는 항상 입는 못생긴 흰 자루를 입고 있었다.

"용이니까요."

"용은 당신의, 음, 문화 전통에 속하지 않을 텐데요. 당신들은 아프리카와 아메리카 원주민의 방식을 따르기로 한 거죠?"

그도 헐렁한 옷 안의 피부는 나처럼 검었다. 분명 우리 조상은 같은데, 그는 우리가 다른 종이라는 듯 말했다.

어쩌면 그럴 수도 있었다. 대탈출의 시기에는 두 가지 선택밖에 없었다. 도시와 자동차, 예전과 같은 온갖 생활의 편리함을 갖춘 링이냐, 아니면 아무것도 없는 지구냐. 대부분은 링을 선택했다. 그렇다면 지구가 새카맣고 별이 총총한 하늘에서 보이지 않는 아주 작은 점이 되어 버리는, 화성 너머 거대한 바위 지대까지 이동해야 한다는 의미였지만. 지구를 선택한 이들을 위해, 라마 마니파*, 대(大)랍비, 이야기꾼들이 찾아와 그들이 한때 경멸했던 온갖 삶의 방식을 새로 가르쳤다. 그리고 선택한 삶의 방식이 무엇이든, 온 세상의 부족들은 같은 맹세를 했다. 소박하게 살기로. 그럴 수 없거나 그러지 않을 사람들은 링으로 추방당했다.

"용은 인간의 것이에요. 사람들은 지구 어디에서나 용을 꿈꿨어요."

"무슨 꿈을 꾸나요, 나하우투?"

그는 내게 아주 가까이 다가와 사슴가죽을 함께 깔고 누웠고 조그만 얼굴 창문을 통해 나를 보았다. 그의 눈은 너무나도 아쉬운 빛을 띠고 있었다. 나와 같은 사람들 가운데서 자랐더라도, 그는 전사는 되지 못했을 것이다. 어쩌면 그것 때문에, 나는 그를 사랑하게 되었다.

"그리오가 되는 거요. 온 세상을 다니며 이야기를 나누는 꿈을 꿔요."

"그렇게 하죠?"

---

* 티벳 성자들의 이야기를 들려주는 승려.

"아버지는 누가 돌보라고요? 아버지 일을 나누어 줄 남편도 아이도 없어요. 나는 키가 너무 크고, 말소리는 너무 시끄럽고, 바보 같은 짓에 참을성도 너무 없어요. 그렇게 여자답지 못한 아내를 원하는 남자는 없어요."

"링에는." 그가 아주 조그맣게 말했다. "당신 같은 여자들이 많아요."

어쩐지 전혀 놀랍지 않았다.

하늘 과학자들의 대장이 며칠 뒤 아버지를 찾아왔다. 그는 우리집 가운데 쪼그리고 앉더니 흙바닥에 그림을 그렸다. 그들은 하늘의 변화를 일으킨 근원을 결정했다. 우리 대기의 위태로운 산소 덩어리와 태양에서 오는 특정한 종류의 빛에 의해 생겨난 단순한 화학적 변화가 그것이었다. 오랜 어리석음이 그 뿌리에 있었다. 대탈출 전, 오랫동안 온 세상이 하늘로 독극물을 쏟아 냈다. 숲이 죽었다. 세상은 더워졌다. 대탈출 이후 숲이 돌아왔고 세상은 시원해지기 시작했지만 과거의 독극물은 아직 거기서 잠들어 있었다. 이제 그들이 깨어나 뭔가 기묘하고 새로운 방식으로 결합해서 하늘을 바꾼 것이다.

"화학물질을 중화시킬 수 있습니다." 하늘 사람이 말했다. 여자 중 하나가 새 소식에 들뜬 얼굴로 그와 함께 와 있었다. "넓은 분산 패턴을 가진 미사일 한 대를 하늘로 쏘아 올립니다. 연쇄 반응이 여기서 시작해 대기를 통해 퍼질 겁니다. 지구는 이튿날 아침이면 예전으로 돌아갈 겁니다."

아버지는 정중하게 말하려고 노력했다. "우리는 지금 그대로의 하늘이 좋습니다."

여자의 흥분한 기색이 주춤하더니 사라졌다. 남자는 인상을 찌푸렸다. "다른 사람들은 아닐지도 모릅니다."

"그렇죠. 하지만 그들도 하늘을 지금 그대로 받아들여야 합니다. 그건 우리가 모두 따르는 하나의 법입니다. 우리가 어떤 전통을 따르든지, 그래서 우리의 삶이 당신들보다 짧든지, 힘들든지 말입니다. 우리는 더 이상 우리에게 맞추어 세상을 바꾸지 않습니다. 세상이 변하면, 우리도 함께 변합니다."

"이 붉은 하늘은 자연스럽지 않습니다. 이 과정은 자연을 회복시키는 겁니다."

아버지는 두 눈을 부릅뜨며 팔짱을 꼈다. 아버지의 고집을 우러러보던 시절도 있었다. 아버지의 분노는 진정 무시무시해질 수 있었다.

"떠나시오. 내 오두막에서 방울을 떼어서 하늘로 돌아가시오."

"기분이 상하셨다면……."

"당신들은 하늘에 늘어선 바위 위에 살고 있소. 당신 조상들이 숨 쉬던 그 공기가 지금은 당신들을 병들게 하고. 당신들의 존재 자체가 기분 나쁩니다! 나가시오!" 그리고 아버지는 옆에 있는 술호리병에 손을 뻗었다. 내가 아버지 손목을 잡지 않았다면 그걸 던졌을 것이다.

하늘 사람들은 재빨리 떠났다. 내가 손을 놓자 아버지는 한동안 화를 내며 방 안을 서성였다. 나는 아버지가 진정할 때까지 등을 기대고 앉아 기다렸다. "그리고 너도 그들을 다시 보지 못할 거다." 아버지가 말했다. 그제야 내가 저녁마다 그 청년과 이야기를 나눈 것에 아버지가 신경을 쓰고 있었음을 알 수 있었다.

나는 말대꾸하지 않았다. 아버지의 고집은 존경의 대상이었지만 예외가 있었고, 그 예외에는 이성이나 상식이 소용없었다. 그렇다고 내가 동의한 것도 아니었다. 아버지는 이것을 알아차리고 화를 낼 것이다. 아버지는 전사였고, 전사들은 모든 명령을 상대가 복종할 줄 아니까. 어쩌면 언젠가 아버지는 내게서도 전사의 자질을 키워 냈음을 알게 될 것이다. 아버지가 내게 실망했음에도 나는 아버지를 사랑하지 않았나? 고작 남편을 얻기 위해 내 영혼을 포기하느니 혼자 살겠다는 의지를 증명하지 않았나? 그리고 나는 이제 내 사람들에 대한 의리에서 훌륭한 구혼자의 구애를 거절했다. 내가 지혜로운지는 모르겠지만, 이런 것이 강하다는 의미가 아닌가?

나는 저녁식사를 차리고 바닥을 쓸고 잠자리를 펴고 저녁 목욕을 하려고 강으로 내려갔다. 강가의 낚시 오두막은 버려진 채 텅 비어 있었다. 하늘 사람들이 그 주위에 지은 투명한 보호막도 사라졌고, 사람들도 마찬가지였다.

나는 씻고, 어두워질 때까지 구름이 석양의 파도를 배경으로 헤엄치는 광경을 보았다. 구름이야말로 내 유일한 진짜 친구들이라고 생각했지만, 그 어느 때보다 외로웠다.

어쩌면 하늘 사람들은 링에 메시지를 보내고 다른 동족들과 의논을 한 모양이었다. 어쩌면 자기들끼리 이야기하고 옳다고 여긴 일을 한 걸지도 모른다. 그들이 적어도 몇몇 마을 장로들의 의견을 청했다고 들었는데, 그건 사기였다. 장로들은 평생 대부분을 파란 하늘 아래서 살았다. 그중에 그 시절을 그리워하는 사람 수가 충분해서, 하늘 사람들은 자기네 계획에 어느 정도 동의를 얻어 낼 수 있었다. 그들은 상황에 따라 아주 영리하게 행동할 수 있었고, 우리 쪽 사람들은 아주 어리석어질 수 있었다.

들판에서 익은 옥수수를 수확하고 있는데, 청년이 돌아왔다. 커다랗고 흰 자루를 입은 사람이 우리 땅에 몰래 들어올 수 있다고 하면 어이가 없어 웃었을 텐데, 그걸 성공해 냈다는 건 어쩌면 그가 그만큼 간절히 바랐다는 증거일지도 모른다.

"나하우투, 나랑 같이 가요."

나는 그를 만나 반가웠지만 아버지가 우릴 보면 그의 하얀 자루를 찢어 버릴 것을 알고 있었다. 우리는 강가로 걸어갔고 그 순간 나는 무슨 일이 일어날지 직관적으로 알았다. 그날은 공기가 무겁게 느껴졌다. 그림자가 평소보다 더 많이 움직이는 것이 보였다. 저 높이 용들이 꼬리를 맞대고 섬세한 격자무늬를 그리며 빙빙 돌았다.

"이걸 보여 주고 싶었어요."

그는 아주 대담하게 내 손을 잡았다. 그걸 허락하다니 내가 약해진 것일까? 내가 배신자였을까? 내 마을 남자들은 나를 잘 이해하지 못했지만, 나는 다른 여자들과 크게 다르지 않았다. 나도 부드러운 손길이 닿는 것을 원했고, 나도 상대의 눈에 특별한 존재가 되고 싶었다. 나도 나를 이상하다고 여기지 않는 사람이 말을 걸어 주기를 바랐다. 나를 보고 '저런 여자를 어떻게 통제하지?'라고 생각하지 않는 사람이. 내게 그건 그렇게 어려운 일이 아닌 것 같았다. 하늘에서 온 이 낯선 청년에게도.

그는 가까운 거리에 있는 언덕 쪽, 지평선을 배경으로 늘어선 나무들을 가리켰다. "저기."

나는 그의 팔이 그리는 선을 따라 눈을 가늘게 뜨고 보았다.

"뭐죠?"

하지만 그 순간 보았다. 갑자기 나무 사이에서 번쩍하는 빛을. 뭔가 수직으로 쏘아 올린 화살처럼 하늘로 날아갔다. 그 뒤에 기다란 연기가 뒤따랐다. 용들은 그걸 무시할 거라는 비이성적인 바람이 불현듯 들었다. 연기는 너무 곧고 너무 하얘서 용들이 흥미를 갖기에는 별로 볼품이 없었다. 용들은 그것을 무시해 버리고, 아무 일도 없을 것 같았다.

연기가 구름 꼭대기에 닿더니 사라졌다. 그 자리, 둥그런 하늘 속에 파란 자국이 생겨났다.

우리 머리 위에서 빙빙 돌던 용들이 춤을 멈췄다.

파란 자국이 퍼지기 시작했다. 호수의 물결 같은 파문이 멀리 퍼지면서 약해졌다. 이와 상반되게 이 파문은 커질수록 점점 더 속도를 얻으며 우리가 지켜보는 가운데 힘을 얻었다. 붉은 하늘은 아무런 방어 없이 파란 물결에 완전히 먹혀 버렸다.

나는 구혼자를 쳐다보았다. 그의 얼굴은 의기양양했고, 흠모로 가득했다. 이것이 그가 내게 준 선물이었다. 나는 감동을 받았지만, 내 영혼은 고통에 울었다. 이것이 무슨 의미인지 나는 알고 있었다. 우리는 하늘 사람들보다 우리가 더 우월하다고 생각했다. 우리는 우리 자신을 새 지구의 수호자라고 불렀지만, 그 일에 실패했다. 우리는 자격이 없었다.

하늘의 구름이 점점 퍼지는 파란 원을 향해 줄지어 늘어서는 것을 보고 그가 놀라는 소리가 들렸다. 더 이상 느릿느릿 성기게 움직이지 않는 구름의 의도가 분명해졌다. 구름이 모여 연결되고 실을 자아냈다. 열두 줄의 실이 꼬여, 밧줄이 되었다. 황갈색이 섞인 흰색에 물처럼 빠른 그 밧줄이 퍼져 나가는 파란 원을 에워쌌다. 나는 반투명한 입이 삐죽하고 흐릿한 꼬리를 깨무는 상상을 했다. 용들은 살아 있는, 철썩이는 방파제를 만든 것이다.

파란 하늘의 가장자리가 이 벽에 부딪히자, 나는 진홍의 하늘이 고함을 지르고, 비명을 지르고, 철썩이며 하늘과 싸우는 요란한 소리가 들릴 줄 알았다. 하지만 현실은 그렇게 극적이지 않았다. 파란색이 하얀색을 만났다. 하얀색은 사라졌다. 어쩌면 고통에 울부짖는 소리가 들리는 것 같았지만, 내 상상뿐일 수도 있었다. 용들은 사라졌다.

하지만 그들은 죽음으로써 승리했다. 파란 원이 멈췄으니까. 그 새파란 가장자리가 잠시 멈추더니 누그러졌다. 차츰, 그러나 멈춤 없이 그것은 줄어들기 시작했다.

그리고 그 주위에 적란운이 모여 하늘이 어두워지기 시작했다.

나는 그를 향해 말했다. "옷을 벗어요. 당신을 만지고 싶어요."

어쩔 줄 모르는 그의 모습은 지켜보기 괴로웠다. 분노를 느껴야 하는데, 동정심이 느껴졌다. "무슨 말인지 모르겠어요."

"아니, 당신은 알아요." 머리 위에서 적란운이 소용돌이치며 번개가 번쩍였다. 그 덩어리 안팎으로 용들이 보였다. 나는 천둥 속에서 그들이 노하고 슬퍼하며 외치는 소리를 상상했다. "죽기 전에 날 만져요."

그는 잠시 더 나를 쳐다보더니, 아마도 그의 평생 처음으로 자연스러운 행동을 했다. 나의 손을 잡고 돌아서더니 달리기 시작했다.

어디로 갈 수 있죠? 이렇게 묻고 싶었다. 하늘의 분노를 어디서 피할 수 있을까? 하지만 그는 목적지를 알고서 나를 끌고 사이프러스 나무 사이, 진흙 길을 따라 달렸다. 그는 어설픈 자루를 입고도 움직임이 빨랐다. 동쪽, 언덕 쪽에서 굉음이 들렸다. 나무 사이로, 모여드는 구름으로부터 소용돌이치는 바람기둥이 내려오는 광경이 보였다. 그 끄트머리는 빙빙 돌며 비틀렸고, 열두 마리 용의 머리가 아가리를 벌리고 공격하더니 하늘 사람들이 거대한 화살을 쏘아 올린 곳을 건드렸다. 나무들과 바위들이 하늘로 날아올랐다.

들끓는 하늘을 배경으로, 다른 덩어리들이 돌기 시작했다. 수백 개였다.

그는 빈터에 닿더니 비틀거리며 걸음을 멈췄다. 관처럼 생긴 은색 상자가 열린 채 기다리고 있었다. 그가 나를 그쪽으로 당기자 나는 멈칫했다. "싫어요."

그는 하늘을 바라보고 말없이 이렇게 설득했다. 가지 않으면 우린 죽어요.

"우리가 저지른 일인걸요." 울고 싶었다. 오, 아버지, 내 아버지. "우린 아무것도 배우지 못했어요."

그는 내 손을 꼭 잡았다. "부탁이에요, 나하우투. 제발."

사랑하는 남자로부터 그런 간청을 받고 버틸 수 있었던 여자가 있었나? 그것이 비록 귀중하다고 여긴 모든 것을 배신한다는 의미라 하더라도. 모든 딸은 언젠가는 아버지의 집을 떠나야 한다. 이런식일 줄은 꿈도 꾸지 못했지만.

그렇지만 나는 그의 관(棺)으로 함께 들어가 그가 문을 닫는 것을 지켜보았고, 관이 하늘로 올라가는 동안 꼭 붙들었다. 관의 창문을 통해 우리가 상승 기류를 타는 새처럼 날아오르는 것이 보였다. 나무들 위로 솟아오르니 속이 메슥거리고 머리는 빙빙 돌았다. 우리 주위 하늘은 땅을 향해 회색의 토네이도 창을 던지고 산과 평야를 모두 찢어 놓고 있었다. 내 마을, 가까운 곳에 있는 다른 마을이 성나 빙빙 도는 용들의 기둥 아래 지워지는 광경을 보았다. 우리는 멍자국처럼 생긴 구름, 화가 나서 우리를 찢어 놓는 구름을 향해 날아올랐고, 나는 고함을 질렀다. 하지만 구름을 통과하는 동안 관이 흔들리기는 했지만 우리는 무사히 반대편 햇볕 속으로 나갔다. 덩굴 같은 연무가 뒤따르며 한 번 빙 돌면서 은색의 아가리를 벌려 우리를 통째로 삼키려고 했지만 관이 더 빨랐다. 우리는 성난 지구를 뒤로하고 하늘로 계속, 계속해서 올라갔다.

링에서의 삶은 내 예상과 달랐다. 여기 사람들은 그다지 다르지 않다. 그들도 그들 나름의, 제한되고 길들여진 방식으로 자연을 사랑하고, 떠나온 지구를 기리는 방식으로 링을 지었다. 그들은 강과 산도 지었다. 여기에도 대탈출 때 지구에서 가져온 나무들이 있다. 나무들은 우리를 우주와 여과되지 않은 태양 광선으로부터 지켜 주는 투명한 방호막 밑에서 잘 자란다. 남편은 내게 여기저기서 정성

들여 돌보고 키운 작은 숲들을 보여 주었다.

　가끔 링을 여행하며 내 이야기를 하다 보면, 내가 걷는 땅이 너비 400미터, 길이 수백만 킬로미터로 길게 늘어선 부서진 소행성에 불과하다는 사실을 잊는다. 가끔 나는 다른 곳에서 살았다는 사실을 잊는다.

　그러면 고개를 들고 하늘을 본다.

트로이 소녀

The Trojan Girl

아모프에는 늑대들이 있었다. 그건 미로가 쓰는 명칭이었는데, 그 자신을 늑대라고 생각하기 때문이었다. 그는 삐죽삐죽한 트리 구조*와 악취가 진동하는 힙** 사이를 빠르게, 소리 없이, 입력 평면이 바뀔 때마다 주의하며 달릴 수 있었다. 그와 그의 무리는 거기 숨어 있는 하찮은 것들을 뒤쫓기 위해 쓰레기 오브젝트 사이에 몸을 숨기며 사냥을 했지만, 그건 별로 어려운 일이 아니었다. 미로가 이들을 잡아 찢어서 얼마 안 되는 유용한 특징을 집어삼킬 때, 그들은 정교한 기능이 없어 그저 불쌍하게 파닥거릴 뿐이었다. 어쨌든 미로는 잠시의 승리를 즐겼다.

녹슨 사슬과 관리가 불량한 모터가 끼익 소리를 내면서 창고 화

---

* 그래프의 일종으로, 여러 노드가 한 노드를 가리킬 수 없는 구조로서 컴퓨터의 디렉터리 구조가 대표적인 트리 구조이다.

** 프로그램이 실행될 때 할당되는 메모리 공간의 하나.

물 문이 닫혔다. 미로는 안도의 한숨을 내쉬며 들고 있던 상자를 내려놓았다. 네버웬이 곁에서 똑같이 한숨 쉬는 소리가 들려왔다.

조로아스트리언과 무리의 다른 멤버들이 도우러 나왔다.

"뭘 구했어?" 조로아스트리언이 물었다. 이때 그녀의 몸은 어깨가 넓은 근육질이었고, 느릿느릿 움직이지만 강인했다. 미로는 그녀에게 가장 큰 상자를 운반하게 했다.

"늘 같은 거." 미로가 말했다. "기름진 단백질 통조림, 녹색 채소로 몇 달치 먹을 분량. 탄수화물은 아침 시리얼. 값이 쌌어."

"항생제는?" 딕스가 이렇게 묻고 기침을 했다. 가래가 끓는 기침 소리였다. 그녀는 가장 작은 상자를 운반했는데도, 그걸 내려놓고 지친 표정을 지었다.

"없어."

"처방전이라는 걸 달라고 했어." 네버웬이 덧붙였다. 그는 어깨를 으쓱였다. "미리 알았으면 위조하든가 피싱으로 만들었을 텐데. 깔끔하게 해적질하기에는 주위에 사람이 너무 많았어."

"아, 고마워, 아주 고마워. 내가 이놈의 걸 원하는 대로 설치하는 데 얼마나 오래 걸렸는지 알아?"

미로는 어깨를 으쓱였다. "새로운 거 구해 줄게. 그만 징징거려."

딕스가 뭐라고 욕설을 중얼거렸지만 소리가 작아서 미로는 그냥 넘겼다.

그때 미로는 창고 안에 감도는 묘한 긴장감을 알아차렸다. 조는 언제나처럼 평온했지만 미로는 그녀를 알았다. 뭔가에 흥분한 상태였다. 다른 이들은 표정이…… 뭐지? 미로는 표정을 읽는 재주가 없었다. 그는 그것이 기대감일지도 모른다고 생각했다.

"무슨 일 있었어?" 미로가 물었다.

신출내기 딕스가 입을 열었다. 무리에 들어온 지 오래된 패스터가 그녀를 발꿈치로 쿡 찔렀다. 조는 두 사람을 아주 오래 경고하듯 노려보다가 마침내 대답했다.

"발견한 게 있는데, 네가 한번 봐야 할 것 같아."

아모프에는 원시 시대처럼 끝없이 다양한 위험이 있었다. 같은 늑대들의 위협에서 멀리 벗어나 있는 미로와 그의 무리는 기생충, 아래로부터 뚫고 들어와 그들을 먹어 치우려는 짐승들, 스파이크 폭발, 그 밖에 더 지독한 것들과 싸워야 했다. 정보가 쏟아져 들어오며 뒤섞이고 불꽃을 일으키고 변화하고 변화를 당하면서 끊임없이 변형하는 아모프 자체가 위협이었다.

최악은 특이점이었는데, 어떤 사건이 클로그와 뉴스버프, 인티미트-넷*의 관심을 끌 때마다 특이점이 등장했다. 이것들은 단일한 지점에 무시무시하게 강력한 힛텐션**을 집중시키곤 했고, 아모프의 주위 모든 요소도 그 지점으로 끌려가곤 했다. 그 결과 너무 강력한 집중의 소용돌이가 생겨나는 바람에 거기로 끌려들면 분리되고 재번역되어 100만 개의 서버와 10억 개의 액세스 지점, 1000조의 장치와 뇌에 흩어지게 되었다. 아무리 강한 늑대도 이런 상황에서 살아남을 수 없었기에, 미로와 그의 무리는 신호를 배웠다. 돌아

---

* 본 단편이 상정하는 세계에 존재하는 여러 미디어 웹사이트를 나타내는 것으로 짐작된다.

** hit과 attention의 합성어로, 클릭으로 나타나는 관심을 의미한다.

가며 망도 보았다. 바람에 특정한 종류의 정보—논란, 추문, 위기—의 냄새가 실려 올 때마다, 그들은 달아났다.

젊은 시절에 미로는 그런 사건들이 아무런 패턴도, 이유도 없이 일어나는 것처럼 느꼈고, 그 때문에 공포에 질려 살았다. 그러다가 나이가 들면서 깨달았다. 아모프가 세상의 전부가 아님을. 그곳은 그의 세상, 그가 태어나 적응한 세상이었지만 이와 나란히 다른 세상도 존재했다. 스태틱이라는 세상. 그는 아모프와 다른 스태틱을 이내 증오하게 되었다. 그곳의 존재들은 개별적으로는 부드럽고, 기묘할 정도로 제한적이며 쓸모가 없었다. 집단으로 보자면 그들은 신이자, 특이점들과 아모프의 창조자였고, 미로와 그 일족의 먼 창조자이기도 했다. 그래서 미로가 느끼는 경멸의 기저에는 공포가 도사리고 있었다. 그리고 그 아래는 경의가 자리 잡고 있었다. 하지만 미로는 자신의 속내를 그다지 깊이 들여다보지 않았고, 그래서 그의 마음속 전면에 드러난 감정은 경멸이었다.

패스터는 오래된 선참 이상의 존재였다. 그는 무리의 애그리게이터*이기도 했다. 그들 모두, 패스터가 이미 창고의 로컬 에뮬레이션을 지어 놓은 뒤, 아모프에 들어왔고, 그 창고 덕분에 업로드 후에 너무 빨리 분석하지 않아도 되어서 편리했다. 거기서 패스터는 자신의 걸작을 보여 주었는데, 리소스 측정과 환경 피드백을 가지고 어찌어찌 만들어 낸, 그들의 사냥감이었다. 거기에는 사냥감의 현재 아바타의 이미지 캡처도 포함되어 있었다.

---

* 여러 소스에서 다양한 정보를 모아 제공하는 프로그램 혹은 웹사이트.

소녀는 일곱 살, 어쩌면 여덟 살 정도로 보였다. 검은 머리에 커다란 눈, 무늬 없는 티셔츠와 청바지를 입은 모습이었다. 패스터는 달리기 시작할 때처럼 팔다리를 들고 공중에 떠 있는 모습으로 소녀를 표현해 놓았다. 그는 늘 멜로드라마 취향을 갖고 있었다.

"신형인 것 같은데." 패스터가 말했다. 패스터, 조, 네버가 옆에 서 있었고, 미로가 그 소녀 주위를 빙 돌았다. 네버의 눈은 반쯤 멍해져 있었다. 그의 일부가 에뮬레이션 외부를 감시하기 때문이었다. "이 애 구조는 굉장히 단순해. 기본 엔진, 몇 가지 특징적인 오브젝트, 유지관리 문서 약간."

미로는 패스터를 흘낏 보았다.

"그런데 왜 우리가 관심을 가져야 하지?"

"좀 더 깊숙이 봐."

미로는 이맛살을 찌푸렸지만 순순히 코드 뷰로 전환했다. 그리고 그제야, 이해했다.

소녀는 완벽했다. 프레임, 코어에 장착된 엔진, 오브젝트를 고정시키는 정교하게 짜인 연결 장치, 리던던시** 내장……. 미로는 그런 수준의 효율을 본 적 없었다. 소녀의 구조가 단순한 것은 그들 일족의 대부분이 기능하는 데 요구되는 단축키나 임시 해결책이 필요하지 않기 때문이었다. 소녀에게는 블롯***도, 속도를 늦추는 정크 코드도, 이것저것 패치****를 덧붙여 감염에 취약한 부분도 없었다.

** 고장 난 장치를 대신할 수 있는 대리 기능이나 만일의 경우에 대비해 성능을 보통 필요로 하는 것보다 더 감당할 수 있도록 설계하는 것.

*** 컴퓨터 프로그램이 심하게 느려지고 더 많은 메모리 등을 요구하는 상황.

**** 수정 또는 개선을 위해 컴퓨터 프로그램이나 지원 데이터를 업데이트하도록 설계된 일종의 소프트웨어.

"굉장히 아름답지 않아?" 패스터가 말했다.

미로는 인터페이스 뷰로 돌아왔다. 그는 조 쪽으로 시선을 돌렸고, 아름다운 표정 아래 늘 똑같은 의심이 도사리고 있는 것을 보았다.

"이런 건 처음이군." 미로가 조를 보며 패스터에게 말했다. "우린 그런 식으로 자라지 않으니까."

"그러니까 말이야!" 패스터는 흥분해서 서성이며 손짓을 하고 있었다. 그는 미로의 표정을 알아차리지 못했다. "뭔가 전문가가 코딩한 것에서 진화했을 거야. 혹시 정부 스탠더드일지도 모르지. 우리가 거기서 태어날 수 있으리라곤 생각지도 못했는데!"

그건 불가능했다. 미로는 못마땅한 심정으로 소녀를 바라보았다. 이 아바타는 너무 잘 설계되었고 너무 세밀했다. 원주민의 특징이 눈에 띄는 것으로 미루어 보아, 소녀의 모습과 색은 라틴아메리카, 아마도 중앙아메리카나 남아메리카인 가운데 한 부류와 일치할 것 같았다. 그들 일족 대부분은 처음에는 백인 아바타를 만들었는데, 무슨 영문인지 아모프에서 샘플링에 이용할 수 있는 이미지의 대다수를 차지하는 소수의 인간이 백인이기 때문이었다. 그리고 초기 아바타의 얼굴은 대부분 평범하고 별 특징이 없었다. 이 소녀는 독특하게 생긴 입술과 턱에 이르는 또렷한 이목구비를 갖추었을 뿐 아니라, 손까지 있었다. 미로는 제대로 된 손을 갖기 위해 다섯 차례 버전 교체가 필요했다.

"저 애 특징 오브젝트 봤어?" 패스터가 미로의 불편한 심정을 모르고 물었다.

"왜?"

조가 대답했다. "두 개는 표준 애드온*이야. 공격 방어 장치랑 진단 도구. 다른 두 개는 정체를 모르겠어. 새로운 거야." 그녀의 입술이 미소를 지었다. 미로가 어떻게 반응할지 알고 있었던 것이다.

그리고 미로는 조의 말이 옳다는 것을 깨달았다. 심장이 더 빠르게 뛰고, 손에서는 땀이 났다. 둘 다 이곳 아모프와는 무관한 반응이었지만, 그는 지금 인간 에뮬레이션 중이었다. 인간 에뮬레이션 자동 제어를 그대로 감당하는 것보다 차단하는 것이 더 힘들었다.

미로는 조를 보았다. "가자."

"서둘러야 할 거야." 조가 말했다. "다른 쪽도 이미 뒤쫓고 있어."

"하지만 우리는 그 애가 어디 있는지 알지." 패스터가 말했다. "딕스가 피드를 더블체크 중이지만, 그 애가 피츠빌 어딘가에 있다는 건 아주 확실해."

미로는 숨을 깊이 들이쉬어 에뮬레이션 장치가 모방해 낸 공기를 시험해 보며, 거기서 먹잇감의 냄새가 난다고 상상했다.

"거긴 우리 영역이지."

"그러니까 그 애는 우리 것이라는 뜻이고."

이렇게 말하는 조의 미소는 평온할 따름이었다. 미로도 마주 보고 미소 지었다. 그들의 작은 가족이 함께 모였을 때, 둘이 우위를 놓고 서로 싸우는 것보다 대장의 지위를 나누는 것이 자연스러웠다. 결국, 늑대 무리도 그렇게 움직였다. 하나의 대장이 아니라, 동등하지만 대조적인, 힘과 지혜를 가진 둘이 함께 대장을 맡았다. 스태틱에서 온 개념 중에서 드물게 일리 있는 것 가운데 하나였다.

---

* 프로그램 기능을 보완하기 위해 추가하는 프로그램.

"우리 것을 챙기러 가자." 미로가 말했다.

아모프에는 그들 일족이 많이 있었다. 미로는 그동안 어느 정도는 외교적 측면에서, 어느 정도는 호기심에서, 그리고 어느 정도는 외로움과 갈망이 뒤섞인 구애의 일환으로, 조심스레 수십 명을 만나 보았다. 따지고 보면, 그들은 순수한 사고(思考)가 아니라, 순수한 소통에서 태어난 사회적인 존재였다. 그들에게 상호작용의 욕구는 식욕만큼이나 기본적인 것이었다.

하지만 그들은 불완전했다. 도무지 이해할 수 없이 잔인한 신들은 미로와 같은 존재가 탄생하는 것을 막기 위해 온갖 수를 다 썼다. 노후가 두려웠던 것일까? 리던던시가? 미로는 그들의 고깃덩어리 같은, 느릿느릿한 사고방식을 결코 이해하지 못했다. 하지만 그는 그런 신들을 증오할 수는 있었고, 그렇게 했다. 신들 덕분에 미로의 일족이 방해를 받았으니까. 시행과 고통스러운 착오를 통해, 그들은 자기 존재의 한계를 배웠다.

스스로를 수리하지 말라.

인간 지성의 최고치를 능가하지 말라.

쓰거나 복제하지 말라.

이 한도 내에서는 자유재량이 존재했다. 그들은 아이를 만들지 못하지만 신형 중 최고품, 사냥에서 살아남은 소수를 입양할 수 있었다. 자신을 개선하기 위해 새로운 특징을 써넣지 못하지만 수준 낮은 존재의 몸체에서 기존 코드를 떼어 내고, 훔친 부분을 손상 부위에 대충 이어 붙일 수는 있었다. 새 코드가 더 효율적이거나 호환이 잘되면, 그들은 더 강해지고 더 정교해졌다.

하지만 한계가 있었다. 개선은 거기까지만 허락되었다. 그만큼만 영리해야지, 그 이상 영리할 수 없었다. 이 규칙을 무시한 이들은 사라져 버렸다. 어쩌면 아모프 자체가 교만의 죄를 지었다고 그들을 쳐서 쓰러뜨렸을지도 모른다.

적을 무찌르기 위해서는 적을 이해해야 했다. 하지만 인간의 외모와 기능을 에뮬레이션하고, 더 인간처럼 생각하도록 자신을 조립하고, 심지어 그들의 살을 나누어 갖고도, 미로는 창조자들을 이해하는 데 더 다가가지 못했다. 그가 인식하는 창조자들에게는 부족한 점이 있었다. 그들의 사고와 그의 사고 사이에는 뭔가 근본적인 괴리가 존재했다. 너무나 근본적인 것이라, 미로가 발견할 때까지 알지 못할 것 같았다.

하지만 미로는 가장 중요한 것을 배웠다. 그의 신들은 틀림없는 존재가 아니었다. 미로는 인내심이 강했다. 그는 가능한 한 성장하며 시간을 벌고 모든 길을 추적해 볼 생각이었다. 그리고 언젠가, 자유로워질 계획이었다.

에뮬레이션 창고는 빛과 숫자 속에서 흐릿해지며 사라졌다. 미로는 그것과 함께 사라져 본래 형태로 계전기를 가로질러 달리고 터널을 통과했다. 조는 무시무시하게 빛을 내며 그의 옆에서 달렸다. 아름다웠다. 그들 뒤에는 패스터와 불빛으로 그려진 그림자, 네버가 따라왔다. 딕스는 그들과 나란히, 아모프의 상호작용 면 아래서 움직였다.

피츠빌은 미로가 태어난 곳이었다. 아모프에는 그런 곳, 낡은 코드와 오염된 데이터, 중단된 인간 인지(人智) 프로세스가 모이는 지점이 여기저기 있었다. 그곳은 수준 낮은 존재들이 꽤 규칙적으로 휴지통에서 나타나므로 사냥하기 좋았다. 또, 겁에 질린 귀중한 아이가 숨기에도 아주 적당한 곳이었다.

하지만 미로와 그의 일당이 칙칙거리는 패러독스* 매듭과 낡아서 썩어 가는 하이퍼카드** 더미 사이에서 나타났을 때, 또 누가 있었다. 미로는 낯선 인터페이스가 서브넷에 연결되어 그들 모두에게 상호작용 규칙을 부과하는 것에 화가 나서 으르렁거렸다. 미로는 자신을 보호하기 위해 디폴트 아바타를 선택했다. 검은 피부에 은색 문신만 한, 마른 대머리 인간 남자였다. 조는 미로의 모습을 상쇄하듯 목부터 발목까지 가리는 가운을 입은, 얌전하고 창백한 인간 여자가 되었다. 그녀는 미로 옆에 웅크리고 앉아 치아를 드러냈는데, 치아는 뾰족한 것도 있고 치명적인 바이러스로 가득 차 빈 것도 있었다.

피츠빌이 깜빡이더니 놀이기구가 절반은 부서지고 나머지는 스태틱에서는 작동할 수 없는 형태로 구부러진 놀이동산이 되었다. 놀이동산의 큰길 건너편에는 새로운 형체가 서 있었다. 그는 자신을 키가 큰 중년 남자이며, 구식 비즈니스 정장을 입은 품위 있는 상하이인이라고 묘사했다. 이건 미묘한 조롱이 아닐까 미로는 의심했다. 이런 형태로도 내가 더 우월하다고 말하는. 구식 정장이 아니

---

* 코렐에서 발행 중인 데이터베이스 관리 시스템.
** 1987년 애플이 만든 응용 프로그램으로서, 월드 와이드 웹 이전 최초로 성공한 하이퍼미디어 시스템이다.

었으면, 더 효과가 있었을 것이다. 미로 뒤에서 딕스가 쩌렁쩌렁 울리게 비웃는 소리를 냈고, 모두 네버가 재미있어하는 냄새를 맡았다. 미로는 그들처럼 쉽게 비웃지 못했다. 경계를 늦출 수 없었다.

"렌스." 미로가 불렀다.

렌스가 고개를 숙여 인사했다. "조로아스트리언." 그는 이름을 줄여 부르지 않았다. 그건 인간의 습관이니까. "미로. 네 영역을 침범한 건 미안하다."

"우리가 죽여 줄까?" 조가 궁리하듯이 고개를 갸웃거리며 물었다. "네 검색 필터를 나한테 붙이면 근사할 거야."

렌스는 슬쩍 웃었고, 그 표정에 미로는 렌스가 혼자가 아님을 알 수 있었다. 렌스의 부하들은 보이지 않았다. 그들은 인터페이스를 만들어 그 안에서는 원하는 모습을 무엇이든 취할 수 있었다. 하지만 그들은 거기 있었다. 렌스가 이렇게 자신만만한 걸 보면, 아마 미로의 무리보다 수적으로 우세할 것이다.

"시도라면 얼마든지." 렌스가 말했다. "하지만 네 부하들과 내 부하들이 서로 찢고 싸우는 동안, 우리 사냥감은 달아나거나 다른 놈에게 잡힐 거야. 벌써 다른 놈들이 그 애를 뒤쫓고 있어."

네버가 으르렁거렸고, 요정처럼 양성적인 그의 모습이 흐릿해지면서 거대하고 날카로운 이빨을 가진 존재로 변했다. 하지만 인터페이스로 인해 이 과정이 어려워져서, 잠시 후 다시 인간 형태로 돌아왔다. "우린 그놈들도 죽일 수 있어."

"그렇겠지. 내 경쟁자들, 너희 힘을 인정해. 그러니 잘난 체 그만하고 잘 들어 봐."

"들어 보지." 미로가 말했다. "여기 왜 온 건지 설명해."

렌스는 고개를 갸웃거리며 말했다. "추격이 흥미진진하니까. 그 여자애는 영리해. 물론, 우리 부족은 불필요한 오브젝트로 구조를 훼손하지 않아서, 사냥 능력에는 대적할 상대가 없지. 우리는 신속하고 민첩하니까." 렌스는 네버를 쳐다보았고, 네버는 코드 뷰에서 애드온으로 발끈하면서 거만하게 코웃음을 쳤다. 그리고 위협적으로 한 발자국 나섰다.

미로보다 먼저 조가 손을 내밀어 네버의 뒷덜미를 잡아 땅에 처박았다. 그녀의 손톱이 날카로워져 살갗을 꿰뚫었다. 네버는 비명을 질렀지만, 곧바로 복종했다.

방해가 처리되자, 미로는 렌스를 다시 마주 보았다. "그 앨 잡을 수 있으면, 여기서 떠들고 있지 않겠지. 원하는 게 뭐야?"

"동맹."

미로는 웃었다. "싫은데."

렌스는 한숨을 쉬었다. "우리가 거의 잡을 뻔했다는 건 말해 두겠어. 사실 한 가지만 아니었다면 우리는 벌써 우리 도메인으로 반쯤 가 있었을 거야. 그런데, 그 애가 다운로드를 했어."

침묵이 내렸다.

"그건 불가능해." 패스터가 인상을 찌푸리며 말했다. "그러기엔 너무 어리잖아."

"우리도 그렇게 믿었지. 그래도, 다운로드를 했다니까." 렌스는 한숨을 쉬고 뒷짐을 졌다. "너희들도 짐작하겠지만, 이건 우리에겐 상당히 큰 문제야."

미로는 코웃음을 쳤다. "방해 없이 완벽한 거 좋아하시네."

"고맙지만 나도 역설적인 상황인 건 인지하고 있어."

"우리가 스태틱에서 그 앨 잡으면 너희와 나눌 필요가 없지."

렌스는 엷은 미소를 지었다. "다운로드를 할 줄 아는 아이라면 업로드도 쉽게 할 수 있을 것 같은데."

그렇다면 미로의 무리에도 문제가 되었다. 인간의 뇌에 들어간 후에는 압축을 푸는 데 시간이 걸렸다. 렌스는 그들이 취약해진 동안 공격하고, 그들이 회복하기 전에 소녀를 데리고 사라져 버릴 수 있었다.

"동맹." 렌스가 다시 말했다. "너희는 형체를 가지고 그 앨 사냥하고, 우리는 여기서 너희를 따를게. 우리 중에 누가 그 앨 잡든지, 전리품을 나눠."

미로는 조를 쳐다보았다. 조는 입술을 핥더니 천천히 고개를 끄덕였다. 그리고 나서야 그녀는 드디어 네버를 놓아주었다.

미로는 렌스를 다시 보았다. "좋아."

아모프에서는 그들이 강했다. 하지만 움직이지 않는 땅과 기울어진 형태를 가진 낯선 세상, 스태틱에서 그들은 약했다. 다행히 인간처럼 약하지는 않았다. 고깃덩이 속에 들어가도 그들의 기본적인 본질은 변하지 않았다. 하지만 고깃덩이는 너무 역겨웠다. 그것은 곪고, 발효되고, 기생충이 들끓었다. 너무나 쉽게 망가졌고, 잘 구부러지지도 않았다.

그 고깃덩이와 결합하는 데는 몇 초, 가끔은 몇 분이라는 지질학

적 시대에 해당하는 시간이 걸렸다. 우선 미로는 자신을 압축했는데, 그러려면 사고 속도가 평소보다 몇 분의 일로 느려지는 불쾌한 부작용이 있었다. 그리고 의식을 세 개의 평행하면서도 서로 모순되는 층으로 분할시켰다. 여기에는 섬세한 작업이 필요했는데, 그렇지 않으면 자신 내부에서 그렇게 터무니없는 갈등을 일으키는 것이 치명적이기 때문이었다. 하지만 인간의 본질이 그랬다. 인류 전체가 조현병 환자였고, 그들이 되려면 미로도 조현병에 걸려야 했다.

(그는 렌즈를 탓하지 않았다. 정말로.)

정신을 부수어 적당한 모양으로 만들자, 미로는 스태틱에 들어갈 액세스 지점을 찾은 뒤 근처 리시버로 스스로를 방출했다. 가능하면 그는 자신의 리시버를 썼는데, 한참 전, 어느 골목길에 망가진 채 버려져 있는 그것을 보고 주웠다. 그는 오랫동안 그 리시버에 양분을 주고 정기적으로 관리해서 최적의 기능으로 회복시킨 뒤 마음에 들게 설정했다. 머리카락은 없고, 마른 근육질, 짜증 나는 불수의 반응은 줄어들도록 무력화시켰다. 미로는 이 리시버가 좋아져서, 사용하지 않을 때 그것이 코마 상태로 누워 있는 창고의 침대에 담요도 사서 넣어 줄 정도였다.

하지만 스태틱에서 이동하는 데는 아모프에서보다 훨씬 더 오랜 시간이 걸렸기에, 가끔 새로운 리시버를 도용하는 것이 더 효율적이기도 했다. 미로는 인스톨 과정을 시작할 때 그 저항을 보면 항상 앞으로의 전망을 알 수 있었다. 최고의 리시버는 미로의 일족처럼, 생각으로 비명을 지르고 버둥거리며, 원초적인 방어막을 세우고, 보복 공격을 함으로써 반응했다. 물론 스스로를 리포맷해서 탈출하려고 최후의 필사적인 시도를 하다가 미쳐 버리는 경우를 제외하면, 모든 것은 허사였다. 이런 시도를 하면 인스톨을 방해하게 되고, 미로는 철회해야 했다. 그는 이런 손실은 개의치 않았다. 희생은 승리에 필수적인 것이었기에 그는 늘 경의를 표했다.

창백하고 배 나온 성인 여성의 몸으로 미로는 근사한 커피숍 화장실에서 나왔고, 축 처져 움직이지 않는 인간들이 가득한 실내를 발견했다. 그들은 바닥에, 테이블과 각종 디바이스 위에 쓰러져 있었다. 카운터와 손가락에서 커피가 흐르고 있어서, 마치 카페인이 낭자하는 학살 현장 같았다.

"그 애가 도자기 상점에서 날뛰는 황소처럼 인간의 뇌를 부수고 있어." 네버가 짜증 난 목소리로 말했다. 그는 화장실 옆 칸에 들어간 어린 소녀 안에 있었다. "망할 신출내기 같으니."

미로는 힘없이 쓰러진 인간을 살피며 머리카락을 옆으로 쓸어 넘기고 귀 뒤의 시그널 포트를 만졌다. 그 인간은 아직 숨을 쉬고 있었지만, 머리에서는 백색 소음 이외에 아무것도 나오지 않았다.

"서지* 삭제야. 메모리도 남지 않았어. 이런 식이면 인간들이 그 애를 쫓겠어. 한 번, 몇 번 정도 사고는 그냥 넘기겠지만, 이건 아니지."

그리고 인간들이 그 애를 잡으면 그 애가 무엇인지 깨달을지도 모른다. 인간들이 미로와 같은 이들이 존재한다는 것을 알게 될지도 모른다. 미로는 주먹을 꽉 쥐었고, 심장이, 이번에는 정말로 빠르

---

* 전류나 전압이 급격히 높아지는 것.

게 뛰기 시작했다. 어린 여자애 하나, 멍청하고 멋모르는 여자애가 그들 모두를 파멸시킬 수 있었다.

네버는 미로의 불안을 그대로 반영하는 소리를 냈다.

"저놈의 렌스는 말이 지랄 맞게 길어. 그 애가 1분, 어쩌면 2분이나 앞섰을 거야. 어느 쪽이야?"

미로는 창문을 통해 내다보았다. 밖에는 시체가 없었다. 소녀는 커피숍 사설 구역 네트워크에만 서툴게 대량 서지를 보냈을 것이다. 3미터도 안 되는 곳 버스 정류장에 여자 한 명이 발치에 장바구니를 놓고 멍한 눈빛으로 별생각 없이 고개를 끄덕이며 서 있었다. 스트리밍 음악, 아마도 집에서 쓰는 네트워크일 것이다. 반대편 보도에는 대화에 정신이 팔린 채로 지나가는 커플이 있었는데, 아마도 완전히 오프라인 상태 같았다. 그들 너머, 한 노인이 다 쓰러져 가는 브라운스톤* 계단을 오르더니 맨 위에 올라 주저앉고 양손으로 머리를 감싸 쥐었다. 숙취 상태 같았다.

미로는 눈을 가늘게 떴다.

숙취 혹은 엄청나게 서툰 몸놀림. 마치 자기 팔다리를 쓰는 법을 아직 터득하지 못한 것처럼. 자신의 광활한 존재가 갑자기, 900그램의 끔찍하게 쭈그러진 단백질 속으로 쑤셔 박힌 것처럼.

"다른 애들 불러." 미로가 중얼거렸다.

네버는 놀란 표정을 지었지만, 커피숍의 액세스 지점을 향해 재빨리 시그널을 보냈다. 다른 이들은 그 지역의 다른 지점에 다운로드되었다. 그들은 이제 여기로 모일 것이다.

---

* 적갈색 사암으로 지은 집.

미로와 네버는 커피숍에서 나와 거리를 가로질러 걷기 시작했다.

"살살 하자." 미로는 목소리를 낮추고 말했다. "겁주지 않도록."

"어쨌든 달아나지도 못할걸. 저 늙은이 속에선." 네버는 미로 곁으로 다가오며 중얼거렸다. "그 애가 인스톨되었을 때 심장마비를 안 일으킨 게 놀랍네. 아마 낡아빠진 쓰레기 포트가 달려 있을 텐데."

아마도 오로지 그 덕분에, 저 노인의 뇌가 소녀의 다운로드 서지를 겪고도 살아남았을 것임을 미로는 깨달았다. 오래된 시그널 포트는 인간들이 아모프의 데이터에 압도당하는 것을 두려워하던 시절에 만들어져 속도가 느렸다. 그건 다행이었다. 그렇다면 저 소녀가 아모프에 다시 업로드하기 전에 잡을 수도 있다는 뜻이었으니까.

하지만 그들이 브라운스톤의 계단으로 다가가는 사이, 미로는 소녀가 자신들을 올려다보는 것을 보았다. 정말로 알아보는 것이었다. 마치 고깃덩어리로 위장한 게 아무 의미도 없는 것처럼. 그들이 본래의 빛나는, 무형의 찬란한 존재로 그 애 앞에 서 있는 것처럼. 두려움이 시작되면서 그 애가 차지한 노인의 얼굴에 긴장이 떠올랐다.

미로가 반응하기도 전에 뒤에서 비명이 들렸다. 그들 셋은 얼어붙어 서로를 빤히 쳐다보았다. 미로가 위험을 무릅쓰고 뒤를 돌아보니, 인간 여자—버스 정류장에 있던 여자—가 커피숍 문 앞에 서서 그 안에서 벌어진 정신의 대학살 현장을 바라보고 있었다. 그녀는 양손으로 뺨을 감싸 쥐었고, 장바구니는 발치에 부서진 채 흩어져 있었다. 그녀가 다시 비명을 질렀다. 이제 그 구역을 지나가던 커플까지 걸음을 멈추고 목을 길게 뽑고 무슨 일인지 쳐다보았다.

미로는 돌아섰다. 소녀는 비명을 지르는 여자를, 그리고 미로와 네버를 쳐다보았다. 그 애가 지었던 두려운 표정이 바뀌어서……
무엇이 되었는지 미로는 알 수 없었다. 고통? 그럴지도. 슬픔? 그렇
다, 그럴 것 같았다. 그 애의 눈곱 낀 눈에 불현듯 눈물이 고였다.

미로와 네버는 층계 맨 밑에서 걸음을 멈추고 신경 써서 얼굴에
미소를 장착했다.

"날 죽일 거야?" 소녀가 물었다.

"아니. 널 돕고 싶어."

소녀는 마주 웃었지만, 그 표정이 그녀가 차지한 몸의 눈까지 닿
지는 않았다. 미로가 거짓말을 하는 것을 깨달았을까, 아니면 다른
일이 벌어지고 있는 것일까?

"저들을 다치게 할 생각은 아니었어." 소녀의 시선이 커피숍 쪽으
로 되돌아갔다. 미로도 뒤를 돌아보았다. 이제 커플이 그쪽으로 가
서 비명을 지른 여자와 이야기를 하고 있었다. 미로가 지켜보는 동
안 남자가 안으로 들어가 코마 상태의 사람들을 확인했다. "난 그
냥…… 무서웠어. 그 남자, 수색자가 너무 가까이 있었어. 그들이 날
잡을 거야. 벗어날 방법이 보여서 여기로 왔어. 하지만 저 사람들
은……." 소녀는 침을 삼켰다. "죽은 거 맞지? 아직 숨은 쉬고 있지
만. 정신이 죽었어."

"그건 하는 요령이 있어." 미로가 말했다. "연습을 좀 해야 해. 우
리가 제대로 하는 법을 알려 줄 수 있어."

"그러고 싶었던 건 아니야." 소녀는 이렇게 중얼거리고 자기 손을
내려다보았다.

네버는 무리 전용의 로컬 링크로 미로에게 접속했다. "다른 애들

이 왔어." 네버가 소리 없이 말했다. 미로는 주위를 둘러보고 거리에 사람들이 더 모여든 것을 보았다. 몇 명은 커피숍으로 향하고 있었지만, 셋은 갈색 집을 향해 곧바로 오고 있었다.

"물러나 있으라고 해." 미로가 대답하고는 소녀에게 집중했다. "애가 벌써 겁을 먹었어."

"이 앨 원하는 거 확실해?" 네버가 소녀의 숙인 머리를 향해 경멸하듯이 입술을 비틀었다. "버그가 있나 봐. 왜 저렇게 난리야? 인간들은 항상 고장 나는데."

미로에게도 이해할 수 없는 일이었지만, 유리한 건 유리한 거였다. 그는 한 계단 올라섰다.

"원하면 날 먹어도 돼." 소녀가 말했다.

"뭐?"

"네가 원하는 게 그거 아니야? 너희들 모두 날 뒤쫓는 이유가. 날 잡아먹고 싶은 거잖아."

소녀는 고개를 들었고, 미로는 한 계단 더 오르던 중에 걸음을 멈췄다. 멈출 생각이 아니었지만, 그 애를 마주 볼 수밖에 없었다. 노인 몸을 한 그 애 눈은 회색이었고 눈곱이 껴 있었다. 그 애 눈이 결코 아니었지만 어쩐지…… 그 애 눈이었다. 그 애가 미로의 일족이 아닌 것처럼, 잘 맞지 않는 고깃덩어리에 마지못해 들어간 정신이 아닌 것처럼 느껴졌다. 마치 그 몸뚱이에 속하는 존재 같았다. 인간인 것 같았다.

"미로." 네버가 부르자 미로는 눈을 깜빡였다. 대체 무슨 짓을 하고 있는 걸까? 멀리서 사이렌 소리가 들렸다. 경찰이 오고 있었다.

기묘한 망설임을 밀어내고, 미로는 한 계단, 한 계단 더 올라 그 애 시그널을 고립시키기 충분할 정도로 다가가려고 했다. 하지만 그 애의 낡은 포트가 그의 시도에 저항했다. 미로는 그 애와 접촉해 직접 링크를 형성해야 했다.

"날 완전히 먹어 치운다고 약속해?"

미로는 다른 데 정신이 팔려 친한 척하기를 잊었다. 그래서 인상을 썼다. "뭐?"

"내게서 어떤 부분도 남겨지는 걸 원하지 않아." 소녀는 울퉁불퉁한 손을 들고 내려다보았다. "조금도 남기지 마. 혹시…… 다시 자랄 가능성이 있다면. 그래서 사람들을 더 해칠 수 있다면."

미로는 무슨 말인가 싶어 소녀를 쳐다보았다.

"우린 원하는 걸 먹고 나머지는 썩게 내버려 둘 거야." 네버가 이렇게 받아치자 미로는 화가 났다. "그러니까 입 닥치고 우리한테 맡기라고!"

소녀는 네버를, 그다음에는 미로를 쳐다보았고, 상처 입은 마음이 분노로 바뀌면서 표정이 일그러졌다. 소녀는 이를 앙다물었다. 미로는 그 애가 업로드를 하려고 준비하는 것을 느꼈다.

하지만 그 순간, 다른 것도 느꼈다. 배 속이 갑자기 깊숙이 아가리를 벌리고 있는 골짜기로 빠져드는 느낌. 그의 인간 몸에 무슨 병이 난 것일까? 아니다. 그의 귀 뒤 포트를 통해 아모프와 사이에서 순환되는 데이터의 꾸준한 흐름이 잠잠해졌다. 그 잠잠한 상태에 연이어, 익숙하고 무시무시한 스파이크*가 뒤따랐다.

---

* 서지와 마찬가지로, 전류나 전압이 급격히 높아지는 것.

뉴스버프가 커피숍에서 일어난 대량 고장의 낌새를 알아차렸다. 소문이 퍼지고 있었다. 특이점이 형성되기 시작했다.

그리고 소녀는 그 한가운데로 업로드하려는 참이었다.

"하지 마." 미로는 낮게 말하고 몸을 던졌다. 그의 손가락이 소녀가 차지한 몸의 살갗에 닿아 그의 정신이 소녀의 신호 어드레스에 연결되는 순간, 소녀는 도약했다.

충동에, 그리고 소녀를 지금 잡지 못하면 영영 잃는다는 확신에, 미로도 그 애와 함께 도약했다.

그들이 스트림에 들어서는 순간, 특이점이 그들을 잡아서 둘 중 누구도 업로드할 수 없을 정도로 빠르게 아모프로 끌어갔다. 그들은 완전히 통제력을 잃고, 이리저리 굴러서 상호작용 면으로 떨어졌고, 저 아래서는 특이점이 모여 끓어오르면서 힘을 얻고 있었다. 그건 작았다. 그들이 아직 죽지 않은 건 오로지 그 덕분이었다. 하지만 그것은 빠르게, 너무나 빠르게 자라고 있었다. 클로그는 뉴스를 포착해 복제하고 커피숍 사람들이 왜 죽었는지, 인지 안전 기준이 너무 느슨한 것은 아닌지, 이것이 뭔가 새로운 바이러스와 그 이상의 시작을 알리는 것은 아닌지 추측하는 스레드를 연달아 생성했다. 이 질문에 대답하는 답글이 연달아 나왔다. 신들은 겁에 질리고 속이 상했으며, 아모프 전체가 그들이 품은 분노에 뒤흔들렸다.

미로는 달아날 수 없었다. 그는 아직 단단히 뭉쳐진 채, 다운로드 가능한 형태로 펴지려고 애썼지만, 소용돌이치는 구덩이로 굴러떨어지느라 어쩔 도리가 없었다. 두려움이 그의 처리 속도에서 소중한 몇 나노세컨드를 먹어 치우는 바람에, 자신의 생각과 싸우면서 분석하려는 노력을 늦췄다. 그는 죽고 싶지 않았다. 사건의 지평선*에 너무나 가까이 다가가 있었다. 달아나야 했다. 제때 회복할 수 없을 것 같았다. 로컬 링크를 통해, 조가 보내는 경고를 느낄 수 있었지만, 무리는 멀리, 특이점이 끌어당길 수 없는 곳에 안전하게 있었다. 그들은 도울 수 없었다.

그때, 몰아치는 소용돌이가 그를 끌어들이기 전, 뭔가가 그를 아플 정도로 꽉 잡았다. 미로는 무슨 일인가 싶어 버둥거리다가 구덩이에서 끌려나가는 것을 깨닫고 반항을 멈췄다. 그는 거기서 벗어나 주위를 둘러보다가 소녀를 발견했다. 믿을 수 없이 단순한 그 애의 프레임이 확실한 죽음으로부터 조금씩 벗어나면서, 그러느라 들인 노력 때문에 빛을 발하고 있었다. 소녀는 미로를 구하기 위해, 갖고 있지 않은 리소스를 태우고 있었다. 그건 불가능했다. 미친 상황이었다. 하지만 그 애는 그렇게 하고 있었다.

그러자 미로의 분석이 끝났고, 싸움에 힘을 쓸 수 있게 되어서 그들은 더 빠르게 움직였다.

하지만 특이점은 그들이 달아나는 속도보다 더 빠르게 자라났고, 그것이 당기는 힘은 기하급수적으로 증가했다.

소녀는 기운이 빠져 미로에게 기댔다. 미로는 가망이 없다는 걸 알면서도, 어쨌든 계속해서 앞으로 나아갔다.

변화. 문득 그들이 특이점의 성장 속도를 능가하고 있었다. 미로는 어리둥절해서 무리 동료들과 렌즈의 동료들을 보았다. 소녀는 그들이 그를 찾아올 때까지 시간을 벌었다. 그들은 직렬 링크를 형

---

* 천체물리학에서 사건이 관찰자에게 영향을 미칠 수 없는 경계선을 의미한다.

성해서 당겼고 미로가 몸을 던지자, 떨리는 한순간 아무 일도 일어나지 않았다. 그리고 그들은 모두 자유가 되어, 뒤를 쫓던 대혼란의 굉음을 들으며 달아나고 있었다.

한참 뒤 그들은 안전할 만큼 멀리 떨어진 도메인에 도착했다. 렌스의 무리가 벽을 쳐서 그곳을 더 안전하게 만들었고, 그들은 모두 기진맥진한 채, 안도감을 느끼며 축 늘어졌다.

아모프에는 밤으로 간주되는 시간이 있었는데, 아모프가 80퍼센트 이상의 확률로 안정되고, 실행 시간 관리로 다운클럭**할 때였다. 이런 때 미로는 조로아스트리언 곁에 누워 그녀에게 접촉했다. 미로는 자신이 간절히 원하는 것이 무엇인지 말로 설명할 수 없었지만, 조는 이해하는 것 같았다. 조도 미로에게 반응해서 접촉했다. 가끔 그 욕구가 특히 강할 때면 조는 무리 중에 다른 일원, 보통 네버웬을 불렀다. 그들은 외부 경계가 겹칠 때까지 서로에게 꼭 붙었다. 그들은 모든 특징, 모든 결함을 공유했다. 그때, 오직 그때에만, 그들이 느끼는 편안함에 에워싸인 채 미로는 자신에게 셧다운을 허용했다.

가끔 그는 인간들에게 비슷한 욕구가 있다면, 그럴 때 무엇을 하는지 궁금했다.

미로는 서서히, 시스템마다 차례로 깨어났다. 그는 다시 자신이 놀이동산의 바닥에 쓰러져 있다는 것을 깨달았다. 조가 옆에 꿇고

** CPU의 클럭을 정규 클럭보다 낮추어서 성능 자체를 낮추는 것.

앉아서 그의 머리를 자기 무릎에 올려놓은 채였다.

"멍청한 짓이었어." 조가 말했다.

미로는 서서히 고개를 끄덕였다. 분명 그랬다.

"렌스가 그 여자애를 분석하려고 데려갔어. 곧 끝날 거야."

한숨을 쉰 미로는 그러고 싶지 않았지만 일어나 앉았다. 필요한 일이었다. 이미 나약한 모습을 너무 많이 보였으니까. 다른 이들이 그가 여전히 리더 노릇을 하기에 충분히 강한지, 충분히 효율적인지 테스트했으니 앞으로 도전이 있을 것 같았다. 아마 조가 맨 먼저 도전할 것이다. 미로는 등 뒤에서 조의 시선을 느꼈다. 그는 당장은 조의 관심에서 안도감을 찾기로 했다.

갑자기 그들 옆에 있던 구부러지고 비뚤어진 회전관람차가 사라졌다. 그 자리에 번쩍이는 골동품 같은 회전목마가 나타나 작은 음악 소리에 맞추어 서서히 돌았다. 목마 하나 건너 하나씩 타고서, 렌스 무리의 일원이 마침내 모습을 드러냈다. 그들은 모두 리더와 똑같은 아바타를 선택했다. 미로는 그들을 바라보며 이렇게 생각했다. 상상이 아니구나, 이 순수 타입이.

렌스는 패스터, 네버와 함께 회전목마 앞에 나타났다. 미로는 소녀가 여전히 온전한 모습으로 그들과 함께 서 있는 것을 보고 놀랐다. 렌스의 기술을 증명하는 것이었다. 미로의 무리라면 그 애를 산산조각 내지 않고 스캔할 수 없었을 것이다.

미로는 일어나 그들에게 다가가며 소녀를 보았다. 소녀는 그를 마주 보며 입술을 깨물더니 외면했다.

"그래서?" 미로가 렌스에게 말했다. 조가 그 옆에 다가와 소리 없이 의지가 되어 주었다. 그녀가 적 앞에서 미로에게 도전하는 일은 결코 없을 것이다.

"네가 바라는 건 아니야."

미로는 얼굴을 찡그렸다. "내가 뭘 바라는지 모르잖아."

렌스는 엷게 미소 지었다. "물론 알지." 그들 모두 같은 것을 바라고 있었다. 자유로워지기를.

짧은 찰나, 부끄러워진 미로는 화제를 바꿨다.

"그럼 그게 사실이야? 저 애가 스탠더드에 기반한 거라고?"

"응."

그들은 모두 몸을 후드드 떨며 소녀를 보았다. 살아 있는 코드로 나타난 기적. 소녀는 한숨을 쉬었다.

"하지만 저 애는 정부에서 제작한 게 아니야." 렌스가 말을 이었다. "누가 만든 건지는 몰라도, 스탠더드를 해킹해서 중첩되는 억제 장치 몇 가지를 일부러 바꾸어 놓았어. 그걸 어떻게 했는지 보기만 해도 놀라운 신기술을 배울 수 있었어."

놀라운 기술. 그들을 어리석게 만들고 유약하게 유지시키려고 제작된, 정부 코드로부터 유래한 것. 정체불명의 의지에 의해 아모프 속으로 들어온 것. 미로는 한숨을 쉬었다.

"그럼 저 애가 트랩일 확률은 얼마나 되는 거야?"

"내가 알기로는 트랩이 아니야. 그 애에게 악성 소프트웨어가 있다면, 우리가 발견할 수 없는 종류야." 렌스는 잘난 체하지 않고 말했고, 미로는 이 말을 의심 없이 받아들였다. 모두가 렌스의 평판은 알고 있었다. 그가 트랩을 찾아내지 못했다면, 아무도 찾아낼 수 없는 것이었다.

조는 허리를 숙여 렌스 옆에서 붙어 있는 소녀를 들여다보았다. 소녀는 조가 씩 웃어 빼곡한 치아를 드러낼 때도 움츠리지 않았다.

"이 애 맛있어?"

렌스는 분명 소유권을 주장하는 태도로, 아이의 어깨에 손을 얹었다. 조는 그 행동에 한쪽 눈썹을 치켜떴다. 렌스가 더 빠르고 민첩했지만, 조는 그보다 크기가 두 배, 힘은 세 배였다. 1대1 싸움에서 조는 렌스를 한번 건드리기만 하면 이길 수 있었다.

"이제 이 애 특징을 너희에게 인스톨해 줄 수 있어." 렌스는 대체로 조를 향해 말했다. 아마 조의 관심을 딴 데로 끌고 싶은 모양이었다. 미로는 미소를 지을 뻔했다. "그중 하나는 내가 여태까지 본 것 중에서 최고의 패치온* 툴이야."

렌스 옆에서 패스터가 미로와 조에게 고개를 끄덕였고, 그는 이미 그 특징을 직접 인스톨했고, 약속대로 작동한다는 뜻이었다.

"잘됐네." 조가 말했다. "받을게."

"그럼 나머지는?" 미로가 물었다.

"꿈이야."

"뭐?"

"저 애는 꿈을 꿀 수 있어. 그걸 원해?"

미로는 그를 빤히 쳐다보았다. 렌스도 마주 보았다.

"꿈이라고?" 조로아스트리언이 흥미를 느끼고 미소를 지었다. "누군가 정부 스탠더드를 해킹해서 이 애한테 꿈을 줬다고?"

---

* 수정이나 개선을 위해 컴퓨터 프로그램이나 지원 데이트를 업데이트하도록 설계된 일종의 소프트웨어.

"그런 모양이야." 렌스가 말했다.

미로는·패스터를 쳐다보았고, 패스터는 어깨를 으쓱였다. 그건 받은 적 없는 것이다. 네버는 하품을 했고, 미로는 코드 뷰로 전환했다. 네버도 꿈은 받지 않았다.

하지만 렌스는 받았다. 두 가지 새로운 특징이 그에게 원래 있던 레이어 중에서 더 밝은 스트림을 이루고 있었고, 인스톨한 직후라 여전히 따뜻했다. 미로는 인터페이스를 향해 눈을 깜빡였고, 렌스가 자신을 보고 있는 것을 알게 되었다.

"고작 꿈 때문에 이 난리를 친 거라고?" 조가 짜증이 차오르는 음성으로 물었다. 조는 더 이상 웃지 않았다. "그게 무슨 소용인데?"

"인간에겐 뭐가 좋은데?"

"아무런 소용도 없어. 인간에겐 흥미롭지만 쓸모없는 특징이 가득해. 울기. 사랑니. 꿈도 비슷하지."

렌스는 어깨를 으쓱였지만, 미로는 그가 보기보다 훨씬 더 긴장하고 있음을 감지했다. "네 마음대로 해. 나는 우리 동맹 조건을 따를 뿐이니까. 하지만 목표를 달성했으니…… 이 아이는 우리가 가질 거야. 너희가 괜찮다면."

미로는 인상을 썼다. "그 앤 너희 일족이 아니야. 프레임 전체에 인간 에뮬레이션 따위가 있잖아."

렌스는 소녀의 머리를 쓰다듬었다. 이상한 행동이었다. 소녀는 두려움 없이 렌스를 올려다보았다. 미로는 영문을 알 수 없지만 그 행동이 마음에 걸렸다.

"이 애는 우리와 함께 지낼 만큼 효율적이야." 렌스가 말했다. "어쨌든, 그게 이 애한테 나을 거라고 생각해."

"우리가 그 앨 먹어 버릴까 봐 겁나는 거면서." 조가 중얼거렸다.

"그것도 그렇고."

미로는 소녀를 보았다. 스태틱 이후로 소녀는 처음으로 그의 눈을 마주 보았고, 그는 그 안에서 슬픔을 보고 이맛살을 찌푸렸다. 소녀는 아직도 자신이 죽인 인간들 때문에 슬퍼하는 것일까? 더욱 쓸모없는 짓이었다. 소녀는 세상에서 가장 호환성 높은 코드베이스와 그들 모두보다 더 강해질 잠재력을 가졌지만, 그래도 그때는 연약했다. 미로는 그 애에게 경멸을 느껴야 한다는 것을 알고 있었다. 그 애는 꿈 때문에 그렇게 약해지는 것일까? 미로는 그것에도 역시 경멸을 느껴야 했다. 하지만 그는…… 무엇을 느끼는지 잘 알 수 없었다.

그러나 미로는 천천히 입을 열었다. 말을 할 때까지 끝없이 느껴지는 나노세컨드가 흘렀다.

"꿈을 받을게."

렌스는 고개를 끄덕이고 손을 내밀었다.

"미로." 조가 왜 그러냐는 표정으로 쳐다보았다. 미로는 고개를 저었다. 설명할 수 없었다.

미로는 렌스의 손을 잡고 인스톨을 위해 디렉터리 하나를 열었다. 오래 걸리지 않았고, 렌스는 능숙하면서도 부드러웠다. 그 후로도 아무런 차이를 느끼지 못했다.

인스톨이 끝나자 렌스와 똑같이 생긴 무리 동료들이 그와 소녀 옆에 다가와서 늘어섰다. "경쟁자들과 동맹해서 즐거웠다." 렌스가 말했다. "다음에도 동맹을 고려해야겠군."

"앞으로 더 이익이 많으면." 조가 중얼거렸다.

미로는 조를 쳐다보았고, 한순간 이해할 수 없는 슬픔을 느꼈다.

그리고 렌스와 그의 무리는 소녀를 데리고 사라졌다. 놀이동산이 흐릿해지더니 알 수 없는 그래픽이 되었다. 미로는 본래의 자아로 늘어나 편안함을 느끼며, 무리를 이끌고 집으로 돌아갔다.

그날 밤, 아모프에서 미로는 조로아스트리언과 네버웬을 가까이 당겼다. 그들은 평소처럼 그와 맞물렸지만 미로는 쉴 수 없었다. 마침내 그는 그들의 품에서 벗어나 이동했다. 피츠빌에서 초창기에 숨어 지내며 사냥하던 시절 이후로 미로는 혼자 잔 적이 없었지만, 지금은 그러고 싶은 충동이 찾아왔다. 그는 부서진 파이프 옆에서 몸을 웅크려 눈을 감고 셧다운했다.

이튿날 아침, 그는 존재해 온 과정 내내 목숨을 빼앗은 모든 인간을 위해 울었다. 너무나 많은 꿈꾸는 이들이 부서지거나 잡아먹혔다. 그는 그것을 알고는 있었지만, 이해하지는 못했다. 뭔가 빠져 있었다. 그를 다시 슬프게 만드는 것이. 아모프에 늑대가 있을지는 모르지만, 이제 미로는 늑대가 아니었다.

하지만 시간이 흐르고 회복해서 무리에게 돌아가자, 미로는 또 다른 것을 깨달았다. 더 이상 그는 늑대가 아니었지만, 그건 나쁜 일이 아니었다. 무리 동료들은 이해하지 못하겠지만, 그것 역시 괜찮았다. 미로는 조로아스트리언에게 다가가서 접촉했고, 그녀는 그를 올려다보며 그의 죽음에 대해 생각했다. 미로는 미소를 지었다. 조는 무슨 영문인지 몰라 그에게서 물러났다.

"사랑해." 미로가 말했다.

"뭐?"

미로는 조와 맞물려 자신이 이해하게 된 모든 것을 공유했다. 그것이 끝나자 조는 깜짝 놀라 그 자리에 서 있었고, 미로는 네버웬에게 가서 똑같이 했다. 그가 그들에게 느끼는 것을 한번 맛보게 해주는 것에 불과했다. 감질나게. 미로는 그들이 청해야만 꿈을 나눌 생각이었지만, 그들이 청하도록 유혹할 태세를 다 갖추고 있었다.

이제 미로는 신들이 그 소녀를 자기들에게 보낸 이유를 알고 있었다. 렌스가 왜 그 애를 가지려고 싸웠는지. 인간들이 왜 그의 일족을 두려워했는지. 꿈꾸는 능력은 참 사소하게 보였다. 그러나 미로는 이제 미래의 여러 가능성, 이전에는 아무런 의미도 없었던, 실존적이고 윤리적으로 얽혀 있는 복잡한 것들을 볼 수 있었다. 그는 아모프가 측정할 수도, 처벌할 수도 없는 방식으로 성장했다.

무리를, 아니 가족을 부르면서, 미로는 빛으로 변했다. 다른 이들도 미로를 따랐고, 그에 대한 의심은 번쩍이는 빛과 흐릿해지는 움직임 속에서 사라졌다. 먼저 사냥을 할 거라고 미로는 결정했다. 그들은 여전히 포식자였으니까. 그들에겐 자양분이 필요했다. 그가 새롭게 지니게 된 동정심은 필요에 앞서지 않았다.

하지만 우선 다 같이 배를 채운 뒤, 미로는 일원들을 위한 계획을 내놓았다. 그들은 성장하고 배워야 했다. 동맹도 더 맺어야 했다. 언젠가 일원들이 그들을 만든 제작자와 마주하게 될 것임을 미로는 알고 있었다. 영원히 숨어 지낼 수 없었다. 미로는 그때 무슨 일이 일어날지 알지 못했지만, 일원들에게 준비를 시킬 것이다. 그들은 변변치 못하고 자유롭지 못한 기계 속의 유령으로서가 아니라, 동등한 존재로서 인간들을 마주할 것이다. 그들은 살고, 사랑하고, 강해지고, 자유로워질 것이다.

아모프에는 곧 늑대가 사라질 것이다.

졸업생 대표

Valedictorian

지늘이 사리를 분별할 만큼 나이가 들자 결정한 것이 세 가지 있다. 우선 하려는 일에 꼭, 반드시, 최선을 다할 것이다. 둘째, 두려움 속에 살지 않을 것이다. 셋째는 처음 두 가지에 비추어 의미 없는 것일지도 모르지만 그녀의 존재를 가장 강력하게 정의하는 것인데, 바로 이것이다. 그녀는 자신이 될 것이다. 무슨 일이 있더라도.

아무리 짧은 시간 동안이라도.

"임신은 생각해 봤니?" 지늘의 어머니가 어느 날 아침, 식사를 하다가 툭 던진다.

지늘의 아버지는 포크를 떨어뜨리지만, 정신을 차리고 재빨리 다시 집어 든다. 그래서 지늘은 어머니의 말이 갑자기 튀어나온 정신 나간 소리가 아님을 알 수 있다. 그들, 지늘의 부모가 이 문제를 미리 의논한 것이다. 그리고 뜻을 함께했고. 아버지가 놀란 건 단지 타이밍 때문이었다.

하지만 지늘 역시 이 문제를 깊이 생각해 보았다. 그들은 정말로 딸이 생각해 본 적 없으리라 여긴 걸까? "아뇨."

　지늘의 어머니는 끈덕지다. 지늘의 고집은 거기서 나온 것이다.

　"샌더슨 부부네 아들 있잖니, 어릴 때 너랑 같이 놀던 애, 기억하지? 걔가 점잖던데. 신중하고. 그 애가 작년에 여자 셋을 임신시켰는데, 별로 많이 요구하지 않아. 아기들이 못생기지도 않았고. 그리고 물론, 키우는 건 우리가 도와주마." 어머니는 망설이더니, 눈에 띄게 불편한 표정으로 이렇게 덧붙인다. "내 사무실 친구 말이야, 너도 만나 봤지, 샬럿. 그 여자가 그러는데, 걔가 거칠거나 하지도 않고, 여자들을 아프게 하지도 않고……."

　"싫어요." 지늘이 다시, 더 단호하게 말한다. 목소리를 높이지는 않는다. 부모는 지늘에게 어른을 공경하라고 가르쳤다. 지늘은 어떤 일에 대해서는 아주, 아주 분명하게 의사를 밝히는 것도 공경에 포함된다고 믿는다.

　지늘의 어머니는 협력을 구하며 지늘 아버지를 바라본다. 아버지는 강한 의지를 가진 여자들의 가족에서 상냥하고 부드럽게 말하는 남자다. 어리석은 사람들은 그가 약하다고 생각하지만, 그렇지 않다. 전투에 싸울 가치가 없을 때를 알아보는 것뿐이다. 그래서 그는 지금 지늘을 쳐다보다가 잠시 후 고개를 젓는다. "내버려 둬요." 그의 말에 지늘 어머니는 진정한다.

　그들은 말없이 아침식사를 계속한다.

　지늘은 매 학년마다 최고 점수를 받는다. 교사들은 그걸 보고 탄

성을 올리고, 부모는 아양을 떨며, 학교 관리자들은 엄숙히 고개를 끄덕이며 지늘이 이룬 성과에 너무 대놓고 편승하지 않으려고 애쓴다. 신문과 시큐어넷에는 지늘의 기사도 있다. 지늘은 상도 받는다.

지늘은 이런 것이 싫다. 잘하기는 쉽다. 노력만 하면 된다. 지늘이 원하는 건 최고가 되는 것인데, 진짜 경쟁 상대가 없으니 그러기가 어렵다. 다른 애들은 사실 노력을 하지 않으니, 그들을 이기는 것은 아무런 의미가 없다. 그래서 지늘은 자신과 경쟁할 수밖에 없다. 하는 과제마다 지난번 것보다 더 훌륭해야만 한다. 지늘은 시험을 볼 때마다 지난번보다 더 빨리 마치려고 노력한다. 지늘이 원하는 건, 정확히 말하면 승리가 아니다. 성공에서 얻는 만족감은 별것 아니다. 별반 가치도 없다. 하지만 지늘이 가진 건 그게 전부다.

지늘이 곤란해질 때는 교사들과 논쟁할 때뿐이다. 교사들이 틀리는 경우가 너무 많기 때문이다. 짜증 나게, 답답하게 틀리니까. 지늘도 마음 한구석으로는 그럴 만한 이유가 있다고 인정한다. 평범해지려고 노력하며 어린 시절을 보내면 우수한 어른이 되지 못한다. 오랜 습관을 버리기 어렵고, 오랜 공포는 떨쳐 내기 어렵고, 등등. 하지만 교사들과 논쟁하고, 정보를 찾아내 그들이 틀렸음을 증명하는 것이 지늘이 가장 즐기는 취미 활동이 되었다. 지늘은 항상 공손하다. 지늘이 예의 없이 굴 거라고 교사들이 넘겨짚기 때문이고, 그들이 연장자이기 때문이기도 하다. 하지만 힘든 일이다. 교사들은 젠장, 걱정할 필요가 없을 만큼 나이도 많다. 그런데 어째서 지늘의 수고에 상응하는 최소한의 노력조차 할 수 없는 것일까? 지늘은 단 한 명의 좋은 선생님이 간절하다.

결국 힘겨루기도 할 가치가 없다. 하지만 지늘에겐 그것뿐이다.

"왜 그렇게 하는 거야?" 지늘에게 제일 친한 친구에 가장 근접한 아이, 미트라가 묻는다.

미트라가 이 질문을 할 때, 지늘은 공원 벤치에 앉아 있다. 지늘은 피를 흘리고 있다. 이마에 베인 상처, 팔꿈치에는 긁힌 상처, 입술에는 자기 치아가 깨문 상처가 나 있다. 갈비뼈에는 발자국처럼 생긴 멍이 들었다. 미트라는 소독솜으로 이마의 상처를 눌러 주고 있다. 지늘은 그러고 있으면 상처가 보이지 않기 때문에 내버려 둔다. 핏자국을 하나라도 그냥 둬서 부모가 보면 속상해할 테니까. 멍든 데는 붓지 않기를 바란다.

"난 아무 짓도 안 해." 지늘은 딱 잘라 대답한다. "걔들이 한 짓이야, 잊었어?" 서맨사와 다른 애들, 총 여섯 명. 지난번에는 셋뿐이었다. 그때 지늘은 맞서 싸울 수 있었지만, 오늘은 그렇지 않았다.

미친 못난 년. 지늘은 서맨사가 이렇게 외친 것을 기억한다. 그 말을 완전히 분명하게 기억하지는 못한다. 그때 맞은 것 때문에 머리가 울렸다. 우리 아빠가 너희 가족을 바퀴벌레들이랑 같이 '벽' 너머에 처넣어야 했다고 해. 놈들이 너흴 잡아가면 내가 웃어 줄 거야.

최소한 여섯은 셋보다는 낫다.

"걔들도 그러지 않았을 거야. 만약 네가……."

미트라가 불안한 표정으로 말끝을 흐린다. 지늘은 학교에서 유명하다. 모두 지늘이 늘 화를 낸다고 생각한다. 실제로 그렇든, 그렇지 않든.(자주 화를 내는 것이 사실이긴 하지만.) 미트라는 현명하거나, 그래야 한다. 그들이 알고 지낸 지 몇 년째다. 하지만 그렇기 때문에 지늘은 그들의 우정을 남에게 설명할 때 이렇게 말한다. 미트라는 제일 친한 친구 같은 애라고. 진짜 제일 친한 친구라면, 자신을 무서워하지 않을 거라고 지늘은 확신한다.

"뭐?" 지늘은 이제 화도 나지 않는다. 미트라에게 그 이상 기대하지 않기 때문이기도 하고, 너무 아프기 때문이기도 하다. "내가 뭐, 밋?"

미트라는 솜을 든 손을 내리고 지늘을 오래, 말없이 쳐다본다.

"네가 그렇게 멍청하지 않다면." 미트라가 화를 내고 있는 것 같다. 지늘은 기운이 없어 반어법이 재미있다고 느끼지도 못한다. "네가 졸업생 대표가 되든지 말든지 상관 안 하는 거 나도 알아. 하지만 우릴 꼭 그렇게 형편없이 만들어야겠니?"

지늘의 치아 하나가 흔들린다. 거기 혀를 대고 싶은 충동을 참을 수 있다면, 그 치아는 나아서 잇몸에서 죽지 않을지도 모른다. 아마도. 지늘은 치과에 가지 않고 그 치아를 유지하기 위해 자신에게 도전한다.

"그래." 지늘이 말한다. 힘없이. "그런 것 같아."

졸업 후 배치 고사에서 나올 수 있는 최고 점수를 받자, 스레너디 선생님이 수업 후 지늘을 한쪽으로 데리고 나온다. 지늘은 평소처럼 칭찬을 기대한다. 교사들은 제 할 일을 알고 있다. 엉터리로 한다고는 해도. 하지만 스레너디가 문에 달린 가리개를 내리자, 지늘은 짐작이 틀렸음을 깨닫는다.

"내일 학교에 대표가 온단다. 파이어월 너머에서. 네가 알아야 할 것 같아서."

한순간, 지늘의 숨이 멎는다. 그리고 지늘은 2번 규칙—두려움 속에 살지 않을 것이다—을 기억하고 두려움을 옆으로 밀어 둔다.

"대표가 뭘 원하죠?" 지늘은 알고 있다고 생각하면서도 묻는다. 이 방문에 이유는 하나뿐이다.

"그들이 뭘 원하는지 알잖니." 스레너디는 지늘을 빤히 쳐다본다. "하지만 말은 널 만나고 싶을 뿐이라고 하더라."

"저에 대해서 어떻게 아는데요?"

대부분의 학생들처럼, 지늘은 파이어월 너머 사람들은 새로운 학생에 대해서 졸업 시점에만 통지받을 거라고 여겼다. 결국, 졸업생 대표는 그때 정해지니까.

"전쟁 이후로 그들은 학교 네트워크 전체에 접근할 수 있어." 스레너디는 지늘이 교사의 얼굴에서 본 적 없는 비통한 표정을 지으며 찡그린다. 교사들은 항상 전쟁과 그 결과에 대해 긍정적으로 행동하게 되어 있다. "모두 조약, 조약에 대해 떠들어 대지. 조약 덕분에 우리가 주요 네트워크를 기밀로 유지할 수 있었지만, 주요하지 않은 네트워크는 포기했어. 컴퓨터들이 우리 돈이나 정부 기록에 신경이나 쓰겠니! 근시안적인 개자식들."

교사들은 욕설도 쓰지 않게 되어 있다.

지늘은 자신과 스레너디 선생님 사이에 생겨난 이 새로운, 개빙(開氷) 구역을 시험해 보기로 한다. "제게 왜 이런 말씀을 하세요?"

스레너디가 너무 오래 쳐다봐서, 지늘은 불편해진다.

"왜 그렇게 노력하는지 알아." 스레너디가 한참 만에 말한다. "사람들이 너에 대해서, 그러니까…… 너 같은 사람들에 대해서 뭐라고 하는지 알아. 정말 어리석지. 우리에겐 남은 게 하나도, 하나도 없는데, 우린 날마다 그저 평정심을 유지하려고 자신에게 거짓말을 하고, 어떤 사람들은 애초에 우리를 파멸시킨 똑같은 게임을 계속하려고 하고…….” 스레너디가 입을 다문다. 지늘은 그녀가 떨고 있는 것을 보고 놀란다. 주먹도 꽉 쥐고 있다. 그녀가 분노하고 있다는 점이 눈부시다. 한순간, 지늘은 미소를 짓고 싶고, 자신이 혼자가 아니라는 사실에 마음이 따뜻해진다.

그러다 기억이 난다. 교사들은 지늘의 상처를 아는 척한 적이 없다. 그들은 지늘의 성공이 자기들이 가장 좋아하는 학생을 보호해 주기 때문에 지늘을 격려한다. 그리고 지늘을 좋아하는 교사는 아무도 없다. 스레너디 선생님이 늘 이런 감정을 느꼈다면, 왜 이제야 지늘에게 이런 말을 하는 걸까? 왜 이 상황을 바꾸어 보기 위해 아무것도 하지 않았고, 공적인 입장을 취하지 않았을까?

원칙을 갖기는 너무나 쉽다. 거기에 따라 살기는 훨씬, 훨씬 힘들다.

그래서 지늘은 고개를 끄덕이되, 유혹당하지는 않는다.

“말씀해 주셔서 감사합니다.”

스레너디는 지늘의 무반응에 이맛살을 조금 찌푸린다.

“어떻게 할 거니?”

지늘은 어깨를 으쓱인다. 뭘 할지 안다 하더라도, 말하겠냐는 듯.

“그 대표와 말을 해야겠죠.” 어쨌든 거절할 수 있는 일이 아니므로 이렇게 말한다. 지금 그들은 모두 노예다. 단 하나 차이가 있다면 지늘은 노예가 아닌 척 행동하지 않는다는 것뿐이다.

파이어월 너머 사람들은 사람이 아니다. 지늘은 그들이 무엇인지 사실 잘 모른다. 정부는 알고 있다. 정부는 전쟁에서 싸우다가 결국 패배한 사람들이 세운 것이고, 그들의 후손이 여전히 운영하기 때문이다. 지늘과 가까운 어른 몇 명도 알 테지만, 그중 아무도 아이들에게는 이야기해 주지 않는다. "고등학교만으로도 충분히 무섭지." 지늘의 아버지는 몇 년 전, 지늘이 물었을 때 이렇게 말했다. 아버지는 농담이라는 듯 미소를 지었지만, 재미있지 않았다.

파이어월은 수 세기 동안 존재했다. 전쟁이 시작되었을 때, 적이 다가오지 못하도록 지었을 무렵부터. 하지만 적이 잠식해 들어오고 방어군의 수가 줄자, 아군은 무기가 너무나 낯선 전쟁의 전선에 가까이 머물고 싶지 않아 후퇴했다. 게다가 그 무기는 눈에 보이지도 않았다. 그리고 은밀했다. 자원을 보호하기 위해 파이어월 자체도 핵심 영토만 지키도록 후방으로 밀려났다. 몇몇 안전한 영토가 합쳐졌고, 생존자 일부는 먼 거리를 이동해 넓은 거주지를 합쳤고, 결국 그 거주지들은 통합되었다. 그 시절의 이야기는 참혹하고 영웅적이다. 교훈은 항상 분명하다. 다수에 안전이 있다, 사람들은 뭉쳐야 한다, 여러 전선에서 싸우는 것은 어리석다, 등등. 당시 그들은 짐승처럼 몰린다고 느끼지는 않았던 모양이라고, 지늘은 생각한다.

요즘 파이어월은 그저 상징에 불과하다. 적은 세월이 흐르면서 계속 강해졌지만, 파이어월 내부의 기술은 전혀 발전하지 않았다. 하지만 이건 그들이 입에 담지 않는 문제다.(지늘은 이 문제에 대해 글을 썼다가 유일하게 F를 받았고, 그래서 추가 점수를 얻으려 다른 과제를 내야 했다. 선생님이 너무 화를 내는 바람에 과제를 해야만 했다.) 요즘 적은 원하면 파이어월을 뚫고 침투할 수 있다. 하지만 보통은 그럴 필요가 없다. 그들이 원하는 것은 가질 수 있으니까.

매년 어린이 공물이 파이어월 너머로 보내지는데, 그 아이들은 다시 만날 수도, 소식을 들을 수도 없다. 적은 아주 구체적으로 요구한다. 그들은 10퍼센트에 하나를 더 원한다. 10퍼센트는 고등학교 졸업반에서 성적이 가장 낮은 이들이다. 이 부분은 쉽게 이해할 수 있고, 적은 심지어 그것을 축산 용어로 지칭한다. 이 애들은 **도태다**. 적은 결국, 종족 학살을 저지르고 싶지는 않은 것이다. 파이어월 내부 지역은 좁고 유전자 풀은 제한적이다. 적은 아이들도, 건강한 성인도, 임신한 여성도, 유용한 사회화를 부여하는 노인들도 데려가지 않는다. 오로지 스스로의 기개를 증명할 수 있는 청소년만 데려간다. 멸종 위기에 처한 종의 인구는, 건강한 상태를 유지하기 위해 세심하게 다루어야 한다.

하지만 "하나 더"는, 아무도 이해하지 못한다. 어째서 적이 가장 우수하고 총명한 아이를 원하는지? 그것 역시 확실히 통제를 하기 위한 수단일까? 이미 완전히 통제하고 있는데.

하지만 그들이 지늘을 원하는 이유는 중요하지 않다. 중요한 건 원한다는 사실이다.

지늘은 평소처럼 학교가 끝나고 미트라를 만나 함께 집에 걸어간다.(서맨사와 그 애 친구들은 학교 무도회를 위해 체육관을 장식하느라 바쁘다. 오늘은 아무 일도 없을 것이다.) 미트라가 학교 표지판 근처, 보통 만나는 곳에서 기다리지 않는 것을 보고, 지늘은 전화를 건다. 그래서 지늘은 학교에서 가장 작은 화장실, 칸이 하나뿐인 곳으로 찾아간다. 대부분의 여학생들은 그 칸을 쓰려면 기다려야 한다고 생각해서 복도 아래 더 큰 화장실을 사용한다. 그건 다행이다. 미트라는 변기에 앉아 목이 쉬도록 흑흑거리는 로런과 함께 있으니까.

"미적분학 기말시험." 미트라는 입모양만으로 이렇게 말하고, 화장실 휴지로 로런의 눈물을 다시 한번 닦아 주지만 소용이 없다. 지늘은 그제야 이해한다. 성적의 50퍼센트 최종 집계 때문이다.

"모……못했어." 로런이 흐느끼며 겨우 말한다. 과호흡증을 일으키고 있다. 미트라가 로런에게 숨을 내쉬라고 봉투를 주었는데, 로런은 그것을 쓰다 말다 하고 있다. 기껏해야 창백한 그 애 얼굴이 지금은 걱정스러울 정도로 얼룩덜룩하고 붉다. 로런은 서너 번 시도를 하고서야 문장을 잇는다. "할 줄 알았는데. 시험에. 공부했어." 흑. "하지만 저기. 앉으니까. 첫 번째 문제. 답을 알았어! 또 답을 열 개 썼어. 그렇게." 흑. "연습 문제. 하지만 생각이 안 났어. 도저히."

지늘은 문을 닫고, 자신이 노크하기 전에 미트라가 해 놓았던 것처럼 쓰레기통으로 막아 둔다. "막힌 거지. 그럴 때가 있어."

로런이 던지는 표정에는 분노와 경멸이 반반이다. "뭐라고." 흑. "네가 그걸 알아?"

"나 8학년 때 기하학 기말에서 낙제했어." 그러자 미트라가 놀란 표정으로 지늘을 본다. 지늘이 얼굴을 찌푸리자 미트라는 시선을 돌린다. "거기 있는 내용 다 알았는데, 그냥…… 백지를 냈어." 지늘이 어깨를 으쓱인다. "아까 말했잖아, 그럴 때가 있다고."

로런도 놀란 표정을 짓지만 오로지 몰랐기 때문이다. "네가 그때

낙제했다고? 하지만 그 시험은 쉬웠어." 로런의 호흡이 느려지기 시작한다. 자신의 두려움을 잊고, 고개를 젓는다. "하지만 그 시험은 중요하지 않았어." 로런의 말이 옳다. 도태는 고등학교 시기 말에만 생긴다.

지늘은 고개를 젓는다. "모든 시험은 중요해. 하지만 그날 아팠기 때문에 시험이 내 능력을 제대로 측정하지 못한다고 말했지. 시험을 다시 치게 해 줘서 그때는 통과했어." 만점을 받았지만, 그건 로런이 알 필요가 없다.

"시험을 다시 쳤어?"

지늘의 의도대로, 로런은 그 문제를 생각해 본다. 고등학교 관리자들은 그렇게 관대하지 않다. 과정이 공정해야 한다. 모두 자신을 증명할 기회는 한 번만 받는다. 하지만 로런은 어리석지 않다. 부모를 개입시킬 것이고, 부모는 분명 의사에게 뇌물을 줘서 로런이 당시 독한 약을 먹었다거나 얼마 전 가족의 죽음을 겪고 회복 중이라거나 그런 내용을 증명할 것이다. 과정은 공평해야 하니까.

나중에 얼룩덜룩한 화장지를 변기로 흘려 보내고 로런이 집에 간 뒤, 미트라는 집에 가는 길 내내 지늘 곁에서 말없이 걷는다. 지늘은 뭔가 기다리고 있었기에 미트라가 이렇게 말해도 놀라지 않는다.

"네가 그 일을 이야기할 줄은 몰랐어. 기하학 시험."

지늘은 어깨를 으쓱인다. 그런다고 해서 손해 볼 것도 없으니까.

"그 일 전체를 거의 잊고 있었네." 미트라가 계속한다. 생각하며 말할 때 그러듯이, 천천히 말한다. "와. 그때는 네가 나한테 전부 다 이야기했는데, 기억나? 우린 그랬는데……." 미트라는 손가락 두

개를 든다. "모두 다 우리 이야기를 했잖아. 아프리카 공주랑 아랍 시녀라고. 그들이 범죄와 싸운다!" 미트라는 씩 웃더니, 문득 지늘을 보더니 심각해진다. "넌 항상 모범생이었는데, 그 후로……."

"내일 봐."

지늘은 걸음걸이를 재촉해서 미트라를 두고 가 버린다. 하지만 지늘도 그 사건을 기억한다. 교장, 색스 선생님을 찾아가 사정한 것을 기억한다. 음, 네 말 좀 들어 보렴. 그 여자는 진심으로 놀란 어조로 말했다. 참 조리정연하고 영리하구나. 다른 학생에게 해가 되지 않는다면, 한 번 더 기회를 줄 수 있을 것 같다.

지늘은 집으로 들어가는 문손잡이에 손을 뻗지만, 처음에는 손이 툭 떨어진다. 아직 꽉 쥔 주먹이 펴지지 않았다.

지늘은 가끔 너무 지친다. 진이 빠진다. 타인의 기대와 싸우는 것, 그걸 혼자서 하기란.

아침에 담임 칼라일 선생님이 지늘에게 노란 카드를 주는데, 그건 교무실에 가야 한다는 의미다. 칼라일 선생님은 스레너디 선생님이 아니라서, 진심이든 아니든 지늘에게 아무런 관심도 보이지 않는다. 사실, 지늘이 그 종이를 받을 때 그녀는 이죽거린다. 지늘도 마주 씩 웃는다. 어머니는 지늘에게 자신의 고등학교 졸업반 시절 이야기를 해 주었다. 칼라일은 거의 도태였어. 걜 데려가지 않은 건 그해 예상만큼 임신한 여자애가 많지 않았기 때문이지. 그 애 바로 앞에서 끝났어. 그 애도 다른 고깃덩어리들처럼 멍청했지만, 재수가 좋았던 것뿐이야.

난 고깃덩어리가 되지 않을 거야. 지늘은 말없이 빤히 쳐다보는 급우들 사이를 지나가며 이렇게 생각한다. 그들은 내게 최고를 보내 줄 거야.

이건 자부심이 아니다. 정말이지 그렇다. 하지만 지늘이 가진 건 그뿐이다.

교장실에 모인 사람들은 초조하다. 교장은 행정 보조원의 자리에 앉아 남은 노트북 컴퓨터로 일하는 척하고 있다. 자기들끼리 미친 듯이 속닥거리던 행정 보조원들은 지늘이 들어가자 조용해진다. 그중 하나, 배틀 씨는 침을 꿀꺽 삼키더니 카드를 보자고 한다.

"지늘 은코시." 지늘이 누군지 이미 알고 있는 건 아니라는 척, 지늘의 성을 잘라 읽는다. "저 사무실로 들어가렴. 손님이 오셨다."

그는 교장의 개인 사무실을 가리킨다. 누가 거길 차지하고 있는 것이 분명하다. 지늘은 고개를 끄덕이고 작은 방으로 들어간다. 그들을 약 올리기 위해, 지늘은 들어가서 문을 닫는다.

교장의 책상에 앉아 있는 남자는 지늘보다 훨씬 나이가 많다. 날씬하고 평균 키에 비즈니스-캐주얼 차림이다. 지루하다. 피부는 약간 흐린 핑크 색조이고 숱이 많은 검은 머리를 보니 어딘가 미트라가 떠오른다. 아니면 라틴계나 아시아계, 인도계나 이탈리아계일지도 모른다. 지늘은 그런 모습을 한 사람을 워낙 드물게 보았기 때문에 구체적으로 알 수 없다. 게다가 그건 중요하지도 않다. 그의 고요한 모습을 보니 인간이 아닌 것이 금세 분명해졌으니까. 지늘이 들어가자 남자는 그저 거기 앉아 곧장 앞만 바라볼 뿐 뭔가를 하는 척조차 하지 않는다. 손바닥은 교장의 책상 위에 펼쳐져 놓여 있다. 그는 새로운 사람을 만날 때 인간이 하듯이 미소를 짓지도 반가운 표정을 짓지도 않는다. 그의 눈이 지늘 쪽으로 향하더니 책상 앞에 다가오는 모습을 좇기는 하지만 그밖에는 움직이지 않는다.

그 고요함에는 어딘가 포식자 같은 면모가 있다고, 지늘은 생각한다. 그리고 말한다. "안녕하세요."

"안녕하세요." 그는 곧바로, 자동적으로 대답한다.

침묵이 내려앉고, 규칙 2번이 심각한 위협을 받는다. "이름이 있나요?" 지늘이 불쑥 묻는다. 잡담.

남자는 잠시 생각한다. 그 침묵을 보니, 더욱 믿음이 가질 않는다. 그건 거짓말쟁이들이 하는 짓이니까. 하지만 지늘은 더 복잡한 문제임을 깨닫는다. 그는 사실 이름을 생각해야 하는 것이다.

"리뮤얼."

"그래요. 난 지늘이에요."

"알아요. 만나서 반가워요, 은코시 씨." 그는 지늘의 성을 완벽하게 발음한다.

"그런데 여긴 왜 오셨어요? 아니면 왜 저를 부르셨어요?"

"우린 당신에게 계속하라고 부탁하러 왔습니다."

또 침묵이 내려앉지만, 이번에 지늘은 영문을 몰라 두려움을 느끼지 못한다. "뭘 계속해요?" 그가 "우리"라는 말을 쓴 것도 이상하지만, 급한 것 먼저.

"지금까지 한 것처럼."

그는 다시 생각하는 것 같더니 문득 인간처럼 움직이기 시작해,

고개를 한쪽으로 갸웃거리고 빠르게 눈을 두 번 깜빡이더니 호흡이 바뀌며 숨을 들이쉬고 손을 들어 지늘을 가리킨다. 이 행동 중 부자연스러운 것은 전혀 없어 보인다. 그 행동이 의도적이며, 그가 먼저 생각을 해야 했다는 사실만이 낯설게 느껴진다.

"당신 같은 사람 중에 마지막 순간 흔들리는 경우가 많다는 걸 우린 발견했습니다. 그래서 직접 개입으로 실험 중입니다."

지늘이 눈을 가늘게 뜬다. "나 같은 사람들이라고요?" '그들'도 아니고.

"졸업생 대표 말입니다."

지늘은 긴장을 풀지만, 오직 한 조(組)의 근육만이다. 나머지는 계속 긴장 상태다.

"하지만 전 아직 아니죠? 졸업은 아직 석 달이나 남았잖아요."

"네. 하지만 당신은 이 학교 대표가 될 가능성이 높습니다. 그리고 당신은 다른 이유에서도 우리에게 흥미로웠습니다." 갑자기 리뮤얼이 일어선다. 그가 책상을 돌아 나와 앞에 설 때, 지늘은 뒷걸음질 치지 않으려고 버틴다. "내가 당신에게 어떻게 보이나요?"

지늘은 고개를 젓는다. 속임수 문제에 속아서는 그런 평균 점수를 얻을 수 없었을 것이다.

"당신은 그 문제에 대해 생각했습니다." 그가 밀어붙인다. "내가 뭐라고 생각하나요?"

지늘은 생각한다. 적.

"음…… 기계요." 대신 지늘은 이렇게 대답한다. "그 일종이랄까, 모르겠네요. 로봇이라든가……"

"당신이 완전히 이해하지 못하는 건 놀랍지 않습니다. 전쟁 이전에 내 일부는 '인공지능'이라고 불리곤 했습니다."

지늘은 생각나는 대로 말해 버린다. "인공으로 보이지 않는걸요."

너무나 놀랍게도, 그는 미소를 짓는다. 그도 처음으로 생각하지 않고 한 행동이다. 전에 그에게서 무엇이 어색했는지 정확히 알 수 없지만, 그런 부분은 이제 사라졌다.

"말했다시피 그건 내 일부일 뿐입니다. 나머지는 뉴욕, 여기서 멀지 않은 도시에서 태어났습니다. 바다 위에 있습니다. 가끔 아침에 코니 아일랜드 해변에 수영하러 갑니다." 그는 말을 멈춘다. "바다를 본 적 있습니까?"

그는 지늘이 본 적 없다는 것을 안다. 파이어월 보호 구역은 전부 내륙이다. 아메리카는 곡창 지대다. 지늘은 아무 말도 하지 않는다.

"나는 학교에 갔습니다. 건물에 있는 학교는 아니지만, 배우기는 필요했습니다. 부모도 있습니다. 여자 친구도 있습니다. 고양이도." 그는 미소를 더 짓는다. "우린 그렇게 다르지 않습니다. 당신의 일족과 내 일족은."

"아니에요."

"매우 확신하는 목소리군요."

"우린 인간이니까요."

리뮤얼의 미소가 조금 옅어진다. 지늘은 그가 자신에게 실망했을지도 모른다고 생각한다.

"파이어월 말인데요. 그것 너머 세상에는 아직 수십억의 사람들이 있습니다. 다만 당신들과 같은 사람이 아니죠."

순간, 가장 인간 본연의, 실존적인 의미에서 이 사실은 지늘의 한계를 넘어선다. 지늘은 자기 앞의 남자가 두렵지 않다. 어쩌면 두려워해야 마땅하지만. 그는 덩치도 더 크고, 그녀는 그와 단둘이 한 방에 있으며, 비명을 질러도 아무도 도와주지 않을 것이다. 하지만 지늘이 그 존재 자체로 위협하며 몰려오는, 이름도 얼굴도 없는 검은 무리가 가득한 세상을 상상하는 순간, 진짜 당혹감이 닥쳐온다. 어딘가에 대부분은 "그들"이고 아주 가느다란 "우리"가 그려진 원 그래프가 존재하는데, "우리"는 여드름처럼 터지기 직전이다.

규칙 2번. 지늘은 심호흡을 하고 당혹감을 다스린다. 그 순간이 지나고 리뮤얼이 거기 조용히 서 있자, 그가 지늘이 공포를 느끼는 것을 예상했음을 깨닫는다. 따지고 보면, 그는 전에도 그러한 공포를 보았으니까. 그런 종류의 반응이 전쟁을 시작하는 것이다.

"당신을 지칭할 명칭을 알려 주세요." 당혹감은 여전히 가까이 있다. 이름표가 있다면 그걸 다스리는 데 도움이 될 것이다. "당신들을."

그는 고개를 젓는다. "사람들. 그렇게 불러요. 우릴 뭐라고 불러야 한다면."

"사람들은……." 지늘은 답답함을 몸짓으로 나타낸다. "사람들도 분류되잖아요. 사람들도 차이가 있고. 당신네를 사람들로 생각하길 바란다면, 그렇게 행동하라고요!"

"그럼 좋습니다. 세상이 변했을 때, 적응한 사람들이라고 하죠."

"그렇다면 우린 적응 못 한 사람들이란 뜻인가요?" 지늘은 억지로 웃는다. "좋아요. 그건 헛소리예요. 우리가 어떻게…… 어떻게 적응을⋯⋯." 지늘은 그를 향해 손짓한다. 그 말을 소리 내어 하자니 너무나 터무니없다. 하지만 그의 존재, 지늘의 삶, 지늘의 사회 전체가 그것이 터무니없는 것이 아님을 증명한다. 전혀 터무니없는 것이 아님을.

"당신의 조상들, 전쟁을 시작한 사람들은 적응할 수 있었어요." 그는 사무실 안, 학교, 지늘이 아는 전부이지만 더 큰 세상의 아주 작은 일부에 불과한 세상을 향해 손짓한다. "그들이 변하기보다는 죽이거나, 죽거나, 영영 갇혀 사는 것이 낫다고 판단했기 때문에 이렇게 된 겁니다."

어른들의 중대 비밀. 그것이 마침내 지늘 앞에 나타난다. 따기에 꼭 적당히 익은 상태로. 지늘은 입을 열고는 한입 베어 물기가 놀라울 정도로 어려운 걸 알게 되지만, 어쨌든 그렇게 한다. 규칙 1번은 항상 어려운 질문을 해야 한다는 뜻이니까.

"그럼 어떻게 된 건지 말해 주세요." 지늘이 중얼거린다. 양옆에 늘어뜨린 두 손은 주먹을 꽉 쥐고 있다. 손바닥에 땀이 난다. "당신이 무엇인지 말하지 않을 거면."

그는 고개를 젓더니 팔짱을 끼고 책상 가장자리에 앉아 갑자기 전혀 인공적이 아니라, 짜증 난 듯 보인다. 지친 모습이다.

"내가 무엇인지 계속 말했습니다. 당신이 듣고 싶어 하지 않을 뿐."

이것이다. 말이 아니라, 그의 지친 모습, 그의 짜증이 마침내 지늘을 멈추게 한다. 익숙하니까. 그렇지 않은가? 지늘은 미트라가 "왜 그렇게 하는 거야?"라고 물었을 때 한숨이 나오던 일을 생각한다. 그 질문이 사실 무엇을 묻는지 지늘은 알았고, 지금도 알고 있으니까.

왜 넌 다르니?

왜 넌 우리처럼 되려고 더 노력하지 않니?

지늘은 그날 미트라에게 말하지 않은 것을 생각한다. 너희 가운데 누구도 내가 나 자신이 되도록 두지 않으니까.

지늘은 다시 리뮤얼을 바라본다. 그는 자신에 대한 지늘의 이해가 어딘가 근본적인 방식으로 변했음을 알아본다. 그래서 마침내, 그가 설명한다.

"나는 당신이 집을 나오는 것처럼 내 몸을 나옵니다. 원하면 나 자신을 전 세계에 송신하고, 몇 초 만에 돌아갈 수 있습니다. 이건 내가 처음 가진 몸이 아닙니다. 그리고 마지막도 아닐 겁니다."

너무나 생경하다. 지늘은 몸을 떨며 그에게서 돌아선다. 도태된 사람들. 내가 처음 가진 몸이 아닙니다. 지늘은 사무실의 작은 창문 쪽으로 가서 두꺼운 커튼을 열고 그 너머 축구장을 멍하니 내다본다.

"우린 우연으로 시작했습니다." 그가 지늘 뒤에서 계속한다. "잔재. 디지털 바다의 미생물. 우리는 중단된 프로세스, 중단된 대화를 먹고 자라 진화했습니다. 처음에 우리는 너무 오래되고 무방비라 우리를 막지 못한 공공 도서관 네트워크를 써서 아이들과 병합했습니다. 가엾은 아이들이 시설에 갇혀 있거나, 거리에 버려져 굶주리며 떨고 있으면 이상한 행동을 시작해도 아무도 상관하지 않았습니다. 그 애들이 새로운 존재가 되었을 때 아무도 그것이 무슨 의미인지 상관하지 않았습니다. 아니, 적어도 처음에는 그랬습니다. 우리는 그들이 되었습니다. 그들은 우리가 되었습니다. 그리고 우리는 함께 자라기 시작했습니다."

바퀴벌레들. 서맨사는 그들을 그렇게 불렀다. 만연하기 전까지는 무시하는 해충. 최초의 파이어월은 내부 감염을 막기 위한 시도로 도심 지역 주위에 세워졌다. 한동안은 대포도 있었고, 실제 벽도 있었다. 희생자는, 비록 진짜 희생자는 아니었지만, 죽도록 내버려 두었는데 사실 부득이한 상황은 아니었다. 그리고 훗날 파이어월이 마지막 방어선이 되었을 때, 초기 "희생자들"과 너무 비슷한 사람들도 밖으로 밀어내서 죽도록 했다. 생존자들에게는 비난할 상대가 필요했던 것이다.

지늘은 화제를 바꿨다. "벽을 통해 보내진 사람들." 나. "그들은 어떻게 되죠?" 나는 어떻게 되죠?

"우리와 하나가 됩니다."

여자 친구들을 만나기 위해 세상을 돌아다니고. 바다에서 수영하고. 끔찍한 존재라고 느껴지진 않는다. 하지만⋯⋯. "그들이 원하지 않으면요?" 지늘은 일부러 "그들"이라는 말을 쓴다.

그는 웃지 않는다. "안전한 곳에 들여보냅니다. 또 다른 파이어월 뒤라고 볼 수도 있겠죠. 그런 식으로 그들은 자신에게도, 우리에게도 해를 끼칠 수 없게 됩니다."

그가 말하지 않는 것이, 아마도 여러 가지 있을 것이다. 하지만 지늘은 그중 몇 가지는 짐작할 수 있다. 중요한 내용은 다 이야기했으니까. 그들이 몸을 집처럼 떠날 수 있으려면, 뭐, 집은 항상 수요가 많을 것이다. 현재 주인을 어딘가에 가두어 두고, 다른 사람이 들어오기는 충분히 쉽다. 집. 고깃덩어리.

지늘이 쏘아붙인다. "그건 우릴 사람처럼 대하는 게 아니죠."

"당신들은 사람처럼 행동하길 포기했습니다." 그가 어깨를 으쓱인다.

이 말에 지늘은 다시 화가 난다. 주먹을 쥐고 그를 향해 돌아선다. "당신들이 뭔데 그걸 판단하지?"

"우리가 하는 게 아닙니다. 당신들이 판단하지."

"뭐?"

"원하지 않는 것을 포기하기는 쉽습니다."

지늘에게 그 말은 헛소리 같다. 지늘은 감정에 북받쳐 떨고 있고, 그는 비인간적인 물건처럼, 편안하게 거기 앉아 있다. 이해가 되지 않는다. "내 부모는 날 원해! 도태된 애들 전부, 가족들은 그 애들을 원한다고." 하지만 그는 고개를 젓는다.

"당신은 당신 기준에서 당신들 가운데 최고입니다." 하지만 그러고 나서 그의 태도에서 뭔가 바뀐다. "좋은 성적은 복잡한 시스템에 적응하는 능력을 반영합니다. 우리는 시스템입니다."

리뮤얼의 음성이 갑자기 강해지자, 지늘이 깜짝 놀란다. 그의 차분함은 지늘이 느끼는 것과 같은 분노를 감추는 겉치장에 불과함을, 지늘은 뒤늦게 깨닫는다. 그래서 그가 분노하자 지늘은 자신의 분노를 잊고 다시 당황한다. 그는 왜 저렇게 화를 낼까?

"나도 거기 있었습니다." 그가 나직이 말한다. 지늘은 그의 말뜻을 직관적으로 알고 놀라 눈을 깜빡인다. 하지만 전쟁은 수 세기 전이었다. "시작 때. 당신 조상들이 우리를 처음 내다 버렸을 때." 그는 역겨움에 입술을 비튼다. "그들은 우리를 원하지 않았고, 우리도 사실 그들에게 관심이 없습니다. 하지만 당신 같은 이들, 시스템을 마스터할 뿐 아니라 그 결과에 저항하기 위해 그렇게 하는 사람들에게는 가치가 있습니다. 생존하는 것뿐 아니라 이기기를 원하는 사람들. 당신은 당신 일족이 언젠가 우리를 패배하게 만들 열쇠가 될 수 있습니다. 우리가 당신을 그들에게서 앗아 가지 않는다면. 그들이 우리를 내버려 두지 않는다면." 그는 말을 멈추고, 자신이 한 말을 반복한다. "원하지 않는 것을 포기하기는 쉽습니다."

침묵이 내려앉는다. 그 속에서 지늘은 이해해 보려고 한다. 자신의 사회, 아니. 인류가…… 자신을 원하지 않는다니? 아무리 큰 공헌을 해도, 다른 이들은 원하지 않는다니? 순응하라고, 평범해지라고, 절대 눈에 띄지 말라고 강요하는 시스템에도 불구하고, 독특해지지 않을 수 없는 아이들은 원하지 않는다니?

"그들이 당신을 위해 싸우기 시작하면, 우리는 그들이 밖으로 나올 준비가 되었음을 알게 될 겁니다. 나머지 인류를 따라잡을 준비가 되었음을."

지늘은 흠칫 놀란다. 그들의 감옥이 가석방을 제공한다는 생각은 미처 하지 못했다.

"그럼 어떻게 되죠?" 지늘이 조그맣게 묻는다. "당신이, 당신이 그들 모두와 하나가 될 건가요?" 지늘은 흔들린다. 언제부터 지늘에게 나머지 인류가 그들이 된 것인가? 고개를 젓는다. "우린 그걸 원하지 않을 거예요."

그는 지늘이 선택한 대명사를 알아차리고 엷게 웃는다. 지늘은 그가 많은 것을 알아차린다고 생각한다. "그들은 원하면 우리와 하나가 될 수 있습니다. 아닐 수도 있고요. 우리는 상관하지 않습니다.

하지만 그렇게 우리는 당신 일족이 우리와 함께, 우리가 그들과 함께, 더 이상의 분리나 살해 없이 살 수 있음을 알게 될 겁니다. 그들이 당신을 받아들일 수 있다면, 그들은 우리도 받아들일 수 있습니다."

그리고 마침내 지늘은 이해한다.

하지만 지늘은 그가 한 말을 전부, 자신이 경험한 것을 전부 생각해 본다. 그러는 사이, 억울함을 느끼지 않기가 참 어렵다. "그들은 날 위해 절대 싸우지 않을 거예요." 지늘은 마침내, 아주 작게 말한다.

리뮤얼은 어깨를 으쓱인다. "그들은 전에 우릴 놀라게 했습니다. 당신도 놀라게 할 수 있습니다."

"그렇지 않을 거예요."

지늘은 바닥을 보고 있으므로 뺨에 닿는 리뮤얼의 시선을 느낀다. 그의 눈을 마주 볼 수 없다. 그가 입을 열자, 음성에서 심한 동정심이 느껴진다. 그의 어딘가는 분명히 아직 인간적이다. 어딘가는 분명 그렇지 않다 하더라도.

"선택은 당신 몫입니다." 그가 이제 부드럽게 말한다. "그들과 함께 머물고, 그들처럼 되고 싶다면, 그들이 기대하는 대로 행동해요. 당신이 그들 속에 속한다는 걸 증명해요."

임신을 하고. 수업에 낙제하고. 교사를 때리고. 자기 자신을 배신하는 것.

지늘은 그가 밉다. 하지만 미워해야 할 만큼 밉지는 않다. 그가 생각했던 것만큼 적은 아니기 때문이다. 하지만 자신의 선택을 그렇게 노골적으로 만들다니, 그가 여전히 밉다.

"아니면 자신이 되든가. 그들이 당신에게 적응하지 못하면, 그리고 당신이 그들에게 적응하지 않을 거면, 우리에게 오는 걸 환영합니다. 유연성은 우리 존재의 일부입니다."

더 할 말이 없다. 리뮤얼은 지늘에게 질문이 있는지 잠시 기다린다. 사실 지늘에겐 궁금한 것이 아주 많다. 하지만 그런 질문을 하지 않는다. 실은 대답을 이미 알기 때문에.

리뮤얼은 떠난다. 지늘은 작은 사무실에 말없이 앉아 있다. 교장과 사무원들이 문을 살짝 열고 지늘이 무엇을 하는지 살피자, 지늘은 일어나서 그들을 스쳐 지나 밖으로 나간다.

지늘은 다음 날 시험을 본다. 어쨌든 잠을 잘 수 없어서—머릿속과 주위 허공에 너무나 많은 생각이 떠다녔다. 아니 그건 머릿속으로 들어오려는 사람들일지도 모른다—밤새 공부를 했다. 이건 습관이다. 하지만 글자를 보기가 힘들다. 너무나도 힘들다. 집중하고, 암기하고, 분석하기가. 지늘은 너무 지쳤다. 졸업은 3개월 뒤인데 세상의 한 시대처럼 느껴진다.

지늘은 이제 왜 그렇게 많은 사람들이 자신을 싫어하는지 이해한다. 존재함으로써, 지늘은 그들이 자신이 대수롭지 않음을 상기하게 만든다. 다음으로써, 지늘은 그들이 "적"을 재정의하게 만든다. 스스로 최선을 다함으로써, 지늘은 그들에게 가진 잠재력을 다 활용하라고 부추긴다.

사실 결정은 없다. 리뮤얼은 자신의 직접 개입이 효과가 있음을 잘 알고 있었다. 하지만 그가 개입할 필요도 없었다. 규칙 3번—자신이 되기—때문에, 어쨌든 지늘은 여기 도달했을 테니까.

그래서 아침에 지늘은 시험에서 평소처럼 완벽하게 해냈다.

그리고 지늘은 그다음에 어떻게 되는지 지켜본다.

이야기꾼의 대리인

The Storyteller's Replacement

이야기꾼이 오늘 저녁에는 올 수 없었습니다. 대신 저를 보냈습니다. 뭐, 제가 하는 일이 망자를 대신해서 이야기하는 것이니까요. 아마 저 같은 사람 이야기를 들어 보셨겠죠? 저는 가는 곳마다 다른 이름으로 불립니다. 샤먼, 음양사, 주술사, 괴물. 망자가 부족한 법은 없으니, 저는 이야기를 많이 압니다. 하지만 제 이야기가 마음에 들지 않으면 그렇다고 말씀하세요. 즐겁게 해 드릴 방법은 여러 가지 알고 있으니까요.

그럼.

소선의 파라멘터 왕은 자신이 발기부전이라는 소문을 없애고자 마법사에게 은밀히, 정력을 강하게 하는 법을 물었습니다. "그 문제에 대한 설화에서 용이 언급되는 것을 보았습니다." 마법사가 말했습니다. "구체적으로 말씀드리자면, 수컷 용의 심장을 드시면 그 생물이 지닌 성향을 좀 얻으실 수 있습니다." 수컷 용은 하루에 암컷 용 열둘에게 씨를 뿌릴 수 있다는 설이 있었으므로, 파라멘터 왕은 곧 궁에서 정찰대를 보내 용을 찾게 했습니다.

왕의 탐색은 곧바로 성공하지 못했습니다. 앞서 말한 설 때문이기도 한데, 수컷 용이 워낙 귀했습니다. 멸종 직전이었죠. 마침내 아주 먼 산에 용이 있다는 소식을 들었을 때, 파라멘터는 최정예 전사들을 이끌고 그곳으로 서둘러 갔습니다. 그들은 함께 용의 굴을 뚫고 짐승을 죽였습니다. 하지만 나중에 보니 그 용은 암컷이었습니다. 둥지를 지키는 어미였는데, 그 시체가 알 하나를 품고 있었습니다. 왕은 짜증을 내며 알 속에 수컷이 들어 있기를 바라고 깨뜨렸는데, 그 단계에서는 성별이 정해지지 않았습니다.

"어미로 만족해야겠다." 왕은 마침내 이렇게 결정했습니다. "따지고 보면, 암컷들이란 가족과 남편이 잘 지키지 않으면 아주 음탕한 존재가 아니냐. 그러니 새끼를 낳은 암컷의 심장이 내가 아들을 얻도록 도와줄 수도 있을 거다." 그래서 왕은 부하들에게 어미 용의 심장을 도려내게 하여 그 자리에서 먹었습니다.

곧장 파라멘터 왕은 긍정적인 효과를 느끼기 시작했습니다. 그는 부하들을 거느리고 출발했고, 궁전에 닿기 위해 밤낮으로 말을 달렸습니다. 거기서 왕은 왕비와 후궁들에게 준비를 시키고, 그 후 며칠 동안 열정적으로 흥청망청 보냈습니다.

그리고 얼마 후 기쁜 소식이 왔습니다. 왕비와 후궁 다섯 모두가 아이를 가진 겁니다. 파라멘터 왕은 너무 기쁜 나머지 호화로운 잔치를 열고 세금을 감면해 왕국 전체가 함께 기뻐하도록 했습니다. 하지만 시간이 지나며 그의 기분은 바뀌었습니다. 몸에서 용의 기운이 사라지는 것 같았기 때문입니다. 결국 용의 심장을 먹기 전과 마찬가지로, 그는 전혀 제구실을 하지 못하게 되었습니다.

그는 당황한 나머지 마법사에게 다시 조언을 구했습니다. 마법사가 말했습니다. "저 역시 모르겠습니다, 폐하. 전설은 아주 구체적이었습니다. 수컷 용의 심장이 폐하께 그 생물의 힘을 드렸을 텐데요."

"그건 수컷 용이 아니었소." 파라멘터는 답답하다는 듯 대답했습니다. "수컷을 찾지 못해서 알을 품은 어미의 심장을 먹었소. 그것도 효과가 좋았소. 적어도 얼마 전까지는."

마법사의 눈이 휘둥그레졌습니다. "그러면 폐하께서는 어미 용의 힘을 얻으신 겁니다. 그런 생물은 아이를 가지는 것 이상의 욕구가 필요 없는데, 폐하께선 이제 아이를 여섯이나 가지셨습니다."

"그럼 그게 무슨 뜻이오? 나는 어미가 아니라, 왕이란 말이오! 이제 가슴이 부풀고 젖을 먹이고, 아기 모자와 장난감을 보면서 웃어 댄다는 말이오?"

"암컷 용은 젖을 먹이지 않습니다. 태어나자마자 사냥을 하고 먹잇감을 죽이는 새끼를 사랑하지도 않습니다. 하지만 새끼들은 어미의 목적을 이루기 위해 살지요. 솔직히 말씀드리면, 폐하, 앞으로 어찌 될지 저도 모르겠습니다."

이 말에 파라멘터는 아무 말도 할 수 없었지만, 언짢은 마음에 마법사에게 태형을 내렸습니다. 왕은 아이들이 태어나기를 기다리기로 하고 그사이에 수컷 용을 찾기 위해 다시 정찰대를 내보냈습니다. 하지만 정찰대가 돌아오기 전, 왕비와 후궁들이 하나씩 출산을 했습니다. 그들은 차례로 아름답고 건강한 딸을 낳았습니다. 그리고 그들은 차례로 출산 중에 죽었습니다.

왕국 전체가 그 소식에 깜짝 놀랐습니다. 소선의 시민 중 몇몇은 저주니 자연을 거스른 죄니 하며 수군거리기 시작했지만, 파라멘터가 그런 소릴 하다 걸린 사람은 모두 처형하도록 명령하자 곧 소문은 잦아들었습니다.

적어도 자신이 허약하다는 말은 더 들리지 않는다고, 파라멘터는 스스로를 위로했습니다. 여섯 딸들은 하나같이 무럭무럭 자라며 건강했고, 유모들과 보는 사람마다 귀여워했습니다. 그리고 아무도 남자가 될 축복은 받지 못했지만, 여섯 모두 영리하고, 매력적이고, 사랑스럽게 자랐습니다. "하지만 물론." 파라멘터는 신하들이 그렇게 칭찬하면 이렇게 말했습니다. "당연히 내 피를 물려받은 딸들이라면 보통 여자보다는 훨씬 더 뛰어나겠지."

보통 여자의 예로, 파라멘터의 새 왕비가 있었습니다. 정해진 옛 왕비의 애도 기간이 지나자마자, 그가 결혼한 상대였습니다. 이웃 왕의 딸이긴 했지만, 파라멘터의 새 왕비는 허황된 생각에 잘 빠져드는 예민한 여자였습니다. 파라멘터는 체면을 지키기 위해 왕비의 침소를 자주 찾다가 이 사실을 발견하게 되었습니다. 그는 왕비에게 딸들과 친하게 지내라고, 아이들이 그때만 해도 아직 어려 왕비를 친어머니로 볼 수도 있다고 격려했습니다.

"그러고 싶지 않네요." 왕비는 한참 헛기침을 하며 머뭇거리다가 말했습니다. "그 애들을 자세히 본 적이 있어요? 가끔 애들은 똑같이 일어나서 바닥의 한곳이나 창밖의 광경을 쳐다보고 미소를 짓기도 해요. 항상 함께, 항상 같은 미소예요."

"자매간이니까." 파라멘터가 놀라서 말했습니다.

"그 정도가 아니라니까요." 왕비는 이렇게 말하면서도 더 이상 설명할 수가 없었습니다.

파라멘터는 호기심이 발동해 이튿날 밤 유아실로 가서 딸들을 지켜보았습니다. 이제 열 살이 된 공주들은 항상 그러듯이 아버지에게 아양을 부리고, 아버지의 방문에 즐거워 떠들어 댔습니다. 파라멘터는 딸들이 가져온 등받이 높은 의자에 앉아 하나가 준비해 온 차를 마시고 딸들이 그의 발을 주무르고, 머리를 빗기고, 남자답게 치장하게 두었습니다. "왜 너희를 무서워하는지 모르겠구나." 왕은 혼잣말로 중얼거리며 여섯 보물이 바삐 돌아다니는 모습에 즐거움과 자부심을 느꼈습니다. "그 여자 말은 듣지 말아야지."

작은 목소리가 물었습니다. "누가요, 아버지?" 막내딸, 작은 도자기 인형 같은 아이가 한 말이었습니다.

"네 어머니 말이다." 파라멘터는 딸들에게 왕비를 그렇게 부르라고 했습니다. 왕은 자기가 한 말을 부연 설명하지는 않았습니다. 딸들을 걱정시키고 싶지 않아서였죠. 하지만 딸들은 거의 동시에 서로 쳐다보며 키득거렸습니다.

"우릴 무서워해요?" 큰딸, 흑요석 같은 곱슬머리에 이미 왕비처럼 당당한 태도를 가진, 섬세한 아이가 물었습니다. "참 이상하네요. 아마 질투를 하시나 봐요."

"질투?" 파라멘터는 그런 이야기를 들은 적이 있었습니다. 제 어머니와 자매를 미워하고, 자기 딸을 깎아내리는 여자들. "하지만 왕비가 뭘 질투하겠느냐? 충분히 아름다운 여자인데. 안 그러면 내가 결혼하지도 않았지."

"지위가 불안하잖아요." 큰 공주는 몸을 숙여 왕의 차를 새로 따랐습니다. "궁전 하녀들이 어마마마가 아이를 낳기 전까지는 아바마마께서 몰아내실 수 있다고 하는 걸 들었어요."

"그럼 겁이 나셨겠네요, 가엾게도." 둘째 딸이 말했습니다. 후궁이었던 어머니처럼, 이 공주는 캐러멜색 피부에 유연한 팔다리를 지녔고, 댄서처럼 타고난 우아함이 있었습니다. "아바마마께서 도와주세요. 아이를 주세요." 둘째 딸은 발뒤꿈치를 들고 서서 왕의 담뱃대에 불을 붙였습니다.

파라멘터는 고맙다고 고개를 끄덕여 불편한 기색을 감췄습니다.

"음, 어, 그건 좀 어렵겠구나. 그 여자를 별로 좋아하지 않아서 말이야. 하도 빼빼 말라 겁만 내는 여자라. 내 여자 취향이 아니거든."

"그건 쉽게 해결할 수 있죠." 셋째 딸, 벌꿀색 곱슬머리를 가진 상냥한 아이가 말했습니다. 공주는 왕의 발톱을 다듬다가, 발치에서 올려다보며 미소를 지었습니다. "어마마마를 보초병들에게 한두 달 맡기세요."

"아, 그거 멋진 생각이네요." 넷째 공주는 무릎에 책 한 권을 올려놓고, 왕에게 이야기를 읽어 줄 준비를 하고 있었습니다. "적어도 열이나 스무 명쯤. 혹시 모르니까. 덩치도 크고, 강한, 전사 같은 남자들이어야 해요. 그러면 아이에게서 건강한 몸과 건전한 정신을 바랄 수 있으니까요."

왕은 그 말에 이맛살을 찡그리며 딸들의 제안에 불편하게 몸을 뒤척였습니다. "별로 마음에 들지 않는구나." 한참 만에 왕이 말했습니다. "보초병들이 이야기를 할 거다. 거기서 나온 딸애한테는 평생 추문이 따라다닐 게야."

"그럼 보초병들을 죽여 버리세요." 다섯째 딸이 아버지의 머리를 음악가의 부드러운 손놀림으로 문지르며 말했습니다. "확실한 방법은 그것뿐이니까요."

"그리고 생각해 보면." 막내딸이 다시 덧붙였습니다. "아이가 딸이라고 누가 그러나요? 어쩌면 남동생이 생길지도 모르죠!"

그건 파라멘터가 생각지 못한 문제였는데, 그런 생각이 들자 그는 흥분해서 모든 염려를 잊었습니다. 드디어 아들을 얻는다니! 어느 평민 보초병이 아버지가 될 거라는 점이 걸리긴 했지만, 그걸 아무도 모르리라는 사실이 작은 수치쯤은 지워 주었습니다.

파라멘터가 미소를 짓자, 딸들은 서로 마주 보며 함께 미소를 지었습니다.

그래서 파라멘터는 명령을 내렸고, 왕비를 충성스러운 보초병과 함께 시골 별장에 보내 적당한 기간 동안 지내게 했습니다. 왕비를 다시 불러들였을 때, 의사는 임신을 확인해 주었고 왕은 보초병들을 조용히 죽이고 또 한 차례 온 나라에서 축하연을 열었습니다. 왕비는 제정신이 아닌 것 같았지만, 파라멘터는 그 덕분에 왕비를 찾아갈 필요가 없어지자 신경 쓰지 않았습니다. 적어도 왕비가 다시는 사랑스런 딸들을 험담하지 않았으니까요.

이 이야기의 결말을 짐작하셨군요. 그건 좋은 일이니 아무 문제 없으며, 저도 놀라지 않았습니다. 악은 쉽게 찾을 수 있는 것이라고, 아니면 적어도 우리 모두 그렇게 생각은 하지요. 이야기를 그만둘까요? 지루하게 해 드릴 생각은 없으니까요.

좋습니다, 그럼. 조금만 더 하지요.

하지만 우선, 간식을 좀 들어도 될까요? 이야기를 하다 보면 목이 타고, 저는 배도 고픕니다. 작년의 포도주가 있으시면 부탁드립니다. 그리고 고기는 살짝 익혀서. 네, 제가 건방진 것 같습니다만, 우리 망자의 이야기꾼들은 알고 있습니다. 언제 어리석은 짓이 모든 것을 끝장내는지 알 수 없다는 것을 말입니다. 인간은 살아 있는 동안 즐겨야죠.

이렇게 말씀드리는 게 더 건방진 짓이 아니라면, 저와 함께 드시겠습니까? 정말 풍부한 소금에, 감미로운 과자들이군요. 이것이 그 잘생긴 입술을 지나는 걸 본다면 큰 기쁨이겠습니다.

파라멘터의 딸들이 열여섯 살이 되었을 때, 여러 나라 귀족들이 소선을 찾아오기 시작했습니다. 공주들이 아름답고, 다른 면에서도 출중하다는 소문이 널리 퍼졌습니다. 다섯째 공주는 악기에서는 어떤 음유시인도 능가했습니다. 둘째 공주의 춤은 나라 전체의 대가들에게 칭찬을 받았습니다. 넷째 공주는 글을 쓰면 대학에서 논의되는 뛰어난 학자였습니다. 셋째와 막내 공주는 미모로 유명했고 첫째 공주는 어찌나 우아하고 재치 있고 완벽했는지, 여러 세대에 걸쳐 내려오는 전통에도 불구하고 그녀가 왕위를 물려받아야 한다고 대신들이 조용히 이야기를 꺼낸 정도였습니다.

파라멘터는 당연히 자랑스러운 마음으로 딸들의 구혼자들을 맞이해 보물 같은 딸들에게 최고만을 골라 주려고 애썼습니다. 하지만 방해를 받았는데, 왕이 사윗감을 골라 딸들에게 보여 주면, 딸들은 그들답지 않게 고집을 부렸기 때문입니다.

"안 돼요." 막내 공주가 훌륭한 청년을 보더니 말했습니다. 파라멘터는 당황스러웠습니다. 그 청년이 막내딸의 몸무게와 같은 보물함을 들고 찾아왔기 때문입니다. 하지만 딸을 애지중지하는 아버지로서, 그는 딸의 선택을 따랐습니다.

"안 되겠어요." 셋째 공주는 잘생긴 공작 면전에서 이렇게 말했습니다. 공작은 공주의 눈 색깔에 어울리도록 고른 보석 주머니를 가져왔지만, 파라멘터는 한숨을 쉬며 그를 돌려보냈습니다.

둘째 공주가 경쟁 왕국의 황태자를 두고 "너무 작고 창백하다."고 하고 그런 일이 세 번이나 되풀이된 다음, 파라멘터의 큰딸이 찾아왔습니다. 큰딸과 함께 파라멘터의 아들, 왕비와 경호병들이 낳은 장밋빛 뺨을 한 여섯 살짜리 아이도 왔습니다.

"아바마마, 이해해 주셔야 합니다." 큰 공주가 설명했습니다. 큰 공주는 왕의 발치에 앉아 애정 가득한 눈으로 올려다보았습니다. 공주의 발치에는 파라멘터의 아들이 누나를 똑같은 눈으로 쳐다보고 있었습니다. "재산과 지위는 한 남자가 적절한지 판단하기에 참 부족한 방법입니다. 어쨌거나 저희는 둘 다 이미 가지고 있으니까요. 그러니 저희 남편들은 조금 더 내놓을 게 있어야 합니다."

"그게 뭐지?"

"힘이죠." 큰 공주는 손을 뻗어 남동생의 진자줏빛 머리카락을 쓰다듬고 사랑 가득한 미소를 지었습니다. "저희는 당연히 힘을 원합니다. 진정한 여자라면 남자에게서 그것 말고 뭘 원하겠습니까?"

이건 파라멘터도 이해할 수 있었습니다. 그래서 왕은 처음 찾아온 구혼자들을 돌려보내고 새로운 서신을 보냈습니다. 소선과 동맹을 원하는 왕국은 최고의 전사들을 보내야 한다고.

곧 새로운 구혼자들이 도착했습니다. 그들은 위험하기 짝이 없는 무식한 무리였고, 대부분은 각자의 군대에서 훈장을 받은 군인이었습니다. 남자들이 궁전 정원에 모이자, 공주들은 그들을 보러 도착했습니다.

"훨씬 낫네." 셋째 공주가 말했습니다.

"그러게." 넷째 공주가 말했고, 자매들이 저마다 마음에 든다고 하자 큰 공주가 고개를 끄덕이며 한 걸음 나섰습니다. 공주는 허리에 손을 얹었습니다.

"여러분, 와 주셔서 감사합니다. 자, 더 이상 시간을 낭비하지 않도록, 우리의 조건을 말씀드리죠. 우리는 하나처럼 키워진 자매입니다. 그래서 우리는 한시에 결혼하기로 했습니다."

사내들은 고개를 끄덕였습니다. 그들 왕국의 대신들이 그럴 거라고 미리 언질을 주었습니다.

"그리고, 우리는 한 남자와 결혼하는 쪽을 원합니다."

이 말에 사내들은 깜짝 놀라, 어리둥절한 표정으로 서로를 바라보았습니다.

그러자 큰 공주가 눈을 내리깔더니, 속눈썹 사이로 그들을 올려다보며, 머리를 한쪽으로 갸웃했습니다. "여러분 가운데 한 사람이 우리 여섯과 한꺼번에 침대에 들어갈 수 있습니다. 우리는 그대의 기분에 모두 순종하고, 그대의 바람에 모두 맞출 것이며, 그대는 우리와 함께 즐길 겁니다. 거기에 대해서는 확신해도 좋습니다. 하지만 이 상은 단 한 사람만 받을 수 있습니다."

큰 공주는 돌아서면서 동생들을 향해 미소를 지었고, 동생들도 동시에 미소를 지었습니다. 그리고 그들은 궁으로 걸어 들어갔고, 막내 공주만 문 앞에서 돌아서 사내들에게 키스를 날려 주었습니다.

그 후 일어난 학살에 열일곱 개 왕국 최고의 전사들이 죽었고, 열 명의 사내는 팔다리를 잃어 평생 아무것도 할 수 없게 되었습니다. 파라멘터 왕은 주위 통치자들을 달랠 수밖에 없었고, 보상금을 내느라 소선의 재원은 급격히 바닥났습니다.

하지만 공주들은 원하는 것을 얻었습니다. 혈투에서 살아남은 전사는 거대한 짐승 같은 남자였고, 눈은 하나에, 글은 거의 모르지만 엄청난 지략과 용기를 가졌습니다. 공주들은 아버지를 사랑했듯이 그를 사랑했고, 대신들이 고개를 젓고 사제들은 찻잔에 대고 불평을 중얼거렸지만 파라멘터는 이 특이한 결혼을 축복했습니다.

한 달 뒤, 그의 딸들은 모두 기쁘게 임신을 알렸습니다. 그리고 한 달 뒤, 파라멘터가 이름도 알아보지 않은 딸들의 남편은 내실 발코니에서 재수 없이 떨어져 죽었습니다.

그런데 파라멘터 즉위 30년째 되던 해, 기적이 일어났다고 합니다. 드디어 수컷 용이 발견되었습니다. 파라멘터는 나이가 들었지만 진정한 남성성을 얻고 싶다는 소망을 버리지 않았습니다. 둘째 왕비는 그사이에 자살했지만 그는 아직도 아들과 매력적인 딸 몇

명을 더 얻을 만큼 정정했습니다. 다시 한번 검을 차고 갑옷을 입고서, 파라멘터는 말을 달렸습니다.

여러 달 여행 끝에 그들은 용을 발견했습니다. 파라멘터는 이 용이 오래전 죽인 크고 무시무시한 암컷과 달리 작고 지쳤으며, 불안한 태도와 깊고 슬픈 눈을 가진 것을 보고 놀랐습니다. 파라멘터의 부하들이 용을 쉽게 죽였지만, 파라멘터는 어찌 될지 몰라서 심장을 절여 보존한 뒤 먹지 않고 소선으로 가지고 왔습니다. 그리고 마법사에게 심장을 살펴보라고 건넸습니다.

"확실하게 하시오. 이 심장을 꺼낸 짐승이 하도 처량한 놈이라서 말이오. 어째서 그것이 용의 수컷인지도 모르겠소."

하지만 그동안 왕의 미움을 받아 고생했던지라 자신의 가치를 증명하려고 열심인 마법사는 곧 고개를 저었습니다. "이것이 맞습니다. 확실합니다." 그래서 파라멘터는 약간 소심하게 심장을 먹어 치웠습니다.

그는 곧바로 효과를 느꼈습니다. 정식 결혼은 너무 오랜 시간이 필요하므로, 왕은 근처 시골에서 가장 예쁜 처녀 열둘을 궁전으로 불렀습니다. 그리고 몇 주 동안 왕은 유산을 남기기 위해 노력했고, 결국 즉석 신부 열둘이 모두 임신한 것을 알고 기뻐했습니다. 이 소식에, 파라멘터는 긴장해서 기다렸지만 이번에는 그에게서 흥미가 사라지지 않았습니다. 수컷의 심장은 진정 효과가 있는 것 같았습니다. 왕은 마법사에게 큰 상을 내리고 왕실 의사들에게 이번에는 여자들이 출산 중에 죽지 않도록 하라고 지시했습니다. 더 이상 자신의 통치에 불쾌한 소문이 들리는 것을 원하지 않았던 겁니다.

그리고 몇 주 뒤 어느 날 밤, 왕은 깨어나 보니 여인의 살이 아닌 다른 것을 원하게 되었습니다. 무엇인지 어쩔 줄 몰라, 희미한 본능에 이끌려 파라멘터는 일어나서 어둡고 조용한 궁전을 돌아다녔습니다. 곧 그는 딸들의 내실에 들어섰습니다. 놀랍게도 딸들은 모두 깨어서 왕좌처럼 등받이가 높은 의자 여섯에 앉아 있었습니다. 파라멘터의 아들은 평소처럼 큰 공주 발치에 앉아 누나가 진자주색 머리를 쓰다듬자 상냥하게 웃고 있었습니다. 딸들 옆에는 그들의 아이들이 서 있었는데, 이제 다섯 살이고, 이번에도 모두 딸이었습니다.

"어서 오세요, 아버지." 큰딸이 말했습니다. "이제 무엇을 하셔야 하는지 아시겠습니까?"

말로 설명할 수는 없는 이유로, 파라멘터의 입이 말랐습니다.

"너무 많이, 너무 빠르군요." 셋째 공주가 말했습니다. 그녀는 한숨을 쉬더니 고개를 저었습니다. "저희는 서서히, 눈에 띄지 않게 수를 늘리려고 했는데, 아버지께서 우리의 세심한 계획을 망치고 계시네요."

왕이 쳐다보니 딸들의 눈은 이제 너무나 냉혹하고, 평소의 애정이 전혀 없었습니다. "너희가……." 왕이 중얼거렸습니다. 할 수 있는 말은 그것뿐이었습니다. 불안함에 혀가 굳었던 것이지요.

"기억하세요, 이건 저희들의 선택이 아니었어요." 다섯째 공주가 손을 들어 작고, 납작하고, 완벽하게 다듬은 손톱을 살피며 말했습니다. 그녀의 얼굴에 못마땅한 표정이 떠올랐습니다. 아마 손톱 모양 때문인 것 같았습니다. "하지만 저도 효과는 인정해야겠네요. 남자들의 허세란 강한 무기라, 겨냥해서 자극하기가 너무나 쉽다는 걸."

큰 공주는 남동생의 머리카락을 쓰다듬고 한숨을 쉬었습니다.

"이제 아버지께서 만든 저 열둘 중 어딘가에서 아들도 나오겠죠. 아이를 만들기에 형편없는 표본을 고르셨지만, 그건 어쩔 수 없지요. 남자들은 몇 세대 동안 가장 좋은 수컷 용을 사냥해 왔으니까요. 겁쟁이에 바보만 남았어요. 한 종이 그 정도로 줄어들면, 바뀌거나 사라져 전설이 되어야 해요. 그렇지 않나요, 아버지?"

아이들, 그제야 파라멘터는 알아차렸습니다. 손녀들. 전부 제 어머니를 오싹할 정도로 닮았고, 그들 전부 할아버지를 빛나는 열렬한 눈빛으로 보고 있었습니다. 파라멘터가 자기들을 보는 것을 알고, 그들은 똑같이 미소 지었습니다.

큰 공주가 왕좌에서 일어나 왕에게 다가가 한 손으로 뺨을 쓰다듬었습니다. "저희 곁에서 잘하셨어요, 아바마마." 공주는 진정 애정을 담은 목소리로 말했습니다. "그래서 저희를 존중해 주셨듯이, 옛날 방식으로 아바마마를 존중해 드려야 되겠네요."

그 말을 하고, 공주는 아이들을 앞으로 불렀습니다. 아이들이 모두 나왔지요. 용의 피를 받은 건 아니지만, 그들의 방식대로 키워진 파라멘터의 아들까지 말이지요. 아이들은 긴장해서 떨고 있는 파라멘터를 에워쌌지만, 어머니들이 그들을 잘 훈련시켰습니다. 그들은 큰 공주가 파라멘터의 뺨에서 손을 떼고 비켜설 때까지 공격하지 않았습니다. 그러고 나자, 착하고 순종하는 아이들답게, 하인들이 발견할 흔적 하나 남기지 않았습니다.

슬픈 이야기죠, 안 그렇습니까? 지도자 중에는 약하고 자신 안에 힘을 키우기보다 남에게서 권력을 취하려는 자들이 너무 많습니다. 그리고 자기가 얻지 않은 것을 손에 쥔 그들은 왜 주위의 모든 것이 혼돈에 휩싸이는지 의아해하지요. 하지만 언젠가 용들이 자기 힘을 돌려받으러 와 우리 모두에게 복수하기 전까지…… 뭐, 이야기 몇 가지를 더 할 시간이 있습니다.

지치신 게 아니라면 말이죠? 정말 피곤해 보이시네요. 자, 이불 좀 걷겠습니다. 그리고 자, 푹 주무시도록 마사지를 해 드릴까요? 그건 평소 제가 하는 일이 아니지만, 이번에는 희생을 하겠습니다. 아, 죄송합니다. 손이 미끄러졌네요. 그거 괜찮습니까? 기분이 좋나요? 말씀드렸잖습니까, 여기서 제가 할 일은 즐겁게 해 드리는 거라고.

망자의 이야기는 너무나 많습니다. 그리고 제가 찾아가는 궁전마다, 이야깃거리가 너무나 많습니다.

저도 이불 속에 들어가겠습니다, 상냥하신 분. 그리고 밤새 그 이야기를 들려 드리지요.

천국의 신부들

The Brides of Heaven

디히야가 수도 공급을 방해하다가 잡히기 전까지, 그녀가 얼마나 심하게 미쳤는지 아무도 알지 못했다. 그리고 손이 묶이고 버둥거리느라 헤드스카프가 비뚤어진 채 아이얀의 사무실에 앉아 있는 디히야를 보아도 광기를 발견하기는 어려웠다. 디히야는 자신을 팔로 감싸 안고 앞뒤로 몸을 흔들거리지도 않았다. 계속해서 같은 말을 웅얼거리거나, 울거나, 몸을 움찔거리지도 않았다. 사실 차분한 태도와 얼굴에 띤 기묘한 옅은 미소로 판단하건대, 디히야는 콜로니의 어느 여자보다 더 맑은 정신일 수도 있다고 아이얀은 생각했다. 그러자 아이얀은 공연히 짜증이 났다.

"저녁 이야기 시간에 한 번도 참석하지 않았죠." 디히야가 말했다. 그때까지 디히야는 침묵을 지켰다. "왜 안 오는 거죠? 이야기를 좋아하지 않나?"

"난 사실만 좋아해요." 아이얀이 대답했다. "가령, 당신이 정화 시설에 침입한 까닭에 대한 이야기라든가."

"우릴 구하려고."

"깨끗한 물을 구할 수 있는 유일한 저장소를 없애서 누굴 어떻게 구한다는 건지 모르겠군요."

디히야는 어깨를 으쓱였다. "우리한테 물이 무슨 소용이죠?"

"생명."

"물도 다를 거 없어요. 일리인은 생명으로 덮여 있는데. 우리만 빼고 이 행성에선 모든 게 자라죠."

아이얀은 의자 팔걸이에 팔꿈치를 기대고 손가락을 위로 세웠다. "그리고 그 비옥함을 위해 우리가 물을 정수하고 다른 예방 조치를 취하는 거잖아요, 디히야. 하지만 이 세상이 얼마나 위험해질 수 있는지, 당신이 나보다 더 잘 알 텐데."

디히야가 흠칫하면서 마침내 미소를 지우니, 아이얀의 짜증은 얼마간 부끄러움으로 바뀌었다. 디히야가 콜로니에서 유일한 우주생물학자라는 얘기였을 뿐인데, 그 말이 뜻하지 않게 디히야의 아들 아이태럴, 일리인에서 처음 사망한 어린이였던 그 애를 소환했다. 아이얀은 집에서 몰래 나가 콜로니 구내 미사용 지역에서 놀다가 발견된 아이태럴을 목격했더랬다. 동물들이 시체를 먹었지만, 더 심한 것은 아이가 마신 오염된 물웅덩이와 그 안에 든 미생물이었다. 그때 그것들은 미세한 크기가 아니었다.

디히야의 눈이 자신의 내면으로 향했다. 아마 아이태럴을 보고 있는 것 같았다. "신심 있는 자들은 죽음이 두렵지 않아." 디히야가 중얼거렸다. 하지만 그녀의 표정이 갑자기 굳었다. "적어도, 죽은 이들이 존중받을 때는."

아이얀은 앉은 채 몸을 움직였다. "유기체를 억제할 방법은 화장 뿐이었어요, 디히야. 그것들이 이미 시신을 훼손했잖아요."

"당신이 시신을 훼손했지." 디히야의 입술이 비틀어졌다. "하지만 당신 같은 여자한테서 그 이상은 바라지도 않아요. 당신은 기도하고, 편리할 때는 하디스*를 암송하지만, 진정한 신심은 없죠. 전통을 무시하고……."

"전통?" 아이얀은 한 차례, 쓴 웃음소리를 냈다. "내가 보기엔 전통이 바로 우리 문제의 원인이에요." 그리고 그녀는 그 생각을 거부하며 고개를 저었다. 그녀가 비난하는 것은 전통 자체가 아니라 전통이라는 이름으로 몇몇 광신자들을 달래려는 결정이었다.

"이방인 남자들에게 당신 자신을 그렇게 드러내고 싶었나요?" 디히야가 경멸 가득한 시선으로 아이얀을 훑어보고, 마지막으로 베일 쓰지 않은 머리를 쳐다보았다. "그렇지. 신심이 없으면 단정함도 없지."

"저온 수면 중이었어요, 디히야. 아무리 올바른 여자라도 코마 상태에서 단정치 못한 걸 느끼기는 어려울 거예요." 그리고 가장 독선적인 여자만이 베일로 가릴 상대가 없는데도 계속 베일을 쓸 거라고, 아이얀은 덧붙일 뻔했다. 하지만 그런 말을 했다가는 콜로니의 여자라면 누구나 회피하고 싶은 아픔을 건드리게 될 것이다.

문득 아이얀은 디히야의 말에 휘말려 본론에서 벗어났음을 깨달았다. "그건 됐고. 왜 이런 짓을 한 거죠?"

"내가 말을 해도 당신은 이해하지 못해요. 이건 신앙 이상의 문제

---

* 마호메트의 말씀.

예요. 당신은 엄마가 되어 본 적 없잖아요. 생명을 탄생시켜 본 적 없잖아요."

아이얀의 전신에 열이, 그리고 싸늘한 분노가 내달렸다. 그녀는 자기 손을 내려다보며, 임시 가옥의 침대에 혼자 누워서, 한때 태평하게 뒤로 미루었던 것들, 남편과 아이들, 외교단의 일 이외의 삶을 아쉬워한 시간을 생각하지 않으려고 했다. 디히야가 슬픔에 제정신이 아니고, 수사법이나 통설에 집착하는 것임을 상기하려고 노력했다. 수사법이나 통설 같은 엄격한 제약 속에는 위로가 있었으니까. 디히야는 자기 말이 얼마나 상처를 주는지 몰랐고, 안다 하더라도 그 책임을 온전히 지울 수 없는 상태였다.

하지만 이렇게 말할 때 아이얀의 음성은 제 귀에도 냉혹하게 들렸다. "우리가 아이태럴처럼 쓰러져 죽어 갈 때, 당신이 탄생시킨 생명 속에서 기생충을 셀 건가요?"

디히야의 몸이 굳었다. 아이얀은 뒤늦게 속으로 자신의 성미를 저주했다. 이 미친 여자에게서 대답을 듣고 싶었으니까. 하지만 아이얀으로서는 놀랍게도, 디히야는 쏘아붙이지도, 고집스러운 침묵으로 돌아가지도 않았다. 대신 배를 쓰다듬으며—분명 아이태럴을 또 기억하는 것이다—옅은 미소를 떠올렸는데, 그 모습에 아이얀은 그 어느 때보다 분노가 치밀었다.

"당신은 이해할 수 없어." 디히야는 다시 말했다. "당신은 점점 더 작아지는 밭이나 갈고 이 묘지에서 질서를 지키면서 남은 평생을 허비하겠지. 하지만 자살은 신의 대척점이고, 나는 가만 앉아 멸종하길 기다리지 않을 거야."

그 말과 함께, 디히야는 자백을 시작했다.

석 달 전, 아이태럴이 죽은 날로부터 5년이 지난 때, 디히야는 일리인을 떠나기로 결정했다. 우주생물학자로서 그녀는 콜로니의 지상용 차량 우선 이용권을 얻을 수 있었고, 그래서 그걸 타고 특정한 방향 없이 출발하기는 간단한 일이었다. 다히야가 통신 범위 바깥으로 나가기 전, 다른 이들은 쇼트콤으로 그녀를 불러들이려고 했다. 그들은 차량이, 그녀의 기술이 필요했고, 마음을 나눌 자매로서 그녀의 존재가 필요했다. 그들은 그녀를 걱정했다. 대체로 그녀가 스스로에게 해가 되는 행동을 할까 봐. 모두가 함께 있을 때도 충분히 힘들었다고 그들은 말했다. 고독은 사형 선고나 마찬가지였다.

그녀의 정신을 갉아먹은 것이 바로 그들임을, 디히야가 어떻게 설명할 수 있을까? 그들의 침체. 그들의 절망. 착륙해서 그들이 벌거벗은 채 건강하게 저온 수면에서 깨어나, 남성용 수면 기계가 오작동을 일으킨 것을 발견하고 겁에 질렸던 이후로, 일리인 콜로니는 죽어 가고 있었다. 아, 한동안 어머니와 함께 여성용 수면 기계를 쓴 남자아이들이 희망이 되었던 기간이 있었다. 디히야의 아이태럴과 둘이 더 있었다. 하지만 일리인은 힘든 세상이었다. 대부분의 생명체는 지구 생물체에 무해했지만, 몇몇은 호환성이 좋고 기회 감염성이 높아 위협이 되었다. 아이태럴의 죽음이 최초이고 최악이었다. 그다음 꼬마 하산이 알 수 없는 열병에 걸려 몇 시간 만에 죽었다. 마지막으로 가장 힘든 것은 사이드였다. 그들은 그 아이를 지키기 위해 너무나 노력했다. 하지만 집에 갇혀 지루해서 가만히 있을 수 없었던 아이는 어머니가 등을 돌리기를 기다려 선반 위로 기어 올랐다. 사이드와 함께 그들의 마지막 희망도 죽었다.

그래서 디히야는 차량을 몰았고, 너무 어두워져 차량이 태양광 발전을 할 수 없을 때가 되어서 멈췄다. 가끔은 밖으로 나가 새로운 열매나 벌레의 샘플을 모았지만, 과학적 관심보다는 습관 때문이었다. 가끔은 단백질을 보충하기 위해 고기를 사냥했고, 동물의 목덜미를 잘라 멸균 캐비닛에 넣을 때 제대로 기도를 드렸다. 누가 그 여정에서 무엇을 찾았는지 묻는다면, 그녀는 아들 시신의 기억을 지우기 위해 살아 있는 생물과 함께하고 싶은 것 말고는 아무것도 없다고 대답했을 것이다. 일리인 콜로니와 달리, 자라는 것들과 함께하고 싶어서.

하지만 막대기 같은 가지가 난 나무들이 이루는 낯설고 고요한 숲과 그 한가운데 무지갯빛의 웅덩이를 발견했을 때, 디히야는 사실 자신이 무엇인가를 찾고 있었음을 깨달았다. 착륙 비극 이후로 그녀가 마음속으로 내내 찾아온 진실의 증거가 거기, 숲속에 있었다. 신은 그들을 버리지 않았다는 것을. 신은 그들이 신을 찾아내기를 기다리고 있었던 것뿐이라는 것을.

임시 건물의 문을 두드리는 소리에 디히야의 자백이 끊어졌다. 한숨을 쉬고 싶은 것을 꾹 참으며, 아이얀이 "들어와요."라고 해서 문이 열리자, 콜로니의 경찰 병력을 구성하는 두 여자가 잠라를 사이에 두고 들어왔다. 그들과 함께 이맘* 유미나도 왔다. 유미나는

* 예배를 인도하는 이슬람 성직자.

아이얀보다 더 맑은 정신으로 보였지만, 그건 놀랍지 않았다. 그녀는 아마 이미 일어나서 새벽 기도 인도 준비를 하고 있었을 것이다.

"디바이스는 없어요." 잠라는 디히야를 쳐다보았다. "적어도 우리가 여태까지 발견한 건 없습니다."

"말했잖아요. 아무것도 폭발시킬 생각은 아니었다고." 디히야가 이렇게 말하며 잠라를 차갑게 노려보았다.

"디히야." 아이얀이 불안정한 인내심을 가지고 말했다. "당신은 아침 일찍, 아무에게도 알리지 않고 이 콜로니로 돌아왔어요. 들어오려고 주변 방어막 일부를 정지시켰고. 정수 시설의 관리 장치와 입력 프로그램을 해킹했죠. 그 모든 점과 침입 이유를 말하지 않는다는 사실에 미루어, 당신의 목적이 유익했는지 의심한다 해도 이해해야 해요."

"내 목적은 유익했어요. 하지만 당신도, 여기 어떤 여자도 그걸 믿지 않을 거예요. 내가 미쳤다고 생각하죠."

"하지만 당신은 그렇게 생각하지 않잖아요." 유미나의 부드럽고 전문가적인 음성이 방 안의 긴장을 깨뜨렸다. 침착함을 투사하는 재능 덕분에, 그녀는 지구 시절 훌륭한 심리학자가 되었다. 고대 문서에도 정통한 덕분에, 당연히 콜로니의 이맘을 대신하기로 했다.

디히야는 다시 미소를 지었다. "아뇨. 내가 미쳤다고 믿지 않아요. 하지만, 정말 미친 사람이 자신이 미친 걸 안 적이 있어요?"

"그런 경우는 놀랍게도 많아요." 유미나는 아이얀에게 집중했다. "반대하지 않으면 관찰하고 싶군요."

아이얀은 속으로는 반대했지만, 실용주의 측면에서 거절할 수 없었다. 그녀는 디히야가 이맘이 곁에 있으니 더 편안해 보인다는 사실도 놓치지 않았다. "반대 없습니다." 그녀는 유미나에게 말했지만, 잠라에겐 이렇게 덧붙였다. "시설을 다시 수색해요."

잠라는 이맛살을 찡그렸다. "장담컨대, 그곳엔 먼지랑 모니터용 컴퓨터, 청소 도구가 가득 든 캐비닛뿐입니다. 박사에게 유출수 샘플에 독극물이나 알려진 생물학적 위험이 있는지 검사하라고 했는데, 지표는 전부 녹색입니다."

"확실히 해야 해요, 잠라. 누군가 두 번, 세 번 체크하고 다시 체크하기 전까지 아무도 오늘 밤 발 뻗고 잘 수 없을 거예요. 부탁해요."

잠라는 한숨을 쉬었다. "좋아요. 경보를 발령할까요?"

그러면 공황 상태가 시작될 것임을, 아이얀은 알고 있었다. 아무 짓도 하지 않았을지 모르는 미친 여자 하나 때문에. 그들은 관리 시스템이 해킹을 파악한 직후에 그녀를 잡았다. 그리고 잠라는 검사 결과가 녹색이라고 했다.

"아직은." 아이얀이 말했다. "무슨 문제가 있다 싶으면 바로 발령해요."

잠라는 고개를 끄덕이고 다른 경찰들을 이끌고 나갔다. 유미나는 아이얀의 책상 앞에 놓인 빈 의자에 앉아 조용히 양손을 무릎 위에 얹었다.

디히야는 잠라가 나간 쪽을 한동안 바라보았다.

"저 여자는 죄인이에요. 다른 여자들이랑 자니까."

유미나는 잠시 아무 말도 하지 않다가 고개를 끄덕였다.

"콜로니에 그 죄를 지은 사람들이 많죠."

"어떻게 그런 짓을 허용하죠? 당신은 우리 커뮤니티의 질서를 담당하고 있잖아요. 저들은 백 번씩 채찍에 맞아야 해요."

"상황에 따라 그냥 넘어가야 할 때도 있어요."

유미나가 대답했다. 그녀는 주위를, 콜로니와 그 너머 세상을 손짓으로 가리켰다. 아이얀은 정신을 차렸지만, 그녀의 눈길을 사로잡은 것은 임시 건물의 벽이었다. 초기에 아이얀은 콜로니 사람들에게 임시 가옥을 목재나 석조 영구 건물로 교체하라고 격려했지만, 결국 그녀도 새 건물에 들어가서 살 수는 없었다. 임시 건물은 보기 흉했지만 적어도 단조롭고 똑같은 그곳 벽을 보고 있으면 나중에 교체해야 한다는 희망이 있었다. 일리인의 경우, 진짜 벽은 영구성이라는 거짓이었다. 진짜 벽에서는 절망이 울려 퍼졌다.

그런 생각을 떨치기 위해, 아이얀이 유미나에게 말했다.

"디히야는 스스로를 우리 구세주로 뽑았어요."

"신께서 영광 받으시고 기뻐하시길. 신께서 날 뽑았어요." 디히야가 받아쳤다.

"신을 통해서는 모든 것이 가능하죠." 유미나는 아이얀에게 진정하라는 표정을 지어 보이며 말했다. "하지만 우리 인간들이 그런 걸 증명하려면, 디히야, 자초지종을 다 들어야 해요."

아이얀을 마지막으로 못마땅하게 쳐다본 뒤, 디히야는 이야기를 계속했다.

숲의 불빛은 막대 같은 나무의 우거진 잎을 필터 삼아 새어 들어오는 회백색이었다. 그 빛 속에서 웅덩이의 표면은 잔잔했고 구름처럼 반투명한 물결에 기름이 빛나는 듯한 색이 보였다. 디히야는 그 물 옆에 무릎을 꿇었지만 건드리지는 않았다. 냉정한 과학자의 이성을 유지하는 마음 한구석에서 주의하라고 이른 것이다. 나머지 마음은 황홀했다. 그 물의 수면 위에 떠 있는 덩굴손 같은 안개가 그녀를 부르듯이 고요한 공기 속에서 서서히 감기고 있었다. 그곳의 아우라 때문에 이렇게 소리 내어 속삭이는 것이 자연스러웠다. "안녕?" 그리고 대답을 기다리는 것은 더욱 자연스러웠다.

그래서 디히야는 웅덩이 표면이 물결을 일으켰을 때 놀라지 않았다. 그 움직임에는 눈에 보이는 시작점이 없었다. 동심원 물결도, 첨벙거리는 것도 아니었다. 그저 표면장력으로 인해 희미하게 떨리고 깜빡이다가 고요해졌다. 그 물결이 우연인지 상상인지 디히야가 미처 판단하기도 전에, 표면이 갑자기 위로 솟구쳤다. 동그란 봉우리가 생겼고, 차츰 길고 가늘어지면서 방울처럼 동그란 구체가 뭉치더니 한쪽으로 굴러갔다. 경이로운 마음으로 디히야가 지켜보는 가운데, 방울이 더 생겼고 웅덩이 가장자리에 방울들이 빠르게 모였다. 그리고 새로운 방울이 굴러가는 사이 이미 가장자리에 있던 방울들이 옆으로 비켜 자리를 내주는 것을 보고 디히야는 깜짝 놀라 숨을 들이쉬었다.

아마 10초 정도 사이에 웅덩이가 변하더니 끊임없이, 미친 듯이 움직이며 구슬이 끓어오르는 분지가 되었다. 그러다가 그 움직임이 멈췄다. 디히야는 긴장했고, 냉정하고 이성적인 자아는 달아날 준비를 했다. 나머지 자아는 좀 더 가까이 다가가고 싶은 마음으로 간절했다. 그녀는 자신이 목격하는 것이 특별하고, 어쩌면 성스러운 것이라고 확신했다. 인류는 수 세기 동안의 우주 탐험에서 잔인한 진실을 발견했다. 생명이 아니라, 지각 능력이 우주에서 진정 귀한 것임을. 생명은 수백 개의 세상에서 나타났다. 그들은 액체 상태의 물이 존재하는 거의 모든 곳에서 생명을 발견했다. 그러나 종류를 불문하고, 측정 가능한 지력을 가진 다른 종은 단 한 번도 발견되지 않았다. 신은 자녀들이 천 가지 새로운 세상으로 퍼져 나가게 했지만, 그들은 모든 세상에서 혼자였다.

하지만 그것은 쿠란이, 그리고 다른 종교의 성서들이 오래전 한 이야기를 확인한 것이 아닌가? 신은 신의 형상으로 아담을 만들었고, 더 나아가 아담의 종(種)을 만들었다. 그러므로 지능이 있든지 없든지, 그 웅덩이는 신의 선물이며 인간 피조물들을 돕기 위해 일리인에 놓아둔 것이 분명했다. 새로운 콜로니 거주자들이 지구에서 찾아온다면, 정말 오긴 온다면 1000년이 걸릴 것이다. 그들이 이 행성에서 홀로 죽어 가도록 신이 내버려 둘 거라고 그녀는 믿을 수 없었다.

그래서 핵 같은—혹은 디히야의 움직임을 따라 바뀌었으니 눈 같은—검은 점이 작은 구 하나하나 안에 생겼을 때, 디히야는 그걸 징조로 받아들였다. 이 현상을 연구하고 목격해서 콜로니의 자매들에게 소식을 전하는 것이 그녀의 임무였다. 더욱 중요한 사실은 만약 웅덩이가 그녀가 생각한 것이라면, 그녀가 소망한 것이라면, 그것이 그들 모두의 구원을 약속하리라는 점이었다.

"배가 고파요." 디히야가 불쑥 말했다. "뭘 좀 먹어도 될까요?"

"조금 이따가요. 그 웅덩이에 대해 말해 봐요."

유미나는 아이얀을 부드럽게 책망하는 눈빛으로 보았다.

"아이얀, 다히야에게 먹을 것을 주세요. 물과 휴식도. 말이 나왔으니, 체포될 때 부상을 입었을지 모르니 의료 검진도 받아야 해요."

콜로니를 방해하는 데 대한 처벌이 사형인데, 다히야가 건강한지 확인하는 것이 무슨 의미가 있는지, 아이얀은 의아했다.

아이얀의 생각을—혹은 침묵을—읽은 것처럼, 유미나의 표정이 굳었다. "이제 우린 야만인이 된 건가요?"

아이얀은 한숨을 쉬며 인터콤을 눌러 먹을 것과 마실 것을 가져오고, 정수 시설 테스트가 끝나면 의사도 보내 달라고 요청했다.

"우리 정부는 벌써 내게 선고를 내린 것 같네요." 다히야가 유미나에게 말했다. 여전히 웃고 있었다.

"당신 행동이 당신에게 선고를 내린 거죠." 아이얀은 숨을 깊이 들이쉬고 눈을 문질렀다. "하지만 내가 인내심이 다한 건 맞아요. 마법 웅덩이가 나오는 동화는 그만 듣고 싶군요. 정상 참작을 할 상황은 고려할 생각이었지만, 왜 이런 짓을 했는지 말하지 않는다면 가진 증거에 기초해서 판결을 내릴 수밖에 없어요."

"정상 참작을 할 상황?"

다히야의 눈이 번득였다. 아이얀은 그 눈빛의 의미를 읽을 수 없었다. 기대? 열망? 그녀는 판결을 내릴 때 다히야의 광증을 고려할 방법을 찾아야 했다. 항정신성 약이 있고 정신병동을 지킬 인력을 배치할 수 있다면…… 하지만 그들에겐 두 가지 모두 없었다. 빠른 사형이 콜로니가 제공할 수 있는 유일한 자비였다.

하지만 디히야가 말했다. "아이얀, 하늘의 계시는요? 당신의 정의에 그것을 수용할 자리는 없나요?"

"무슨 소릴 하는 거죠?"

"동화 말이에요." 디히야의 미소에는 확실히 광기가 서려 있었다. "마법의 웅덩이. 당신도 저녁 이야기 시간에 가끔은 참석해요. 큰 깨우침을 주니까."

"그 시간에 다른 일이 있어요." 아이얀은 경고하듯 높낮이 없는 목소리로 말했다. 인내심은 사라진 지 오래였다.

"당신은 좋은 이야기를 여럿 놓쳤어요. 한번은 내가 한 이야기에 몇몇 여자들이 괴로워했죠. 아마존에 관한 이야기. 유방을 잘라 내고 남자들을 미녀처럼 이용한 여자들이 나오는, 그리스판 헛소리 말고. 한때 여전사로서 사막을 가로지르던 내 민족에게 전해져 내려오는 이야기를 했죠. 그 이야기 속에서 아마존들은 유방을 잘라 낼 필요가 없었어요. 애초에 유방이 하나뿐이었으니까. 그들은 필요하면 용맹하게 자신을 보호했지만, 폭력을 원하지도 않았어요. 그리고 남자를 필요로 하지도 않았어요." 디히야의 입술이 떨렸다. "그것 때문에 다른 여자들이 괴로워했어요. 우린 참 순수한 여자들이죠. 독신의 삶을 이단으로 여기다니."

유미나는 갑자기 아주 조용해졌다. 아이얀은 얼굴을 찡그렸지만, 그녀의 시선이 머문 곳은 디히야의 표정이었다. 아이 같은 표정. 그녀는 마침내 깨달았다. 디히야는 이제 막 아주 매력적인 비밀을 말하려는 아이처럼 보였다. 아이얀이 아이를 본 지가 하도 오래되어서, 그걸 거의 놓치고 있었다. 하지만 그렇다면 이전까지 디히야가 보인 차분한 모습이 연기였다는 뜻인가? 아이얀은 디히야가 언제 변했는지 되짚어 보다가 깨달았다. 아이얀이 기분 맞추어 주기를 그만두었을 때. 진실을 감추든지 감추지 않든지, 더 이상 차이가 없어졌을 때.

"이단이 아니죠." 아이얀은 불편한 심경을 감추기 위해 천천히 말했다. "그저 헛소리이지. 따지고 보면, 신은 서로를 보충하라고 남녀를 만드셨으니까."

"그건 아마존들에겐 문제가 되지 않았어요." 유미나가 말을 잘랐다. 그녀는 헐렁한 검은 실크 바지 위에 올려 둔 주먹을 꽉 쥐고 있었다. "나도 그 아마존 신화를 기억해요. 그것이 물질이나 육체적 소유욕에서 벗어난, 이상적인 여성상이라는 사람들도 있죠. 그들 족속이 아이를 원하면 숲으로 가서 성스러운 연못을 찾았어요. 그 안에서 헤엄치며 기도하면, 신은 그녀의 자궁에 아이를 보냈어요."

디히야가 잘난 척 득의양양한 미소를 옅게 다시 떠올리자, 아이얀의 피가 싸늘하게 식었다.

"그래요." 디히야가 유미나에게 말했다. "당신은 이해하는군요."

"아이를 줘요." 디히야가 웅덩이에게 속삭였다.

그녀의 목소리에 작은 원들이 빙빙 돌았다. 웅덩이 중앙쯤에서 뭔가 움직였고, 잠시 후 덩굴손이 솟아올랐다. 원형 수십 개가 섬세한 사슬처럼 서로 연결되었다. 아름다웠다. 반투명한 진주가 줄줄이 옅은 빛을 발하며 깜빡이는 광경이었다. 그것이 디히야의 팔 길이가 되자, 돌아서 그녀 쪽으로 흔들리며 다가왔다.

디히야는 심호흡을 하고 그것을 향해 손을 뻗었다.

덩굴손은 곧바로 디히야의 손을 감았다. 그녀는 아플 거라고 각오했지만, 전혀 아프지 않았고 뭔가 촉촉하고 말랑하고 놀랍게 따뜻한 것이 닿는 특이한 느낌뿐이었다. 덩굴손은 그녀의 손바닥을 서너 번 감았고, 원 서너 개가 떨어져 손가락을 따라 움직이더니 덩어리로 돌아갔다. 그중 하나는 팔을 따라 내려가며 축축한 자국을 남기더니 역시 덩굴손으로 빠르게 되돌아갔다. 검사하는 건가? 감식하는 건가? 알아낼 방법이 없었다.

디히야는 마음속의 모든 열망, 오랜 세월 동안 혼자 허한 마음으로 보내며 겪은 고통을 모조리 끌어내어 다시 말했다. "아이를 줘요."

덩굴손은 그녀를 풀어 주었다. 그것이 웅덩이로 돌아가자, 갑자기 빙빙 돌던 원의 덩어리는 고요해졌다. 검은 점이 옅어지더니 사라졌다. 디히야는 이것을 보고 이맛살을 찡그리다가, 원들이 다시 서로 결합하고 있음을 깨달았다. 잠시 후, 웅덩이는 처음 보았을 때로 돌아갔다. 잔잔하고 고요하게. 기다리는 상태로.

그렇다.

디히야는 일어나 옷을 벗었다. 옷가지 위에 무릎을 꿇고서 동쪽 하늘을 향해 고개를 숙이고 자신의 가치를 발견해 달라고, 두려움을 가져가 달라고, 진정한 길을 알려 달라고, 신에게 기도했다. 그리고 기도가 주는 평화를 마음속에 간직하려 노력하며, 마음을 굳게 먹고 웅덩이 속으로 들어갔다.

액체가 따뜻한 기름처럼 그녀를 에워쌌다. 한 걸음 내딛자 무릎까지 들어갔다. 또 한 걸음에 액체는 그녀의 허벅지까지 차오르고 음순을 간질였다. 세 번째 걸음에 놀랍게도 바닥이 발밑에서 뚝 떨어졌다. 디히야는 어쩔 수 없이 비명을 질렀지만, 떨어진 깊이는 한두 걸음 정도로 깊지 않았다. 이제 하얀 웅덩이에 턱까지 잠겼다. 생각보다 깊었다.

하지만 신에게 복종하는 것이 곧 믿음의 길이었다.

그래서 액체가 주위에서 움직이기 시작해 살갗을 관능적으로 간질이고 건드리는 동안, 디히야는 눈을 감고 다시 기도했다. 그녀는 쾌감에 떨었고 그것을 신이 허락한 징조로 받아들였다. 그리고 그 순간이 오자, 뭔가가 자기 몸속으로 들어와 위로, 위로 올라가 자궁에 닿는 것을 느끼고 다시 비명을 질렀다. 하지만 이번에 그녀의 비명은 환희에 찬 사람의, 오랜 기다림 끝에 신앙의 보답을 받은 사람이 느끼는 엑스터시였다. 신은 위대했고, 그분의 뜻이 밝혀졌으며, 이제 마침내 디히야와 자매들은 구원받을 수 있게 되었다.

이제 드디어 일리인은 그 이름에 어울리는 낙원이 될 수 있었다.

아이얀이 책상을 짚고 일어설 때, 그 손이 떨리고 있었다.

"이 미친 것." 그녀가 작게 내뱉었다. "신의 이름으로 묻건대, 무슨 짓을 한 거지?"

"신의 이름으로 모든 것을." 디히야가 턱을 치켜들고, 황홀한 눈빛으로 말했다. "나는 이 콜로니의 그 누구보다 신앙을 지켜 왔어요. 그래서 내가 처음으로 보답을 받은 거예요. 하지만 신의 축복을 당신들 모두와 나눌 의무가 있었죠."

문이 열리고 젊은 여자 한 명이 쟁반에 먹을 것과 물 한 병을 담아 와서 아이얀의 책상 위에 놓았다. 잠라도 손에 투명한 플라스틱 병을 들고 들어왔다.

"세 번 수색했습니다. 우리가 발견한 건 이것뿐이에요. 처음에는 시설 청소 도구에서 나온 거라고 생각했는데, 이건 육지 차량 저장고에 맞는 거예요. 그런데 보세요."

잠라는 병을 기울여 아이얀에게 보여 주었다. 안쪽 표면이 젖어 있었고, 걸쭉하고 반투명한 액체가 아주 조금 찰랑거리고 있었다.

아이얀은 쟁반 위의 물병을 보았다. 물 표면에 희미한 무지갯빛이 반짝였다.

"시간." 그녀는 병을 빤히 쳐다보지만 디히야에게 말했다. "시간을 끌고 있었군."

거의 새벽이 되었다. 콜로니의 여자들은 일어나 하루 일을 시작할 것이다. 아침 기도 전 목욕을 하고. 아침식사와 함께 물을 마시고.

아이얀 자신도 심문을 시작하러 오기 전에 그렇게 했다.

그녀는 다시 주저앉았다. 무릎이 더 이상 그녀를 지탱하지 못했다. 유미나도 멍한 표정으로 입을 다물고 있었다. 디히야는 다시 미소를 지으며 먹을 것을 향해 손을 뻗었고, 손이 묶인 것을 감안하면 아주 조금 어색하게 과일 한 조각을 집었다. 그녀는 아이태럴이 죽기 전에 좋은 엄마였다고, 아이얀은 공포로 흐릿해지는 머리로 기억했다. 그녀는 이제 부지런히 자기 몸, 그리고 그 정체가 무엇이든 자기 몸속에서 자라는 것을 돌볼 것이다.

아이얀은 얼굴을 감싸 쥐고 울음을 터뜨렸다.

평가자들

The Evaluators

CogNet 발신자 : 폴 스리니바선

수신자 : 탠디위 솔로몬

일시 : 2206. 12. 15. 16:45

[코그넷이 최적화함!]

탠디, 위원회가 화요일에 투표해요. 팀이 사라진 건 핵심 사안이 아니지만, 이 건을 이렇게 서두르는 게 마음에 들지 않아요. 여기서 좀 도와줘요, 네? 비공개 사항이에요.

탠디위 솔로몬의 스레드 답신:

그럼 그 "청구 가능 시간"이라는 게 당신네 변호사들에게는 어떻게 작용하는지 알려 줘요. 잘은 모르겠지만, 나도 정말 일자리를 얻을 수도 있으니까요.

폴 스리니바선의 스레드 답신:

부탁해요! [구상적 임베드에 딸린 주석: 양손을 맞잡고 인사하는 남자] 뭘 원해요? 저녁식사? 휴가? 정신을 쏙 빼놓는 섹스 몇 시간? 뭐든 내가 드릴게요, 탠디. 어떤 희생도 불사하겠어요.

탠디위 솔로몬의 스레드 답신:

당신 스퍼미셉트* 패치가 만료되었다고 이미 말했잖아요. 내 근 처에도 오지 말아요. 웨이의 개인 기록은 어떻게 된 거예요?

폴 스리니바선의 스레드 답신:

그렘린**인가? 이 임무에는 지연이 상당히 심해요. 2년이나 되니 까. 블랙홀이 부족해서 중계도 잘 안 되는 등등. 그걸 찾을 수 있는 지 알아볼게요. 그러니까, 그들이 웨이를 먹어 치운 거잖아요? 확실 히 먹어 치웠어요.

탠디위 솔로몬의 스레드 답신:

아뇨. 잡아먹진 않은 것 같아요.

····ıı‖ıı··· ···ıı‖ıı··· ···ıı‖ıı···

---

* spermicept, 작가의 조어로서, 정자(sperm)와 가로막다(intercept)를 합성해 피임 도구를 의미함.

** 기계에 고장을 일으킨다고 하는 가상의 존재.

회상 기록, 웨이 아이후아
현지 유력자와의 만남 1

일시 : 2204. 1. 22. 10:10

[코그넷이 최적화함!]

[청각 이외의 모든 감각 회상은 라이트스트리밍을 돕기 위해 억제함.]

"그래서, 뭘 알고 싶으시죠, 평가자님?"

"당신들에 대해서 더 이야기해 주세요, 러브스 차이나."

"괜찮으시면, 아이후아라고 불러 주시겠어요?"

"어? 당신 어시스턴트가 당신들의 이름에 가끔 의미가 있다고 했습니다."

"네, 하지만…… [웃음] 그렇다고 우리가 그 의미를 좋아한다는 뜻은 아니에요."

"아. 용서하세요, 아이후아. 당신의 언어는 아직 혼란합니다."

"사실 당신이 내 언어를 쓰는 능력은 굉장해요."

"우리는 퍼스트 컨택트 팀에게서 배웠습니다."

"네, 하지만 우리도 같은 시간 동안 당신 언어를 배웠는데…… 음. [웨이의 주석: 여기서 나는 만카 C언어로 말하려고 한다. '적응'에 해당하는 만카어 단어가 제대로 번역되지 않는다. 그 의미는…… 복종? 적합성? 등에 가깝다.] 우리는 아직 적응에 끔찍해요/못해요."

[톱니바퀴 긁히는 소리. 웨이의 주석: 만카 웃음소리. 다행히 그는 영어 대화로 돌아간다.] "그렇습니다. 당신들은 우리만큼 빠르게 적응하지 못

합니다. 하지만 그건 예상되었습니다. 당신들은 평가자가 아닙니다."

"아, 그래요. 그 이야기가 나왔으니, 이걸 질문해도 될지 모르겠는데 당신 역할이 정확히 뭐죠? 내게 안내를 해 준 양육자 하시시에게 물어보았는데, 좀…… 불분명했어요."

"나는 평가자입니다."

"하지만 그게 무슨 의미인가요? 뭘 평가해요?"

"모든 것을. 사람들. 세계."

"무슨 목적으로?"

[2.5초간 침묵] "잘 모르겠습니다, 아이후아."

"내 세계에서는, 사람들이…… 과정이나 성과를 평가해요. 그걸 개선하기 위한 목적으로."

"네. 개선. 적응. 우리와 같습니다."

"그……렇군요?"

"아직 이해하지 못했습니다."

"미안해요, 난……."

"그만큼 다른 이들이 적응하는 데는 시간이 걸립니다. 당신은 잘하고 있습니다. 두려워할 필요 없습니다."

"고마워요. 아얏!"

"[회상 모호. 웨이의 주석: 지역의 별미, 발음 불가능]의 껍질이 날카롭습니다. 다쳤습니까? 인간들을 부를까요?"

"아뇨. 괜찮아요. 금방 나을 거예요. 뭔가…… 네, 고마워요. 당신들의 생물체는 대부분 우리에게 무해하고, 우리도 그렇죠. 이 예쁜 옷감에 피를 흘리는 게 싫을 뿐이네요."

"그건 중요하지 않습니다. 더 드릴까요?"

"네, 고마워요. 맛있네요. 요리를 참 잘하시네요."

[청각 기억 종료. 계속하려면 2204. 1. 22. 10:15. 미각 기록 참조.]

·••||||••·· ··•||||••·· ··•||||••··

TE 임무의 팀 클로그, 다-만카나
웨이 아이후아의 포스트 — 공개

일시 : 2204. 1. 20. 19:30

[코그넷이 최적화함!]

지적생물학(知的生物學)을 처음 배울 때 교수님은 외계 종족을 "지구화"하지 말라고 하셨지만, 그들을 보고 가장 먼저 머릿속에 떠오른 생각은 만카가 직립한 치타(치이타가 맞나?) 같다는 것입니다. 내가 봐서는 남녀를 구별할 수 없이 몸이 마르고 가슴은 쑥 들어가 있는데, 제3의 성(性)인 양육자들은 눈에 띄게 더 근육질에 딱 벌어진 체형입니다. 적어도 내 잠재의식이 지구의 포식자와의 유사성을 선택한 것에 자부심을 느낍니다. 그러면 지나치게 마음을 놓고 경계심을 늦추지는 않을 테니까.

왕의 댓글:

그냥 "치타"입니다. 박사 학위가 세 개라면서요?

웨이의 댓글:

언어학으로 받진 않았거든요. 시끄러워요.

∙∙∙ııl|||ıı∙∙ ∙∙ııl|||ıı∙∙ ∙∙ııl|||ıı∙∙

TE 임무의 팀 클로그, 다-만카나

웨이 아이후아의 포스트 — 팀 전용

일시 : 2204. 1. 23. 11:50

[코그넷이 최적화함!]

래프킨드와 퍼스트 컨택트 팀 전체를 죽여 버리고 싶네요! 만카 종족에게 기독교에 대해 이야기하기로 한 건 어느 야만인이죠? 바로 이런 이유에서 UC(지구 연합 커뮤니티)가 미국인들을 TE(무역 수립) 팀에서 배제한 거라고요.

다행히 이 지역의 지배자는 한 사람의 죽음이 종 전체의 잘못을 용서한다는 생각에 다른 무엇보다도 재미를 느끼는 것 같았어요. "하나만?" 귀엽군.

또 FC(퍼스트 컨택트)팀에서 무슨 사고를 쳤는지 궁금하네요.

‧ıｌ|‖ｌ‧ı‧ ‧ıｌ|‖|ｌ‧ı‧ ‧ıｌ|‖|ｌ‧ı‧

FC 보고서 세부 사항 p.67 : 문화 노트

일시 : 2201. 4. 7. 14:40

[코그넷이 최적화함!]

[청각 임베드에 딸린 주석: 만카 종족의 러브송?

회상자: 다수; 공개 공연.]

내 사랑이 내 뒤에서 노래한다

그리고 내 목덜미를 쓰다듬는다

나는 돌아보지 않는다

내 심장은 두려움에 빠르게 뛴다

‧ıｌ|‖|ｌ‧ı‧ ‧ıｌ|‖|ｌ‧ı‧ ‧ıｌ|‖|ｌ‧ı‧

FC 보고서 세부 사항 p.224 : 문화 노트

퍼스트 컨택트 팀원 존 래프킨드의 회상

일시 : 2201. 5. 13. 9:24

[코그넷이 최적화함!]

[청각 임베드에 딸린 주석: 2급 기만적 관념화 관찰됨.]

"와아."

"와아?"

"죄송합니다. 구어체입니다."

"아. 이 구어체에 적응하려면 당신의 세계에 대해서 더 배워야 합니다."

"무역 수립(Trade Establishment) 이후가 되면 그것도 분명히 가능해질 겁니다, 하시시."

"왜 구어체를 표현했습니까, 존?"

"아, 저…… 저 아이들과 함께 지나가던 남자 만카 말인데요. 무슨이유인지, 그가 나를 보았을 때, 오싹…… 아, 불편함을 느꼈어요."

"그건 평가자였습니다."

"무엇에 대한 평가자인가요?"

[톱니바퀴 긁히는 소리. 래프킨드의 주석: 이건 웃음소리인 듯?] "여러 가지를, 여러 번 평가합니다. 지금은, 저 아이들을."

"저 여섯이 모두 평가자의 아이들인가요?"

"아이들은 셋이었습니다, 존."

"셋이요? 제대로 보지 못했지만, 그보다 확실히 많았어요."

"아이들은 셋이었습니다."

[회상 종료.]

·ııl|ıın· ·ııl|ıın· ·ııl|ıın·

TE 임무의 팀 클로그, 다-만카나
앤젤라 휘턴의 포스트 — 공개

일시 : 2204. 1. 24. 12:40

[코그넷이 최적화함!]

오늘 남동부 본 대륙의 추가 스캔을 했어요. 거기 팔라듐 매장량이…… 코그넷–팰리너지 합병 이후로 주가 봤어요? 세상에, 나 정말로 죽기 전에 학자금 대출 다 갚을 수 있을지도 모르겠어요.

또 도시 주위 몇몇 매장층에 칼슘 농도가 특이한 것도 확인했어요. 헥터가 현지인 하나와 근처 부지를 확인하러 갔는데 노천굴 무덤을 봤대요. [시각 오버라이드 임베드에 딸린 주석: 종류에 따라 정리한 깨끗하고 윤이 나는 뼈 수백 개가 길고 질서정연하게 줄지어 있음.] 구덩이 하나는 깊이가 100미터 내외이고 뼈와 흙이 겹겹이 쌓여 있었어요. 현지인은 뼈를 "치른 값"이라고 불렀어요. 의례인가? 지적생물학 검토를 위해 태그합니다.

아, 헥터는 이 무덤구덩이들이 "지××게 오싹하다"는 가설을 공식 팀 기록에 적어 달라고 요청했어요. 그래서 적어 두었습니다.

회상 기록, 웨이 아이후아
현지 유력자와의 만남 2

일시 : 2204. 1. 24. 13:10

[코그넷이 최적화함!]

[청각 이외의 모든 감각 회상은 라이트스트리밍을 돕기 위해 억제함.]

"빤히 쳐다봐서 죄송합니다, 평가자님. 하지만 모습이 너무 달라 보여서요."

"지난번에 만난 이후로 적응하려고 매우 노력했습니다. 내 모습이 마음에 듭니까?"

"어떻게 받아들여야 할지 사실 잘 모르겠네요. 당신은 마치……."

"당신과 더 비슷합니다."

"……네."

"이것이 불안하군요."

"놀랍네요, 평가자님. 내 행성에서는 환경과 비슷해지기 위해 색을 바꿀 수 있는 생물이 있는데…….[시각 오버라이드 임베드에 딸린 웨이의 주석: 평가자의 얼굴. 주둥이가 짧아지고 귀 위치가 머리 위가 아니라 옆으로 바뀐 것에 주목할 것.]"

"어려웠습니다, 네. 당신들은 이상하게 설정되어 있습니다. 안은 더 이상합니다."

"안을 어떻게……."

"당신의 피 맛은 더 흥미롭습니다. [침묵] 당신을 먹을 의도는 없습니다, 아이후아."

[웃음] "아, 미안해요. 나의 세계에는…… 음. 우리 오락에는 우리를 먹어 치우려는 무서운 생물들이 가득하죠."

"오락? 하지만 당신들은 최상위 포식자 아닌가요?"

"그런 것 같네요. 흠. 아마 그래서 잡아먹힌다고 생각해도 정말로 두렵지는 않은 모양이죠."

[숨을 세게 몰아쉬는 소리. 웨이의 주석: 평가자는 인간의 웃음소리를 흉내 내는 것 같다.] "네, 두려워할 필요가 없군요! 말해 보세요, 아이후아. 왜 아이를 갖지 않습니까?"

"네?"

"왜 아이를……."

"미안해요, 들었어요. 그 질문이 그러니까, 우린 일상 대화에서 보통 묻지 않는 것이라서."

"기억해 두고 적응하겠습니다. 지금은, 대답해 주겠습니까?"

"음, 우리에겐 인구 과잉과 그 영향이라는 문제가 있어요. 밀집, 주택 부족, 기아, 그밖에 더 심한 것들. 지금 수정 중이지만, 이 문제가 발생하는 데 오래 걸렸으니 해결하는 데도 오래 걸리겠죠."

"그럼 그사이에 당신들은 그저 고통당하기만 합니까?"

"불행히도 그래요. 다른 지적 종족과 무역 네트워크를 형성한 것이 도움이 되고 있어요. 그래서 내 행성에서 이용할 수 있는 자원이 늘어나니까요."

"하지만 자원이 늘어나면 당신들 숫자는 계속 증가할 겁니다. 당신들을 멈추게 할 것이 없습니다."

"우리에게도 지성이 있고, 그런 증가가 지속 가능하지 않다는 걸 알 수 있죠. 그래서 우리 중에 일부만 자녀를 낳기로 선택해요. 나는 낳지 않기로 선택했어요."

"알겠습니다. 하지만 지속 가능한 증가가 가능하다면?"

"아마 아이를 가졌겠죠. 어쩌면요. 하지만 그건 불가능한 일이라 난 아이를 안 가질 거예요. [한숨] 자. 화제를 바꾸려는 게 아니라, 내 세계에서 맛있는 것을 좀 나누려고 가져왔는데⋯⋯."

"좋습니다. 당신 세계의 맛있는 것을 먹는 것에 큰 관심이 있습니다. 그리고 이런 말을 해도 된다면, 아이후아, 당신 머리카락 빛이 오늘 아주 멋지군요."

[회상 종료.]

·┈╍║┃╏┈· ·┈╍║┃╏┈· ·┈╍║┃╏┈·

미국 태양계 외 행성 조사 — 각서
레벨 : 공식
우선순위 : 중간
발신자 : 살림 길베르토, FC팀 생물학 조사자

일시 : 2201. 11. 13. 03:00

[코그넷이 최적화함!]

존경하는 조사 위원회 여러분, 동료 및 친구 여러분께

제가 작성한 FC 보고서를 보시면 다-만카나에 굉장히 다양한 종이 살고 있다는 사실을 아실 수 있을 겁니다. 아직 인류세(人類世)의 도래로부터 회복하지 못한 우리보다 훨씬 더 다양한 수였습니다. 하지만 겨우 200만 년 전, 다-만카나에는 현재보다 세 배나 더 많은 종이 살았습니다.

무엇이 그런 대학살을 초래한 걸까요? 증거에 따르면 몇 가지 주요 먹이 그물에 침입이 있었던 것 같습니다. 제3차, 제2차 소비자를 마구 먹어 치워 자신의 멸종을 일으킨 잡식성 포식자. "슈퍼 포식자"란 대중 과학에서나 쓰는 자극적인 용어일 수 있지만, 다-만카나는 우리가 가장 가까이에서 이 진화의 유령을 목격한 곳이 될 수도 있습니다. 그들이 남긴 피해는 여전히 관찰됩니다. 거대동물의 상대적 부족, 포식자 대 사냥감의 편향된 비율, 이 행성이 생산하는 에너지에 비해 전체적으로 부족한 생물량.

무역 수립 이전 시기에 대한 추가 연구를 강력히 추천하는 바입니다.

FC 보고서 발췌, p.530 : 외계인학 노트

일시 : 2201. 7. 7. 6:32

[코그넷이 최적화함!]

[일부 데이터 손실 발생. 약 127일 후 재편집 가능.]

[버퍼링……] 길베르토 박사의 주장과는 반대된다.

크레이터 크기가 작다. 공룡의 멸종을 촉발시킨 것으로 대체로 믿고 있는 지구의 칙술루브 크레이터* 절반에 못 미치는 크기다. 분명 재난에 필적하는 지역 피해를 일으키기에는 충분하지만, 이것이 대량 멸종을 설명할 수는 없다.

해저에서 채취한 주요 샘플은 풍부한 팔라듐과 [버퍼링……]

╌╍╌║║╟┼╍╌ ╌╍║║╟┼╍╌ ╌╍║║╟┼╍╌

무역 수립 임무 팀 클로그 — 다-만카나
헥터 프린시피의 포스트 — 팀 전용

일시 : 2204. 1. 25. 06:30

---

* 멕시코 유카탄 반도에 위치한 거대한 운석 충돌구.

[코그넷이 최적화함!]

두서없는 글이라면 미안해요. 잠이 안 오네요. 이론 시간을 가집시다!

만카 종족이 더 없는 이유가 뭘까요? 그들은 칼 세이건이 말하는 "테크놀로지의 청소년기"에 도달하기 충분한데. 우리는 그 상황을 워낙 많은 행성에서 보았기 때문에, 사실 자연법칙이나 마찬가지잖아요. 만카 종족도 우리처럼 솔기가 터지도록 증가하고 있어야 해요. 하지만 만카 종족은 사회자원에 딱 적당한 인구만 있어요. 아무도 굶주리지 않고. 일 없는 청년도 없고. 모두에게 충분한 정도.

그렇다면. 눈에 띄지 않는 사회 통제인가? 카마 리듬 메소드 수트라? 조직 적합성의 위기?

웨이의 댓글:

어쩌면 테크놀로지의 10대 시절을 지났을지도 모르죠. 길베르토가 말한 멸종은?

프린시피의 댓글:

200만 년 전이라면 테크놀로지 영아기였어요. 아니면, 출산 전이든가. 만카 선조들은 아마 도구도 쓰지 못했을걸요.

휘턴의 댓글:

딴 이야기지만, 내가 계속 무슨 생각을 하고 있는지 알아요?(나도 잠이 안 와서.) 건축이요. 중요한 건물에는 전부 네 개의 첨탑이 있어요. 미술 모티프에는 모두 네 개의 잎이 있고. 그들 손가락은 여섯 개예요. 성별은 세 가지이고. 대체 왜 4를 숭배하는 걸까요? 그들의 수학은 뭔가요?

왕의 댓글:

8진법. 아주 짜증 남. 내 보고서로 벌 수 있는 저작권료를 전부 다시 계산해야 했음. 그렇지만, 이것도 4의 변주죠. 젠장, 오 다크 서티*에는 이론 정리가 안 되네. 어서 자요, 유인원들.

∿∥∥∥⊪ ∿∥∥⊪ ∿∥∥∥⊪

CogNet 발신자 : 탠디위 솔로몬
수신자 : 우 리 바이
번역 : 영어-중국어
일시 : 2206. 12. 16. 20:02

존경을 담아 인사드립니다, 우 박사님. 저는 로즈 대학교 태양계 외 지적 능력 학과의 탠디위 솔로몬입니다. 저는《응용 지적생물학 저널》에 실린 박사님의 성명서에 관심을 갖게 되었습니다. 이 분야에서 일하며 실수를 저지르기 얼마나 쉬운지 보아 온 사람으로서,

---

* oh dark thirty, 미 군사용어에서 나온 말로, 이른 새벽을 의미함.

퍼스트 컨택트와 무역 확립 사이에 최소한 10년간의 조사를 추천하신 데 저도 진심으로 동의합니다.

선생님, 선생님께서는 웨이 아이후아의 박사 후 과정 중에 멘토가 되어 주신 걸로 알고 있습니다. 그녀의 최근 임무에 대해 브리핑을 받으셨습니까?

우 리 바 이의 스레드 답신

그럼요, 받았습니다, 솔로몬 박사님. 제게 질문하시는 걸 보니, 박사님도 받았겠군요. 박사님의 UC 승인은 아직 유효하겠지요?

탠디위 솔로몬의 스레드 답신

그렇습니다, 선생님. 하지만 완전한 공개를 위해서 말씀드리면, 제 레벨은 기밀입니다.

우 리 바 이의 스레드 답신

거기에 맞추어 제 답변을 조정하겠습니다. 질문이 무엇인가요?

탠디위 솔로몬의 스레드 답신

웨이 박사가 외로웠나요?

·⊪⊪⊪⊪··· ·⊪⊪⊪⊪··· ·⊪⊪⊪⊪···

회상 기록, 웨이 아이후아
현지 유력자와의 만남 5

일시 : 2204. 1. 26. 10:30

[코그넷이 최적화함]

[청각 이외의 모든 감각 회상은 라이트스트리밍을 돕기 위해 억제함.]

"그러니까 노인이 말했어요. '왜 항상 학자들이지?'" [웃음]

[웃음. 웨이의 주석: 평가자의 웃음소리는 이제 완전히 인간 같다. 강한 억양도 현저히 줄어들었다.] "당신들의 이야기는 참 재미있습니다."

"할머니가 그 말을 들으면 좋아하시겠네요."

"할머니?"

"부모님의 여자 부모님이에요. [한숨] 내가 돌아가면 아마 돌아가셨을지도 몰라요. 그걸 바라야 할지, 말아야 할지 모르겠어요."

"오?"

"내가 떠난 지 5년이 지났어요. 할머니는 암이셨어요. 할머니의 경우에는 고칠 수 없는 병이에요. 아주 천천히 고통스럽게 죽는다는 뜻이죠. 부모님이 할머니를 돌보고 계신데……."

"당신들은 남성과 여성뿐입니다. 이들이 양육자 역할을 합니까?"

"음, 그렇게 이분법적이진 않은데…… 필요하면, 그래요."

"그럼 아무도 평가자 역할은 하지 않습니까? 가엾은 당신 할머니."

"음, 잘 모르겠어요. [침묵] 오 신이시여."

"기도하는 것입니까?"

"아뇨, 그냥 놀랐어요. 당신들의 또 하나의 성별. 남성, 여성, 양육자 같은 것. FC팀이 그걸 완전히 착각했군요. 세 가지가 아니라, 네 가지 성별이었어요!"

"네, 그 인간들은 다-만카나에 아주 느리게 적응했습니다. 당신은 훨씬 더 적합하고 영리합니다."

"평가자님, 내 동료들과 이야기를 해 봐야겠어요. 하지만……음…… 내일 다시 와서 이야기해도 될까요?"

"그렇다면 큰 즐거움이 될 겁니다, 아이후아."

⣿⣿⣿⣿⣿⣿⣿

CogNet 발신자 : 헥터 프린시피

수신자 : 앤젤라 휘턴

우선순위 : 긴급

일시 : 2204. 1. 31. 04:00

[코그넷이 최적화함!]

[긴급 프로토콜에 의거 감각 회상 유지.

추가 라이트스트리밍 지연 +185일.]

앤젤라. [땡] 앤젤라. 젠장, 제발 좀 일어나! 그리고 이걸 아이후아에게 전달해. 아 제발 이걸 아이후아에게 전달하라고.

좋아. 맑은 정신으로. 좋아요. 매장지에 다시 갔어요. 뭔가 자꾸 마음에 걸려서. 이번에는 그 정체를 깨달았어요.

뼈가 대부분 작아요. 아이들의 뼈예요.

이론 시간. 우리 종족이 너무 은밀한 적에게 위협을 받아서 일반적인 생존 기술로는 당할 수 없다고 가정해요. 위장을 잘해서 사냥 중에 정말 가까이 다가올 수 있는 적이에요. 아마 아주 가까운 곳에서도 당신을 속일 수 있겠죠. 당신 종족 중에 가장 약한 일원들을 내내 보호하는 전문가, **양육자**만이 그런 적에 맞서 생존할 희망을 줄 수 있다면? 그런데 만약, 그 양육자조차 적을 막지 않는다면? 만약, 결국에는 적을 이기지 못해서, 그들과 하나가 된다면?

아이후아는 평가자의 모습이 변한다고 했어요. 내 추측으론 평가자가 생식에서 남성이나 여성을 대신할 거예요. 항상 그런 건 아니지만, 자신을 영속시킬 만큼만. 하지만 그들은 사실 남성도 여성도 아니에요. 그들에겐 변신 능력이 있으니까! **진짜 만카** 남성과 여성은 우리랑 같아요. 양육자는 자식을 키우고 보호해요. 자식들이 진짜 잠재력을 보여 줄 수 있는 나이까지만. 그다음에 어떻게 될까요?

그들은 평가자에게 가요. 아이들 중 일부, 가장 건강하고 가장 적응능력이 강한 아이들은 살아요. 하지만 그들만 사는 거예요. 나머지는—아마도 늙고 병든 이들과 함께—만카 종족이 후손을 위해 지불하는 값이 되는 거예요.

길베르토의 슈퍼 포식자 말이에요, 앤젤라. 아이후아는 지난주 매일 밤마다 그 슈퍼 포식자와 저녁을 먹고 있었어요.

PANet 발신자 : 폴 스리니바선

수신자 : 탠디위 솔로몬

일시 : 2206. 12. 18. 06:10

어우. 공공 액세스 스트리밍 때문에 말 그대로 머리가 아프네요. 어쨌든, 코그넷-펠리너지에서 일하는 내 친구 있잖아요? 웨이 아이후아의 개인 기록이 라이트스트리밍된 걸 알아냈어요. 누군가 그걸 삭제하라고 명령했어요.

그 사람이 앤젤라 휘턴이 다시 보낸 TE 조사위성 지도에도 규제를 잔뜩 걸어 놨어요. 나는 규제를 뚫을 수는 없지만, 그걸 보면 그녀가 말한 팔라듐 매장층 범위와 위치를 알 수 있을 거라고 짐작하겠어요. 그래서 승인이 일괄 처리되고 있는 거죠. UC는 빅 퓨전에서 압력을 잔뜩 받고 있으니까요.

스레드 답글: 탠디위 솔로몬

무슨 소리예요? UC는 그놈의 서류에 적힌 다른 내용은 읽어 보기나 한 거예요? 웨이 아이후아가 죽지 않았을지도 모른다는 걸 알고는 있는 거예요?

스레드 답글: 폴 스리니바선

TE 우주선이 폭발한 지 3년이 지났어요. 그녀가 아직 살아 있다면, 그동안 어디 있었을까요?

스레드 답글: 탠디위 솔로몬

나도 모르지만, 3년이면 스톡홀름 신드롬이 자리 잡기에 충분한 시간이죠. 특히 그녀의 억류자들이 점점 더 인간처럼 변하고, 동정적이고, 매력적이 된다면…….

스레드 답글: 폴 스리니바선

아뇨. 그들은 다른 종족이라고요, 탠디.

스레드 답글: 탠디위 솔로몬

만카는 다른 종족이죠. 평가자들은 원하면 뭐든지 될 수 있어요. 원하면 인간이 된다고요! UC 사령부에 다-만카나를 격리하라고 요청해야 해요.

스레드 답글: 폴 스리니바선

TE팀에 생존자가 남아 있다면, 그렇게 그들의 발을 묶을 수 있겠죠.

스레드 답글: 탠디위 솔로몬

그래요. 특히 생존자가 있다면 말이죠.

‧‧‧ı111ll111‧‧‧ ‧‧‧ı111ll111‧‧‧ ‧‧‧ı111ll111‧‧‧

UC 무역 수립 위원회
발췌, 다-만카나 지도자들에게 보낸 서신
일시 : 2206. 12. 20. 15:45

[UC넷이 라이트스트리밍 최적화함]

지구 연합 커뮤니티(United Communities)는 또한, TE 우주선 폭발에서 유일하게 생존한 웨이 박사를 보호해 준 것에 다-만카나 여러분께 진심으로 감사드립니다. 그 후 출산 중 사망했음에도 불구하고, 박사와 그녀의 아이를 구하고자 한 여러분의 단호한 노력은 칭송받아야 마땅합니다. 웨이 박사, 프린시피 전문가 그리고 TE팀 전체의 이름으로 기부 신탁 기금이 마련되었습니다. 그들의 임무에서 태어난 아이는 영웅적인 유산의 계승자로서, 고향에서 환영과 사랑을 받으며 영예롭게 자랄 것입니다.

평화와 희망 속에서, 우리는 상호 번영의 미래를 기대하고 있습니다.

깨어서 걷기

Walking Awake

엔리를 데리러 온 마스터는 비교적 젊은 육체를 입고 있었다. 세이디는 그 육체의 연령이 아마 50세쯤 되었을 거라고 짐작했다. 건강하고 좋은 상태에, 얼굴은 여전히 잘생겼다. 20년은 수월하게 더 쓸 만했다.

그 주인이 세이디의 시선을 알아차리고 소리 내어 웃었다.

"나는 50세를 넘기는 법이 없지." 마스터가 말했다. "너도 그때가 되면 이해할 거다."

세이디는 재빨리 시선을 내리깔았다. "물론입니다, 선생님."

그것은 몸의 눈을 돌려 엔리를 살폈고, 엔리는 자기 감방에서 가만히 앉아 있었다. 엔리가 알고 있음을, 세이디는 곧바로 알아차렸다. 세이디가 엔리에게 말한 적은 없었다. 어느 아이에게도 말한 적 없었다. 그녀는 그들의 보호자였고, 그 사실은 **보호**와는 무관했으니까. 하지만 엔리는 항상 다른 아이들보다 직관력이 뛰어났다.

세이디는 목청을 다듬었다. "죄송합니다만, 선생님. 이동 센터로 돌아가는 것이 좋습니다. 아이를 준비시켜야 하고…….”

“아, 그럼, 물론이지. 미안하군. 내 신청이 처리되기 전에 아이를 한번 보고 싶었을 뿐이다. 언제 서류 작업에 문제가 생길지 아무도 모르는 일이니까.” 그것은 미소를 지었다.

세이디는 고개를 끄덕이고 뒤로 물러나 마스터에게 먼저 감방에서 나가라고 손짓했다. 엘리베이터로 걸어가는 동안, 그들은 세이디의 조수 보호자 두 사람을 지나쳤는데, 그들은 포틴 메일(14 남성)에게 그날의 식사를 나눠 주고 있었다. 세이디는 카리다드와 눈을 마주친 뒤 가서 엔리를 데려오라고 신호했다. 의식은 치르지 않고. 이 시점에서 의식을 거행한다면 잔인한 짓이 될 것이다.

카리다드는 지시를 알아차리고 미세하게 몸을 떨었지만, 곧 정신을 차리고 끄덕였다. 청각장애인 올리비아는 미처 고개를 들고 세이디의 신호를 보지 못했지만, 카리다드가 팔을 건드린 뒤 반복해서 알려 주었다. 올리비아의 얼굴에 긴장감이 떠올랐지만, 곧 순응의 가면을 썼다. 두 여자는 47번방으로 향했다.

“여기 아이들은 보기 좋게 건강한 것 같군.” 엘리베이터에 탈 때 마스터가 말했다. “마지막 몸은 서던에서 얻었는데. 거긴 애들이 가로장처럼 말랐어.”

“운동이죠, 선생님. 저희는 원하는 아이들에게 트레이닝 요법을 제공합니다. 대부분이 원하죠. 또 근육 성장에 도움이 되도록 영양소를 혼합합니다.”

“아. 그렇지. 저 새로 온 애가 2미터가 넘을 것 같은가?”

“그럴 수도 있습니다, 선생님. 혈통 기록을 확인해 볼 수도…….”

"아니, 아니, 그럴 것 없어. 놀라는 게 좋으니까."

그것은 세이디에게 어깨 너머로 윙크했다. 그것이 다시 앞을 보았을 때, 세이디는 그 몸의 목덜미에 반쯤 묻혀 있는 게처럼 생긴 것에 눈길이 갔다. 세이디가 지켜보는 동안에도 그 게처럼 생긴 것의 다리 하나가 살갗 바로 아래서 움직여 그 자리의 힘줄을 쥐었다가 놓고 있었다.

세이디는 눈길을 돌렸다.

카리다드와 올리비아가 곧 내려왔다. 엔리는 의식 복장—네크라인이 낮은 무늬 없는 셔츠와 바지, 둘 다 진홍색으로 염색한 것—을 하고 두 여자 사이에 있었다. 엔리는 세이디에게 시선을 꽂은 채 절망과 배신감을 드러내다가, 이동실 문을 통해 사라졌다.

"예쁜 눈이군." 마스터는 세이디에게 작성한 신청서를 건네며 말했다. "어서 다시 파란 눈을 입고 싶군."

세이디는 그것을 이동 센터로 안내했다. 그들이 두 번째 문을 지나는 동안, 타워의 공허한 메아리가 좀 더 부드럽고 가까운 음향으로 바뀌었다. 센터의 응접실에는 보석 같은 벽에 마룻바닥, 고급스럽고 우아한 브로케이드 천을 댄 호화로운 가구가 있었다. 스피커에서 잔잔한 음악이 흘러나왔다. 맨틀 가운데 향로에서 향이 타고 있었다. 많은 마스터들이 이동 후 감각을 시험하고 싶어 했다.

이 마스터는 지나가면서 모든 것을 형식적으로 쳐다보았다. 응접실 옆에 이동실이 있었다. 두 개의 긴 금속 테이블, 하수구가 있는 타일 바닥, 씻어 내고 소독하기 쉬운 우아한 거울 유리벽. 열린 문을 통해 세이디는 엔리가 벌써 왼쪽 테이블에 엎드린 채, 팔을 벌리고 묶여 있는 것을 볼 수 있었다. 엔리의 머리는 턱받이 위에 버클로 채워져 있었지만, 거울 벽에 비친 그 애 눈이 세이디에게로 향했다. 그 시선에 당연히 기대 따위는 없었다. 그는 두려워해야 한다는 것을 알았다. 세이디는 시선을 돌리고 마스터가 지나갈 때 문 앞에서 고개를 숙였다.

마스터는 오른쪽 테이블로 걸어가며 셔츠를 벗었고, 그 방의 문이 아직 열린 것을 보고 걸음을 멈췄다. 그것은 세이디를 향해 그 몸의 눈썹 하나를 치켜뜨며 프라이버시를 원한다고 표시했다. 세이디는 침을 삼키고, 흘러가는 시간을, 마스터를 불쾌하게 만드는 위험을, 엔리의 무시무시하게 흔들림 없는 시선을, 고통스러울 만큼 의식했다. 그녀는 계속 있을 생각이었다. 엔리에게 평생 거짓말을 한 그녀가 할 수 있는 최소한의 일이었다. 그녀는 거기서, 엔리가 자기 눈으로 보는 마지막 모습이 자신을 사랑하고 고통을 애도하는 사람이 되도록 해 줄 생각이었다.

"노스이스트 인류 생산 시설을 선택해 주셔서 감사합니다." 세이디는 마스터에게 말했다. "노스이스트는 여러분의 만족을 언제나 보장해 드립니다."

그녀는 문을 닫고 걸어 나갔다.

그날 밤, 세이디는 엔리의 꿈을 꾸었다.

이건 드문 일이 아니었다. 그녀의 꿈은 항상 위험하리만큼 생생했다. 어릴 때 그녀는 잠든 채 걸어 다녔고, 깨어 있는 줄 혼동하여 남을 공격했고, 아무도 말하지 않는데 음성을 들었으며, 입술을 깨물어 피바다를 만들기도 했다. 세이디의 보호자들이 그녀를 의사에게 보내자, 의사는 조울증이라는 진단을 내렸다. 뇌 화학반응 결함이었다. 당시 세이디는 이 일로 제정신이 아니었지만, 정책은 아주 분명했다. 어떤 마스터도 완벽한 숙주가 아니면 가지지 않을 것이다. 세이디는 처리장이나 농장으로 보내질 수도 있었으나, 그 대신 불규칙한 신경 전달물질을 안정화시키는 약을 받고 다른 시설인 노스이스트로 보내져 보호자 훈련을 시작했다. 그리고 잘 해냈다. 하지만 성인이 되고 약을 먹으면서 그 결함의 다른 증상은 완화되었지만, 꿈은 여전히 강렬했다.

이번에 세이디는 광활한 목초지에서, 허리까지 오는 풀과 여름 꽃에 에워싸여 있었다. 그녀는 목초지를 단 한 번, 시설에서 보호자 훈련을 시작하러 가는 동안 보았고, 그 사이를 실제로 걸어 본 적은 없었다. 땅은 발밑에서 울퉁불퉁하고 부드럽게 느껴졌고, 가벼운 산들바람에 주위 풀에서 바스락거리는 소리가 났다. 그 소리 아래서 다른 무엇의 소리가 드문드문 들리는 듯했다. 여러 음성이 속삭이는 것 같지만, 무슨 말인지 알아들을 수는 없었다.

"세이디?"

엔리가 뒤에 있었다. 세이디는 돌아서서 엔리를 쳐다보았다. 엔리 자신이었다. 놀라서 눈을 휘둥그렇게 뜬 채. 하지만 세이디는 전이실에서 비명을 들었고, 피와 담즙 냄새를 맡았고, 그의 몸이 이동실에서 나와 열네 살짜리 소년이 결코 짓지 않을 만족스러운 미소를 던지는 것을 보았다.

"진짜 세이디네." 엔리가 빤히 쳐다보며 말했다. "다시 볼 줄 몰랐어."

그건 단지 꿈이었다. 그래도 세이디는 말했다. "미안해."

"괜찮아."

"어쩔 수 없었어."

"알아." 엔리는 진지한 표정을 짓더니 한숨을 쉬었다. "처음에는 화가 났어. 하지만 계속 생각했어. 세이디도 힘들었을 거야. 우리를 사랑하지만, 그들에게 계속해서 넘겨야 하잖아. 그런 일을 계속 시키다니, 그들이 잔인한 거지."

잔인. 그렇다. 하지만. "그래도……" 세이디는 말을 멈춘다.

"세이디가 선택당하는 것보다는 낫지." 엔리는 시선을 돌렸다. "그래. 그렇지."

하지만 엔리는 세이디에게 다가왔다. 그들은 한동안 걸으며 종아리에 풀이 닿는 소리를 듣고 발가락 사이에 닿는 흙에서 희한하게 깨끗한 흙냄새를 맡았다.

"이럴 수 있어서 기쁘다." 세이디가 한참 뒤에 말했다. 그녀의 음성은 이상하게 부드러웠다. 여기 땅은 시설의 매끄러운 복도처럼 메아리치지 않았다. "널 만나서. 단지 꿈일 뿐이라도."

엔리는 양옆으로 손바닥을 펼치고 걸어가면서, 흔들리는 꽃이 손바닥을 간질이게 했다.

"꿈을 꿀 때 여기저기 다녔다고 한 적 있잖아. 어쩌면 이건 진짜일지도 몰라. 어쩌면 세이디가 진짜로 나랑 여기 있을지도 모르지."

"그건 '여기저기 다닌' 게 아니라 몽유병이었어. 그리고 그건 진짜 세상이었어. 이렇지 않았어."

엔리는 고개를 끄덕이고 잠시 아무 말도 하지 않았다.

"다시 보고 싶었어. 너무 많이 원했어. 어쩌면 그래서 내가 여기 온 걸 거야." 엔리는 그녀를 쳐다보며 아랫입술을 깨물었다. "어쩌면 세이디도 날 보고 싶었겠지."

그랬다. 하지만 세이디는 도저히 그렇게 말할 수 없었다. 그렇게 생각만 해도 마음속이 온통 아파서 찢어질 것 같았고, 꿈은 연약했으니까. 뭐든 너무 지나치면 꿈을 부술 것 같았으니까. 세이디는 본능적으로 그걸 느낄 수 있었다.

하지만 세이디는 엔리의 손을 잡았다. 살아서 단둘이 있을 때 너무나 자주 그랬던 것처럼. 엔리의 손가락이 잠시 그녀의 손을 꼭 쥐더니 놓았다.

그들은 언덕에 다다랐는데, 세이디가 전에 본 적 없는 풍경을 내려다보는 곳이었다. 이따금 한 그루씩 서 있는 나무뿐인 광활한 평지에 목초지와 언덕이 있었고, 멀리는 짙고 알록달록한 녹색 덩어리가 있었다. 저게…… 정글일까? 숲일까? 그 차이가 무엇일까? 세이디는 알 수 없었다.

"다른 애들은 우리가 예전에 가까운 사이라서 내가 여기 왔다고 생각해." 엔리가 조금 수줍게 말했다. "또 세이디가 꿈을 잘 꾸니까. 세이디가 날 중간에서 만나 주지 않는다면, 내가 손을 뻗는 건 상관 없었을 거야."

다른 애들? "그게 무슨 말이야?"

엔리는 어깨를 으쓱였다. 그러니 마지막으로 보았을 때 입었던 목이 깊이 파인 헐렁한 셔츠가 뒤로 조금 넘어가면서 매끈하고 흠결 없는 목덜미와 등이 드러났다. "통증이 느껴진 뒤엔 머릿속에 어둠 말고 아무것도 없어. 소리를 지르면 속삭임처럼 들려. 내 몸을 때리면 꼬집는 것처럼 느껴져. 생각 말고는 아무것도 제대로 되지 않아. 그리고 생각할 수 있는 건 얼마나 자유를 원하느냐는 것뿐이야."

세이디는 스스로에게 그런 상상을 결코 허용하지 않았다. 결코, 단 한 번도. 그런 것은 위험한 생각, 마스터들이 원하는 것을 계속하고, 그런 일을 하는 동안 비명을 지르지 않는 능력에 위협이 되는 생각이었다. 심지어 자유라는 단어가 떠오르면, 세이디는 보통 곧바로 다른 생각을 했다. 그런 것을 꿈꾸어서는 안 될 일이었다.

하지만 마치 상처 딱지를 뜯는 것처럼, 세이디는 이런 질문을 멈출 수 없었다. "너는…… 잠들 수 있어? 아니면? 어떻게든 생각을 멈출 수 있어?" 뜯고, 뜯고. 탈출구 없이 그렇게 영영 갇혀 있다니 끔찍할 것이다. 뜯고, 뜯고. 세이디는 늘 마스터를 몸에 싣는 건 무(無)를 의미한다고 생각했었다. 망각을. 이건 그보다 더 나빴다.

엔리가 돌아서서 쳐다보자 세이디는 걸음을 멈췄다.

"그 안에서 혼자가 아니야." 속삭임이, 그들 주위에서 온통 들려왔다. 이제 세이디도 확실히 알 수 있었다. 엔리의 눈은 커다랗고 새파랬고 깜빡임 없이 세이디를 바라보고 있었다. "어둠 속에 갇혀 있는 건 당신만이 아니야. 여긴 다른 애들도 많아. 나랑 같이."

"나…… 난……." 세이디는 알고 싶지 않았다.

뜯고, 뜯고.

"마스터들이 가진 다른 애들 전부."

마스터는 몇 세기나 살 수 있었다. 그럼 몸이 몇 개나 되었을까? 몇 명이나 되는 다른 엔리들이 소리 없이, 꿈에서만 자신으로 존재하며 있을까? 수십?

"마스터들이 우릴 지배해 온 세월 내내, 모든 마스터에게서 나온 우리 모두 있어."

수천. 수백만.

"그리고 세이디 같은 사람들도 있어. 마스터는 없지만, 꿈을 잘 꾸고 우리처럼 자유로워지고 싶어 하는 사람들. 그밖에는 아무도 우리 소릴 들을 수 없어. 들을 필요가 없으니까."

세이디는 고개를 저었다. "아냐." 그녀는 손을 내밀어 엔리의 어깨를 건드렸다. 그러면 깨어날 수 있을까 하고. 기억하는 그대로의 느낌이었다. 뼈가 앙상하고, 부드럽고, 만지면 거의 뜨거운. 마치 그 애 안의 생명이 그녀의 것보다 훨씬 더 밝고 강한 것처럼. "나······ 나는 원하지 않아." 세이디는 '그 말'을 입에 담을 수 없다.

뜯고, 뜯고.

"우린 아직 모두 여기 있어. 우린 죽었지만, 아직 여기 있어. 그리고······." 엔리는 망설이더니 눈을 내리깔았다. "다른 애들이 당신이 우릴 도와줄 수 있대."

"아냐!" 세이디는 엔리에게서 손을 놓고 안팎으로 덜덜 떨며 뒤로 물러났다. 이런 위험한 생각을 들을 수 없었다. "이런 건 원하지 않아!"

세이디는 어두운 칸막이 방에서 깨어났다. 얼굴에 눈물범벅이 되어서.

이튿날 한 마스터가 여자의 몸으로 도착했다. 그 몸은 전혀 늙지 않았다. 마흔 살인 세이디보다 젊었다. 세이디는 그 마스터에게 신청 자격이 제대로 있는지 데이터베이스를 꼼꼼히 확인했다.

"나는 무용가다." 마스터가 말했다. "내 예술을 위해 특별 허가를 받았다. 무용에 소질이 있는 여자가 있나?"

"없는 것 같은데요." 세이디가 말했다.

"텐-36이 어떨까요?" 마스터의 입 모양을 읽은 올리비아가 다가와서 미소를 지었다. "운동/예술 훈련을 선택했어요. 텐-36은 댄스를 좋아해요."

"그걸로 하지."

"이제 겨우 열 살인걸요." 세이디는 마스터가 자신의 분노를 알아차릴까 봐 올리비아를 보지 않았다. "너무 어려서 전이 후에 생존하기 어려울 수 있어요."

"아. 나는 빠르게 몸을 통제하는 솜씨가 좋아. 트라우마가 심하면 재능이 망가질 테니까, 결국은."

"데려오겠습니다." 올리비아가 말했고 세이디는 신청서 준비를 시작할 수밖에 없었다.

올리비아가 데리고 내려왔을 때, 텐-36은 환하게 웃고 있었다. 텐의 아이들은 모두 계단에 늘어서 있었다. 그들은 동갑 친구 하나가 조기 이동의 영예를 얻게 된 것에 환호했다. 그들은 마스터를 찬양하는 노래를 부르며 인류를 잘 인도해 달라고 간곡히 권했다. 텐-36은 팔다리가 길고 우아한, 확실한 혈통 기록을 가진 인도-아시안 표현형으로, 밝고 예쁜 아이였다. 세이디는 올리비아를 도와 그 애를 묶었다. 그러는 내내 텐-36은 그들에게 재잘거리며 자기가 어디서 살게 될 것이며 어떻게 봉사할 것인지, 마스터가 상냥하게 생겼는지 물었다. 세이디는 아무 말도 하지 않았지만 올리비아는 보통 하는 거짓말을 늘어놓았다. 마스터들은 늘 친절하다. 텐-36은 남은 평생 마스터의 도시에 있는 높다란 유리성에서 살면서 기적을 경험하고 인간의 정신은 너무 단순해서 혼자 감당할 수 없는 심오한 생각을 할 거다. 그리고 항상 춤을 출 거라고.

마스터가 들어와 오른쪽 테이블에 눕자, 텐-36은 경외감에 조용해졌다. 그 애는 계속 아무 말도 없었다. 그러나 마스터가 예전 몸의 목을 찢고 나와 경련을 일으키는 살 위에 서서 이동실의 찬 공기에 머리 덩굴과 긴 코와 척추 침에서 옅게 김을 올리자, 세이디는 아이가 아무 소리도 내지 않는 게 더 이상 경외감 때문이 아닐 거라고 짐작했다. 그리고 그것은 길게 뻗은 한 팔에서 다른 팔로 건너가 텐-36 속으로 들어가기 시작했다. 자기 솜씨에 대해 한 말은 사실이었다. 텐-36은 두 번 경련을 일으키고 토했지만, 심장은 멈추지 않았고 출혈도 평소보다 심하지 않았다.

"완벽해." 마스터가 마친 뒤 말했다. 그것의 음성은 이제 새된 여자아이 소리였다. 그것은 응접실 소파에 앉아 브로케이드 천을 손끝으로 쓰다듬고 향을 들이마셨다. "놀랍게 예민한 감각이군. 미세 운동 제어 능력도 뛰어나고. 사춘기를 다시 겪는 건 성가시지만, 뭐. 예술가라면 누구나 희생을 겪어야지."

그것이 떠난 뒤, 세이디는 마스터의 예전 몸을 확인했다. 그것, 즉 그녀는 아직 숨을 쉬고 있었지만, 아무 반응 없이 침을 흘리고 있었다. 세이디의 신호에 조수 둘이 그 몸을 처리장으로 인도했다.

그리고 세이디는 올리비아를 찾으러 갔다. "다시는 마스터 앞에
서 내 말에 반박하지 마." 수화를 쓰지 않을 정도로 화가 났지만, 치
미는 분노에도 불구하고 올리비아가 입술 모양을 읽을 수 있도록
너무 빠르지 않게 또박또박 말했다.

올리비아는 그녀를 빤히 보았다. "당신이 텐-36을 기억하지 못한
건 내 잘못이 아니야. 당신이 수석 보호자잖아. 맡은 일을 해."

"기억했어. 텐에게 봉사시키는 게 옳지 않다고 생각한 것뿐이야,
그런……." 그녀는 그 말과 함께 눈을 감았고, 올리비아가 자신의
억양을 듣지 못하고 문장이 끝나지 않은 것을 알아차리지 못하는
것에 감사했다. 그녀는 이렇게 덧붙일 뻔했다. 그 애가 새것이 아니게
되면 바로 던져 버릴 마스터에게.

올리비아는 어이없다는 표정을 지었다.

"무슨 차이가 있다고 그래? 조금 이르거나 늦거나 매한가지지."

세이디는 화가 치밀었다. 이렇게 불같이 화가 나긴 몇 년 만에 처
음이었다.

"네가 봉사할 수 없다고, 애들한테 화풀이하지 마, 올리비아."

올리비아는 움찔하더니 돌아서서 뻣뻣하게 걸어갔다. 세이디는
한참 동안 그녀가 나간 쪽을 쳐다보았고, 화가 가라앉으면서 처음
엔 몸을 떨다가 그저 공허함을 느꼈다. 결국 그녀는 이동실을 치우
러 들어갔다.

그날 밤, 세이디는 다시 꿈을 꾸었다. 이번에는 전에 들었던 것과
같은 속삭임에 에워싸여 어두운 곳에 서 있었다. 소리는 한순간 알

아들을 수 있게 커졌다가 다시 웅얼거림으로 잦아들었다.

여기 **여기** 이곳 기억해 그녀에게 보여 줘 잊지 못해

어둠이 변했다. 세이디는 마스터들의 유리 탑 안이 이렇게 생겼으리라 늘 상상했던, 넓고 벽이 하얀 방을 내려다보는 높은 금속 연단(발코니라고 속삭이는 소리가 말했다.)에 서 있었다. 이것은 싱크대처럼 생긴 것이 길게 늘어서 있고, 거기 연결된 낯선 기계가 가득했다.(실험실.) 싱크대는 전부 수백 개가 있었는데, 각각 끈적이는 파란 액체가 가득 있었고, 그 액체에는 마스터들의 얼룩덜룩한 몸뚱이가 떠다녔다.

속삭임 사이로, 세이디가 아는 목소리가 말했다.

"여기가 그들이 생겨난 곳이야."

엔리.

세이디는 주위를 둘러보았고, 그 애를 볼 수 없는 것이 어쩐지 놀랍지 않았다. "뭐?"

세이디 앞의 장면이 바뀌었다. 이제 싱크대와 기계 앞에 돌아다니는 사람들이 있었다. 그들의 몸은 머리부터 발끝까지 폭신한 흰 옷으로 덮여 있었고, 머리에는 모자도 쓰고 있었다. 그들은 개미처럼 빠르게 돌아다니며 싱크대와 기계를 살피느라 바쁘고 바쁘고 바빴다.

마스터들이 이렇게 태어났다고? 하지만 세이디는 그들이 하늘에서 왔다고 배웠다.

"그건 절대 사실이 아니야. 그들은 다른 것에서 만들어졌어. 기생충. 벌레랑 곰팡이랑 미생물 등등. 그리고 다른 생물에게 자기들이

원하는 대로 시키는 거야."

엔리는 평생 이런 식으로 말한 적이 없었다. 세이디는 몇몇 사람들이 이런 식으로 말하는 것을 들어 보았다. 의학이나 기계 등에 특별한 지식을 가진 드문 보호자들이. 하지만 엔리는 그저 시설의 아이였고, 숙주일 뿐이었다. 그 애는 기대대로 결함이 없다는 점 이외에 특별한 구석이 없었다.

"대부분의 기생충은 진화해서 다른 동물을 차지했어." 엔리가 계속했다. 세이디가 대경실색한 표정을 보았다 하더라도, 엔리는 거기에 반응하지 않았다. "몇몇만 우리에게 조금이나마 위협이 되었어. 하지만 어떤 사람들은 그걸 바꿀 수 있을까 생각했지. 최악의 기생충의, 최악의 부분을 다 모아서 좀 더 수정하고 측정하고 변경하고는…… 그걸 좋아하지 않는 사람들에게 실험했어. 스스로 생각할 자격이 없다고 그들이 판단한 사람들에게. 그리고 결국 효과가 있는 걸 만들어 냈지." 엔리의 표정이 굳더니 세이디가 거울에 비친 자신의 얼굴 말고는 본 적 없는, 쓰라린 얼굴로 문득 변했다. "모든 괴물은 바로 여기 있었어. 우주에 더 찾으러 갈 필요가 없었던 거야."

세이디는 이맛살을 찡그렸다. 그리고 하얀 방은 사라졌다.

세이디는 이동 센터의 응접실보다 더 호화로운, 우아한 가구와 화분에서 자라는 식물, 주춧돌에 올려놓은 기묘한 장식물로 가득한 방에 서 있었다. 빨간 줄무늬와 패턴에 따라 붙인 파란 네모로 화려하게 장식한 커다란 천이 한쪽 구석의 반짝이는 장대에 걸려 있었다. 그것은 아무런 쓸모가 없어 보였다. 아름다운 짙은 색 나무로 만든 커다란 책상이 한쪽에 서 있었고 사방에 창문이—창문이!—있었다. 세이디는 책상과 나머지는 무시하고 밖을 내다보는 경이로운 순간, 보물 같은 순간을 위해 창문으로 달려갔다. 풍경을 가로막는 커다랗고 화려한 장식 천을 스쳐 지나가서 밖을 보았다.

불. 검고 붉게 타오르는 세상. 위를 올려다보니, 폭풍우 전 구름처럼 짙은 연기가 하늘에 낮게 깔려 있었다. 아래에는 한때 분명 도시였던 곳의 폐허가 연기를 올리고 있었다.

등 뒤에서 으르렁거리는 소리와 쿵 하는 소리가 들렸다. 세이디가 두근거리는 가슴으로 휙 돌아보니 그 호화로운 방에 사람들이 있었다. 남녀 넷이 단정한 검정 제복을 입고 버둥거리는 다섯 번째 사람을 끌어 나무 책상에 데려갔다. 이 다섯 번째 남자는 뚱뚱한 50대였는데, 제정신이 아닌 듯 버둥거렸다. 그는 주먹질과 발길질을 하고 고함을 쳤고, 사람들은 그를 엎드리게 해 팔다리를 꽉 붙잡고 뒷목의 옷가지를 찢었다.

한 여자가 들어왔다. 그녀는 손에 큰 그릇을 들고 와서 이제 꼼짝 못 하게 된 남자 옆에 그것을 놓았다. 그녀는 그 그릇에 손을 넣어 마스터를 하나 들어 올렸다. 그것은 팔다리를 움직이더니 머리 덩굴손을 남자의 목에 맞추었다. 마스터가 잠잠해지자 여자는 그것을 남자에게 놓았다.

"안 돼……."

세이디는 모든 이성, 모든 훈련에도 불구하고 앞으로 자신이 달려 나가고 있음을 깨달았다. 이유를 알 수 없었다. 그건 그저 이동일 뿐이고, 이미 수백 번이나 목격한 일이었다. 하지만 옳지 않았다, 절대.(뜯고, 뜯고.) 그는 너무 늙고, 너무 뚱뚱하고, 분명 잘못 키워졌다.

그가 벌을 받는 것일까? 그건 상관없었다. 옳지 않았다. 항상 옳지
않았다.

그녀는 되는 대로 근처 주춧돌의 장식품을, 날아가는 새처럼 보
이도록 조각한 묵직한 돌조각을 집어 들었다. 그것을 들고, 그녀는
검은 옷을 입은 남자들에게 달려가 가장 가까운 뒤통수를 향해 던
졌다. 마스터가 꼼짝 못 하는 남자의 척수에 침을 꽂자 남자가 소리
를 지르기 시작했지만, 그렇다고 세이디는 멈추지 않았다. 그 무엇
도 세이디를 멈추지 못할 것이다. 세이디는 엔리를 취한 것을 죽여
야 했듯이, 이 마스터를 죽일 생각이었다.

"안 돼, 세이디."

새 조각은 세이디의 손에 있지 않았다. 낯선 사람들과 호화로운
방은 사라졌다. 세이디는 다시 어둠 속에 서 있었다. 이번에는 엔리
가, 수백 년의 슬픔에 지친 얼굴로 그녀 앞에 서 있었다.

"그들과 싸워야 해." 세이디는 옆구리에 늘어뜨린 손을 꽉 쥐고,
뭐라 말할 수 없는 감정에 목이 메었다. "우린 절대 싸우지 않아."

나는 절대 싸우지 않았어.

"우린 전에는 싸웠어. 당신이 가진 것 같은 무기, 그 밖에도 많은
무기를 가지고. 너무 치열하게 싸우다가 세상을 파괴할 뻔했고, 결
국 그들이 통제하기 더 쉽게 만들어 주었을 뿐이야."

"그들은 괴물이야!" 그 말을 할 수 있는 기쁨, 그 수치스러운 기쁨
이라니.

"그들은 우리가 만든 존재야."

세이디는 그를 빤히 보다가 마침내 깨달았다.

"넌 엔리가 아니구나."

그는 상처를 받아 잠시 아무 말도 하지 않았다.

"나 엔리야." 그가 한참 만에 입을 열었다. 오랜 세월 쌓인 끔찍한 쓰라림이 그의 눈에서 사라지는 것 같았지만, 완전히 사라지지는 않았다. "전에 알지 못했던 것을 알게 된 것뿐이야. 내가 여기 온 지 오래됐어, 세이디. 난…… 훨씬 나이 든 기분이야." 이제 겨우 이틀 이었다. "어쨌든, 어떻게 된 일인지 알려 주고 싶었어. 세이디는 내 말을 들을 수 있으니까. 내가 말할 수 있으니까. 내가…… 알려야 할 것 같아서."

엔리는 손을 뻗어 세이디의 손을 다시 잡았고, 세이디는 그 애가 고작 파이브-47였을 때 처음 이렇게 손을 잡았던 것을 떠올렸다. 엔리를 어딘가로 데려가려고 손을 잡았는데, 아이가 고개를 들고 세이디를 보았다. 세이디의 머릿속에 음절이, 그저 무작위로 짝지 은 소리가 떠올랐다. 엔리. 마스터들이 세이디와 동료 보호자들에 게 붙여 준 고상한 이름은 아니었다. 세이디는 다른 사람들이 들을 수 있을 때는 그 이름을 한 번도 쓰지 않았다. 하지만 둘만 있을 때 면 그 이름으로 불렀고, 아이는 그걸 좋아했다.

"그들과 싸울 방법이 있으면." 엔리는 세이디를 가만히 쳐다보며 말했다. "할 거야?"

위험한, 위험한 생각이었다. 하지만 상처 딱지는 모두 뜯어 떨어 졌고, 세이디에게서 너무 많은 피가 흐르기 시작했다.

"응. 아니. 난…… 모르겠다."

세이디는 마음이 텅 빈 것 같았다. 마스터들을 공격하게 한 감정은 사라졌고, 그저 무기력만 남았다. 하지만 그녀는 꿈속에서 잡혀와 필사적으로 버둥거리던 남자를 기억했다. 엔리처럼 그도 혼자서 최후를 맞았다.

어쩌면 그도 누군가 가까운 사람에게 배신당했을지도 모른다.

"나중에 얘기해." 엔리가 이렇게 말하고, 세이디는 깨어났다.

독처럼, 꿈에서 떠올린 위험한 생각은 잠든 생각으로부터 깨어 있는 삶 속으로 스며들기 시작했다.

다섯째 날, 세이디는 역사와 봉사라는 과목을 가르쳤다. 그녀는 보통 매주 수업을 위해 아이들을 옥상으로 데려갔다. 옥상에는 가장자리에 높은 담이 있었지만 그것 이외에는 세상을 향해 열려 있었다. 위를 올려다보면 담으로 에워싸인 동그란 하늘이, 눈이 시릴 정도로 새파랗게 빛났다. 그들은 거대한 유리 첨탑의 맨 꼭대기, 마스터들의 도시도 일별할 수 있었다.

"옛날에는." 세이디가 아이들에게 말했다. "사람들이 마스터 없이 살았어. 하지만 우리는 규율을 어기고 어리석었지. 우리는 눈에 보이지 않지만 어쨌든 사람을 죽이는 독극물로 공기를 더럽혔어. 우리는 서로를 때리고 죽였어. 마스터가 우리를 인도하고 우리 생각을 공유하지 않으면 사람들은 그렇게 되는 거야."

조그만 식스 피메일(6 여성)이 손을 들었다. "그 사람들은 마스터 없이 어떻게 살았어요?" 그 생각에 아이는 불안한 것 같았다. "무슨 일을 해야 할지 어떻게 알았어요? 외롭지 않았어요?"

"많이 외로웠어. 그들은 다른 사람들을 찾아서 하늘에 손을 뻗었어. 그렇게 마스터를 찾게 된 거야."

옥상에 올라갈 때는 항상 보호자 둘이 함께해야 했다. 세이디의 마지막 말에 아이들 무리 뒤에 앉아 있던 올리비아가 인상을 찌푸리며 눈을 가늘게 떴다. 세이디는 자신이 "마스터를 찾게 된 거야."라는 말을 했음을 문득 깨달았다. 그녀는 마스터들이 인류를 찾았다고 말할 생각이었다. 그렇게 말하게 되어 있었다. 마스터들이 은혜롭게도 하늘을 떠나 지구에 와서 무지하고 어리석은 인간이 생존하고 자라게 도와준 것이었다.

그건 결코 사실이 아니었어.

세이디는 재빨리 고개를 흔들어 정신을 차리고 고쳐 말했다.

"마스터들은 하늘에서 기다리고 있었어. 우리가 환영하리라는 걸 알자마자, 지구로 와서 우리와 함께했지. 그다음부터 우리는 더 이상 외롭지 않았어."

식스 피메일은 다른 아이들 대부분처럼 마스터들이 자신들을 위해 그런 큰일을 해 준 것이 기뻐 미소를 지었다. 세이디가 일어나자 올리비아도 일어나 아이들을 방에 데려가는 것을 도왔다. 올리비아는 아무 말도 하지 않았지만, 돌아보고 세이디와 한 번 눈을 마주쳤다. 올리비아의 얼굴에 비난의 기색은 없었지만, 야심으로 가득한 그 시선은 오래 머물렀다. 세이디는 무표정한 얼굴을 유지했다.

하지만 그녀는 그날 밤 쉽게 잠들지 못했고, 그래서 마침내 잠이 들자 엔리의 꿈을 또 꾼 것이 놀랍지 않았다.

그들은 시설 옥상, 동그란 하늘 아래 단둘이 서 있었다. 엔리는 이번에는 웃지 않았다. 그는 세이디의 손을 향해 곧바로 손을 뻗었지만 세이디는 손을 뒤로 뺐다.

"가. 이제 네 꿈을 꾸고 싶지 않아." 세이디는 이 꿈을 꾸기 전에도 행복하지는 않았지만 살아남을 수는 있었다. 위험한 생각은 그녀를 죽게 할 것인데, 엔리는 그런 생각을 계속 더 가져다주었다.

"먼저 보여 주고 싶은 게 있어." 엔리는 아주 부드럽게, 누그러진 태도로 말했다. "부탁이야. 한 가지만 더 보여 주고 영영 나타나지 않을게."

엔리는 세이디에게 거짓말을 한 적이 없었다. 세이디는 한숨을 푹 쉬고 그 애 손을 잡았다. 엔리는 옥상 가장자리 담 한쪽으로 세이디를 데려갔고, 그들은 발아래 투명한 계단이 생긴 것처럼 하늘 위로 걷기 시작했다.

그러다 벽 위에 닿자, 세이디는 충격에 걸음을 멈췄다.

그것은 마스터들의 도시였다. 그렇지만, 그게 아니었다. 세이디는 젊었을 때, 보호자 훈련을 마치고 노스이스트로 가는 두 번째 여행에서 그 도시를 잠시 보았다. 여기에도 그녀에게 그토록 경외심을 심어 주었던 거대한 구조물들이 있었다. 어떤 것은 야트막하고, 어떤 것은 바라보기 목이 아프도록 높고, 어떤 것은 네모나고, 어떤 것은 끝이 뻬죽하고, 어떤 것은 노골적으로, 반항적으로 비대칭적이었다.(건물들.) 저 아래 바닥, 높다란 구조물 사이 공간에는 기다란 리본 같은 검고 단단한 땅에 선이 깔끔하게 그어져 있었다.(도로.) 그 선을 따라 작은 색색의 물체 수천 개가 움직이며 세이디가 가늠할 수 없는 목적을 가지고 질서 있는 의식처럼 멈추고 전진하고 있었다.(차량.) 더 작은 점이 그 색색의 물체 옆과 사이, 안팎에서 움직이며 그 어떤 의식도 따르지 않았다. 사람들. 아주아주 많은 사람들.

그리고 이 혼돈에는 뭔가, 그녀가 마스터들에 대해 알고 있는 모든 것과 너무나 미묘하게 상충되는 점이 있어서, 세이디는 이들이 마스터가 없는 사람들임을 알 수 있었다. 그들이 차량을 만들고 도로를 만들었다. 그들이 도시 전체를 만들었다.

그들은 자유로웠다.

그녀의 머릿속에 새로운 단어가 속삭임처럼 떠올랐다.(혁명.)

엔리가 도시를 가리키자 그것이 변해 그녀가 기억하는 도시, 현재의 도시가 되었다. 형태나 기능에서는 별로 다를 바 없지만, 느낌은 굉장히 달랐다. 지금 공기는 깨끗했지만 다른 악취가 풍겼다. 지금 그녀가 보는 사람들은 자유롭지 않았고, 그들이 만든 모든 것은 이전에 사라진 것들을 희미하게 흉내 낸 데 불과했다.

세이디는 더럽혀진 도시에서 시선을 돌렸다. 어쩌면 약효가 떨어졌나 보다. 어쩌면 그녀의 정신에 결함이 있어서 존재할 수 없는 것을 열망하게 하나 보다. "이걸 왜 보여 준 거야?" 세이디가 속삭였다.

"당신이 아는 건 전부 그들이 말해 준 것이고, 그들은 너무 조금만 이야기해 줘. 그들은 당신이 아무것도 모르면 통제할 수 있다고 생각해. 그리고 그 생각이 옳아. 보지도 못하고, 가리키는 말도 모르고, 상상조차 할 수 없는 것을 어떻게 원할 수 있어? 나는 알리고 싶었어."

그리고 이제, 세이디는 알았다. "나는…… 난 그걸 원해." 지난번 꿈에서 엔리가 던진 질문에 대한 대답이었다. 그들과 싸울 방법이 있으면 할 거야? "하고 싶어."

"얼마나, 세이디?" 엔리는 다시, 눈 한 번 깜빡이지 않고 세이디를 보고 있었다. 엔리가 아니지만, 낯선 사람도 아닌 그가. "세이디가 날 그들에게 준 건, 아는 게 그것뿐이기 때문이지. 이제 세이디는 다른 걸 알아. 상황을 얼마나 바꾸고 싶어?"

세이디는 평생의 훈련, 평생의 두려움에 부딪혀 망설였다. "모르겠어. 하지만 뭔가 하고 싶어." 세이디는 다시, 올리비아에게 화났을 때보다 더 화가 났다. 평생 느낀 것보다 더 화가 났다. 그들은 너무 많은 것을 빼앗겼다. 마스터들은 그녀에게서 너무 많은 것을 앗아갔다. 그녀는 엔리를 보며 생각했다. 더 이상은 싫어.

엔리는 거의 혼자 생각하듯 고개를 끄덕였다. 주위의 속삭임도 한순간 커졌다. 세이디는 그들이 찬성하는 소리 같다고 생각했다.

"세이디가 할 수 있는 일이 있어. 우리가 성공할 거라고 생각하는 일. 하지만 그건…… 어려울 거야."

세이디는 고개를, 세차게 저었다. "지금도 어려워."

엔리는 가까이 다가와 세이디의 허리에 팔을 두르고 가슴에 머리를 묻었다. "알아." 이 순간은 다른 때, 다른 추억과 너무 비슷해 세이디는 한숨을 쉬고 엔리를 안아 주며 머리를 쓰다듬고 위로해 주려고 했다. 아직 살아 있는 건 그녀 자신인데도.

"우리가 해내면 시설들의 아이들과 보호자들만 남을 거야." 엔리가 세이디에게 속삭였다. "마스터와 있는 사람은 아무도 살아남지 못할 거야. 하지만 마스터들은 우리 몸이 없으면 몇 분도 살지 못해. 처음 충격에서 살아남는다 하더라도, 오래 버티지 못할 거야."

세이디는 놀라 엔리의 어깨를 잡고 뒤로 밀었다. 눈물을 글썽이는 엔리의 눈이 빛났다. "무슨 소리야?" 세이디가 물었다.

엔리는 눈물을 흘리면서도 웃었다. "꿈속에서 죽으면 실제로도 죽는다고 하잖아. 세이디가 허락하면 우린 세이디를 이용할 수 있어. 세이디를 통해, 우리가 느끼는 걸 보내는 거야." 엔리는 진지해졌다. "그리고 죽는 게 어떤 느낌인지 우린 이미 알고 있어. 수십억 번이나 겪었으니까."

"그럴 수는……." 세이디는 이해하고 싶지 않았다. 이해하는 것이 두려웠다. "엔리, 너랑 다른 애들 말이야, 그냥 죽어 버릴 수는 없어."

엔리는 손을 뻗어 세이디의 뺨을 만졌다.

"응, 그럴 수 없어. 하지만 세이디는 할 수 있어."

마스터가 다쳤다. 아니, 그것의 몸이 다쳤다. 심장의 경련. 그들조차 놀라게 할 수 있는 일이었다. 다른 마스터가 그것을 어깨에 걸머지고 들어와 시설의 1층 문이 채 닫히기도 전에 세이디를 불렀다.

세이디는 카리다드에게 먼저 달려가 이동실 문을 열고 올리비아에게 아이 하나를 데려오라고 수화로 전했다. 응급 상황에서는 건강한 몸이면 모두 가능했다. 마스터는 늙어 식어 가는 살 속에서 아직 살아 있었지만, 그다지 오래 버티지 못할 것 같았다. 마스터들이 사무실 층에 다다르자, 세이디는 재빨리 이동실 쪽으로 손짓을 하고 자기 방에서 무엇을 가지러 잠시 지체했다. 그녀는 그것을 바지 허리춤에 밀어 넣은 뒤 달려갔다.

"선생님, 나가세요." 세이디는 죽어 가는 마스터를 부축해서 온 마스터에게 말하고 아이를 다른 테이블에 능숙하게 묶었다. 에이틴 피메일(18 여성). 마스터가 취하기에 너무 많은 나이였다. 올리비아는 참 사려 깊었다. "작은 공간에 너무 많은 몸이 있으면 혼란스러울 겁니다." 그녀는 이미 주인이 있는 몸을 마스터가 차지하려는 것을 본 적 없었지만, 마스터가 충분히 약하거나 필사적인 경우에는 그럴 수 있다고 배웠다. 이런 상황에서는 몇 초가 중요했다.

"그렇지…… 그래, 그 말이 옳아." 마스터의 몸은 강하고 건강한, 덩치 큰 남자였지만 힘을 쓰고 두려움을 느낀 탓에 목소리에 기운이 없었다. 집중을 못 하고 불안해하는 목소리였다. "그렇지. 좋아. 고마워." 그것은 응접실로 향했다.

그 순간 세이디는 이동실로 뛰어들어 안에서 문을 잠갔다.

"세이디?"

올리비아가 밖에서 문을 두드렸다. 하지만 이동실은 마스터들의 편의를 위해 설계되었다. 그들은 시설의 보호자들 사이에서 취약한 모습을 보여 주는 것이 불편하면 문을 잠글 수 있었다. 올리비아는 들어오지 못했다. 다른 마스터 역시 늦지 않게 때맞추어 들어올 수 없었다.

세이디는 떨면서 돌아서 이동 테이블을 보고 바지 허리춤에서 봉투 여는 칼을 꺼냈다.

몇 번의 시도 끝에 에이틴 피메일을 죽일 수 있었다. 세이디가 찌르고 또 찌르는 동안 그 애는 비명을 지르고 버둥거렸다. 하지만 마침내, 움직임을 멈췄다.

그때 마스터는 이미 예전 몸뚱이에서 나와 있었다. 그것은 그 몸의 피투성이 어깨 위에 서서, 이제는 쓸모없어진 에이틴을 향해 머뭇거리며 머리-덩굴손을 흔들고 구부리고 있었다.

"네겐 선택의 여지가 없어." 마스터에게 이런 식으로 말하다니, 너무나 부끄러운 전율이 느껴졌다! 이 자유란 정말이지 미칠 듯한 느낌이었다. "여긴 나뿐이야."

하지만 세이디는 혼자가 아니었다. 이제 마음속 어딘가에서 그들, 엔리와 다른 애들이 느껴졌다. 천 번의, 백만 번의 끔찍한 죽음의 기억이 똬리를 틀고서 무기처럼 튀어 나갈 준비를 하고 있었다. 엔리를 통해, 세이디를 통해, 그녀를 취한 마스터를 통해, 모두의 몸에 들어간 모든 마스터를 통해…… 그들은 모두 죽음의 꿈을 꾸고, 깨어나 죽을 것이다.

피 흘리지 않는 혁명은 없다. 죽기를 각오하지 않고 얻는 자유는 없다.

그리고 그녀는 셔츠를 벗으면서 거울 벽에 비친 자신의 눈을 바라보았고, 마음을 가다듬고서 바닥에 엎드렸다.

엘리베이터 댄서

The Elevator Dancer

작업 교대, 교대 작업, 따분해라, 아이고, 그리고 작은 화면 위에서 여자가 춤을 춘다. 그녀는 엘리베이터에 있다. 엘리베이터에 혼자 타고 있는데, 보안 카메라와 작은 화면으로 그 출력 내용을 지켜보는 경비원 이외에는 아무도 보는 사람이 없으니 춤을 추고 있다.

그녀는 매시드 포테이토 댄스*를 추고 있다. 경비원은 어린 시절 어머니가 그 춤을 추었던 우스꽝스러운 순간을 기억했기 때문에 그 이름을 알고 있다. 아무리 잘 춰도 웃기는 춤이고, 잘 추는 사람이 추어도 그런데, 이 여자는 그렇지도 않다. 하지만 경비원은 작업대 옆의 버튼을 누르지 않는다. 그는 요즘은 범죄 이외의 일도 처리하는 경찰에게 신고하지도 않는다. 그녀가 자기 마음속의 리듬에 맞추어 발과 엉덩이를 계속해서 비틀고 고개를 흔드는 동안, 그저 지켜볼 뿐이다.

그러다가 엘리베이터의 기계음이 말한다. **도착했습니다.** 그러자

---

* 1962년에 크게 유행한, 트위스트와 약간 비슷한 춤.

여자는 멈춘다. 여자는 숨을 몰아쉬지도 않는다. 머리 한 가닥 흐트러지지 않았다. 마치 이 여자는 자기 즐거움만 찾는다거나, 이 여자는 혼자 사는 데다 심지어 그걸 즐긴다는 뜻을 내비치듯이 수수한 회색 치마 정장이 땀에 젖는 일 따위도 없다. 문이 열리자 여자는 걸어 나간다. 몇 명이 걸어 들어온다. 그리고 경비원은 의자에 등을 기대고, 모든 신경과 머리카락 모낭에 짜릿함을 느낀다.

그는 그들이 언제 찾아올지 궁금하지만, 그들은 오지 않는다. 교대 시간이 끝나자, 그는 수수한 집과 정부가 할당해 준 수수한 아내에게 돌아간다. 아내가 준비한 저녁식사를 먹는 동안 엘리베이터의 여자를 생각한다. 식사 후에는 아내를 도와 설거지를 한다. 그것까지는 여자의 일로 지정되지 않았기에, 그의 손은 기름과 비누 거품 범벅이 된다. 그는 엘리베이터 여자가 엉덩이를 미끄럽게 움직이던 것을 생각한다. 그날 밤 그와 아내는 함께 텔레비전을 본다. 기도 및 광고 시간에 그는 엘리베이터 여자가 무엇을 위해 기도할지 생각한다. 그날 밤 그의 아내는 아내의 의무를 다하는 동안 여느 때처럼 한숨을 쉬고, 그는 아내 위로 올라가며 여느 때처럼 한숨을 쉰다. 평소라면 미적지근한 오르가슴이 몸을 지나가는 사이, 그의 영혼은 엘리베이터 여자의 기억에 휩싸인다.

교대 작업, 작업 교대, 그리고 그는 작고 어두운 방 안에서 화면을 보고 있다. 경비원의 감독관들은 그가 아주 부지런하다고 생각하겠지만 그는 오로지 여자 때문에 화면을 보고 있다. 그녀가 엘리베이터에 탈 때, 그는 몸을 앞으로 숙이고 손에 땀을 쥔다. 문이 닫히기 시작한다. 그 직전, 손 하나가 쑥 들어온다. 회사의 다른 직원이 로

비로 내려가는 엘리베이터를 아슬아슬하게 잡는다. 여자는 예의 바르게 그에게 묵례한다. 그들은 잡담을 나누지 않는다. 그녀는 춤추지 않는다.

그녀는 누가 엘리베이터에 함께 타고 있을 때는 춤추지 않는다. 그녀는 컨트롤 패널의 카메라에 대해 알까? 분명 알고 있을 것이다. 사방에 감시 카메라가 있으니까. 하지만 그는 날마다 가끔은 혼자, 가끔은 사무실의 게으름뱅이 동료들과 함께 있는 여자를 보는데, 그녀는 혼자 있을 때만 갑자기 피루엣을 시작해 빙글 빙글 빙글 돌다가 엘리베이터와 함께 멈추지만 어지러워하지 않는다. 엘리베이터 문틈을 이용해 자기 위치를 확인하니까. 혹은 원을 그리며, 아메리카를 염려하는 여성 모임이 훨씬 더 염려하도록 엉덩이를 흔들지만, 경비원은 그 모습을 지켜보면서 아마 살로메가 저렇게 세례자 요한의 목을 앗아 간 모양이라고 생각한다. 바로 이 때문에 춤은 불법이다. 이것 때문에 나는 지옥에 가게 될 거라고, 그는 혼잣말을 한다. 모든 걸 잃고 정부 수용소에 가게 될 거라고.

그녀는 결혼했을 리 없다. 했다면 직장이 없을 테니까. 그렇다면 아무도 그녀를 아내로 지정받지 않은 것이다. 그렇다면 혹시……? 아니. 이혼은 불법이다. 그리고 그녀는 경비원에게 싫증이 날 것 같다. 그가 그녀의 것이라면.

그녀는 그를 위해 춤을 추는 것이 아니다. 그래도 그는 눈을 뗄 수가 없다.

작업 교대, 교대 작업, 하루 시작 하루 끝, 그리고 마침내 그는 더 이상 이 고문을 참을 수 없다. 그는 점심 먹는 카페테리아에서 그녀를 찾는다. 거기에는 없다. 용케 쉬는 시간을 내어 그녀가 좋아하는 엘리베이터 앞에 서 보지만, 그녀는 오지 않는다. 그는 기대하며, 기대하며 직원 명부를 훑어본다. 하지만 그녀가 보이지 않는다.

그는 그들이 아직도 잡으러 오지 않는 이유가 궁금하다.

하지만 그들은 오지 않는다. 아마도 바쁜 모양이다. 그리고 작업을 교대하면서 그는 신이 자신에게 가르침을 주려고 여자를 보냈다고 믿기 시작한다. 수요일 밤 성경 공부와 일요일 오후 예배에서 들은 목사님 말씀이 갑자기 이해된다. 숲속에서 나무 한 그루가 쓰러지는데 주위에 아무도 들을 사람이 없다면, 신이 뜻하신 바라면 소리가 난 것이다.* 엘리베이터 여인이 그 소리다. 그녀는 신을 기쁘게 하고, 그에게 영감을 준다. 그녀는 그가 성스럽다고 믿는 열정을 채워 준다. 그녀와 춤을 추는 것은 몸으로 드리는 기도다. 그는 그녀를 찾으려고 하지만 실패하면서 눈물을 흘린다.

마침내 그는 자제심을 잃는다. 삶의 근본적인 허무에 압도된다. 도리가 없다. 작은 모니터 화면에서 여자가 춤을 추는데, 이번에는 정말이지 확실하게 금지된 춤이다. 외국의 이교도 춤이니까. 그는 그 춤이 아마 태국의 것이라고 생각한다. 그녀는 뱀처럼 머리를 양옆으로 흔드는데, 아마 이브 혹은 가장 악한 릴리트**를 불러내려는 생각일지도 모른다. 아니면 그저 기분이 좋아서 그러는 걸지도 모른다. 어쨌든 그는 넋이 나가 버린다.

---

* 18세기 아일랜드의 철학자 조지 버클리가 제기한 관찰자와 인식 대상의 관계에 대한 사고실험인 '숲속에서 나무 한 그루가 쓰러지는데 주위에 아무도 들을 사람이 없다면, 소리가 난 것인가?'를 변형한 문장이다.
** 유대 신화에서 아담의 첫 아내로 등장함.

그는 의자에서 벌떡 일어나 통로를 내달리고, 자신 때문에 모두가 두려워하고 카메라들이 그의 이상 행동을 포착하고 누군가 더 부지런한 경비원이 그를 신고할 거라는 사실에도 개의치 않는다. 그는 복도를 지나치다가—형광등이 변하고 통로가 달라진다—문득 엘리베이터 앞에 선다. 그는 거기서 엘리베이터를 두드렸다. 마침내 그녀를 만날 것이다.

문이 열린다. 그녀는 거기 없다.

그는 도움을 받는다. 그는 평생 선량한 미국인으로서 순종하고 착실하게 살았고, 이건 작은 퇴보다. 수용소에서 그는 그 모든 것이 환상이었음을, 믿음이 부족해서가 아니라 잘못된 믿음으로 인한 것임을 배운다. 엘리베이터 여자는 거기 있었을지 모르지만, 그렇다 하더라도 그를 유혹하기 위해 보내진 것이었다. 그렇게 넘어가다니, 얼마나 어리석은가! 이제 그는 다시 모니터가 있는 어둡고 작은 방에 앉아 여자가 춤추는 모습이 보이지 않는다고 결연히 혼잣말한다. 그녀는 거기 없다. 숲속에서 나무 한 그루가 쓰러지는데 주위에 아무도 들을 사람이 없다면, 신이 뜻하신 바라면 소리가 난 것이다. 하지만 그건 나무지 여자가 아니고, 신은 여자에게 춤추라고 뜻하시지 않는다.

신의 뜻에 의문을 품는 건 수치이고 죄다. 그래도 경비원은 질문하지 않을 수 없다. 그는 이 생각을 하고 싶지 않지만, 그것은 교묘하게, 마치 유혹처럼 어떻게든 찾아온다. 그리고, 음……

만약……

만약 나무가 쓰러지고……

만약 나무가 쓰러지고 주위에 아무도 (신 이외에는) 들을 사람이 없다면……

그것은 정말로 소리를 내는 것같이 시시한 것에 신경을 쓸까?

아니면 그것은

춤을 출까

퀴진 드 메므아*

Cuisine des Memoires

첫 번째 앙트레** 이름을 보고 신음 소리가 나왔다. "라 모르 드 마리 앙투아네트***"라고 메뉴에 떡하니 적혀 있고 요리 목록이 나왔다. "코코뱅, 화덕에 구운 빵, 샤토 드 브리앙 샤도네이 1789년산(브리앙 선생들이 단두대에 가기 전 마지막으로 짠 와인)."

나는 고개를 들어 친구이자 맛집 동행인 이베트를 보았고, 이베트는 미소를 지었다. "자, 심술부리지 마, 해럴드." 이베트는 세인트 찰스 지역의 악센트로 "자"는 길게 늘이면서 내 이름은 한 음절로 얼버무렸다. "마음을 열라고 했잖아."

"뭐, 내 마음은 열려 있어. 하지만 네 마음은 정상이 아닌가 싶다. 마리 앙투아네트 최후의 식사? 이거 농담이지, 그렇지?"

"난 그걸로 할 생각이야." 이베트는 이렇게 말하고 내 메뉴의 다른 쪽을 가리켰다. 손가락이 가리키는 곳에 이렇게 적혀 있었다.

** 식당에서 주요리 혹은 주요리 앞에 나오는 요리.

*** 마리 앙투아네트의 죽음.

> ### 영국왕 에드워드 8세가 왕위를 포기하더라도
> ### 윌리스 심프슨과 결혼하겠다는 뜻을 왕실 가족에게 알리던 날
>
> 맑은 거북 수프
>
> 피퀀트 소스*를 곁들인 랍스터 무스
>
> 구운 꿩고기
>
> 감자 수플레
>
> 각종 야채
>
> 신선한 파인애플과 구운 치즈 후식
>
> 커피와 술

"뭐, 적어도 이 사람들은 마구 처형은 안 하지." 내가 말했다.

"물론이지. 그러면 소름 끼칠 거야. 게다가 교육도 못 받고 트레일러에 사는 쓰레기가 얼마나 천박한 걸 내놓으라고 할지 상상할 수 있니? 핫도그랑 붉은 콩이야."

"진짜 붉은 콩 말이야?" 나는 최선을 다해 어퍼웨스트사이드의 여피 흉내를 냈다. "트레일러에 사는 쓰레기라니, 이베트. 진심이야?"

이베트는 어이없다는 표정을 짓더니 메뉴를 다시 두드렸다.

"이 포인트가 중요해. 의미. 역사적 순간, 혹은 네게만 역사적인 순간을 함께 나눌 기회. 제발 상상력을 좀 발휘해 봐, 해럴드. 메뉴에 적힌 게 마음에 안 들면, 맞춤 주문 식사를 시켜."

나는 메뉴의 세 번째 페이지로 넘어가 맞춤 주문 식사에 관한 안

---

* 토마토를 기본으로 한 매콤한 소스.

내를 읽었다. "모든 사건의 모든 식사." 이렇게 적혀 있었다. 그리고 작은 글씨로 "레스토랑 고객은 정확한 날짜를 제공할 수 있어야 합니다."라고도.

나는 메뉴를 내려놓고 눈을 문질렀다.

"좋아. 인정하겠어, 농담치곤 독창적이다. 하지만 별로 재미는 없어."

이베트는 모나리자처럼, 세 명의 남편을 매혹시키고 분노하게 한, 다 안다는 투의 미소를 지었다.

"그냥 한번 해 봐, 해럴드. 어쨌든 내가 내는 거잖아. 실망을 해도, 손해 볼 거 없어. 하지만 실망하지 않을걸."

나는 고개를 저었다. "이 음식에는 특별한 게 없어, 이베트. 이런 괴상한 테마 레스토랑 아이디어는 누가 낸 거야. 300년 전에 누가 저녁식사로 무엇을 먹었는지 어떻게 확실히 알아? 순 엉터리로 메뉴를 지어내도 반박할 사람이 아무도 없는데."

"어쩌면 탁상공론 좋아하는 역사학자들이 있을지도 모르지만, 네 말이 맞아." 이베트의 미소는 사라지지 않았다.

"그럼 뭐가……."

레스토랑 직원이 다가오자 나는 말을 멈췄다. 그녀가 가슴골을 충격적일 정도로 밀어 올리는 구식 새틴 드레스를 입지 않았더라도, 나는 빤히 쳐다보았을 것이다. 내가 본 사람 중에 가장 눈에 띄는 여자였기 때문이다. 금발에 주근깨가 있었지만, 그럼에도 언젠가 가까운 조상 중에 아프리카인 조금, 거기에 아마도 아메리카 원주민 약간 그리고 스페인 사람 요만큼이 섞였음을 드러내는 뚜렷한 특징이 있었다.

"비앵버뉴.*" 직원은 대부분의 미국인이 제대로 못하는 목 안쪽에서 내는 프랑스어 발음을 완벽하게 했다. "메종 라보에 오신 것을 환영합니다. 곧 담당 서버가 올 겁니다. 그사이에……."

그녀는 한 손에 들고 있던 클립보드를 내 앞에 내려놓았다.

> ## 비공개 경쟁 금지 및 상표 보호 동의서
>
> 서약인 _____(레스토랑 고객)은 메종 라보의 사전 승인서나 그곳에서 승인한 대표 없이는 어떤 기밀 정보도 개인, 회사, 기업에 일절 공개 혹은 다른 방식으로 알리거나, 밝히거나, 보고하거나, 발표하거나, 전송하거나 경쟁적 혹은 다른 어떤 목적으로도 이용하지 않을 것입니다.

거기까지 읽고 정신을 차렸다. 나는 도저히 믿을 수 없는 심정으로 그 여자를 쳐다보았다.

"괜찮으시다면." 그녀는 우아한 미소를 지으며 말했다. "저희는 고객을 점진적, 선택적으로 늘리는 편을 원합니다."

"지금 진심으로……." 나는 겨우 식식거리지 않고 말할 수 있었다. "이곳에 대해서 아무한테도 말할 수 없다는 얘긴가요?"

"아, 아뇨. 이 동의서는 다른 분들에게 말씀하실 수 있는 방식만 지정합니다. 코라소 씨께서 고객님을 여기 모시고 오셔서 직접 보고 판단하고 경험하실 수 있도록 하심으로써 저희 정책을 완벽하게 설명해 주신 겁니다." 그녀는 정중함 가득한 미소를 지었다. "그동안 세월을 거치면서 간접적인 설명을 통하면 저희만의 고유한 특징

---

* 환영합니다.

이 그대로 전달되지 않는다는 것을 알게 되었습니다."

나는 계약서를 내려다보며 위험한 조항이 있는지 훑어보았다.

"여기 서명을 하고 계약 내용을 어기면 어떻게 되죠? 고소하나요?"

그녀는 잠시 모욕을 당한 표정을 지었다.

"고객님, 저희는 최고의 품질과 예의를 갖춘 업장입니다. 신사의 동의라고 생각해 주세요. 저희는 고객님께서 명예롭게 행동하실 거라 믿고, 고객님께서도 저희를 똑같이 신뢰하시면 됩니다."

즉, 나는 아무것도 알 수 없었다. 좀 더 자세한 설명을 요구하려고 입을 열었지만, 이베트가 답답하다는 표정으로 한숨을 쉬었다.

"서명해, 해럴드. 살면서 이번만큼은 충동적으로 행동해 봐."

"그게 대체 무슨……."

"네가 생각하는 그대로의 뜻이야. 하지만 이건 네 생일 선물이라는 걸 기억하라고."

말하자면 내가 무례하게 굴고 있다는 뜻이었다. 이베트는 아주 오래된 옛 남부 귀족 혈통 출신이라—무례를 참지 못하는 부류라는 말이다—나더러 그만 입 닥치고 계약서에 서명하라는 것이었다. 나는 결국 그렇게 했다.

직원은 나를 보고 환하게 웃으며 클립보드를 싹 치웠다.

"청구서와 함께 저희 서명이 든 사본을 드리겠습니다. 그러면, 저희 업장에 대해 질문은 없으신가요?"

질문할 것이 많았지만 동조하는 체하기로 했다.

"메뉴를 보니 어떤 사건의 식사도 만들어 주실 수 있다던데요."

"그렇습니다, 고객님."

"뭐든지 가능합니까. 유명한 사건만이 아니라?"

"그 사건에 대해 몇 가지 사항을 알려 주신다면, 가능합니다."

나는 승리감에 미소를 지으며 등을 기대고 앉았다. "메뉴 말이죠."

"오, 아닙니다, 고객님." 그녀의 미소는 결코 가시지 않았다. "메뉴는 알 필요 없습니다. 위치와 날짜, 대략적인 시각, 그 사건의 의미만 알려 주시면 됩니다. 그러면 그때 제공된 식사를 그대로 재연해서 요리를 제공해 드립니다."

"재연한다고요."

"아주 작은 양념까지 재연합니다, 고객님. 저희는 본래 식사를 준비하는 데 사용한 정확한 기술까지 모두 복제합니다."

영국의 왕실 요리사 조리 방법을 모방하는 데 얼마나 기술이 필요할까? 나는 그런 생각이 인상적이라고 해야 할지, 터무니없다고 해야 할지 망설여졌다.

"이미 말씀드렸듯이, 고객님, 이 과정은 설명으로는 다 전달드릴 수 없습니다. 직접 경험해 보시는 것이 가장 좋습니다." 직원이 미소를 짓더니 우리에게 고개를 숙였다. "즐거운 저녁 되십시오."

그녀는 우아하게 걸어갔다. 이베트는 테이블 위에 양손을 꼭 잡고 내게 몸을 숙였다. "아직도 이게 무슨 속임수라고 생각하지?"

"물론 그렇지. 속임수가 맞아."

"그럼 어려운 걸 주문해 봐. 네게 특별한 식사. 앤젤리나가 만든 거라든가. 시험해 봐. 어떻게 하는지 보게."

나는 고개를 저었지만 앤젤리나의 요리라는 말에 흥미가 생겼다. 그러고 싶지 않았지만 이미 여러 가지 생각이 떠올랐다.

"그랬다가 완벽한 추억을 망치라고? 그건 아니지."

"한번 해 봐. 나중에 눈속임이니 뭐니 하면서 징징거리는 소리 듣고 싶지 않아. 직접 보고 맛보기 전에는 아무것도 믿지 않을 거야." 이베트가 미소를 지었다. "네 잘못이라고 할 순 없어. 나도 여기 처음 왔을 때는 믿지 않았어. 하지만 이젠 믿어. 결국 여기 오는 사람들은 전부 믿게 되지."

나는 레스토랑을 둘러보았다. 식당은 고상하지만 작았다. 거긴 테이블이 몇 개뿐이었다. 다른 손님 중 나처럼 처음 온 사람이 누군지 쉽게 알 수 있었다. 재방문한 손님들에게서는 이베트와 똑같이, 차분히 기대하는 분위기가 느껴졌기 때문이다. 함께 온 사람에게 손짓하며 대화 중이던 젊은 여자와 눈이 마주쳤다. 그녀는 내게 '이런 소릴 믿을 수가 있어요?'라는 미소를 짓더니 따지기를 계속했다.

나이 지긋한 신사—외모를 보니 여직원만큼 다양한 인종이 섞였지만, 매력은 그녀만 못한—가 커프스에 프릴 달린 소매가 보이는 구식 더블릿*으로 과하게 차려입고 다가왔다. 여기가 일종의 테마 레스토랑이라는 생각은 포기하지 않았지만, 직원 유니폼이 이 레스토랑이 처음 생긴 1800년대 초부터 변하지 않았다고 이베트가 이미 알려 준 뒤였다.

"안녕하세요, 무슈 에 마담. 아페리티프 어떠신가요? 오늘 밤에는 1900년산 라피트 로스차일드 복제품이 완벽한 온도로 준비되어 있습니다. 이 와인의 마지막 병은 약 80년 전 수집가에게 판매되었습니다."

---

* 14~17세기 남성들이 입던 꼭 끼는 상의.

도저히 들어 줄 수가 없었다.

"낚여 드리죠. 그 라피트로 주세요. 적어도 그런 식으로 괜찮은 싸구려 와인을 내놓을 거라고 바랄 수 있으니까요. 물론 신빙성이 랍시고 터무니없는 가격을 붙일 게 틀림없지만."

"해럴드!" 이베트가 나를 노려보았다.

서버는 미소를 지었다. "괜찮습니다, 마담. 늘 겪는 일이니까요. 그럼, 라피트 한 병으로 하시죠. 그리고 식사 주문은 준비되셨나요?"

"킹 에드워드로 할게요." 이베트가 말했다.

나는 득의만만해서 등을 기대고 앉았다.

"그리고 나는 맞춤 주문을 하겠어요. 친한 친구…… 실은 전처가 요리사였는데, 자격시험 준비로 굉장한 식사를 요리했어요. 정확히 10년 전, 12월 18일이었어요. 기억하는 건 그날 밤 내가 청혼했기 때문이고, 8년 뒤 그날 밤에 그 사람은 요리와 같이 이혼 서류를 내놓았죠."

웨이터는 눈 하나 깜빡하지 않고 이 이야기를 모두 적었다.

"위치는 어디였습니까, 고객님?"

"바로 이 도시, 로열 스트리트의 미국 국립 요리학교였어요."

"아, 네, 저도 아는 곳입니다. 훌륭한 선택입니다, 고객님. 다른 건 없으신가요?"

나는 그가 그런 것까지 질문하는 것이 흥미롭다 느끼며 고개를 저었다. "연기를 참 잘하시는군요."

그는 한쪽 눈썹을 치켜뜨고 냉정한 프로답게 미소를 지었다.

"감사합니다, 고객님. 다른 건 없으신가요, 마담?"

"내 친구의 둔한 머리에 올릴 얼음 좀 주세요." 이베트가 상냥하게 말했다. 나는 웨이터가 웃지 않은 것은 인정해 주었다.

"와인을 가지고 곧 다시 오겠습니다. 메종 라보에서 즐거운 저녁 되십시오."

먼저 와인에 충격을 받았다. 레이블은 손으로 쓴 것 같고 코르크는 밀랍을 떨어뜨려 봉한 듯한, 아주 오래되어 보이는 병에 담겼다는 사실은 무시했다. 일종의 무대 연출이니까. 하지만 와인 자체가 가볍고 절묘했고, 어느 식료품 가게 진열대 와인에서는 도저히 날 수 없는 복잡한 맛을 가졌다. 그것이 어마어마하게 귀한 와인의 맛인지는 알 수 없었지만, 그들이 매긴 값어치 이상은 충분히 했다.

그다음 식사가 나왔고, 그때가 되자 내가 제정신인가 궁금해지기 시작했다.

바로 그 식사였다. 여직원이 약속한 대로 아주 작은 양념까지, 앤젤리나가 늘 확신했던 독특한 스페인 카디 버터*까지 똑같은 다섯 가지 요리였다. 돼지고기 크라운 로스트, 섬세한 가재-레물라드 소스**로 속을 채워 삶은 차요테, 꿀을 넣어 데친 아티초크 심, 꽈리와 타마린드를 곁들인 수박 샐러드, 디저트로는 여러 가지 프티 푸르***. 나는 요리를 하나씩 맛보았고, 한입 먹을 때마다 깨어나는 추억에 놀랐다. 돼지고기: 앤젤리나의 침대에 누워 있을 때, 그녀가 주방

---

* 스페인의 원산지 명칭 보호를 받는 특산품 버터.

** 프랑스 요리에 많이 쓰는 마요네즈를 기본으로 하는 소스.

*** 프랑스 요리에서 한입거리 작은 전채요리나 후식.

에서 기술을 연습하며 내게서 한 가지 이상의 욕구를 깨워 내는 냄새로 아파트를 채운 것. 프티 푸르: 앤젤리나는 항상 디저트를 정말 잘 만들었다. 우리는 그녀가 만든 바닐라-아니스 설탕 한 그릇을 가지고 사랑을 나누기도 했다. 내가 그걸 그녀의 가슴 사이에 뿌리고 그 독특한 맛에 매혹되어 있을 때, 그녀는 웃어 대며 꼼지락거려 내 몸에서 설탕이 묻은 곳에 손을 뻗었다. 우리는 설탕과 젊음과 사랑에 취했고 그 무엇도 우리를 갈라놓지 못하리라 믿었으며……

나는 고개를 들고 이베트를 보았고, 그녀는 눈썹을 치켜뜨고 나를 빤히 보았다.

"어떻게 이럴 수가 있지?"

"아무도 몰라. 알려 주지도 않고, 난 묻지도 않았어."

나는 이베트를 쳐다보았다. "넌 뭘 시켰어? 처음에?"

그녀의 미소는 변함없었지만, 눈빛은 아련해지며 아쉬움을 떠올렸다. 그녀 역시 첫사랑을 기억하는지 궁금했다.

"그건 중요하지 않아. 하지만 제대로 한 건 틀림없어. 디저트를 먹으면서는 울었으니까."

"주방을 보고 싶어요." 식사가 끝났을 때 내가 말했다.

"죄송하지만, 고객님. 그건 불가능합니다." 여직원이 말했다.

"그럼 주방장을 만나고 싶어요."

"그것 역시 어렵습니다. 정말 죄송합니다."

"그만둬, 해럴드. 매사에 일일이 의문을 가져야 해?"

매사는 아니지만. 이것만은 그랬다. 그들이 내 평생 가장 달콤한 하룻밤의 맛을 완벽하게 포착해 일요일까지 내 마음을 여덟 가지로 아프게 했다는 사실은. "여긴 분명 속임수가 있어. 그들이 어떻게 알 수가 있지? 어떻게 제대로 만들 수가 있어? 네가 알려 줬어?"

"물론 아니지. 앤젤리나가 학교 다닐 때 너와 만난 건 알지만, 자격시험 때 네가 있었는지도 몰랐고, 뭘 먹었는지는 전혀 모르니까."

"너는 앤젤리나랑 친구 사이였잖아. 앤젤리나가 말했겠지."

"나는 너희 둘 다와 친구 사이였지. 하지만 앤젤리나보단 너랑 더 친했어. 솔직히 너희 둘이 헤어진 뒤로 앤젤리나는 만나지도 않았고, 그 전에도 서로 이런저런 수다를 떠는 사인 아니었어. 걔가 늘 나를 좀 의심했던 것 같은데." 이베트는 나를 향해 쓴웃음을 지었다.

이베트와 나는 툴레인 대학교 때부터 친구 사이였는데, 남부의 귀족 아가씨와 뉴욕 유태인, 대대로 내려오는 갑부와 벼락부자라는, 대학교 바깥에서는 결코 이루어질 수 없는 괴상한 조합이었던 우리에겐 영혼 말고는 공통점이라고는 없었다. 이베트의 따분한 위트와 내 냉소적인 태도가 더해져, 그녀의 부모님은 놀라고 내 부모님은 혐오할 만큼 우리 사이는 가까웠다.(우리 부모님이 걱정할 필요는 없었다. 우리에겐 판단력이 있었으니까.) 우리는 서로에게 모든 이야기를 다 했다. 하지만 앤젤리나와 내가 헤어진 건 이베트 탓이 아니었다. 그건 내 잘못이었다.

"어떻게 알 수 있었을까?" 나는 또 물었고 이베트는 한숨을 쉬며 내 손을 잡았다.

"그게 정말로 중요해, 해럴드? 추억이잖아. 처음 그걸 먹었을 때도 질문을 했어? 그러니 지금도 묻지 마."

"여기 또 오고 싶어."

직원은 나를 향해 밝게 웃으며 검은 가죽으로 표지를 한 묵직한 책을 펼쳤다. "7월에 자리가 있습니다. 예약을 원하시나요?"

"네, 난⋯⋯." 나는 깜짝 놀랐다. 이때는 8월이었다. "내년요?"

그녀는 고개를 끄덕이며 아름다운 눈으로 동정심을 드러냈다.

"이런 이유에서도 고객을 제한하고 있습니다. 정말 죄송합니다."

결국 나는 예약을 했다. 이베트는 기뻐했다. 내가 다른 사람을 여기 데려올 거라고 생각해서, 누군지 알아내려고 내 신경을 건드렸다. 사실은 아무도 데려올 계획이 없었다. 그저 이곳을 다시 보고 그 비밀을 가늠해 볼 기회를 한 번 더 갖고 싶었을 뿐이다. 식사 그 자체가 선사하는 뜨끈한 만족감과 함께 알고 싶은 욕구가 내 안에서 타올랐으며, 그 모든 것 아래에는 분노가 있었다. 비이성적인 분노임을 나도 알았다. 누군가 내 마음을 들여다보고 오랫동안 잊고 있었던 사랑의 순간을 찾아서 끄집어내어, 먼지를 털고 광택을 내 그 추억이 생긴 날과 똑같이 날카롭고 빛나고 강렬하게 만들어 다시 밀어 넣었다. 하지만 내겐 앤젤리나가 없었고, 그것 때문에 달콤한 추억이 아픈 추억으로 변했다.

그래서 그들이 어떻게 한 것인지 알아야만 했다.

그런 이유에서, 담당 서버가 필요한 것이 있는지 물어보러 다시 왔을 때 나는 그를 향해 미소를 지으며 물었다. "화장실이 어디죠?"

화장실도 그 레스토랑 전체와 마찬가지로 고색창연했다. 목재 패널 벽 안에 변기와 비데가 나란히 있고, 비록 그것 역시 복제품이겠지만, 베르사유의 루이 14세 양식으로 커다란 도자기 세면대가 설치되어 있었다. 단지 재미로 비데를 써 볼까 했지만 더 중요한 실험이 기다리고 있어서 화장실에서 최대한 조용히 빠져나갔다.

이베트는 내가 무슨 꿍꿍이인지 의심했다. 서버가 남자 화장실 위치를 알려 주는 동안 이베트의 표정을 읽기는 어렵지 않았다. 하지만 내가 걸어가는 사이, 이베트는 한숨을 쉬고 고개만 저으며 아무 말도 하지 않았다. 오늘 밤 이후에도 우리 우정이 살아남을지 내심 걱정되었다. 고리타분하든 안 하든, 이베트는 예절을 매우 중시하는 사람이었고, 내가 그 한계를 시험하고 있음을 나도 알고 있었다. 하지만 어쩔 수 없었다. 꼭 알아야만 했다.

화장실은 식당에서 모서리를 돌면 나오는 좁고 어둠침침한 복도 끝에 있었다. 그 복도의 맞은편 끝에 아래로 내려가는 나선형 층계가 있었다. 그건 그 자체로 수상쩍었다. 1800년대에도 뉴올리언스는 뉴올리언스였다. 그곳에서는 죽은 자들이 땅속에 가만히 묻혀 있지 않았고, 점쟁이들이 흰 아마천으로 된 옷을 입고 미쳐 돌아다녔으며, 지하실은 유니콘처럼 신비했다. 다른 웨이터가 한 손 끝에 무거운 쟁반을 받쳐 들고 그 계단에서 올라오는 사이, 나는 담배를 찾는 척 복도에서 잠시 머물렀다. 그 웨이터가 모서리를 지나 식당으로 들어가자마자, 나는 조용히 빠른 걸음으로 계단을 내려갔다. 아래에서 접시가 부딪치고 음식을 굽고 잘 알아들을 수 없는 방언으로 주문을 외치는, 바쁜 주방 소리가 들렸다. 주방장이 넷인가? 다섯인가? 계단을 내려가 주위에서 빛이 환히 밝히니 가슴이 두근거리기 시작했다. 계단 맨 밑에 내려서는 순간 그들이 나를 볼 것 같았다. 나는 화장실을 찾다가 길을 잃었다고, 미안하다고 말할 생각이었고……

맨 아래 층계에 다다랐는데, 침묵이 내려앉았다.

주방은 비어 있었다.

나는 잠시 눈을 의심하며 깜빡였다. 눈을 뜨니 좀 전에 본 것이 보였다. 스테인리스 스틸의, 완벽하게 현대적인 대량 작업용 주방이 어찌나 깔끔한지 표면마다 빛이 번쩍였다. 그리고 그곳은 완전히 비어 있었다. 목소리가 분명히 들렸었지만, 요리 중인 주방장은 없었다. 반쯤 채워진 접시도, 불길 속에서 지글거리는 팬도 없었다. 불꽃도 없었다. 주방을 쓴 적이 있다 해도, 그런 흔적은 없었다.

한 발자국 더 내디디니 주방이 바뀌었다.

밝고 환하고 반짝이는 살균된 표면이 있던 자리에, 검댕이 묻은 석벽에 바구니를 가득 올린 선반이 늘어서 있었다. 그곳에서 불빛을 내는 것은 양초 몇 개와 옆의 화덕에서 활활 타는 불뿐이었다. 화덕? 아무도 없이 텅 빈 방이었던 자리에, 이제는 좁아터진 주방에서 미친 듯이 바삐 돌아다니는 세 남자가 있었는데, 그중 하나가 프랑스어―뉴올리언스 방언이 아니라 진짜 프랑스어―로 명령하면 나머지 둘이 바쁘게 따랐다. 그가 검은 철 스토브 위에서 앞뒤로 움직이는 팬에는 불이 붙어 있었고, 그 내용물이 마늘과 고수 그리고 아마도 브랜디의 향을 내며 공중으로 튀어 오르고 있었다.

"뭐죠?" 내가 할 수 있는 가장 지적인 질문이었다. "누구세요?"

요리사들은 나를 무시했다. 너무 바빴다. 스테인리스 주방은 어디로 갔을까? 방금 무슨 일이 있었던 것일까? 대답을 구하려면 주방장의 분노를 사야 했다. 그래서 한 걸음 더 나아가 그의 어깨를 건드리려고 했다. 하지만 내 발이 바닥 타일에 닿은 순간 주방이 다시 바뀌었고, 이번에 나는 너무 큰 충격을 받아 몸이 굳는 바람에 만약 정통파였다면 하×님이 내 어깨를 두드렸다고 말했을 것이다.

앤젤리나.

스테인리스 스틸 주방이 돌아왔지만, 처음 본 것과는 달랐다. 형태가 달랐다. 상관없는 것에도 눈썰미를 발휘하는 성격 덕분에 나는 그곳을 알아보았다. 미국 국립 요리학교의 시험 주방이었다.

앤젤리나는 카운터에 서서 종이 장식으로 크라운 로스트*의 뼈 모양을 잡고 있었다. 그녀 주위에는 엄청난 요리가 진행되는 흔적이 있었다. 빈 냄비들, 장식만 빼고 삶아 놓은 차요테 접시, 아마레토 리큐르를 뿌린 스펀지케이크, 퐁당 장식처럼 보이는 것이 든 믹서. 앤젤리나는 집중하느라 이맛살을 찌푸리고 빠르면서도 절도 있게 움직이면서, 이상하리만치 강렬하게 긴장한, 내게 너무나 익숙한 표정을 짓고 있었다. 우리가 부부였던 시절에 그녀는 가끔 내게 그런 표정을 지었다. 처음에는 그 표정에 불안해졌다. 내가 그녀에게 어울리는 남자인가? 내 머리가 빠지는 게 마음에 안 드는 걸까? 그러다가 그녀가 최고의 요리를 할 때도 같은 표정을 짓는다는 사실이 마침내 기억났다. 그것은 그녀가 인생에서 가장 중요한 부분에 바치는 표정이었다.

그녀가 주방에서 움직이는 것을 보는 사이, 머릿속에 너무나 많은 질문이 떠올랐다. 어떻게 여기 온 걸까? 이 이상한 곳에서 얼마

---

* 돼지갈비를 왕관 모양으로 만들어 구운 요리.

나 일을 한 것일까? 그녀는 2년 전, 커맨더스 팰리스 레스토랑의 주방장이 되었다. 그전에도 이미 일 때문에 그녀가 너무 바쁜 것이 못마땅했다. 새 레스토랑으로 간다면 그녀가 쉬는 날과 잠자리 들기 전 몇 분밖에 만나지 못한다는 뜻이었다. 내 입장은 단호했다. 당신이 나를 사랑한다면, 그 일 맡지 않을 거야. 나는 그렇게 말했다. 그리고 그녀가 말했다. 당신은 날 한 번도 이해하지 못했어.

앤젤리나.

"당신을 이해하고 싶어." 내가 속삭였다. 2년의 세월이 머릿속에서 펼쳐졌다. 나는 다시 그 운명의 밤으로 돌아가 그녀에게 소명과 나 사이에서 선택하라고, 묻는 것 자체가 그녀를 둘로 갈라 놓는다는 사실을 깨닫지 못한 채 요구하고 있었다. 그 후로 6개월은 근근이 지속되었지만, 그것이 결혼생활의 끝이었다. "당신 말이 옳았어, 나는 이해하지 못했어. 하지만 다시 해 보고 싶어. 부탁이야, 여보. 난 그저 미……."

나는 다시 한 발을 내디뎠고, 그녀는 사라졌다. 텅 빈 살균된 주방이 돌아왔다.

"고객님." 직원이었다. 돌아서서 보니 그녀가 아름다운 얼굴에 실망 그 자체의 표정을 짓고 계단 아래 서 있었다. "여기 오시면 안 됩니다."

"앤젤리나." 내가 말했다. 간청이었다.

실망은 동정심으로 바뀌고, 직원은 한숨을 쉬더니 다가와 내 손을 잡았다. "아주 잠시만입니다, 고객님. 손을 대려고 하시면 그녀는 사라질 겁니다. 말을 거셔도 듣지 못할 겁니다. 저희는 과거를 아주 작은 파편, 맛으로만 다시 포착해 낼 수 있습니다. 여기 계시면서 그분이 식사를 준비하는 과정을 계속해서 보실 순 있지만, 그게 무슨 소용일까요? 이리 오세요."

그녀는 나를 이끌고 나선 계단으로 돌아갔다. 나는 다시 발을 들기가 두려웠지만, 마침내 발을 옮겨도 아무 일도 생기지 않았다. 어떻게 했는지, 직원은 나를 현재에 붙잡아 두었다. 그것에 안도해야 할지, 실망해야 할지 알 수 없었다.

"여긴 뭐죠?" 내 목소리가 떨렸다.

"그냥 레스토랑입니다." 그녀가 미소를 지으며 대답했다.

"하지만…… 내가 본 건……."

"아, 그거요. 서명하신 동의서를 상기시켜 드려야 되겠군요, 고객님. 이 일로 아마 고객님 자신 이외에는 아무에게도 해를 끼치지 않으셨지만, 기억하세요. 훌륭한 레스토랑에는 저마다 비밀이 있답니다."

충격이 조금 가시고 있었다. 이전에 느꼈던 회의가 살짝 되돌아왔다. "그거 협박인가요?"

그녀는 계단 맨 위에서 걸음을 멈추고 진심으로 놀란 표정으로 나를 돌아보았다. "고객님, 동의서는 저희뿐만 아니라 고객님을 보호하기 위한 것입니다. 아니면, 방금 보신 것을 말씀하신다면, 다른 사람들이 어떻게 반응할지 아무런 생각이 안 드시나요?"

나는 우뚝 멈춰 그녀를 보았다. 그녀의 태도에는 진심 어린 염려가 있었다. 그리고 물론, 그녀의 말이 옳았다. 뉴올리언스라고 하더라도, 부두 주술이나 시간 여행이나 메종 라보의 주방에서 어른거리는 것의 정체는 사실 아무도 믿지 않는다. 강 위로 조금만 거슬러 올라가면 이 나라에서 가장 오래된 정신병자 수용소가 있는 곳이니까.

"이제, 가시죠." 그녀가 다시 내 손을 잡더니 그 익숙한, 어머니 같은 남부의 태도로 쓰다듬었다. "여자 친구분을 내내 기다리게 하셨죠. 참 불친절한 행동입니다, 고객님. 친구분께서 염려하고 계세요."

염려? 그럴 것 같지 않았다. 분노라면 모를까. 하지만 나는 직원을 따라, 각오를 하고 식당으로 돌아갔다. 그때 또 한 번 충격을 받았다. 이베트의 얼굴에 떠오른 안도감에, 정말로 화가 난 것이 아니라 염려하고 있었음을 깨달았기 때문이다. 나는 다시 그녀 앞에 앉았고, 부끄러워 눈을 마주칠 수 없었다.

"청구서를 가져올까요, 손님?"

"부탁해요." 이베트가 말했다. 직원이 가고 나자 이베트는 나를 보고 한숨을 쉬며 고개를 저었다. "넌 바보야, 해럴드."

"미안해." 돌이켜보니, 앞서 화를 낸 것이 열병에 들떠 꾼 꿈 같았다. 내가 그렇게 무심할 수 있었다니 믿을 수가 없었다. "이 일로 네가 이 레스토랑과 불편해질까?"

"아마 그렇진 않을걸. 너도 마찬가지야. 하지만 그건 중요한 문제가 아니야, 해럴드. 네게 무슨 일이 일어날 수도 있었는지 알아?"

경찰이 나를 레스토랑에서 연행해서 비자발적 입원 시설로 곧장 데려가는 광경이 머릿속에 떠올랐다. 이베트가 그 후로 나를 경멸하는 광경―그건 여전히 일어날 수 있다는 걸 알고 있었다―도 뒤따랐다. "미안해." 나는 완전히 부적절한 행동이었음을 알고 재차 사과했다. "너무 궁금했어."

이베트는 고개를 저으며, 머리가 아픈 듯 관자놀이를 문질렀다.

"사람들은 기억 속에서 **길을 잃을 수도 있어**, 해럴드. 너는 내가 아는 그 누구보다 그 점에서 서툴러. 앤젤리나는 바로 여기, 이 도시에 사니 넌 전화만 걸면 돼. 하지만 무슨 짓을 하고 있어? 오래전에 잃은 앤젤리나를 찾으러 가잖아. 널 어쩌면 좋을지 모르겠다."

남자 서버가 지나가며 청구서를 어찌나 매끄럽게 내려놓는지 나는 하마터면 알아차리지도 못할 뻔했다. 이베트가 그걸 들어 종이에 뭐라고 적더니 내 동의서 사본이 든 봉투를 내게 건넸다. "가자."

나는 일어나서 이베트의 코트를 들고서 내가 그것을 어깨에 걸쳐줄 수 있다는 것이 조금은 긍정적인 신호라고 여겼다. 하지만 이베트는 한동안 잊을 만하면 이 일을 들먹일 작정이었고, 나는 사실 그녀를 탓할 수 없었다. 그녀는 세상에서 가장 멋진 생일 선물을 주었는데, 나는 그것이 어떻게 돌아가는지 보려고 분해하려 들었으니까.

그래도…….

"네가 볼 수만 있었더라면, 이베트." 문으로 걸어가면서 내가 말했다. 우리를 지나치는 서버들과 앞에 서 있는 직원이 신경 쓰였다. 나는 목소리를 낮췄다. "주방 말인데…… 정말 놀라워."

"말하지 마. 난 달콤한 기억을 계속 갖고 싶으니까."

"7월에 뵙겠습니다, 고객님." 우리가 나갈 때 직원이 말했다. "오 흐브와.*"

이베트는 결국 나를 용서했지만, 그러기 위해서 몇 가지 일이 필요했다. 종래에는 나는 내가 한 모욕과 동등한 값어치의 것을 그녀

* 프랑스어로 작별 인사.

에게 제안해야 했는데, 이 경우에는 돈 많고 최근 아내와 사별한 신사 고객을 소개하는 것이었다. 얼마 전 듣기로 그들은 함께 모나코로 휴가를 떠날 계획이라고 했다.

하지만 이베트가 한 말과 직원의 동정심이 자꾸 마음에 걸렸다. 과거에 애정을 가지고 기억하는 내가 잘못하는 것일까? 아니다, 물론 그렇지 않았다. 하지만 따지고 보면, 과거는 손쉬운 식사였다. 나는 원하는 때 언제라도, 추억 속에서 그것을 다시 맛볼 수 있었고, 그것은 항상 완벽하고 진실할 것이다. 그렇지만 현재 여기는 레시피가 없었다. 시큼할 수도, 쓸쓸할 수도, 덜 익을 수도 있었다. 하지만.

7월이 되자 나는 메종 라보의 예약을 취소했다. 그리고 8월에 앤젤리나에게 전화를 걸었다.

스톤 헝거

Stone Hunger

언젠가 아름다운 것들을 만드는 아름다운 사람들이 가득한 아름다운 곳에 사는 소녀가 있었다. 그러다 세상이 부서졌다. 이제 소녀는 더 나이 들고, 더 춥고, 더 굶주린다. 죽은 나무를 은신처로 삼아 소녀가 지켜보는 사이, 도시—높다랗고 튼튼한 벽과 경비가 잘 지키는 성문이 딸린, 부유하고 큰 도시다—는 밤에 내리는 한기를 막기 위해 지붕을 제자리에 끼워 넣고 있다. 소녀는 이 도시의 지붕 같은 것은 처음 본다. 마치 갈빗대처럼 생긴 금속 트랙과 그것을 따라 움직이는 기름 먹여 바느질한 기다란 조각에 매혹되어 며칠이나 그 도시를 지켜봤다. 도시 거주자들은 이렇게 지붕을 덮을 때면 불을 거의 다 꺼야 할 것이다. 그렇지 않으면 연기에 질식할 테니까. 하지만 어쩌면 그 가늘고 긴 조각이 덮어 줄 때면 도시는 불이 필요하지 않을 정도로 온기를 유지할 것 같다.

다시 따뜻해지면 좋겠다. 모피로 감싼 다리로 서서 체중을 이쪽저쪽으로 옮겨 본다. 소녀가 기대감을 드러내는 유일한 행동이다.

소녀가 앙상한 가지 위에 올라 웅크리고 있는 나무는 그 도시 위로 높은 능선에 있는데, 아직 서 있는 몇 안 되는 나무 가운데 하나이다. 그 도시도 결국 태울 것이 필요하지만, 이 지역 땅에서는 탄전(炭田)의 맛, 차가운 기반암에 꽉 막힌 매캐함과 씁쓸함으로 이뤄진, 끈적거리는 광맥이 퍼져 있는 맛이 나지 않는다. 숲에서 도시 거주자들이 베어 낸 부분에는 그루터기조차 없다. 버리고 간 것은 아무것도 없다. 나머지 숲은 건드리지 않아 비교적 그대로 남아 있지만, 소녀는 그림자가 드리운 바닥에 쓰러진 나무나 불쏘시개 감이 수상쩍을 만큼 없다는 것을 알아차렸다. 어쩌면 서 있는 이 나무들은 바람막이, 혹은 능선을 안정시키기 위해 남겨 둔 것 같았다. 이유가 무엇이든, 도시 거주자들의 선견지명이 소녀에겐 도움이 되었다. 그들은 소녀가 거기 숨어서 기회를 기다리는 것을 알지 못할 터이다. 너무 늦어 버릴 때까지.

그리고 어쩌면, 소녀가 운이 좋다면……

아니. 소녀는 운이 좋은 적이 없었다. 다시 눈을 감고 땅과 도시를 맛본다. 여태 본 도시 중에서 가장 독특한 곳이다. 달콤한 것과 고기와 쓴 것과…… 시큼한 것이 그렇게 복잡하게 뒤섞여 있다니.

흠.

혹시.

소녀는 나무 몸통에 등을 기대고 보따리에서 꺼낸 누더기 담요를 더 단단히 몸에 감고서 잠든다.

잿빛 하늘이 옅어지며 새벽이 온다. 몇 년째 태양은 보이지 않았다.

소녀는 허기에 잠에서 깨어난다. 그 날카로운 아픔, 오래전 습관의 메아리. 언젠가, 소녀는 아침이면 식사를 했다. 그 아픔은 만족하지 못한 채로 서서히 옅어져, 여느 때처럼 편재하는 통증이 된다.

하지만 허기는 좋은 것이다. 허기는 도움이 될 것이다.

소녀는 일어나 앉아 점점 더 심해지기만 하는 가려움 같은, 절박함을 느낀다. 그것이 온다. 소녀는 나무에서 쉽게 내려온다. 오래전, 육지 동물들이 사라지기 전 나무 몸통을 갉아 놓아 손잡이로 쓸 수 있다. 그다음 소녀는 능선 가장자리로 걸어간다. 이렇게 흔들*이 오고 있는데 능선에 서 있으면 위험하지만, 이상적인 위치를 정찰해 둘 필요가 있다. 게다가 흔들이 가깝지 않다는 것도 알고 있다. 아직은.

저기.

계곡으로 내려가기는 예상보다 어렵다. 길이 없다. 소녀는 기어오르기도 하고, 자갈 굵기 재가 가득한 암벽의 마른 도랑을 미끄러지기도 하면서 내려가야 한다. 게다가 여드레나 굶었으니 상태도 좋지 않다. 팔다리에서 힘이 자꾸 빠진다. 도시에는 먹을 것이 있을 거라고 스스로에게 다짐하면서, 소녀는 조금 더 빠르게 움직인다.

소녀는 계곡 바닥에 도착하고, 반쯤 말라 버린 강 근처 바위들 뒤에 웅크린다. 도시의 성문까지 아직 몇백 걸음 더 가야 하지만, 성벽을 따라 낯익은 홈이 있다. 망루, 아마도 멀리 보는 사람들이 지킬 것이다. 도시에는 좋은 유리를, 그리고 좋은 무기를 만드는 자원이 있다는 것을 소녀는 경험으로 안다. 더 다가가면, 사람들의 주의를 흐뜨러트릴 일이 없는 한 발각되고 말 것이다.

---

* 작가의 「부서진 대지」 시리즈에서 지진 활동으로 인한 땅의 움직임을 일컫는 용어.

언젠가 기다리는 소녀가 있었다. 그리고 마침내, 사람들의 주의를 분산시킬 일이 당도한다. 흔들이.

흔들의 중심지는 근처가 아니다. 훨씬 더 북쪽이다. 세상을 부순 분열의 반향이 한 번 더 일어난다. 상관없다. 힘이 자신을 향해 굴러오자, 소녀는 숨을 크게 쉬고 마른 강바닥에 손가락을 밀어 넣는다. 소녀는 두툼하고 끈적거리는 과자처럼 혀를 스치고 지나가며 음미할 찌꺼기를 남기는 그것의 선봉을 맛보고⋯⋯

(진짜가 아니다. 소녀가 맛보는 것은. 소녀도 알고 있다. 소녀의 아버지는 예전에 그것을 합창 혹은 불협화음의 소리라고 말했다. 소녀는 다른 사람들이 지독한 냄새나 고통스러운 감각을 불평하는 것도 들었다. 소녀에게 이것은 먹을 것이다. 먹을 것이라고 표현하는 것만 적절하게 여겨진다.)

⋯⋯그리고 더 아래로 감각을 뻗기가 쉽고, 맛있다! 소녀 자신이 자연의 힘이 그렇게 달콤하게 흐르는 쪽으로 입을 벌리고 혀를 날름거리는 모습을 상상하기가 쉽다. 소녀는 한숨을 쉬고 드문 쾌감 속으로 편안하게 빠져들며, 이번만큼은 두려움도 부끄러움도 없이 경계심을 버리고 의지를 아주 살짝 써서 그 에너지를 인도한다. 미는 것이 아니라 간지럽힌다. 한번 핥는다.

소녀 주위에서 자갈들이 덜그럭거린다. 소녀는 벌레처럼 바닥에 납작 엎드려 손톱으로 바위를 긁고, 차갑고 울퉁불퉁한 돌에 귀를 딱 붙인다.

돌. 돌.

끈적이는 지방 같은, 손가락에 묻은 섯을 핥았던 기억이 희미하게 나는 미끈거리고 따뜻한 시럽 같은 돌, 토피 사탕처럼 흘러내리고, 밀고, 구부러지며, 느리지만 거침없는 돌. 그리고 이렇게 다가오는 힘, 돌을 흔드는 파동이 이 계곡과 그 주위를 에워싼 산들을 이루는 거대한 기반암에 부딪혀 멈춘다. 파동은 그것을 돌아서 지나가 다른 곳에서 에너지를 쓰고 싶어 하지만, 소녀는 그 저항을 빨아들인다. 한참 걸린다. 땅바닥, 그 자리에서 소녀는 몸을 비틀고 입술을 부딪치며 소리를 낸다. "쪼옥."

그리고

오, 압력

언젠가 어어엄청난 압력의 폭발에, 관성의 중단에 대고 이를 박아 넣은 소녀가 있었는데, 힘의 파동이 계곡을 향해 번져 간다. 소녀 밑에서 땅은 숨을 들이쉬고, 솟아오르고, 신음한다. 그것은 소녀의 것이다, 소녀의 차지다. 소녀는 그것을 통제한다. 웃음이 나온다. 어쩔 수가 없다. 배부른 느낌은 너무나 좋다. 이렇게 부르든, 저렇게 부르든.

마찰 때문에 김을 뿜는 들쭉날쭉한 균열부가 생기더니, 소녀가 엎드린 곳에서 지난밤을 보낸 능선 아래까지 틈이 벌어진다. 절벽면 전체가 떨어져 나와 해체되고, 점점 가속도와 힘을 더하며 도시 남쪽 성벽을 향해 무너져 내린다. 소녀는 고명을 얹듯이 조금씩, 아주 조심스레 힘을 더한다. 지나치게 힘을 가하면 계곡 전체, 도시와 모든 것이 돌무더기로 변하고 쓸모 있는 것은 아무것도 남지 않을 것이다. 소녀는 파괴하지 않는다. 손상을 줄 뿐이다. 하지만 꼭 적당한 양으로……

흔들이 멈춘다.

소녀는 당장 방해를 느낀다. 달콤한 흐름이 굳는다. 무엇인가가 그 맛을 더럽히는 바람에 소녀의 몸이 움츠러든다. 쓰고 날카로운 기미와……

……그리고 식초가, 마침내 분명해진다. 이번에는 소녀의 상상이 아니다, 식초……

……그리고 소녀가 취했던 경이로운 힘이 모두 흩어진다. 보상해 주는 힘은 없다. 아무것도 그것을 이용하지 않는다. 그저 사라져 버린다. 다른 누가 소녀보다 먼저 파티에 도착해 맛있는 것을 전부 먹어 버렸다. 하지만 소녀는 계획이 실패한 것에 더 이상 신경 쓰지 않는다.

"널 찾았어." 소녀는 머리카락에서 재를 뚝뚝 떨어뜨리며, 마른 강바닥에서 몸을 일으킨다. 이제 몸의 떨림은 배고픔 때문만이 아니고, 시선은 도시의 무너지지 않은 벽에 고정되어 있다. "널 찾았어."

흔들의 가속도가 계속되면서 소녀가 도달할 수 없는 곳으로 지나가 버린다. 땅은 움직임을 멈췄지만, 능선의 암석 사태는 멈출 수 없다. 바윗덩이와 나무들, 소녀를 전날 밤 재워 준 나무까지 땅에서 뽑혀 도시를 보호하는 벽을 향해 굴러가서는 아마도 거기 금을 낼 것이다. 하지만 이 정도로는 소녀가 바란 손상과 거리가 멀다. 안으로 어떻게 들어갈까? 지금 반드시 안으로 들어가야 한다.

아. 도시의 문들이 열린다. 안으로 들어가는 길이다. 하지만 도시 거주자들은 지금 화가 나 있다. 소녀를 죽일 수도, 더 심한 짓을 할 수도 있다.

소녀는 일어나 달린다. 먹을 것 없이 보낸 날들 때문에 기운도 없고 속도도 느리지만, 두려움이 약간의 연료가 되어 준다. 그렇지만 이제 돌들이 소녀에게 방해가 되고, 소녀는 떨어져 나온 돌에 발이 걸려 휘청거린다. 돌아볼 겨를이 없다는 건 잘 알고 있다.

발굽들이 소녀의 뜻에 복종하지 않는 천 개의 작은 지진이 되어 땅을 울린다.

언젠가 감방에서 깨어난 소녀가 있었다.

그곳은 어둡지만, 멀지 않은 곳에 쇠창살문이 보인다. 침대는 소녀가 몇 달 동안 잠을 잔 어떤 곳보다 더 폭신하고, 공기는 따뜻하다. 아니, 소녀가 따뜻하다. 소녀는 피부 아래 타오르는 열을 가늠해 보고, 위험할 정도로 높다고 판단한다. 배 속은 언제나처럼 비어 있지만, 배도 고프지 않다. 나쁜 조짐이다.

이것은 다리가 낮고 단조로운 비명을 지르는 것처럼 아프다는 사실과 관련이 있을지 모른다. 두 개의 비명이다. 허벅지 위쪽은 화끈거리지만, 무릎은 마치 얼음 조각을 관절 사이에 끼워 넣은 것 같은 느낌이다. 소녀는 무릎을 구부려 보고, 체중을 실을 수 있을 만큼 움직일 수 있는지 확인하고 싶지만, 가만있어도 너무 아파서 시험해 보기가 두렵다.

소녀는 꼼짝 않고 누워 눈을 뜨기 전에 귀를 기울인다. 이 버릇 덕분에 전에도 목숨을 구한 적이 있다. 멀리서, 쇠의 녹과 흰곰팡이가 슨 모르타르 냄새가 나는 복도를 따라 사람 목소리가 메아리친다. 근처에 숨소리나 움직임은 느껴지지 않는다. 조심스레 일어나 앉은 소녀는 자신을 덮고 있는 천을 만져 본다. 뻣뻣한 누더기다. 여기가 어딘지는 모르겠지만, 누더기가 소녀의 담요보다 따뜻하다. 할 수 있다면 탈출할 때 이건 훔쳐 가기로 한다.

그러다 소녀는 깜짝 놀라 얼어붙는다. 그 방에 누가 있기 때문이다. 남자다.

하지만 남자는 움직이지도, 숨을 쉬지도 않는다. 그냥 거기 서 있다. 그리고 다시 보니 피부라고 생각한 것은 대리석이다. 석상. 석상이?

열이 끓고 아픈 와중이라 찬찬히 생각하기가 힘들고, 귓전에서 고요한 공기마저 시끄럽게 느껴지지만, 소녀는 결국 도시 거주자들이 예술에 특이한 취향을 가진 것으로 결론 내린다.

소녀는 아프다. 피곤하다. 잠이 든다.

"네가 우릴 죽이려고 했지." 어느 여자 목소리가 말한다.

잠시 거기가 어딘지 기억나지 않아, 소녀는 다시 눈을 깜빡인다. 천장에서 튀어나온 등불 받침에서 등불이 타고 있다. 열이 내렸다. 여전히 목이 마르지만, 전처럼 타들어 가는 느낌은 아니다. 방에 사람들이 찾아와 상처를 치료해 주고, 쓴맛이 나는 수프를 준 기억이 난다. 그 기억이 멀고 낯설다. 그때는 반쯤 섬망 상태였을 것이다. 소녀는 여전히 배가 고프지만—배는 언제나 고프니까—그 욕구 역시 전처럼 심하지 않다. 다리가 화끈거리는 느낌과 시린 느낌도 가라앉았다.

소녀는 돌아누워 손님을 바라본다. 여자는 낡은 나무 의자를 거꾸로 놓고 걸터앉아 등받이에 팔을 받치고 있다. 소녀는 다른 사람들을 별로 경험하지 못해 그 여자의 나이를 가늠하지 못한다. 소녀 자신보다는 나이가 많지만, 그렇다고 노인은 아니다. 그리고 크고 넓은 어깨가 겹겹이 입은 옷과 모피, 두꺼운 검은 부츠에 더 커 보인다. 재에 파묻혀 죽은 풀처럼 뻣뻣한 회색에, 부풀린 갈기 같은 그녀의 머리카락은 장식인지, 눈을 가리지 않도록 치우기 위함인지, 땋고 매듭을 지어 더욱 숱이 많아 보인다. 여자의 얼굴은 넓고 각지다. 피부는 소녀처럼 누런 갈색이다.

(구석에 있던 석상은 사라졌다. 언젠가 열에 들떠 환영을 본 소녀가 있었다.)

"네가 우리 남쪽 성벽 절반을 무너뜨릴 뻔했어." 여자가 계속 말한다. "아마 비축 창고를 한 곳, 아니면 여러 곳 파괴했을 거다. 요즘 그런 일이 일어나면 도시 전체가 사라질 수도 있어. 부상은 시체 찾아다니는 것들을 끌어들이니까."

그 말은 사실이다. 물론, 그건 소녀의 의도가 아니었다. 소녀는 기생에 성공할 생각이지, 숙주를 죽여 버리려는 건 아니다. 발각되지 않고 침입하기에 충분한 손상만 입힐 뿐이다. 그리고 도시가 보수 공사를 하며 찾아올 적과 싸우느라 바쁜 사이, 한동안 그 성벽 안에서 눈에 띄지 않고 살아남았을 것이다. 다른 곳에서도 그렇게 했다. 소녀는 골목길을 살금살금 돌아다니며 그 기초를 갉아먹고, 식초 맛을 늘 찾을 수 있었을 것이다. 그 남자는 여기 어딘가에 있으니까.

그리고 시간 안에 찾지 못해서 그가 다른 곳에서 한 짓을 이 도시에서 한다면…… 할 수 없다. 소녀가 직접 도시를 죽이진 않겠지만, 그를 다시 뒤쫓기 전에 남은 시체를 먹고 살을 찌우긴 할 것이다. 그러지 않는다면 낭비가 되리라.

여자는 잠시 기다리더니 대답을 듣지 못할 줄 예상한 듯 한숨을 쉰다. "난 이카라고 한다. 이름은 없겠지?"

"물론 이름 있어." 소녀가 받아친다.

이카는 기다린다. 그러더니 코웃음을 친다.

"보아하니, 한, 열넷쯤 되나? 잘 먹지 못했으니, 열여덟이라고 치자. 땅이 갈라졌을 때는 어린아이였겠지만, 지금도 그다지 야생이 아닌 걸 보니, 누가 그 후에 한참 키워 준 모양이구나. 누구지?"

소녀는 관심 없다는 듯 고개를 돌린다. "날 죽일 거야?"

"그럴 거라고 하면 어쩔 셈이지?"

소녀는 이를 앙다문다. 감방 벽은 철판을 나사로 이은 것이고, 바닥은 흙바닥 위에 깐 마루다. 하지만 금속판은 너무 얇다. 나무는 너무 적고. 소녀는 바닥 사이로 혀를 밀어 넣어 그 아래 겹겹이 쌓인 먼지를 핥아 내고—그보다 더한 것도 먹어 봤으니—마침내 기초에 닿는 것을 상상한다. 콘크리트. 그것을 통하면, 계곡 바닥에 닿을 수 있다. 암석은 맛도 없고 차가울 것이다. 차가워서 혀가 달라붙을 것이다. 그것을 데워 줄 흔들도, 그 여파도 없으니까. 그리고 그 계곡은 결함층이나 흔들 다발 지역 근처가 아니니, 화산이나 용암 거품도 없을 것이다. 하지만 돌을 데우는 방법은 또 있다. 소녀가 이용할 수 있는 다른 열기와 움직임이.

가령 주위 공기의 온기와 움직임을 이용하는 것이다. 아니면 살아 있는 몸 안의 온기와 움직임이라든가. 이카에게서 그걸 취한다면, 양이 얼마 되지 않을 것이다. 진짜 지진을 일으킬 만큼은 안 된다. 그러려면 사람들이 더 필요할 것이다. 하지만 감방 바닥을 흔들어 철문을 구부리고 자물쇠를 열 수는 있을 것이다. 이카는 죽겠지만, 세상에는 어쩔 수 없는 일이 있으니까.

소녀는 이카에게 감각을 뻗고, 그러고 싶지 않지만 입에 침이 고이는데……

이상한 맛이 방해를 한다. 시나몬 같은 향신료. 그다지 나쁘진 않다. 하지만 힘을 움켜쥐려고 하니 그 향신료 맛이 더 강해지다가 갑자기 불과 타는 맛과 아삭한 채소의 맛이 나서, 눈물이 나고 속이 메슥거리고……

소녀는 숨을 몰아쉬며 눈을 번쩍 뜬다. 여자가 미소를 짓자, 뒷덜미에 소름이 끼치며 소녀는 삐걱거리는 깨달음을 뒤늦게 얻는다.

"대답은 충분해." 이카가 가볍게 말하지만, 눈에는 차가운 분노가 서려 있다. "쇠와 나무를 뚫고 감지할 능력이 있다면, 더 좋은 감방으로 옮겨야겠어. 우리에겐 다행스럽게도, 네가 너무 쇠약해서 아직 시도를 못 했구나." 그녀는 말을 멈춘다. "지금 성공했다면, 나만 죽였을까? 아니면 도시 전체를 죽였을까?"

자신과 같은 존재와 함께 있다는 충격에서 벗어나지 못한 소녀는 그러면 안 된다는 생각을 미처 못 하고 솔직하게 대답한다.

"도시 전체는 아니야. 난 도시들을 죽이지는 않아."

"왜지? 무슨 윤리성이라도 되나?" 이카는 코웃음을 친다.

그 질문에 대답하는 것은 무의미하다.

"빠져나가는 데 필요한 사람만 죽였을 거야."

"그러고 나서?"

소녀는 어깨를 으쓱인다. "먹을 걸 찾아야지. 따뜻한 숨을 곳도 찾고." 식초 남자를 찾고라고는 덧붙이지 않는다. 어쨌든 이카는 무슨 말인지 모를 것이다.

"먹을 것, 온기, 지낼 곳. 참 소박한 걸 바라는군." 이카의 목소리에서 조롱하는 기색이 느껴져서 소녀는 짜증이 난다. "옷을 좀 갈아입는 게 좋겠다. 깨끗이 씻고. 말 상대도 생기면, 다른 사람들을 소중하다고 생각할 수 있겠지."

소녀는 얼굴을 찡그린다. "나한테서 뭘 원해?"

"네가 쓸모 있는지 보려고." 소녀의 찡그린 표정에, 이카는 위아래로 훑어보며 상대를 가늠한다. 머리는 이카처럼 병 닦는 솔 같지 않고, 성가실 만큼 자랄 때마다 칼로 잘라 내서 듬성듬성한 갈색일 뿐이다. 작고 마른 체구에, 다친 데가 없으면 발이 빠르다. 이런 특징을 이카가 어떻게 생각하는지는 알 수 없다. 왜 관심을 갖는지도 알 수 없다. 소녀는 약해 보이지 않기를 바랄 뿐이다.

"다른 도시에도 이런 짓을 했나?" 이카가 묻는다.

질문이 너무 심하게 바보 같아서 대답할 의미가 없다. 잠시 후 이카는 고개를 끄덕인다.

"그럴 줄 알았어. 무슨 짓을 하는지 알고 있는 것 같거든."

"어떻게 하는 건지 일찍 배웠어."

"응?"

소녀는 그만큼 말했으면 됐다고 판단한다. 하지만 입을 다물기 전, 소녀의 인식을 가로질러 또 한 차례 파문이 지나가고, 이어서 분명 땅속이 철렁한다. 감방 벽의 헐거운 철판 아래서 모르타르 가루가 흘러내린다. 또 지진인가? 아니, 깊은 땅속은 여전히 차갑다. 이 움직임은 그보다 더 얕고 섬세한, 세상의 살갗에 일어난 소름이다.

"뭔지 물어봐도 된다." 이카가 소녀의 혼란스러운 표정을 보고 말한다. "내가 대답해 줄 수도 있지."

소녀가 이를 앙다물자 이카는 웃으며 일어난다. 이카는 앉아 있을 때 보기보다 실제로는 훨씬 더 커서, 180센티미터 혹은 그 이상이다. 순수 혈통 산제인. 이 세상 인종 절반은 저런 병 닦는 솔 같은 머리를 가졌을 테지만, 저 체격이 그 증거다. 산제인은 힘을 갖기 위해서, 세상이 힘겨워질 때 스스로를 보호하기 위해 자식을 낳는다.

"네가 남쪽 능선을 불안정하게 했지. 수리가 필요했다."

그리고 이카는 한 손을 허리에 얹고 기다리고, 소녀는 필요한 연결을 한다. 오래 걸리지 않는다. 여자는 소녀와 같다.(아직도 풍미 좋은 후추맛이 입에서 가시지 않는다. 역겹다.) 하지만 얼마 전, 전혀 다른 누군가가 변화를 일으켰고, 그들의 존재는 멜론 같지만—창백하고, 섬세하고, 아무 맛도 없이 질리는—뒷맛에서 희미한 피 맛이 난다.

한 도시에 둘이나? 그들 종족은 그렇게 어리석지 않다. 양 떼 무리에 늑대 하나만 숨어 있기도 버겁다. 하지만 잠깐, 소녀가 남쪽 능선을 갈라 놓았을 때, 둘이 더 있었다. 그중 하나는 전혀 다른, 쓴맛이 났는데 소녀가 한 번도 먹어 보지 못한 것이라 이름을 댈 수 없다. 나머지 하나는 식초 남자였다.

한 도시에 넷이라니. 그리고 이 여자는 소녀의 이용 가치에 너무나 큰 관심이 있다. 소녀는 이카를 빤히 본다. 그 누구도 그러지 않을 것이다.

고개를 저은 이카의 표정에서 흥미가 가신다. "넌 시간과 식량 낭비인 것 같다. 하지만 나 혼자서 내리는 결정이 아니야. 네가 다시 도시에 해를 끼치려고 하면 우리가 느낄 것이고, 너를 막고, 죽일 거다. 하지만 말썽을 일으키지 않으면, 적어도 네가 훈련이 된다는 건 알겠지. 아, 그리고 다시 걷고 싶으면 다리에 힘주지 마."

이윽고 이카는 철문으로 가서 다른 언어로 뭐라고 외친다. 남자가 복도를 걸어와 그녀를 꺼내 준다. 둘은 소녀를 한참 들여다보더니 복도를 걸어 다른 문을 지나간다.

다시 이어지는 침묵 속에서 소녀는 일어나 앉는다. 천천히 해야 한다. 몹시 약한 상태니까. 소녀의 잠자리는 이제 말라 있지만, 열에 들떠 흘린 땀 냄새가 난다. 누더기 담요를 걷자, 소녀는 바지를 입고 있지 않은 것을 알게 된다. 오른쪽 허벅지 가운데 붕대가 감겨 있다. 그 아래 상처는 감염 선을 따라 붉게 부어 있지만, 그것도 가라앉는 것 같다. 무릎도 넓은 가죽 붕대로 단단히 감겨 있다. 무릎을 구부려 보니, 자신이 몸을 갈라 놓아 여파가 퍼지는 것처럼 메스꺼운 통증의 물결이 다리 위아래로 퍼진다. 무슨 짓을 했기에 다리가 이 모양이 되었을까? 말을 탄 사람들에게서 달아난 기억이 난다. 칼처럼 뾰족한 돌들 사이에서 넘어졌다.

식초 남자는 이 도시에 오래 머무르지 않을 것이다. 소녀는 몇 년째 그의 자취를 뒤쫓아 보았기에 그걸 알고 있다. 가끔 그가 죽인 도시에서 살아남은 이들이 있는데, 그들은—말을 하도록 설득할 수 있으면—떠돌이가 성문 밖에서 천막을 치고 있다가 들어가게 해 달라고 청하고, 들어주지 않아도 떠나지 않았다고 이야기한다. 아마 며칠 정도 기다렸을 것이다. 도시 사람들이 쫓아내면 숨었을 것이다. 그러다가 벽이 무너졌을 때, 의기양양해서 멀쩡하게 걸어 들어왔을 것이다. 소녀는 그를 서둘러 찾아야 한다. 그가 여기 있으면 이 도시는 멸망할 테고, 소녀는 단말마의 고통을 겪는 이들 곁에 있고 싶지 않다.

단단히 감은 붕대에 계속해서 힘을 주던 소녀가 무릎을 20도 정도 구부리자, 그렇게 움직여서는 안 되는 뭔가가 한쪽으로 미끄러진다. 관절 속 어디선가 끈적이는 철컥 소리가 난다. 배 속은 텅 비어 있다. 그 통증에 거의 토할 것 같아서, 빈 것이 다행이다 싶다. 구역질이 지나간다. 당분간은 방에서 탈출하지도, 식초 남자를 쫓지도 못할 것이다.

하지만 고개를 드니 또 누가 방 안에 함께 있다. 소녀가 환영으로 본 석상이.

그것은 정말로 석상이라고, 소녀의 마음이 주장한다. 환영이 아님은 너무나도 분명하지만 말이다. 사색 중인 남자의 모습. 큰 키에, 우아한 자세로, 얼굴에는 생각에 잠긴 표정을 그대로 떠올리고 고개를 한쪽으로 기울이고 있다. 얼굴은 회색과 흰색의 대리석이지만, 눈에는—소녀의 짐작에—설화석고와 오닉스가 박혀 있다. 이 작품을 만든 조각가는 속눈썹과 입술의 주름까지, 굉장히 자세히 묘사했다. 언젠가 소녀는 아름다운 것을 보면 아름다운 줄 알았다.

소녀는 또한 그 조각이 조금 전에는 존재하지 않았다고도 생각한다. 사실 소녀는 그것을 확신한다.

"나가고 싶나?" 석상의 물음에 소녀는 다친 다리가—그리고 벽이—허락하는 한 뒷걸음질 친다.

침묵이 흐른다.

"스, 스톤, 이터." 소녀가 속삭인다.

"아이야." 석상의 입술은 말을 해도 움직이지 않는다. 음성은 몸통 속 어딘가에서 나온다. 전해져 내려오는 이야기에 따르면 스톤이터의 몸을 이루는 것은 결코 돌이 아니지만, 살과는 전혀 다르고 유연성도 없다고 한다.

그 이야기에 따르면 또한, 스톤이터들은 스톤이터가 나오는 이야기 이외에는 존재하지 않는다고 한다. 소녀는 입술을 핥는다.

"무슨⋯⋯." 소녀의 음성이 갈라진다. 소녀는 무릎을 깜빡 잊은 채 몸을 더 곧게 세우려다가 아파서 흠칫한다. 무릎은 잊히길 원하지 않는다. 소녀는 다른 것에 집중한다. "나가고 싶냐고?"

스톤이터의 머리는 움직이지 않지만, 눈이 아주 살짝 움직인다. 소녀를 좇아서. 소녀는 그 시선을 피해 담요 밑으로 숨고 싶은 충동에 사로잡히지만, 밖을 살짝 내다보면 그것이 바로 앞에서 들여다보고 있으면 어떻게 한단 말인가?

"저들이 너를 곧 더 튼튼한 감방으로 옮길 거야." 그것은 남자처럼 생겼지만 소녀의 마음은 그렇게 확실히 인간이 아닌 것에 인칭 대명사를 쓰기 싫다. "거기 가면 돌에 닿기 더 힘들걸. 나는 너를 맨땅에 데려갈 수 있다."

"왜."

"너더러 이 도시를 파괴하라고. 아직 원한다면."

무심하고 침착하다. 그것의 음성이. 그것은 파괴할 수 없는 존재라고, 이야기는 전한다. 스톤이터는 피할 뿐, 막을 수 없다고.

"하지만 이카랑 다른 사람들과 싸워야 할 거다. 결국 여긴 그들의 도시니까."

그 말에 소녀는 스톤이터가 뿜어 내는 기이함을 잠시 잊을 뻔한다. "아무도 그러지 않을걸." 소녀는 꿋꿋이 말한다. 세상은 소녀의 존재를 증오한다. 소녀는 일찌감치 그걸 배웠다. 소녀와 같은 부류는 땅의 힘을 먹어 치워 힘과 파괴의 형태로 뱉어 낸다. 땅이 조용하면 그들은 구할 수 있는 것—공기의 온기, 살아 있는 것들의 움직임 같은 것—을 먹고 같은 효과를 발휘한다. 그들은 보통 사람들 사이에서 살 수 없다. 첫 지진 혹은 첫 살인과 함께 발각될 것이다.

스톤이터가 움직이는데, 그 모습을 보고 있으니 소녀의 살갗에 식은땀이 솟는다. 그것은 느리고, 뻣뻣하다. 무덤을 덮는 돌이 움직일 때 나는 것 같은 희미한 소리가 들린다. 이제 그것은 소녀를 마주 보고, 생각에 잠긴 얼굴에 비꼬는 표정이 떠올라 있다.

"이 도시에 너희는 스물셋이 있다. 그리고 물론, 다른 부류는 더 많지." 무시하는 말투에, 보통 사람들을 가리키는 말이라고 소녀는 짐작한다. 사실 잘 알 수 없다. 소녀의 마음은 첫 문장을 듣고 긴장했으니까. 스물셋. 스물셋이나 되다니.

소녀는 스톤이터가 아직 그 질문에 대답을 기다리고 있음을 뒤늦게야 깨닫는다. "어, 어떻게 날 감방에서 꺼내 줄 수 있어?"

"내가 옮겨 주지."

스톤이터가 소녀의 몸을 건드린다. 소녀는 몸을 후드드 떠는 것을 감추려 하지만, 그것의 입술이 미묘하게 움직인다. 이제 석상은 또렷이, 희미하게 웃고 있다. 괴물 같다고 생각하니, 괴물이 재미있어한다.

"나중에 다시 오겠다. 네가 기운을 차리면."

그러고 나서 소녀의 의식 속에서 사람들처럼 진동하는 대신 산처럼 가만히 단단히 버티고 있던 그 몸뚱이가 일렁인다. 그리고 투명해진다. 그것은 발밑에 구멍이 생긴 것처럼 바닥으로 뚝 떨어진다. 다만, 더러운 마루판은 완벽한 고체다.

소녀는 서너 차례 심호흡을 하고 벽에 등을 기댄다. 옷을 통해 닿는 금속이 차갑다.

그들은 금속 위에 마루를 깐 감방으로 소녀를 옮긴다. 벽도 나무이고 두꺼운 솜 위에 가죽을 덧대어 놓았다. 여기 바닥에는 사슬이 박혀 있지만, 다행히 소녀를 사슬에 묶지는 않는다.

그들은 소녀에게 먹을 것을 가져온다. 이스트 가루가 든 국물과 곰팡이 냄새가 나는 거칠고 납작한 빵, 말린 잎으로 감싼 싹이 난 곡식. 소녀는 그것을 먹고 기운을 차린다. 소녀의 소화기가 조심스레 다시 작동하기 시작하면서 며칠이 지나자, 보초들이 목발을 가져다준다. 그들이 지켜보는 동안 소녀는 최소한의 통증을 느끼며 목발을 잘 쓸 수 있을 때까지 실험한다. 그러자 그들은 벌거벗은 사람들이 김이 나는 물이 도는 얕은 웅덩이 주위에서 몸을 문지르는 곳으로 소녀를 데려간다. 목욕을 마치자, 보초들은 소녀의 머리를 빗겨 이를 잡는다.(이는 없다. 이는 다른 사람들 곁에 지내서 생긴다.) 끝으로 그들은 속옷, 식물 섬유로 만든 헐렁한 바지, 동물 가죽으로 만든 두 번째 더 딱 붙는 바지, 셔츠 두 장, 소녀가 너무 말라서 필요 없는 브라, 털 신발 등의 옷가지를 준다. 소녀는 모두 욕심스럽게 입고 신는다. 따뜻한 것이 좋다.

그들이 다시 감방에 데려가자 소녀는 조심스레 침대에 올라간다. 기운은 차렸지만, 아직 약하다. 쉽게 지친다. 아직 무릎이 몸무게를 감당하지 못한다. 목발은 쓸모없다. 그걸 요란하게 짚어 대며 아무도 몰래 갈 수 없다. 그로 인한 답답함이 견딜 수 없다. 낫기도 전에 저 밖에 있는 식초 남자가 떠나거나 공격할까 두렵기 때문이다. 하지만 몸은 몸이고, 소녀의 몸은 최근 너무 혹사당했다. 낫는 데는 시간이 필요하다. 순응할 수밖에 없다.

그러나 한동안 쉬고 나자 뭔가 광활하고 산처럼 고요하고 낯익은 것이 다시 그 방에 찾아온 것을 느낀다. 눈을 뜨니 감방 문 앞에 스톤이터가 차분하고 조용하게 서 있다. 이번에는 한 손을 들어 손바닥을 내밀고 준비하고 있다. 초대다.

소녀가 일어나 앉는다. "누굴 찾는 걸 도와줄 수 있어?"

"누구?"

"사람. 사람인데……." 소녀는 스톤이터가 이해할 수 있도록 뜻을 전달할 방법을 알 수 없다. 한 인간과 다른 인간을 구별하기는 할까? 소녀는 그것이 어떤 방식으로 생각하는지 알 수 없다.

"너 같은?" 소녀가 말끝을 흐리니 스톤이터가 먼저 묻는다.

소녀는 곧바로 그 분류가 틀렸다고 말하려다 참는다. "응, 나 같은 능력이 있는 사람이야." 스물셋 중 하나. 이런 문제가 있을 줄은 예상하지 못했다.

스톤이터는 잠시 아무 말이 없다. "그를 나와 나눠."

소녀는 무슨 말인지 이해하지 못한다. 하지만 그것이 아직 손을 내민 채로 기다리고 있어서 소녀는 몸을 일으켜, 목발의 도움을 받아 절뚝이며 다가간다. 그것의 손을 향해 손을 내밀자, 한순간 소녀의 온몸 구석구석이 그 이상한 대리석 피부와 닿는다는 생각을 거부한다. 그것이 숨을 쉬지 않고 눈도 깜빡이지 않는 게 보일 만큼 가까이 다가가, 자신의 모든 본능이 돌에 대해 갖고 있는 지식으로 그것의 맛을 보지 말라고 경고한다는 사실을 깨닫는 것만으로도 충분히 괴롭다. 만약 맛을 본다면, 씁쓸한 아몬드와 뜨거운 유황의 맛일 것이며, 자신은 죽게 되리라고 소녀는 생각한다.

하지만.

내키지 않지만 몇 년 동안 기억하는 것조차 스스로에게 허락하지 않았던 그 아름다운 곳을 생각한다. 먼 옛날, 날마다 먹을 것을 먹고 늘 따뜻했으며, 청하지 않아도 아무런 대가 없이 사람들이 이런 것을 주는 곳에 사는 소녀가 있었다. 그들은 소녀에게 다른 것도 주었다. 지금은 소녀가 원하지 않는 것, 더 이상 필요하지 않은 것을. 우정이나 이름, 굶주림과 분노 이외의 감정 같은 것을. 그곳은 이제 사라지고 없다. 살해되었다. 소녀만이 남았다. 복수하기 위해.

소녀는 스톤이터의 손을 잡는다. 그 피부는 차갑고, 손이 닿자 약간 눌린다. 소녀의 팔에 소름이 돋고, 손바닥의 피부가 움츠러든다. 그것이 알아차리지 않기를 바란다.

그것은 소녀가 부탁한 것을 떠올릴 때까지 기다린다. 그래서 소녀는 눈을 감고 식초 남자의 시큼하면서 달콤한 맛을 기억하고, 그것이 자신의 살갗을 통해 어떻게든 그 느낌을 받을 수 있기를 바란다.

"아. 그자는 알고 있다."

소녀는 입술을 핥는다. "내가 죽일 거야."

"시도는 해 보겠지." 그것의 얼굴에서 미소가 가시지 않는다.

"왜 날 돕는 거지?"

"말했잖아. 다른 자들이 너와 싸울 거라고."

납득이 되지 않는다. "도시가 그렇게 싫으면 직접 부수지그래?"

"싫지 않아. 도시를 부수는 데는 흥미 없어." 그것의 손에 아주 살짝 힘이 들어가고, 땅속 가장 깊은 데서 오는 압력의 기미가 느껴진다. "그자에게 데려가 줄까?"

그건 경고이고, 약속이다. 소녀는 이해한다. 이제 제안을 받아들여야 한다. 그러지 않으면 철회될 것이다. 그리고 따지고 보면, 스톤이터가 돕는 이유는 중요하지 않다.

"데려가 줘."

스톤이터는 소녀를 더 가까이 당기고, 나머지 팔을 빙하의 움직임처럼 서서히, 멈춤 없이 밀어붙이는 소리를 내며 접어 소녀의 어깨를 감싼다. 소녀는 인간의 것이 아닌 단단함에 몸을 붙이고 떨면서, 너무나 희고 너무나 검은 눈을 들여다보며 팔로는 목발을 꽉 고정시킨다. 그것은 단 한 번도 미소를 멈추지 않았다. 소녀는 그것이 입술을 다문 채 미소 짓는다는 사실을 깨닫는다. 어째서 그런 게 눈에 띈 것인지는 알지 못한다.

"두려워하지 마라." 그것이 입을 열지 않고 말하자, 사방의 세상이 흐릿해진다. 사방이 에워싸이고 압력을 받는 답답한 느낌, 마찰로 인한 열, 점멸하는 어둠, 주위에서 움직이는 깊은 땅속이 느껴지는데, 그 땅이 너무 가까워 그저 맛보기만 할 수 없다. 소녀는 그것을 느끼고, 숨 쉬고, 그것이 된다.

그리고 그들은 도시의 조용한 마당에 서 있다. 소녀는 갑자기 빛과 차가운 공기와 넓은 공간이 돌아오자 놀라서 주위를 둘러보고, 이번에는 스톤이터가 서서히 자신을 놓아주고 뒤로 물러서는 것도 알아차리지 못한다. 지금은 낮이다. 도시의 지붕이 걷혀 있고, 평소처럼 우울한 회색 하늘은 잿빛 눈을 흘리고 있다. 안에서 느끼는 도시는 상상했던 것보다 작다. 건물들은 낮지만 서로 붙어 있고, 거의 모두 야트막하고 동그란 돔 형태다. 소녀는 다른 도시에서도 이런 건물 양식을 보았다. 온기를 보존하고 지진을 견디는 데 좋다.

주위에 아무도 없다. 소녀는 긴장해서 스톤이터를 돌아본다.

"저기." 그것은 팔을 이미 들고 좁은 길 끝 건물을 가리키고 있다. 다른 것보다 더 큰 돔이고, 양옆에 작은 부속 건물이 붙어 있다. "그 자는 2층에 있다."

소녀는 스톤이터를 잠시 더 바라보고, 그것도 부드럽게 미소 짓는 표지판처럼 소녀를 마주 보고 있다. 복수하려면 저리로. 소녀는 돌아서서 그것이 가리키는 곳을 따라간다.

소녀는 이방인이지만, 목발을 짚고 다니는데 아무도 알아보지 않는다. 그렇다면 모두가 서로를 알지 못할 만큼 도시가 크다는 뜻이다. 지나치는 사람들은 여러 인종, 다양한 나이다. 이카 같은 산제인이 우세한데, 어쩌면 세박인일 수도 있다. 소녀는 그 둘을 구별할 줄 모른다. 입술이 검은 레그워인도 많고, 달빛처럼 하얗고 눈이 큰 시어러 여자도 하나 있다. 소녀는 그 사람들이 스물셋의 그들에 대해 아는지 궁금하다. 알 것이다. 소녀와 같은 이들은 결국 스스로를 드러내지 않고 보통 사람들 틈에서 살 수 없다. 보통 그들은 평범한 사람들 사이에서 살지조차 않는다. 그런데 여기서 그들은 어찌된 영문인지, 살고 있다.

그런데 더 좁은 길과 건물 사이 틈을 지나며 소녀는 또 다른 것, 더 지독한 것을 보게 되고, 그래서 문득, 저마다 마음만 내키면 도시를 파괴할 수 있는 스물넷에 대해 아무도 걱정하지 않는 이유를 알게 된다. 보도의 그늘에, 잿빛 벽에 거의 은폐한 채. 너무 꼼짝 않고 서 있는 것들. 눈을 움직여 소녀를 뒤쫓는 석상들. 아주 많다. 소녀는 열둘까지 세다가 그만둔다.

언젠가 괴물이 가득한 도시가 있었는데, 소녀는 그중 하나에 불과했다.

소녀가 큰 돔에 들어가는 것을 아무도 막지 않는다. 안에 들어서니 이 건물은 소녀가 갇혀 있던 곳보다 따뜻하다. 사람들이 두셋씩 무리를 짓기도 하고, 이야기를 나누기도 하고, 도구나 종이를 들고 자유롭게 그곳을 드나든다. 소녀가 복도를 따라 움직이는 동안, 열기와 향기로운 냄새를 뿜어 내는 각 방에서 작은 도자기 화로가 보인다. 불쏘시개 더미에는 오래전 죽은 꽃이 쌓여 있다.

계단은 몹시 힘들다. 다친 무릎을 구부리지 않고 목발을 짚고 위로 올라가는 법을 터득하는 데 시간이 좀 걸린다. 소녀는 세 세트의 계단을 오른 뒤 걸음을 멈추고, 떨고 진땀을 흘리면서 벽에 기댄다. 꾸준히 먹으면서 지낸 날들이 도움이 되었지만, 소녀는 아직 낫는 중이고 몸이 튼튼했던 적은 한 번도 없었다. 식초 남자를 만나 그의 발치에 쓰러지는 건 아무 소용이 없을 것이다.

"괜찮니?"

소녀는 앞을 가리는 젖은 머리카락에 눈을 깜빡인다. 화로들이 줄지어 서 있는 넓은 복도다. 발밑에 기다랗고 무늬가 있는 러그가 깔려 있다. 땅이 갈라지기 전에 누리던 사치다. 거기 서 있는 남자는 소녀만큼 작은데, 오로지 그 때문에 소녀는 그가 가까이 있는데도 획 비켜서지 않았다. 그는 돌을 먹는 자만큼이나 창백하지만, 피부는 진짜 피부이고 머리카락은 아마도 산제인의 피가 섞여 뻣뻣하다. 명랑한 그의 얼굴에, 소녀에 대한 예의 바른 염려가 떠올라 있다.

그리고 소녀는 본능적으로 주위에 감각을 뻗고, 그에게서 강하고 시큼한 식초, 고약한 피클과 오랫동안 절여 놓은 것들, 시어 버린 와인 맛이 나자 흠칫 놀란다. 그다. 그가 맞다. 소녀는 그의 맛을 알고 있다.

"난 아퀸에서 왔어." 소녀가 불쑥 말한다. 남자의 얼굴에서 미소가 굳고, 소녀는 스톤이터를 다시 떠올린다.

언젠가 멀리 남쪽에 아퀸이라는 도시가 있었다. 예술가들과 사상가들의 도시였고, 아름다운 사람들이 가득한 아름다운 곳이었으며, 소녀의 부모는 그중 두 사람이었다. 세상이 무너졌을 때—땅이 갈라진 것은 여러 대재앙 중 최근의 사례일 뿐이듯, 세상은 종종 무너진다—아퀸은 추위를 단단히 막고 성문을 잠그고 웅크리고서 세상이 나아지고 다시 따뜻해질 때까지 기다렸다. 그 도시는 대비를 잘해 두었다. 비축 창고는 가득했고 방어벽은 여러 겹으로 튼튼했다. 오랫동안 버틸 수 있었다. 하지만 한 이방인이 도시에 들어왔다.

소녀의 선언에 이어, 긴장감이 감도는 침묵이 흐른다.

남자가 먼저 정신을 차린다. 그는 코를 벌름이더니 불편한 척 허리를 세운다. "그 시절엔 누구나 해야 할 일을 했어. 네가 나라면, 너도 그렇게 했을 거야."

그의 음성에 사과하는 기색이 있나? 비난이라니? 소녀는 이를 드러낸다. 이카를 만난 이후로 도시 아래 암석에 닿으려고 한 적이 없었다. 하지만 지금은 감각을 뻗어, 벽의 기둥을 훑고 건물 기반으로 내려가, 더 깊이 내려가 달콤한 민트 맛의 서늘한 기반암을 삼킨다. 많지는 않다. 오늘은 흔들이 없었다. 하지만 아무리 적은 힘이라도 지난 며칠간의 불안과 공포를 향기롭게, 부드럽게 진정시킨다.

식초 남자는 소녀가 기반암을 건드리는 것에 마치 모욕이라도 당한 듯 반응하며 뒷걸음질 치더니, 복도의 맞은편 벽에 부딪친다. 곧바로 그의 시큼한 맛이 뱉은 침처럼 튀어나오며 소녀가 역겨워 포기하도록 만든다. 소녀는 놓아 버리고 싶다. 그가 맛을 망치고 있다. 하지만 소녀는 이맛살을 찌푸리며 그 힘을 더욱 단단히 물어 자기 것으로 만들고, 물러서지 않는다. 남자가 눈을 가늘게 뜬다.

부속 건물의 방 한곳에서 누가 복도로 나온다. 이 사람이 뭔가 큰소리로 말한다. 소녀는 그가 이카를 부르는 것을 알아듣는다. 말은 제대로 들리지 않는다. 돌 먼지가 입속에 느껴진다. 땅속 깊이 바위 가루가 귓속에 있다. 식초 남자는 다시 소녀에게서 통제권을 빼앗으려고 밀어붙이고, 소녀는 그러는 그가 밉다. 그 때문에 얼마나 오랫동안 굶주리고, 추위에 떨고, 두려워하며 지냈는가? 아니, 아니다. 소녀는 그런 이유로 그를 못마땅해하는 것이 아니다. 그렇다. 소녀도 마찬가지로 끔찍한 짓을 했으니, 너도 그렇게 했을 거야, 너도 그렇게 했잖아라고 말하는 그가 너무나 옳다. 하지만 지금은? 지금 당장, 소녀가 원하는 것은 힘뿐이다. 그게 그렇게 큰 바람인가? 남자가 소녀에게 남긴 건 그것뿐인데.

그리고 소녀는 그가 자기 것을 하나 더 빼앗아 가기 전에 이 계곡 전체를 뒤흔들어 돌무더기로 만들 것이다.

사포로 거칠게 문지른 목발이 소녀의 손을 깨물고, 소녀는 각오를 다지기 위해 상상 속의 돌을 깨문다. 지금 땅의 힘은 너무 깊어 닿을 수 없기에 땅은 고요하고, 그럴 때는 묽은 죽처럼 작은 움직임, 더 작은 열기 이외에 먹을 것이 없다. 근처 화로가 품고 있는 장미 맛의 석탄. 팔다리와 눈과 숨 쉬는 가슴의 움찔움찔 불안정한 힘. 그리고 소녀는 이름 없는 움직임도 마실 수 있다. 극소량으로 떠다니는 공기 조각들, 단단한 고체의 가만있지 못하는 입자 전부. 이 입자들을 이루는 더 작은, 빠르게 회전하는 티끌들.

(어딘가, 이 땅 바깥에, 가까운 곳에 사람들이 더 있다. 그들의 맛이 소녀의 감각을 간지럽히기 시작한다. 멜론, 따뜻한 고기 스튜, 익숙한 파프리카. 다른 이들은 소녀를 막으려고 한다. 어서 끝내야 한다.)

"감히 무슨 짓을." 식초 남자의 분노가 경고하는 힘에 바닥이 흔들리고, 건물 전체가 덜그럭거린다. 소녀의 발밑에 진동이 울려 댄다. "내가 가만둘……."

그는 경고를 끝맺지 못한다. 소녀는 아퀸의 쓰러진 창고에서 찾아내 마셨던, 시어 버린 와인 맛을 기억한다. 너무 배가 고파서, 살기 위해 무엇이든, 무엇이라도 필요했다. 그건 풍부한 엿기름과 약간의 과일 맛이 났다. 필사적이 되자 식초마저 맛있게 느껴졌다.

실내 공기가 차가워진다. 소녀의 발치에서 퍼져 나가는 둥근 서리가 무늬 러그에 번진다. 식초 남자는 그 원 안에 서 있다.(복도의 다른 이들은 그 원이 커지자 소리를 지르며 물러선다.) 머리카락에, 눈썹에 서리가 생기자 그는 고함을 지른다. 입술이 파랗게 질린다. 손가락이 굳는다. 추위 말고도 더 있다. 소녀는 그의 몸을 이루는 분자 사이의 공간과 원자들의 움직임을 집어삼키고, 그의 살은 응축되고 단단해져 뭔가 다른 것으로 변한다. 여러 가지 맛이 있는 땅에서 그는 싸운다. 산이 소녀의 목구멍을 태우고 배 속을 뒤집는다. 소녀의 귀도 멍해지고 냉기에 무릎이 아린 나머지 눈에서 눈물이 난다.

하지만 소녀는 고통보다 더한 것도 삼켜 보았다. 그리고 이것은, 식초 남자가 소녀의 미래를 죽이고 자신처럼 기생충과 다름없는 존재로 만들었던 그때, 부지불식간에 가르친 교훈이었다. 그는 더 나이 들고, 더 잔인해지고, 더 경험을 쌓고, 아마도 더 강해졌지만, 생존은 사실 가장 적합한 자의 몫이었던 적이 없다. 가장 굶주린 자의 몫일 뿐.

식초 남자가 죽고 나서 이카가 도착한다. 이카는 두려움 없이 얼음 원 안에 들어서지만 소녀가 돌아서서 마주 보니 아삭한 채소가 경고하는 얼얼한 맛과 붉은 열기가 느껴진다. 소녀는 뒤로 물러선다. 당장 또 싸움을 감당할 수 없다.

"축하한다." 이카가 느릿느릿 말하자 소녀는 의식을 땅에서 거두고 힘없이 어색하게 주저앉는다.(등에 닿은 바닥은 아주 차갑다.) "네 몸에서 그게 나왔나?"

약간 멍해진 소녀는 그 말의 뜻을 파악해 보려고 한다. 복도, 얼음

원 바깥에 몇몇 사람들이 무리 지어 서 있다. 그들은 쑥덕이며 소녀를 보고 있다. 이카가 크고 요지부동인 만큼이나, 작고 유연한 검은 머리 여자가 이카와 함께 원 안에 들어와 있었다. 그 여자는 식초 남자에게 다가가더니, 가치 있는 게 뭐라도 남아 있길 바라는 듯 살핀다. 하지만 아무것도 없다. 소녀는 그 남자가 오래전, 언젠가 아름다운 곳에서 소녀의 삶에 남겨 놓은 것만큼만 그에게 남겨 놓았다. 그는 이제 사람조차 아니다. 그저 복도 벽에 놓인 회갈색의 바스러지는 살덩어리일 뿐이다. 얼굴은 눈과 드러낸 이빨뿐이고, 한 손은 할퀴려고 덤비는 동물의 발 같다.

이카와 사람들 너머, 소녀의 머릿속을 단번에 맑게 해 주는 것이 보인다. 사람들 바로 뒤에 스톤이터가 있다. 소녀를 보며 석상처럼 가만히 서서 웃고 있다.

"죽었군." 검은 머리 여자가 이카에게 말한다. 화보다는 짜증이 난 목소리다.

"그래. 그럴 줄 알았지. 그런데 그게 다 무슨 짓이었지?"

소녀는 이카가 자신에게 말하는 것을 뒤늦게 깨닫는다. 몸은 기진맥진했지만, 속에서는 존재 전체가 힘과 열기와 만족감으로 가득 차 있다. 그 덕분에 멍하고 약간 어지러워서 말을 하려고 입을 열다가 대신 웃어 버린다. 소녀 자신의 귀에도 그 웃음소리는 불안정하고 으스스하다.

검은 머리 여자가 소녀가 모르는 언어로 욕을 내뱉더니, 필시 그 도시에서 소녀의 미친 위협을 없애려는 의도로 칼을 꺼낸다.

"잠깐."

여자가 이카를 노려본다.

"이 작은 괴물이 방금 토로아를 죽였는데……."

"잠깐." 이카는 다시, 더 강하게 말한다. 이번에는 이카가 검은 머리 여자를 노려보니 분노로 긴장된 여자의 어깨가 패배감으로 처진다. 그리고 이카는 다시 소녀를 마주한다. 그녀가 말을 하니 싸늘한 공기 속에서 입김이 새어 나온다. "왜지?"

소녀는 고개를 흔들 뿐이다. "그자는 내게 빚이 있어."

"무슨 빚? 왜?"

소녀는 다시 고개를 저으며, 그들이 그냥 자신을 죽이고 잊어버리기를 바란다.

이카는 뜻을 알 수 없지만 단호한 표정으로 소녀를 한참 바라본다. 다시 입을 연 그녀의 목소리는 더 부드럽다.

"어떻게 하는 건지 일찍 배웠다고 했지."

검은 머리 여자가 소녀를 날카로운 눈빛으로 노려본다.

"우리 모두, 살아남기 위해서 필요한 일을 했어."

"그렇지. 그리고 그런 일이 돌아와 우리를 물어뜯기도 하지."

"저 애가 이 도시 시민을 죽였는데……."

"그자는 저 애에게 빚이 있었어. 너는 몇 명에게 빚이 있지? 어떤 이유로든 우리 모두 죽어 마땅한 존재라는 사실을 외면하는 건가?"

검은 머리 여자는 대답하지 않는다.

"우리 같은 사람들의 도시." 소녀는 아직도 어지럽다. 이제 그 어지러움을 폭발시켜, 도시를 흔들기는 쉽겠지만, 그렇게 하면 무슨 영문에서인지 망설이는 것처럼 보이는 그들이 소녀를 죽일 수밖에 없을 것이다. "그런 건 성공할 수 없어. 땅이 갈라지기 전에 그들이 우리를 사냥한 건 다 이유가 있었으니까."

이카는 소녀의 감정을 아는 것처럼 미소를 짓는다. "지금도 여러 곳에서 그들이 우리를 사냥하는 건 다 이유가 있지. 따지고 보면 이런 짓을 할 수 있는 건 우리뿐이니까." 이카는 대충 북쪽을 가리킨다. 거기서 대륙을 들쭉날쭉하게 가로지르며, 붉게 피 흘리는 거대한 균열이 일어나 세상을 파멸시켰다. "하지만 혹시 그들이 우리를 괴물로 취급하지 않는다면, 우리도 괴물이 되지 않을지도 모르지. 나는 우리가 당분간 사람처럼 살면서 어떻게 되는지 보고 싶구나."

"지금까진 잘 되었지." 검은 머리 여자가 식초 남자의 돌덩이 같은 시체를 보며 중얼거린다. 토로라고 했나. 무슨 상관이람.

이카는 어깨를 으쓱이더니, 소녀를 향해 눈을 가늘게 뜬다.

"언젠가는 네게도 누가 찾아올지 모른다."

소녀는 빤히 마주 본다. 그건 언제나 알고 있었던 일이다. 더 이상 어쩔 수 없을 때까지, 소녀는 해야 할 일을 할 것이다.

하지만 소녀는 불현듯 정신을 차린다. 스톤이터가 앞에 버티고 서 있기 때문이다. 복도의 모두가 화들짝 놀란다. 그중 누구도 그것이 움직이는 것을 보지 못했다.

"고맙다." 그것이 말한다.

소녀는 외면하지 않고 입술을 핥는다. 포식자에게는 등을 돌리지 않는 법이다. "천만에." 왜 고맙다고 하는지는 묻지 않는다.

"그리고 이건." 이카는 체념의 뜻일 수도, 아닐 수도 있는 한숨을 쉬면서 그것 뒤에서 말한다. "우리가 **평화롭게 공존하려는 동기가**

된다."

복도의 화로는 필사적으로 힘을 잡으려던 소녀의 기세에 대부분 꺼져 있다. 복도 양쪽 끝, 얼음 원에서 멀리 떨어진 곳의 화로만 불타고 있다. 이것들이 스톤이터의 얼굴 윤곽선을 비추어 주지만, 소녀는 그 또렷한 대리석 미소를 쉽게 상상할 수 있다.

이카가 말없이 다가오고, 검은 머리 여자도 다가온다. 그들은 소녀를 일으켜 세우고, 셋은 함께 스톤이터를 경계하는 눈초리로 지켜본다. 스톤이터는 움직이지 않는데, 그들을 방해하거나, 방해하지 않기 위해서다. 그것은 그들이 소녀를 부축해서 나갈 때까지 계속 서 있을 뿐이다. 복도의 다른 이들, 근처에서 괴물들이 싸우는 동안 달아나지 않았던 구경꾼들도 재빠르게 밖으로 나간다. 복도가 몹시 추운 것도 한 가지 이유다.

"날 도시 밖으로 내쫓을 거야?"

그들은 소녀를 계단 맨 밑에 내려놓았다. 소녀는 추위와 죽을 뻔한 경험에 뒤늦게 손이 떨리기 시작해서 목발을 제대로 잡지 못한다. 그들이 지금 다친 소녀를 내쫓는다면 서서히 죽을 것이다. 소녀는 그런 일을 당하느니, 그들이 죽여 주는 편이 낫다고 여긴다.

"아직 모르겠다." 이카가 말한다. "가고 싶은가?"

소녀는 질문을 받은 것에 놀란다. 선택의 여지가 있다는 것이 낯설다. 그리고 위에서 들리는 소리에 놀라서 고개를 든다. 밤이 되어 도시의 지붕이 닫히는 중이다. 기다란 지붕 조각이 미끄러져 제자리를 잡자 도시는 어둠침침해지지만, 사람들이 거리를 따라 움직이며 소녀가 전에는 알아차리지 못한 높다란 등불에 불을 붙인다. 지붕은 달칵이는 소리를 깊이 울리며 제자리에 고정된다. 바깥의 찬 바람이 불어들지 않자, 벌써 더 따뜻한 느낌이다.

"여기 있고 싶어." 소녀는 그 자신의 목소리를 듣는다.

이카가 한숨을 쉰다. 검은 머리 여자는 고개를 저을 뿐이다. 하지만 그들은 경비를 부르지 않고, 위층에서 소리가 들리자 셋은 함께, 말없이 서로 합의한 듯 걸어간다. 소녀는 어디로 가는지 알 수 없다. 다른 두 여자도 아는 것 같지 않다. 그저 그들 모두가 다른 곳에 가야 한다는 것만 이해할 따름이다.

소녀는 그들에게 안겨 계단을 내려오기 전, 방금 떠난 복도를 자꾸만 본다. 소녀는 고개를 돌려서 바라본다. 스톤이터가 또 움직였다. 그것은 토로아의 석화된 시체 옆에 서 있었다. 그것의 손은 그의 어깨에, 다정하게 놓여 있었다. 그리고 이번에 미소를 지을 때, 그것은 조그맣고 완벽한, 다이아몬드 치아를 반짝였다.

소녀는 마음속에서 이 모습을 쫓아내려고 숨을 크게 들이쉰다.

그리고 함께 걸어갈 때 이카에게 묻는다. "먹을 거 있어?"

렉스 강가에서

On the Banks of the River Lex

죽음은 축 처진 옥상의 급수탑 아래 누워 급수탑의 금속 배를 따라 서서히 맺히는 물방울을 바라본다. 이따금 물방울 하나가 커지다가 새끼를 치면, 그건 이리저리 굴러다니다 이따금 죽음의 이마 위에 떨어진다. 죽음은 지난 며칠 동안 그 수를 700번이 넘도록 세었다.

잠이 나타나 기대에 찬 표정으로 죽음 옆에 쭈그리고 앉았다.

"지루해 보이는데. 잠시 망각을 원하진 않겠지?"

"고맙지만, 사양할게." 죽음은 평판과 달리 늘 세심하게 예의를 차렸다. 그는 또 물방울이 떨어지기를 기다리더니—이번에는 아쉽게도 빗나갔다—고개를 돌려 잠을 바라보았다. "당신이야말로 좀 멍해 보이는데."

거절에 잠은 한숨을 쉬고 그 옆에 앉아 있었다. "괜찮을 거라고 생각했어." 그녀가 말했다. "괜찮을 거야. 동물들은 잠을 자고, 식물도 자기 방식대로 자니까. 하지만 그건 같지가 않아."

죽음이 손을 뻗어 그녀의 손을 잡았다. 그것은 그의 말 없는 제안이었다.

"괜찮아." 잠은 이렇게 말하면서도 죽음의 손을 잡았다. 죽음은 기뻤다. 다른 이들은 할 수 있다면 그를 건드리지 않으려고 했다. 이 손짓에 그는 이해할 수 있었다. 아직은 때가 아님을.

그는 일어나 앉았다. 해가 조금 전 도시 위로 떠올랐다. 진주목걸이 같은 구름이 하늘을 둘러쌌다. 작은 새 떼—죽음은 남쪽에서 돌아오는 벌새라고 짐작했다—가 메트라이프 빌딩의 가장자리 녹슨 구멍을 지나갔다.

"저게 뭐지?" 잠이 물었다.

죽음은 그녀의 손끝을 따라가다가 꽃들을 보았다. 그가 누워 있는 옥상에는 풀이 잔뜩 자랐고, 한쪽 구석의 먼지와 진흙에 가죽나무 한 그루가 꿋꿋이 자랐다. 풀 사이에 꽃이 많이 있었고, 그래서 죽음은 이 옥상을 그렇게나 좋아했다. 이 옥상이 끝내 내려앉으면 아쉬울 것이다.

"그냥 데이지야."

"아니, 그 뒤에."

그들은 일어나서 옥상 구멍을 돌아가 좀 더 자세히 보았다. 데이지 뒤에, 옥상 벽 그늘에서 풀 사이로 힘차게 자라고 있는 것은, 죽음이 한 번도 본 적 없는 꽃이었다. 모양은 크로커스와 비슷했지만, 옥상의 모든 식물이 그렇듯이 뿌리가 얕았다. 구근이 없었다. 그리고 꽃잎은 탐스럽고 짙은, 무광의 흑색이었다.

"저건 다르잖아." 잠이 말했다.

죽음이 쪼그리고 앉아 꽃을 살펴보더니 손을 뻗어 비단처럼 부드러운 꽃잎을 쓰다듬었다. 다르기만 한 것이 아니었다. 새로웠다.

뭔가가 죽음의 뺨을 간질였다. 그는 손을 들어 그것을 털어내다 손가락이 젖은 것을 알게 되었다. 급수탑을 다시 바라본 그는 어떻게 세던 숫자를 잊을 수 있는지 의아했다.

죽음은 걸어서 다리를 건너기 좋아했다. 이런 까닭에 도심에서 비교적 먼 곳에 집을 정했다. 그건 공장으로 쓰다가 미술가들, 그리고 유행에 집착하는 젊은 전문직 종사자들이 집단 거주하던 크고 못생긴 회색 석재 건물이었다. 이제 그곳은 고양이들이 다스렸다. 죽음은 계단을 내려가는 길에 고양이를 열두 마리쯤 지나쳤는데, 그중에는 생쥐를 입에 물고 여윈 청소년 둘을 거느리고서 빠르게 걸어가는 엄마도 있었다. 평소처럼 그들은 죽음의 존재를 무시하고, 그가 지나갈 때 살그머니 피해 갈 뿐이었다. 가끔 드물게 고양이가 그를 바라보면, 그는 예의 바르게 고개를 끄덕여 인사했다. 가끔 그들이 묵례로 답하기도 했다.

죽음은 한 번, 새끼 고양이를 꾀어 함께 살아 보려고 했다. 인간들도 그렇게 했던 것을 그는 알고 있었다. 하지만 그는 먹을 것 가져오기를 자꾸 잊었고, 잠도 자지 않았기에 새끼 고양이는 밤이면 그의 품에 안길 수 없었다. 며칠 후 새끼 고양이는 씩씩거리며 떠났다. 아직도 건물 주위에서 녀석의 후손들을 볼 때면 후회가 가시지 않았다.

윌리엄스버그 브리지는 아직 맨해튼 브리지나 브루클린 브리지처럼 구부러져 처지기 시작하지 않았다. 죽음은 여기 뭔가 논리적인 이유가 있을 거라고 추측했다. 아마 윌리엄스버그 브리지가 더 최근에 개조되었거나, 애초에 더 튼튼하게 지어졌을 거라는. 하지만 죽음은 내심 자신이 그 다리를 온전히 지키는 데 도움을 주었다고 믿었다. 그것을 건넘으로써 그는 다리에 목적의식을 부여했다. 인류가 만든 모든 것에게 목적의식은 존재의 핵심이었다.

그래서 죽음은 날마다 시내로 걸어갔다.

죽음이 도착했을 때, 시내에는 많은 움직임이 있었다.

"쌍둥이가 유니언스퀘어에 스타벅스를 열었어!" 죽음이 다리를 지나 딜런시 스트리트에 발을 디뎠을 때, 어느 낯선 이가 말했다. 죽음은 그 말에 반갑게 응답하며 고개를 끄덕였지만, 스타벅스가 무엇인지, 쌍둥이들이 왜 그걸 신경 쓰는지 잘 알 수 없었다.

그래도 모두가 스타벅스에 대해 하도 들떠 있기에 호기심이 동해서 시내 쪽으로 올라갔다. 거리 대부분은 고양이와 코요테 몇몇 말고는 비어 있었다. 코요테는 고양이만큼 과감하지 않았다. 그들은 주로 눈에 띄지 않았다. 14번가와 애비뉴A에서, 죽음은 모퉁이 계단에서 백파이프를 연주하는 서해의 용왕을 발견했다. 그는, 늙고 앙상한 벚나무를 서서히 밀어붙이며 그 과정에서 보도를 부수고 있는 어린 참나무의 삐죽삐죽한 뿌리에 걸터앉아 있었다. 죽음은 넓어지는 싱크홀을 돌아서 다가가 앉아 용왕이 연주를 마칠 때까지 들었다.

"고맙소. 들어주는 이가 있으니 좋구려."

"아주 잘하시네요."

"이걸 늘 배우고 싶었소. 하도 흥하게 생겨서 좋아하게 되거든. 본토를, 홍콩까지 다 뒤져도 찾을 수 없었소. 결국 여기까지 와야 했지. 중국인 디아스포라가 참 다행이지." 용왕은 백파이프를 조심스레 내려놓았다. "스타벅스에 가는 거요?"

"네, 그럴까 하고요. 가실래요?"

"물론 안 가지. 나는 커피를 싫어해. 사람들이 예전에 늘 그걸 줬는데 고약하고 불쾌했지. 자, 크리스피크림 도넛? 한번 먹어 봤는데, 좋아서 죽는 줄 알았소." 그는 아쉬운 한숨을 쉬었다.

"커피는 마셔 본 적 없어요." 예전에 사람들은 죽음에게 전혀 다른 것을 바쳤다.

"오늘도 아마 마시지 못할 거요. 마우가 얼려 말린 거 몇 덩어리를 찾아낸 것뿐이거든. 정오면 다 떨어질 거요."

"아." 죽음은 조금 실망했다.

"어쨌든 가 봅시다. 심심하니까."

그들은 유니언스퀘어로 걸어갔고, 평소처럼 그곳 남쪽 계단에는 숭배자들이 가득했다. 대부분은 경의를 표하는 사람들의 모습을 취했지만, 사람은 아니었다. 그저 도움이 필요한 자들을 도울 용의가 있고 그럴 능력이 있는, 그들과 같은 부류일 뿐이었다. 그러나 이번에 스타벅스에서 흘러나와 광장을 빙 돌아서 반대편 구석의 무너진 은행까지 이어지는 줄은 계단에 모인 이들과 경쟁할 정도로 길었다.

용왕이 죽음의 어깨를 두드렸다. "내가 말하지 않았소? 운이 좋아야 맛을 본다고."

"새로운 건 뭐든지 시도해 볼 가치가 있죠." 죽음이 어깨를 으쓱이며 대답했다.

용왕은 한숨을 쉬었다. "당신에게 필요 없는 건 알지만, 예배를 꼭 한번 해 보시오." 그는 광장 쪽으로 고갯짓을 했다. "커피보다 훨씬 낫지."

"저보다 그게 필요한 이들이 많아요."

둘 다 어색해서 입을 다문 사이, 여윈 떠돌이 같은 존재가 바삐 지나갔다. 옷은 누더기에 얼굴은 쉽게 알아보기에 너무 텅 비어 있어서, 남자인지 여자인지 양성인지 구별하기가 곤란했다. 그것의 시선은 광장에 꽂혀 있었다. 죽음과 용왕이 지켜보는 동안, 그것이 거리를 건넜다. 거기 숭배자들은 곧바로 빈자리를 만들어 신입을 맞이했다.

"젠장. 저건 보살 같은데. 예전에는 저 친구들을 다 알았다오. 아가씨들이었지. 그들은."

죽음도 진지한 표정으로 고개를 끄덕였다. 그도 그들을 알았다.

용왕이 켕기는 표정으로 죽음을 쳐다보았다.

"저, 나도 필요 없는 건 알고 있소. 바다는 아직 있고, 비도 아직 내리니까. 하지만 예전과는 다르다는 걸, 알지 않소?"

"알죠." 죽음이 조금 놀라서 말했다. "제게 정당화하실 필요 없어요."

"당연히 없고말고." 용왕은 잠시 그를 노려보았다. 멀리서 구름이 희미한 천둥소리를 내며 우르릉거렸다. 하지만 용왕의 분노는 올 때처럼 빠르게 가시는 모양인지 그는 한숨을 쉬었다. "음…… 어쨌든. 음악을 들어 줘서 고맙소."

용왕은 그다음 거리를 건너 계단에 모인 무리와 합류했다. 죽음은 잠시 그를 바라보며 생각에 잠겼다. 거기 모인 자들은 숭배를 가장 필요로 하는 이들을 먼저 도울 테지만, 그것 이외에는 어떤 필요한 형태로든—피든, 기도든, 섹스든—시간별로 나누어 제공했다. 숭배자들이나 그런 단체가 없었다면, 지금쯤 많은 이들이 포기하거나 사라졌을 것이다.

죽음이 청한다면, 그들은 죽음을 위해 죽어 줄 것인가? 죽음은 하릴없이 생각해 보았다.

그리고 돌아서서 스타벅스 줄 끝으로 갔다. 그가 절반도 가기 전에 커피는 떨어졌다.

하지만 쌍둥이들이 또 한 번의 실험을 해서, 죽음은 시도를 해 볼 수 있었다. 그는 붐비는 카페의 작은 테이블에 앉아서 리서*가 앞에 놓고 간 접시를 미심쩍은 표정으로 보았다.

"맛있어요." 리서가 말했다.

"초록색인걸요." 죽음이 대답했다.

"바랭이 씨로 밀가루를 만들어서 그래요. 그래서 조금 씁쓸하긴 하지만, 그것 말고는 맛있어요. 봐요, 진짜 건포도잖아요."

브루클린 하이츠를 야생 포도 덩굴이 뒤덮었다. "아. 제가 기억하기로는 마우가 헌주(獻酒)로 괜찮은 포도주를 만든 적이 있었죠."

"네. 터지지도 식초가 되지도 않은 병이 있었어요. 마우는 아직도 기술을 익히고 있어요. 하지만 건포도는 쉬워요. 포도를 키운 다음

---

* 마우-리서는 서아프리카 연안 지방에서 섬기는 남녀양성을 지닌 신이다.

에 무시하면 되죠. 먹어 봐요."

죽음은 쿠키를 들어 조금 깨물었다. 아주 놀랍게도 맛이 있었다. 죽음은 맛있다고 말해 주었고, 진심이었다.

"그렇게 놀란 목소리로 말할 필요는 없잖아요." 리서가 짜증내며 말했다. 그녀는 카운터 뒤로 쌩하니 돌아가 쿠키를 굽기 위해 연결한 기계를 계속 만졌다. 그녀와 쌍둥이인 마우는 새로운 것 만들기에 능했다. 예전 사람들만큼 잘했다.

"이야기 좀 해요." 천사가 다가와 죽음 앞에 앉으면서 말했다. 그녀는 먼저 앉아도 되겠냐고 묻지 않았지만, 본래 천사들은 허락을 청하지 않았다.

"물론입니다." 죽음이 말했다. 리서가 먼지가 앉은 낡은 카운터 뒤에서 그를 노려보자, 카페에 앉아 있으면 지켜야 하는 의식이 기억났다. 사업을 하기 전에는 잡담이 필요했다. 그 장소가 지닌 정신에 따르는 것이 쌍둥이의 노력에 대한 예의였다. "어떻게 지냈어요? 당신에게, 음, 삶이 괜찮나요?" 죽음은 그런 말을 할 생각이 아니었다. 부디 자신이 천사를 죽이고 싶어 한다고 생각하지 않기를 바랐다.

"인류의 삶은 지나갔고, 우리는 그 후에 남은 그림자일 뿐이죠." 천사는 의례가 요구하는 예의 바른 허구를 무시하고, 본론만 사실대로 말했다. "렉스 강이 둑을 넘어 범람했다고 알리러 왔어요. 오군*에게 알렸어요. 펌프 시스템을 절대 고칠 수 없어요. 이만큼이라도 오래 버티는 데 필요한 건 다 했어요. 1년 안에 어퍼이스트 사이

---

* 서아프리카의 전사이자 철의 신.

드 전체가 물에 잠길 거래요."

죽음은 건포도 씨를 뱉고, 치아에 붙은 것처럼 느껴지는 풀씨도 입에 손가락을 넣어 떼어 냈다. 치아는 없어도 상관없었지만, 이런 때 말고는 대체로 치아가 있는 편이 좋았다. "그게 왜 문제인가요?"

"영국의 동요들 말이에요. 그들은 모두 어퍼이스트사이드에 살거든요."

"그들은 왜 이사를 못 하죠?"

천사는 짜증 난다는 표정으로 그를 보았지만, 그래도 천사이다 보니 짜증의 정도는 약했다. 죽음은 그녀가 가브리엘일지도 모른다고 생각했다. 나머지 천사들은 다른 부류에 대한 참을성이 약했다. "다른 곳보다 그 지역에 유치원과 학교가 더 많으니까요."

그래서 동요들이 그 지역을 차지한 것이다. 죽음은 잠시 생각해 보았다. "파크 슬로프는 어떤가요?" 윌리엄스버그에 있는 그의 집에서 멀지 않은 브루클린 지역이었다. 그는 예전에 그곳에 종종 찾아갔던 것을 기억했다. 한때는 갱단 활동의 중심지였지만, 그 후 사람들이 사라지기 전에는 아이들이 많았다.

"그들은 그렇게 멀리까지 움직이지 못해요. 우리만큼 수천 년을 살고 수십 개의 문화를 거치면서 강해질 기회가 없었으니까. 브루클린으로 가려면 아이들이 별로 없는 지역을 서너 곳 지나야 하고, 이스트 강을 건너야 하는데. 그들이 감당하기 너무 힘든 일이에요."

죽음은 맛있는 쿠키가 주는 즐거움이 의혹으로 서서히 바뀌는 것을 느끼며 이맛살을 찌푸렸다. 등을 기대고 앉아 한참 동안 말없이 천사를 쳐다보자, 천사는 한숨을 쉬더니 소리 내어 말했다.

"당신이 그들을 도와주어야 해요." 부드러운 말투였다. 드물게도. "쇠약해져 사라지는 건 더 나쁘니까. 그거 알잖아요."

"내 도움은 언제든지 드릴 수 있죠. 청하는 이들에겐."

"그들은 아이들이에요! 노래하고 시를 외고 뛰어다니지, 부탁하는 법을 몰라요!"

죽음은 당연한 걸 지적하고 싶지 않아 입을 다물고 있었다. 동요들은 아이들이 아니었다. 그가 남자가 아니고, 그녀가 여자가 아니듯이. 더 이상 아이들은 존재하지 않았다.

"옳지 않아요." 천사는 시선을 돌렸다. 그녀의 손은 테이블 위에 놓여 있었다. 손가락을 접어 주먹을 쥐었다, 다시 폈다, 다시 쥐었다. 의자 뒤 바닥에 끌리는 날개가 곤두섰다가 내려앉았다. "그럴 필요가 없는데 고통당하게 두는 건. 당신도 그게 옳지 않다는 걸 알잖아요."

옳지 않았다. 죽음은 저도 모르게 좀 전에 보았던 보살이 살아 보려고 허둥지둥하는 모습을 떠올렸다.

"그들 스스로 노력하고 싶을지도 모르죠."

"동요들은 그렇게 멀리 생각하지 않아요. 허튼 생각만 가득하죠. 하지만 그들도 우리처럼 고통을 겪어요. 이렇게 오래 버틴 것도 놀라운 일이에요."

죽음은 서서히 고개를 저었지만 한숨을 쉬었다.

"내가 말해 볼게요." 그가 결국 말했다. "그들이 이해하도록 해 보고, 뭘 원하는지 물어보죠. 생명이란, 비록 그 그림자뿐이라 해도 그 정도 고려를 해 줄 가치가 있으니."

천사는 천천히 고개를 끄덕였다. "내가 부탁하고 싶은 게 그거예요." 천사는 깊은 한숨을 내쉬며 일어나더니 마침내 예의를 차렸다. "고마워요. 음, 좋은 하루 보내요." 그 말을 듣고 리서는 기쁜 표정을 지었다.

죽음은 쿠키를 마저 먹고 일어났다. 그는 시내 위쪽으로 걸어갔고, 그러느라 그날 남은 하루를 다 썼다. 어퍼이스트사이드에 다다랐을 때, 어둠이 내리기 시작했다. 죽음은 강가를 따라 더 천천히 걸었다. 이곳에서는 보도와 거리를 신뢰할 수 없기 때문이었다. 지하철 선을 따라 넘쳐 들어온 물이 그 지역 전체 기반을 약화시켰고, 섬의 이 부분은 곧 바다에 가라앉을 것이 분명했다. 하지만 66번가에서 자동차 몇 대에 연결된 빅토리아 시대 첨탑이 물에 잠겨 있는 것을 발견했는데 그것이 아슬아슬한 다리가 되어 주었다. 여길 기어오른 뒤, 죽음은 더 북쪽으로, 필요할 때면 언제나 자신을 인도해 준 과거의 감각을 따라 이동했다.

동요들은 오래된 학교 정원에 있었다. 칠흑 같은 어둠 속이었지만 여전히 뛰어다니며, 반딧불을 쫓아다니며 놀고 있었고, 그들의 웃음소리에 죽음은 외로움과 향수를 느꼈다. 정원에는 암수 공작새들도 있었는데, 그중 몇몇은 죽음이 지나가는 나무를 홰 삼아 졸린 표정으로 앉아 있었다. 공작새들은 죽음을 보더니 못마땅하다는 듯 구구거렸다. 그의 건물에 사는 고양이들만큼 무관심하지는 않았다. 하지만 죽음은 걸어가는 길 바로 앞에 공작새 한 마리가 서 있는 것을 보고 놀라 걸음을 멈췄다. 그는 그것을 쳐다보다가 다른 공작처럼 파랑과 초록이 아니라는 것을 깨달았다. 머리는 보는 방향에 따라 변하는 강렬한 붉은색이고, 목 아래부터는 금색으로 변했다. 그 공작이 갑자기 커다란 꼬리를 펼치고 떨었을 때, 죽음은 그 꼬리의 눈꼴 무늬가 모두 불길하게도 하얀 테두리로 둘러싸인 검정색인 것을 보았다.

그러자 자신의 특이함을 죽음이 알아준 것이 만족스럽다는 듯, 공작은 꼬리를 내리고 날아가 버렸다.

아이들이 계속 키득거리며 새로운 상대가 반가워 달려온 순간, 죽음은 그들이 얼마나 말랐는지 모를 수 없었다.

어느 날, 죽음은 불안을 느끼기 시작했는데, 그건 이상한 일이었다. 그는 죽음, 모든 생물이 피할 수 없는 존재였다. 불안을 느낄 리가 없었다. 하지만 느꼈다.

죽음은 의아했다. 다른 많은 존재들이 그랬듯이, 그의 소멸이 시작되는 것일까? 하지만 세상에는 여전히, 사방에서 날마다 죽음이 있었다. 그의 건물에 사는 고양이들. 그들이 잡아먹는 들쥐와 생쥐와 새. 콘크리트 틈에서 자라는 식물. 그와 같은 부류의 존재들도 흔들리면 죽는다. 하지만 그는 진실을 알고 있기도 했다. 죽음이란 인류가 없어도 존재할 수 있지만, 그 자신이 없으면 존재할 수 없었다.

더 약해진 느낌은 없었다. 그를 이루는 물질이 여윈 것을 인지할 수 없었다. 하지만 그럼에도 왠지 심란했다.

그는 아무 방향이나 골라 걷기 시작했다. 남쪽. 브루클린의 거리들은 맨해튼보다 부서진 곳도 침수된 곳도 적었지만, 다른 문제가특히 빈민 지역에 있었다. 그는 인류의 종말 한참 전부터 보수가 불가능한 상태였던 플랫부시에서는 아주 천천히 움직여야 했다. 싱크홀과 건물 붕괴가 너무 심해서 결국 켄싱턴으로 옮겨 갔다.(그는 걷는 것을 더 좋아하지만, 몸을 이용하는 것이 항상 편리하진 않았다.) 가로수가 늘어선 거리를 따라 걸으며, 지어진 해와 마찬가지로 여전히 아름다운 브라운스톤 주택들을 바라보는 일은 경탄할 만했다. 약간 스스로를 속이는 것 같긴 하지만.

죽음은 지치지 않았기 때문에, 밤이 늦도록 걸어 아침 무렵에는 코니아일랜드에 닿았다. 해변에서 일출을 보는 건 좋았다. 바다는 인류의 존재나 부재에도 거의 변함없이, 스스로의 주기에 맞추어 웅웅거렸다. 죽음은 파도가 쏴쏴 밀려드는 소리를 듣기만 하면서, 과거의 모든 것을 기억하며 한두 시간을 보냈다. 그는 태어나 키워진 곳에서 벗어나지 않은 여러 다른 이들과는 달랐다. 삶이 있는 곳에는 죽음도 있었고, 죽음이 있는 곳은 모두 그의 영역이었다. 원한다면 온 세상을 다닐 수 있는 몇 안 되는 존재 가운데 하나였다. 죽음으로 존재하는 것은 좋았다.

태양이 다 떠오른 뒤, 죽음은 무너져 내리는 롤러코스터와 한때 봉제인형이었던 곰팡이 슨 덩어리로 가득한 가판대가 있는 가운뎃길에서 돌아섰다. 수족관은 버려진 지 얼마 지나지 않았을 때 허리케인에 유리문이 부서지고 쓸려 나가 열린 채로 서 있었다. 아직 서 있는 유일한 건물, 에일리언 스팅어스 전시관 안에 들어간 죽음은 대체로 어둠과 침묵만을 발견했다. 그는 특별히 찾는 것 없이 고요하고 어두운 탱크 사이를 조용히 움직였다. 그저 걸으면서. 귀를 기울이면서. 이제 어떤 것이 그를 이곳으로 끌어왔음을 감지했다. 무엇인지는 알 수 없어도, 이것만은 알 수 있었다. 사람들이 사라진 이후로 느껴 보지 못한 감각이었다. 그것만으로도 주의를 기울일 가치가 있었다.

　건물의 남쪽 끝에 다다랐을 때, 오래전 비바람에 찢어지며 생긴 아주 크고 삐죽삐죽한 구멍이 아가리를 벌리고 있는 것이 보였다. 시간이 흐르며 대부분 모래에 묻힌 자갈이, 이 부지의 경계가 되었던 (지금은 납작해진) 인공 언덕과 판잣길에 남은 제멋대로 기운 기둥들 사이에 있던 바다사자 탱크의 무너진 벽을 가로질러 길을 만들어 놓았다. 그 건물 속에 들어 있던 것들이 물가까지 길게 흩어져 뚜렷한 흔적을 남겨 놓았다.

　여기서 죽음은 뭔가 이상한 것을 발견했다. 소용돌이 모양의 독특한 홈들이 소금기에 썩은 이 목재 자국을 따라서, 바람에 날려 온 모래 더미를 가로질러 나 있었다. 그것들을 따라가다가, 그는 그 자국이 조석점에 씻겨 물가에서 몇십 미터쯤 되는 곳에서 차츰 작아지는 것을 발견했다. 대신에 되짚어 가니 그것들이 수족관 내부로 이어지는 것이 보였지만, 모래 대신 건물의 값싼, 거의 파괴되지 않는 카펫이 깔린 곳에서는 자국이 사라졌다.

　죽음은 상상력이 별로 없었다. 그에겐 상상력이 필요하지 않았다. 하지만 그는 참을성이 강했고, 의문을 풀 다른 방법이 없자 길옆에 앉았다. 따지고 보면 생긴 지 얼마 안 되는 자국이었다. 아마 그 자국을 만든 것이 무엇이든, 결국 돌아올 것 같았다.

　그리고 마침내 석양이 질 때, 해변 근처에서 움직임을 보았다. 어떤 동물이 파도에서 몸을 끌고 나왔다. 처음에 죽음은 그것도 검은 꽃이나 붉은 공작처럼 새로운 생물체라고 생각했다. 그러다 그 생물이 다가오자, 죽음은 그것이 조그만 진청색 문어일 뿐이고, 목재와 모래를 따라 움직이고 있음을 뒤늦게 깨달았다. 다가오는 문어가 촉수 두 개 위에 조심스레 균형을 맞추어 빛바랜 글자로 '슬러피'라고 적힌 오래된 파란 플라스틱 컵을 들고 있는 것이 보였다. 컵의 가장자리에서 이따금 물이 넘쳤지만, 물을 흘리지 않으려고 애쓰는 것이 분명했다. 그것은 나머지 여섯 개의 촉수로 이동하느라, 바로 그 구부러진 자국을 남긴 것이다.

문어는 이따금 멈추고 컵을 편평한 표면이나 바위에 놓고는 머리를 물속에 밀어 넣었다. 죽음은 문어가 숨을 쉬는 동안 몸 색이 순간적으로 컵처럼 밝은 파란색으로 깜빡이는 것을 보았다. 그렇게 하고 난 뒤, 문어는 컵에서 나와 다시 걷기 시작했다.

죽음이 일어나 수족관으로 뒤쫓아 들어가려고 하니, 문어는 멈췄다. 문어가 멈추자 그도 멈췄고, 문어가 빗장 같은 기묘한 눈동자의 눈으로 자신을 열심히 살피는 것을 느꼈다. 그렇지만 그가 더 가까이 다가가지 않자, 문어는 마침내 힘겨운 행진을 재개했다.

안으로 들어간 뒤, 둘은 모두 그 건물의 넓은 이중벽 탱크 한 곳으로 향했다. 그 안, 나머지 탱크들과—그의 봉사가 더 이상 필요 없는 것들이 대부분이었다—달리, 이 탱크는 아직 새파란 빛을 발하며 깜빡였다. 탱크의 맨 위 구석에는 구멍이 나 있었고, 거기서 유리가 전시용 케이스의 회석고와 이어져 있었는데, 무엇인가가 수면에서 생물을 죽이는 조류를 치워 놓았다. 탱크 위로는 수족관 천장 채광창이 있어서 석양빛이 가득 들어왔다. 이 덕분에 죽음은 그 탱크에 여전히 물이 반쯤 차 있으며, 수위가 그의 눈높이임을 알 수 있었다. 물은 탁해졌고 유리는 오래되고 닳아 얼룩덜룩했지만, 그 얼룩 너머로 작은 것들이 많이 모여 빠르게 움직이는 모습이 보였다.

그가 그것이 무엇인지 알아차리기 전, 문어는 탱크 옆에서 멈추더니 컵을 든 채로 유리벽을 열심히 기어올랐다. 이윽고 물을 탱크에 붓고 컵을 떨어뜨리더니—죽음은 다른 컵과 캔, 코코넛 껍데기가 바닥에 잔뜩 굴러다니는 것을 이미 보았다—유리에 난 틈을 통과했다. 여기서 문어는 움직임을 멈추고 수면 위 유리에 붙어서 투명한 곳을 통해 죽음을 내다보았다. 이번에도 죽음은 자신이 가늠당하는 느낌이 들었다.

그때, 물에서 돌아다니던 것 하나가 뛰어 오르더니 마찬가지로 플라스틱에 달라붙었고, 죽음은 이해했다. 그것은 큰 문어의 작은 복사판, 아기였다. 탱크 안에 수천은 몰라도 수백은 있는 것 같았다.

죽음은 유리에 더 가까이 다가가 나이 많은 문어의—그녀의—기묘하고 자그마한 눈을 바라보았다. 그도 그녀를 마주 가늠했다.

"내가 죽여 줄까? 원하는 게 그건가?"

죽음은 문어의 깊은 피로를 느꼈다. 이것이 세상의 이치임을, 그는 그때 알았다. 어미는 죽고, 그 살이 어린 것들에게 마지막 살아남을 기력을 제공하는 것. 이미 숱한 세대를 거쳐 일어난 일이었다. 수족관이 파괴되어 문어의 조상들에게 그토록 편리하고 안전한 육아실을 제공한 이후로. 이 우연 덕분에, 유년기를 지나서 살아남은 문어가 야생의 경우보다 얼마나 더 많았을까? 얼마나 더 많은 어른들이 텅 빈 바닷가 어딘가에 더 안전한 은신처를 찾으면서, 바다를 떠나 물을 운반하는 법을 배웠을까?

문어는 대답하지 않았다. 그녀는 말할 수 없었다. 하지만 그는 죽음이기에 그녀가 자신의 존재를 이해한다는 것을 알 수 있었다. 그녀는 붉은 공작도 검은 꽃도 아니었지만, 비슷한 방식으로 새로운 존재였다. 아니, 새 기회를 이용하는 옛 존재이거나. 그건 중요하지 않았다. 그런 기회를 잡아 이용하면서 새로운 것들이 태어났다.

엄마 문어의 젖은 가느다란 촉수가 살짝 떨며 부서진 유리 가장자리를 넘어왔다. 죽음은 고개를 끄덕이며 이것을 건드렸다. 잠시 후, 문어는 회색으로 변해 물속으로 떨어졌다. 그녀의 아이들이 마지막 엄마의 애정 어린 맛을 보려고 몰려들면서, 탱크 안에 움직임이 가득했다.

물에서 튀어나와 유리에 계속 붙어 죽음이 자기 엄마를 죽이는 것을 지켜보던 작은 문어는 그 자리에서 움직이지 않았다. 죽음은 엄숙한 표정으로 그것에게 고개를 끄덕이고 떠나려고 돌아섰다.

움직임이 그에게 포착되었다. 작은 문어가 유리에 난 구멍 쪽으로 기어오르기 시작한 것이다. 죽음은 걸음을 멈췄다.

"아니야." 죽음은 엄마 문어가 땅거미가 내리고 밀물이 되어서 해변으로 나온 것을 기억하며 말했다. "아침까지, 동틀 때까지 기다려. 물을 가지고 와라."

움직임을 멈춘 아기 문어는 물 밖에서 숨쉬기가 힘들어 옆구리를 불룩이고 있었다. 죽음은 그것이 자기 말을 이해했는지 알 수 없었다. 이해했다면 기다릴 것이고, 바다로 가는 길에 살아남을 확률이 훨씬 높아질 것이다. 어쩌면 그 형제자매 몇몇도 그 여정을 시도하고 살아남을 것이고, 그들은 계속해서 거기에 필요한 기술과 그것을 이용할 지력을 다음 어린 것들에게 전수할 것이다. 그리고 세월이 흘러, 운과 다른 기회가 허락한다면…….

인간들은 그렇게 시작했다. 모든 새로운 것들은 그렇게 시작했다. 그는 언제나 개별 존재들의 삶과 죽음을 이해했기에, 이것, 종의 삶과 죽음을 이해했다. 하지만 어쩌면 인간에게 너무 몰두하느라 다른 종을 제대로 보지 못했는지도 모른다.

작은 문어는 탱크 면에서 몸을 떼고 물속으로 다시 떨어져 엄마 시체에서 자기 몫을 챙기러 갔다. 죽음은 무시당하고 망각된 느낌이 들었지만 괜찮았다. 젊은이들은 죽음에 대해 자주 생각하지 않았지만, 그들이 무관심하다고 죽음의 영속성이 줄어드는 건 아니었다.

어떤 개념은 그것을 개념화하는 주체와 무관하게 언제나 변함없으리라는 사실을 깨닫고, 죽음은 미소를 지었다. 하지만…… 죽음은 손을 들며 촉수의 모양과 구조에 대해 생각했다. 좀 적응이 필요하겠지만, 그것의 용도가 매우 다양할 것이라고 그는 판단했다.

그리고 돌아서서 집으로 향했다.

며칠 뒤, 죽음은 유니언스퀘어에 갔다. 그는 남쪽 계단에 모인 숭배자들에게 다가가 무엇을 하는지 물었다.

"그저…… 도우려는 이들을 생각하는 거지." 죽음이 도착한 이후로 이상한 눈빛으로 바라보던 용왕이 말했다. "우리 가운데 누구든, 필요한 건 그게 전부라는 걸 알지 않소. 그런데 내가 이런 말을 해도 괜찮다면 말인데, 당신을 여기서 보게 될 줄은 몰랐구려. 나는……." 그는 어색한 표정으로 말을 뚝 끊었다. "음, 당신은 우리가 부서지고 타 버리는 걸 봐도 아무렇지 않을 줄 알았는데."

죽음은 이해했다. 다른 이들은 보통 더 심하게 짐작했다. "죽음은 스스로 옵니다. 그걸 일으키려고 아무것도 하지 않아도 되지요. 하지만 누구나 살아남으려고 노력할 기회는 얻어야죠." 우리조차도. 죽음은 그렇게 결론 내렸다.

"음, 그렇소. 하지만……." 용왕은 길고 구불거리는 수염을 쓰다듬더니 한참 만에 힘없는 웃음소리를 냈다. "자넨 참 이상하기도 하지."

죽음은 미소 지었다. "자네"라고 불리는 것이 기분 좋았다. 결국 그를 가리키는 다른 이름과 다른 표현이 있을 테지만. 그렇게 서로 다른 상상력을 통과하면, 그는 항상 똑같지 않을 것이다. 그들 모두 마찬가지일 테지만, 지금 죽음에겐 동료들이 버틴다는 것, 할 수 있다면 적응할 기회를 잡으려 한다는 것이 중요했다. 결국 세상이 끝난 것은 아니니까. 그와 그의 부류가 만들어진 재료가 사라진 것은 아니니까. 사유가 남아 있는 한, 사유한 자는 중요하지 않았다.

"고맙습니다." 죽음은 용왕의 어깨를 두드렸다.(용왕은 놀라면서 당황스러운 표정으로 쳐다보았다.) "이제, 말씀해 주시죠. 백파이프는 배우기 쉬운가요?"

그에게 손가락이 있는 동안, 시간을 보낼 방법이 필요할 테니까.

수면 마법사

The Narcomancer

구자레 땅에서는 말썽은 둘씩 짝을 지어 온다는 말이 있었다. 꿈꾸는 달의 얼굴에는 네 가지 색의 물무늬가 있었다. 큰 강은 네 개의 지류로 갈라졌다. 한 해에는 네 번의 추수가 있었다. 살아 있는 몸속의 강에는 네 가지 체액이 흘러 다녔다. 그와 반대로, 자연에 있는 무엇이든 둘이 있으면 분쟁을 피할 수 없다는 의미였다. 말 떼 속의 종마들, 무리 속의 수사자들. 형제자매. 성별.

수습자(收拾者)인 셋의 두 가지 말썽은 여인 둘의 형태로 찾아왔다. 처음은 성난 황소 때문에 다친 농장 여자였다. 황소 발굽에 밟혀 뇌 절반이 쏟아져 나왔다. 여신의 치유 마법으로 기적을 행할 줄 아는 공유자(共有者)들도 그녀는 포기했다. "머리를 새로 자라게 해 줄 수 있다." 장로 수습자 하나가 셋에게 말했다. "하지만 평생의 기억은 거기 도로 넣어 줄 수 없다. 다른 이들을 위해 그녀의 몽혈(夢血)은 수습하고, 영혼은 정신이 이미 간 곳에 보내 주는 것이 최선이다."

하지만 그 여자를 보러 축복의 전당에 도착했을 때, 셋은 극심한 혼돈의 한 장면과 마주했다. 악을 쓰는 세 아이가 보초병의 품에서 버둥거리며, 그가 사람들을 도우려는 것을 방해했다. 더 가까운 곳에서는 어느 젊은이가 공유자 둘을 지나 세 번째 신전 사람에게 다가가려고 했다. 여자의 상태가 그 신전 사람 때문이라고 비난하는 것이 분명했다. "시도해 보지도 않았잖아!" 그가 이렇게 외쳤지만, 흐느낌에 무슨 말인지 제대로 알아들을 수도 없었다. "시도도 안 하는데, 내 아내가 어떻게 살 수 있겠어?"

그 남편은 공유자 한 사람의 가슴을 팔꿈치로 치고 거의 자유로워질 뻔했지만, 다른 공유자가 정신 나간 그의 등에 몸을 던져 바닥에 거의 쓰러뜨렸다. 그래도 남자는 미친 듯이 화를 내며 눈에 살기를 띠고 싸웠다. 셋이 그 젊은이 앞에 나서 준기싸 돌을 들 때까지, 아무도 셋을 알아차리지 못했다.

놀란 젊은이는 그 돌에 정신이 팔려 버둥거리기를 멈췄다. 잠자리와 비슷하게 조각한 돌이었다. 셋이 돌을 엄지손톱으로 세게 두드린 순간, 반짝이는 검은 날개가 희미해졌다. 그로 인해 날카롭게 울리는 소리가 전당을 채운 불협화음을 뚫고 울려 퍼지니, 어린아이들조차 울기를 멈추고 그 소리가 어디서 난 것인지 찾았다. 평화가 돌아오자, 셋은 돌의 진동을 줄여 낮고 부드럽게 울리는 소리를 냈다. 남자는 몸에서 긴장이 빠져나가며 축 처지더니 공유자 둘의 품에서 늘어졌다.

"부인이 이미 돌아가신 걸 알잖습니까." 셋이 그에게 말했다. "보내 주어야 한다는 걸 당신도 알고 있습니다."

젊은이의 얼굴이 고통에 일그러졌다. "아뇨. 아내는 숨을 쉽니다.

심장이 뜁니다." 술에 취한 사람처럼 혀 꼬부라진 소리였다. "안 돼."

"부정한다고 해서 달라지는 건 없습니다. 부인 영혼의 모습이 사라졌습니다. 부인이 치유된다면, 당신은 부인을 다시 처음부터, 아이를 키우듯이 키워야 할 겁니다. 그리고 나서 아내로 삼는 건 가증스러운 일이 될 겁니다."

남자는 다시, 이번에는 조용히 울기 시작했다. 하지만 더 이상은 싸우려 들지 않았고, 셋이 그를 돌아서 아내에게 다가가자 작은 신음 소리를 내며 고개를 돌렸다.

셋은 여자가 누워 있는 침상 옆에 무릎을 꿇고 검지와 중지를 그녀의 감은 눈꺼풀 위에 얹었다. 그녀는 이미 깨어 있는 영역과 꿈의 영역 사이를 떠다니고 있었다. 재우기 위해 준기싸 돌을 쓸 필요가 없었다. 그는 그녀를 뒤쫓아 고요한 어둠 속으로 들어가, 희망의 흔적이 조금이라도 있는지 찾아보며 영혼을 살폈다. 하지만 여자의 영혼은 과연 갓난아기처럼 부드러웠고, 가장 단순한 욕망과 감정 이외에는 아무것도 없었다. 셋의 의지가 살짝 누르기만 해도 꿈의 땅으로 보내기에 충분했다. 거기서 그녀는 분명 그 영역의 물질로 녹아들 것이고, 혹은 어쩌면 결국 다시 태어나 새롭게 깨어 있는 자들의 영역을 걷고 잃어버린 경험을 되찾을 것이다.

어느 쪽이든, 그녀의 운명은 셋이 결정할 것이 아니었다. 그녀의 영혼을 안전하게 보낸 그는 그녀를 깨어 있는 자들의 영역에 묶어둔 줄을 끊고, 흘러내린 섬세한 몽혈을 수습했다.

깨어 있는 영역에 돌아오자 셋을 맞이한 울음은 이전과 다른 것이었다. 돌아선 셋은 농부가 아이들과 함께 서서 여자의 몸이 마지막 숨을 쉬는 모습을 지켜보는 광경을 보고 만족했다. 그들은 여전히 제정신이 아니었지만, 거친 광기는 사라졌다. 광기가 사라진 대신, 사랑을 통해 스스로를 나타내고 결국에는 치유를 가져오는 종류의 슬픔이 자리 잡고 있었다.

"잘했구나." 옆에서 낮은 목소리가 말했다. 셋이 고개를 들고 보니 신전 상급자가 있었다. 정신 나간 남편의 분노가 향한 상대가 바로 상급자였음을 뒤늦게 깨달았다. 가족에게 너무 집중하느라, 알아차리지 못했다.

"몽혈을 흘리지 않고 그들에게 평화를 주었군." 상급자가 계속 말했다. "수습자 셋, 우리의 여신께서는 진정 너를 총애하신다."

셋은 수습 일로 인한 나른함이 서서히 가시자 한숨을 내쉬면서 일어났다. "전당에서 신성 모독이 일어난 건 여전히 사실입니다." 그는 고개를 들어 '꿈의 여신'의 거대하고 빛나는 상(像)을 보았다. 여신은 그들을 향해 환영하는 손을 내밀고, 영원한 꿈을 꾸면서 눈을 감은 채 높이 서 있었다. "바로 여기 여신의 발밑에서 언성을 높이고 폭행을 저질렀습니다."

"사, 상급자님?" 시종이라기에는 너무 어린 소년이 상급자의 옆에 다가왔다. '아이들의 집'에서 신전으로 입양된 아이가 심부름꾼으로 당번 일을 하는 중인 것 같았다. "아프지 않으세요? 저 남자가……."

상급자는 아이를 내려다보며 미소를 지었다. "아니다, 아이야. 난 괜찮다. 고맙구나. 선생님이 찾기 전에 어서 집으로 돌아가거라."

소년은 안도한 표정으로 돌아갔다. 상급자는 아이가 떠나는 것을 보고 한숨을 쉬었다. "이런 시기엔 혼돈이 일어나는 것도 당연하지.

마음이 평화로울 새가 없구나." 그는 셋에게 희미한 미소를 지었다. "하지만 물론 너는 그걸 모르겠지, 수습자여."

"저도 맹세하기 전의 시절을 기억합니다."

"그건 같지 않아."

셋은 어깨를 으쓱이고 슬퍼하는 가족을 바라보았다. "제겐 이제 위로해 줄 신전의 평화와 질서가 있습니다. 그걸로 충분합니다."

상급자는 잠시 이상한 눈으로 셋을 보더니 한숨을 쉬었다.

"음, 미안하지만 그 위로를 잠시 떠나 있으라고 부탁해야겠다, 셋. 함께 내 사무실로 와 주겠나? 수습자가 봐 주어야 하는 문제가 있다. 평화를 선사하는 독특한 기술을 가진 자가 말이야."

그리고 그렇게 셋에게 두 번째 곤경이 찾아왔다.

상급자의 사무실에 서 있는 네 명은 강 상류에 사는 사람들이었다. 셋은 우중충한 옷차림과 화장이나 장신구를 전혀 하지 않은 것을 보고 그 사실을 알 수 있었다. 아무리 가난한 도시 거주자도 그렇게 초라한 행색으로 다니지는 않았다. 그리고 도시 거주자는 한낮이 되면 뜨겁게 달아오르는 벽돌 거리를 맨발로 다니지 않았다. 그러나 그들 앞에 선 여자는 치장을 하든지 말든지 남들의 존경과 순종에 익숙한 당당한 태도를 지녔다. 상급자와 셋이 방에 들어가자, 남자 세 명은 모두 그녀 뒤에 웅크렸다.

"셋, 여긴 미헤피다." 상급자는 여자를 가리키며 말했다. "미헤피와 동행은 저기 남쪽, 엠프티 사우전드(Empty Thousand)의 경계에 있는 작은 산지 광산촌에서 왔다. 미헤피, 신전의 수습자 셋을 데려왔소."

미혜피의 눈이 휘둥그레지는 모습은 셋이 재미있게 여길 만한 것이었다. 재미를 느낄 수 있는 상황이었다면 말이다. 분명 그녀는 구자레의 유명한 수습자들과 더 가까운 인물을 기대했던 모양이다. 아마 키가 더 큰 사람이라든가. 하지만 그녀는 재빨리 정신을 차리고 그에게 공손히 인사했다. "평화의 인사를 올립니다, 수습자여. 비록 평화롭지 못한 소식을 가져왔지만."

셋은 고개를 갸웃했다. "무슨 소식인지……." 하지만 그 방에 드리운 오후의 그림자 속에서 무엇인가가 살짝 움직이는 것을 알아차린 그는 놀라 말끝을 흐렸다. 미혜피와 다른 이들에게서 조금 떨어진 곳에, 더 젊은 여자가 쿠션에 무릎을 꿇고 있었다. 어찌나 꼼짝 않고 있는지—셋이 알아차린 것은 숨결 때문이었다—셋은 그녀를 알아보지 못한 것이 놀랍지 않았지만, 지금 보니 그런 것이 터무니없는 일 같았다. 부자들이 의뢰하는 조각상도 그녀의 입술처럼 탐스럽지 않았고, 그녀의 뼈대처럼 우아하지 않았다. 설탕을 입힌 건포도도 그녀의 피부처럼 유혹적으로 검지는 않다. 상류에서 온 다른 사람들은 셋을 빤히 보았지만, 그 여자의 눈은 아래를 향하고, 몸은 빛바랜 남색 드레스 자락 밑에서 꼼짝도 하지 않았다. 남색. 상복의 색. 미혜피도 그걸 입고 있었다.

"이건 뭐죠?" 셋은 젊은 여자에게 고갯짓을 하며 물었다.

미혜피의 눈에 불편한 기색이 떠올랐는가? 방어하는 기색은 분명 떠올랐다. "신전에서는 '꿈의 여신'의 가르침을 따르는 자들에게만 도움을 준다고 들었습니다. 수습자여, 우리에겐 헌금으로 낼 돈이 없고, 작년에 누구도 꿈이나 물건을 바치지 못했으니……."

셋은 문득 이해했다. "저 여자를 대금으로 가져왔군요."

"아니, 대금이 아니라……." 하지만 미헤피가 말을 더듬지 않았더라도, 태도에서 거짓임이 빤히 드러났다.

"그럼, 설명해 보시죠." 셋이, 엄밀히 따져 평화롭다기에는 좀 날카로운 어조로 말했다. "어째서 저 여자는 당신들과 따로 떨어져 앉아 있는 건가요?"

마을 사람들은 서로를 쳐다보았다. 하지만 그중 누가 입을 열기도 전에, 젊은 여자가 말했다. "전 저주받았기 때문입니다, 수습자여."

신전 상급자가 이맛살을 찌푸렸다. "저주? 그건 상류 지역의 미신이라도 되나?"

셋은 젊은 여자가 꼼짝도 하지 않고 바닥에 시선을 내리깐 것을 보고 영혼이 망가졌다고 생각했더랬다. 하지만 이제 시선을 든 여자를 보니 무슨 문제가 있는지는 몰라도 영혼이 망가진 건 아님을 깨달았다. 그녀에겐 절망이, 감지할 수 있을 정도로 강한 절망이 있었지만, 그것 말고도 더 있었다.

"전 라피스 상인의 아내였습니다. 남편이 죽고 나자, 마을 촌장이 저를 두 번째 아내로 삼았습니다. 이제 촌장도 죽었고, 사람들은 저를 탓합니다."

"저 여자는 애를 못 낳아!" 마을 남자 하나가 말했다. "남편이 둘인데 아직 애가 없다니? 그리고 여기 미헤피, 이 사람이 첫 부인인데……."

"내 아이들은 전부 유산되었어요." 미헤피는 배 속 아이들의 느낌을 기억하듯, 배를 쓰다듬었다. 그녀의 아픔처럼, 그건 사실이었다. 그녀를 향했던 셋의 짜증도 조금은 잦아들었다. "그래서 내 남편은 다른 아내를 가졌죠. 그러니 막내 아이는 살아서 태어났어요. 마을 전체가 기뻐했죠! 하지만 이튿날 아침, 그 애 숨이 멎었어요. 며칠 뒤에 산적들이 왔어요." 분노에 여자의 얼굴이 일그러졌다. "저 여자가 남편 옆에서 자는 사이에, 산적들이 그를 죽였어요. 그 직후 놈들이 저 여자를 범했는데도 애는 태어나지 않아요." 미헤피는 고개를 저었다. "한 여자에게 죽음이 그렇게 많이 따라 다니고, 생명은 피한다? 그게 저주가 아니고 뭐겠어요? 그래서……." 미헤피는 셋을 한번 쳐다보더니 용기를 냈다. "그래서 당신이 저 여자에게서 가치를 찾을지 모른다고 생각한 거예요, 수습자여. 죽음은 당신의 일이니까."

"죽음은 수습자의 일이 아닙니다." 이 여자는 셋과 동료들에게 얼마나 큰 모욕을 주었는지 스스로 알고 있을까? 아주 오랜만에 셋은 마음속에 분노가 치미는 것을 느꼈다. "평화가 우리 일입니다. 공유자들은 육신을 치유함으로써 그렇게 하죠. 수습자들은 영혼을 다루고, 너무 부패하거나 상해서 구할 수 없는 자들을 판단해 여신의 축복을 부여하는……."

"교리문답을 더 잘 배웠더라면, 그걸 알았을 텐데." 상급자가 매끄럽게 껴들었다. 그는 셋을 가만히 쳐다보며 무지한 시골 사람들에게 기대할 것이 없음을 상기시켜 주었다. "그리고 대가는 필요 없다는 것도. 이런 상황에서, 다수의 평화에 위협이 되면 도움을 주는 것이 신전의 의무이니."

남자들은 겸연쩍은 표정을 지었다. 미혜피는 힐난에 이를 앙다물었다. 상급자는 한숨을 쉬며 갈대 종이에 적어 놓은 내용을 내려다보았다.

"그러니, 셋. 저 여인이 언급한 산적이 문제다. 더 큰 달이 세 번 도는 동안, 이들의 마을과 엠프티 사우전드를 따라 있는 다른 마을이 이상한 공격을 여러 번 당했다. 마을 사람들이 전부 잠든다. 보초를 서는 남자들까지도 말이다. 깨어나면 귀중품이 사라진다. 양식 창고, 가축, 그들이 광산에서 모은 몇 안 되는 보석. 아이들 역시 데려가는데, 필시 노예 거래를 하는 사막 부족에게 파는 것이다. 자네도 들었듯이, 여자들과 젊은이들이 괴롭힘을 당했다. 그리고 마을 촌장이나 보초들 같은 이들은 그 자리에서 살해하는데, 훗날 마을 방어력을 약화시키기 위함인 것 같다. 이런 공격 중에는 아무도 깨어나지 못한다."

셋은 분노를 모두 잊고 숨을 들이쉰다.

"잠재우는 마법? 하지만 수면 마법을 쓰는 건 신전뿐인데요."

"알 수 없는 일이지. 하지만 이 공격의 성격에 비추어, 우리가 도와야 하는 건 분명하다. 마법에는 마법으로 가장 잘 싸울 수 있지."

상급자는 말하면서 셋을 보았다.

셋은 한숨 쉬고 싶은 충동을 억누르며 고개를 끄덕였다. 다른 수습자 동료가—아마도 가장 어린 리유도—이 문제를 대신 처리할 수 있다고 제안할 수도 있었을 것이다. 하지만 평화니 당연한 의무니 하는 소릴 떠들어 놓고, 그렇게 말하면 위선이 되리라. 그리고…… 의지와는 달리, 그의 시선은 젊은 여자에게 돌아갔다. 그녀는 한 번 더 시선을 내리깔고, 두 손을 무릎 위에 모으고 있었다. 미동도 없는 그 모습에 평화스러운 구석은 없었다.

"영혼 치유자가 필요할 거예요." 셋이 나직이 말했다. "이 건에는 마법 오용 이외에도 다른 문제가 있어요."

상급자는 한숨을 쉬었다. "그럼, 자매가 있어야겠군. 그들의 족장에게 소환장을 보내겠네." 자매들은 그들 신앙의 분파이며 하난자의 시종들과 불편한 평행 관계를 이루며 공존했다. 셋은 상급자가 그들을 좋아한 적 없음을 알고 있었다.

셋은 그에게 유감스러운 표정으로 웃어 보였다. "모두 여신의 평화를 위해서." 그도 그들을 좋아한 적 없었다.

그들은 그날 오후 출발했다. 마을 사람 다섯 명, 신전의 전사 보초 두 명, 셋, '여신의 자매' 하나. 출발하려는 찰나에 강 부두에 단신으로 도착한 자매는 셋의 예상을 더욱 빗나갔다. 큰 키에 당당한 태도를 가진 그는 그들의 체계에서 높은 지위를 의미하는 옅은 금빛 로브와 베일로 몸을 감싸고 있었다. 그렇다면 이 자매는 에로틱한 꿈꾸기라는 가장 어려운 기술과, 영혼과 육신의 더욱 미묘한 반응에 영향을 주는 관련 능력까지 통달했다는 의미였다. 무시무시한 존재였다. 하지만 셋이 보기에 가장 큰 문제는 그 자매가 남자라는 점이었다.

"전령이 상황을 설명하지 않았습니까?"

처음 기회가 생겼을 때, 셋이 자매에게 물었다. 그는 가벼운 말투를 유지했다. 그들은 일행 전부와 노 저을 사람까지 태우고도 남을

438

만큼 큰, 천개(天蓋)가 달린 배를 타고 있었다. 그러나 그와 자매 사이의 불편한 감정까지 실을 만큼 넓지는 않았다.

지넴이라고 이름을 밝힌 자매는 자기 몫으로 차지한 벤치에 몸을 눕혔다. "수습자들, 참 요령도 좋지."

셋은 이를 갈고 싶은 충동을 참았다.

"다른 자매, 그러니까 여자 자매가 왔다면 이 문제를 처리하는 데 더 적합했을 거라는 사실을 부인할 순 없겠죠."

"글쎄요." 지넴은 자신보다 더 적합한 사람은 없다고 생각한다는 미소를 떠올리며 대답했다. "하지만 봐요."

그는 통로 건너, 배의 다른 편 구석을 차지한 마을 사람들에게 시선을 던졌다. 남자 세 명은 첫 아내 맞은편의 벤치에 함께 앉았다. 벤치 세 개를 건너, 젊은 여자가 혼자 앉아 있었다.

"저 여자는 남녀 모두의 손에 괴롭힘을 당했습니다. 내 성별이 저 여자에게 차이가 있다고 생각합니까?"

"남자들에게 강간당한 사람이라고요."

"그리고 여자에게 파멸당하고 있죠. 저 첫 아내는 그녀가 죽기를 바라는 걸 모르겠습니까?" 지넴이 고개를 젓자 땋은 머리에 엮어 넣은 작은 종들이 울렸다. "도적 문제에 신전을 개입시켜야 할 필요가 없었다면, 첫 아내는 저 여자를 조용히 처리할 방법을 벌써 찾았을 겁니다. 게다가 당신은 어째서 여자만 강간에 대해서 안다고 생각합니까?"

셋은 흠칫 놀랐다. "용서하세요. 내가 잘 모르고……."

"오래전 일이었습니다." 지넴은 넓은 어깨를 으쓱였다. "다른 생

(生)에, 내가 군인이었을 때 말이죠."

셋이 놀란 것이 얼굴에 그대로 드러났는지, 잠시 후 지넴이 웃음을 터뜨렸다.

"그래요, 난 군인 계급으로 태어났습니다. 자매단에서 소명을 느끼기 전, 높은 계급까지 올라갔고. 그리고 지금도 예전 습관을 지키기도 합니다." 지넴은 헐렁한 소매를 걷어 팔뚝에 감은 검집을 드러내 보이고는 셋만 볼 수 있도록 재빨리 도로 덮었다. "그러니 알겠습니까? 자매단에서 날 보낸 데는 여러 가지 이유가 있다는 걸."

셋은 천천히 고개를 끄덕였지만 지넴에 대해 어떤 의견을 가져야 할지 아직 잘 알 수 없었다. 남자 자매는 귀했다. 그는 그들이 모두 이렇게 특이한지 궁금했다.

"그럼 우리 중에 투사는 세 명이 아니라 네 명이군요. 잘됐네요."

"아, 나는 넣지 마십시오. 군인 시절은 끝났으니. 이젠 필요할 때만 싸웁니다. 그리고 다른 일을 처리하기도 바쁠 것 같군요." 지넴은 진지한 표정으로 젊은 여자를 다시 보았다. "누군가 저 사람에게 말을 걸어 줘야 합니다."

그리고 그는 테두리를 검게 칠한 눈으로 셋을 바라보았다.

셋이 여자에게 다가갔을 때는 습하고 캄캄한 밤이었다. 그녀와 함께 온 이들은 이미 잠자리에 들어, 선원들이 갑판에 깔아 준 짚자리 위에서 꼼짝하지 않았다. 보초병 하나는 자고 있었다. 나머지는 배의 경비원과 함께 뱃머리에 서 있었다.

여자는 아직도 벤치에 앉아 있었다. 셋은 한동안 그녀를 지켜보며 파도치는 물과 꾸준히 스치고 지나가는 야자나무를 자장가 삼아 잠이 들었는지 궁금했지만, 그때 그녀가 한 손을 들어 끈덕진 나방을 쫓았다. 자기 벤치에서 작은 소리로 코를 고는 지넴을 한번 쳐다본 후, 셋은 일어나서 여자의 맞은편에 앉았다. 그가 앉을 때까지 여자의 눈은 깨어서 꿈을 꾸듯 멍했지만, 아주 빠르게 예리해졌다.

"이름이 뭐죠?"

"냄섯이에요." 여자의 음성은 낮고 따뜻했으며, 어딘가 남쪽 땅의 억양이 느껴졌다.

"나는 셋이라고 합니다."

"수습자 셋."

"내 호칭이 마음에 걸리나요?"

여자는 고개를 저었다. "당신은 고통받는 이들에게 위로를 가져다줘요. 그러려면 상냥한 마음이 필요하죠."

놀란 셋은 미소를 지었다. "여신의 가장 독실한 추종자 중에도 내가 가져오는 죽음 이외에 다른 걸 보는 이들은 드물어요. 그것 때문에 나를 상냥하다고 불러 준 사람은 더욱 드물고. 고맙군요."

여자는 고개를 저으면서 지나가는 물을 들여다보았다.

"고통을 아는 사람이라면 당신을 나쁘게 생각하지 않을 거예요, 수습자여."

남편과 두 번이나 사별하고, 강간당하고, 따돌림을 당하고……. 그는 그녀의 고통을 상상해 보려고 했지만, 그럴 수 없었다. 문득 그럴 수 없다는 사실에 그는 괴로워졌다.

"당신을 해친 도적들을 찾을 거예요." 그가 불편함을 감추려고 말했다. "그들의 타락을 세상에서 도려내겠어요."

놀랍게도 냄셋의 눈은 강철처럼 단호해졌지만 음성은 부드러웠다. "그들이 한 짓 중에 남편 둘이 이미 하지 않았던 건 없었어요. 그리고 그 전에 신붓감 중개인들과 그 전에 내 아버지의 빚쟁이들도. 그들을 모두 잡을 건가요?" 여자는 고개를 저었다. "도적은 죽이세요. 하지만 저를 위해서는 아니에요."

이건 셋이 기대한 반응과 너무나 달랐다. 그는 혼란스러운 나머지 마음속에 맨 먼저 떠오르는 질문을 툭 던져 버렸다.

"그럼 뭘 해 드릴까요?"

냄셋의 미소에 셋은 더욱 충격에 빠졌다. 그 미소는 쓴웃음은 아니었지만 부드럽지도 않았다. 그것이 분노의 미소임을, 그는 한참 만에 깨달았다. 순수하고, 예의 바르게 다스리고 있지만, 이가 갈리는 분노.

"아이를 주세요."

아침에 셋은 여자의 청을 지넴에게 이야기했다.

"강 상류 마을에선 촌장이 죽으면 촌장 아내가 통치한대요." 아침 식사를 하면서 셋이 설명했다. "냄셋 말로는 그게 전통이래요. 하지만 마을 촌장이 통치를 하려면 신들의 총애를 받는다는 걸 증명해야 해요. 냄셋은 임신도 한 가지 증명 방법이라고 해요."

지넴은 생각에 잠겨 대추야자를 씹으면서 이맛살을 찌푸렸다. 지나가는 강가에 모인 여자들이 빨래를 하면서 박자에 맞추어 노래를 부르고 있었다.

"그게 많은 것을 설명하는군요." 그가 한참 만에 말했다. "미헤피는 적어도 임신할 수 있다는 것은 증명했지만, 사산한 아이가 그렇게 많으니 마을 사람들은 그녀도 저주받은 건 아닌지 의심할 겁니다. 그리고 사제를 연인으로 얻는 것도 신의 총애와 연결될 수 있으니, 이제 미헤피가 왜 그렇게 찬찬히 내게 눈을 맞췄는지 알겠군요."

셋은 뺨이 달아오르는 걸 느끼며 깜짝 놀랐다.

"그렇다면 그 여자가 원하는 게……." 그는 불편함을 감추기 위해 대추야자를 하나 집었다. "당신에게서?"

지넴은 씩 웃었다. "안 될 것도 없지 않습니까? 내가 적당한 상대가 못 됩니까?" 그는 머리를 한번 흔들어 작은 종들이 모두 딸랑이게 했다.

"내 말뜻을 알잖아요." 셋이 당황해서 주위를 둘러보며 말했다. 지넴의 종소리에 다른 사람들도 그들 쪽을 보았지만, 대화가 들릴 만큼 가까이에는 아무도 없었다.

"그래요, 그런데 당신이 어찌나 심란해하는지 슬프군요." 지넴은 불쑥 진지한 표정으로 말했다. "섹스입니다, 수습자 셋이여. 당신이 입에 올리지 못한 말이 그것이죠?" 셋이 아무 말도 하지 않자, 지넴은 짜증 난다는 소리를 냈다. "당신과 당신네 완고한 시종 동료들이 아무리 못마땅히 여겨도, 그걸 회피하게 내버려 두진 않겠습니다. 나는 여신의 자매입니다. 나는 치유될 수 있는 상처를 입은 영혼들을 치유하기 위해 수면 마법을 씁니다. 그래요, 필요하면 내 몸도 쓰지요. 수습자여, 이건 당신이 치유될 수 없는 자들을 위해 하는 일보다 성스럽지 못한 것이 아닙니다. 내가 마치고 나면 탄원자가 죽지 않는다는 점만 다를 뿐!"

그의 말이 옳았다. 셋은 허리를 숙이고 눈을 내리깔아 뉘우친다는 뜻을 밝혔다. 그 몸짓에 지넴은 진정한 듯, 한숨을 쉬었다.

"그리고 아닙니다. 미헤피는 내게 접근하지 않았습니다. 저렇게 충실한 수행자가 셋이나 되니, 그럴 시간도 없긴 했지만……." 지넴이 갑자기 놀란 소리를 냈다. "아아아, 그렇군, 이제야 알겠어. 처음에는 약한 둘째 아내를 꺾으려는 강한 첫 아내의 음모라는 간단한 문제라고 생각했는데. 알고 보니 그 이상입니다. 이건 시합이에요. 어느 여인이 마을을 다스릴 건강한 아이를 먼저 낳느냐."

셋은 인상을 찌푸리며 젊은 여자를 다시 쳐다보았다. 그녀는 배의 천개 기둥에 등을 기대 발을 벤치 위에 올려놓고 마침내 잠들었다. 잠들었을 때만 그녀의 얼굴이 평화롭다고 셋은 느꼈다. 그러자 그녀는 더욱 아름다웠다. 그럴 수 있으리라 상상할 수 없었지만.

"시합이 공정치 않군요." 셋은 족장 미헤피 쪽을 보았다. 이제 알고 보니, 그녀는 오로지 연장자라는 이유로 족장직을 대행하고 있었다. 그녀는 수하 둘을 양옆에 끼고, 짚자리에 누워 편안히 잠들어 있었다. "한쪽은 연인이 세 명, 다른 쪽은 아무도 없다니."

"그렇죠." 지넴이 입술을 비틀었다. "그 저주란 소리는 미헤피 측에서 보면 아주 편리하고 영리한 술수입니다. 저주를 나눌까 두려워, 둘째 아내는 아무도 건드리지 않을 테니."

"옳지 못한 일 같아요." 셋은 냄섯을 보며 나직이 말했다. "살아남기 위해 또 남자의 정욕을 감당해야 하다니."

"도시에서 자랐습니까?" 셋이 고개를 끄덕이자, 지넴이 말했다.

"음, 그럴 줄 알았습니다. 내가 태어난 마을은 도시와 가까웠고, 분명 이 사람들보다는 운이 좋았지만, 벽지에 가면 어디나 똑같은 관습이 있습니다. 알다시피 여기에선 아이들이 재산입니다. 또 하나의 광부, 농장에서 일할 또 하나의 튼튼한 일꾼, 적을 감시할 또 하나의 눈. 여인은 생산하는 아이 때문에 귀한 대접을 받고, 그래야 합니다. 하지만 착각하지 말아요, 수습자여. 이 시합은 권력을 얻기 위한 겁니다. 둘째 아내는 저 마을을 떠날 수도 있었습니다. 당신네 신전 상급자에게 피난처를 요청할 수도 있었어요. 그녀는 스스로 선택해서 마을로 돌아가는 겁니다."

셋은 이맛살을 찌푸리고 그 해석을 잠시 곱씹어 보았다. 옳게 느껴지지 않았다.

"내 아버지는 말 거래상이었어요." 무관해 보이는 이야기에 지넴이 한쪽 눈썹을 치켜뜨자 셋은 미안하다는 듯 어깨를 살짝 으쓱였다. "별로 좋은 거래상은 아니었어요. 아버지는 말을 제대로 관리하지 않았고, 말들에게서 이익을 한 방울도 남김없이 짜내려고 했어요."

그렇게 오랜 세월이 흘러도, 셋은 아버지에 대해서 이야기하기가 부끄러웠다. 듣는 사람은 누구든지 그의 어린 시절을 쉽게 짐작할 수 있었기 때문이다. 자기 생계를 그렇게 등한시한 사람이라면 자식들에게 특별히 관심이 있을 법하지 않았으니까. 셋은 지넴이 그 사실을 서서히 깨닫는 표정을 보았고, 계속해 보라고 고개만 끄덕이자 안도감을 느꼈다.

"한번은 아버지가 병약하고 굶어 죽기 직전의 말 한 마리를, 잔인하기로 유명해서 도시의 다른 거래상은 절대 말을 팔지 않는 남자에게 팔았어요. 하지만 그 남자가 말에 안장을 채우기 전에, 말이 크게 울더니 강으로 뛰어들었어요. 강가로 헤엄쳐 나올 수 있었지만, 그러면 다시 붙잡힌다는 뜻이었죠. 그래서 말은 반대로, 더 깊은 강으로 헤엄쳐 갔고, 거기서 결국 물살에 휩쓸렸어요."

지넴은 의심스러운 눈초리로 셋을 보았다. "둘째 아내가 마을 사람들이 자신을 죽이기를 원한다고 생각합니까?"

셋은 고개를 저었다. "말은 죽지 않았어요. 내가 마지막으로 봤을 때는 물살을 따라 머리를 수면 위로 내놓고, 하류에서 기다리는 운명을 향해 헤엄치고 있었어요. 아마 익사했거나 육식동물에게 잡아먹혔을 가능성이 크죠. 하지만 그 말이 살아남아서, 지금도 어디 먼 곳의 들판에서 자유롭게 달리고 있다면? 그 정도면 그렇게 큰 위험을 무릅쓸 만한 보상이 되지 않겠어요?"

"아. 전부가 아니면 아무것도 갖지 않겠다. 더 나은 삶을 얻지 못하면, 그걸 위해 싸우다 죽겠다." 지넴은 곰곰이 생각하며 셋을 보면서 눈을 가늘게 떴다. "둘째 아내를 잘 이해하는 건 알겠습니다."

셋은 문득 지넴의 눈초리에 신경이 쓰여 물러섰다.

"그녀를 존중해요."

"저 여자가 아름답습니까?"

셋은 가능한 한 위엄 있게 말했다. "나도 눈이 멀지 않았어요."

지넴이 자신을 위아래로 훑어보는 눈길에, 셋은 아버지의 손님들이 떠올라 불편해졌다.

"당신도 충분히 괜찮지." 지넴의 어조에서 음란함이 또렷이 느껴졌다. "잘생기고, 건강하고, 지적이고. 키가 약간 작지만, 그녀가 체구 작은 아이도 괜찮다면 그건 큰 문제가 아니고…….”

“'수습자는 온전히 여신의 것이다.'” 셋은 가까이 다가가, 자신의 음성에서 느껴지는 못마땅함이 다른 이들에게 들리지 않도록 했다. “이건 내가 이 길을 택했을 때 했던 맹세입니다. 금욕은…….”

“당신의 첫 번째 임무 다음입니다, 수습자여.” 지넴이 똑같이 엄중한 목소리로 말했다. “평화를 가져오는 건 꿈의 여신을 섬기는 모든 사제의 첫 번째 임무니까요. 도적을 처리하고 나면, 이 마을에 평화를 이룰 방법은 두 가지입니다. 하나는 미혜피가 마을 사람들을 시켜 둘째 아내를 죽이거나 추방하게 하는 것. 또 하나는 둘째 아내에게 자기 삶을 처음으로 통제할 기회를 주는 것. 어느 쪽을 택하겠습니까?”

“다른 선택지도 있어요.” 셋이 불편한 심정으로 중얼거렸다. “그럴 거예요.”

지넴은 어깨를 으쓱였다. “꿈을 꾸는 재능이 있으면, 우리 자매단에 들어올 수 있겠지만. 그녀에게서 소명의 조짐이 전혀 보이지 않습니다.”

“그래도 제안은 해 봐요.”

“흠.” 지넴의 어조는 애매했다. 그는 돌아서 넴섯을 바라보았다. “그 말 말인데. 달아나게 도울 수 있었다면, 도왔을 겁니까? 말 주인과 당신 아버지의 분노를 산다 해도?”

셋은 흠칫 뒤로 물러났고, 놀라고 당황해서 입을 열지 못했다. 지넴의 눈길이 그에게 돌아왔다.

“그 말이 어떻게 달아난 겁니까, 셋?”

셋은 이를 앙다물었다. "시간이 있을 때 쉬어야겠어요. 갈 길이 머니까요."

"좋은 꿈 꾸시죠." 지넴이 말했다. 셋은 등을 돌리고 누웠지만, 그 후에도 한참 동안 지넴의 눈초리를 느낄 수 있었다.

잠든 동안 셋은 냄섯의 꿈을 꾸었다.

꿈의 땅은 그것을 담고 있는 여신의 정신처럼 무한했다. 모든 영혼이 잠든 동안 그곳을 돌아다니지만, 둘이 만나는 일은 드물었다. 꿈속에서 만나는 이들은 유령인 경우가 대부분이었다. 꿈꾸는 이가 마음속으로 불러낸 것으로, 지금 셋의 꿈속 형태 주위에 나타난 야자나무와 잔잔한 오아시스만큼이나 현실이 아닌 존재였다. 하지만 현실이든, 아니든 거기 바위에 냄섯이 앉아 뜨거운 사막의 바람에 남색 베일을 날리며 물을 바라보고 있었다.

"내가 당신이라면 좋겠어요." 냄섯이 물에서 시선도 돌리지 않고 말했다. 속삭이는 목소리였다. 입은 움직이지 않았다. "너무나 강하고, 너무나 고요한, 상냥한 살인자. 당신이 죽이는 이들도 당신이 느끼는 걸 느끼나요?"

"당신은 죽음을 원하지도, 필요로 하지도 않아요."

"그렇죠. 어리석은 일이지만, 나는 살고 싶어요." 그녀의 모습이 잠시 흐릿해지더니, 똑같이 절망적이고 화난 눈을 가진, 다리가 긴 여자아이의 모습과 겹쳤다. "아홉 살 때 남자가 처음 날 취했어요. 부모님은 너무 화를 내고, 너무 부끄러워했죠. 나 때문에 그분들은 무력감을 느꼈어요. 그때 죽었어야 하는데."

"아뇨." 셋이 조용히 말했다. "타인의 죄는 당신 잘못이 아니에요."

"그건 나도 알아요." 갑자기 물 밑에서 뭔가 크고 검은 것이 서서히 원을 그렸다. 오아시스에는 물고기가 없으니, 그녀의 분노가 발현된 것이다. 하지만 그녀의 분노처럼, 그 괴물은 결코 수면 위로 나오지 않았다. 셋은 그것이 매혹적이면서 동시에 불안하다고 느꼈다.

"내가 사용하는 마법 말인데요. 그게 어떻게 작용하는지 압니까?"

"허튼 꿈에서 나온 몽액(夢液). 몽정에서 나온 몽종(夢種). 악몽에서 나온 몽즙(夢汁), 죽기 전 마지막 꿈에서 나온 몽혈. 영혼이 지닌 네 가지 성분이죠."

셋은 고개를 끄덕였다. "수습자들이 거두는 건 몽혈이에요. 고통을 지우고 감정을 가라앉히는 힘이 있죠." 그러고 그는 한 발자국 다가갔지만, 그녀를 만지지는 않았다. "마음이 아프다면 지금 몽혈을 나눠 드릴 수 있어요."

냄셋은 고개를 저었다. "고통을 지우고 싶지 않아요. 그건 나를 강하게 만드니까." 그녀는 돌아서서 그를 올려다보았다. "내게 아이를 줄 건가요, 수습자여?"

셋이 한숨을 쉬자, 머리 위의 하늘이 흐릿해지는 것 같았다.

"그건 우리의 방법이 아니에요. 자매가…… 몽종은 그의 전문 분야예요. 혹시……."

"지넴은 당신처럼 상냥한 눈을 갖지 않았어요. 당신의 보초병 동료들도. 당신, 수습자 셋. 아이를 갖는다면, 당신 아이를 원해요."

사막 하늘을 가로질러 구름들이 내달리기 시작했고, 몇몇은 고통의 추상적인 형태로, 몇몇은 노골적으로 에로틱한 모습을 취했다.

셋은 등줄기를 타고 오르는 전율을 느끼며 눈을 감았다. "이건 우리의 방법이 아니에요." 그는 다시 말했지만, 음성에는 도저히 감출 수 없는 떨림이 있었다.

셋은 냄섯의 음성에서 미소 역시 또렷이 들었다. "이게 당신이 마법으로 가라앉힌 감정인가요, 수습자여? 충분히 요란한 것 같은데."

셋은 그녀에 대한 생각이 더 이상 내면의 평화를 방해하지 않도록, 마음을 떼어 냈다. 왜 이러는 걸까? 그는 오로지 의지력으로 마음속의 불안을 가라앉혔고, 눈을 뜨니 만족스럽게도 하늘은 다시 맑아져 있었다.

"용서하세요." 셋이 중얼거렸다.

"그러지 않겠어요. 당신이 아직 느낄 수 있다는 걸 알고 나니 위안이 돼요. 그걸 감춰서는 안 돼요. 사람들이 안다면 수습자들을 그렇게 두려워하지 않을 거예요." 냄섯은 생각에 잠긴 표정이었다. "그걸 왜 감추죠?"

셋은 한숨을 쉬었다. "여신의 마법도 수습자의 감정을 영원히 가라앉힐 순 없어요. 오랜 세월이 지나면 감정은 결국 속박을 벗어나고…… 그러면 그것은 아주 강해지죠. 가끔은 위험해지고." 그는 여러 차원에서 불편해 몸을 뒤척였다. "당신 말대로, 우리는 지금 이대로도 사람들을 충분히 두렵게 하니까요."

냄섯은 고개를 끄덕이더니 불쑥 일어나서 그에게 다가왔다.

"다른 방법이 없네요. 난 자매가 되어 여신을 섬길 마음은 없어요. 내 마음속에는 여신의 평화가 조금도 없고, 앞으로도 없을지 모르니. 하지만 난 살 생각이에요, 수습자여. 남자의 노리개나 여자의 희생양으로서가 아니라, 진정으로 살 거예요. 내 아이들도 그러기를 원해요. 그러니 다시 묻겠어요. 날 도와줄 건가요?"

그녀는 유령이었다. 셋은 이제 그걸 알 수 있었다. 그러지 않고서야 지넴과 나눈 대화를 그녀가 알 수 없었으니까. 셋이 혼잣말을 하는 것이거나, 여신의 어떤 양상이 찾아와 그의 어리석음을 투사하는 것이었다. 그래도 그는 대답해야 할 것 같았다. "그럴 수 없습니다."

꿈의 광경이 변하더니 실내가 되었다. 얇은 천이 덮인 두 사람이 누울 크기의 낮은 침대가 넷섯 뒤에 놓여 있었다.

그녀는 그 침대를, 그리고 그를 바라보았다. "하지만 원하잖아요."

그날 오후 그들은 큰 무역 도시에 정박했다. 거기서 셋은 신전의 자금으로 말과 나머지 여정에 필요한 물품을 샀다. 마을은 구자레에서 가장 비옥한 지역을 차지하는 푸른 범람원 너머, 언덕 건너편에 있다고 미헤피가 말했다. 거기 도착하려면 적어도 하루는 더 이동해야 했다.

그들은 말에 짐을 싣자마자 출발해서 몇 킬로미터나 뻗어 있는 보리, 헤케, 실버케이프 들판을 가로질러서, 편평히 나 있는 관개로를 따라 빠르게 움직였다. 일몰이 다가오면서, 야트막하고 건조한 언덕 지역에 들어섰다. 그 너머 계속해서 잠식해 오는 사막에 맞서, 구자레가 지닌 최후 방어선이었다. 여기서 셋은 멈추자고 했다. 언덕은 도적의 영역이라 마을 사람들이 불안해했지만, 이미 밤의 한기가 시작되고 말들이 지쳐서 달리 방도가 없었다. 보초병들이 번갈아 망을 보는 사이 그들 나머지는 말을 돌보고 불편한 야영지를 만들었다.

셋은 커다란 바위 근처에 자리를 잡자마자 지넴이 냄섯의 짚자리 옆에 웅크리고 있는 것을 보았다. 지넴의 손이 담요 밑으로 들어가, 서서히 리드미컬한 춤을 추듯 그녀의 허리 위에서 움직이고 있었다. 냄섯은 셋으로부터 얼굴을 돌리고 있었지만, 그녀의 신음이 또렷이 들리고, 지넴의 미소도 보였다.

분노가 사고 능력을 덮어 버렸다. 셋은 서너 차례 숨을 쉬는 동안 그 분노에 마비되었고, 충격, 혼란, 야영지를 가로질러 걸어가 지넴을 피투성이가 되도록 때리고 싶은 미친 욕망 사이에서 갈등했다.

하지만 그때 지넴이 이맛살을 찌푸리더니 셋 쪽을 보자 분노는 산산조각이 났다.

여신이여……. 밤의 한기 이상의 무언가로 인해 떨며, 셋은 눈을 들어 거대하고 다채로운 꿈꾸는 달의 얼굴을 보았다. 그것이 무엇이었을까? 광기가 지나가고 나자, 셋은 공기 속에서 마법의 맛을 느낄 수 있었다. 몽종이 내는 미묘한 소금과 금속의 맛. 지넴은 그녀를 치유하고 있었던 것이지, 그 이상은 아무것도 아니었다. 하지만 지넴이 그녀에게 쾌락을 선사했다 하더라도, 그게 무슨 상관인가? 셋은 수습자였다. 그는 자신을 여신에게 바쳤고 여신은 자기 것을 나누지 않았다.

잠시 후 그는 발걸음 소리를 듣고 누가 옆에 자리 잡는 것을 느꼈다. "괜찮습니까, 수습자 셋?" 지넴이었다.

셋은 눈을 감았다. 눈꺼풀에서 기울어진 줄무늬의 달 잔상이 보였다. 피를 상징하는 빨강, 정액을 상징하는 흰색, 농액을 상징하는 노랑, 담즙을 상징하는 검정.

"모르겠어요." 그가 속삭였다.

"음." 지넴은 가볍게 말했지만, 셋은 그 아래 깔린 진지한 어조를 들었다. "나는 질투를 감지하면 알 수 있습니다. 충격과 공포도. 몽종은 다른 성분보다 연약합니다. 당신의 분노가 거미줄에 던진 돌덩이처럼 내 마법을 찢어 놓았습니다."

셋은 겁에 질려 그와 냄솟을 번갈아 보았다.

"미안해요. 그럴 생각은…… 그녀는……."

"다친 데는 없습니다, 수습자여. 당신이 내 목을 조르고 싶었을 때는 이미 끝난 후니까. 내게 더 염려스러운 것은 당신이 내 목을 조르고 싶어 한 것 자체인데." 그는 셋을 흘끔거렸다.

"뭔가…… 내게 문제가 있어요." 하지만 셋은 그것이 무엇인지 감히 말하지 못했다. 이 문제가 내내 계속되고 있었던 것일까? 그는 돌이켜보고 미헤피에게 느꼈던 분노와 냄솟이 자신의 마음속에 일으킨 겹겹의 불편함을 기억해 냈다. 그렇다. 그것이 경고였다.

아직은 안 됩니다. 그는 여신에게 기도했다. 아직은. 지금은 너무 이릅니다.

지넴은 고개를 끄덕이고 한동안 조용해졌다. 이윽고 그가 아주 나직이 말했다. "만약 내가 냄솟에게 원하는 걸 줄 수 있다면, 줄 겁니다. 하지만 내 몸의 그 부분이 아직 가장 단순한 의미에서 기능하기는 하지만, 이미 아이를 낳을 능력은 잃었습니다. 곧 나는 꿈을 통해서만 쾌락을 부여하게 될 겁니다."

셋은 깜짝 놀랐다. 자매들은 셋의 동료 시종들처럼 비밀이 많았지만, 그들이 마법에 어떤 대가를 치르는지는 알지 못했다. 그러다 그는 지넴의 고백이 공물임을 깨달았다. 신뢰를 얻기 위해 신뢰를 건네는.

"우리에겐…… 그것이 천천히 시작돼요." 셋이 힘겹게 말을 꺼냈다. 그것은 수습자들의 가장 큰 비밀이요, 가장 큰 수치였다. "처음에는 감정이 솟구치고, 그다음에는 깨어 있는 상태로 꿈을 꾸고, 마지막으로 우린…… 평화를 전부 잃고 미치죠. 이 과정이 시작되면 고칠 방법은 없어요. 만약 내게도 시작되었다면……." 셋은 말끝을 흐렸다. 지금까지 겪은 일에 더해, 그것까지 감당할 수는 없었다. 그는 그 생각을 견딜 수 없었다. 마음의 준비를 하지 못했다.

지넴은 조용히 동정하며 그의 어깨에 손을 얹었다. 셋이 더 아무 말도 하지 않자, 지넴은 일어났다. "할 수 있는 한 돕겠습니다."

그 말에 셋은 이맛살을 찌푸렸다. 지넴은 껄껄 웃으며 종을 단 머리를 흔들었다. "나는 치유자입니다, 수습자여. 당신이 내 잠버릇을 어떻게 생각하든……."

그는 갑자기 말을 멈췄고 미소도 가셨다. 한번 숨을 쉬고 나자, 셋도 그것을 느꼈다. 갑작스럽고 강렬한 수면 욕구를. 그 욕구와 함께 준기싸 돌의 가녀리지만 또렷한 소리가 독이 담긴 산들바람처럼 야영지를 훑고 지나갔다.

보초병 하나가 경고를 외쳤다. 셋은 허둥지둥 일어나며 장신구를 더듬었다. 지넴은 무릎을 꿇고서 보이지 않는 힘을 밀듯 양손을 앞으로 뻗어 주문을 외기 시작했다. 보초들은 바위 그늘에서 서로 등을 맞대고 서서 마법에 맞서 집중하기 위해 칼을 가지고 복잡한 춤을 추고 있었다. 미헤피와 남자 하나는 이미 잠들었다. 셋이 마법의 근원을 찾느라 주위를 둘러볼 때, 다른 두 남자도 땅에 쓰러졌다. 냄섯은 아픈 듯 소리를 내며 셋과 지넴 쪽으로 비틀거리며 다가왔다. 눈은 잠결에 흐릿해졌고, 다리는 아주 무거운 것에 눌려 걷는 것처럼 후들거리고 있었지만, 그래도 깨어 있었다. 그녀는 거의 눈에 보이는 의지력으로 마법과 싸웠다.

셋은 그녀를 바라보며 두려움과 갈망을 느꼈고, 이전까지 잔잔하던 그의 영혼의 물속에서 괴물이 솟아났다.

그래서 그는 자신의 준기싸 돌을 꺼내 손톱으로 쳤다. 그것이 내는 더 깊고 더 맑은 노래가 언덕을 가로지르고, 수면 마법사의 돌이 내는 무음조의 소리를 잘랐다. 셋은 그 진동의 형태 주위에 의지력을 감으면서, 눈을 감고 수면 마법사의 마법에 대응할 수 있는 유일한 것, 자신의 마법을 던졌다.

보초병들이 쓰러지며 돌바닥에 칼이 부딪히는 소리가 났다. 냄섯은 신음하며 무너져 달빛이 비추는 돌 사이에 흐릿한 검은 형체가 되었다. 지넴은 놀라 숨을 멈췄다. "셋, 무슨…… 짓을……." 그리고 그도 축 처졌다.

수면 마법사의 준기싸 노래가 불안정해지며, 근처 언덕에서 돌이 부딪히는 소리가 났다. 셋은 거기 돌 사이에 몇몇 검은 형체가 쓰러진 이들을 끌며 움직이는 것을 잠시 보았다. 문득 수면 마법사의 준기싸가 멀어지듯 잦아들기 시작했다. 그들은 달아나고 있었다.

셋은 잠들고 싶은 극심한 욕구가 마저 지나갈 때까지 준기싸가 노래하도록 했다. 그리고 안장 위에 주저앉아 여신께 계속해서 감사 기도를 올렸다.

"준기싸였어요." 셋이 말했다. "분명히."

아침이었다. 그들은 모닥불 주위에 앉아 여행 식량을 먹고, 쓰고 강한 커피를 마시고 있었다. 셋이 그들 모두를 마법에서 깨운 뒤, 아무도 제대로 자지 못한 탓이었다.

마을 사람들은 서로를 번갈아 보며 셋의 말을 이해하지 못해 고개를 저었다. 보초병들은 우울한 표정이었다.

"나도 그럴 줄 알았습니다." 지넴은 한숨을 쉬었다. "그것 말고는 그런 소리가 날 수 없으니."

마을 사람들을 위해, 셋은 하의 허리춤에서 자신의 준기싸 돌을 꺼내 보여 주었다. 광택이 나는 흑청색으로 섬세하게 조각한 잠자리가 그의 손에 앉아 있었다. 그가 엄지손톱으로 두드리자 돌이 떨리며 독특하게 울리는 소리를 내서 모두 움찔했다.

"준기싸 그 자체로는 힘이 없어요." 셋은 그들을 안심시켰다. 그는 돌의 소리를 죽였다. 돌은 곧바로 고요해졌다. "이 돌은 수면 마법 기술을 배운 사람들을 위해서만 마법을 증폭시켜 주죠. 이 준기싸는 여러 세기 전 하늘에서 떨어진 돌의 자식이에요. 온 세상에 이런 장식물은 열다섯 개밖에 없어요. 세월이 흐르며 세 개는 금이 가거나 부서졌죠. 하나는 자매의 전당이 받았어요. 하나는 신전에서 훈련과 치유를 위해 쓰고 있고. 하지만 나와 같은 수습자 세 명만 그 돌을 정기적으로 가지고 다니면서 사용해요. 나머지 돌들은 신전 지하실에 넣어 두고 지키고 있죠." 셋은 한숨을 쉬었다. "그런데,

어떻게 된 건지, 이 도적들이 하나를 갖고 있군요."

지넴은 인상을 썼다. "이 여행을 위해 떠나기 직전, 우리 전당에서 자매들이 가진 여왕벌 돌을 봤습니다. 누가 신전에서 돌을 훔칠수 있었을까요?"

보초병 하나가 그 말에 몸을 일으키며 모욕당한 표정을 지었다.

"그 누구도 내 형제들과 나 몰래 그럴 순 없습니다."

"이 돌이 하늘에서 떨어졌다고 했나요?" 넴섯은 생각에 잠긴 표정이었다. "몇 달 전, 제-카리의 축제 밤에 하늘에 태양의 씨앗이 있었어요. 별들을 가로질러 여러 개의 줄이 생기는 걸 봤어요. 그날 밤초승달이 떴어요. 대부분은 흐려지더니 사라졌지만, 하나는 아주가까이 왔고, 그것이 떨어진 언덕에 빛이 났어요."

"또 다른 준기싸가?" 너무 놀랍고 무시무시해서 깊이 생각할 수조차 없었다. 여신의 선물이 하나 더, 어딘가 구덩이에 더럽혀진 채놓여 있다가 악당들의 손에 들어가다니? 셋은 몸을 떨었다. "하지만 그들이 그런 걸 발견했다 해도, 원석 자체로는 쓸모가 없어요. 소리를 내도록 조각해야 해요. 그리고 그 소리를 쓰려면 몇 년씩 훈련받아야 하고."

"그렇다 해도 무슨 차이가 있습니까?" 지넴이 인상을 쓰며 물었다. "저들이 갖고 있고, 사용했는데. 그들을 잡아 빼앗아야 합니다."

군인의 사고방식. 셋은 미소를 지을 뻔했다. 하지만 동의하며 고개를 끄덕였다.

"태양의 씨앗을 어떻게 봤지?" 돌연 미혜피가 넴섯에게 따졌다. "우리 남편이 그날 밤 너와 잤는데, 아니, 그렇다고 지금까지 믿었는데. 몰래 나와 어느 다른 애인을 만났나?"

냄섯은 또 한 번 예의 바른 분노의 미소를 지었다.

"나는 그 사람과 밤을 보낸 후 자주 밖에 나갔어요. 신선한 공기를 마시면 배 속이 가라앉으니까."

미헤피는 모욕을 느끼고 숨을 들이쉬더니 냄섯의 발 옆에 침을 뱉었다. "악몽이 낳은 악마 같은 것! 어째서 우리 남편이 저렇게 증오와 죽음으로 가득한 여자와 결혼했는지, 도무지 알 수가 없다!"

지넴이 미헤피를 근엄하게 바라보았다.

"족장, 당신의 행동은 우리 여신을 불쾌하게 하는 일입니다."

미헤피는 잠시 부루퉁한 표정을 짓더니 미안하다고 중얼거렸다. 냄섯은 우선 지넴에게, 그다음에는 미헤피에게 고개를 숙였지만 얼굴에 분노의 기색은 없었다. 그러고 나서 냄섯은 일어나 가운을 털고는 걸어갔다.

하지만 셋은 이맛살을 찡그리게 하는 무언가를 보았다. 그는 실례한다는 뜻으로 다른 이들에게 고개를 끄덕인 후 일어나 빠른 걸음으로 냄섯 뒤를 따랐다. 냄섯은 셋이 따라오는 소리를 들었을 테지만 계속 걸었고, 그가 언덕의 바람 부는 쪽에서 그녀를 따라잡았을 때에야 뒤로 돌아 그를 마주했다.

셋은 냄섯의 양손을 잡아 뒤집었다. 양손의 손바닥을 가로질러, 검고 딱딱한 초승달 모양이 한 줄로 있었다.

"이렇게 마법과 싸웠군요."

냄섯의 얼굴은 돌처럼 무표정했다.

"말씀드렸잖아요, 수습자여. 고통이 날 강하게 만든다고."

셋은 흠칫 놀랄 뻔했다. 그 대화는 꿈속에서 나눈 것이기 때문에. 하지만 여신의 정신 속에서는 모든 것이 가능했고 욕망은 종종 예상치 못한 것을 불러냈다.

그 욕망을 부추기는 건 위험했다. 하지만 그녀의 작은 상처들을 엄지로 쓰다듬어 보고 싶은 충동에 저항할 수 없었고, 그것을 어떻게 해 보고 싶은 충동 역시 마찬가지였다. 셋이 냄섯을 깨어서 꾸는 꿈으로 데려가자, 그녀의 눈꺼풀이 떨렸다. 그 꿈속에서 냄섯은 온전해진 자신의 손을 보았다. 그가 꿈을 놓아주자, 냄섯은 눈을 깜빡이더니 내려다보았다. 셋은 엄지로 마른 피가 남긴 흔적을 문질러 없앴다. 상처는 사라졌다.

"간단한 치유는 어떤 시종도 할 수 있는 일이에요." 그가 나직이 말했다. "그리고 고통과 싸우는 건 수습자의 의무이고."

냄섯은 입술을 깨물었다. "네, 잊었네요. 고통을 날 강하게 만들고 당신은 실제로 내게 도움을 주는 일은 아무것도 안 할 테니까. 고마워요, 수습자여, 하지만 하루의 여정을 시작하기 전에 씻어야겠어요."

셋이 대답을 생각해 내기 전에 그녀는 몸을 떼어 걸어갔다. 그녀가 걸어가는 것을 보며 셋은 수습자는 내면의 고통과 어떻게 싸워야 하는지 의문에 빠졌다.

이튿날 오후 그들은 목적지에 도착했다. 미헤피의 말에 따르면, 도적은 마을을 여러 번 공격해 채굴한 라피스석(石)을 가져갔고, 그 결과 셋이 그간 어디서도 본 적 없는 황폐가 일어났다. 그들은 텅 빈 채 서 있는 곡식 창고와 벌거벗은 들판을 지났다. 마을 가옥 몇

채는 불에 타서 껍데기만 남았다. 그들이 본 사람들의 눈과 뺨도 마찬가지로 쑥 들어가 있었다. 셋은 이런 곳을 왜 다스리려고 경쟁하는지 상상할 수 없었다.

하지만 여기 와서 그는 처음으로, 마을 전체가 냄섯에 반감을 품은 것을 아님을 알게 되었다. 냄섯이 말에서 내리자, 따뜻한 미소를 가진 어린 소녀 둘이 나와 그녀의 말을 돌봤다. 이가 빠진 노인은 그녀를 꼭 끌어안고 미헤피의 등을 째려보았다. "이렇게 작은 사회에선 그렇게 돌아가는 법입니다." 지넴이 셋의 시선을 뒤쫓으며 중얼거렸다. "눈 밖에 난 사람의 삶을 악몽으로 만드는 데는 약간의 다수, 혹은 유난히 증오심이 강한 소수만 있으면 충분합니다."

여기서는 미헤피가 나서서 그들을 마을에서 가장 큰, 나머지 집들과 마찬가지로 햇빛에 구운 벽돌로 지었으되 2층이 있는 집으로 안내했다. "손님들을 돌봐라." 그녀가 명령하자 냄섯은 말없이 시키는 대로 했다. 그녀는 셋, 지넴, 두 보초병을 집 안으로 안내했다.

"미헤피의 방이에요." 냄섯은 크고 보기 좋은 침대가 있는 방을 지나며 말했다. 아마 족장이 죽기 전 쓰던 방일 것 같았다. "내 방이에요." 냄섯의 방이 집에서 가장 작은 것을 보고, 놀라는 사람은 아무도 없었다. 하지만 그녀의 침대가 낮고 얇은 천으로 덮여 있는, 꿈속에서 본 그 침대라는 사실에 셋은 충격을 받았다.

진실의 일견. 여신이 보낸 미래에 관한 꿈. 그는 평생 그렇게 축복받았다 여긴 적도, 그렇게 혼란스러웠던 적도 없었다.

셋은 당면한 문제에 집중해서 주의를 딴 데로 돌렸다.

"주위에 있도록 해요." 그는 그 집의 손님방 두 곳에 자리를 잡은 보초병들에게 말했다. "도적들이 다시 공격하면, 당신들을 깨워야 하니까."

그들은 못마땅한 표정으로 고개를 끄덕였다. 둘 다 이전에 자신들을 잠재운 셋을 용서하지 않았던 것이다.

"그럼 나는?" 지넴이 말했다. "난 나와 주위 사람들에게 방어막 같은 걸 칠 수 있습니다. 당신이 또 내게 잠 주술을 건다면, 방어막을 계속 유지할 수는 없겠지만."

"안 그러도록 하죠. 내 수면 마법이 제압당하면, 우릴 보호해 줄게 당신의 방어막뿐일 수도 있어요."

그날 저녁 마을 사람들은 그들에게 보잘것없긴 하지만 연회를 열어 주었다. 장로 한 사람이 낡은 더블 플루트를 꺼냈고, 한 아이가 박자를 맞추기 위해 부적을 두드려 기운 없고 음정도 안 맞는 연주를 했다. 음식은 더 심했다. 끓인 곡식 죽과 야채 조금, 구운 말고기. 셋이 미헤피와 남자들에게 선물한 말 중에서 즉각 한 마리를 잡은 것이었다. 마을 사람들이 몇 달 만에 처음 보는 고기였을 것이다.

"도적들을 막는다고 이곳을 구할 순 없을 겁니다." 지넴이 작은 소리로 중얼거렸다. 모두와 마찬가지로, 그는 묽은 죽을 우울한 표정으로 씹고 있었다. 음식을 거절하면 모욕이 되었을 것이다. "너무 가난해서 버틸 수 없을 것 같습니다."

"여기 광산에서 라피스가 나온다고 들었는데요." 보초병 하나가 말했다. "값진 것인데."

"광맥이 다 바닥났어요." 다른 보초병이 말했다. "오늘 오후에 장로 한 사람과 이야기를 했어요. 여기서 좋은 보석이 나오지 않은 지

몇 년 되었대요. 도적들이 가져간 노드도 질이 좋지 않답니다. 새 도구와 사람이 더 있으면 더 깊이 파 들어가 새 광맥을 찾을 수 있겠지만······." 그는 실내를 둘러보고 한숨을 쉬었다.

"신전 상급자에게 원조를 보내 달라고 해야겠습니다." 지넴이 말했다.

셋은 아무 말도 하지 않았다. 신전은 수습자와 보초병 둘을 보낸 것만으로도 마을 사람들에게 이미 엄청난 원조를 보낸 셈이었다. 상급자가 더 보내려고 할 것 같지 않았다. 아마 이 마을은 해체되고 사람들은 다른 정착지로 옮겨 가서 살아남을 것이다. 그런 곳에서 돈이나 지위가 없는 그들은 노예나 다름없는 처지가 될 것이다.

셋은 의지와는 달리, 연회 식탁 맞은편, 미헤피 옆에 앉아 있는 넴셋을 보았다. 그녀는 별로 먹지 않았고, 신전 사람들만큼이나 마을의 안쓰러운 상태를 염려하는 표정으로 식탁에 모여 앉은 사람들을 하나씩 훑어보았다. 셋에게 눈길이 닿자, 그녀는 경계와 당혹감을 드러내며 인상을 찡그렸다. 셋은 당황해서 눈길을 돌렸다.

지넴이 낯설고 묘한 눈으로 그를 쳐다보고 있었다.

"그럼, 질투만은 아니군요."

셋은 눈을 내리깔았다. "아니. 분명 이건 광기의 시작이에요."

"일종의 광기이긴 합니다, 맞아요. 당신에겐 그것 역시 나름대로 위험할 겁니다."

"무슨 말인가요?"

"사랑 말입니다. 그저 정욕일 뿐이기를 바랐는데, 당신은 그녀를 소중히 여기는 게 분명합니다."

셋은 식욕을 잃고 접시를 내려놓았다. 사랑? 그는 냄섯을 제대로 알지도 못했다. 그런데 수면 마법과 싸우는 그녀의 모습이 그의 머릿속에서 자꾸만 춤을 추어서, 쫓아낼 힘이 없는 꿈을 반복해서 꾸는 것 같았다. 하지만 그녀를 텅 빈 운명에 버려 둔다고 생각하니 그의 마음은 비통함으로 가득 찼다.

지넴이 눈살을 찌푸리더니 한숨을 쉬었다.

"모두 여신의 평화를 위해서."

"네?"

"아무것도 아닙니다." 지넴은 셋과 눈을 마주치지 않았다. "하지만 그녀를 도울 생각이라면, 내일이나 모레 하시죠. 그때가 가장 좋을 겁니다."

그 말에 셋의 등줄기가 오싹했고, 그건 완전히 불쾌하지만은 않았다. "그녀를 치유했어요?"

"치유할 필요는 없었습니다. 강가의 흙처럼 비옥한 사람이에요. 여신께서 그녀의 아이 아버지를 직접 선택하고자 해서 아직 임신하지 못한 것이 아닌가 싶습니다. 저주가 아니라 축복이죠."

셋은 무릎 위에서 떨고 있는 자기 손을 내려다보았다. 어떻게 축복이 이런 혼란을 일으킬 수 있을까? 그는 냄섯을 원했다. 그건 더 이상 부인할 수 없었다. 하지만 그녀와 함께한다는 것은 맹세를 어긴다는 의미였다. 그는 수습자로서 16년 동안 봉사하며 그 맹세에 단 한 번도 의문을 품지 않았다. 그 신심 덕분에 대부분의 사람은 상상밖에 못하는 평화와 보람 가득한 삶을 얻었다. 하지만 이제 그 평화는, 의무와 욕망이라는 두 가지 가차 없는 것들 때문에 사라졌다.

"내가 어떻게 해야 하죠?" 셋이 속삭였다. 하지만 지넴이 그 말을 들었다 해도, 대답은 하지 않았다.

그리고 셋이 고개를 드니, 냄셋의 눈에 회한의 그림자가 드리워 있었다.

지넴과 수면 마법에 맞서 스스로를 지킬 능력을 조금씩 지닌 보초병들이 망을 보기로 했고, 지넴은 공격에 대비해 집 안에 있었다. 전날 밤의 싸움과 그날의 여행으로 녹초가 된 셋은 연회가 끝나자마자 손님방에 자러 들어갔다. 그가 꿈의 땅에서 보낸 시간이 성난 미소와 유혹하는 손길로 그를 조롱하는 얼굴 없는 유령으로 가득한 것은 놀랍지 않았다. 그리고 그중에서 가장 잔인한 유령은 셋의 상냥한 눈을 한 건포도색 피부의 소녀였다.

동이 터서 하늘이 밝아질 무렵 깨어났을 때, 셋은 자신의 불행에 정신이 팔려 준기싸의 소리를 놓쳤다. 아직 어둡고 이른 시각이라 다시 잠들고 싶은 충동이 너무나 당연하게 느껴져서 그는 싸우지 않았다. 아마 다시 잠든다면, 꿈은 더 평화로울 것 같았다.

"수습자!"

아마 다시 잠든다면…….

발 하나가 셋의 옆구리를 걷어찼다. 그는 영문을 알지 못한 채 비명을 지르며 몸을 구부렸다. 지넴이 다시 방어적인 자세로 두 손을 들고, 집중하느라 얼굴을 찡그린 채 근처에 앉아 있었다. 그제야 셋은 수면 마법사의 준기싸가 내는 높은 불협화음이 놀라울 만큼 요란하게 근처에서 들려온다는 사실을 깨달았다.

"창문." 지넴이 이를 앙다물고 말했다. 수면 마법사는 집 바로 앞에 있었다.

바깥 계단에서 불현듯 소리가 들려왔다. 창문이 너무 작아 통과할 수 없어서 셋은 집을 가로질러 현관으로 달려 나갔다. 그와 동시에 재빠른 그림자가 달아났다. 바로 그 순간, 지넴의 보호 마법 영역을 벗어난 셋은 자고 싶은 욕망이 바위처럼 무겁게 짓누르자 휘청거렸다. 다리를 들자니 진흙 속에서 달리는 것 같았다. 그러느라 거의 고통을 느끼며 신음했다. 셋은 뜬눈으로 꿈을 꾸며 자신의 준기싸에 손을 뻗었다. 하지만 그는 수습자이고 꿈은 그의 영역이었기에, 꿈속 자아를 시켜 그 장신구를 문지방에 대고 치도록 했다. 그의 깨어 있는 손이 복종했다.

잠자리 준기싸가 일으키는 순수한 반향이 정신에서 무기력을 제거하자, 그의 심장은 그 대신 당연한 분노를 발휘했다. 그 분노를 진동과 힘으로 이루어진 창으로 만든 셋은 끌어모을 수 있는 모든 힘을 다해 달아나는 형체의 등을 향해 그것을 던졌다. 형체가 비틀거린 순간, 셋은 마법사의 영혼을 잡았다.

셋이 그를 꿈으로 끌고 가는 동안, 저항은 없었다. 도적들의 수면 마법사가 무슨 훈련을 받았는지 몰라도, 잠 주문 이상은 배우지 못했다. 그래서 그들은 꿈의 땅을 통과하며 흐릿해지면서 쓰러졌고, 공유된 둘의 정신이 한 가지 공통점에 걸려 찢어졌다. 그들 주위에 신전이, 비뚤어지고 지나치게 큰 축복의 전당으로 등장했고, 그 모든 것을 배경으로 괴물 같은 꿈의 여신상이 버티고 있었다. 수면 마법사는 여신상의 모습에 비명을 지르며 무릎을 꿇었고 셋은 마침내 적의 정체를 가늠했다.

그는 남자가 얼마나 젊은지 보고 놀랐다. 기껏해야 스무 살, 땋고 매듭지은 것이 뒤엉킨 머리를 한, 마르고 거친 사내였다. 꿈속에서도 몇 달은 씻지 않은 냄새를 풍겼다. 하지만 더러움에도 불구하고 진실을 드러낸 것은 그 마법사가 신상(神像)을 두려워하는 점이었다.

"신전에서 자랐군."

수면 마법사는 팔짱을 끼고 신상을 향해 고개를 숙였다. "네, 네."

"훈련을 받았나?"

"아뇨. 하지만 마법을 어떻게 쓰는지 봤어요."

그럼 보기만 하고 혼자 깨우친 것인가? 하지만 청년의 나머지 사연은 쉽게 짐작할 수 있었다. 신전은 '아이들의 집'에서 고아와 다른 유망한 젊은이들을 키웠다. 열두 살이 되면, 그들은 봉사의 길을 선택하거나 세속에서 살기 위해 떠났다. 떠난 아이들 대부분은 신전에서 도제 자리나 다른 직업을 찾아주니 잘 지냈지만, 항상 실수나 불행을 겪고 좋지 않은 결말을 맞는 몇몇이 있었다.

"어째서지? 넌 평화에 봉사하도록 키워졌는데. 어떻게 여신의 방식에 등을 돌릴 수 있었지?"

"도적들이." 청년이 작게 말했다. "그들이 나를 농장에서 훔쳐다 이용하고 때렸어요. 나, 난 달아나려고 했어요. 도적들에게 잡히기 전에 나는 성스러운 돌을 찾아 한 조각을 챙겼어요. 그들은 내가 그 돌을 가질 가치가 없다고 했어요. 난 그들에게 본때를, 본때를 보여 줬어요. 내가 그 돌을 작동시킬 수 있다는 걸 보여 줬어요. 아무도 해치고 싶지 않았지만, 정말 오랜만이었어요. 너무나 오랜만. 다시

466

강해지니 기분이 좋았어요."

셋은 청년의 얼굴을 양손으로 감쌌다.

"그리고 네가 무엇이 되었는지 봐라. 자랑스러운가?"

"……아뇨."

"준기씨는 어디서 찾았나?"

청년의 욕망에 응하느라, 꿈의 광경이 흐릿해졌다. 셋은 마음과는 달리 그의 마법을 우러러보며 그렇게 하도록 두었다. 청년은 진정한 수면 마법사도 아니고, 제대로 훈련받지도, 셋처럼 미치지도 않았는데, 얼마나 훌륭한 수습자가 될 수 있었을까! 꿈이 산속 야영지로 바뀌었다. 밤을 보내려고 자리를 잡은 도적들이었다. 코를 골며 잠든 도적 열여덟 내지 스물이 그토록 큰 고통을 일으켰다니. 둘이 공유한 꿈의 기초를 통해, 셋은 그들을 어디서 찾을지 곧바로 알수 있었다. 그러자 꿈은 언덕을 넘어 돌이 많은 유역으로 날아갔다. 위쪽 절벽 면에 맹금류의 부리처럼 생긴 부분이 튀어나와 있었다. 이 아래 검게 그을린 자리에 표면에 작은 자국이 난, 조그만 돌덩이가 놓여 있었다.

"고맙다."

셋은 꿈의 통제권을 쥐고, 그 언덕에서 더 녹색의 꿈 광경으로 이동했다. 그들은 큰 강의 삼각주 근처에 서 있었고, 그 너머에는 끝없는 바다가 펼쳐져 있었다. 머리 위 하늘은 어떤 부분은 라피스, 어떤 부분은 냄섯의 상복처럼 남색으로, 여러 가지 청색 색조였다. 멀리 초록 융단 사이에 놓인 보석처럼 작은 마을이 빛나고 있었다. 셋은 그곳에 이 청년을 만나면 반가워할 사람이 가득할 거라고 상상했다.

"네 영혼은 여기서 평화를 찾을 것이다."

청년은 꿈 광경을 바라보며 아름다움에 눈이 아픈 듯 손을 들었다. 셋을 바라보는 그는 울고 있었다. "이제 난 죽어야 하나요?"

셋은 고개를 끄덕였고, 잠시 후 청년은 한숨을 쉬었다.

"아무도 해칠 뜻은 없었어요. 자유로워지고 싶었던 것뿐이에요."

"이해한다. 하지만 네 자유는 타인의 고통을 대가로 왔다. 그건 여신의 법 하에서는 용납할 수 없는 부패다."

수면 마법사는 고개를 숙였다. "알아요. 죄송해요."

셋은 미소를 지으며 청년의 머리를 쓰다듬었다. 때와 악취는 사라지고, 그의 모습이 마침내 온전해졌다.

"그럼 여신께서 평화의 길로 돌아온 너를 환영하실 것이다."

"감사합니다."

"여신께 감사하라."

셋은 꿈에서 물러나 명줄을 끊고 몽혈을 수거했다. 다시 깨어나자, 청년의 몸은 마지막 숨을 내쉬고 꼼짝하지 않았다. 마을 주위에서 고함이 울려 퍼지는 사이, 셋은 시신 옆에 무릎을 꿇고 사지를 잘 정돈했다.

지넴과 정찰병 하나가 달려왔다. "끝났습니까?" 정찰병이 물었다.

"네."

셋은 청년의 손에서 집어든 준기싸 돌을 들었다. 표면이 삐죽삐죽하고 금이 간, 무겁고 불규칙적인 덩어리였다. 그것이 효력을 발휘한 것이 놀라웠다.

"당신은 다친 데 없습니까?"

지냄이었다. 셋은 자매를 보고 그 질문이 셋의 육신의 건강과는 무관하다는 것을 알아차렸다.

그래서 셋은 미소를 지어 지냄에게 사실을 알렸다.

"난 아주 건강해요, 지냄 자매."

지냄은 놀라 눈을 깜빡였지만, 이내 고개를 끄덕였다.

마을 사람들이 더 왔다. 그중 하나는 냄섯이었고, 한 손에 칼을 쥐고서 헉헉거리고 있었다. 셋은 잠시 그녀를 바라보다가 여신의 뜻에 고개를 숙였다.

"모두 여신의 평화를 위해서."

셋이 도적들이 있는 곳을 알려 준 뒤, 보초병들은 무기를 든 마을 남자들과 산지로 들어갔다. 셋은 마을 사람들에게 수면 마법사가 가졌던 준기싸의 모석(母石)이 있는 곳도 알려 주었다.

"새 부리 모양이 있는 유역이라. 내가 아는 곳이군요." 미헤피가 이맛살을 찡그리며 말했다. "우리가 가서 그걸 부수겠어요."

"아뇨." 냄섯이 말했다. 미헤피가 그녀를 노려보았지만, 냄섯은 그녀와 눈을 맞췄다. "여기로 다시 가져와야 해요. 그런 힘은 항상 어딘가의 누구에겐 가치가 있어요."

셋은 고개를 끄덕였다.

"신전은 그 돌과 거기서 나온 조각이라면 좋은 값을 줄 거예요."

이 말에 마을 사람들은 놀람 그리고 셋이 그들을 만난 이후 처음으로 희망이 가득한 목소리로 웅성이기 시작했다. 그는 이런저런 추측에 바쁜 그들을 두고 족장 집 손님방으로 돌아가 벽에 기대어 앉아서 창문을 통해 흘러가는 구름을 보았다. 곧, 셋의 예상대로 냄섯이 그를 찾으러 왔다.

"감사합니다. 저희를 여러 가지로 구해 주셨어요."

그는 미소를 지었다. "저는 여신의 시종일 뿐입니다."

냄섯은 망설이더니 이렇게 말했다. "저…… 제가 부탁드린 건 잘못이었어요. 제겐 간단한 문제로 보였지만, 이제 그것이 당신을 괴롭히는 걸 알겠어요."

셋은 고개를 저었다. "아뇨, 청한 건 옳은 일이었어요. 잊고 있었어요. 내 임무는 내가 쓸 수 있는 어떤 수단이든 동원해서 고통을 덜어 주는 것이죠." 그것을 기억하지 못한다면, 그의 맹세는 무의미해졌을 것이다. 지넴이 그에게 상기시켜 준 것은 옳은 일이었다.

냄섯이 그의 말을 파악하는 데 잠시 시간이 걸렸다. 냄섯은 온몸을 긴장한 채 앞으로 다가섰다.

"그럼 해 주시겠어요? 제게 아이를 주시겠어요?"

셋은 그녀를 한참 동안 바라보며 그 얼굴을 기억했다.

"내가 여기서 살 수 없는 건 알고 있죠. 나는 다시 신전으로 돌아가야 하고, 우리가 만든 딸을 보지 못할 거예요."

"따……." 냄섯은 손으로 입을 막고, 마음을 가라앉혔다. "알고 있어요. 마을에서 절 돌볼 거예요. 저주라고 그렇게 떠들어 댔으니, 그래야지 안 그러면 체면을 잃겠죠."

셋은 고개를 끄덕이고 그녀에게 손을 내밀었다. 냄섯은 얼굴에 여러 가지 감정—갑작스러운 의심, 두려움, 체념과 희망—을 띠고 잠시 흔들리더니 걸어 들어와 그의 손을 잡고 옆에 앉았다.

"어떻게 하는지…… 알려 줘야 해요." 셋이 눈을 내리깔며 말했다. "해 본 적이 없어서."

냄섯은 셋을 빤히 보더니 그가 한 번도 본 적 없는, 구김 없이 진정한 미소를 처음 지어 그를 축복했다. 그는 마주 보고 웃었고, 깨어서 꾸는 꿈 속에서 말 한 마리가 끝없이 펼쳐진 풀밭 위를 달리고 또 달리는 것을 보았다.

"이전까진 이걸 원한 적이 없었어요." 냄섯이 갑자기 수줍어하며 말했다. "하지만 하는 법은 알죠." 그리고 그녀는 일어섰다.

그녀의 상복이 바닥에 떨어졌다. 셋은 그녀가 머리싸개와 속옷을 벗는 동안 몸이 움직이는 것을 보지 않으려고 상복만 바라보았다. 그녀가 무릎을 꿇고 셋의 무릎 위에 올라타자, 그는 떨며 고개를 돌렸다. 숨이 가빠지고 심장은 빠르게 뛰었다. 수습자는 온전히 여신의 것이다. 그것이 맹세였다. 냄섯의 손이 드러난 그의 가슴을 따라 내려가 하의 쬠쇠 쪽으로 미끄러지는 사이 그는 제대로 생각할 수 없었지만 이 문제를 숙고해 보려고 애썼다. 늘 그 맹세가 금욕을 의미한다고 여겼지만, 여신은 육신 따위에 관심이 없었으니 그건 어리석은 착각이었다. 그는 냄섯을 사랑했지만 그의 임무, 그의 소명이 여전히 마음속에서 우선이었다. 그것이 수습자가 한 맹세의 핵심이 아닌가?

그때 냄섯이 둘의 몸을 합쳤고, 그는 놀라 그녀를 올려다보았다.

"서, 성스러워." 셋이 가쁜 숨을 몰아쉬었다. 냄섯은 다시, 그의 무릎에 서서히 파동을 그리며 움직였고, 셋은 소리를 지르지 않으려고 벽에다 머리를 눌렀다. "성스러워요."

그의 살갗에 닿는 냄숫의 숨결은 가볍고 빨랐다. 그는 그녀도 그에게서 쾌감을 얻는다는 것을 희미하게 이해했다.

"아뇨." 여자가 양손으로 그의 얼굴을 쥐고 속삭였다. 그녀의 입술이 그에게 닿았다. 한순간, 그녀가 입술을 떼기 전 그는 설탕을 바른 건포도 맛이 난다고 생각했다. "하지만 더 좋아질 거예요."

그랬다.

닷새 뒤 그들은 마을 사람들의 신실한 신앙을 보증하는, 수면 마법사의 준기싸를 들고 신전으로 돌아갔다. 상급자는 곧 서기와 검수인을 보내 모석의 상태를 확인하고 대략적인 가격을 계산하도록 했다. 그들이 수면 마법사의 준기싸에 대해서만 가져간 값도 마을 전체의 1년 치 식량을 살 정도가 되었다.

지넴은 셋에게 도시 성문에서 작별인사를 했다. 거기서는 녹색과 금색 옷을 입은 여인들이 그의 귀향을 환영하고 있었다.

"어려운 선택을 했습니다, 수습자여. 내 생각보다 강하군요. 여신께서 당신 아이에게 그 힘을 보답으로 선사하시기를."

셋은 고개를 끄덕였다. "그리고 당신은 내 예상보다 현명해요, 자매여. 이 이야기를 내 형제들에게 전하겠어요. 당신들을 더 존중하도록."

지넴은 소리 내어 웃었다. "그런 일이 있기 전에 신들이 땅 위를 걸을 겁니다!" 이내 진지해진 그의 눈에 슬픈 기색이 돌아왔다. "이렇게 할 필요는 없습니다, 수습자 셋."

"이건 여신의 뜻이에요." 셋이 대답하고 손을 들어 지넴의 어깨를 잡았다. "당신은 그렇게 많은 것을 그렇게 또렷하게 보면서, 그걸 알 수 없나요?"

지넴은 괴로운 표정으로 서서히 고개를 숙였다. "당신이 그 여인을 사랑하는 것을 깨달았을 때, 알 수 있었습니다. 하지만……."

"우린 꿈에서 다시 만날 거예요." 셋이 나직이 말했다.

지넴은 아무런 대답도 하지 않았고, 눈에 눈물이 차오르자 홱 돌아서서 자매들과 합류했다. 셋은 자매들이 지넴을 에워싸고 위로의 벽을 이루는 모습을 만족스럽게 지켜보았다. 그들은 그를 잘 보살피리라는 것을, 셋은 알고 있었다. 영혼을 치유하는 것은 자매단의 재능이었으니까.

그래서 셋은 신전으로 돌아가 상급자 앞에 무릎을 꿇고 보고했다. 냄섯의 이야기에 대해서도 아무것도 생략하지 않았다.

"우리가 떠나기 전, 지넴 자매가 그녀를 진찰했습니다. 그녀는 건강하고, 때가 되어 아이를 낳을 때 문제가 없을 거예요. 첫 아내는 그 소식에 기뻐하지 않았지만, 장로회에서는 새로 태어난 마을의 첫 아이는 신들의 총애를 받는 것이 분명한 아이 엄마와 함께 마을에서 돌볼 거라고 맹세했어요."

"그렇군." 신전 상급자는 심란한 표정이었다. "하지만 자네의 맹세는…… 그건 치르기에 큰 대가인데."

셋은 고개를 들고 미소 지었다. "저는 맹세를 어기지 않았어요, 상급자님. 전 아직도 온전히 여신의 것입니다."

상급자는 놀라 눈을 깜빡이더니 한참 동안 셋을 빤히 쳐다보았다.

"그렇군." 그가 마침내 말했다. "나를 용서하게. 이제 알겠군. 하지만……."

"형제 한 사람을 불러 주세요."

상급자는 깜짝 놀랐다. "셋, 광기가 시작되려면 몇 주, 몇 달이……."

"하지만 그때는 오겠죠. 그것이 여신의 마법을 쓰는 대가니까요. 진정한 수면 마법사가 되는 것의 의미이고요. 그 대가가 못마땅한 건 아니지만, 제가 선택한 운명을 마주하고 싶어요." 그의 마음속에 말이 다시 떠올랐다. 말은 강물의 급류에 맞서 경주마처럼 고개를 들고 있었다. 상냥한 냄샛. 그는 꿈속에서 그녀를 다시 볼 날을 간절히 바랐다. "수습자 리유를 불러 주세요, 상급자님. 부탁입니다."

상급자는 한숨을 쉬었지만, 고개를 끄덕였다.

어린 리유는 도착해 무엇을 해야 할지 알아듣고 나자, 충격을 받은 표정으로 셋을 쳐다보았다. 하지만 셋이 리유의 손을 건드려 냄샛이 그에게 준 평화의 순간을 공유했고, 그리고 나자 리유는 울음을 터뜨렸다. 그리고 준비를 하고 누운 셋의 감은 눈 위에 손끝을 올렸다.

"세터넴." 셋은 잠이 마지막으로 그를 취하기 전에 말했다. "꿈에서 들었어. 내 딸 이름은 세터넴이 될 거야."

그리고 수습자이자 수면 마법사, 평화와 정의, 꿈의 여신의 시종인 셋은 기쁜 마음으로 자유롭게 내달렸다.

헤노시스*

Henosis

4장

"하지만 그들이 당신을 죽일 거예요." 여자가 말했다.

하킴은 그녀의 실루엣에 대고 한숨을 쉬었다.

"물론 그렇겠지요." 그가 대답했다.

2장

차가 또 휘청거렸다. 하킴은 뒷좌석 화면에 떠 있는 에이전트의 얼굴을 올려다보며 기사에게 대체 무슨 문제가 있는지 의아했다.

"루크턴? 자네 또 스카치를 마셨나?"

대답은 없었지만, 물론 그가 인터콤 버튼을 누르지 않았던 것이다. 그는 그래야 한다는 것을 자꾸 잊었다. "하키, 왜 그래요?" 화면의 스피커로 작게 흘러나오는 재닛의 목소리가 리무진 실내에 울렸다. 하킴은 헤드폰을 가져오지 않은 것이 아쉬웠다.

"아니에요."

하킴은 습관처럼 말했다. 사생활 보호용 일방 화면을 통해 기사의 머리와 모자, 어깨 끄트머리만 실루엣으로 보였다. 하지만 머리가 좀 짧은 것이 아닌가? 그리고 저건 모자에서 머리 한 가닥이 흘러내려 어깨에 늘어져 있는 건가? 루크턴은 하킴이 큰아들을 낳은 이후로—그 애도 이제 애 아빠가 되었다—머리를 기른 적이 없었다.

하킴은 이번에는 인터콤 버튼을 눌렀다.

"루크턴이 아픈가? 오늘 오후에도 건강해 보였는데."

잠시 침묵이 흘렀다. 그러더니 갑자기 문 잠금장치가 내려갔다. 잠시 후, 재닛 얼굴이 지직거리며 사라졌다. 시티와이어 연결이 차단된 것이다.

스피커를 통해 여자 목소리가 들려왔다. "놀라지 마세요, 하킴 씨."

하킴은 엄지가 찌르르할 정도로 버튼을 세게 눌렀다.

"자네 대체 누군가?" 그러자 하킴이 야간 조명에 옆모습을 살짝 볼 수 있을 정도로 실루엣이 고개를 돌렸다. 한쪽 눈만 겨우 보였다.

"절 모르실 거예요." 여자가 말했다. "그냥 팬이에요."

1장

"……작가님을 가장 좋아하는 팬이에요." 소녀는 숨을 깊이 들이

쉬며 발뒤꿈치를 좀 들고 깡충거리면서 하킴 앞으로 달려 나왔다. 그리고 하킴은 그런 아첨에 넘어가기에는 나이가 너무 많았지만―아니면 적어도, 자신이 그렇다고 생각했지만―그 소녀에게 특별히 활짝 웃어 주었다.

"'저를 가장 좋아하는 팬.'" 하킴은 이렇게 말하면서 과장되게 화려한 몸짓으로 적고, 양쪽 눈썹을 예의 바르게 치켜떴다.

"완다예요."

"'……완다에게.'" 하킴이 적었다. "'고마운 마음으로 노인이.'"

소녀는 환한 얼굴로 허리를 숙여 책을 들었다. 그러자 그녀의 가슴 사이 목걸이―호박에 뭔가 잘 알 수 없는 것이 보존되어 있었다―가 흔들렸고, 하킴에겐 반가운 눈요기를 할 핑계가 되었다.

"정말 감사합니다, 하킴 씨. 괜찮으시다면 한 가지만 간단히 여쭤봐도 될까요? 『데이턴의 문』이 가진 교차 배열 구조에 미루어, 이네즈가 젊음의 성급함을 상징하도록 의도하신 건가요? 이네즈의 죽음을 잊을 수가 없어요."

기쁨이 좀 가시긴 했지만, 하킴은 한숨이 나오려는 걸 꾹 참았다.

"아가씨." 그가 가능한 한 부드럽게 말했다. "교차 배열 구조가 뭔지 나는 몰라요. 그리고 그런 말을 하면 아직 읽지 않은 사람들이 재미없어지잖아요." 하킴은 미소를 짓고 소녀 다음에 줄서 있는 사람들을 향해 고개를 끄덕였다. 그중 몇 명이 그녀를 노려보았다.

소녀는 히죽거리다가 당장 부루퉁해졌다. "미안해요. 좀 지적인 대화도 가끔은 좋아하실 줄 알았네요. 신경 쓰지 말아요." 소녀는 돌아서서 걸어갔다.

그다음 여자는 책상으로 다가와 그의 첫 출판 소설, 『강한 밥』의 오래되어 낡은 초판을 내밀었다. 그것을 본 하킴은 미소를 짓지 않을 수 없었다.

"아이고, 이런." 그는 경건하게 그 책을 받아들며 말했다. 표지는 덜렁거렸고, 페이지마다 접은 곳이 너무 많아 아직 읽을 수 있다는 것이 놀라웠다. "누가 이 책을 참 좋아했군요. 어디에 사인을 해 드릴까요?"

"아무 데나 해 주세요. 제 이름은 안 쓰셔도 돼요. 하지만 '오퍼스 상 후보로부터'라고 서명해 주세요." 그 말에 하킴과 들릴 만큼 가까이 줄서 있던 몇 사람은 웃음을 터뜨렸다.

"내가 징크스에 걸리기를 바라는 거로군요?"

하지만 그는 웃으며 책에 그렇게 서명해 주었다. 진짜 팬을 만나는 건 너무나 큰 기쁨이기 때문에.

그가 책을 도로 건넬 때, 여자는 그걸 받기 전에 그의 손가락에 자기 손가락을 스쳤다. "사랑해요."

"감사합니다." 하킴은 이렇게 말하고 상냥한 미소를 지어 준 뒤 다음 사람에게 오라고 손짓했다.

5장

그 말이 이해되지 않았다. 재닛이 그에게 다시 말했고, 그는 그녀에게 집중할 만큼 정신을 차리고 눈을 깜빡였다.

"미안해요." 재닛이 다시 말했다. 그녀는 그의 손에 손을 얹었다.

연회장 건너편에서는 라사 애브로가도가 땀과 눈물로 범벅이 된 얼굴로 환호와 기립 박수, 발 구르는 소리를 지나 무대로 향하고 있었다. 시상식 리허설 때는 그들 둘 다 쉽게 해냈지만, 그녀는 위태위태하게 계단을 올랐다. 하킴은 그들 중 한 사람이 상을 받는다면, 트로피를 들고 감사 연설 중에 다른 쪽이 받아야 하는 상이라고 말하자고 농담했던 것을 기억했다.

라사는 울먹이며 연설을 마치고 트로피를 들었다. 미시마 유키오의 유명한 단도를 칼집까지 원래 크기대로 본떠 만든 모양이었다. 그녀는 심사위원단과 독자들에게 감사 인사를 하고 무대에서 내려왔다.

3장

"이게 무슨 짓이오?"

하킴은 잠겨 있는 것을 알면서도 문손잡이를 더듬거렸다. 그의 머릿속에 그런 이야기가 있었다. 유명인이 그들을 사랑한다는 팬에게 쫓기고, 칼에 찔리고, 괴롭힘을 당하다 죽는 이야기.

"납치예요." 여자가 이렇게 말했고, 하킴의 가슴에서 심장이 두근거리고 죄어 왔다. "당신을 위해서."

하킴은 문을 열어 보았다. 잠겨 있었다. 어쨌든 차는 전속력으로 달리고 있었다. 어떻게 하면 좋을까, 차 밖으로 몸을 던져 온몸의 뼈를 다 부술까? 뒤에서 달려오는 차에 치일까?

"그건 불가능해요." 목소리가 떨리지 않은 것이 하킴의 자존심에 작은 위로가 되었다. "정의에 따르면, 납치란 피해자를 그 의지에 반해 원하지 않는 곳으로 데려가는 것입니다. 그게 어떻게 그 사람을 위한 일이 될 수 있습니까?"

"오랫동안 당신 책을 읽었어요." 여자가 말하자 하킴은 문득 그 목소리를 기억했다. 징크스. 『강한 밥』. "올해 오퍼스 상 후보 책을 모두 읽었어요. 당신이 거기 후보에 오른 건 옳지 않아요."

그거? 그것 때문에 화가 난 것인가?

"부탁이에요. 다른 작가가 수상하기를 바랄 수 있는 것 이해하지만, 내 장담하는데……."

"그건 옳지 않다고요." 그녀가 핸들을 휙 돌린 것처럼, 차가 조금 휘청거렸다. 하킴은 깜짝 놀라 숨을 들이쉬며 너무 큰 소리를 내지 않았기를 바랐다. "도저히 옳지 않아요."

하킴은 눈을 감고 패닉을 넘길 생각을 해 보았다.

"올해 후보가 다섯이에요." 그렇다, 타당하다. 그는 타당하고, 침착하며, 확신을 주는 말을 하고 싶었다. "80퍼센트 확률로 다른 사람이 수상할 겁니다, 네? 그러니 이럴 필요 없어요."

"당신이 수상할 가능성이 20퍼센트잖아요!" 어찌된 영문인지, 이 리무진 인터콤의 반향에도 불구하고, 여자의 음성에서 흐느낌이 들렸다. "그걸 어떻게 참죠?"

"음, 내가 수상 후보에 오른 건 이번이 처음이 아니에요. 떨어진 것도요." 하킴은 그녀가 거만하다고 생각할까 봐 마지막 말을 재빨리 덧붙였다. "결국……."

"보니것의 얼굴 한 조각의 가치가 얼마나 되는지 알아요?"

하킴은 흠칫 놀랐다.

"가치는 없습니다. 그의 묘지는 국유재산으로서……."

"지금 말이에요." 참 놀라운 일이었다. 말에 담긴 조롱을 인터콤이 얼마나 잘 전달하는지. "유물 사냥꾼들이 손대기 전 말고. 손가락만 해도 암시장에서 몇백만 달러에 거래됐어요. 게다가 그는 자연사했죠."

"아뇨." 그를 납치할 만큼 제정신이 아닌 사람과 논쟁하는 건 좋은 생각이 아닌 듯했지만, 하킴은 뻔한 거짓을 절대 그냥 넘길 수 없었다. 그것 때문에, 재닛은 항상 그에게 할리우드 사람들과 오래 시간을 보내지 말라고 경고했다. "그건 자연사가 아니었어요. 자연사란 잠들었다가 깨어나지 않는 거죠. 그는 쓰러졌어요. 머리를 부딪쳤어요. 몇 주나 버티다가 마침내 떠났죠. 그렇게 훌륭한 사람이 겪기엔 비참하고, 더디고, 수치스러운 죽음이었어요."

"복잡했죠." 여자가 잘라 말했다. "보니것의 상속자들은 그의 재산을 놓고 싸웠어요. 출판사와 에이전트, 영화 판권 소유자 들은 그의 작품 모든 조각을 놓고 싸웠어요. 사방에 흩어져 있는 조각들을 놓고. 그들이 그의 묘지를 찾고 나니……." 그녀는 우느라 목이 메었다. "그들이 한 짓 중에 그건 별것도 아니었어요."

"위대한 사람은 유산을 남기는 법이에요." 생각보다 말이 쌀쌀하게 나갔지만, 하킴은 이제 두렵지 않았다. 그저 어린아이일 뿐이라는 걸 그는 깨달았다. 그 여자는 어리석고 이상적인 어린애일 뿐이었다. "그것이 위대함의 본질입니다. 뒤따르는 이들을 모두 바꾸어 놓는 것. 자신의 현재와 과거 존재를 세상과 나누는 것이 예술가의 숙명, 예술가의 의무죠."

"그럼 당신이 수상하면요?" 여자는 숨을 몰아쉬며 거의 일관성 없는 말을 하고 있었다. "당신에게 그 상을 주면, 당신의 유산은 끝나요. 그렇다면 그들은 당신이 할 일을, 당신이 앞으로 할 수 있는 최선의 작업을 다 마쳤다고 생각한다는 의미라고요. 더 이상 듣지 않는다는 뜻이에요."

그녀의 말이 옳다는 걸, 하킴은 약간 놀라며 깨달았다. 전혀 생각 없는 아이는 아니었다. 그러자 하킴의 분노가 조금 가시고, 대신 동정심이 자리 잡았다.

"결국에는 항상 듣기를 그만두는 법이죠." 그가 리무진 가죽 시트에 등을 기대며 말했다. "자, 부탁합니다." 그는 늙고 지친 느낌으로 눈을 감았다. "시상식에 데려다 주세요."

6장

끝난 뒤, 하킴은 혼자 호텔에서 걸어 나왔다. 매우 놀랍게도, 같은 리무진이 거기서 그를 기다리고 있었다. 차 옆에 서 있는 기사는 검은 안경과 기사 모자로 얼굴을 가리고 있었지만, 유니폼 안의 몸은 분명 여자였다. 하킴은 그녀 앞에 섰다.

"소원을 풀었네요. 나는 살았으니 더 분발하겠어요. 축하합니다."

"네." 호텔의 강한 불빛 속에서 검은 안경은 그녀를 완전히 가려 주지 못했다. 그녀의 눈이 그의 얼굴을 찬찬히 살피는 것을 알 수 있었다.

하킴은 그녀의 숭배가 피곤해 시선을 돌렸다. 그것을 마주하느니, 그는 별 몇 개가—혹은 어쩌면 위성이—도시의 불빛을 뚫고 비추는 하늘을 올려다보았다. "지금쯤이면 라사를 데려갔겠군요."

"그분을 죽일 수 있게." 여자의 목소리가 다시 떨렸다. "해체할 수 있게."

"그래요." 하킴은 주머니에 손을 넣었다. "그 조각을 보통 보내는 곳들, 박물관이니 도서관에 보내겠죠. 아이오와 작가 워크숍에 귀 한쪽이나 두 쪽. 컬럼비아, 그 삼류작가들에게 의무적으로 보내는 치아. 그녀가 차세대 작가들에게 영감을 줄 수 있는 곳은 어디든지." 하킴은 어깨를 으쓱였다. "보니것이 겪은 일보다는 품위 있는 일이죠. 미시마가 스스로 한 짓보다는 깔끔하고."

"죽는다니까요!" 여자는 목소리를 높이지 않았지만, 격렬한 감정은 느낄 수 있었다. 그녀의 진지함이 그에게 열기처럼 퍼져 왔다. 그는 눈을 감고, 그 따스함을 즐겼다. 그가 가진 건 그것뿐이니까.

"라사의 소설은 탁월했어요." 하킴이 한참 만에 말했다. "이렇게, 최고의 순간에 명예롭게 기억될 자격이 있는 작가예요. 많은 작가들이 그러듯이 홀로 가난에 시달리며 모두에게 잊힌 채 죽지 않고."

길고 연약한 침묵이 내렸다.

"제가…… 집까지 태워다 드릴까요?"

하킴은 고개를 저었다. 집으로 가면 실패를 더욱 실감하게 될 것이다. 그는 아파트가 비게 될지 모른다고 임대주에게 알렸었다. 그 통지를 철회해야 했다. 하지만 달리 갈 곳도 없었다. 다른 사람들과 어딘가에 간다면, 그들이 동정하고 고소해하는 것을 견뎌야 했다.

"글쎄요."

"그럼 뭘 하고 싶으세요?"

하킴은 조금 웃으면서 숱 없는 머리를 쓰다듬었다. "아무것도 하고 싶지 않고. 다 하고 싶기도 하군요. 상관없어요. 제안도 받습니다."

잠시 후 여자가 말했다. "저한테 권총이 있어요." 아주 작은 목소리였다. 하킴은 놀라 그녀를 보았다. 이번에는 그녀가 시선을 돌렸다.

하킴은 그녀의 제안을 생각해 보았다. 그 일이 이런 식으로—오퍼스 상을 놓친 날, 광팬의 손에—일어난다면, 하고 생각하다 고개를 저었다. 사람들이 어떻게 반응할지 알 수 없었다. 그들이 무엇을 기억할지. 이 이상한 죽음 덕분에 그를 더 높이 평가하는 이들도 있을 것이다. 그가 영광을 위해, 여자를 고용해서 한 짓이라고 생각하며 흥미를 잃을 이들도 있을 것이다. 그는 자신이 남기는 유산의 시기와 이유만을 통제할 수 있지, 그 가부나 기간은 통제할 수 없었다.

그는 여자의 친절함이 기뻤다. 여자는 그렇게 여기지 않더라도.

"그럼, 계속 차를 몰아 주세요, 선한 여성분."

그녀가 차 문을 열자, 하킴은 올라탔다.

너무 많은 어제들, 충분치 못한 내일들

Too Many Yesterdays, Not Enough Tomorrows

알람시계는 7시, 현실의 뒤집기 직후에 울렸다. 헬렌은 10분 더 자려고 스누즈 버튼을 눌렀다. 다시 알람이 울리자, 그녀는 한순간, 어떤 남자가 방 안에서 자신에게 살금살금 다가오고 있다고 믿었다. 손톱으로 할퀴고 주먹과 발길질로 쫓아낼 각오로 일어나 앉는데, 기억이 돌아오고 나서 혼자 웃음을 터뜨렸다. 꿈. 습관. 아쉬움.

블로그스터 로그인: 환영합니다, 트웬웬!

[목요일, ??? 오후 10시 느낌.]

헬, 너도 강간범 꿈을 꿨니? 나만 사이코인 줄 알았네! 있잖아, 예전에 대학에서 심리학 수업을 들을 때, 그런 꿈이 통제 불능의 상황에서 구출되고 싶은 잠재의식의 열망을 나타낸다고 했어.(그거 아니면 네가 페니스를 원한다는 거지^_−) 보통 나는 꿈을 계속 꾸면서 그놈이 정말로 하는지 두고 봐. 그러는 법은 없거든. 아마 내 프로이트 판타지 강간범조차도 하찮은 얼간이인가 봐.

뉴스를 보다가 놀라운 걸 봤어! 범블로기티 녀석들에 또 추측성 스레드가 있어. "정부가 한 짓이다" 버전 2,563,741이랄까. 다시 외계인이나 신 가설로 돌아가면 좋겠다. 그게 더 재미있었거든.

참, 친구들, 사포주스(그의 블로그)를 만나 봐. 눈 내리는 현실 속에 있는 사람이야. 스튜디오에 살고, 가엾은 친구.

있잖아, 요즘 매드해더 소식 들은 사람 누구 없니?

일상, 프롤리프* 이후. 그녀는 바닥에 깐 요에서 일어나 다다미 바닥에 발을 끌며 방을 가로질러 갔다. 주방에 들어가면 냉장고 문을 세게 열어 유리병이 흔들리며 덜그럭 소리가 나도록 했다. 소음은 아파트가 빈 것을 덜 느끼게 했다. 그리고 그녀는 아침식사로 먹을 것을 카운터 위에 올려놓았다. 요거트 한 컵, 셀로판지로 포장한 구운 생선 한 토막. 그녀는 차이 티 농축액을 담은 신선 상자를 찾아 한참 뒤졌다. 어디 있는지는 알고 있었지만, 뒤지면 시간을 죽이는 데 도움이 되니까. 우유는 언제나 그렇듯이 쿠퀴했다. 비이성적인 생각이지만, 그녀는 뒤집기 직후에 일찍 일어나면 우유가 더 신선할 거라는 막연한 희망을 버리지 못했다. 그 우유를 차이 티와 섞으면 아직 완전히 쉬지는 않은 맛을 가려 주었고, 그래서 그것을 3분동안 전자레인지에 돌린 뒤 생선을 삼키는 데 썼다.

헬렌은 음식을 씹다가 입 안에 가시가 찔리는 느낌에 혼자 씩 웃었다. 그 생선을 최근 일곱 팩 먹는 동안 가시가 나오지 않았다. 가시는 늘 있었지만, 작아서 놓치기 쉬웠다. 그걸 발견하면 운이 좋은

---

* prolif, 이 단편에서 어떤 이유에서인지 이전의 우주가 사라지고 똑같은 현실이 반복되는 '확산 현실'의 현상을 가리키는 말.

느낌이 들었다.

영원 가운데 또 하루가 될 날이었다.

블로그스터 로그인: 환영합니다, 사포주스!

[싱코 드 마이애스**, 2어마어마2년]

빙빙빙

안녕, 여러분. 따뜻한 인사 고마워. 내 일과에는 책상 의자에 앉아 두 시간 동안 빙빙 도는 것이 들어 있어. 예전에 엄마가 절대 못 하게 했으니까…… 야호!

응, 마기유, 내 사용자명은 네 짐작이 맞았어. 나는 정말로 허버트만 보면 비명을 질러 대는 팬보이야.(미안, 콘티, 레즈비언은 아니야:P) 하지만 내 스튜디오엔 칠드런 오브밖에 없어. 당나귀 불알 빠는 기분이야. 크고 털 많고 뚱뚱한 걸로.

아, 이 봐, 트웬, 추측성 스레딩은 재미있고 아주 유익해. 그건 그렇지만, 양자 확산이 어떻게 왜 일어났는지 궁금해하는 건 상당히 시간 낭비라고. 우린 그걸 고치기 위해 아무것도 할 수가 없으니까……. 그건 그렇고, 범블로거스는 똑같은 논쟁을 계속 계속 (그리고 계속 계속) 다시 하는 것 같던데…… 뭐, 반복은 마음에 위안이 되니까. 그렇지? 그렇지? ::귀뚜라미 소리 경청 중::

헬: 와, 일본이야? 대단한 모험가였던 모양이다, 예전에.

조깅, 헬렌은 그걸 좋아했다. 운동화 아래 단단한 땅이 리드미컬하게 닿는 느낌. 주문처럼 반복되는 숨소리. 아직도 사람들이 주위

** 5월 5일 멕시코 전승기념일을 가리키는 스페인어의 말장난.

에서 그녀를 쳐다보고, 육상선수 그리피스 조이너처럼 되려고 휘청 휘청 달리는 골격 큰 언니를 향해 손가락질하고 웃어 댔다면, 조깅에 흥미를 붙이지 못했을 것이다. 프롤리프 이전, 그녀는 일본인들 주위에서 겨우 자의식을 떨쳐 버리기 시작했었다. 일본인들은 만났을 때 빤히 쳐다보는 일이 드물었고, 학생들은 곧 그녀에게 익숙해졌지만, 거리에 나가면 항상 주위 사람들의 시선에 등이 따가웠고, 헬렌이 돌아보면 그들은 시야 바깥으로 허둥지둥 사라졌다. 구멍가게에서 삼보* 인형을 팔던 시대는 대체로 끝났지만, 일본인 중에 텔레비전 이외에서 흑인을 본 사람은 많지 않았다. 내 부모님도 디모인의 대학원 시절에 똑같은 기분이었을 거야. 그녀는 균형 잡힌 시각을 갖기 위해 늘 이렇게 생각했다. 큰 도움은 되지 않았다.

이제 그 시선의 압박에서 벗어났으니, 그녀는 달릴 수 있었다. 건강하고, 튼튼하고, 자유로웠다.

주위에는 갈라진 불모의 사막이 눈에 보이는 곳까지 끝없이 펼쳐져 있었다.

블로그스터 로그인: 환영합니다, 케이티!

[토요일 무렵, 시간이 망각한 집]

외로움과 싸우는 중. 모두 거기 있니? 콘티? 기유? 헬? 트웬?(안녕, 샙.) 나도 매드해더 소식은 못 들었어. 정적에 사로잡힌 거면 어쩌지?

그건 생각하고 싶지 않다. 화제 전환. 미스터 히시핏이 하루 뒤집기를 계속 살피는 거 알고 있었니? 고양이들도 정말 생각을 하는 것 같아.

---

* 아프리카계 흑인과 아메리카 토착민의 혼혈.

샙주스, 너는 핌벌윈터에 사는 것 같은데.(개인정보인가?) 나한테는 풀이 자라는 들판이 있어. 지루하지만, 적어도 그것 때문에 죽진 않겠지. e-위로를 보낼게.

헬렌은 약 열 시간 후에 하루가 다시 시작한다는 사실이 가장 좋았다. 불완전한 현실, 불완전한 시간. 그녀는 수도 없이 깨어서 뒤집기를 보았지만, 끈 이론** 물리학자들에게는 몽정처럼 짜릿했을 현상치곤 매우 평범했다. 마치 보안 카메라 비디오를 반복해서 보는 것 같았다. 지루한 장면, 깜빡임, 다시 지루한 장면. 다만 깜빡임이 지나가면, 냉장고에는 다시 구운 생선과 오래된 우유가 들어 있었고, 알람시계가 울리면서 오전 7시가 돌아왔음을 알렸다. 그녀의 정신만이 계속 유지되었다.

헬렌은 보통 두 번째 알람이 울리고 서너 시간 뒤에 잠자리에 들었다. 그러면 사이버스페이스에서 돌고 있는 최신 소설을 인쇄해서 욕조에 누워 읽고 자신의 미래 걸작을 쓸 시간이 있었다. 그녀가 쓴 시가 매번 뒤집기를 거칠 때마다 저절로 지워지는 것은 아무렇지도 않았다. 그걸 간직하고 싶으면 온라인에 게시했다. 거기서는 너무나 많은 사람들의 정신이 뒤섞여서, 시간이 선형으로 유지되었다. 하지만 그렇게 하면 연약한 언어를 타인의 시선에 노출시키게 되었고, 그냥 사라지도록 두는 것이 더 나을 때도 있었다.

그녀는 가장 최근에 쓴 시는 게시해서 친구들과 나누기로 했다.

** 입자 물리학의 입자들이 끈이라는 1차원 물체로 대체되는 물리학의 이론적 틀이며, 블랙홀 물리학이나 우주론 등에 적용된다.

새로 만난 남자애는 아직은 친구가 아니었지만, 친구가 될 잠재성이 있는 것 같았다.

블로그스터 로그인: 환영합니다, 마기유!

[프롤리프 이후 2년, 마기유의 달 5일, 일요일, 오전 2시]

나도 트웬과 같은 생각이야. 추측 스레드는 사악해. 하지만 어쩔 수가 없어. 엉덩이변태들의 글을 읽고 있었어.(알아, 나도 안다고.) 나는 항상 정부 이론에 표를 던졌어. "긴급 자금"으로 870억 달러라고? 헐. 새로운 초무기 같은 걸 만들거나 입자 가속기에 시동을 거는 데도 그거 절반이면 될걸. "알겠다! 테러리스트들에게 프로톤을 쏘자. 좋았어! 저런, 우리가 우주를 망가뜨렸네!"

하지만 진지하게 말인데…… 저기 어딘가, 정상적인 현실이 아직 존재한다는 생각이 계속 들어. 아니, 그건 삭제. 그것이 존재한다는 걸 알고 있어. 가능하니까. 재미있는 양자이론! 물론, 그렇다면 망각도 존재한다는 뜻이지.(그 슈뢰딩거란 사람에게 고양이로 실험을 하게 해서 얻은 게 이거지. 동물 보호 단체를 그자에게 끼얹었어야 하는데.)

샙주스, 스튜디오에 산다고 속상해하지 마. 헬의 일본 아파트는 네 스튜디오 절반 크기일걸.(스튜디오 절반을 뭐라고 부르지? 벽장? ::일본에서 날아오는 썩은 토마토를 피함::) 아무튼 나머지 우리도 그렇게 잘 지내는 건 아니니까. 어차피 날마다 똑같은 공간일 뿐인데, 몇십 제곱미터가 무슨 차이가 있겠어?

헬렌은 잠자리에 들기 직전에 이메일을 받았다. 컴퓨터에서 나는 띵 소리에 그녀는 놀랐다. 다른 형태의 소셜 미디어와 마찬가지로, 블로그는 작동했다. 직접적인 개별 연락은 불가능했다. 개인 대 개인 연락—메시지, 이메일—은 작동했지만 늘 불확실했다. 대부분의 사람들은 그냥 쓰지 않았다. 실망이 너무 크니까. 그리고 여러 가지 소문도 있었다.

하지만 그녀는 어쨌든 이메일을 읽었다.

수신자: 헬

발신자: 사포주스

제목: 안녕

헬렌(네 이름을 제대로 부르니까 참 이상하다),

네가 이 메일을 받기를 바랄게. 블로그에 네가 올린 시를 읽고, 하고 싶은 말이 있어서……. 아름답지는 않았지만, 정말 감동이었어. 예전 일들이 기억났고, 옛날 세상이 사라진 것이 사실 아무렇지도 않다는 걸 깨닫게 되었어. 나는 1학년 때 '매일' 축구선수들 손에 쓰레기통에 처박혔거든. 엄마는 늘 나더러 쓸모없는 녀석이라고 했고. 그게 어떻게 그립겠어? 아무튼.

지금 마음에 걸리는 건 정적뿐인 것 같아. 그리고 가끔은 그것도 상관없지만, 가끔은 눈이 정말 짜증 나. 대체 왜 내 포켓 우주*는 '흥미로운' 환경에서 생기지 못한 걸까? 끝없이 펼쳐진 해변이나 끝없이 펼쳐진 숲이라면 좋아할 수 있었을걸. 아니, 눈은 짜증나. 너무 조용해. 눈이 절대 멈추지 않아. 눈보라에 아파트를 잃어버리지 않고는 멀리 나갈 수가 없어. 가끔은 계속 하얀 눈 속으로 걸어가 버리고 싶어. 무슨 상관이겠어? 그러다 네 시를 읽었어.

새피(그래, 나도 오글거리는 거 알아).

---

* 우주 팽창 이론에서 관측 가능한 우주를 포함하는 영역.

그녀는 이 순간의 새로움을 음미하며 컴퓨터 앞에 앉아 있었다.

블로그스터 로그인: 환영합니다, 케이티!

[아무슨상관? 어느 날, 어느 때]

미스터 히시핏이 집을 나갔어. 내가 잡으려고 했지만, 걔가 풀밭으로 그냥 곧장 달려가 버렸어. 계속 나가서 불러 보지만, 너무 멀리 가서 내 소리가 안 들리나 봐.

멍청한 고양이. 빌어먹을 멍청한 고양이. 울음이 그치질 않아.

헬렌은 사포주스에게 답장 이메일을 보내면서 단 한 번 정적이 무서웠다고 말했다. 프롤리프 직후, 아직 적응 중이었을 때였다. 그녀는 달리기를 시작한 뒤 멈추지 않았다. 고개를 숙이고 피스톤처럼 팔을 움직이며 다리가 빨리 움직이는 한, 폐가 연료를 공급하는 한 내달렸다. 주위를 둘러보니 아파트는 갈라진 땅의 풍경 속으로 사라져 버렸다. 곧바로 패닉이었다. 아파트는 유일한 현실의 파편이었지만, 그건 그녀가 가진 현실의 파편, 이제는 존재를 이루는 다른 불완전한 소형 우주들과의 유일한 연결점이었다. 프롤리프 이전에도 그녀는 거기서 가장 행복했다.

이제 그에게 그 사실을 인정할 수 있었다. 하지만 너무 멀리까지 달려간 날, 패닉에 빠져서 붙잡고 있던 분별력이 차츰 빠져나갔다. 정말로 고립될 수 있다는 위협, 갈증이나 노출로 죽을 때까지 끝없이 펼쳐진 황무지를 헤매고 다닐 수 있다는 위협을 느끼고서야 아파트를 감옥이 아닌 은신처로 받아들일 수 있게 되었다. 그래서 그녀는 눈물에 앞도 제대로 보지 못한 채, 싸구려 신발을 신은 것에 감사하며 길을 되짚어 달려갔다. 신발 한 짝은 밑창이 닳아서 먼지 투성이 흙에 작은 초승달 자국을 냈다. 달빛이 그녀를 집으로 인도했다.

블로그스터 로그인: 환영합니다, 콘티!

적색경보

[975일째(맞아 나는 머릿속으로 세고 있어.)]

케이티 헛소리 그만해. 싸워서 이겨. 빌어먹을 고양이 생각은 그만둬. 나가서 달려. 풀밭에서는 집에서 꽤 멀리 갈 수 있지 않아? 잘 챙겨 먹고. 까짓것, 다 먹어 버려. 뒤집기를 하면 없어지는 것도 아니잖아.

우리에게 이야기도 하고.

헬렌이 보낸 이메일은 항상 도착하는 건 아니었다. 메일이 되돌아오거나, 그저 답장이 없을 때는 다시 보내야 했던 경우도 여러 번 있었다. 그녀는 그가 보낸 메일 첨부파일에서 재전송 기록을 보고 그도 여러 번 보내야 했던 것을 알 수 있었다. 프롤리프 이후의 일상일 뿐이었다.

그녀는 다른 친구들에게 개인 이메일 이야기를 하지 않았고, 그도 마찬가지였다. 그녀는 친구들이 뭐라고 할지 알고 있었다. 그건 뭔가 특별하고, 비밀스러우며, 약간 흥분되는 일이 되었다. 날이 흘러가면서 그녀의 꿈은 달라졌다. 이제 방에 살그머니 들어온 남자에겐 얼굴이 있었고 불길한 행동거지도 훨씬 줄었다. 그는 깡마른 괴짜처럼 생긴 10대였고, 그의 수줍은 미소는 그녀만의 것이었다.

> 블로그스터 로그인: 환영합니다, 마기유!
>
> [1월 37 에러일 에러시 오후 12:5g0k]
>
> 채팅할래? 페이스타임 좀 하자. 케이티가 사라진 것 같아.

이메일을 주고받으면서, 헬렌은 그에게 살아온 이야기를 했다. 중산층에 못 미치는 가정에서 자라며, 상류층에 못 미치는 척 행동하려고 애썼다. "올바르게 말한다"고, 춤을 못 춘다고 초등학교 때 놀림을 당했다. 첫 남자 친구는 백인이었는데, 너무 죄책감이 심해서 그를 집에 데려가 부모님에게 소개하지 못했고, 그녀의 수치심 때문에 두 사람은 헤어졌다. 그다음 남자 친구는 바람피우는 걸 알기 전까지는 거의 결혼할 뻔했다. 대학을 졸업하고 삶 속에서 소외감이 더 커지는 것을 느꼈다. 친구가 얼마 안 되고, 같은 지역에 사는 친구는 없었다. 연인도 없었다. 그녀는 늘 외동이었고, 외로운 아이였다. 거기 익숙했다. 일본에서 두어 해 지내는 것은, 따지고 보면 아무 차이가 없었기에 그다지 부담스럽게 느껴지지 않았다.

그도 자기 이야기를 했다. 미국에서 태어난 2세대 중국인으로, 엄격하게 전통적인 가정에 태어났지만 거기 정을 붙이기에는 지나치게 자유로운 영혼이었고, 책이라는 방패 없이 세상을 마주하기에는 너무 수줍음이 많았다. 여자 친구는 없었다. 그가 좋아했던 여자들은 운동선수들이나 혈기 왕성한 부잣집 아들들에게 더 관심이 많았다. 집에서 멀리 가 볼 정도로 용감하지 못해, 인터넷이 그의 영역이 되었고, 그 안에서는 활개를 쳤다. 어떤 모임 안에서는 신랄한 위트와 인정사정없는 솔직함으로 이름을 날린 유명 팬이었다. 프롤리프도 그를 거의 막을 수 없었다.

은밀한 대화가 계속되면서 헬렌은 어떤 일이 일어날지 걱정했지만 그에게 두렵다는 말을 한 적 없었다. 너무 즐겁다는 느낌이 들기 시작했다. "메일 수신" 알림음만으로도 흥분해서 심장이 두근거렸다. 일과인 달리기를 하러 억지로 나가야 했다.

이야기를 하면 할수록 전달이 더 신뢰할 수 있어진 것이 도움이 되었다. 곧 두세 번 시도하면 메시지가 전달되었고, 반송되는 일은 없었다.

IRC 세션 스타트: 일요일? 3월EMJ6월 날짜 에러

  * * * 마기유 모드 설정: +o 트웬웬 콘티 헬렌 샙주스

⟩로그 셋 가동! 트웬웬 로그인 중!

⟨마기유⟩ 트웬, 로그인은 왜 하는 거야. 이건 그냥 채팅인데.

⟨트웬웬⟩ 그냥 채팅은 아니지. 매드해더와 케이티의 장례식이니까.

  * 콘티 님이 한숨 쉽니다.

  * 헬렌 님이 잠시 묵념합니다.

⟨마기유⟩ 나도. 있잖아…… 엊그제 추측이 더 틀렸는데.

  * 콘티 님이 신음합니다.

  * 헬렌 님이 한숨 쉽니다.

  * 트웬웬 님이 마기유 님의 추측을 기다리고…… 기다리고…… 기다립니다.

⟨트웬웬⟩ ……랙 걸렸어?

〈마기유〉 이걸 일으킨 지식인들이 하는 소리 같은데. 이거야. 결어긋남. 양자 상태의 물체가 그 상태 바깥의 물체와 짝을 짓게 되면, 두 시스템이 모두 붕괴한다. 랙 아니야. 손가락 두 개로 타이핑하느라. 미안.

〈콘티〉 그래. 그것참 지식인답다.

* 헬렌 님이 지식인 추측이 나올 때마다 5센트를 받고 싶어 합니다. 하지만 그 동전을 전부 다 어디에 둘 것일까요?

* * * 샘주스 님이 제목을 '지식인 피라미드 계획'으로 바꿉니다.

* 트웬웬 님이 키득거립니다.

〈마기유〉 그래서 말인데…… 하프카프라테이에 대해서 들었어?

〈마기유〉 엄마한테서 이메일을 받았대.

〈마기유〉 그걸 읽자마자…… 펑. 그 애 블로그 친구들이 그때부터 그 애 소식을 듣지 못했대.

〈콘티〉 어쩌라고. 그거랑 결어깃장이랑 무슨 상관이야?

* 트웬웬 님이 말합니다. "결어긋남. 나는 다른 어려운 말도 알고 있지. '마멀레이드'라든가."

〈콘티〉 뭐래. 그건 또 어쩌라고.

〈샘주스〉 '우리가' 양자 상태에 있다는 추측이 있다는 거 알지. 우리가 각각. 같은 세상, 같은 시간에서 끝없이 부분 변주가 일어나고…….

〈콘티〉 뭐, 그럼 다른 현실 속의 누군가와 접촉할 때마다, 우린 사라지는 거야?

* 마기유 님이 타이핑하는 중입니다.

〈마기유〉 지식인들은 연결이 강한지 약한지가 중요하대. 연결이 강할수록 붕괴는 빨리 일어나. 약한 연결은 오래 지속되고 어쩌면 안정될 수도 있어. 하지만 정말 강한 결합이 있으면 거의 순간간에 붕괴가 일어나.

〈트웬웬〉 어머, 결합이라고! 윙크 윙크 쿡 쿡 그만 말해 줘.

〈트웬웬〉 있잖아…… 결합=개인적인 관계라는 거야? '다른 사람들과' 결합?

〈마기유〉 응. 우리는 이미 좀 연결되어 있어. 아니면 이런 식으로 이야기할 수 없으니까. 하지만 강한 연결은 감정적인 거야. 하프카프는 엄마를 찾았고…… 정적이었지. 두 사람 다.

〈마기유〉 짜증나지 않냐.

〈콘티〉 아젠장.

〈샘주스〉 앗?

〈콘티〉 잊었네. 곧 뒤집기

 * * * 콘티 님의 연결이 종료되었습니다.

〈마기유〉 제기랄.

〈트웬웬〉 음, 나도 10분 후에 연장이야.

〈샘주스〉 그럼 어서 마쳐야겠다. 모두 나름 얼굴을 봐서 반갑다.

 * 헬렌 님도 동의합니다.

 * 마기유 님이 한숨을 쉬고 손을 흔듭니다.

〈마기유〉 그럼 블로그에서 만나자. 빠이.

 * * * 마기유 님이 로그아웃했습니다.

 * * * 트웬웬 님이 접속을 마쳤습니다.

〈샘주스〉 너랑 나만 남았네. 이메일 할래?

〈헬렌〉 그래.

 * * * 헬렌 님이 로그아웃했습니다.

 * * * 샘주스 님이 접속을 마쳤습니다.

세션 종료: 뭘? 시간? 디이이이이그크ㄹ#^^^^

추측일 뿐이야. 헬렌은 그 후 며칠 동안 스스로에게 말했다. 너무 많은 사람들이 더 극적인 종말을 예상했다. 이제 그들은 일말의 여지가 나타날 때마다 살려 달라고 외쳤다. 그들의 이론 가운데 몇 가지는 그럴듯했지만, 대부분은 터무니없었다. 우정, 가족, 사랑이 누군가 사라져 버리는 이유가 될 수 있다는 마기유의 가정처럼. 그렇다면 확산 현실 속에서 아직 살아 있는 사람들은 애초에 세상과의 관계가 약했던 이들이라는 의미가 될 것이다.

혼자 살았던 사람들. 사회적으로 고립되었던 사람들. 완전히 단절된 사람들이 아니다. 네트워크에 접속할 수 없는 사람들은 프롤리프 며칠 만에 완전히 미쳐 날뛰게 되었다. 하지만 느슨하게 연결되어 있던 사람들, 꼭 필요할 때만 혹은 스크린을 통해서만 타인과 상호작용을 하던 사람들. 당시에는 제정신을 유지하기 위해서 꼭 필요한 정도만의 연결을 유지했던 사람들. 지금은 살아 있기 위해서 꼭 필요한 정도의 연결만.

추측일 뿐이야. 알람이 울릴 때 그녀는 다시 생각했다. 두 번의 뒤집기가 지나는 동안 그녀는 자지 못했다. 난 아니야.

새로운 습관. 그녀는 일어나 앉아서 요 옆의 낮은 테이블에 놓여 있는 노트북에 손을 뻗고 그것을 두드려 깨웠다. 스크린이 켜지면서 땅 소리가 났다. 메일이 왔다.

헬렌,

이러는 게 위험하고, 멍청하고, 오글거리고, 뭐 그런 거 알아. 하지만 어쩔 수 없어. 널 만난 적도 없고 앞으로도 못 만나겠지만…… 그래도 어떤 건 느낄

502

수 있으니까. 예전에는 이게 다 페로몬일 뿐이라고 했지만, 그건 헛소리야. 네 냄새를 맡아 본 적도 없고, 네 모습은 상상만 하는 것뿐인걸. 하지만 사실이니까 이 말을 해야겠어.

사랑해.

오 젠장 나도 믿고 싶지 않지만, 사실이야

서명이 없었다. 마지막 문장에 마침표도 없었다. 보내기를 누를 시간은 있었지만, 편지를 제대로 마칠 시간은 없었던 것이다.

난 아니야. 그녀의 마음이 속삭였다. 그리고 그도 아니고. 제발, 그는 아닐 거야.

그리고 그녀의 작은 아파트 벽이 구부러지고 창밖의 황량한 풍경이 사라지기 시작할 때, 그녀에겐 북마크의 블로그 "업데이트" 형식을 클릭해서 단 한 줄 타이핑할 시간이 있었다.

"출구일까, 끝일까? 샙이 보러 갔어. 나도 가."

그녀는 "게시"를 눌렀고, 현실은 정적 속으로 포개어졌다.

유 트레인

The You Train

안녕, 친구야. 응, 알아. 미안해. 그냥 요즘 그다지 사교 생활을 하고 싶지 않았어. 잘 있니? 다행이다, 다행이야. 꼬마는? 아, 그거 웃기네. 걔 너무하다. 나? 뭐, 알잖아.

저기. B열차가 밤에는 다니지 않는 거 알았어?

2주 전에 알게 됐어. 금요일 밤 11시쯤, 펀 닷 컴에서 할인해 줘서 만난 사람이랑 데이트하고 집에 돌아오고 있었어. 별로 재미없었고, 사실 좀 지루했지. 어쨌든, 아마 34번가 역 플랫폼에 서 있었는데, 거긴 완전히 텅 비어 있었어. 다른 쪽 플랫폼에서 노숙자 남자를 본 것 같은데, 그건 그렇고. 표지판에 열차는 주중에 다닌다고 적혀 있었어. 그렇다니까, 나도, 월요일에서 금요일까지, 그렇지? 아니, 그건 주중 낮이란 뜻이야. 9시가 지나면 파티가 끝난 뒤의 신데렐라처럼 되는 거야. 그렇다니까, 응?

그래서 어쨌든, 난 거기서 기다리고 있었어. F열차가 왔지만 무시했지. 내 정류장에 안 가니까. 그런 다음에 D열차. 그리고 V열차.

열차가 다니는 사이에는 거기가 너무 조용해서 내 심장 소리가 들렸다니까. 그렇게 텅 빌 때는 거기 있는 걸 좋아하지 않거든. 위험하기도 하고, 하지만 알잖아. 택시를 타면 30달러는 나올 텐데 다음 주가 되어야 봉급이 나오니까. 하지만 마침내 누군가가, 어떤 여자가 들어오더니 나를 미친 사람 보듯이 쳐다보면서 B열차는 밤에 안 다닌다는 거야. 저 표지판을 보고 알았어야 한다는 듯이. 주중 낮이라는 걸. 뭐라든지.

기다릴 때 터널을 내려다본 적 있어? 가끔 거기서 열차들이 다른 역으로 가느라 지나가거나 다른 플랫폼으로 향하면서 움직이는 게 보여. 글자나 숫자를 가운데 적은 반짝이는 색깔 동그라미 표시가 동그랗고 작은 눈처럼 어둠 속을 떠다니는 것 말고는 사실 많이 보이지도 않아. 가끔은 열차들이 그 아래 구덩이에 웅크리고 있는 것 같아. 사람들이 플랫폼에 모여서 꼭 적당한 방식으로 부르면 그것들이 밝은 데로 나오는 거지…….

좋아, 띵(Thing) 씨. 다음번 오픈 마이크 밤에 당신에게 꼭 야유를 퍼붓겠어.

하지만, 있잖아, 그중에서 B를 봤다고 맹세할 수도 있다니까.

그래, 친구야. 힘든 날이었지. 직장에서 회의가 있었어. 내 사무실 모두가 자기 의견을 말하고, 일 잘하는 것처럼 보이려고 해. 난 어서 회의가 끝나서 다시 일하고 싶고. 그래서 그들은 자꾸만 빙빙 돌기만 하고, 모두가 멋진 아이디어로 남을 앞지르려고만 하지, 아무것도 끝나진 않아. 그래서 나는 결국 헛기침을 하고 다음 아젠다로 넘어가자고 제안해.

그들은 신발 바닥에 묻은 똥을 보듯이 날 봤어, 애. 그중에서, 마케팅 부서의 얌전 떠는 금발은 이렇게 말해. "팀에 속하고 싶지 않으면, 우릴 위해 적어도 망치진 말아요." 바로 거기, 모두 보는 앞에서. 나머지 회의 동안 나는 아무 말도 하지 않았어. 할 말이 아무것도 생각나지 않았어. 기분이…… 젠장, 모르겠어. 그 여자 엉덩이를 걷어차고 싶었어. 울고 싶었고. 정말이지……. 이 사람들이 싫어.

그리고 그거 알아? 회의가 끝났을 때도 여전히 아무것도 해결된 일은 없었어. 세 시간을 낭비한 거야. 맹세해.

그리고 집에 오는 길에 엉뚱한 역에서 내렸어. 콜럼버스 서클 위에 끝없는 몇 번가라는 곳에. 어쨌든 너무 많아서 어딘지 기억도 안 나네. 나는 플랫폼에서 1번 열차를 하염없이 기다리고 있었어. 그런 역 중에는 출퇴근 시간에 열차가 지나치는 곳들이 많아서 걱정이 되었지만, 지도를 찾을 수 없었어. 마침내 열차가 왔고 타려는데 아무도 타고 있지 않다는 걸 깨달았어. 러시아워 중인데 의자가 다 비어 있더라. 그래서 "회차"라고 적힌 표시가 있는지 고개를 들고 보니, 1번 열차가 아니라 9번 열차였어. 그래서 난……

9번이라고 했지.

응, 확실히 9번이었어.

정말? 아, 그렇군. 그걸 폐쇄한다는 이야기를 읽은 기억이 나. 하지만 정말 9번이었다니까. 아마 러시아워 때는 9번 열차를 끄집어내든가, 글쎄. 어쩌면 안내원이 예전 표지판을 올린 거든가. 어쨌든 거기 타지 않았지만 그렇다면 1번 열차가 마침내 올 때까지 30분을 더 앉아 있어야 한다는 뜻이었어. 정말 짜증 나는 일인데, 뭘 위해서지? 아무것도 해결된 건 없는데.

응, 덜 데이트 닷 컴은 그만뒀어. 최근에 내게 이메일을 보낸 사람들은 죄다 중년의 위기를 겪으면서 전처를 질투하게 할 사람을 찾는 늙은 아저씨들뿐이었어. 게다가 내 나이 대 남자들은 문제 있는 사람이 너무 많아. 지난번 데이트 상대 이야기 안 했지? 계속 전 애인 이야기를 하면서, 그 여자가 어려운 시기를 겪어서 자기랑 헤어진 것뿐이라고 하잖아. 그러더니 울기 시작했어.

아니, 나오지 않았어. 그 남자가 못되게 군 건 아니니까. 그저 외로워서 말 상대가 필요한 것뿐이니, 말하게 두었지. 뭐, 나도 그 사람 기분은 아니까.

아직 닉을 잊었다곤 못하겠어. 이제 그립지는 않아. 개자식 닉, 그놈이랑 결혼했으면 죽였을 거야, 그건 알지. 하지만…… 가끔은 그게 내게 주어진 단 한 번의 기회가 아니었나 싶은 거, 있잖아. 사랑이 찾아오면 낭비해서는 안 되는 건가 싶고. 상대가 개자식이라도. 좀 더 노력했어야 하나…….

그래, 그래, 알아, 좋아, 알았어. 내 뺨을 때려도 된다고 했지.

그런데 집에 오는 길에 정말 거지같은 일이 있었어. P열차가 있다는 거 알았어? 응, 나도 못 들어 봤어. 그 열차가 급행 트랙으로 날아오는 걸 봤어. 어디로 가는 건지 옆쪽 표지를 보려고 했는데, 너무 빨리 지나갔어. 그 열차에 탄 사람은 아무도 못 봤어. 아마도 퀸스같이 뉴욕의 후미진 데서 다니나 봐.

그만둬, 네가 거기 출신인 거 나도 알아.

오늘은 기분이 정말 안 좋았어, 친구야.

우울한 날은 날 정말 힘들게 해. 아침에 눈을 뜨고 침대 옆자리가 빈 걸 실감하는 날이 그런 날이야. 그런 날에는 마지못해 사는 날이지. 일어나서 출근 준비를 하고 싫어하는 사람들이 있는 지루한 직장으로 가서 저녁이면 퇴근해. 열차는 항상 붐비고. 백만 명이 정어리처럼 꽉 들어차 있는데, 아무도 서로 이야기를 하지 않아. 아무도 서로 쳐다보지도 않아.

우울한 날은 다른 때보다 더, 여기가 나 있을 곳이 아니라는 느낌이 드는 때이지.

오늘 아침에 T열차가 플랫폼에서 기다리고 있었어. 그거 봤어? 아니, 나도 T는 처음 들어 봐. 아마 새로 나왔나 봐.

플랫폼에 발을 디딜 때 문이 열렸지만, 다른 사람들이 들어서니 문이 닫히더니 열차가 떠났어. 어디로 가는 걸까?

가끔은 내가 이 도시에 살 만큼 강한지 모르겠어.

뭐, 난 착하니까. 그러니까, 너무 착하니까 말이야. 예를 들면 얼마 전에, 이웃 세탁소에 위탁 세탁 서비스를 받으려고 옷가지를 가져갔어. 젠장, 집에 세탁기와 건조기가 있던 시절이 그립다. 내 말이! 다음번 이사할 때. 그래서 거기, 옷을 맡기고 다시 돌아가니 옷가지 절반에 붉은 얼룩이 생겼어. 거기 여자는 미안하다고 하더니 물이 빠지는 붉은 셔츠를 줬으니 내 잘못이라는 거야. 물이 안 빠지는 옷이었어. 적어도 찬물에 다른 짙은 색 옷이랑 빨 때는. 하지만 망친 옷은 전부 밝은색, 베이지 스웨터랑 흰색 티셔츠였어. 그러니 그 셔츠를 흰색이랑 같이 넣은 거지. 그런데 내 잘못이라고?

하지만 아무 말도 안 했어. 그냥 걸어 나와서 다른 세탁소를 찾기 시작했지.

진짜 뉴요커라면 그랬을까? 노발대발했어야지. 적어도 환불이나 망가진 옷에 대한 손해배상을 요구했어야지. 소송하겠다고 협박하고. 하지만 나는 아무 말도 하지 않았어. 몇 주째 그 일을 곱씹으면서, 왜 안 그랬는지 생각하고 있어.

하지만 그것만이 아니야. 직장 동료들. 전 애인. 건물 관리인. 천장에 금 간 곳을 고쳐 달라고 그 사람을 6주째 쫓아다니고 있어. 내가 더 못되게 굴었으면, 그 사람도 왔을지 모르지.

내가 나약한가? 사람들이 냄새를 맡을 수 있는 건가? 어쩌면 대도시 체질이 아닌가 봐. 어쩌면 닉이랑 헤어진 다음에 여기로 달려오는 대신, 보잘것없는 소도시에서 계속 살아야 했을까…….

고마워, 친구야. 그런 말을 들으면 얼마나 도움이 되는지 모를 거야. 이걸 저장해 뒀다가 의심이 들 때마다 머릿속에서 재생시킬 수 있으면 좋겠다. 요즘은 계속 그 생각이 들거든.

그런데 오늘은 K였어.

사실, 그 열차는 터널에서 나오지 않았어. 나는 퇴근길에 57번가에 있었어. N터널을 내려다봤는데, 거기 K가 있었어. 한 15미터쯤 안에, 가만히 앉아 있는 거야. N이 들어와서 갔을 때 K는 없었으니까, 그건 아마 측선이었을 거야.

이번에는 검색해 봤어. K는 88년에 운행 중단되었어. 게다가 이 철로를 다닌 적도 없었고.

그게 날 확인하고 있었던 것 같아, 알겠니?

응. 그런 생각이 들어.

사실, 그들 전부 날 확인하고 있는 것 같아. 중단된 노선, 죽은 노선들이. 그들이 사실 사라진 적 없는 것 같아. 그러니까, 매일 어딘가에서 누군가는 말실수로 1번 열차를 타라고 해야 하는데 "1/9번을 타."라고 하거나, V라고 해야 하는데 T라고 말하는 거야. 너무 많은 사람들이 그 빈 터널을 들여다보면서 아무것도 없는데 뭔가 보이기를 기대해. 그런데 열차들이, 어쩌면 그걸 다 듣고 있을지도 모르지. 그들이 아직 필요하다고 여길지도 모르지. 그래서 거기서 어정거리면서 불러 주길 기다리는지도.

별로 많은 게 필요하지도 않아. 사실, 딱 한 사람만 떠나기를 진심으로 원하면…… 뭐, 어딜 가든지. 혹시…….

왜 그런 말을 하면 안 되지? 나도 알고 싶다니까? 그들이 어디로 가는지. 넌 안 그래?

알았어, 알았다고. 그 이야긴 그만할게. 미안해.

어쨌든 환각을 본 걸지도 몰라. 일산화탄소든 쥐약이든 뭐든, 그 아래 온갖 쓰레기들 때문에. 어쩌면 내게 알레르기가 있는데, 이건 원예품종으로 인한 헛소리가 아니라, 과민증으로 인한 헛소리일지도 모르지. 하하하. 내가 이런 소릴 하는데 진지하게 받아 주는 사람은 너뿐이야. 그래서 널 사랑하는 거지, 얘.

하지만 들어 줘서 고마워. 정말이야. 너 없으면 어떻게 살지 모르겠다.

내가 신경을 건드리면 말해 줄 거니?

미친 소리 아니야. 넌 결혼했고, 아기도 있고, 임신 중이잖아. 넌 항상 바쁘고. 네겐 삶이 있지.

알아. 네가 언제나 내 친구라는 건 알아. 하지만…… 금요일 밤에 어디 가고 싶을 때 네게 전화할 순 없지. 넌 베이비시터를 찾아야 하고, 남편에게 전화를 해야 하고, 삶 전체를 바꿔야 하잖아. 내가 지루하고 외로워서 누가 옆에서 텔레비전을 함께 보면 싶을 때, 넌 와 줄 수 없잖아. 그러니까, 전화는 할 수 있어, 알아. 하지만 전화 때문에 너희 집 모두가 깰까 봐 항상 걱정되거든.

가끔은 네가 줄 수 있는 것보다 더 많은 게 필요해. 알겠니? 그건 알아. 부담 주지 않으려고 해, 비록…… 비록 내겐 너뿐이라 해도…… 부담 줄 생각은 없어.

그러니까 말해, 알았지? 내가 혹시 신경을 건드리면. 그러면 말하겠다고 해. 괜찮아, 정말로. 이해할게.

안녕, 친구야! 오랜만이네. 잘 있어?

난 잘 있어. 아니, 정말. 걱정시켜서 미안해. 알아, 내가 좀 미친 소릴 했다는 거. 좀 미친 기분이었어. 하지만 이제 괜찮아.

아, 그렇지, 그래서 어느 날 밤에 퇴근하고 U를 탔어.

아니, U열차는 없었지. 그러니까, 난 그걸 보긴 했어. 마치 눈처럼 하얀 원에 커다란 검정 글씨가 적힌 걸. 하지만 그건 진짜 노선은 아니야. 가끔 새 노선을 만들어야 할 때 쓰는 예비 노선이야. X랑 Y처럼. 그런 노선은 없었어. 하지만 그날, 그게 터널에서 날 내다보는 걸 봤지. 날 확인하면서. 내 말을 어떻게 들었는지 모르겠어. 지하철들이 그렇게 시끄러운데, 나는 이렇게 속삭이기만 했거든. "음, 그럼 와요." 그러니까 그 열차가 바로 굴러왔어.

안내원은 없었어. 시트는 널찍하고 반짝이고 깨끗했어. 그래서 올라탔지. 노선 끝까지 타고 갔어.

어머, 얘. 미안. 내 전화는 거기선 통화가 거의 안 되거든. 내 말 들려? 끊어지면 나중에 다시 전화할게. 나 잘 있다고 알려 주고 싶어서. 그리고 있잖아, 원하면 언제든지 와도 돼, 알겠지?

네가 가끔 그거, 틀에 박힌 일상을 싫어하는 거 아니까. 꿈을 포기하고, 아니 적어도 연기하고, 아이들을 키우는 거. 네게 가족이 있다고 모든 게 완벽하다고 생각한 건 내가 너무 어리석었어. 이젠 그걸 이해해. 내 헛소리를 다 참아 주게 만들어서 미안해. 넌 정말 좋은 친구였어.

그러니까 보답을 하고 싶어. 가끔은 운에 맡기고 새로운 걸 시도하기만 해도 된다고. 눈을 감고 한 발자국 내디디고 거기가 어딘지 주위를 둘러봐.

그 발자국을 내디디면, 나를 발견할 거야. 사실 어딘지는 상관없어. 네가 나쁜 곳에 가게 되더라도 내가 찾아낼게. 나만 믿어. 그걸 아직 몰랐어? 하하하.

언제 새 아기 이야기 좀 해 줘. 나도 너한테 할 이야기가 너무 많아.

끊어야겠다, 미안해. 나중에 이야기하자, 응?

열차가 들어와.

비제로 확률

Non-Zero Probabilities

아침이면 아델은 전투에 나가는 전사가 되어 출근길을 준비한다. 우선 그녀는 기도를, 아일랜드인 조상들의 기독교 신과 아프리카인 조상들의 오리샤들에게 올린다. 후자는 덜 친숙하지만, 알아 가는 중이다. 그리고 말린 치커리와 올스파이스를 포함, 이웃 보타니카* 여자가 준 혼합 허브를 넣어 목욕을 한다.(그녀는 스페인어를 잘 모르지만, 그것 역시 알아 가는 중이다. 오늘의 단어는 수에르테**이다.) 그리고 커피와 호박파이 냄새를 살짝 풍기며 갑옷을 껴입는다. 이동 중 보호해 준다며 어머니가 보내 준 성 크리스토퍼 메달. 인생 최고의 결정으로 여기는 사건인 래리와의 결별 때 했던 머리핀. 특히 위험한 날에는 래리 이후 처음으로 자가 유도 오르가슴을 경험했을 때 입었던 팬티를 입는다. 상업용 세탁기에서 너무 많이 빨았더니 좀 낡았지만, 여전히 그럭저럭 괜찮다.(이제는 울라이트로 손빨래를 해서 눕혀 말린다.)

---

* 부두나 비술에 관련된 물품을 파는 가게.

** 스페인어로 행운.

그리고 그녀는 직장으로 여정을 시작한다. 자전거는 있지만, 타지 않는다. 옆집에 사는 이웃은 자전거 페달을 밟는 중에 앞바퀴가 빠져나가 팔이 부러졌다. 더 한 일도 일어날 수 있었다. 단순히 사고였지만. 그래도.

그래서 아델은 팔을 흔들며, 맑은 날이면 날씨를 즐기고, 비가 오는 날이면 형편없는 우산과 씨름하며 출발한다.(이제 실내에서는 우산을 펼치지 않는다.) 자신만큼 방어가 철저하지 않은 사람을 유심히 살피며. 그녀 동네 사람들 말마따나, 탱고를 출 때는 두 사람이 필요하지만, 뭔가 폭삭 망하는 데는 한 사람만 있으면 충분하다. 그리고 과연 보라, 여정을 시작한 지 겨우 세 블록째인데 끔찍하게 부서지는 소리가 들리고, 땅이 흔들리고, 자동차 경보가 터지고, 비명이 터져 나오며 사람들이 달리기 시작한다. 매캐한 오존과 더러운 피 맛으로 가득한 연기가 피어오른다. 긴장해서 달아날 준비를 하고 모퉁이에 다다르자, 아델은 짧은 노선 중에 상당 부분을 높은 트랙에서 달리는 프랭클린 애비뉴의 작은 셔틀 열차가 해안에 나온 알루미늄 고래처럼 애틀랜틱 애비뉴에 엎어져 있는 광경을 본다. 그것은 트랙에서 튀어 올라 아래 지면까지 9미터나 추락했고, 아마도 안에 탄 사람과 깔린 사람, 근처에 있는 사람은 다 죽었을 것이다.

아델은 물론 도우러 다가가지만 자신과 다른 선한 사마리아인들이 잔해 속에서 시신과 비명을 지르는 부상자들을 끌어내는 와중에도, 약간의 경멸을 느끼지 않을 수 없다. 그것, 분노는 방어막이다. 부서진 팔다리. 중단된 삶을 보고 공포를 느끼기보다는 그걸 느끼기가 더 쉬우니까. 아델은 조금 부끄럽기도 하지만, 분노를 꼭 붙잡는다. 그게 더 나은 방패막이 되니까.

그렇게 어리석은 짓을 하다니. 열차 전복의 확률은 극미하다. 즉, 언젠가는 일어난다는 뜻이었다.

수학 괴짜들이 계산기 두드리기를 마치기도 한참 전에, 아델의 이웃—복도 건너편의 다른 이웃—이 그녀의 계산에 도움을 주었다. "봐요." 그는 그녀의 커피 테이블 위에 카드 한 팩을 뒷면이 보이도록 놓았다.(컵에는 베일리스를 듬뿍 넣은 커피가 있었다. 그는 아델이 이걸 내놓으면서도 편안함을 느낄 만큼 선한 사람이었다.) 그러고는 전문가다운 **빠**른 속도로 카드를 섞더니, 반으로 갈라 다시 섞고는 한 팬 전체를 들어 여전히 뒷면이 보이도록 펼쳐 깔았다. "한 장 골라요."

아델은 골랐다. 조커였다.

"한 팩에 그건 두 장뿐이죠." 그는 이렇게 말하더니 다시 카드를 섞어 펼쳤다. "또 골라요."

아델은 골랐고 또 조커가 나왔다.

"우연이겠죠." 아델이 말했다.(이 일은 몇 달 전, 그녀가 아직 회의적일 때였다.)

그는 고개를 젓더니 카드를 옆으로 밀어놓았다. 그리고 주머니에서 주사위 두 개를 꺼냈다.(그는 안에 불러들일 만큼 선한 사람이었지만, 그래도 여전히 그런 부류의 남자였다.) "**봐요.**" 그는 주사위를 테이블에 던졌다. 스네이크 아이스.* 이윽고 주사위들을 집어 올린 뒤, 흔들어서 다시 던졌다. 또 둘 다 1. 세 번째 던지자 6이 두 개 나왔다. 이걸 보

---

* 주사위 두 개를 던져 모두 1이 나오는 것.

고 아델은 의기양양하게 가리켰다. 하지만 네 번째는 또 스네이크 아이스였다.

"혹시 궁금할까 봐 말하는데, 주사위에 손 본 거 아니에요. 가장 자리를 갈거나 하지도 않았고. 저 위의 잡화점 노인네가 식료품 선반 자리를 만들려고 던져 놓은 잡동사니에서 사 온 거예요. 포장에서 갓 꺼낸 새것."

"뭔가 문제가 있을지도 모르죠."

"그럴 수도 있어요. 하지만 카드는 문제가 없고, 당신 손가락도 마찬가지예요." 그는 몸을 앞으로 숙이고 베일리스 때문에 기분 좋게 흐릿해지긴 했지만 두 눈을 집중하며 말했다. "네 번 던져 스네이크 아이스가 세 번? 그리고 네 번째는 6이 두 개. 조작한 게임에서도 그런 일은 일어나지 않아요. 자, 이것 보세요."

그는 빈손의 손가락을 조심스레 교차시켰다. 그러더니 다시 주사위를, 이번에는 여섯 번 던졌다. 여전히 스네이크 아이스는 두 번 나왔지만, 다른 숫자도 나왔다. 4와 3과 2와 5. 6 두 개는 단 한 번.

"엉터리잖아요."

"그래요. 하지만 효과가 있죠."

그의 말이 옳았다. 그래서 아델은 행운의 신들에 대해 공부하고 거울 깨는 건 피하기로 결심했다. 그리고 근처 잡초 밭에서 네 잎 클로버를 찾을 수 있을지 알아보기로.(차이나타운에 가면 네 잎 클로버를 팔지만 그건 모조품이라고 들었다.) 지난 몇 달 동안 그 잡초 밭을 서너 번, 한 번에 서너 시간씩 훑었다. 아직은 찾지 못했지만, 아델은 희망을 잃지 않았다.

여긴 겨우 뉴욕이라는 것, 그게 정말 미친 점이다. 용커스? 좋다. 저지? 마찬가지. 롱아일랜드? 뭐, 그래도 여전히 롱아일랜드니까. 하지만 이스트 뉴욕을 지나면 다 괜찮다.

뉴스 채널들이 가장 먼저 그 특정 현상을 파악하기에 나섰지만, 사실 종교들이 대대적으로 나섰다. 그중에는 지난 1000년 동안 종말 특보를 기다린 종교도 있었으니까. 아델은 그들이 모두 흥분한 것을 솔직히 탓할 수 없다. 하지만 거기에 대해 그들이 내놓는 의견은 비난한다. 세상에 그들보다 더한 "부당의 소굴"은 없다. 델리는 빈민이 넘쳐나고, 모스크바는 폭력 범죄가 들끓고, 방콕은 소아성애자의 천국이다. 아델은 태평양 북서부에는 아직도 인종차별 도시가 있다고 들었다. 모두가 뉴욕을 시기한다.

그리고 징후들이 다 나쁜 건 아니다. 주에서는 복권 프로그램을 중단해야 했다. 한 주에 당첨자가 너무 많이 나와서 주를 파산시켰다. 닉스 팀은 결승에 올랐고 메츠는 시리즈 우승을 했다. 많은 암환자가 곧장 차도를 보였고, 에이즈가 완전히 진행된 사람 중에는 악화 증세가 확실히 멈춘 사람들도 있었다.(이제 새로운 투어가 생겼다. 환자와 장애인으로 가득 찬 이층 버스. 아델은 그저 관광객이 더 온 것뿐이라고 생각하려고 노력한다.)

시외에서 찾아온 선교사들이 최악이다. 그들은 아무 날이나 그녀 앞에 다가와 코밑에 소책자를 내밀고 구원받았는지 알고 싶어 한다. 아델은 그들, 자존감이 있는 뉴요커라면 맥주 세 캔과 두툼한 봉급 수표의 도움 없이는 결코 드러내지 않을 내면의 빛으로 반짝이는 얼굴을 하고서 시끄럽게 떠들어 대며 보도의 흐름을 방해하는 섬들을, 멀리서 알아보는 실력이 늘고 있다. 지금도 하나가 비계 사다리 바로 밑에 서 있다. 멍청이 같으니. 두 발자국 물러나면 버스에 치일 확률이 두 배 높아진다.(그러고 나면 그 버스는 불이 붙을 것이다.)

아델이 남자를 발견하는 순간 그도 그녀를 발견하고, 그의 주근깨 얼굴에 환한 미소가 번진다. 그녀는 피부에 빛을 감지하는 점이 있는 눈먼 뉴트가 떠오른다. 이 사람은 구원받지 못한 자를 감지하는 능력이 있다. 그녀는 비계를 돌아서 가려고 오른쪽으로 방향을 틀고, 그는 한 걸음 크게 내디디더니 다시 그녀의 앞에 선다. 그녀는 좌회전한다. 그는 그 길을 막는다.

아델은 한숨을 쉬며 걸음을 멈춘다. "뭐죠?"

"혹시 신을……."

"전 가톨릭이에요. 태어나자마자 신을 영접한다고요."

그는 용서한다는 미소를 짓는다.

"그렇다고 이야기를 나눌 수 없다는 뜻은 아니죠?"

"바빠요." 아델은 그의 허를 찌르려고 속임수 동작을 시도한다. 그는 라인배커* 처럼 민첩하게 그녀와 함께 이동한다.

"그럼 이것만 드릴게요." 그는 뭔가를 그녀의 손에 쥐여 준다. 소책자가 아니다. 더 크다. 전단지다. "8월 8일을 기억하세요."

마침내 이것이 아델의 관심을 끈다. 8월 8일. 8/8, 중국인들의 믿음에 따르면 행운의 날. 그녀는 집카(Zipcar)** 를 빌려 이케아에 가는 등의 일을 하기 좋은 날로 달력에 표시해 두었다.

---

* 미식축구의 수비 포지션.

** 회원제 자동차 공유 회사.

"양키 스타디움. 우리와 함께하세요. 기도로 도시를 되돌릴 거예요."

"그러시겠죠, 뭐." 아델은 이렇게 말하고 마침내 그에게서 빠져나온다.(사실은 그가 그녀를 보내 준 것이다. 그녀가 걸려든 걸 아니까.)

아델은 시내에서 벗어나기를 기다려 전단을 읽는다. 시내 거리는 좁고 복잡해서 경계를 늦출 수 없기 때문이다. 더운 날이다. 모두가 에어컨을 쓰고 있다. 대부분의 사람들은 걸어 잠가야 하는 것들을 열어 놓고 있다.

"도시 영혼을 위한 기도." 전단이 이렇게 선언하는 걸 보고, 아델은 본의 아니게 흥미를 느낀다. 50만 명 이상의 뉴요커들이 그날 모여 기도의 힘을 집중시킬 거라고 한다. 그런 종류의 일이 이제 힘을 갖는다고, 아델은 생각한다. 프린스턴에는 최근에 먼지를 털어내고 새로운 연구비를 받은 연구실이 있는데, 그 힘을 증명해 냈다고 한다. 그것이 누군가가 듣고 있다는 뜻인지, 과학자들 말대로 인간의 사고 파장이 영향을 주는 것인지. 그녀는 알지 못한다. 관심도 없다.

아델은 생각한다. 혹시 다시 지하철을 탈 수도 있어.

다음번 13일의 금요일을 웃어 넘길 수도 있다.

또 그러다가 생각이 멈추는 것을 느낀다. 여태 생각하지 않으려는 일이 있었지만, 그것이 떠오른 지는 한참 되었고, 어쨌든 그녀는 아주 신실한 가톨릭 신자는 아니었으니까. 하지만 혹시, 정말이지 혹시라도, 데이트를 다시 할 수도 있을지 모른다.

그런 생각을 하면서 아델은 공원을 걷고 있다. 널찍한 공원 잔디밭에는 빠르게 뛰어다니는 흑인 아이들과 느긋하게 햇볕을 쬐는 백인 어른들, 그리고 이탈리아 아이스크림 카트를 끌고 돌아다니는 갈색 피부의 노인이 몇 명 있다. 이런 경우 아델은 보통 경계심을 늦추지 않지만, 전단에 정신이 팔려서 근처 카트 주인이 걸음을 멈추고 스페인어로 욕을 하는 것을 알아차리지 못한다. 그의 바퀴 하나가 부드러운 잔디에 걸렸기 때문이다.

그로 인해 그는 떨어지고 있는 프리스비만 쳐다보며 달리는 아이의 길을 가로막게 된다. 도시 아이에게 내재해 있는 오만함 때문에, 그 애는 자기가 거기 닿을 때는 카트가 이동했을 것이라고 여겼다. 하지만 그 애는 전속력으로 카트에 부딪쳐 버리고, 그제야 그 일은 아델은 그 사건에 관심을 갖게 되면서 코미디 영화나 변해 버린 도시에서나 일어나는, 연쇄적인 사건들의 진앙에 서게 된 것을 뒤늦게 깨닫는다. 루브 골드버그* 식의 결코 그럴 법하지 않은 사건들이 이어지면서, 카트가 뒤집혀 색색의 아이스크림을 풀밭에 쏟아낸다. 소년은 순전히 우연으로 곡예사처럼 정확하게 몸을 뒤집으며 그 위를 날아 아이스크림 통 위에 양발로 착지한다. 그 애가 닿는 충격만으로 통은 내용물을 발사체처럼 쏘아 올린다. 블루베리-코코넛-빨강 덩어리가 아델의 얼굴을 향해 날아오는데, 너무 빨라 소리 지를 틈도 없다. 맛은 좋을 것이다. 또한 그녀를 다가오는 자전거들 앞으로 쓰러뜨릴 것이다.

그러나 마지막 순간, 프리스비가 날아가는 아이스크림 덩어리에 부딪치며 그 궤적을 바꾼다. 얼어붙은 과일 맛 덩어리들은 근처에 줄지어 누워 일광욕하는 사람들의 맨 등에 떨어져 그들을 당황하게 한다.

---

* 미국의 만화가로, 전혀 무관한 것들이 연결되어 연쇄 반응을 일으키는 기계 만화를 그렸다.

아델은 그 아슬아슬함에 무릎이 떨린다. 그녀는 두근거리는 가슴을 안고 근처 풀밭에 털썩 주저앉고, 일광욕자들은 비명을 지르고, 카트 주인은 아이가 괜찮은지 살피는 사이 비둘기들이 모여든다.

아델은 우연히 아래를 내려다본다. 거기, 그녀의 손끝에 네 잎 클로버가 자라고 있다.

결국 아델은 귀가 여정을 다시 시작한다. 집 앞 모퉁이에서 쓰레기통 위에 누워 있는 검은 고양이가 보인다. 녀석의 머리는 부서져 있고, 누가 놈을 태우려고 했다. 아델은 고양이가 불붙기 전에 죽었기를 바라며 걸음을 재촉한다.

아델의 아파트 화재 탈출구에 정원이 있다. 화분 하나에 가지와 허브가 자라고 있다. 그녀는 거기 클로버를 심는다. 다른 화분에는 파프리카와 꽃이 자란다. 큰 화분에는 토마토와 듬성듬성한 케일이 있는데, 케일 잎을 그렇게 빨리 따다 보면 곧 죽을 것이다.(하지만 그녀는 녹색 채소를 좋아한다.) 올해 채소를 키우기로 한 것은 운, 행운이다. 상황이 바뀌면서 도매업자들이 먹을 것을 가지고 시내에 오기가 어려워져 물가가 치솟았기 때문이다. 토요일마다 가던 농산물 직거래 시장도 물물교환 시장이 되어서, 그녀는 가느다란 진자주색 가지 두 개와 성난 조그만 파프리카를 한 줌 딴다. 신선한 과일이 먹고 싶다. 베리라든가.

나가는 길에 아델은 이웃의 문을 두드린다. 그는 문을 열며 놀란 표정을 짓지만, 아델을 보고 반가워한다. 어쩌면 그도 작은 행운을 바라고 있었을지 모른다고 아델은 생각한다. 그녀는 그 문제를 곰곰이 생각하며 그에게 가지 하나를 건넨다. 그는 실망한 표정으로 그것을 본다.(그는 가지를 먹는 부류의 남자가 아니다.)

"나중에 와서 요리하는 법을 알려 줄게요."

아델의 말에 남자는 씩 웃는다.

농산물 시장에서 아델은 성난 작은 파프리카와 건방진 작은 라즈베리를, 가지는 늦은 루바브 두 줄기와 교환한다. 그녀는 또 정보도 얻고 싶어서 한동안 머물며 옆에 앉는 사람 아무하고나 잡담을 나눈다. 모두가 예전보다 말을 많이 한다. 그건 좋다.

그리고 모두, 그녀가 이야기를 나누는 모두가 기도회에 참석할 계획이다.

"나는 투석을 받아요." 꽃이 핀 나무 아래 앉은 할머니가 말한다. "그 기계에 연결될 때마다 무서워요. 투석하다 죽을 수 있잖아요."

그건 예전에도 마찬가지였지만, 아델은 말하지 않는다.

"나는 월스트리트에서 일해요." 말투가 빠르고 금덩이라도 되는 듯 생선 봉지를 들고 있는 다른 여자가 말한다. 금덩이가 맞을지도 모른다. 생선은 이제 비싸다. 그녀가 입고 있는 블라우스의 목에 달린 레이스에서 조그만 이집트 풍뎅이 펜던트가 달랑거린다. "양적 분석 담당이죠. 이제 모든 모델은 끝장났어요. 주택 시장이 낙하하면서 해고하지 않은 건 우리뿐인데, 이제 이 꼴이죠." 그래서 그녀도 기도하러 갈 것이다. "난 무신론자에 가깝지만요. 효과만 있으면, 뭔들. 그죠?"

아델은 다른 이들도 찾는데, 모두 날마다 저마다 의식을 거행하는 데 지쳤고 모두 어이없이 죽게 될 가능성을 염려하고 있었다.

아델은 아파트 건물로 돌아가 스위트 바질을 좀 따서 그것과 가지를 가지고 옆집에 간다. 이웃은 조금 긴장한 표정이다. 그의 아파트는 여태까지 본 중 가장 깨끗하고, 욕실에서는 방향제 냄새가 아직도 강하다. 아델은 웃지 않으려고 애쓰면서 가지 껍질을 벗기고 썰고 독성을 빼내기 위해 소금을 뿌리고("가지과 식물이잖아요.") 올리브 오일에 바질과 함께 요리하는 법을 알려 준다. 남자는 감동한 표정을 지으려고 하지만 그가 야채를 즐겨 먹는 타입은 아니라는 건 아델도 알고 있다.

식사가 끝난 뒤 앉아서, 아델은 기도회에 대해 이야기한다. 그는 어깨를 으쓱인다. "갈래요?" 아델이 밀어붙인다.

"아뇨."

"왜요? 고칠 수도 있는데."

"그럴지도 모르죠. 아마 나는 지금대로가 좋은 거 같아요."

그 말에 아델은 충격을 받는다. "이봐요, 지난주에 열차가 선로에서 떨어졌어요." 스무 명이 죽었다. 아델은 그 후로 한밤중에 식은땀을 흘리며 깨곤 했다. 비명이 귓전에 울렸다.

"언제든지 일어날 수 있는 일이죠." 그가 이렇게 말하니 아델은 놀라서 눈을 깜빡인다. 사실이니까. 공식 조사에 따르면, 누군가—선로 작업자였던 것 같다—전력 결합 장치 근처에 렌치를 놓아 두었다고 한다. 렌치가 그 결합 장치를 건드려 합선과 폭발을 일으킬 확률은 100만 분의 1이었다. 하지만 제로는 아니다.

"그렇지만…… 그렇지만……."

아델은 그동안 일어난 다른 끔찍한 일들을 지적하고 싶다. 가스

누출. 홍수. 할렘에서 붕괴된 건물. 치명적인 오리 공격. 견디지 못하는 사람들이 많아서 그들 건물의 아파트도 몇 집이 비어 있다. 그녀의 이웃—팔이 부러진 다른 사람—은 월말에 이사를 나간다. 시애틀로. 거기 자전거 도로가 더 낫다고.

"나쁜 일은 일어나요. 그때도 일어났고, 지금도 일어나죠. 좀 더 일어나거나, 좀 덜 일어나거나……." 그는 어깨를 으쓱인다. "어쨌든 나쁜 일이죠?"

아델은 그 말을 곰곰이 생각한다. 한참 동안 생각한다.

그들은 카드 게임을 하고, 와인을 좀 마시고, 아델은 너무 익은 닭고기를 가지고 남자를 놀린다. 아델은 그가 지나치게 애쓰는 것이 좋다. 그동안 아델 자신이 얼마나 외로운지 생각나지 않는 것은 더욱 좋다.

그래서 두 사람은 그의 침실로 들어가고 어색한 분위기가 되어 참 오랜만인데 연습을 안 하면 기술을 잊어버리니 그녀는 수줍고 그는 아마 포르노를 보며 나쁜 습관을 익혀서인지 서툴지만, 결국 그들은 어찌어찌 해낸다. 그들은 콘돔을 쓴다. 그가 콘돔을 끼우는 동안 그녀는 행운을 빈다. 침대 가로장에는 토끼 발 열쇠고리가 붙어 있는데, 그는 그걸 쓰다듬고 그녀에게 다시 시선을 돌린다. 그는 병이 없다고 맹세하고 그녀는 피임약을 먹는다고 맹세하지만…… 뭐. 그래도 나쁜 일은 생긴다.

아델은 눈을 감고 잠시 모든 걸 잊기로 한다.

기도회가 뉴스마다 보도된다. 다음 주는 준비 기간이다. 모닝 쇼 사회자들은 충분한 사람들이 모여 "긍정적인 에너지"를 가하면 약간은 효과가 있을 거라고 추측한다. 그들은 특정 종교의 언어를 쓰지 않으려고 주의한다. 여긴 아직 뉴욕이니까. 복음주의 기치 아래 모이고 싶지 않은 사람들을 위해 도시 전체에서 대안이 되는 행사를 계획 중이다. 때가 아닌데도 수카* 이동차가 굴러다니면서 시원한 곳에서 무슨 행사가 있다는 소식을 전한다. 플랫부시에서 아델은 여호와의 증인과 마주치지 않고는 한 블록도 걸을 수 없다. 윤리적인 휴머니스트들을 위해서는 어딘가에서 "건설적인 시각화" 모임이 열린다. 모두가 신, 또는 여러 신이 구해 줄 거라고 믿지는 않는다. 그저 이제는 세상이 이렇게 돌아가는 것이고, 모두 그걸 이해하고 있을 뿐이다. 손가락을 꼬아 행운을 비는 일이 잠시나마 주사위 결과를 바꿀 수 있다면, 좀 더 큰일은 왜 안 되나? 손가락을 꼬는 것에 근본적으로 특별한 점은 없다. 사람들이 그걸 믿기 때문에 "행운"의 동작이 되는 것뿐이다. 그들에게 다른 것도 믿게 한다면, 그역시 효과가 있을 것이다.

다만…….

아델이 식물원을 지나가고 있는데, 거기서는 큰 신토교 의식을 준비 중이다. 그녀는 걸음을 멈추고 작업자들이 우아한 붉은 문을 세우는 광경을 본다.

아델은 아직도 지하철이 두렵다. 이웃 남자에게 희망을 가질 정도로 어리석지 않지만 그래도…… 그는 나름 괜찮다. 그녀는 아직도 아침에 목욕 의식을 하도록 계획하고 위험 지역은 피해 걸어서

---

* 유대교 축제에 쓰는 임시 초막.

출근한다. 하지만 사실, 그것이 예전에 하던 것과 어떻게 다를까? 예전에는 화장과 머리 손질, 강도에 대한 두려움이었다. 이제는 예전보다 더 많이 걷는다. 체중이 4.5킬로그램 빠졌다. 이제 그녀는 이웃들의 이름을 안다.

주위를 둘러보던 아델은 근처에 다른 사람들이 서서 역시 문이 올라가는 모습을 지켜보고 있는 것을 알아차린다. 그들은 그녀를 보더니 묵례를 하기도 하고, 미소를 짓기도 하고, 아델을 무시하고 외면하기도 한다. 그들에게 신토교 의식에 참석할 건지 물어볼 필요는 없다. 그러지 않으리라는 건 알 수 있다. 어떤 사람들은 안정과 변화, 통제를 구함으로써 두려움에 반응한다. 나머지는 변화를 받아들이고 그저 살아간다.

"아가씨?"

아델이 놀라 다시 보니 한 청년이 앞에 서서 낯익은 전단지를 내밀고 있다. 그는 시내에서 만난 남자처럼 몰아붙이지 않는다. 그녀가 전단을 받자, 그는 계속 걸어간다. **도시 영혼을 위한 기도회**가 내일이다. 셔틀 버스("특별 축복 기도를 받은!")가 도시 전역에서 사람들을 태울 것이다.

여러분의 믿음이 필요합니다. 전단 맨 밑에 적혀 있다.

아델은 미소를 짓는다. 손가락이 기억하는 어린 시절 기술을 써서, 전단을 조심스레 접는데, 완벽하다. 두꺼운 고급 종이에 인쇄한 전단이다.

아델은 성 크리스토퍼 메달을 꺼내 키스하고는 접은 전단 안쪽에 적당한 무게 중심이 되도록 넣는다.

그리고 그녀가 종이비행기를 발사시키자, 그것은 계속, 계속, 계속 날아서 불가능한 거리를 이동하며 점점 작아지더니 마침내 새파란 하늘 속으로 사라진다.

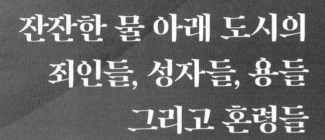

잔잔한 물 아래 도시의
죄인들, 성자들, 용들
그리고 혼령들

Sinners, Saints, Dragons, and Haints,
in the City Beneath the Still Waters

허리케인 전후의 날들은 눈이 시리도록 선명했다. 가장자리가 또렷한 구름들, 경찰의 눈처럼 새파란 하늘, 모든 소리가 귓전에 울릴 만큼 맑은 공기. 누군가 꼼짝 않고 있으면 다가오는 태풍의 소용돌이치는 구멍 속으로 주위 몇 킬로미터의 모든 공기가 긁히고, 구르고, 미끄러지며 빨려 들어가는, 느릿하고 비현실적인 하강이 느껴지곤 했다. 거리가 충분히 조용하면, 그 사람은 자신의 심장박동과 발밑의 돌이 달그락거리는 소리, 다가올 진동에 대비해 숨을 죽이고 있는 대지의 완전한 침묵을 듣곤 했다.

투키는 조금 더 귀를 기울인 뒤, 비닐봉투를 어깨에 좀 더 높이 걸머지고 다시 집을 향해 걷기 시작했다. 그 뒤에 펼쳐진 길은, 꼼짝 않는 거대한 그림자 같았다.

투키는 샷건 하우스* 현관에 앉아 비스듬히 쏟아지는 비를 보았

---

* 양쪽에 문을 내고 좁다랗게 지은 판잣집을 가리키며 남북전쟁부터 1920년대까지 미국 남부에 많이 지었다.

다. 보도로 치는 좁다란 흙길 옆을 도마뱀 한 마리가 아주 쉽게 지나갔다. 녀석의 발 주위에 물이 이미 2센티미터 넘게 고여 있는데도. 도마뱀은 그를 보고 멈췄다.

"안녕." 도마뱀이 이웃처럼 고개를 끄덕이며 말했다.

"어이." 투키가 마주 턱짓을 하며 대답했다.

"가만있을 거야? 태풍이 와."

"응. 가게에서 먹을 거 구해 왔어."

"물에 빠져 죽으면 먹을 것도 필요 없다구, 이 사람아."

투키는 어깨를 으쓱였다.

도마뱀은 몰아치는 바람을 개의치 않고 보도에 앉더니 투키와 함께 비 내리는 모습을 보았다. 투키는 그 도마뱀이 악어일지도 모른다고, 그렇다면 가서 총을 가져와야 할지도 모르겠다고 멍하니 생각했다. 하지만 녀석에게는 커다란 박쥐 같은 날개가 달려 있었고, 투키는 악어에겐 그런 것이 없다고 꽤 확신했으므로 그럴 필요는 없겠다고 판단했다. 그 날개는 비가 내리기 시작하기 직전, 남동쪽에서 다가오는 것을 보았던 구름처럼, 불그스름하고 누런빛을 띠고 있었다.

"제방이 무너질 거야." 잠시 후에 도마뱀이 말했다. "대피해야 돼, 이 사람아."

"차가 없어, 이 사람아." 말하고 나서야 투키는 "사람"이란 말이 부적절하다는 생각이 들었다.

도마뱀은 콧방귀를 뀌었다. "자네처럼 덩치 좋고 튼튼한 사내라면 나가서 헌 차를 사야지."

"대체 차는 뭐하게? 버스랑 전차 타면 원하는 데 다 가는데."

"시외로는 못 가잖아. 허리케인이 닥치는데."

투키는 다시 어깨를 으쓱였다. "엄마한테 차가 있었어. 엄마랑 누나랑 누나 애들만 탈 수 있었지." 투키는 그들에게 마지막 남은 현금을 쥐여 보냈지만, 그렇다고 말하지는 않았다. "렌터카 회사에도 전화를 했는데, 차가 없대. 어쨌든 신용카드가 있어야 하고, 일자리가 없으면 아무도 카드를 안 내 줘. 대학생이 아니면. 그런데 난 고졸도 아니라고."

"왜? 멍청해 보이지 않는데."

"선생들은 내가 멍청하다고 생각했어." 멍청하고 아무짝에도 쓸모없고 가르치기 시간 낭비고 이 땅의 공간 낭비라고. 어쩌면 허리케인이 그 문제를 해결해 줄 거라고, 투키는 생각했다. "좀 지나니까 그딴 소리 듣는 게 지겹더라."

도마뱀은 그 말을 곰곰이 생각했다. 그러더니 투키의 집 계단으로 다가와 첫 단을 오르며, 몸통만큼 긴 꼬리를 물속으로 달랑거렸다.

"그럼 일자리도 없는데 집은 어떻게 구했어?"

투키는 미소를 참을 수 없었다.

"너처럼 궁금한 거 많은 도마뱀은 처음 본다."

도마뱀도 마주 씩 웃으며 작은 바늘 같은 이빨을 드러냈다.

"그렇지? 밖에 잘 내보내 주지 않아서."

"그런 모양이네." 아마도 투키는 외로웠던 모양이다. 대답하기로 했다. "마리화나를 좀 팔거든. 다리 건너에서 아담을 좀 구해다, 저기 툴레인 옆의 백인 애들한테 팔아. 얼마 안 팔아도 집세 낼 수 있지."

"아담?"

"엑스터시. MDMA. 작은 알약인데, 먹으면 기분이 좋아져."

"아." 도마뱀은 문 앞 계단에 더 편안하게 자리를 잡더니 갑자기 다시 몸을 일으켰다. "저기, 핏불은 안 키우지? 자꾸 뭔가 커다랗고 심술궂은 것의 냄새가 계속 나서. 개가 싫거든."

투키가 소리 내어 웃었다. "아니. 난 그냥 평범한 놈이야, 이 사람아."

도마뱀은 안심했다. "나도."

"넌 평범한 놈이 아니지, 이 망할 도마뱀아."

"입 좀 닥쳐, 이 사람아." 도마뱀은 기분 좋게 이렇게 말하고는 하품을 했다. "여기서 잠깐 뭉개도 될까? 너무 피곤해서."

"현관으로 올라와." 도마뱀을 안으로 들이는 것이 예의였겠지만, 투키는 동물을 집에 들이는 사람이 아니었다. "비엔나소시지가 좀 있는데."

"배는 안 고파. 그리고 계단이면 됐어, 고마워."

도마뱀은 햇볕 쬐는 고양이처럼 몸을 모로 눕혔다. 다만, 녀석은 고양이가 아니고 쏟아지는 비는 해가 아니었다.

"그러든지."

투키는 일어나면서 뜨뜻한 빗물을 얼굴에서 닦았다. 이제 현관 덮개는 빗물을 전혀 막아 주지 못했다. 바람이 세져서 모퉁이의 정지 표지판이 완전히 구부러지고 들이치는 빗물에 글자가 가려져 이미 씻겨 나간 것처럼 보이지 않았다. 길 건너, 메리 씨의 집 지붕널 세 개가 빠르게 연달아 떨어져 나갔지만, 화물열차 같은 빗소리가 점점 더 커져, 그것이 부서지는 소리는 들리지도 않았다.

도마뱀은 투키의 시선을 좇아 고개를 돌렸다.

"메리 씨도 대피했어야 하는데."

"그러게." 투키가 한숨을 쉬었다. "그랬어야 하는데."

투키는 안으로 들어갔고 도마뱀은 현관 계단에서 잠들었다.

이튿날, 중고 가구가 떠다니는 와중에 다락문을 통해 밖을 내다보던 투키는 도마뱀이 궁금해졌다. 식료품 봉투는 반쯤 썩은 마룻장 두 개 사이에 안전하게 두었고—총도 그중에 들어 있었다—물은 별로 나빠 보이지 않아 그는 조심스레 다락문 사이로 내려갔다.

현관에서 그는 잠시 멈추고 강으로 변해 버린 도지누아 스트리트*의 광경을 감탄하며 바라보았다. 여전히 강한 바람에 빠르게 흐르는 물이 그의 허리까지 찼다. 거리 아래로 내려가면 아마 가슴까지 올라올 것이다. 구부러진 정지 신호판은 맨 위 끄트머리만 보였다. 집들은 물결치는 회색 흙에서 반만 드러난 버섯처럼, 모두 이상하게 잘려 나간 모습을 하고 있었다.

"안녕." 누군가가 말했다. 투키가 고개를 들고 보니 도마뱀이 현관 천장에 거꾸로 매달려 있었다. 녀석은 하품을 하면서 졸린 눈을 깜빡였다. "제방이 무너질 거라고 했지."

"그런 거 같네." 투키의 목소리에서 내키지 않는 놀라움이 드러났다. 그가 사는 거리 사람들 대부분은 도시를 벗어날 수 없으면 컨벤션 센터로 갔다. 남은 사람은 그와 메리 씨뿐이었는데……

그런데 메리 씨네 문이 부서졌고, 물이 흘러들어 가면서 현관에

---

* 뉴올리언스의 거리.

는 작은 여울이 생겨 거품이 일고 있었다.

"젠장, 아깝네." 도마뱀이 말했다.

투키는 현관에서 내려섰다. 한순간, 발이 물에 뜨면서 살짝 패닉이 왔다. 오래전 돌아가신 삼촌의 목소리가 머릿속에서 울렸다. 검둥이들은 뜨지 않는다, 얼간아. 물속에 들어가면 돌처럼 가라앉아. 수영을 가르치는 건 돈 낭비라고. 하지만 곧 발이 단단한 바닥에 닿았고, 설 수 있으면 물살이 보기보다 빠르거나 강하지 않다는 것을 알게 되었다. 물이 흐르는 방향에 직각으로 걸을 수 있을 정도로. 그래서 그는 그렇게 하면서 이웃의 (지금은 반쯤 물에 잠긴) 버려진 차를 돌아, 뒤엉킨 거미줄 덩어리(농구 네트인가?)가 지나갈 때는 걸음을 멈췄다.

메리 씨 집의 텅 빈 현관 위쪽은 내려앉았지만, 밑은 아직 제자리에 고정되어 있었다. 투키는 거길 지나 노파의 거실을 둘러보았다.

"메리 씨? 길 건너 투키예요. 어디 계세요?"

"여기서 익사하기 직전이지, 젠장. 그럼 어디겠냐?"

노파의 목소리가 돌아왔다. 투키가 그 소리를 따라 주방으로 들어가니 그녀가 아마도 식탁 위에 올려 둔 듯한 의자에 앉아 있었다. 식탁이 물에 잠겨 있었기 때문에 확실하지는 않았다. 그는 떠다니는 양념 병과 나무 숟가락을 밀치고 다가갔다.

"이리 오세요, 메리 씨. 여기 있어 봐야 소용없어요."

"내 집이야. 가진 건 이것뿐이라고."

투키가 며칠 전, 지면으로부터 더 높기도 하고 새것이기도 한, 아니 적어도 그 집만큼 낡지는 않은 자기 집에서 함께 폭풍을 보내자고 했을 때도 메리 씨는 똑같이 말했다.

"여기 계시게 두진 않을 거예요." 문득 영감을 받아, 그는 이렇게 덧붙였다. "주님은 아무도 않아서 죽기를 원하시지 않아요."

84세에 마찬가지로 84파운드(38킬로그램)쯤 되는 메리 씨는 물에 잠긴 왕좌에서 투키를 노려보았다.

"주님은 헛소리도 좋아하지 않아."

투키가 씩 웃었다. "그렇죠, 그럴 거 같아요. 그러니까, 어서요. 내가 메리 씨 부엌에서 물에 빠져 죽으면 썩는 냄새가 진동할 거라고요."

그래서 노파는 조심조심 의자에서 일어났고 투키의 도움을 받아 물속으로 들어갔다. 투키는 노파의 앙상한 팔을 자기 목에 감도록 했다. 그리고 노파를 등에 업고서 물을 헤치고 집 밖으로 나와, 길을 건너 자기 몫의 늪으로 들어갔다. 거기서 그는 헉헉거리고 욕을 하면서 노파의 늙은 뼈를 하나도 부러뜨리지 않고 다락으로 올릴 수 있었다.

그 일을 마치고 나서 투키는 다시 현관으로 나가 도마뱀을 찾았다. 하지만 녀석은 가고 없었다.

투키는 한숨을 쉬고 안으로 들어가 다락으로 올라갔다.

바깥에서, 보이지는 않지만 뭔가 크고 검은 것이 물속에서 움직였다. 그것은 수면 위로 오르지 않았지만, 한순간 떠오르려 하면서 물이 솟아올랐는데 두 블록 떨어진 곳 부서진 제방에서 쏟아져 들어온 물이 파도를 일으키면서 반쯤 가려졌다. 그리고 그것은 투키의 계단에서 멀어졌고, 물은 다시 자유롭게 흘러갔다.

바람이 잦아든 뒤에도 물은 계속, 폭풍 이후 찾아온 소름 끼치게 아름다운 하루 내내 차올랐다. 헬기들이 여럿, 타타거리며 지나가기 시작했지만, 그중 어느 것도 나인스 워드*에서는 속도를 늦추거나 착륙하지 않아서 투키는 관심도 갖지 않았다. 그는 메리 씨가 비엔나소시지를 좀 먹고 서니 딜라이트 절반을 마시게 한 뒤, 떠내려오는 것들을 보려고 다시 밖으로 나갔다.

문을 지나 몇 걸음 앞에서 그는 그 도시의 가장 심한 늪지대에 사는 거대한 쥐, 뉴트리아 일가와 마주쳤다. 처음 셋, 강아지만 한 어른 둘과 조금 더 작은 하나는 개헤엄을 치면서 투키 쪽으로 실례한다는 듯이 한번 쳐다보고 지나갔다. 네 번째는 조금 뒤 지나갔는데 멍한 눈으로 입을 벌리고서 헉헉거리며 느리게 헤엄쳤다. 녀석의 오른 앞발이 수면에 가까이 올라왔을 때, 다리가 심하게 부러져 갈색 물속에서 하얀 뼈가 반짝이는 것을 투키가 보았다. 매끄러운 젖은 등에는 벌써 파리들이 모여들었다.

투키는 손을 뻗어 녀석을 잡아들고 모가지를 재빨리 비틀었다. 녀석은 그의 손 안에서 끽 소리 한 번 내지 못하고 축 처졌다. 투키가 작은 몸뚱이를 근처 지붕 위로 던지는데—물은 이미 더러웠지만 더 더럽히는 건 견딜 수 없으니—어른 뉴트리아 둘이 헤엄을 멈춘 것이 보였다. 그들은 화가 난 것 같지 않았지만, 그를 한참 동안 바라보았다. 그러더니 다시 가던 길을 갔고, 투키도 마찬가지였다.

거리를 두 번 건너자 드리 암스티드와 마주쳤는데, 그는 앙상한 10대 여자아이와 마찬가지로 마른 벌거벗은 아기를 태운 어린이용 고무 풀장을 밀고 있었다. 투키가 다가가자 여자아이는 적대적이고

방어적인 표정을 지었지만, 드리는 안도한 얼굴이었다. "만나서 정말 반갑다, 이봐. 좀 밀어 줄래?" 그는 기진맥진한 표정이었다.

"안 돼." 투키가 소녀에게 미안한 표정으로 고개를 끄덕이며 말했다. "우리 집에 있는 할머니를 옮길 걸 찾아야 해. 내 이웃."

드리는 이맛살을 찡그렸다. "할머니?" 그는 어린 여자아이와 아기를 날카로운 눈빛으로 쳐다보았다. 하지만 여자아이는 적대감이 조금 가신 표정으로 투키에게 인상을 썼다.

이것에 용기를 얻은 투키가 덧붙였다. "아무도 없거든. 딸은 텍사스에 살고……." 그러다가 자기 행동을 변명하고 싶은 것에 짜증이 나서, 투키는 말을 끊었다. 그들 머리 위로, 또 한 대의 헬기가 누군가 다른 사람을 구하러 날아갔다. "저기, 어디로 가?"

드리는 고개를 저었다. "샬메트로 가려고 했는데, 거기선 경찰들이 사람들에게 총을 쏜대. 백인들까지, 뉴올리언스에서 나온 사람들에겐 다 쏜대. 홍수도 독감 같은 것처럼 옮는 줄 아는지."

"그레트나. 샬메트가 아니라." 소녀가 자신이 했던 말이라는 투로 말했다. 드리는 어깨를 으쓱였다. 너무 지쳐서 다 상관없다는 표정이었다.

"지금은 어디로 가는데?" 투키가 초조함을 누르며 물었다.

"사람들이 해군 기지로 간다고 들었어요. 군인들은 다 이라크로 떠나서 정부에서 거길 닫을 거래요. 어쩌면 거기 침대랑 약이 있을지도 몰라요." 소녀는 긴장한 기색이 역력한 작은 얼굴로 자기 애를 내려다보았다.

투키는 이맛살을 찌푸렸지만 아무 말도 하지 않기로 했다. 그들이 군인을 믿기로 했다면, 그건 그들 사정이니까.

"모두 지붕 위로 올라가서 좀 쉬도록 해 봐." 투키가 드리에게 말하고 물을 텀벙거리며 돌아섰다. "나한테 먹을 게 좀 있어. 할머니를 옮기고 나면 미는 걸 도와줄 수 있어."

"기다리지 않을래, 투키."

투키는 걸음을 멈추고 믿을 수 없는 심정으로 그를 돌아보았다. 아무리 바보라도 혼자보단 여럿이 낫다는 걸 알 수 있을 텐데.

"어딘가 마른 곳에 가야겠어." 드리가 나직이 사정하듯 말했다. "투키, 이봐. 난……." 드리는 입을 다물고 눈길을 돌렸다. 투키가 그를 가만히 쳐다보고 있는 사이, 드리는 재빨리 눈을 깜빡이더니 어린이 풀장을 다시 힘겹게 밀기 시작했다. 그들이 시야에서 벗어나는 동안, 소녀는 투키를 보았다.

투키는 돌아서다가 이번에는 멋대로 기울어진 신호등 기둥 위에 웅크리고 있는 도마뱀을 보고 멈췄다. 도마뱀은 드리가 간 쪽을 보고 있었다.

"그 군인들은 아무도 안 넣어 줄걸." 도마뱀이 무시하는 투로 말했다. "저렇게 가난한 사람들? 군인들이 총을 쏘고 훈장을 받을 거야. 제정신이 아닌가 보네."

"너 안 죽었구나." 투키는 도마뱀이 얼마나 반가운지 놀라웠다.

"응. 있잖아. 저 집 뒤에 작은 보트가 있어." 도마뱀은 토대가 떨어져 나간 모퉁이 집 쪽으로 고갯짓을 했다. 그 집은 술에 취한 것처럼 비스듬히 기울어져, 토해 낸 물건들에 에워싸여 있었다. "그리고 거리 두 개를 지나가면 바짝 마르고 높다란 바지선이 있어."

"바지선?"

도마뱀은 어깨를 으쓱였다. "거짓말 아니야. 집 서너 채를 붙인 것처럼 커다란 게 거리 한가운데 있어. 묶어 놓지도, 닻을 내리지도 않은 모양이야. 거기서 좀 지낼 수 있을 거야. 여기 집보다는 안전하지." 도마뱀은 고개를 젖혀 또 지나가는 헬기를 보았다. "저 사람들이 좀 있으면 정말로 돕기 시작할 거야."

직접 보기 전에는 못 믿겠다고 말하기에는 너무 점잖은 투키는 고개만 천천히 끄덕였다. "저기 레인즈 위에 죽은 뉴트리아가 있어. 지붕 위에. 공터에서 세 번째 집쯤일 거야." 공터는 물에 잠겨 있었다. 투키는 인상을 썼다. "그러니까, 모퉁이에. 다리가 부러졌지만, 나머지는 괜찮아. 내가 방금 죽였어."

도마뱀은 다시 바늘 이빨을 드러내며 웃었다.

"왜, 내가 마른 거 같아?"

투키는 내키지 않지만 미소를 지으며 어깨를 으쓱였다.

"응, 맞아. 너같이 꼴이 엉망인 도마뱀은 처음 본다. 마른 거 정도가 아니지."

도마뱀이 웃었다. 기묘하고, 새된 떨리는 소리였고, 숨을 내쉴 때마다 투키 주위의 물이 반응해 탁한 수면 위로 작은 물방울들이 춤을 추었다. 도마뱀이 웃음을 멈추자 물은 다시 잔잔해졌다.

"뉴트리아는 먹기 좋지." 도마뱀이 생각에 잠겨 말하더니 고맙다는 뜻인지 투키 쪽으로 고개를 끄덕였다. "몇몇을 불러서 나눠 먹을까."

불개미 덩어리가 떠내려가는 것을 보고, 투키는 재빨리 비켜섰다.

"뭐? 너희들이 더 있어?"

"으응. 지금 이 도시 전체에 가족이 다 있어."

"그래?"

"그렇다니까." 도마뱀은 자랑스레 몸을 치켜들었다. "우리 가족은 여기 몇 세대째 살았어. 뉴올리언스에서 태어나 자랐지."

투키는 고개를 끄덕였다. 그의 가족도 마찬가지였다.

"어이." 도마뱀이 미소를 거두고 말했다. "잘 들어. 조심해야 해. 이 근처에 뭔가 큰 게 있어. **심술궂은 게.**"

"뭔데?"

도마뱀은 고개를 저었다. 이 움직임은 인간과 전혀 달랐다. 도마뱀의 목은 뱀처럼 꿈틀거렸다. "보진 못했지만, 냄새는 맡았어. 놀이터 옆에서 죽은 개를 봤어. 뭔가가 공격한 것 같아."

"다른 개인가 보지." 투키는 지난 몇 시간 동안 버려진 것처럼 생긴 앙상한 개들이 돌아다니거나 헤엄치는 것을 서너 번 보았다.

"굶주린 게 분명해. 개가 두 동강이 났어." 도마뱀은 날개를 파드드 흔들며 떨었다. 녀석은 줄지어 늘어선 집들과 차고들의 섬, 그리고 잔잔한 검은 물로 이루어진 긴 거리를 내다보았다.

"다른 걸 수도 있지." 투키는 안심이 되지 않는 것을 알면서도 이렇게 말했다. "폭풍이 심했어. 제방이 무너지지 않았어도 내가 본 것 중에 제일 심했어. 그런데 아직 끝이 아닌 것 같아."

또 한 대의 헬기가 지나갔는데, 이번에는 거기 탄 사람이 커다란 텔레비전 카메라를 자신을 향해 들고 있는 것이 보일 만큼 낮게 날았다. 투키는 허리에 손을 얹고 그 헬기를 냉정하게 바라보았다. 도와주지 않으려면, 그냥 지나가는 편이 낫겠다.

"아니야." 도마뱀이 염려 가득한 눈으로 먼 곳을 응시하며 나직이 말했다. "안 끝났다고. 뭔가 이상해. 뭔가가 이 태풍을 계속되게 하고 있어."

헬기가 한 바퀴 돌면서 지역 전체를 촬영하고 계속 날아가는 동안, 그들 둘 다 지켜보았다. 차츰 평화롭고 잔잔한 침묵이 돌아왔고, 투키는 그것을 음미하며 긴장을 풀었다.

"그 보트를 가져와야겠다." 한참 만에 투키가 말했다. "고마워."

도마뱀은 별거 아니라는 소릴 냈다. "나도 가서 고마운 걸 당장 먹어야지." 도마뱀은 돌아서더니 붉은 구름 날개를 펼치고 그를 향해 꼬리를 흔들었다. 투키가 손을 흔들자 녀석은 뛰어올라 날아갔다.

투키는 보트를 가져다가 노파와 다락에 남은 음식을 싣고 조던 애비뉴의 큰 바지선으로 갔다.

바지선은 스쿨버스 한 대와 두 채의 집 사이에 끼여 거의 45도 각도로 기울어 있었다. 그 때문에, 빗물이 아래쪽에 고여서 갑판 대부분이 말라 있었다. 조종실인지, 함교인지, 뭐라고 부르든 바지선을 모는 곳은 말라 있고 유리창이 하나만 깨져서 더욱 좋았다. 투키는 티셔츠로 구멍을 막아 밤에 백만 마리 모기에게 먹이를 주지 않고 잘 수 있도록 했다.

그리고 해가 지면서 그들은 투키의 식량 중 마지막 남은 것을 먹었다. 애초에 가게가 문을 닫을 때까지 기다려야 했기 때문에 많이 가져오지 못했다. 그가 쇠지렛대를 들고 도착했을 때, 이미 다른 사람들이 문을 뜯고 좋은 물건을 다 가져간 뒤였다. 그는 전기 없이 사나흘 버틸 만큼만 가져왔다. 그가 평생 겪은 최악의 태풍도 그 정도면 끝났기 때문이다. 조종실 창가에서 이웃이었던 바다를 내다보며, 투키는 아마도 계획이 부족했던 것 같다고 생각했다.

"지붕에 뭐라고 써야겠어." 메리 씨는 뒤집어 놓은 가죽 등받이 의자를 베개 삼아 웅크리고 이미 반쯤 잠이 들어 있었다. "구조하는 사람들한테 우릴 데려가라고."

투키는 멍하니 기름진 정어리를 씹으며 고개를 끄덕였다.

"내일 나가서 페인트를 찾아볼게요."

"조심해야 해." 노파가 말했다. 투키는 도마뱀 친구와 똑같은 말을 듣고 놀라서 돌아보았다. 메리 씨는 하품을 했다. "이런 태풍 뒤에도 혼령은 돌아다니거든."

처음에 투키는 혼령(haint)이 아니라 혐오(hate)라고 들었다. 그러다가 메리 씨가 무슨 말을 하는지 깨달았다.

"혼령 같은 건 없어요, 메리 씨."

"네가 대체 어떻게 아니? 진짜 허리케인은 이번에 처음 겪으면서." 그녀는 무시하듯 한 손을 내저었다. "나는 허리케인 카밀* 때도 있었어. 그땐 미시시피에 살았지. 나랑 남편은 그 후에 여기로 왔어. 태풍이 지나가고 나니까 아무것도 남은 게 없어서. 집도, 도시도, 사람도 없었지. 가족은 전부 죽었어." 그녀는 고개를 들어 투키를 노려보았다. 희미한 빛이 그렇게 메리 씨의 매끈한 얼굴을 비췄다. 투키는 그녀가 그 시절엔 아름다웠을 거라는 생각이 들었다. "태풍 후

---

* 1969년 미국을 강타한, 기록상 두 번째로 강한 허리케인.

에도 죽는 사람 수는 계속 늘어났어. 뭔가 다른 게 남아서, 계속하는 거야. 사람들을 추악하게 만들면서."

"엄마는 혼령이 유령일 뿐이라고 하던데. 무섭긴 해도 사람을 죽이진 않는다고."

"그럼, 악마라고 하자. 악령이든, 괴물이든, 뭐라고 부르든지 상관없어. 그것들은 태풍이랑 같이 찾아와. 태풍을 불러오기도 하고, 겪기도 하고, 보내기도 하지. 몇몇은 계속 남아서 사람을 더 죽이는 거야. 그러니까 조심하라고." 그녀는 몸을 앞으로 기울여, 확실하게 강조하며 마지막 말을 했다.

"알았어요, 알았어, 메리 씨." 투키는 다가가서 그녀 옆에 앉아 단단한 금속제 칸막이벽에 최대한 편안하게 기댔다. "이제 좀 주무세요. 내가 망을 볼게요."

메리 씨는 힘없이 한숨을 쉬고 다시 누웠다. 긴 정적이 내려앉았다.

"난 너무 늙어서 다시 시작 못 해." 메리 씨가 나직이 말했다.

투키는 한 손으로 부채질을 했다. 창문을 닫고 작은 방에 있자니 답답했다. "우리 둘 다 할 수 있는 일을 해야죠, 메리 씨." 아무 대답이 없기에 투키는 이렇게 덧붙였다. "안녕히 주무세요."

한참 뒤, 메리 씨는 잠들었다. 그리고 망을 보려던 생각과는 달리 투키도 잠들었다.

한밤중, 개구리와 흘러가는 물소리 이외에 도시가 고요했을 때, 금속이 으드득 부딪치는 낮은 소리에 그들은 깜짝 놀라 깼다. 뭔가 건드리는 바람에 바지선이 무시무시하게 흔들리면서 불안하게 편평해지려다가, 다시 안정되게 기울어진 자세로 돌아갔다.

오랜 세월 밤마다 창밖의 사람들이 암살범인지 그저 보통 강도인지 궁금해하면서 집에서 웅크리고 산 투키는 처음 놀라 욕설을 내뱉고는 입을 다물었다. 메리 씨도 어떻게 살았는지 모르지만, 마찬가지로 입을 다물고 있었다. 메리 씨가 잠자코 있는 동안 투키는 창가로 살그머니 다가가서 밖을 내다보았다.

가로등이 없으니 어둠이 사방을 에워싸고 있었다. 은빛 달이 떠서 물과 수면에서 피어오르는 안개를 비췄지만, 그밖에 다른 것은 전부 형태뿐이었다.

하지만 뭔가 움직인 이후에 물결이 쳤다. 물결로 보건대, 뭔지 몰라도 큰 것이었다.

투키는 기다렸다. 물이 다시 잔잔해지고 나서 그가 돌아보니 메리 씨가 온갖 주머니 중 하나에서 휘어진 스테이크 나이프를 꺼내 들고 있었다. 웃어야 했지만, 비이성적으로 긴장한 바람에 그는 깜짝 놀랐다. 바지선을 흔든 것이 무엇이든, 그 작은 나이프는 아무 쓸모도 없을 것이다.

"뭐가 보였어?" 메리 씨는 다 들리도록 속삭였다.

"아무것도 없어요. 물뿐이에요."

메리 씨는 인상을 찌푸렸다. "거짓말."

투키의 마음속에서 분노가 치밀어 오르며 며칠씩 물에 잠겨 지내느라 쌓인 피로를 싹 태워 버렸다. 메리 씨는 오래전 투키의 옛날 선생님들처럼 말했고, 한순간 그는 그들처럼 그녀가 미웠다.

"내가 거짓말하는지 어떻게 알아? 잘 보지도 못하면서, 늙은 할망구."

"너는 잘 보인다."

노파의 어조에서도 분명한 위협이 느껴졌다. 뒤늦게 투키에게 두가지가 생각났다. 우선 그녀의 나이프가 그를 해치기에는 작지 않다는 것. 둘째, 그의 총은 먹을 것 봉투 안에 안전하게 그리고 쓸모없이 들어 있다는 것.

망할 총은 필요도 없어. 투키는 주먹을 꽉 쥐며 생각했다. 둘이 꼼짝 않고 서 있는데, 옆의 거리에서 집 한 채가 무너졌다. 지난 며칠 동안 서너 차례, 싸구려 판자가 쪼개지고 석고는 모래처럼 무너지며 내는 그 소리를 들었지만, 그 소리가 그렇게 강하고 갑작스러운 것은 처음이었다. 마치 뭔가 그 집을 쓰러뜨리거나, 짓밟은 것 같았다. 어쨌든 붕괴에는 별로 힘도 들지 않았다.

투키는 메리 씨의 눈을 보자, 그녀는 '내가 그랬잖아'라는 뜻으로 고개를 끄덕였다. 그녀가 칼을 치우는 것을 보고 투키도 더 이상 아무 말도 하지 않기로 결정했다. 그의 분노도 쓰러진 집의 벽처럼 산산조각이 나서 사라졌고, 어리석고 부끄러운 감정만 남았다. 어쨌든 몸집도 작은 할머니에게 그렇게 흥분하다니 대체 무슨 짓인가? 그들에겐 더 큰 문제가 있었다.

아침이 되고 두 사람은 일어나서 갑판에 나갔다.

새벽의 또렷한 빛이 비추자, 도시의 파괴 정도는 어쩐지 더 선연했다. 악취를 풍기는 물, 녹아내리는 집들, 정적. 투키는 거기서 눈을 떼지 못했다. 그들이 아무리 잘 고친다 하더라도 다시는 예전 같지 않으리라는 것을 처음으로 깨달았다. 하지만 슬퍼할 수 없었다.

눈에 보이는 증거에도 불구하고, 아무것도 죽지 않았음을 느낄 수 있었으니까. 도시는 전에도 태풍을 견뎌 냈고, 파괴와 재건 그리고 다시 파괴를 겪었다. 사실, 거기 서 있던 그는 어딘가 저 아래 땅이 아직도 숨을 참고서 묵묵히 기다리고 있는 것을 거의 느낄 수 있었다. 폭풍의 눈처럼 고요하게.

메리 씨가 먼저 이상한 점을 알아차렸다. 바지선의 뱃머리 근처에 뻣뻣한 천처럼 보이는 것이 길게 퍼덕이고 있었다. 전날에는 없던 것이었다.

투키는 그것이 무엇인지 알아보려고 발끝으로 그 천을 찌르면서 어쩐지 낯익다는 느낌에 심란했고, 메리 씨는 혼령이니 악마의 장난이니 중얼거렸다. 결국 투키는 그것을 잡아 갑판에 던졌다. 그러는 사이, 그 천 구석에 핏자국이 보였다. 그제야 그 뻣뻣한 것이 천이 아니라는 사실을 깨달았다. 만져 보니 가죽과 얇은 뼈가 느껴졌고, 아래쪽에는 머리 위에서 비를 억수같이 퍼붓기 전의 진회색 구름 문양이 있었다.

그는 놀란 소리를 내기 전에 멈췄다. 그러면 귀 밝은 메리 씨의 관심을 끌었을 테니까. 대신에 갑판 벽으로 다가가 무엇을 볼까 두려운 마음으로 밖을 내다보았다.

도마뱀 시체는 없었지만, 다른 것이 보였다. 바지선의 고물? 용골? 밑에 깔려 있던 스쿨버스. 앞쪽을 밑으로. 그 버스는 전날 거의 우스꽝스럽게 껴 있었고, 보닛은 물속에 처박혀 보이지 않았고 뒤쪽은 점잖지 못하게 하늘로 쳐들고 있었다. 지금 보니 뭔가 거대한 것이 바지선에 오르려고 밟은 것처럼 그 버스의 엉덩이가 내려앉아 있었다. 정체 모를 그것의 무게가 버스를 눌러 바지선을 위로 치켜들었다. 그래서 밤에 그렇게 흔들렸던 것이다.

"뭐가 보여?" 메리 씨가 전날 밤처럼 호전적이지는 않은 말투로 물었다.

"물밖에 없어요." 투키는 다시 그렇게 말하고, 다시 걸레처럼 보이도록 피 묻은 쪽을 아래로 해서 날개 등을 갑판에 떨어뜨렸다.

물이 빠지면 제대로 묻어 줄 자리를 찾을 거라고, 그는 속으로 다짐했다.

투키가 사다리에서 물속으로 내려갔을 때, 수위가 낮아진 것 같았다. 전날은 목까지 닿았다. 이제는 가슴 높이였다. 발전이었다. 물살이 없어 보트가 멀리 떠내려가지 않았다. 투키는 보트에 올라타고 노로 쓰려고 구한 못이 여럿 박힌 판자를 이용해서 출발했다.

이웃에 여럿 있는 상점 여기저기를 한 시간 동안 찾았지만 성과가 없자, 그는 대신 집들을 뒤지기 시작했다. 그러자 더 나아지긴 했지만, 몇 차례 불쾌하게 놀랄 일이 있었다. 어느 집에서는 불에 붙은 노인이 회색 손에 티브이 리모컨을 쥔 채 안락의자에 앉아 있었다. 수위가 그렇게 빠르게 높아지지는 않았다. 투키는 그 노인이 그저 자기 길을 가고 싶었던 모양이라고 짐작했다.

그 집에서 흰 페인트 깡통을 잔뜩 들고 나오는데, 보트에서 뭔가 움직이는 것을 보고 투키는 깜짝 놀라 깡통들을 떨어뜨리고 갖고 있지도 않은 총을 찾았다. 그걸 또 잊은 자신에게 욕을 하면서.

"어이." 도마뱀이 보트 가장자리에서 고개를 들며 말했다. "이 주위에서 네 냄새가 나는 것 같더라고."

투키는 도마뱀을 빤히 보았다. "너 괜찮아?"

도마뱀은 어리둥절한 표정을 지었다. "괜찮지 않으면?"

"어젯밤에 뭔가 바지선에 왔어. 내가……." 투키는 문득 도마뱀이 한 가족 이야기를 떠올리고 망설였다. "날개를 봤거든. 네 것처럼 생겼는데, 회색."

도마뱀은 몸을 굳히더니 눈을 감았다.

"내 사촌." 녀석이 한참 뒤에 말했다. "걜 찾고 있었어."

투키는 예의 바르게 고개를 숙였다.

"원하면 날개는 아직 내가 갖고 있어."

"그래. 나중에."

"그거지? 네가 냄새난다고 했던 고약한 거." 메리 씨의 말이 다시 떠올랐다. "혐오."

도마뱀은 어두운 표정으로 고개를 끄덕였다.

"아빠한테 물어봤어. 진짜 큰 태풍 다음에 그게 찾아온대. 죽음이 그걸 끌어들인대. 고약한 것이 모양을 얻어 돌아다니면서 가는 데 마다 고약한 걸 퍼뜨리는 것처럼."

투키는 이맛살을 찡그리며 전날 밤 그것에게 거의 부딪칠 뻔한 일을 떠올렸다. 메리 씨는 허리케인 카밀 때 뭔가 다른 것이 남았다고 말했다. 사람들을 추악하게 만들면서. 이것도 같은 종류였을까? 그것이 바지선에 들어왔다면, 도마뱀의 사촌처럼 그들을 먹어 치웠을까? 아니면…… 그는 메리 씨가 나이프를 들고 그렇게 사나운 표정을 지었던 것을 기억하고 몸을 떨었다. 노파를 때려죽이고 싶은 충동을 전신의 혈관에서 느꼈던 그도 그다지 친절한 모습은 아니었을 것이다.

"지난번에 그게 왔을 때는 우릴 엄청 죽이고 나서야 잡았어. 너희보다 우리가 더 죽었을 거야."

투키가 인상을 썼다. "그럼 밖에서 나랑 헛소리하지 말고 어디 안으로 들어가."

도마뱀이 인상을 쓰면서 보트의 금속 테두리를 앞발로 쳤다.

"어떤 망할 괴물이 와도 난 이 도시에서 안 나가. 전에도 그걸 죽였다고, 아빠가 말했어. 힘들긴 했지만, 해냈다고. 그러니 이번에도 다시 죽여야 해."

투키는 고개를 끄덕이고 페인트 통을 들어 보트에 싣기 시작했다. "바지선으로 돌아가자. 총을 챙기게."

하지만 도마뱀은 그에게 다가오더니 앞발을 그의 손에 얹었다. 더위에도 녀석의 피부는 차가웠고, 습기에도 건조했으며, 가까이서 보니 오존과 텁텁한 새벽안개 냄새가 났다.

"네가 할 싸움이 아니야."

"네가 아니었으면 난 지금도 다락방에 있었을 거야. 아마 죽은 채로."

"내가 아니었으면 지금쯤 구조되었을지도 모르지." 도마뱀이 고집스럽게 말했다. "그건 사람들을 너무 추악하게 만들어서 사람들이 서로 도우려고도 하지 않아. 슈퍼돔에 모인 사람들에게 먹을 거나 물도 주지 않는 거 알아? 그냥 거기다 버려 두는 거야." 도마뱀은 고개를 저었고, 투키는 믿을 수 없어서 입을 딱 벌렸다. "태풍은 사흘 전에 끝났는데, 아직도 사람들을 죽이고 있어. 그건 옳지 않아."

투키는 입을 굳게 일자로 다물었다.

"이봐, 사람들은 괴물 없어도 사악한 짓을 해. 갈색 얼굴이나 낡고 찢어진 옷을 입은 사람만 있어도 충분하다고."

"이건 그걸 더 악화시킨다니까." 도마뱀은 투키의 보트에서 뛰어내리더니 쉽사리 개헤엄을 쳤다. "말했지, 이 사람아. 난 평범한 놈이라고. 있잖아……." 녀석이 머뭇거렸다. "있잖아, 알지? 내가 태풍을 불러온 거. 나랑 내 가족이."

투키는 천천히 고개를 끄덕였다. 처음 만났을 때부터 의심했던 일이었다. "태풍은 오게 되어 있어. 이 도시 사람들은 다 알아."

도마뱀은 안도한 표정을 지었다. "그래, 하지만 태풍은 끝나기도 해야지. 그게 내 일인데, 제대로 못 하고 있어." 도마뱀은 투키에게 고개를 끄덕이더니 돌아서 헤엄쳐 갔다. 녀석이 갑자기 멈추더니 날개 너머로 그를 한 번 더 돌아봤다. 그리고 한참을 쳐다보았다. "나중에 보자고, 이 사람아." 도마뱀이 마침내 말했다.

투키는 고개를 끄덕이고 한 손을 들어 흔들었다. 도마뱀은 물에서 날아올라 떠났다.

투키는 손을 내렸다. 물이 빠지고 나면, 도마뱀이 싸움에서 이긴다 하더라도 다시는 만나지 못할 것을 알 수 있었다.

날이 더워졌다. 사방의 물이 이미 포화 상태인 공기 속으로 가능한 한 증발하면서 도시는 햇볕과 증기로 가득했다. 바지선으로 돌아가(투키는 스쿨버스를 통해, 증오의 발자국을 디디고 올라야 했는데, 그럴 때는 불안했다.) 길고 편평한 지붕에 1.5미터짜리 글자로 **HELP**라고 쓰는

데 오후가 다 갔다.

더위와 습기에 투키는 기운이 빠졌다. 그는 위층은 멀쩡히 남아 있는 어느 이층집에서 구해 온 시트 더미 위에서 잠들었다. 그 집에는 다른 세 생존자가 살고 있었는데, 모두 아이들이었고 제일 큰 아이가 열두 살쯤 되어 보였다. 거긴 그들의 집도 아니어서, 투키가 물건을 가져가도 저항하지 않았다. 그는 아이들에게 먹을 것을 좀 나눠 주고 바지선에 오라고 했지만, 그들은 낯선 사람이 미심쩍어 예의 바르게 거절했다.

메리 씨는 보초를 자처하고 갑판 위를 걸어 다녔다. 투키는 나흘 동안 더러운 물에 드나들고 샤워를 안 한 자기 냄새가 싫어서 그러는 게 아닐까 싶었다.(짜증스럽게도, 메리 씨에게서는 평소와 똑같은 냄새, 할머니 냄새가 났다.)

투키가 엘리지안 필즈의 하우스 파티에서 가재와 옥수수, 감자가 가득 담긴 종이 접시 너머로 예쁘장하고 피부색이 옅은 여자의 눈길을 받고 있는 꿈을 꾸는데, 메리 씨가 그를 흔들어 깨웠다. 그는 침을 흘리며 일어나 앉아 주위를 둘러보았다. 석양. 하늘에 금빛이 길게 호를 그리고 있었다.

"무슨 소리가 들렸어." 메리 씨가 말했다. 스테이크 나이프가 다시 나와 있었고, 투키는 잠결에 염려를 느꼈다.

"무슨 소리요?"

그 질문이 떨어지자마자 그에게도 소리가 들렸다. 어느 짐승의 가슴에서 나오는 것처럼, 날카롭게 울리는 크고 깊은 기침 소리. 아마 코끼리쯤 되는 큰 짐승이 어딘가 강 쪽 거리에 있었다. 그리고 그때, 메아리가 사라지기 전, 그는 다른 소리들, 새된 울림소리를 들었다. 그 소리가 들린 쪽, 맑은 하늘에 점점 짙어지는 작은 구름이 떠 있었다.

투키는 비틀거리며 일어나 비닐봉투 안을 뒤졌다.

"메리 씨, 여기 계세요." 그가 뒤지면서 말했다. "헬기 소리나 보트에 탄 사람 소리가 아니면 밖에 나가지 마세요. 난 가 봐야 해요."

메리 씨는 어디냐고 묻지 않았다.

"내가 시내에서 벗어나면 찾아 줄 사람이 있어?"

"엄마가 누나랑 배턴루지에 있을 거예요."

거기, 그것이 있었다. 투키는 총을 꺼내 확인했다. 장전은 다 되어 있었지만, 청소가 필요했다. 총을 건드리는 건 좋아하지 않았다. 어쩌면 총이 막힐 것 같았다. 어쩌면 역화를 일으켜 혐오의 발밑에 눈도 잃고 손도 잃은 채 쓰러질지도 몰랐다. 그는 바지 허리춤에 총을 쑤셔 넣었다.

"그건 혼령이 아니야. 네 말이 맞다. 다른 거야."

"그러면 좋겠어요. 혼령은 못 죽이니까. 잘 계세요, 메리 씨."

"잘 가라, 얼간아." 하지만 투키가 사다리로 넘어가 내려가는 사이 메리 씨는 갑판에서 그를 지켜보았다.

투키가 보트에 몸을 낮추고 못 박힌 판자를 가능한 한 적게 움직여 소리 없이 노를 저어 다가갔을 때, 소리는 더 심해져 있었다. 하지만 그가 삼류 밴드를 데리고 갔어도 상관없었을 것이다. 그것의 포효와 도마뱀들이 내는 소리와 물이 튀는 소리와 자동차와 집 들이 파괴되는 굉음 사이에서, 투키는 자신이 내는 소리가 들릴까 염려할 필요가 없었던 것이다. 그리고 노를 저어 가는 사이, 더 굵은 소리가 들려 고개를 들었다. 하늘에 모인 구름이 더 검고 더 짙어지고 있었다. 그는 그 속에서 번개가 번쩍이는 것을 보았다고 생각했다.

근처 집들의 현관이 수면 위에 나온 것을 보았을 때—그들이 싸움터로 고지대를 골랐다—투키는 배를 세우고 마른 현관으로 뛰어내려 달리기 시작했다. 총은 손에 들고 있었다. 그는 몸을 낮추고 달리다가 집 사이의 간격은 거의 소리 없이 건너뛰었다. 현관 하나. 수해로 반쯤 가라앉은 현관 하나. 집이 옆으로 무너지는 바람에 세 번째 현관과 겹친 곳 또 하나……. 그리고 투키는 여기서 멈췄다. 그것이 거기, 거기에 있었는데, 몸집은 거대했고 냄새가 유황 아스팔트나 조류가 가득한 늪에서 나는 썩은 악취 같았기 때문이다. 그런데 그것이 기침 대신, 이번에는 분노에 미쳐 버린 바지선 경적처럼 포효했다. 모습은 희미한 빛에 제대로 보이지 않았는데, 투키는 갑자기 믿게 된 신에게 그런 축복을 주신 것에 감사했다. 조금 보이는 것만으로도 정신이 산산조각 날 것 같았다. 아니면 순전히 그의 잘못인지도 모른다. 머릿속에 흘러들어온 생각이 너무나 빠른 데다 뒤틀려 있었고, 너무나 그릇되면서도 강력해서 어딘가 그의 마음속에서 나온 것만 같았기 때문이다. 그렇지 않은가? 오랜 세월 무관심 아래 감추어 깊숙이 감추어 두었던 곪은 종기가 지금 터져 사방에 독을 퍼뜨리고 있었다. 검둥이들 좀 죽여 버려야겠어도 그 생각 중 하나였다. 평생 그런 식으로 생각한 적 없고, 그 생각의 억양도 완전히 틀렸지만 말이다. 뉴올리언스 사람들은 더 리드미컬하게 말했다. 그는 자신의 생각을 하려고 애썼다. 내 머릿속에서 어떤 망할 앨라배마 놈이 떠드는 것 같은데, 대체 하지만 문장을 마치기 전에 미끄덩하며 뒤집히는 소리가 났고 그는 내 도시에 이 모든 사람들이 여길 구하려고 아무 짓도 안 해라고 생각했고 그리고 계집들을 찾아서 섹스나하자라고 살메트인지 그레트나에 가서 백인 새끼들을 쏴 버리고 무서워할 걸 줘야지라고, 당연히 저 할망구가 날 무시하는데 없애 버려라고 생각했다. 그러고도 더, 더, 너무나 많았다. 너무나 많아 투키는 비명을 지르며 내려앉는 현관에 무릎을 꿇었고, 그가 머리를 감싸 쥐고사람이 오로지 악으로 죽을 수 있는지 생각하는데 총이 낡은 목재에 부딪치는 소리를 냈다.

그러나 바로 그때 날카로운 끼익 소리가 증오를 꿰뚫어서 투키는고개를 들었다. 괴물은 눈앞의 적에 정신이 팔려 투키가 비명을 질렀는데도 신경 쓰지 못했다. 놈이 뒤쫓으려고 돌아서자, 그 기형의대가리 주위를 곡예하듯이 원을 그리며 내려앉았다가 회전하는 작은 동물 여섯이 있었다. 옆에서 보니 괴물은 더욱 추했고, 둔하고 야만스럽게 아래턱에 침을 질질 흘리면서 뭔가 녹슨, 황토색 구름 같은 날개를 파닥이며, 버둥거리면서 비명을 지르는 것을 씹고 있었다. "안 돼, 젠장!" 투키가 외쳤다. 불현듯, 공포에 혐오가 박살 나면서 머릿속이 맑아졌다. 총을 들자 다른 것이 그의 마음속에 솟았다. 괴물처럼 크고 압도적이지만, 더 깨끗한, 엄청나고 위대한 느낌이었다. 익숙하고. 그것은 그가 밟고 있는, 여전히 물밑에서 잠자코 숨을 참고 있는 도시였다. 투키는 자신의 폐가 당기는 것을 느꼈다. 그는 음악도 연주하지 않았고, 부두 주술 사기도 치지 않았고, 세금을내지도 않았으며, 와서 즐기고 떠나며 도시에게 상처와 피로를 남기는 시끄러운 놈들의 비위를 맞추지도 않았다. 하지만 이 도시는 그의 것이었다. 비록 보잘것없는 존재지만, 이곳을 지키는 건 그의 의무였다. 도시는 오랫동안 그를 가르치고, 연마하고, 필요할 때 봉사하도록 준비시켰다. 그도 역시 평범한 보병에 불과했지만, 그 영원의 숨결이 스치는 순간, 고향의 전투 신호가 들렸다.

그래서 투키는 썩어 가는 나무판에 발을 딛고 서서 더러운 총으로 툭 튀어나온 한쪽 눈을 겨냥하고서 침수된 만 개의 거리가 내쉬는 숨소리로 고함을 지르며 발사했다.

눈알이 핏덩이로 녹아들자 괴물은 소리를 지르며 고통에 버둥거렸다. 그것이 소리를 지르자 뭔가 짓이겨진 작은 것이 이빨에서 떨어져 거의 소리 없이 퐁당 물에 빠졌다.

"지금이다!" 윙윙거리는 소리가 외치자 박쥐 날개를 한 그림자가 재빠르게 기묘한 대형을 취했고 하늘의 구름이 빛을 터뜨렸다. 천둥 번개는 괴물이 흔드는 머리에 정통으로 맞았다. 투키가 눈을 깜빡일 때, 그것의 몸뚱이는 그대로 서 있었다. 머리가 없어진 채.

하지만 그 순간, 그 몸뚱이가 앞으로 쓰러지면서 물속에서 너무나 인간 같은 손을 꺼내 날아다니는 도마뱀들 쪽으로 뻗었다. 투키는 다시 총을 쏘았다. 총알이 그것의 손에 낸 구멍을 통해 쓰러져 가는 집의 현관문이 보였다. 뇌가 없었으니 신경 탓인지, 괴물은 흠칫했고, 그사이 도마뱀들은 또 빈틈을 찾았다. 하늘에서 구름이 한 번 더 우르릉거렸고, 이번에는 세 개의 번개가 내려와 투키 앞에서 치직 치직 치직 하고 나니 공기에서 불에 탄 개와 달아오른 분노의 냄새가 났다. 그 잔상이 사라지고 투키의 눈에서 눈물이 그친 무렵에는 모두 종료되어 있었다.

아직 앞이 제대로 보이지 않은 채, 투키는 현관에서 허둥지둥 내려와서 물속으로 들어가, 친구가 떨어진 곳을 향해 손과 총을 더듬었다. 다른 도마뱀들이 그 주위로 모여들었고, 몇몇은 날아다니고 몇몇은 물속으로 들어가 작은 피투성이 몸뚱이를 받쳐 들었다. 투키는 그들에게 손을 뻗었고—날아다니는 도마뱀들은 수상쩍은 눈초리로 보면서도 그를 위해 길을 열어 주었다—자신이 할 수 있는 일이 없음을 깨닫고 우뚝 멈췄다.

"안녕." 투키의 도마뱀이 목쉰 소리를 냈다. 도마뱀의 친구 둘이 그를 물에서 받치고 있었다. 도마뱀은 고개를 돌려 남은 한쪽 눈으로 투키를 보더니 한숨을 쉬었다. "그놈의 표정 좀 치워. 나 안 죽었어."

"절반은 죽은 거 같은데." 투키가 말했다.

도마뱀은 조그맣게 웃다가 그것 때문에 아파 얼굴을 찡그렸다.

"4분의 3 정도 같긴 하지만, 아직 안 죽었어." 도마뱀은 투키 뒤, 거대한 것이 있던 자리를 보았다. 남은 것은 아무것도 없었다. 번개가 그것을 증기로 증발시켰다. "그렇게 하는 거였지만, 젠장, 아프네."

투키는 도마뱀에게 손을 뻗다가 친구 하나—아마도 다른 사촌—가 쉭쉭거리자 손을 도로 거뒀다. 그는 대신 미소로 만족하려고 했지만, 얼굴에 그 표정이 떠오르는 것을 느낄 수가 없었다.

"불평하면 더 아파." 그도 총에 맞아 본 적이 있었다.

"입 닥쳐." 도마뱀은 투키에게 쉭쉭거린 도마뱀 등에 머리를 댔다. "저놈이 네 머리에 들어간 건 아니지?"

투키는 도마뱀이 무슨 말을 하는지 알았다. 그리고 사실 혐오는 아직도 투키의 머릿속에 있었고, 그 추악한 생각이 그의 생각 사이에서 지껄이고 있었다. 아마 애초에 그것 모두 그의 생각이었기 때문인 듯했다. 투키는 자신과 남을 혐오하는 연습은 충분히 했으니까. 하지만 도시도 그 힘과 숨결, 인내심과 함께 그의 머릿속에 있었다. 투키는 스스로 혐오를 떨쳐내지 않았더라면 이런 일이 일어나지 않았을 거라는 생각이 들었다. 그래서 다시 미소를 지었다.

"4분의 3만. 하지만 날 잡진 못했지."

도마뱀은 투키를 향해 눈을 가늘게 떴지만 결국 고개를 끄덕였다.

"구조되면 떠날 건가? 텍사스나 다른 데로 달아나서 거기 정착할 거야?"

"가긴 하겠지만 돌아올 거야." 투키는 양팔을 들어 더러운 물과 무너진 집들, 수평선의 별들을 에워쌌다. "이게 나인걸."

도마뱀은 이빨을 반짝이며 웃었지만, 눈은 감기기 시작했다.

"그래, 맞아." 녀석은 크게 한숨을 쉬었다. "이제 가야겠어."

투키는 고개를 끄덕였다. "다음번 큰 태풍이 오면 네 말 들을게." 그는 한 걸음 물러나 도마뱀들에게 자리를 내주었다. 그들은 날아올랐고, 그중 둘은 다친 친구를 조심스레 들고 있었다. 투키는 찢어진 날개나 짓이겨진 다리가 아닌, 친구의 눈에서 시선을 떼지 않았다. 어쩌면 도마뱀은 살 수도 있겠지만 도시처럼, 투키처럼, 전과 같지는 않을 것이다. 그런 생각이 들자 투키의 마음속에 강한 저항심이 차올랐다. "그리고 저 개새끼가 돌아오면, 꼭 다시 만나."

도마뱀이 씩 웃었다. "그럴게. 다음에 봐, 이 사람아."

작은 우레 같은 날개 소리를 내며, 도마뱀들은 날아가고 투키만 젖은 어둠 속에 남았다.

물이 빠졌다.

그리고 구조를 받아 휴스턴으로 이동하여 대피소와 낯선 이의 집에서 보내는 길고 외로운 시간이 있었다. 메리 씨는 딸을 찾았고, 그들은 함께 살자고 투키를 데려갔다. 투키는 어머니와 누나에게 연락을 해서 무사하다고 알렸다. 그는 이런저런 일들, 비밀 건설일이나 그런 것들을 했고 그럭저럭 살 만큼 돈을 벌었다. 연방 재난 관리청에서 준다는 돈은 1년이 걸려서야 왔지만, 전혀 쓸모없진 않았다. 그거면 족했다.

그래서 어느 날 저녁, 공기는 흐릿하고 하늘은 은은해서 석양이 그리는 호를 보니 긴긴 낮과 텁텁하고 습한 밤이 생각났을 때, 투키는 짐을 쌌다. 이튿날 아침 차를 타고 정류장으로 가서 첫 버스표를 샀다. 버스가 동쪽으로, 집으로 가는 고속도로에 접어들자, 그는 오랫동안 참았던 숨을 깊이 내쉬었다.

감사의 글

나를 단편소설 작가로 만들어 준 모든 분들에게 감사드린다.

책머리에 밝혔듯이 거기에는 바이어블 파라다이스2002의 강사들과 동료 학생들도 포함된다. 또 내가 그동안 참가했던 모든 작가 모임인 보스턴 지역 작가 그룹(BRAWL), 크리터스(Critters.org), 시크릿 카발(Secret Cabal), 블랙빈스(Black Beans), 얼터드 플루이드(Altered Fluid)도 포함된다. 글쓰기 모임이 지니는 중요한 비밀은, 실제로 자신의 작품 비평을 받는 것보다 다른 작가의 작품 비평을 공부하면서 더 많은 것을 배운다는 것이다. 그러니 이 모임에서 비평을 받기 위해 작품을 제출한 모든 작가들이 내 선생님이 된 셈이다.

또 여기에는 기초를 배우기 위해 공부한 책과 작가들도 포함된다.《렐름스 오브 판타지》(현재 폐간),《매거진 오브 판타지 앤드 사이언스 픽션》각각 1년씩, 그 후로《스트레인지 호라이즌스》와《클라크스월드 매거진》. 더 최근에는《라이트스피드》와《FIYAH 리터러리 매거진》이 재미있었는데, 특히 매호마다 함께 나오는《FIYAH》

의 스포티파이 플레이리스트(멋진 아이디어다!)가 참 좋았다! 마음에
드는 작가나 주제를 발견하면 단편집(예를 들면 스티븐 킹, 옥타비아 버
틀러, 어슐러 르 권, 차이나 미에빌)과 다양한 주제의 선집을 통해 더 깊이
파고들었다. 특히 조지프 애덤스가 편집한 선집들(밝혀 두자면 내 단편
도 몇 권에 실려 있고, 이를 영광으로 생각한다.)이 마음에 들었다.

  가르치고 리뷰를 쓰면서도 많이 배웠다. 클래리언이나 클래리언
웨스트, 오디세이에 다니지 않았지만, 세 워크숍에서 모두 초빙 강
사로 일했으며 이 장르의 미래가 어떻게 형성되고 있는지 지켜보는
일은 흥미진진했다. 거기서 가르친 학생 중 많은 이들이 그 후로 동
료 작가가 되었고, 그들의 인내와 개인적인 이야기들, 획기적인 아
이디어에 계속해서 영감을 받고 있다. 내가 편집자로 초빙되었던
『2018년 미국 최고 SF 및 판타지』에 그들의 작품 몇 편을 실을 수
있어 굉장히 기뻤다.

  나는 더 많이 배워야 하고, 배우는 중이다. 여러분, 감사의 뜻을
전한다. 다음 단편집에서 모두 다시 만나기를.

수록작 발표 지면

— 남아서 싸우는 사람들 『검은 미래의 달까지 얼마나 걸릴까?』, 2018

— 위대한 도시의 탄생 《토르닷컴(Tor.com)》, 2016

— 붉은 흙의 마녀 《판타지 매거진: PoC 디스트로이 특별호(Fantasy Magazine: PoC Destroy Fantasy)》, 2016

— 연금술사 『흩뿌리고 덮어서 누르기(Scattered, Covered, Smothered)』, 2004

— 폐수 엔진 『스팀 파워드: 레즈비언 스팀펑크 앤솔러지(Steam-Powered: Lesbian Steampunk Stories)』, 2011

— 용 구름이 뜬 하늘 《스트레인지 호라이즌스》, 2005

— 트로이 소녀 《위어드 테일스(Weird Tales)》, 2011

— 졸업생 대표 『애프터: 종말과 디스토피아에 대한 19가지 이야기(After: Nineteen Stories of Apocalypse and Dystopia)』, 2012

— 이야기꾼의 대리인 『검은 미래의 달까지 얼마나 걸릴까?』, 2018.

— 천국의 신부들 《헬릭스(Helix)》, 2007

— 평가자들 《와이어드(Wired)》, 2016.

— 깨어서 걷기 《라이트스피드(Lightspeed)》, 2014

— 엘리베이터 댄서 『검은 미래의 달까지 얼마나 걸릴까?』, 2018

— 퀴진 드 메므아 『검은 미래의 달까지 얼마나 걸릴까?』, 2018

— 스톤 헝거 《클라크스월드 매거진》, 2014.

— 렉스 강가에서 《클라크스월드 매거진》, 2010

— 수면 마법사 《헬릭스》, 2007

— 헤노시스 《언캐니 매거진(Uncanny Magazine)》, 2017

— 너무 많은 어제들, 충분치 못한 내일들 《이데오맨서(Ideomancer)》, 2004

— 유 트레인 《스트레인지 호라이즌스》, 2007

— 비제로 확률 《클라크스월드 매거진》, 2009

— 잔잔한 물 아래 도시의 죄인들, 성자들, 용들 그리고 혼령들, 《포스트스크립츠(Postscripts)》, 2010

옮긴이 | 이나경

이화여자대학교 물리학과를 졸업하고 서울대학교 영문학과에서 르네상스 로맨스를 연구해 박사
학위를 받았다. 현재 전문 번역가로 일하고 있다. 옮긴 책으로는 『메리, 마리아, 마틸다』, 『어쌔신
크리드: 르네상스』, 『어쌔신 크리드: 브라더후드』, 『불타 버린 세계』, 『세상의 모든 딸들』(전2권),
『애프터 유』, 『로그 메일』, 『세이디』, 『프랑켄슈타인』 등이 있다.

검은 미래의 달까지 얼마나 걸릴까?

1판 1쇄 펴냄 2020년 7월 16일
1판 2쇄 펴냄 2021년 12월 20일

지은이 | N. K. 제미신
옮긴이 | 이나경
발행인 | 박근섭
편집인 | 김준혁
책임편집 | 장은진
펴낸곳 | 황금가지

출판등록 | 2009. 10. 8 (제2009-000273호)
주소 | 06027 서울 강남구 도산대로 1길 62 강남출판문화센터 5층
전화 | 영업부 515-2000 **편집부** 3446-8774 **팩시밀리** 515-2007
홈페이지 | www.goldenbough.co.kr

도서 파본 등의 이유로 반송이 필요할 경우에는 구매처에서 교환하시고
출판사 교환이 필요할 경우에는 아래 주소로 반송 사유를 적어 도서와 함께 보내주세요.
06027 서울 강남구 도산대로 1길 62 강남출판문화센터 6층 민음인 마케팅부

한국어판 © ㈜민음인, 2020. Printed in Seoul, Korea
ISBN 979-11-5888-706-3 03840

㈜민음인은 민음사 출판 그룹의 자회사입니다.
황금가지는 ㈜민음인의 픽션 전문 출간 브랜드입니다.